【东方文化集成】

《东方文化集成》为季羡林教授所倡导,由北京大学东方学研究院《东方文化集成》编委会组织撰写出版。

这是一项迎接二十一世纪东方文化复兴和再创辉煌的世界性文化工程。

本书的出版得到北京市和北京大学的经费资助。

厨川白村文艺思想研究

李强 著

Kuriyagawa Hakuson Reconsidered: A Study of His Literary Theory

Li Qiang

Kunlun Press

东方文化集成

日本文化编

厨川白村文艺思想研究

李强=著

昆仑出版社

图书在版编目(CIP)数据

厨川白村文艺思想研究/李强著. -北京:
昆仑出版社,2008
(东方文化集成·日本文化编)
ISBN 978-7-80040-925-7
Ⅰ.厨… Ⅱ.李… Ⅲ.厨川白村(1880~1923)—文艺思想—研究
Ⅳ.I313.065
中国版本图书馆CIP数据核字(2008)第100846号

《东方文化集成》

日本文化编

厨川白村文艺思想研究

李 强 著

责任编辑:张良村
责任校对:吴信尧
出版发行:昆仑出版社
社　址:北京市地安门西大街40号
邮政编码:100035
电　话:66531659
http:www.jfjwyph.com
E-mail:jfjwycbs@public.bta.net.cn
经　销:全国新华书店
印　刷:北京凌奇印刷有限责任公司
开　本:850×1168　1/32
字　数:350千字
印　张:16
版　次:2008年3月第1版
印　次:2008年3月北京第1次印刷
ISBN 978-7-80040-925-7
定　价:52.00元

(如有印刷、装订错误,请寄本社发行部调换)

厨川白村(1880—1923)

《东方文化集成》编辑委员会

总主编 季羡林

名誉总顾问 谢慧如 泰国泰华文化教育基金会主席
北京大学东方文化研究所名誉所长

名誉顾问

纳吉布·迈哈福兹 埃及著名作家 诺贝尔文学奖获得者
柳存仁 澳大利亚国立大学 教授
杜德桥 英国牛津大学汉语研究所所长 教授
韩素音 英籍著名华人女作家
冉云华 加拿大麦克马思特大学 教授
谢和耐 法国法兰西学院 院士 法国著名汉学家 教授
马汉茂 德国波鸿大学东亚研究系主任 教授
饶宗颐 香港中文大学 教授
郑子瑜 香港中文大学中国文化研究所 高级研究员 北京大学客座教授
夏希迪 伊朗德黑兰大学 教授 伊朗德胡达大百科全书编纂委员会主席
谭 中 印度尼赫鲁大学原汉语系主任 教授
池田大作 日本创价学会名誉会长 北京大学名誉教授
平山郁夫 日本东京艺术大学校长 教授 日中友好协会会长
中村元 日本东京大学名誉教授 日本比较思想学会名誉会长
梁披云 澳门归侨总会会长 福州华侨大学董事长
捷达连科 俄罗斯科学院远东研究所所长 教授
王赓武 新加坡东亚政治经济研究所所长 教授 前香港大学校长

金俊烨 韩国社会科学院院长
吴亨根 韩国东国大学佛学研究院院长
马悦然 瑞典皇家科学院院士 教授 诺贝尔奖瑞典文学院评审委员会委员
杜维明 美国哈佛大学 教授 哈佛燕京学社主任

顾 问（按姓氏笔画为序）
王元化　　　马　曜(白族)　　任继愈　　汤一介
纳　忠(回族)　林志纯　　　　张广达　　张岂之
侯仁之　　　清格尔泰(蒙族)　袁行霈　　麻子英
林健忠　　　魏维贤(新加坡)

《东方文化集成》总编委会
主编 季羡林
副主编 陈嘉厚 叶奕良 张殿英 王邦维
　　　　 张玉安 唐孟生

《东方文化集成》分编委会
《东方文化综合研究编》
主编 孟昭毅 郁龙余 **编委** 张光璘 黎跃进
《中华文化编》
主编 吴同瑞 刘烜 王守常 **编委** 王邦维
《日本文化编》
主编 叶渭渠 **编委** 潘金生 卞崇道 王新生
《朝鲜、韩国、蒙古文化编》
主编 陶炳蔚 **编委** 金柄珉 金景一 陈岗龙

《东南亚文化编》
主编 梁立基 **编委** 梁英明 梁志明 李谋 裴晓睿

《南亚文化编》
主编 黄宝生 **编委** 薛克翘 王镛 刘曙雄 葛维钧

《伊朗、阿富汗文化编》
主编 叶奕良 **编委** 张鸿年 张敏 王一丹

《西亚、北非文化编》
主编 赵国忠 **编委** 杨灏城 孙承熙 仲跻昆

《中亚文化编》
主编 赵常庆 **编委** 余太山 王小甫

《古代东方文化编》
主编 拱玉书 **编委** 李政

《东方文化集成》编辑部
主任 张殿英 **副主任** 卢蔚秋 张玉安
编辑 李 强 姚秉彦 唐孟生 傅增有

昆仑出版社《东方文化集成》编辑部
主 任 施 雷 郑 晖 **副主任** 董保存 郭米克 **编 辑** 张良村

《东方文化集成》书籍设计 朱 虹
丛书编辑出版监制 张良村

《东方文化集成》总序

季羡林

我们正处在一个新的"世纪末"中。所谓"世纪"和"世纪末",本来是人为地创造出来的。非若大自然中的春、夏、秋、冬,秩序井然,不可更易,而且每岁皆然,决不失信。"世纪"则不同,没有耶稣,何来"世纪"?没有"世纪",何来"世纪末"?道理极明白易懂。然而一旦创造了出来,它就产生了影响,就有了威力。上一个"世纪末",19世纪的"世纪末",在西方文学艺术等意识形态领域中就出现过许多怪异现象,甚至有了"世纪末病"这样的名词,这是众所周知的事实,无待辩论与争论。

当前这一个"世纪末"怎样呢?

我看也不例外。世界上许多国家和地区都出现了政治方面天翻地覆的变化,不能不令人感到吃惊。就是在意识形态领域内,也不平静。文化或文明的辩论或争论就很突出。平常时候,人们非不关心文化问题,只是时机似乎没到,争论不算激烈。而今一到世纪之末,人们非常敏感起来,似乎是憣然醒悟,于是东西各国的文人学士讨论文化的兴趣突然浓烈起来,写的文章和开的会议突然多了起来。许多不同的意见,如悬河泄水,滔滔不绝,五光十色,纷然杂陈。这样就形成了所谓"文化热"。

在这一股难以抗御的"文化热"中,我以孤陋寡闻的"野狐"之身,虽无意随喜,却实已被卷入其中。我是一个有话不说辄如骨鲠在喉的人,在许多会议上,在许多文章中,大放厥词,多次谈到我对文化,特别是东方文化与西方文化的联系,以及东方文化在未来的新世纪中所起的作用和所占的地位等等的看法。颇引起了一些不同的反响。

为说明问题计,现无妨把我个人对文化和与文化有关的一些问题的看法简要加以阐述。我认为,在过去若干千年的人类历史上,民族和国家,不论大小久暂,几乎都在广义的文化方面做出了自己的贡献。这些贡献大小不同,性质不同,内容不同,影响不同,深浅不同,长短不同;但其为贡献则一也。人类的文化宝库是众多的民族或国家共同建造成的。使用一个文绉绉的术语,就是"文化多元主义"。主张世界上只有一个民族创造了文化,是法西斯分子的话,为我们所不能取。

文化有一个很突出的特点,就是,文化一旦产生,立即向外扩散,也就是我们常说的"文化交流"。文化决不独占山头,进行割据,从而称王称霸,自以为"老子天下第一",世袭珍藏,把自己孤立起来。文化是"天下为公"的。不管肤色,不择远近,传播扩散。人类到了今天,之所以能随时进步,对大自然,对社会,对自己内心认识得越来越深入细致,为自己谋的福利越来越大,重要原因之一就是文化交流。

文化虽然千差万殊,各有各的特点;但却又能形成体系。特点相同、相似或相近的文化,组成了一个体系。据我个人的分法,纷纭复杂的文化,根据其共同之点,共可分为四个体系:中国文化体系,印度文化体系,阿拉伯伊斯兰文化体系,自古希腊、罗马一直到今天欧美的文化体系。再扩而大之,全人类文化又可以分为两大文化体系:前三者共同组成东方文化体系,后一者为西方文化体系。人类并没有创造出第三个大文化体系。

东西两大文化体系有其共同点,也有不同之处。既然同为文化,当然有其共同点,兹不具论。其不同之处则亦颇显著。其最基本的差异的根源,我认为就在于思维方式之不同。东方主综合,西方主分析,倘若仔细推究,这种差异在在有所表现,不论是在人文社会科学中,还是在理工学科中。我这个观点曾招致不少的争论。赞成者有之,否定者有之,想同我商榷者有之,持保留意见者亦有之。我总觉得,许多人(包括我自己在内)对东西方文化了解研究得都还不够深透,有的人连我的想法了解得也还不够全面,不够实事求是,却惟争论是尚,所以我一概置之不答。

有人也许认为，我和我们这种对文化和东西文化差异的看法，是当代或近代的产物。我自己过去就有过这种看法。实则不然。法国伊朗学者阿里·玛扎海里所著《丝绸之路》这一部巨著中有许多关于中国古代发明创造的论述，大多数为我们所不知。我在这里不详细介绍。我只引几段古代波斯人和阿拉伯人论述中国文化和希腊文化的话：

由扎希兹转载的一种萨珊王朝（226—Ca. 640 年）的说法是："希腊人除了理论之外从未创造过任何东西。他们未传授过任何艺术。中国人则相反。他们确实传授了所有的工艺，但他们确实没有任何科学理论。"（329 页）

羡林按：最后一句话不符合事实，中国也是有理论的。这就等于黑格尔说：中国没有哲学。完全是隔膜的外行话。书中还说：

在萨珊王朝之后，费尔多西、赛利比和比鲁尼等人都把丝绸织物、钢、砂浆、泥浆的发现一股脑儿地归于耶摩和耶摩赛德。但我们对于丝织物和钢刀的中国起源论坚信不疑。对于诸如泥浆——水泥等其余问题，它们有 99% 的可能性也是起源于中国。我们这样一来就可以理解安息——萨珊——阿拉伯——土库曼语中一句话的重大意义："希腊人只有一只眼睛，惟有中国人才有两只眼睛。"约萨法·巴尔巴罗于 1471 年和 1474 年在波斯就曾听到过这样的说法。他同时还听说过这样一句学问深奥的表达形式："希腊人仅懂得理论，惟有中国人才拥有技术。"（376 页）

关于一只眼睛和两只眼睛的说法，我还要补充一点：其他人同样也介绍了另外一种说法，它无疑是起源于摩尼教：

"除了以他们的两只眼睛观察一切的中国人和仅以一只眼睛观察的希腊人之外，其他的所有民族都是瞎子。"（329 页）

我之所以这样不厌其烦地引这许多话，绝不是因为外国人夸中国人有两只眼睛而沾沾自喜，睥睨一切。令我感兴趣的是，在这样漫长的时间以前，在波斯和阿拉伯地区就有了这样的说法。我们今天不能不佩服他们观察的细致与深刻，一下子就说到点子上。除了说中国没有理论我不能同意之外，别的意见我是完全同意的。在当时的世界上,确实只是中国和希腊有显著、突出、辉煌的文化。现在中国那一小撮言必称希腊的学者们或什么"者们",可以憬然醒悟了。

但是这也还不是令我最感兴趣的问题。我最浓烈的兴奋点在于,正如我在上面所说的那样,畅谈东西文化之分,极富于近现代的摩登色彩。波斯和阿拉伯传道都证明:东西文化之分的说法,古已有之,于今为烈而已。其次,令我感到欣慰的是,文化的东西二分法,我并非始作俑者,古代的"老外"已先我言之矣。令我更感到欣慰的是我讲的东西方思维方式是东西文化的基础。波斯和阿拉伯古代的说法,我认为完全证实了我的看法。分析出理论,综合出技术,难道不是这样子吗?

时至今日,古希腊连那一只眼睛也早已闭上,欧洲国家继承并发扬了古希腊辉煌的文化,使欧洲文化光照寰宇。工业革命以后,技术也跟了上来,普天之下,莫非欧风。欧美人昏昏然陶醉于自己的胜利之中,以"天之骄子"自命,好像有了两三只眼睛。但他们完全忘记了历史,忽视了当前的危机。而中国呢,则在长时期内,由于内因和外因的缘故,似乎把两只眼睛都已闭上。古代灿烂文化不绝如缕。初则骄横自大,如清初诸帝那样,继则震于西方的船坚炮利,同样昏昏然拜倒在西方的什么裙下,一直到了今天,微有苏醒之意,正在奋发图强中。

从上面谈到的历史事实中,我得出了一个结论:上下五千年,纵横十万里,东西文化的变迁是"三十年河东,三十年河西"。这本来是两句老生常谈,是老百姓的话,并不是我的发明创造。我提出来说明东西文化的关系,国内外都有赞成者,国内外也有反对者,甚至激烈反对者。我窃以为这两句话只说明了一个事实。中国古代哲学讲变易,佛家讲无常,连辩证法也讲事物时时都在变化中。大自然、人类社会和人类内心,无不证明这两句话的正确。我不过捡来利用而已。《三国演义》开宗明义就说:"话说天下大势,分久必合,合久必分。"说的不也就是这个浅显的道理吗?

可是东西方都有人昧于这个浅显的道理。特别是在西方,颇有人在有意识或无意识中,觉得自己的辉煌文化会万岁千秋地辉煌下去的。中国追随者也大有人在。他们根本没有意识到,文化也像世间的万事万物一样,不会永驻的,也是有一个诞生、发展、成长、衰竭、消逝的过程的。

但是,中国有一句俗话:是非自在人心。人是能够辨是非,明事理的。以自己的文化自傲的西方人也不例外。在第一次世界大战以前,西方这种人简直如凤毛麟角。一战爆发,惊醒了某一些有识之士。事实上在一战爆发前,就有人有了预感。德国学者奥斯瓦尔德·斯宾格尔(Oswald Spengler)在1911年就预感到世界大战迫在眉睫。后来大战果然爆发。从1917年起,斯宾格尔就开始写《西方的没落》。书一出版,立即洛阳纸贵。他的基本想法是:文化都可以分为四个阶段:一,青春;二,生长;三,成熟;四,衰败。尽管他的推论方法,收集资料,还难免有主观唯心的色彩。但是,他毕竟有这一份勇气,有这一份睿智,敢预言当时如日中天的,他认为在世界历史上八个文化中惟一还有活力的文化也会"没落"。我们不能不对他表示敬意。美中不足的是,他还没有认识到东方文化和西方文化的存在和交流关系。(参阅齐世荣等译《西方的没落》上下册,商务印书馆,1995年)

在西方,继斯宾格尔而起的是英国历史学家汤因比(Arnold J. Toynbee, 1889—1975年)。他自称是受到了前者的影响。二人同样反对"欧洲中心主义",是他们有先见卓识之处。汤因比继承了斯宾格尔的意见,认为文化——他称之为"文明"——都有生长一直到灭亡的过程。他把人类历史上的文明分为21种,有时又分为26种。这些意见都表述在他的巨著《历史研究》中(1934—1961年),共12卷。他比斯宾格尔高明之处,是引入东方文化的讨论。到了70年代,他同日本社会活动家池田大作对话时,更进一步加以发挥,寄希望于东方文化。(参阅《展望二十一世纪》,国际文化出版公司,1985年)

我并不认为,斯宾格尔和汤因比——继他们之后欧美一些国家还有一批哲学家和历史学家、社会学家,赞成他们的意见,我在这里不具引——等的看法都百分之百正确。但在举世昏昏,特别是欧美人昏昏的情况下,惟独他们闪耀出一点灵光,是十分难能可贵的。他们的看法从大体上来看,我认为是正确的。如果借用上面提到的古代波斯和阿拉伯人的说法,我就想说:希腊人及其后代的那一只眼睛,后来逐渐变成了两只眼睛;可物极必反,现在快要闭上了。中国人的两只眼睛,闭上了一阵,现在又要睁开了。

闭上眼睛的欧美人士,绝大多数一点也不了解东方,而且压根儿也没有了解的愿望。我最近多次听人说到,西方至今还有人认为中国人还缠小脚,拖辫子,抽大烟,养小老婆。甚至连文人学士还有不知道鲁迅为何许人者。在这样地球越变越小,信息爆炸的时代,西方之"文明人"竟还如此昏聩,真不能不令人大为惊异。反观我们中国,情况恰恰相反。欧美的一切,我们几乎都加以崇拜。汉堡包、肯德基、比萨饼,甚至莫须有的加州牛肉面,只要加一个洋字,立即产生大魅力,群众趋之若鹜。连起名字,有的都带有点洋味。个人名字与店铺名字,莫不皆然。至于化妆品,外国进口的本来就多。中国自造的也多冠以洋名,以广招徕。爱国之士,无不痛心疾首,谴责这种崇洋媚外的风气和行为。然而,从一分为二的观点上来看,也有其有利的一面。孙子说:"知己知彼,百战不殆。"专就东西而论,现在的情况是,我们对西方几乎是了若指掌,而西方对东方则如上面所说的那样,是一团漆黑。将来一旦有事,哪一方面占有利条件和地位,昭如日月矣。

对西方的文化,鲁迅先生曾主张"拿来主义"。这个主义至今也没有过时。过去我们拿来,今天我们仍然拿来,只要拿得不过头,不把西方文化的糟粕和垃圾一并拿来,就是好事,就会对我们国家的建设有利。但是,根据我上面讲的情况,我觉得,今天,在拿来主义的同时,我们应该提倡"送去主义",而且应该定为重点。为了全体人类的福利,为了全体人类的未来,我们有义务要送去的,但我们决不会把糟粕和垃圾送给西方。不管他们接受,还是不接受,我们总是要送的。《诗经·大雅》说:"投我以桃,报之以李。"西方文化给人类带来了一些好处。我们中国人,我们东方人,是懂得感恩图报的民族。我们决不会白吃白拿。

那么,报些什么东西呢?送去些什么东西呢?送去的一定是我们东方文化中的精华。送去要有针对性，针对的就是我在上面提到的那一个西方文化产生的"危机"。光说"危机"，过于抽象。具体地说，应该说是"弊端"。近几百年以来，西方文化产生的弊端颇多，举其大者，如环境污染、大气污染、臭氧层破坏、生态平衡破坏、物种灭绝、人口爆炸、新疾病丛生、淡水资源匮乏，等等。此等弊端，如不纠正，则人类前途岌岌可危。弊端产生的根源，与西方文化的分析的思维方式有紧密联系。西方对为人类提供生存所需的大自然分析不息，穷追不息，提出了"征服自然"的口号。"天何言哉！"然而"天"——大自然却是能惩罚的，惩罚的结果就产生了上述诸种弊端。

拯救之方，我认为是有的，这就是"改弦更张"、"改恶向善"，而这一点只有东方文化能做到。东方文化的基本思维方式是综合，表现在哲学上就是"天人合一"，张载的《西铭》是一篇表现"天人合一"思想最精辟的文章："乾称父，坤称母，予兹藐焉，乃混然中处。故天地之塞吾其体，天地之帅吾其性。民吾同胞，物吾与也。"（下略）印度哲学中的"梵我一如"，也表达了同样的思想。总之，东方文化主张人与大自然是朋友，不是敌人，不能讲什么"征服"。只有在了解大自然，热爱大自然的条件下，才能伸手向大自然索取人类衣、食、住、行所需要的一切。也只有这样，人类的前途才有保障。

我们要送给西方的就是这种我们文化中的精华。这就是我们"送去主义"的重要内容。

我们的"李"送了出去，接受不接受呢？实际上，我们还没有正式地送，大规模地送。连我们东方人自己，其中当然包括中国人，还不知道，还不承认自己的这种宝贝，我们盲目追随西方，也同样向自然界开过战，我们也同样有那一些弊端，立即要求西方接受，不也太过分了吗？不过，倘若稍稍留意，人们就会发现，现在世界各国，不管出于什么动机，也不管是根据什么哲学，注意到上述弊端而又力求改变的人越来越多了。今年《日本经济新闻》刊载了高木韧生的文章，说21世纪科研重点将是"人类生存战略"。

这的确是见道之言。我体会,这里所说的"科研"包括文理两个方面。作者把科研提高到"人类生存"这个高度来看,不能不谓之有先见之明,应该受到我们大家的最高的赞扬。至于惊呼人口爆炸的文章,慨叹新疾病产生的议论,让人警惕环境污染、臭氧层破坏、生态平衡的破坏、淡水资源的匮乏等等的号召,几乎天天可见。人类变得聪明起来了,人类前途不是漆黑一片了。我想,世界各国每一个有心人,无不为之欢欣鼓舞。我这一个望九之年的耄耋老人,也为之手舞足蹈了。

我在上面刺刺不休说了那么多话,画龙点睛,不出一点:我曾在一次国际学术讨论会上说过一篇短话,题目叫做"只有东方文化能够拯救人类"。我在上面说的千言万语,其核心就是这一句短短的话。至于已经来到我们门前的21世纪究竟是什么样子?西方文化究竟如何演变?东方文化究竟能起什么具体的不是空洞的作用?人类的前途究竟何去何从?所有这一切问题,都有待于历史发展的进程来加以证明。从前我读过一个近视眼猜匾的笑话。现在新的一个世纪还没有来临,匾还没有挂出来,上面有什么字,我们还不能知道。不管自诩眼睛多么好,看得多么远,在这一块尚未挂出来的匾前,我们都是近视眼。

在这样的情况下,我认为,我们最重要的任务就是学习,就是了解。我们责怪西方不了解东方文化,不了解东方,不了解中国,难道我们自己就了解吗?如果是一个诚实的人,他就应该坦率地承认,我们中国人自己也并不全了解中国,并不全了解东方,并不全了解东方文化。实在说,这是一出无声的悲剧。

了解的惟一途径就是学习,而学习首先必须有资料。对我们知识分子来说,学习资料首先是文字,也就是书籍。环顾当今世界,在"欧洲中心论"还有市场的情况下,在西方某一些人还昏昏然没有睁开眼睛的时候,有关东方的书籍,极少极少。有之,亦多有偏见,不能客观。西方如此,东方也不例外。即使我们有学习的愿望,也是欲学无书。当然,东方各国的情况不尽相同,各国刊出书籍的多寡也不尽相同。但总之是很少的。有的小一点的国家,简直形同空白。有个别东方国家几乎毫无人知,它们的存在在一团迷雾中,若明若暗,似有似无。这也是一出无声的悲剧。

就是为了这个缘故,我们这一批人不自量力——或者更明确地说是认真"量"过了自己的"力",倡议编纂这一套巨大空前的《东方文化集成》。虽然,我们目前的队伍,由于历史造成的原因,还不是太大;我们的基础还不是太雄厚;但是,我们相信主观能动性。我们想"挽狂澜于既倒",我们决非徒托空言。世界人民、东方人民、中国人民的需要,是我们的动力。东方人民和西方人民的相互了解,是我们的愿望。东方人民和西方人民越来越变得聪明,是我们的追求。我们老、中、青三结合,而对著作的要求则是高水平的。我们希望,能通过这个活动,既提高了中国对东方文化的研究水平,又能培养出一批学有专长的人才,收得一举两得之效。

我们既反对"欧洲中心主义",我们反对民族歧视。但我们也并不张扬"东方中心主义"。如果说到或者想到,在21世纪东方文化将首领风骚的话,那也是出于我们对历史发展的观察与预见,并不出于什么"主义"。本着这种精神,我们对东方几十个国家一视同仁。国家不论大小,人口不论多寡,历史不论久暂,地位不论轻重,我们都平等对待,决不抬高与贬低,拜倒与歧视。每一个东方国家都在我们丛书中占有地位。但国家毕竟不同,资料毕竟多寡悬殊。我们也无法强求统一。有的国家占的篇幅多一点,有的少一点。这是实事求是,与歧视毫无关联。我们虔诚希望,在即将来临的21世纪中,中国的两只眼睛都能睁开,而且睁得大大的,明亮而睿智。西方的一只眼睛能变成两只,也同样睁开,而且睁得大大的,明亮而且睿智。世界上各个民族也都有了两只眼睛,都要睁得大大的,明亮而且睿智。我们共同学习,努力互相了解。我们坚决相信,只要能做到这一步,人类会越来越能相互了解,世界和平越来越成为可能,人类的日子会越来越好过,不管还需要多么长的时间,人类有朝一日总会共同进入太平盛世,共同进入大同之域。

1996年3月20日

Foreword to The Selected Books of Oriental Cultures
Ji Xianlin

We are now at a new *fin de siècle*. The so-called "*siècle*" and "*fin de siècle*" are human inventions. Unlike the vicissitudes of the four seasons of nature, which are perennially alternating, and yet unalterable, a "*siècle*" turns out different; for whence would it have come had there been no "Jesus"? And whence the "*fin de siècle*" if no "*siècle*"? How we have come to acquiring this term is, therefore, self-evident. Nevertheless, since the time it was invented, this term has been exerting its potent influence. At the previous "*fin de siècle*", namely, at the end of the nineteenth century, there appeared a number of weird phenomena in such ideological fields as literature and art, and even a term like "*fin de siècle malaise*" was created, a fact that is too well-known to incur any debate or argument about it.

What, then, is the current "*fin de siècle*" like?

This "*fin de siècle*" seems no exception to me. There have been political changes in many countries and regions of the globe, too enormous not to be marveled at. And even in the field of ideology there has been no peace. The debates and arguments centering around issues of cultures and civilizations stand out as a major phenomenon. It is not that people care little about cultural issues at usual times, but that sensitivity tends to flare up whenever the *fin de siècle* approaches. As the present *fin de siècle* shows, people are suddenly awakened to an awareness of cultural problems, and scholars and men of letters from the East and the West alike begin to take to talking more keenly about cultural issues. Articles thrive and conferences multiply. There is a heterogeneous display of opinions eloquently pronounced and glibly maneuvered, each differing from the other. And, thus, has come into being the so-called "culture heat".

In the midst of such an irresistible "culture heat", I, a somewhat ill-informed "wild fox" who, though not having the deliberate mind to share the same fervor, have got invariably embroiled in it. I am of the sort of people who feel choked as if by fish-bones in the throat if their thoughts are impeded from enunciation. I have talked about culture at various conferences and in many an article, especially about the association between oriental and occidental cultures and the role that oriental culture will play in the upcoming century and its status, much of which has evoked quite a few strong responses.

For better illustration, it is not unadvisable to provide a sketchy synopsis of my own attitude toward culture and culture-related issues. In my opinion, over the past few millennia in human history, nations and peoples, big or small, lasting or temporary, have all undeniably made their contributions to culture in the broad sense, though these contributions vary in capacity, nature, content, impact, profundity and endurance. The treasure house of human cultures is built by all the different peoples and nations together, which can be expressed through use of a more literary term, "multiculturalism". It is a fascist announcement that culture is created by only one single people in the world and, therefore, we should never take that stance.

A most salient feature of culture is that once it is born it spreads itself out in all directions and thus is what we mean by "cultural exchange". Culture never claims a single fortress or cuts up the territory and inflicts an insular autarchy, posing itself as a supreme No. 1 monarch hereditarily entitled to all treasures and jewelry. Culture is there for all, and it spreads everywhere regardless of skin color and distance. One of the reasons why man has been able to progress with time and acquire an elaborate knowledge of nature, society and his own heart and thus has secured for himself a good life lies with cultural exchanges.

Despite the myriad of differences and distinctive features, cultures appear as systems. Those with similar or close characteristics form a system. In my own taxonomy, cultures, despite their complications, fall into four systems based on their common features, namely, the Chinese, the Indian, the Arabic-Islamic cultural systems, and the Euro-American cultural system that dates from ancient Greece and Rome. And in a broader dichotomy, all human cultures can be divided into two main bodies, with the former three forming the oriental cultural system and the fourth one standing opposite, which we call the occidental cultural system. No third cultural system has ever been created by mankind.

The oriental and occidental cultural systems share common features but also differ from each other in many respects. As both are cultures, so are there similarities, which I will not dwell upon herewith. The distinctive differences between them have their deep roots, I think, in the different modes of thinking. The East is more inductive while the West is more deductive. The existence of such a difference is manifest where analysis is being performed either in social sciences and humanities or in natural sciences. This view of mine has incurred quite a bit of controversy. Some agree with me, some deny my view, some want to discuss with me about it, and still others claim that they will reserve their opinions. In fact, many (including myself as well) have not yet done a thorough study of the oriental and occidental cultures. And there are still some people, who have not fully understood my ideas before they proceeded to debates and arguments heedless of the facts. And therefore, I shall not respond to these people.

Perhaps some would say that I, together with my view with regard to the cultural differences between the East and the West, am a product of the contemporary or modern times. I used to have the same thought; however, it is not the case. The French scholar Aly Mazahéri who does Iranian studies dealt a lot with the ancient inventions of China in his monumental work *La Route de la Soie*, many of which are still unknown to us. I will not deliberate on details here, but I will only quote some pieces of talk between ancient Persians and Arabs about Chinese culture and

Greek culture:

Jahez quoted a theory of the Sassanian Dynasty (226—Ca. 640), which says: "The Greeks never invented anything except some theories. They never taught any art. But the Chinese were different. They did teach all their arts, but they indeed had no scientific theories whatever."

Here is a note by the present author Ji Xianlin: The last statement is not true. China did have theories. What this statement says is similar to Hegel's idea that there was no philosophy in China, which is a rather lay comment. In the same book, there are statements saying:

After the Sassanian Dynasty, Ferdowsi, Salibee, Al-beruni, and others all attributed the discovery of silk fabrics, steel, mortar, and slurry to Yama and Jamashed. However, we have a firm belief in the origin of silk fabrics and steel knives in China. As to the rest of these discoveries such as slurry — cement and so on, there is a 99% probability that they also originated in China. Seeing things in this way we can appreciate the significance of a Parthian — Sassanian — Arabian — Turkman saying: "The Greeks have only one eye and only the Chinese have two eyes." Josafa Barbaro had learned such a saying earlier in Persia, in 1471 and 1474. Around that time he also heard the same idea expressed in an abstruse manner: "The Greeks only understand theories, but the Chinese are the people who own the technologies."

I would like to add more to the theory of one eye or two

eyes, that is, I want to point out there are others who introduced the same idea, which must have originated in Manich aeism:

"Except the Chinese who observe with both eyes and the Greeks who observe with only one eye, all the other peoples are blind."

I quote such sayings repeatedly not to feel the complacency and smugness about the flattery those foreigners heap upon the Chinese and then assume an air of self-importance. To my curiosity, such sayings existed in Persia and Arabia so long a time ago. And we cannot help today but wonder at the acumen and elaborate insight with which they observed. Indeed, at that time in the world, only China and Greece enjoyed a most prominent and magnificent culture. And it is high time that those handfuls of scholars or learners or whatever "-ers" in China who inevitably talk about nothing else but the Greek tradition come to an awakening.

But this is not where my very curiosity lies. What I am most excited about is, as I have stated above, that there is a modern characteristic of recent times to talk freely about the East-West dichotomy. Persian and Arabian legends have all attested to this long-existing division of oriental and occidental cultures. This split is not new, but only grows more distinct in modern times. Secondly, to my relief, I am not the originator of this East-West dichotomy of cultures. Those ancient "foreigners" went before me in thinking so. And to my greater relief, the modes of thinking of the East and the West that I talk about are the basis of this dichotomy. The Persian and Arabian sayings, I believe, have proved my view on this. Theories come out of induction and technologies out of deduction. And isn't that the truth?

Up till today, even the one eye of the Greeks is already shut. European countries inherited and promoted the magnificent culture of ancient Greece, which in turn made European culture luminous in the world. After the Industrial Revolution, technologies in Europe developed very fast. Accordingly in every nooks and crannies of the globe, there has, ever since, blown a European gust. Therefore the Europeans and the Americans, narcissistically intoxicated, flatter themselves of being "the most favored son of Heaven", feeling as if they were blessed with a third eye, while ignorantly oblivious of history and their current crises. The Chinese, however, seem to have shut both their eyes over a long period due to both internal and external reasons. Even so, their brilliant ancient cultures have never ceased to shine dazzlingly. There were times when the Chinese felt big about themselves, such as the Qing Empire at its heyday, an empire which, succumbing itself later to the prowess of the fleets and the cannons of the West, fell invariably prostrate at the feet of the West. But, today the Chinese nation, having been jolted awake, is striving to reassert itself among the nations of the world.

Based on the historical review above, I can now draw the conclusion that in the long history of five thousand years and in the boundless global space, the eastern and western cultures have taken alternate turns to prevail upon each other, which fact, expressed in an ancient Chinese saying, would be: "Thirty years east of the River and thirty years west of it." This hackneyed cliché has always been used in the common talk and is not at all my invention. I now make use of this phrase to illustrate the east-west relationship and my view has been echoed both at home and abroad. There is, of course, opposition, sometimes bitterly antagonistic, from my home colleagues. However I still humbly hold onto the verity of this saying, for not only the ancient Chinese philosophy speaks of metamorphoses and Buddhism preaches impermanence, but the Western dialectic also advocates constant changes. I only took this saying to prove my point. At its opening, *The Tale of the Three Kingdoms* announces: "It is said that universal order comes after long chaos and vice versa and that is how it generally goes." Isn't this statement speaking the same evident truth?

But there are both Easterners and Westerners who remain ignorant of this apparent truth, especially people in the West, where a number of them consciously or unconsciously indulge themselves with the idea that their once glorious culture is going to last for aeons. Followers in this belief abound in China. However, they have never come to understand that culture, like everything else in the world, is not long-lasting and must go through the whole process of birth, development, growth, debilitation, and extinction.

But, as a Chinese saying goes: "Truth lies in one's heart." One can always tell the right from the wrong and so can the Westerners who take pride in their own culture. Such people were scarce prior to the First World War. But the outburst of World War One awakened many liberal minds. There had even been pre-apprehensions of a world war. The German scholar Oswald Spengler sensed the approach of a world war, which soon truly broke out. From 1917 on, Spengler was writing *The Decline of the West*, the publication of which caused quite a stir. His basic contention was that culture could be classified into four stages: youth, growth, maturation and decline. Despite that there were still signs of subjective idealism in his inductive method and data collection, he had the acumen and courage to pronounce his foresight of a "decline" of the then blossoming culture, the only one of the eight cultures in world history that still showed vitality. We feel obliged to pay him our homage. However, a tiny maculate spot that spoils his theory is that he did not perceive the existential and communicative relationship between oriental and occidental cultures. (For reference, see *The Decline of the West*, 2 vols. Trans. Qi Shirong, Commercial Press, 1995.)

In the west, in the wake of Spengler, the English historian Arnold J. Toynbee (1889—1975) claimed to have been influenced by the former. Both were against "Eurocentrism", which is where their magnitude lies. Toynbee inherited Spengler's theory, holding that cultures — "civilizations", that is, in his terms — must all go through birth and death. And he divided the civilizations in human history into 21 categories, or 26 sometimes. And this is to be seen in his 12-volume work *A study of History*

(1934—1961), in which he excels Spengler in the discussion of the oriental culture. In the 1970s, when he had dialogues with the Japanese social activist Ikeda Daisaku, he gave a full play to this theory of his, placing great hopes on the oriental culture. (*See Prospects for the 21st Century*, International Culture Publishing Corporation, 1985.)

I am not of the opinion that Spengler and Toynbee — and a number of later philosophers and historians from Europe and America who agreed with them and whom I will not quote in detail hereby — are one hundred percent correct. Nevertheless, it indeed is a rare feat, for they have been able to scintillate a few sparkles through the all-pervading murky aura which particularly bleared the minds of the Europeans and Americans. Their opinions, I think, are true in the main. To use the terms of the ancient Persians and Arabs above-mentioned, I am inclined to say that the one eye of the Greeks and their descendents later on gradually turned into two eyes; however, these two eyes, as extremity always results in antithesis, are now about to close. The Chinese eyes, after closing for a while, are now about to open up.

Most of the Europeans and Americans who have closed their eyes know nothing about the East and they do not even have an iota of wish to know about it. I have heard say of late that there are still some in the West who believe the Chinese still bind their feet, wear pigtails, smoke opium pipes, and take concubines. And to top it all, some scholars and men of letters even do not have the slightest idea who Lu Xun is. Isn't it shocking that in a world that is becoming smaller every day and in this era of information explosion those "civilized" Westerners should be so ill-informed and muddleheaded! Reverting to the Chinese, and we find things are completely the opposite. We virtually worship all that is Euro-American. Hamburgers, KFC, Pizzas, and the fabricated California Beef Noodles. Anything, if labeled with foreign words, turns glamorous and shines; and multitudes of people fall over each other to get it. Even some names take on a foreign savor, individual as well as business names. As to cosmetic products, import goods have established their authority, while goods made in China have also crowned themselves with foreign appellations, to add to them a massive consumptive luster. Not strange that very patriotic mind is stricken with pangs and shame, condemning such an adulatory fad and behavior of fawning upon things foreign. However, in a dialectic dichotomy, there is also a positive side to such practice. Sunzi (Sun-tzu) said: "Knowing both oneself and the enemy keeps one victorious in a hundred battles." As far as the East-West issues are concerned, we practically know the West like the palm of our hand, but the West vision about the East, as I have pointed out above, is a murky confusion. It is then self-evident who would hold an advantageous position should there be any conflict in the future between the two.

  Lu Xun once upheld a "take-in" attitude toward the western culture. This principle is by no means out of fashion today. We took in in the past and today we still take in. As long as we do not take in scum and dregs of the Western culture, it is a good thing to do, and good will it be to the construction of our nation. However, according to what I have talked about earlier, we should as well promote the "give-out" practice alongside the take in and further, we should focus on the give out. For the well-being of the entire mankind and their future, we have the obligation to do so, but by no means shall we export scum and dregs to the West. We should introduce our culture to other nations even if they are still not ready to accept it. A verse in "Great Verses of the Kingdom" in *The Book of Odes* says: "When one throws to me a peach, I return him with a plum." Western culture has benefited mankind a lot. We Chinese, and we easterners, are grateful peoples and we shall never take in anything for nothing.

What, then, shall we return them with? What shall we give out to them? That which is to be given out must be the quintessence of our oriental cultures. There should be a clear aim in our giving out. Our aim is to help solve the "crises" born by the occidental culture, as I mentioned above. It is too abstract if I just say the word "crises". To be concrete, we should use the word "malpractices". Over the past centuries, a lot of malpractices have appeared in the Western culture, which have brought about serious problems, the most prominent of them being environmental pollution, air pollution, ruin of the ozone layer, ecological imbalance, extinction of species, population explosion, thriving of new diseases, shortage of fresh water, and so forth. Such problems, if not redressed, will jeopardize the future of human beings. The rise of these problems is intimately connected with the analytical mode of thinking of the Western culture. The Westerners have been ceaselessly and unyieldingly conducting analyses of Nature that provides the necessities for human survival, and hence their call to "conquer nature". "What can heaven say about this?" However, "heaven" — great Nature, is capacitated with a punitive spirit. The punishment we receive is seen in the form of the above-mentioned serious problems.

There is a remedy, I believe, for all these. Namely, we must change over to new ways, or rid the evil and embrace the good. And only the Easterners can fulfil this task. The fundamental mode of thinking of oriental cultures is deduction, whose philosophical version is the synthetic idea of the "oneness of Man and Heaven", best illustrated in Zhang Zai's *West Inscription* (Xi Ming), which says: "*Chien* (Heaven) is the father and Kun (Earth) is the mother; and I am the miniscule infant who dwells whole in the middle. Therefore I am that which infuses Heaven and Earth with my body and that which follows Heaven and Earth with my spirit. And all people are my siblings and all things my counterparts." in Indian philosophy, The idea "Seva-nagri" (the universe and I are one and the same) utters the same truth. In general, oriental cultures hold man as the friend, not enemy, of nature and hence there is no "conquest" whatsoever. We can ask nature for what we need for food, clothing and housing solely on the basis of our knowledge of nature and our love of it. And only in this way can we guarantee a sure future for mankind.

What we will present to the West is such essence of our culture, the principal substance of what we give out.

Will they accept the "plum" we send them? In fact, we haven't ever given awayour presents on a large scale. Even we Orientals ourselves, Chinese included, do not know we have such treasures, and never admit these treasures as ours. We have held the West in blind worship and followed them to wage wars against nature, and we also have similar malpractices. If we demand immediate acceptance of our ideas by the West, isn't that too hasty? Nevertheless, if man ever pays a littleheed, he will discover that in every country in the present world, more and more people are growing aware of and devoting more energy to redressing the above — mentioned malpractices, whatever their motives or philosophical grounds. *Japan Economic Newswire* (Nihon Kezai Shinbon) this year published an article by Takaki Yukyo, saying that the focus of scientific research of the 21st century will be on "the strategies of human survival." This is indeed an honest utterance. As far as I am concerned, what it says about scientific research covers two respects, namely, the liberal arts and the sciences. The author elevates the importance of scientific research to the high plane of "human survival", which is irrefutably a sagacious remark and is thus worthy of our most effusive accolade. As for those commonplace articles that send out alarms at the population explosion and deplore the birth of new diseases, as well as those admonitory calls for people to beware of environmental pollution, destruction of the ozone layer, ecological imbalance, shortage of fresh water, etc., there are so many of them that they are seen almost every day. Mankind has become wiser and the future for mankind is nolonger dark. Every liberal-minded person in the world, I believe, will feel relieved and inspired by this. And I, as a doddering man well-nigh in his nonagenarian years, cannot help but rejoice over this new human awareness, as well.

 I have been rattling on so much above and let me add a word or two of completion to clinch my point. At an international conference, I made a speech entitled "Only Oriental Cultures Can Save Mankind". What I have been talking about above boils down simply to such a brief statement. As to what the 21st century will bring us, a century that is now at our threshold, in what way the occidental culture is to evolve, what concrete, rather than empty roles, oriental cultures will play, and whither goes the future of mankind — all such questions still await historical evidence to present answers. I once read a joke about a nearsighted man guessing at the words on a plaque. And for now, the new century has not yet arrived and the plaque has not been hung up and we do not know for sure what words are inscribed on it. And no matter how sharp we brag our eyes are and how far we can see, we are all myopic before the plaque is hung up.

 In such circumstances, the most important task for us, I believe, is to study, to know. We have been accusing the West of not knowing oriental cultures, not knowing the East, and not knowing China; nevertheless, do we ourselves know China? An honest man would frankly acknowledge that we Chinese do not know China so well, nor the East, nor oriental cultures. To be frank, this is a voiceless tragedy.

The only way to know is to study, and to study there first has to be materials. As far as we intelligentsia are concerned, to study materials is primarily to study writings, or books. Looking around the world, in such a time when there is still a market for "Eurocentrism" and when some people in the West have not yet opened their lethargic eyes, we find a scarcity of books about the East. Those books, if any, many of them have prejudice and are not in the least objective. This shortage of books applies to the West and the East alike. Even if we have the yearning to study, there are no books. Of course, circumstances vary with different countries in the East and the number of books published in each country also varies. But generally speaking, books have been scanty. Books about some smaller-sized countries are practically non-existent. And a few eastern countries almost hardly arrest any international attention. They are surrounded by a hazy and nebulous mist, with a fickle glow that suggests their mystic existence. And this is anther voiceless tragedy.

For this very reason, we who do not take proper measures of ourselves, or rather, we who have seriously measured our own capacity, offer to compile this unprecedented voluminous set of books *The Selected Books of Oriental Cultures*. Although our current team is not big enough because of historical reasons, although we are still insufficient where the academic foundation is concerned, we have confidence in our subjective initiative. We will "brace ourselves up in face of the overwhelming waves" and we mean to fulfill this task in earnest. What people in the world, the eastern people, and the Chinese people need is what propels us forward. We cherish a sincere hope that a mutual understanding can be reached between the eastern and the western peoples. And it is our pursuit also in publishing this set of books to make both the eastern and western peoples grow wiser. Our team consists of different ages but our requirements on the work done by each member are of a universal high level. We hope to promote the level of oriental cultural studies in China through this project and cultivate a group of committed minds, which is a double target of this project.

We are against "Eurocentrism" and racial discrimination. However, we do not advocate a "Centrism of the East" either. If by chance we say or think that in the 21st century the East will take the lead, that is based on our observation and prediction of historical development, but not on any "ism". In this spirit, we hold the dozens of eastern countries all as equals. We treat every country on an equal footing, regardless of size, history, status and population. And we neither elevate nor belittle any one country; nor do we hold any one of them in contempt or in worship. Every eastern nation is granted an equal status in our series. However, as a matter of fact, countries differ from one another and availability of source materials varies. Therefore, some countries take up more space and some less. And this is purely the way things are and has nothing to do with discrimination whatsoever. We sincerely hope that in the arriving 21st century, China will open both her eyes, and the West will also acquire one more eye. With wide and bright eyes, we will study together, trying to achieve mutual understanding. It is our firm belief that as long as we make such efforts, nations will understand one another more and there will be a better prospect of peace and welfare for all human beings. We firmly believe, no matter how long it requires, the day will be with us when universal peace and the world of oneness will finally come true.

March 20,1996

序　言

严绍璗

对我们中国学术界的绝大多数学人来说,厨川白村是一位"熟悉的陌生人",这是一个有趣的"悖论"。

说我们对他"熟悉",指的是厨川白村作为20世纪初期日本的文学理论家与社会文明批评家,由于当年田汉、茅盾、谢六逸、鲁迅等的译介,他的论说成为中国"五四"新文化运动中重要的外国文艺学说的"言说者",特别是他的《苦闷的象征》(丰子恺、鲁迅等分别译出)、《出了象牙之塔》(鲁迅、夏绿蕉等分别译出)等在国内知识界流播之后,他的"言说"便积极地参与了中国新文化运动。在这一领域中对他的研究至今不衰。

说我们对他"陌生",指的是我国学术界特别是研究现代文化(包括现代文学)的大多数学人在"言说"厨川白村思想的时候,几乎全部集中在由翻译者们译介的他的50余篇论说以及由此而展现的厨川白村的思想观念。对厨川白村这个"人"(包括他的学术与精神的轨迹)作为一个"整体性的文本",我们的把握与阐述就显得比较浅层次了。这里至少包括在这样几个层面上我们其实还是很茫然的:其一,由"五四"文化中被译介为汉文的厨川白村的诸种著述,在他的总体文艺论说与社会文明批判中究竟占有什么样的地位? 其二,厨川白村的文艺论说与社会批评的基本立场和价值观念究竟包孕着些什么样的内容,即"厨川白村理论的本体"究竟应该如何表述?在同时代的日本学术界它又具有什么样的地位?其三,在厨川白村生活的明治后期与大正时代,究竟是什么样的"文化语境"促使他产生了如是的观念并形成自己的体系?假如我们的研究者对上述三个层面缺少把握,那么我们又怎么能够准确地阐述他与中国新文化的关联呢?

这个"陌生感"从根本上讲,我觉得也不能过多地批评我国的研究者。在今天的日本学术界,其实,"厨川白村学说"是他们几乎忘记了的一种"学术存在",厨川白村本人则是被他们的现代学术潮流抛掷在圈外的一位"幽灵"了。在我们的视野内,竟然未能读到过日本学者对厨川白村具有整体性研究的论著。

本书作者李强博士关注这一"陌生的课题"已近十年。他以自身丰厚的日本近代文学的研究作为基础,把"比较文学的观念"作为研究"个案作家"的"本体论意识"引入到对厨川白村的研讨中。此即他站立于多元文化的语境层面中,从"文学(包括文学思想)发生学"的视角作为解析厨川白村"精神发展轨迹"的起始,考察厨川白村的生命历程在日本大正"民主主义"和"文化主义"中追求"人性理解"和"人性表述"的基本踪迹,由此而阐述其关于文学的"情绪主观"的论说逻辑,从而基本上展现了厨川白村作为文学理论批评家的实像。在此基础上,本书在更加宽阔的文化语境中,特别在对厨川白村留学美国的"客观状态"与"主观经验"中,也即在当时世界上最高度发达的"资本主义文明"中,考察厨川白村精神发展的"拐点"与"提升",深入地阐述了他由一位"文学理论家"转型为"社会文明批评家",而最终成为"反抗社会的斗士"的精神发展的特征,从而在第二个层面上再次展现了厨川白村的精神实态。

李强博士是一位学养有素的研究者,他对厨川白村的阐述始终坚持以原典文本的细读为基础。据我所知,他在十年中几乎研读和浏览过厨川白村的现存的全部著作,数次在日本考察体验厨川白村的生存状态,并与中国和日本的相关研究者共同磋商有兴趣的话题,精研深思,终于成就现在展现于读者面前的这部专著。

我阅读李强博士这一大著,感慨系之,综括大概有三个层面的思考。在第一个层面上,我以为由于本书的刊出,它所提供的研究成果,可以为我国从事现代文化(包括现代文学)的研究者在研讨厨川白村与中国新文学的关系时,有了一个关于这位文学理论家和社会批评家的整体实像,从而可以使研究者的思考在超越以往"汉文译本"的状态中更加全面地理解与把握作厨川白村论说的总体特征。在第二个层面上,作为本书研究与阐述的对象厨川白村,正像我在前面所说的是一位被当代日本学界多少已经忘记了的、但却是在他们近代文化的形成过程中曾经出现过的作为"时代斗士"的学者。本研究试图从整体精神上开掘他的价值,展现他的意义。这一研究本身体现了我国人文学者30余年来在关注"世界文明史"的研究中正在逐步扩展自己的学术视野,可以说,在东亚范围内,包括本研究专题在内的我国一系列研究报告的出现,表明中国学者东亚研究的"大视野"已经形成。在第三个层面上,本书所展示的研究成果与作者在研讨中自觉地运用"比较文学的意识"和"原典实证的方法论"密切相关。学术界有些朋友一直以为"比较文学"一词,只不过是"文学研究"中的一个"时尚"的名词而已,总是觉得"它能搞出什么名堂来呢";也有一些朋友认为,所谓"比较文学"就是把"两国的文学"拿来"比较比较"。这实在是因为研究者未能"登其堂"、"入其室"、"识其面"的缘故,没有实践的经验当然就不可能有切实的体验。我们一直申言,"比较文学"是"文学研究的本体性观念",

它注重的是在"跨文化"的"多元文化语境"中把握与阐述文学,它研讨的是"文学运行"在多层面上表现的内在逻辑。当我们逐步理解并掌握了这一"本体性观念"后,我们也就摆脱了把"比较文学意识"言说为就是把"文学比较比较"的外观性肤浅图解。近十年来,我一直思考如何建构"民族文学(国别文学)研究中的比较文学研究空间"①。李强博士的此本大著,在一定的意义上可以说,是这一构思的一种实践。我们正在探讨一种研究的思路,或许本书可以作为有价值的尝试。

我作为李强博士这一部著作的先行读者,有了这样一些粗浅的体会,写下来愿与诸位共商,为序。

2008年3月2日于京西北大兰旗营小区跬步斋

---

① 1999年严绍璗在中国社会科学院文学研究所举行的"迎接新世纪的文学研究名师讲坛"上的讲话《树立中国文学研究的国际文化意识》(载《中国现代文学研究》2000年第1辑),2005年5月严绍璗著《民族文学研究中的比较文学空间》,此文首刊《中国比较文学》2005年第3期,《新华文摘》2005年第21期封面标题转载,2005年12月北京大学东方文学研究中心等编辑的《东西方文化对话语境下的蒙古文学与比较文学》(民族出版社刊)编入,2006年王守常、张文定主编《中国文化的传承与创新》(北京大学出版社刊)编入等。

目　录

《东方文化集成》编辑委员会 …………………………… 1
《东方文化集成》总序 ……………………… 季羡林 4
序　言 …………………………………………… 严绍璗 31

绪　论　厨川白村研究的学术史和方法论说明 ………… 1
　第一节　厨川白村研究的学术史评述 ………………… 3
　　一、日本的厨川白村研究 …………………………… 3
　　二、中国的厨川白村研究 …………………………… 14
　第二节　厨川白村文艺思想研究的必要性与
　　　　　方法论说明 ………………………………… 37

第一章　厨川白村文艺思想发生的文化语境 …………… 45
　第一节　新文学对"现代性"的追求 ………………… 46
　第二节　明治与大正时代的文艺批评 ………………… 57
　第三节　作为背景的"大正民主主义"和
　　　　　"大正文化主义" ………………………… 71

第二章　厨川白村早期文艺观探源 ……………………… 81
　第一节　早期的人生经历与文学活动 ………………… 83

一、天才教育与个性的生成 …………………………… 83
二、文艺生涯的正式起步 ……………………………… 89
三、走上学者之路 ……………………………………… 94
第二节 "人性"与"生命"意识的萌生 ……………………… 99
一、小泉八云的文学传道 ……………………………… 100
二、蔼理斯的影响 ……………………………………… 107

第三章 现代文艺批评意识的确立 …………………………… 113
第一节 "述而不作"的欧美文学介绍
——《近代文学十讲》 …………………………… 114
第二节 "两种力的冲突"——《文艺思潮论》 ……………… 123
第三节 "情绪主观"与"时代精神" ………………………… 129

第四章 从文艺批评到社会·文明批评 ……………………… 145
第一节 在大学教授与"市井"批评家之间 ………………… 147
一、美国留学前后 ……………………………………… 147
二、大学教授与"市井"批评家 ……………………… 152
第二节 离开"书斋"走向"社会" …………………………… 160
一、"四十不惑"的选择 ………………………………… 160
二、《出了象牙之塔》与《走向十字街头》 ………… 170
第三节 "大正民主主义的女性论"
——《近代的恋爱观》 …………………………… 182
一、恋爱观的新定义 …………………………………… 183
二、"性欲"与恋爱关系的"现代"阐释 ……………… 192
第四节 "Essay"与"自我表现" …………………………… 197
一、关于"Essay" ……………………………………… 198
二、"表现自己不伪不饰的真" ………………………… 202

第五章 《苦闷的象征》——文艺理论及美学思想的集大成 …… 207
第一节 作为《文学序论》的创成过程 …… 209
一、一部未完的《文学序论》 …… 209
二、《苦闷的象征》单行本与杂志版本的比较 …… 213
三、松原宽的质疑 …… 228
第二节 "生命哲学"的艺术诠释 …… 232
第三节 弗洛伊德学说的"借用" …… 240
第四节 "表现主义"与"苦闷的象征" …… 248

结束语 …… 257

参考文献 …… 265

附 录 …… 283
附录一 厨川白村年谱 …… 284
附录二 厨川白村著作初版一览表 …… 288
附录三 厨川白村两种全集的编辑比较 …… 290
附录四 厨川白村身后著作出版一览表 …… 298
附录五 日本厨川白村研究(文章)论文一览表 …… 302
附录六 厨川白村著作汉译本初版一览表 …… 315
附录七 厨川白村著作(文章)汉译初版一览表 …… 317
附录八 中国厨川白村研究论文(文章·专著)一览表 …… 325
附录九 《近代文学十讲》目录 …… 339
附录十 《苦闷的象征》杂志版与单行本的比较 …… 350

后 记 …… 459

Contents

Preface ·· Yan shaodang

Introduction **Introduction to the history and the methodology in research on Kuriyagawa Hakuson** ·························· 1

  1. A commentary on the history of the research on Kuriyagawa Hakuson ································· 3

    a. The research on Kuriyagawa Hakuson in Japan ·· 3

    b. The reasearch on Kuriyagawa Hakuson in China ·· 14

  2. The necessity of the reasearch and the methodology in the reasearch ···························· 37

Chapter Ⅰ. Culture context of the Kuriyagawa Hakuson 's thought of literature and art ······························· 45

  1. New literature' s pursue for the modernity ············· 46

  2. Literary and art criticism in the era of meiji and taisyo ··· 57

3. Democracy and culture in the era of taisyo, the social background ·········· 71

Chapter II. Study on Kuriyagawa Hakuson's early viewpoint of literature and art ········· 81

1. Early life and literary activities ·················· 83
   a. Instruction of prodigy and the forming of personality ················ 83
   b. Beginning of literary career ················ 89
   c. Becoming a scholar ·················· 94
2. Initiation of the consciousness of humanity and life ················ 99
   a. Koizumi Yakumo's literary propagation ············· 100
   b. Havelock Ellis's influence ················ 107

Chapter III. Establishment of modern literary and art criticism ·················· 113

1. Ten Lectures on Modern Literature -introduction to the western literature ············· 114
2. On the trend of literary thoughts -the conflict of two powers ················ 123
3. Emotional subjective and spirit of times ············· 129

Chapter IV. From literary and art criticism to society criticism ················ 145

1. Between professor and a social critic ············· 147

    a. Before and after studying abroad ················· 147
    b. A professor and a social critic ······················ 152
  2. From ivory tower to society ···························· 160
    a. Choice at age forty ·································· 160
    b. Out of the ivory tower and
       to the crossroads ···································· 170
  3. Views on love in modern times -Concept
    of Woman in the Democracy of taisyo ················ 182
    a. New definition of the view on love ················ 183
    b. Modern Interpretation of the relation
       between sexuality and love ························· 192
  4. Essay and self-expression ····························· 197
    a. About Essay ··· 198
    b. Show the truth of oneself ·························· 202

Chapter V. A combination of the theory of literature and artand the thought of esthetics ········ 207

1. The writing of literature prodrome ····················· 209
    a. Unfinished literature prodrome ····················· 209
    b. Camparation between the separate
       edition and the magazine editio ····················· 213
    c. Questioning from Matubara Hiroshi ················ 228
2. Artistic explanation of life philosophy ················ 232
3. Reference from Freud's theory ························ 240
4. Expressionism and The Symbol of Depression ········ 248

Epilogue ·· 257
Bibliography ·· 265
Appendix ·· 283
  1. Chronicle of Kuriyagawa Hakuson ····················· 284
  2. First publishing of Kuriyagawa
     Hakuson's works ·································· 288
  3. Comparison between two versions of Kuriyagawa
     Hakuson's collected works ························· 290
  4. The publishing after his death ························· 298
  5. Papers on the research about Kuriyagawa
     Hakuson in Japan ·································· 302
  6. First publishing of Chinese translation of
     Kuriyagawa Hakuson's works ······················· 315
  7. First publishing of Chinese translation
     of Kuriyagawa Hakuson's
     works and articles ································· 317
  8. Papers on the research about Kuriyagawa
     Hakuson in China ································· 325
  9. Catalog of Ten Lectures on Modern
     Literature ··· 339
  10. Camparation between the separate edition
      and the magazine edition of The
      Symbol of Depression ···························· 350

Postscript ··· 459

绪论 厨川白村研究的学术史和方法论说明

厨川白村(kuriyagawa hakuson,1880-1923),是活跃于日本大正文坛的一位热烈而深沉的文艺思想家和批评家,也是以翻译和研究英美诗歌而著称的英美文学研究家。一生著述近400万字,主要有:《近代文学十讲》、《文艺思潮论》、《印象记》、《小泉先生及其他》、《出了象牙之塔》、《英诗选释》(全二卷)、《近代的恋爱观》、《走向十字街头》、《苦闷的象征》、《最近英诗概论》等。从中日现代文学交流关系的角度来看,厨川白村是日本大正时期的文艺思想家、批评家和理论家在中国被译介被言说最多,而且是影响最大的一个。从20世纪10年代末开始,厨川白村就成为中国现代文坛译介的重要对象。在20世纪20年代初至30年代初的10年中,厨川白村的主要著作《近代文学十讲》、《文艺思潮论》、《苦闷的象征》、《出了象牙之塔》、《走向十字街头》、《近代的恋爱观》、《北美印象记》、《小泉八云及其他》、《欧美文学评论》等被相继译成中文出版,从不同的侧面影响了中国现代文坛的一批重要人物,如鲁迅、丰子恺、老舍、石评梅、胡风、路翎、许钦文、钟敬文,等等。为此,厨川白村与中国现代文坛结下了不解之缘,成为中日现代文学交流关系研究中的一个重要对象。80多年来,中国和日本的学界对厨川白村其人其学都做过怎样的研究?现状又如何?这是在选择以厨川白村为研究对象时,必须首先考虑和切实了解的一个前提性的问题。所以,作为本书写作的第一步,笔者想从厨川白村研究的学术史谈起。

第一节 厨川白村研究的学术史评述

一、日本的厨川白村研究

据目前掌握的资料,从时间上看,大致可以分为五个时期。作这样的划分,主要是考虑到各个时期的特点,以及在研究领域所达到的水平。

第一个时期:1912 年至 1923 年

从 1912 年 3 月发表处女作《近代文学十讲》算起,到 1923 年 9 月罹难于关东大地震为止,厨川白村的著述生涯为十一年。十一年中,他发表过七部专著、一部译著和一部小说,此外还有六部教材。其中,《近代文学十讲》、《出了象牙之塔》(1920 年)和《近代的恋爱观》(1922 年)一出版,便"不胫走万本",一时有洛阳纸贵之誉。学界各派对此均有不同的反响和评价,自然也就有了不少的"研究成果"。(在有关章节中涉及,此处不赘。)

第二个时期:1923 年至 1933 年

以厨川白村去世的 1923 年 9 月为契机,龙谷大学主办的《宗教与艺术》杂志、英语青年社主办的《英语青年》(半月刊)杂志和京都帝国大学主办的《艺文》杂志分别于当年的 10 月 25 日、10 月 29 日和 11 月 1 日出版了"厨川白村追悼号"。其中,《英语青年》第 50 卷第 2 号以临时增刊的形式编辑出版了"厨川白村追悼号",并一直持续到次年1月15日出版的第50卷第8号。包括厨川白村夫人在内,厨川白村的老师、生前好友和弟子,怀着悲痛和崇敬的心情,从不同的角度对厨川白村的人格魅力、学术品格、治学态度、著述逸事等进行了追忆和缅怀,为日后的厨川白村研究留下了翔实可信的资料。

与此前后,厨川白村的夫人和弟子对厨川白村生前的遗著进行了整理,从1923年12月起,《走向十字街头》(1923年12月)、《苦闷的象征》(1924年2月)、《英诗选释》第二卷(1924年3月)、《最近英诗概论》(1926年7月)等一批厨川白村重要著作的单行本相继问世。随后,8卷本的《厨川白村集》也由福永书店厨川白村刊行会于1924年12月至1926年4月陆续出齐。1926年9月厨川白村夫人选编的《白村随笔集》由人文会出版部出版。1929年2月至8月改造社又出版了6卷本的《厨川白村全集》。1926年12月至1931年12月,改造社编辑出版63卷本的《现代日本文学全集》,其中的第20卷(1929年12月出版,上田·厨川·阿部卷)中收入了厨川白村的14篇文章。①另外,1933年,改造社又陆续出版了厨川白村主要著作的文库本(详见附录四)。从这一时期厨川白村著作的出版情况来看,足以证明"厨川白村热"在厨川白村去世后至少持续了10年。

第三个时期:1934年至1945年

为沉寂期。其间没有出版过厨川白村的任何著作,学界

---

① 为《文艺思潮论》、《小泉先生》、《年轻艺术家的群体》、《出了象牙之塔》、《作为艺术的漫画》、《近代的恋爱观》、《恶魔的宗教》、《真是梦吗?》、《追帽子》、《天衣》、《自"夏娃之歌"》、《致F-》、《致海伦》、《我的烦恼,月下》等14篇。

对厨川白村的研究基本处于停滞状态。在笔者查阅的范围内,仅发现2篇由厨川白村的弟子或后人发表的介绍或回忆性的文章(详见附录五),与前两个时期相比,反差极大,"厨川白村热"急剧降温。据说30年代中后期进入京都帝国大学的学生甚至都不知道厨川白村的名字。厨川白村被淡出文坛,遂被人遗忘,速度之快令人瞠目。①有论者指出:随着厨川白村全集的出版,厨川白村在文坛的使命即宣告结束。进入昭和时期(1926-1989),他的恋爱论也时过境迁,加之英国文学研究界俊才辈出,厨川白村终于成了历史的过客。②

第四个时期:1946年至1979年

从40年代末起,沉寂了10年之久的厨川白村研究开始有了复苏的迹象。尽管此间发表的文章和论文总数仅为23篇,但从研究视角和学术倾向来看,足以证明日本学界有人在重新审视厨川白村。对厨川白村其人其学的研究在以下三个方面有所突破。

一、作为个案研究,出现了一批介绍厨川白村生平史料和学术生涯的专题性文章。这些文章考订厨川白村的生平,勾索厨川白村的情志,在忠于史料的基础上对厨川白村的行迹进行了详细的记录。如:野口美枝子的《厨川白村》、③衣笠梅二郎的《厨川白村博士简介》、④小玉晃一的《厨川白村备

---

① 参见小川环树:《关于厨川白村博士》,载《小川环树著作集》,第225页,筑摩书房,1997年5月。
② 吉田正俊:《〈近代文学十讲〉及其他》,载《英语教育》1967年2月号。
③ 载《学苑》第14卷第1号,1952年1月。
④ 载《主流》第十六号(复刊六号),1953年9月。

忘》①和安藤美登里等的《厨川白村》②等。其中,昭和女子大学近代文学研究室安藤美登里等撰写的《厨川白村》,不仅详尽考订了厨川白村的生平史料和学术生涯,而且还提供了厨川白村的著作文章和研究资料年表,堪称此类研究的典范,至今仍难觅出其右者。至此,学界对厨川白村的生平研究可以说已经达到了一个较为全面和深入的阶段。

二、1958年3月,筑摩书房编辑出版《现代日本文学全集》(共96集),其中第94卷的《现代文艺评论集(一)》收录了厨川白村的《创作论》。③ 日本著名文学史家、文艺评论家小田切秀雄在该卷的"解说"中称:"厨川白村作为大正时期的文学思想家和社会评论家,发挥了极大的作用。……《近代文学十讲》和《文艺思潮论》开欧美近代文艺思潮概述之先河,至今仍不失其生命力。……《创作论》则尝试性地分析了文学创作的内在结构,现在仍具有参考价值。"④另外,在1960年明治书院出版的《现代文学讲座——人与作品》一书中,文学史家、文艺评论家长谷川泉也称:厨川白村"作为大正时期的文艺评论家和文明批评家留下了很大的业绩,特别是《近代文学十讲》和《文艺思潮论》作为其最早的系统介绍19世纪中叶至20世纪初欧美近代文学思潮的著述,至今仍具有生命力。"⑤这是时隔30多年后日本学界对厨川白村作出的一种客观和如实的评价,说明厨川白村其人其作在日本

---

① 载《英文学思潮》第35卷,1964年12月。
② 载《近代文学研究丛书》第22卷,昭和女子大学近代文学研究室,1964年12月。
③ 为《苦闷的象征》单行本第一部分的"创作论"。
④ 《现代日本文学全集94 - 现代文艺评论集(一)》,第420页,(东京)筑摩书房,1958年3月(笔者译)。
⑤ 《现代文学讲座 - 人与作品》,第30 - 31页,(东京)明治书院,1960年5月(笔者译)。

还是具有一定的历史地位和学术价值的。

三、随着比较研究的兴起,影响研究开始成为厨川白村研究中的一个新的学术生长点。1958年12月,丸山升以《鲁迅与厨川白村》①一文开其先河,率先就鲁迅与厨川白村的影响关系作了实证性的研究。这样的研究还可以举出楠原俊代的《鲁迅与厨川白村》②和曾根博义的《弗洛伊德的介绍和影响》③等。其中,曾根博义的《弗洛伊德的介绍和影响》对厨川白村接受弗洛伊德的学说作了会通性的研究,是日本第一篇论及厨川白村与弗洛伊德影响关系的文章。

第五个时期:1980年以降

进入20世纪80年代以来,日本的厨川白村研究主要集中在厨川白村与中国文学的比较研究上。据笔者统计,截止2005年底,有关厨川白村研究的学术论文共计40篇。其中有30篇是运用比较文学的方法,探讨和论述了厨川白村与中国现代文坛以及相关作家之间的影响和接受关系。比如:相浦杲的《鲁迅与厨川白村》④、和《从比较文学的角度考察鲁迅的散文诗集"野草"》⑤、伊藤虎丸的《郁达夫与大正文学》⑥、藤田昌志的《鲁迅与厨川白村》⑦、后藤岩奈的《胡风与厨川白村的文艺观》⑧、工藤贵正的《民国文坛与厨川白村——以

---

① 载《鲁迅研究》21号,1958年12月。
② 载《中国文学报》第26册,1976年4月。
③ 载《昭和文学的诸问题》,(东京)笠间书院,1979年5月。
④ 载《中国语学·文学论集-伊地智善继·辻本春彦两教授退官记念》(东京)东方书店,1983年12月。
⑤ 载大阪外国语大学《国际关系论的综合研究》1982年度,1983年12月。
⑥ 载伊藤虎丸等编:《近代文学中的中国和日本》,(日本)汲古书店,1986年10月。
⑦ 载《中国学志》需号(第5号),1990年12月15日。
⑧ 载《新潟大学语言文化研究》第4号,1998年12月。

"近代恋爱观"的融摄为中心》①等。作者中既有老一辈的学者,也有中青年的学术后辈,另外,还有不少中国留学生加盟其中。这些论文大多具有相当高的文献和史料价值,实证分析极为精细,保证了研究成果的历史真实性和学术可靠性,从一个侧面反映了80年代以来日本厨川白村研究的学术热点。其中,相浦杲的《鲁迅与厨川白村》和《从比较文学的角度考察鲁迅的散文诗集"野草"》极为实证地考察了厨川白村对鲁迅,特别是《苦闷的象征》对《野草》的影响关系。"在搜罗大量的、几乎是近于穷尽这一课题的材料的基础上,对鲁迅接受与介绍厨川白村的全部过程,作了清晰的梳理和论述。"②这两篇文章译成中文③后,在中国学界反响极大,被认为"是在中国现代文学研究的工作中所少见的"④。

综合上述情况来看,日本厨川白村研究的功过得失可以归纳为以下几点:

(1)厨川白村遗著和全集编辑出版及时

厨川白村英年早逝,生前有四部书稿未能成书。其中有集厨川白村文艺理论和美学思想之大成的《苦闷的象征》、也有厨川白村为之倾注了毕生精力的《英诗选释》第二卷和《最近英诗概论》。对于厨川白村遗著和全集的出版,其夫人和亲炙弟子功不可没。正是在他们的奔波劳碌下,厨川白村的

---

① 载《现代中国》第75号,2001年。
② 孙玉石:《现代文学研究学术的风范－读相浦杲先生〈20世界中国文学研究论集〉》,载《鲁迅研究月刊》1997年第2期。
③ 载《考证·比较·鉴赏－二十世纪中国文学研究论集》,北京大学出版社,1996年8月。
④ 孙玉石:《现代文学研究学术的风范－读相浦杲先生〈20世界中国文学研究论集〉》,载《鲁迅研究月刊》1997年第2期。

遗著和全集才得以及时圆满地编辑出版。其中,8卷本的《厨川白村集》是厨川白村死后不到一年半的时间内陆续出版的。其速度之快、装帧之豪华,创下了当时日本个人全集出版的先例。1929年改造社又用了7个月的时间出版了6卷本的《厨川白村全集》。尽管这两种全集在编辑体例上有所不同,所收文章也不尽相同,但基本收入了厨川白村不同时期的主要文章(详见附录三),为后人研究厨川白村提供了宝贵的文本资料。

另外,厨川白村生前的藏书,除极少部分赠送给生前好友和亲炙弟子外,绝大部分以"厨川白村文库"的形式保存在东京大学的图书馆内①。通过"厨川白村文库"的藏书,可以间接地了解到厨川白村生前的读书兴趣和知识结构。

(2)厨川白村研究"先天不足",从毁誉参半到低调评价

厨川白村这个名字自从出现于日本文坛,就一直处在众说纷纭之中。其中不乏肯定和赞扬,也有怀疑和误解,当然也有否定和中伤。无论是在厨川白村生前从事文艺活动的各个时期,还是在厨川白村身后,这种情况都程度不同地存在着。就前三个时期而言,正面的评价,包括悼念文章在内,基本都出自于厨川白村的弟子和同行。景仰性的介绍和评述要远远多于理性的分析和深入的探讨,严格意义上的学术论文几乎为零。究其原因,笔者认为,一是因为:厨川白村生前在京都帝国大学(包括高等学校)从事英国文学教学和研究长达20年,可谓桃李满天下。继上田敏之后,厨川白村又成为日本英国文学京都学派的代表。曾以厚实渊博的学问、独到新颖的

---

① 参见野口美枝子:《厨川白村》,载《学苑》第14卷第1号。

见解,在京都帝国大学和社会上"辉煌"了10年之久,是一位倍受公众注目的"社会人士"。加之日本社会历来注重"竖向的人际关系"。所以,出于对厨川白村的景仰和敬畏,其同行和弟子很难有勇气对其著述和学术观点进行深入系统的探讨和研究。二是因为:在日本学界,由于研究领域的细分和条块分割,厨川白村的业绩被人为和机械地分为欧美文学介绍、英美诗歌文学研究和社会·文明批评三部分。这样就造成了厨川白村在各个领域都"业绩平平"的尴尬局面。尽管《近代文学十讲》、《出了象牙之塔》和《近代的恋爱观》在不同的时期都曾经轰动过文坛,给厨川白村带来极大的声誉,但却因为时过境迁,被人很快遗忘。20世纪60年代,日本曾经出版过一本由厨川白村弟子写的题为《日本英国文学的学统》①的专著。书中仅涉及了坪内逍遥、小泉八云、上田敏和平田秃木等四位学者。有人曾问过该书作者为何不收夏目漱石和厨川白村,得到的答复是:夏目漱石已有众多的专著论及,至于厨川白村,因为是弟子,所以碍难写出真正的厨川白村论。②其实,厨川白村的这位弟子早在1950年6月写的《厨川白村》③一文中就已经清楚地表明:他对厨川白村由文艺批评转向社会·文明批评,脱离了专业的英国文学研究感到莫大的遗憾。

就负面的评价而言,持否定和批判态度的文章大多集中在厨川白村生前。这些文章多从研究者自身的研究领域和角度出发去评价厨川白村的著述和学术观点,其中当然不乏剀切之见,但总体上讲,凿空和肤泛之论居多。有论者认为《近

---

① 矢野峰人:《日本英国文学的学统》,(东京)研究社,1961年10月。
② 参见小玉晃一:《厨川白村备忘》,载《英文学思潮》第35卷,1952年12月。
③ 矢野峰人:《厨川白村》,载辰野隆编:《近代日本的教养人》,(京都)实业之日本社,1950年6月。

代文学十讲》缺乏独特见解,也有论者认为《出了象牙之塔》和《走向十字街头》是漫骂录,更有论者认为《近代的恋爱观》是危险的学说,等等。所以,可以日本的厨川白村研究从起步伊始就已经落下了"先天不足"的病根。

(3)厨川白村作为主流文艺思想家和批评家的地位未能得到认可

由于厨川白村集文艺理论和美学思想之大成的《苦闷的象征》是其死后出版的一部遗著,加之又是一部未完的著作。所以,作为主流文艺思想家和批评家,厨川白村本人和《苦闷的象征》等并未得到日本文艺理论界和批评界的认可。在笔者查阅过的 20 部大型日文版辞书中,尽管多数称厨川白村为英国文学研究者和文艺评论家,但实际上毋宁说是将厨川白村定位于英国文学研究者和社会·文明批评家。即使有人研究厨川白村的文艺思想和批评实践,那也是将他排除在主流思想家、评论家和批评家的行列之外,关注的是被学界认定为社会·文明批评的一些相关文章,尤其是《近代的恋爱观》,而并非厨川白村纯文学的批评论述。所以,在一些权威的文学理论史或文艺批评史的专著中根本就见不到厨川白村的名字。有学者说:厨川白村虽然"及时捕捉欧美文学新动向,适应社会思想的动向,起到了文艺和文明批评的启蒙作用。但是,随着时间的推移,其意义则日趋衰微。"①这是因为尽管厨川白村"博学多识但缺乏独创,所以被遗忘得也快"。②据笔

---

① 日本近代文学馆编:《日本文学大事典》第一卷,第 561－562 页,讲谈社,1977 年 11 月(笔者译)。

② 《新潮日本文学辞典》(增补改订),第 430 页,新潮社,1991 年 3 月。译文引自王向远:《中日现代文学比较论》,第 268 页,湖南教育出版社,1998 年 12 月。

者所见,在目前为数有限的几部收录"厨川白村"词条的日本文学辞典中,都不曾提及厨川白村的《苦闷的象征》。另外,笔者曾对厨川白村身后的著作出版情况作过统计调查(参见附录四),发现自20世纪60年代后至今,厨川白村的《苦闷的象征》一书就未再版过,而他的《近代的恋爱观》却在不同的年代多次再版。2007年5月,日本研究"生命主义"的学者铃木贞美出版了百万字的巨著《生命观的探究》①。在该书第七章中,有三小节论述了厨川白村的《近代的恋爱观》,作者特别强调了厨川白村的恋爱论,认为《近代的恋爱观》在大正女性解放和自由恋爱的倡导中发挥了巨大的作用。这说明,在日本大正文坛,尽管厨川白村曾一度与白桦派作家有岛武郎二分天下,但主要凭仗的是他的《近代的恋爱观》,而不是《苦闷的象征》。"厨川白村自逝世以来,被认为他既不是一个有创见的思想家,也不是一个大作家。直到今天,他甚至没有在日本出版的卷帙浩繁的现代日本作家选集中出现过。"②与厨川白村的名字一样,《苦闷的象征》对于今天日本普通的读者来说,已是相当陌生了。

在厨川白村研究复苏的第四个时期,尽管有学者客观评价过厨川白村的《苦闷的象征》,但学界业已形成的研究范式,即将厨川白村研究简单地分为欧美文学介绍、英美诗文研究和社会·文明批评三部分的做法,已严重地规范和制约了后人的研究。从发表的文章看,很少有人从文艺理论和美学思想的角度去研究厨川白村其人其作,特别是《苦闷的象

---

① 铃木贞美:《生命观的探究》,作品社,2007年5月。
② 郑清茂著、贾植芳译:《日本文学思潮对中国现代作家的影响》,载贾植芳主编:《中国现代文学的主潮》,第23页,复旦大学出版社,1990年2月。

征》。与此有关的研究基本都局限在相关研究者所做的比较和影响研究上。从方法论上讲,研究者们"各自为政",从自身的研究领域将厨川白村作为学者、故人,从史的角度对其学脉进行梳理的文章较多,而依据厨川白村不同时期的著述,特别是《苦闷的象征》,完整系统地阐述其文艺思想的形成和发展,以及学术价值,并将其视为现在仍具有生命力的原创性文艺思想家来进行研究的甚少。正是因为上述的原因,日本至今尚未出现一部有关厨川白村研究、特别是厨川白村文艺思想研究的学术专著,这不能不说是一大憾事。

(4) 比较研究打破了厨川白村研究的僵局

在日本,史料实证研究一直堪称独步且经久不衰,又不受世风的影响。从学术倾向上看,始于20世纪50年代末的有关厨川白村的比较研究,在进入80年代后,作为一个新的学术生长点,已呈现出活跃的态势。据笔者调查,进行此类研究的多为日本从事中国文学研究的学者,其中,有不少人还是研究鲁迅或其他中国现代作家的专家。他们的文章一般都采用注重史料、缜密考据的实证方法,探讨和阐述了厨川白村与中国现代文学之间的影响关系。就具体的研究者而言,除了上面提到的伊藤虎丸教授和相浦杲教授外,日本爱知县立大学的工藤贵正教授是近年来在该研究领域成果最为丰硕的一位。①

客观地讲,这样的比较研究确实打破了日本厨川白村研究的僵局,活跃了日本的厨川白村研究。这种史料实证研究,

---

① 据笔者统计,工藤贵正从2000年1月至2003年2月共发表相关文章6篇,详见附录五。

不仅是对史料的丰富,从某种意义上来讲,也是对研究视野的一种拓宽,为进一步的学术研究打下了坚实的基础。笔者寄予这样的比较研究能够带来日本厨川白村研究的新局面。

二、中国的厨川白村研究

为便于梳理和评述,笔者以 1949 年为界,将中国的厨川白村研究分为两个时期:第一个时期为 1919 年至 1949 年,第二个时期为 1949 年迄今。下面分别予以评述。

新中国成立前的厨川白村研究

从 1919 年到新中国成立,中国学界的厨川白村研究业绩,主要表现在译介、传播和影响的环节和层面上。综观其间的研究状况,又可以细分为以下几个时期:

(1)译介、传播和影响时期(1919 – 1927)

这一时期大致相当于中国新文学的第一个十年期间(1917 – 1927)。

厨川白村是一个域外的文艺思想家和批评家,他要进入中国,首先必须经过译介这一环节。可以毫不夸张地讲,如果没有"五四"前后对他的译介,像厨川白村这样一位去世后在日本本土备受冷遇的文艺思想家和批评家,也许根本就不可能进入中国人的视线,也不可能成为中日文学关系领域的重要研究对象。从这层关系上讲,中国"五四"前后(包括整个民国时期)对厨川白村的译介本身就构成了中国厨川白村研究的主要内容。

据目前掌握的报刊资料，厨川白村的名字最早是由田汉（1898 - 1968）介绍到中国的。1919年7月15日，当时还在日本留学的田汉在《少年中国》的创刊号上，发表了一篇题为《平民诗人惠特曼的百年祭》的文章。这篇文章虽然是为纪念和介绍惠特曼而作的，但却兼有了译介厨川白村的性质。其中的一些内容可以说是直接取材于厨川白村1914年4月出版的《文艺思潮论》中有关惠特曼的部分。在该文第七章的结尾，田汉写道："我单引用厨川白村文艺思潮论的一段，以终此章"，首次翻译引用了《文艺思潮论》第五章第一节中一段不长的文字。①数月后，田汉在《诗人与劳动问题》②和《新罗曼主义及其他 - 复黄日葵兄的一封信》③中又翻译引用了1912年3月出版的厨川白村另一部专著《近代文学十讲》中的部分观点，对厨川白村表现出极大的兴趣。④

继田汉之后，1919年7月30日至8月3日，谢六逸在《晨报副刊》分五次连载了《文艺思潮漫谈 - 浪漫主义同自然主义的比较观》一文。据笔者核实，这篇文章的主要观点和内容均来自厨川白村《近代文学十讲》第五讲第二节的《从浪漫主义到自然主义》，可视为是对其文的一种编译。

---

① 经笔者核实，该段文字见于《厨川白村全集》第二卷，改造社，1929年5月版，第87页。字数约180字。
② 该文分两次连载于《少年中国》第1卷第8期和第9期。据笔者核实，上篇在论述浪漫主义时，翻译引用了厨川白村《近代文学十讲》第五讲第一节中有关浪漫主义的观点；续篇中，田汉自述道："以上费去我三四天的力，算把白村先生《近代文学十讲》中论自然主义最精彩的全部 - 约两百Page -「取其精华吐其糟粕」的缩成六页。或者于有志文学和要了解自然主义的人不无小补。"
③ 载《少年中国》第1卷第12期。据笔者核实，该文在比较近代文艺思潮与人生的关系和心理变化时，翻译引用了厨川白村《近代文学十讲》第八讲第一节中的两段（中文合计1000字）论述。
④ 田汉是"创造社"成员中惟一译介过厨川白村的人，而且仅限于早期。

如果从严格的翻译文学史的角度来讲,中国译介厨川白村的第一人拟应是朱希祖(朱逷先,1879-1944)。1919年11月1日,作为文学研究会发起人之一的朱希祖在《新青年》第6卷第6号上翻译发表了厨川白村的《文艺的进化》一文。该文译自厨川白村《近代文学十讲》第九讲的第二节,文章的末尾还附译了同书同章第一节的"新浪漫主义之美丑问题与诗美的新境地"。从译文的"附说"来看,朱希祖是因为赞同厨川白村的进化论的文艺观,才翻译介绍此文的。之后,一批和田汉、谢六逸、朱希祖一样具有留日背景的文学青年,出于对新文学的关心和向往,也相继加入了译介厨川白村的行列。从1920年开始,有关厨川白村的译介文章渐次增多,主要见诸《少年中国》、《小说月报》、《民铎》、《时事新报·学灯》、《民国日报·觉悟》等一些报刊杂志。

　　由于译介者关注的热点和译介目的的不同,这一时期对厨川白村的译介可以分为两个阶段。第一阶段的译介主要以厨川白村介绍西方现代文学和思潮的文章为主。据笔者统计,自1919年11月1日朱希祖翻译《文艺的进化》一文揭开中国文坛译介厨川白村的序幕以来,至1923年12月,译自厨川白村的《近代文学十讲》、《文艺思潮论》、《出了象牙之塔》、《近代恋爱观》和《苦闷的象征》的单篇译文达30篇之多(详见附录七)。第二阶段则以厨川白村的文艺理论和美学思想为主。从1924年6月至1927年3月,译自厨川白村《苦闷的象征》、《出了象牙之塔》、《走向十字街头》、《小泉先生及其他》和《近代恋爱观》等的单篇译文总数为18篇(详见附录七)。这说明文坛对厨川白村的译介在不同时期内是有所侧重的。

　　另外,从1921年8月至1925年12月的四年间,厨川白村的著作被译成中文单行本出版的有《近代文学十讲》(上下两册,罗迪先译)、《恋爱论(辑译)》(任白涛译)、《文艺思潮论》(樊从予译)、《苦闷的象征》(鲁迅译)、《苦闷的象征》(丰子恺译)、《出了象牙之塔》①(鲁迅译)等6种(详见附录六)。

由于第一阶段译介的目的,是为文坛了解西方现代新文学、新思潮提供知识和参考依据,所以对厨川白村的介绍也就停留在了译介本身,文坛很少有人对厨川白村其人其作进行必要的介绍和研究,由此也造成了厨川白村研究未能与活跃的译介呈同步状态的局面。称得上厨川白村研究的文章甚少,见诸报端和书刊的相关文章仅为2篇。一篇是1921年6月1日田汉在《少年中国》第2卷第12期上发表的《白梅之园的内外》。另一篇是任白涛翻译出版《恋爱论》时写的卷头语。②田汉在《白梅之园的内外》中有两处提及厨川白村,称"日本现代评论家厨川白村氏膺足疾割断左脚,在病院中呻吟时,曾忆及从前读过的英国诗人亨黎(William Ernest Henley,1849-1903)《在病院里》(In Hospital)之诗,每于到手术场交换绷带的时候,就喜欢取他的诗来玩味。因为那首诗是亨黎十八岁因病切断左脚在病院生活时所作,于厨川氏之境遇心情契然而和,所以厨川能于那首诗的里面,看出疾痛惨淡之自己,因而得多少之安慰。""(厨川白村)在病院中受手术后元气衰弱的时候,每思及己身自过去辄几晚不能成寐,但又信人只要根本的'生之力'(life force)没有失掉,肉体上受多

---

① 经笔者核实,在译著《出了象牙之塔》中,鲁迅有两篇文章未译。一篇是《文学者与政治家》,鲁迅认为该文与中国的国情不符,故未予翻译。另一篇是英语演讲《论英语之研究》,出版时用的是英语原文。

② 任白涛辑译:《恋爱论》,(上海)启智书局,1923年7月20日。

少损伤,原不甚要紧,并举自动车负伤之友人法学士某君之令妹,及同年切断右脚之法国老女优沙拉伯拉尔自励,谓她们虽受了苦痛,然一则依然出现于日本之乐坛;一则更活动于欧美之剧界;自己以后若不较前两三倍的努力,则真无以对此等妇人云云。可知他的评论文真是他的'苦闷之象征',和其他举世滔滔的西洋文学贩卖店不同呢。"①两段文字尽管简短,但评价颇高,对厨川白村身遭不幸但不甘沉沦的精神大加赞许。这说明当时在日本留学的田汉对厨川白村是极为崇拜,而且也是相当了解的。所以,将其视为中国厨川白村研究的开端,也未尝不可。

厨川白村的文艺理论和美学思想,特别是他的"苦闷的象征"说之所以能在中国文坛得到迅速的传播并引起广泛的共鸣,在很大程度上得益于第二阶段的译介,其中鲁迅发挥的作用是至为关键的。其实,在鲁迅翻译出版《苦闷的象征》之前,明权(孔昭绶 1876－1929)和樊仲云就已经相继翻译过《苦闷的象征》的部分内容。②鲁迅翻译出版《苦闷的象征》之后,任白涛又发表过缩译的《苦闷的象征》。③另外,丰子恺的《苦闷的象征》全译本,尽管出版的时间晚于鲁迅,④但译文的

---

① 田汉:《白梅之园的内外》,载《少年中国》第2卷第12期(1921年6月)。
② 1921年1月16日－22日,明权翻译过刊载在日本《改造》杂志(1921年新年号)上的同名论文(内容为单行本《苦闷的象征》的前两章),分7次连载于《时事新报》副刊《学灯》。樊仲云于1924年6月30日、7月7日、9月8日以《文艺创作论》为题,翻译了《苦闷的象征》第一章的前三节,分3次连载于《文学周报》第128,129,138期。1924年10月25日,樊仲云又以《文艺上几个根本问题的考察》为题,翻译了《苦闷的象征》的第三章,载《东方杂志》第21卷第20号。
③ 载《民铎》第8卷第4号(1927年3月1日)。
④ 鲁迅翻译的《苦闷的象征》(全译本)1924年12月作为"未名丛刊"由(北平)未名社出版。丰子恺翻译的《苦闷的象征》(全译本)1925年3月作为"文学研究会丛书"由上海商务印书馆出版。

连载发表却早于鲁迅。①不过,这些译文和译本当时并未引起文坛的广泛注意。

在中国,鲁迅可能是第一个接触厨川白村著作的人,据鲁迅日记记载,1913年8月8日鲁迅就已经购买了厨川白村的《近代文学十讲》,1917年11月2日又购买了《文艺思潮论》。1924年2月4日,日本改造社出版厨川白村的遗作《苦闷的象征》,同年4月8日鲁迅前往(上海)东亚公司购买了《苦闷的象征》,并于9月22日开始翻译,10月10日译毕付梓,速度之快难以想象。当时,鲁迅对厨川白村是极为推崇的。在他看来,厨川白村的《苦闷的象征》虽然受到柏格森、弗洛伊德等人的影响,但又与他们的学说存有差异。鲁迅认为"作者(指厨川白村——引者注)自己就很有独创力的","对于文艺,即多有独到的见地和深切的会心"。②鲁迅还评价说:"这在目下同类的群书中,殆可以说,既异于科学家似的专断和哲学家似的玄虚,而且也并无一般文学论者的繁碎。"③所以"于我有翻译的必要"。④鲁迅翻译的《苦闷的象征》作为《未名丛刊》之一,于1924年12月由(北平)未名社出版。后多次印行,至1935年10月,包括修订本在内,共印行出版12版,总

---

① 丰子恺翻译连载《苦闷的象征》的确切时间和刊物现已无法考查。根据丰子恺1924年9月16日发表于《春晖中学校刊》第32期上的《艺术的创作与鉴赏》的内容和自署日期来看,可以断定丰子恺至迟在1924年6月21日前就已经购买并开始阅读日文版的《苦闷的象征》;另外,根据常惠在《回忆鲁迅先生》(载《鲁迅回忆录》散篇上册,第428页。)一文中提供的信息,可以推测丰子恺是1924年9月初开始在《上海时报》上连载《苦闷的象征》的。鲁迅翻译的《苦闷的象征》的部分内容(创造论与鉴赏论),1924年10月1日至31日分20次连载于《晨报副镌》第233-259号。
② 鲁迅:《〈苦闷的象征〉引言》,载《鲁迅全集》第10卷,第232页,人民文学出版社,1981年。
③ 同上。
④ 鲁迅:《译〈苦闷的象征〉后三日序》,载《鲁迅全集》第10卷,第235页,人民文学出版社,1981年。

印数达 24000 册,在当时这无疑是畅销书了。1925 年 1 月下旬,鲁迅又开始翻译厨川白村的另一部文艺论著《出了象牙之塔》,2 月中旬译毕。同年 12 月出版。此外,鲁迅还翻译过厨川白村《走向十字街头》中的两篇文章。①

文艺批评家张若谷曾撰文高度赞扬了鲁迅的翻译,他说:"就我个人看来,要算他(指鲁迅——引者注)译的《出了象牙之塔》与《苦闷的象征》两部书为最佳,这或许是因为我偏私倾倒于原作者厨川白村的缘故。……在将来见面的时候,我一定要要求鲁迅先生,把厨川白村其余几部作品都译出来,最好能把全集六卷都译成中文。或至少把《走向十字街头》《近代文学十讲》(此书虽已有罗迪先先生的译本,但我以为鲁迅先生不妨再重译。)因为我有些迷信,好像厨川白村的作品,只有他的译笔可以逼肖原文的风味。"②

诚如张若谷所言,在文坛译介厨川白村的第二阶段,鲁迅以严峻冷静、鞭辟入里的风格,相继翻译了厨川白村的《苦闷的象征》和《出了象牙之塔》两部文艺论著及其他一些文章,还为这些译文写过 11 篇长短不一的引言、序和附言,对厨川白村文艺思想的独特性以及社会·文明批评的尖锐性和深刻性给予了极高的评价。在其他文章或书信日记中,鲁迅又有 40 多处涉及厨川白村。《苦闷的象征》汉译本出版后,鲁迅不断地给亲朋挚友,包括学生邮寄赠送,据鲁迅日记统计,仅 1925 年 3 月至 5 月,鲁迅邮寄赠送的《苦闷的象征》汉译本就

---

① 为《西班牙剧坛的将星》和《东西之自然诗观》。前者载《小说月报》第 16 卷第 1 号(1925 年 1 月 10 日),后者载《莽原》半月刊第 2 期(1926 年 1 月 25 日)。

② 张若谷:《关于我自己》,载张若谷:《文学生活》,第 51 页,上海金屋书店,1928 年 10 月。

达25本之多。不仅如此,鲁迅还在多所大学①的课堂上,使用《苦闷的象征》讲授文学理论,成为学生们"很难得的关于文学的理论功课。"②积极地推动了《苦闷的象征》在中国的传播。

随着译介和传播的深入,厨川白村的"苦闷的象征"说迅速地影响了包括鲁迅在内的一大批作家和文学青年,例如徐懋庸、老舍、臧克家、石评梅、胡风、路翎、叶灵凤、许钦文、钟敬文等。③"在二三十年代中国所撰著的许多文学理论著作和论文中,厨川白村的理论均被作为一家之言,或被引述,或被评论,或被作为立论的重要依据。"④

这一阶段能够纳入厨川白村研究史的文章除了鲁迅为翻译厨川白村的《苦闷的象征》、《出了象牙之塔》以及其他文章所写的11篇引言、序和附言外,还可以举出诵虞的《读文艺思潮论》⑤、丰子恺的《艺术的创作与鉴赏》⑥等。其中诵虞的《读文艺思潮论》以自己对《文艺思潮论》的解读,要言不烦地归纳了《文艺思潮论》的重点,堪称中国厨川白村研究史上第一篇正面评价厨川白村作品的文章。

这一时期文坛已开始出现了一些反面的声音。据笔者查阅,1925年2月4日、6日和10日,《晨报附刊》分三次连载了由景尼译述的《松原宽评厨川氏〈苦闷的象征〉之难点》。这

---

① 指北京大学、北京师范大学、北京女子高等师范学校、中山大学等。
② 许钦文:《鲁迅先生译苦闷的象征》,载《新青年》3卷第1号(1947年3月1日)。
③ 国内有不少学者把"创造社"的郭沫若、郁达夫等人也列入其中。笔者认为这不符合当时的实际情况。因为郭沫若、郁达夫等人早在日本留学期间就已经直接或间接地受到厨川白村的影响,与"苦闷的象征"说发生了共鸣。
④ 王向远:《中日现代文学比较论》,第268页,湖南教育出版社,1998年12月。
⑤ 载《小说月报》第15卷第2号(1924年2月10日)。
⑥ 载《春晖中学校刊》第32期(1924年9月16日)。

篇文章披露了厨川白村的《苦闷的象征》有"剽窃"松原宽同名演讲题目的嫌疑,并澄清了松原宽与厨川白村在"苦闷的象征"这一主张和命题上的异同。另外,1925年11月1日,木天在《洪水》第1卷第14期上发表过一篇"散文的韵文"《告青年》,对当时社会上出现的"厨川热"提出了忠告:

不要看十字街头象牙的殿堂。
不要看低声默坐那里的和尚。
他们不能告诉你们那里是你们的故乡。
得知你们的故乡即在你们的心头上。

不要看他们的庙里偶像与石神。
不要看他们的武者小路,厨川白村。
不要上他们一知半解的欺骗。
得努力追求人生的至义与艺术的幽深。①

---

① 载《洪水》第1卷第14期(1925年11月1日出版)。全诗共36行,论文中引用的是起首的八行。后28行抄录如下:得求神秘的奥妙从平凡的生活,得知道桑麻鸡犬才是永生的悖悖。彻底看你们的房间,彻底看你们的书桌,彻底看你们的房前,院后,你们的哥哥。诗歌不是在九霄天外,诗歌就在人间的国里;北风刮来的黄土,春煖出的污泥,农夫闲话时的心肝,内战时军人的哀泣,……找出来,用最单纯的语言,缀成最新的诗。要永远看彼岸的茫茫,无限的云山,要永远看那荒城,古渡,那一片草原。永远修桥,永远补路,永远造船,……啊!在人生坊中;谁有权利旁观;望洋浩叹!得吃吃的Beef Steak,香喷喷的大餐,也吃爌鸡,酱肉,包子,馒头,八宝饭;但得用方法吃到你们的肚子里,作成你们的血液,你们的筋肉,你们的心肝。不要向东方不住跪拜叩首的人们。更不要向西方不住鞠躬脱帽的人们。不是同「向左转!」「向右转!」那一样的单纯。你们要求新的东西,得先换新的眼睛新的心。青年,回到故园,回到自己的荒凉的故园!回到故园!将着苦痛的花,走过了平原漫漫!不要听路边喊的「苦闷」,「干噪」,「文化的」风,花,雪,月,天」。要听自己的心声,升453水洗出的断续的辛酸。得知道什么是新,得知道什么是旧;得知道东西没有新旧,新旧即在你们的心头。青年,你们须看异国的荣华,你们也得发现故国的荒丘。青年,活化了你们的故乡!你们的故乡在你们心头。

不过,这些"披露"和"忠告"似乎并未引起当时文坛的重视。

(2)质疑和淡出时期(1928–1949)

这一时期相当于中国新文学的第二和第三个十年期间(1928年–1949年)。据笔者统计,译自厨川白村的著作有《走向十字街头》①(绿蕉、大杰译)、《恋爱论(订译)》(任白涛译)、《近代的恋爱观》②(夏丏尊译)、《北美印象记》(沈先端译)、《小泉八云及其他》③(绿蕉译、一碧校)和《欧美文学评论》④(夏绿蕉译)等6种(详见附录六)。在1931年1月(上海)大东书局出版的夏绿蕉翻译的《欧美文学评论》中,译者补译和重译了《出了象牙之塔》一书中的《文学者与政治家》⑤和《游戏论》两篇文章。其中的《文学者与政治家》一文

---

① 经笔者核实,在译著《出了象牙之塔》中,译者未译的文章有《恶魔的宗教》、《僧正 Inge 及其他》、《恋爱与结婚》、《作为艺术的漫画》、《宗教与迷信》、《服装的堕落》、《诗人克洛岱尔》等七篇。

② 经笔者核实,夏丏尊翻译的《近代的恋爱观》,有《评结婚仪式》、《OBITER SCRIPTA》、《一瞬间》、《宣传与创作》等四篇未译出。译者在《近代的恋爱观》的《译者序》中有过如下的解释:原书尚附有短文四篇,非全论恋爱者,至其论恋爱的处所,论点亦与本文无甚差异。所以割爱略去了。另外,夏丏尊翻译《近代的恋爱观》依据的是1924年2月9日出版的第98版单行本,与两种全集的编辑稍有不同。

③ 经笔者核实,绿蕉译、一碧校的《小泉八云及其他》中未译的有《果真是虚荣的罪过?》、《病的性欲与文学》、《卢维尔的漫画》、《诗人望·莱培格》、《奇文一篇(切斯特顿)》、《阿纳托尔·法郎士》、《芦笛(马塞尔·施沃布)》、《和平的胜利》等七篇文章。

④ 《欧美文学评论》译自《印象记》。经笔者核实,未译的有《北美印象记》(内收24篇)、《自太平洋上》、《文艺通信·杜伯日记》、《尼亚加拉瀑布观光记》。另外增译了《出了象牙之塔》一书中的《文学者与政治家》和《游戏论》两篇文章。

⑤ 张颂年的《一篇鲁迅没有译出的厨川白村的短文》(载《绍兴鲁迅研究专刊》1984年第2期)认为1984年由蒋寅翻译的《文学者与政治家》使鲁迅翻译的《出了象牙之塔》在新时期成了全璧。此说是不正确的。另外,鲁迅翻译的《出了象牙之塔》中还有一篇英语演讲《论英语之研究》未译成中文。该文2006年由黄乔生译出,载《鲁迅研究月刊》2006年第4期。

是鲁迅在 1925 年翻译《出了象牙之塔》时有意省略的。至此，厨川白村的九部专著，即《近代文学十讲》、《文艺思潮论》、《印象记》、《小泉八云及其他》、《出了象牙之塔》、《北美印象记》、《近代的恋爱观》、《走向十字街头》和《苦闷的象征》在中国均有了汉译文本(详见附录六)。

这一时期有关厨川白村研究的文章从总量上讲仍然不多，仅为 21 篇。值得一提的有：张若谷的《出了象牙之塔》①、《为预言者的艺术家》②和《厨川白村的出了象牙之塔》③；徐懋庸的《文艺思潮史讲话——两种力》④；去病的《没有苦闷没有文艺》⑤；范泉的《论苦闷的象征》和《再论苦闷的象征》⑥；许钦文的《鲁迅先生译苦闷的象征》⑦等。张若谷在《出了象牙之塔》一文中，把厨川白村称为"东方的勃兰兑斯"，认为"合他生平关于文艺批评的著作，量的方面虽还不及勃兰兑斯的一部《十九世纪文学主潮》那么厚，但是他用笔的热烈、痛切，尤其是对于本国的缺失，所下不遗余力的批评，实是极活跃的几部近代文艺思潮批评书。"⑧

这几篇文章都出自批评家之手，虽属印象和杂感式的批评，但对于了解厨川白村在中国的传播途径和方式是极有帮助的。

从 20 世纪 20 年代末开始，随着无产阶级文学的兴起和

---

① 载张若谷：《文学生活》，上海金屋书店,1928 年 10 月。
② 同上。
③ 载张若谷：《从嚣俄到鲁迅》，上海新时代书局,1931 年。
④ 载《读书生活》第 1 卷第 10 期(1935 年 3 月 25 日)。
⑤ 载《清华周刊》第 43 卷第 12 期(1935 年 7 月 31 日)。
⑥ 载范泉：《战争与文学》，永祥印书馆,1945 年 5 月。
⑦ 载《新青年》新 3 卷第 1 号(1947 年 3 月 1 日)。
⑧ 张若谷：《文学生活》，第 99－100 页,上海金屋书店,1928 年 10 月。

发展,包括鲁迅在内的一些文学家和批评家对厨川白村的文艺理论和美学思想提出了质疑和批判,厨川白村热开始降温。1927年,鲁迅在中山大学讲"文艺论"时,尽管使用的还是《苦闷的象征》,但是在讲到两种力的冲突时,则很明确地指出:"迸出火花的两种力是社会矛盾,是矛盾着的两种社会力量,是光明与黑暗、前进与倒退的斗争。就是个人身上的矛盾,也是根源于社会矛盾的。"①1931年,鲁迅在《上海文艺之一瞥》中,又正面批评了厨川白村美学思想中的一个观点:"日本的厨川白村(H. Kuriyagawa)曾经提出过一个问题,说:作家之所描写,必得是自己经验过的么?他自答道,不必,因为他能够体察。所以要写偷,他不必亲自去做贼。要写通奸,他不必亲自去私通。但我以为这是因为作家生长在旧社会里,熟悉了旧社会的情形,看惯了旧社会的人物的缘故,所以他能够体察;对于和他向来没有关系的无产阶级的情形和人物,他就会无能,或者弄成错误的描写了。所以革命文学家,至少是必须和革命共同着生命,或深切地感受着革命的脉搏的。"②

曾一度对厨川白村有过情感共鸣的钱杏邨在接受了新写实主义的洗礼之后,对厨川白村的"苦闷的象征"说和"自己表现"说提出了异议。他明确指出"倾心于自己表现的时代,已不是我们所需要的了。厨川白村这种论调的错误和他的文艺是苦闷的象征一样。艺术不仅是苦闷的象征,也不是自己的表现。"③开始摆脱和走出厨川白村的影响。

---

① 顾农:《鲁迅与〈苦闷的象征〉》,载《鲁迅研究资料13》,第245-246页,天津人民出版社,1984年7月。
② 《鲁迅全集》第4卷,第300页,人民文学出版社,1981年。
③ 钱杏邨:《艺术与经济》,载《太阳月刊》1928年6月。

1935年3月,徐懋庸在《文艺思潮史讲话—两种力》①中,则对当时"颇有权威的"厨川白村的"基督教思潮和异教思潮斗争说"文学思潮观进行了批判,认为厨川白村的两大思潮争斗史理论"十分笼统","完全抹杀了思想进化的事实"。同年7月,去病在《没有苦闷没有文艺》一文中也指出:《苦闷的象征》的"所谓生命力的力""有些近乎玄妙而不可揣想"。②

另外,"新月"时期,曾与鲁迅及左翼文人进行过"文学的阶级性"和"人性论"论争的梁实秋,也从精神分析学的角度对厨川白村的《苦闷的象征》提出过质疑:精神分析学是不是可以充分的解述文学创作的步骤?我当初读鲁迅先生译的厨川白村的《苦闷的象征》那部书时,我心里便很不安分的怀疑过,我怀疑文学或艺术究竟是不是苦闷的象征?③

从总体上讲,随着马克思主义的传播,无产阶级革命文学成为文学的主流,厨川白村的影响日见式微,被逐渐淡出文坛。

这一时期,由于鲁迅研究尚在继续,一些有心的论者开始注意到厨川白村与鲁迅之间的影响关系。据现有的资料,中国最早将厨川白村的《苦闷的象征》与鲁迅的《野草》联系在一起考虑的,拟为许钦文。他在1936年4月出版的《文学概论》中说:读了《野草》,"当能深层的了解文学是'苦闷的象征'的意义"。④这是迄今发现的、最早的有关鲁迅与厨川白村

---

① 载《读书生活》第1卷第10期(1935年3月25日)。
② 载《清华周刊》第43卷第12期(1935年7月31日)。
③ 梁实秋:《书评两种－小青之分析》,载梁实秋:《文学的纪律》,第124页,新月书店,1928年5月。
④ 许钦文:《文学概论》,第133页,上海北新书局,1936年4月。

影响关系研究的论述。1942年5月,欧阳凡海在《鲁迅的书》中,正面论述了《野草》与《苦闷的象征》的关系,他认为:"《苦闷的象征》以为文艺是两种力量冲突的结果,这在鲁迅也认为是当然的。至于这两种力量相冲突,发生的是苦闷,因而也是文艺,就是说,文艺又只是一种潜在内容的苦闷和显在内容的象征的结合物,这点,恰巧迎合着鲁迅当时的悲凉的情绪。很明显的,由于大时代的行将到来与他本身所感觉的孤独,他当时感觉苦闷是不否认的。厨川白村的这种思想,不但使鲁迅发生共鸣,并且还影响了鲁迅的创作实践。""所以《野草》里的一部分散文诗,可以说是《苦闷的象征》的实践。"①这一时期虽有不少论者开始注意到厨川白村与中国现代文学的关系,但是由于对厨川白村其人其作的介绍和研究尚欠深入,加之研究者的视线有限,对提出的问题,一般都未做具体的阐述。不过,却体现出一种"现代"和"比较"的视野,应该说是一个良好的开端。

新中国成立后的厨川白村研究

(1) 批判和沉寂时期(1950 – 1979)

1950年至1979年,由于左倾文艺路线施虐,政治标准垄断了一切学术研究领域。自20世纪50年代中期以后,厨川白村本人和他的《苦闷的象征》在国内文艺理论界成为众矢之的,成为批判的对象。厨川白村被视为唯心主义和反动的理论家,受到严厉的批判。这一时期的厨川白村研究可以说

---

① 欧阳凡海:《鲁迅的书》,第264 – 265页,(桂林)文献出版社,1942年5月。

基本处于停滞和中断的状态,除了批判或被迫进行自我批判的文章外,正常的研究已无人敢于问津。在笔者所见的范围内,期间有关厨川白村研究的文章仅为两篇:一篇是孙用编录的《鲁迅著译校读琐记》①;另一篇是黎宗科的《鲁迅与厨川白村的文艺论著》②。孙文通过比较对照,指出了单行本《苦闷的象征》对连载译文③的34处修改以及《出了象牙之塔》对连载译文④的26处修改。黎文则探讨了鲁迅翻译介绍厨川白村文艺论著的意图及其影响。由于是写于1978年,对厨川白村的评价基本上是否定的。

(2)复苏和研究时期(1980－?)

从20世纪80年代开始,随着改革开放的深入,国内学术环境日趋宽松,学术思想也日渐活跃。在新时期文学艺术自我意识觉醒的背景下,不少学者开始重新审视这位曾经对中国产生过重大影响的域外文艺思想家和批评家,沉寂了近50年的厨川白村研究开始得到了根本的改观,并表现出多样化的特点。这主要表现在:

1. 随着鲁迅研究的突破,一些学者敏锐地注意到,要研究鲁迅的美学思想,厨川白村作为影响源之一是无法逾越的。1981年,温儒敏撰《鲁迅前期美学思想与厨川白村》一文,⑤

---

① 载《新港》1963年7月号。
② 载《厦门大学学报》哲社版,1978年2、3期合刊,1978年9月22日。
③ 为《创作论》和《鉴赏论》(《苦闷的象征》的第一、二部分),1924年10月1日－31日连载于《晨报副镌》。
④ 为《出了象牙之塔》(1925年2月14－3月11日分16次连载于《京报副刊》)、《观照享乐的生活》1924年12月9日－13日分5次连载于《京报副刊》、《从灵向肉和从肉向灵》(1925年1月9日－10日、1925年1月12日－14日分5次连载于《京报副刊》)。
⑤ 载《北京大学学报》1981年第5期。

探讨了鲁迅前期美学思想的发展与厨川白村文艺思想的影响关系。温儒敏从历史唯物主义的角度出发,用实证的态度,客观地论析了鲁迅既借鉴于厨川白村又高于厨川白村的"拿来主义","力图从所谓'唯心'的思想资源中发现'合理内核'"。①从现在掌握的资料看,温儒敏的这篇专论是新时期厨川研究复苏后的第一篇文章,它对打破僵局,开创中国厨川白村研究的新局面,起到了积极的推动作用。同年,刘再复在《鲁迅美学思想论稿》②一书的"绪篇——鲁迅美学思想概说之四"中也涉及厨川白村的文艺观和美学思想,他认为"厨川白村把苦闷这种精神现象,作为艺术的终极根源,这当然是唯心论。但是,他(指厨川白村——引者注)在论证过程中,却发射出一些合理的含有辩证因素的美学思想。"③并结合文本指出了其"合理的内核"以及"专断"和"玄虚"的唯心成分。

在鲁迅研究中,鲁迅的杂文理论和创作的外来影响,历来是研究者们所关注的一个问题,不过,长期以来,厨川白村对鲁迅杂文理论和创作的影响却一直为学界所忽略不论。进入新时期以来,这一问题也开始受到学者们的关注,出现了一批相关的文章。主要有姚春树的《鲁迅与厨川白村及鹤见祐辅——关于鲁迅杂文理论主要渊源的探讨》④和《鲁迅与厨川白村——关于鲁迅杂文理论主要渊源的探讨》⑤以及黄科安的《"枭鸣":鲁迅随笔的异端思维与言说方式》⑥等。这些文章认为:"厨川白村的《出了象牙之塔》中关于 Essay(随笔、小

---

① 温儒敏:《文学课堂 - 温儒敏文学史论集》,第 1 页,吉林人民出版社,2002 年 1 月。
② 中国社会科学出版社,1981 年 6 月。
③ 刘再复:《鲁迅美学思想论稿》,第 54 页,中国社会科学出版社,1981 年 6 月。
④ 载《鲁迅与中外文化》,厦门大学出版社,1987 年 7 月。
⑤ 载《杂文界》1988 年第 1 期。
⑥ 载《杭州师范学院学报》(社会科学版)2004 年第 3 期。

品)的精辟论述,对鲁迅和整个中国现代杂文的发展有着深远的影响。"①"鲁迅杂文理论的渊源是多元的,日本的厨川白村是其主要渊源之一"。②2000年4月,江苏教育出版社出版的《中国散文批评史》③则对中国现代散文批评史的源头进行了追溯与确认,认为厨川白村是"中国现代散文批评的启蒙者"。也有论者将厨川白村称为世界随笔史上能与蒙田、培根、斯威夫特、尼采齐名的"伟大的随笔家"。④

2. 由于文艺学建设和研究的需要,20世纪80年代中期后,厨川白村《苦闷的象征》中的文艺心理学和社会学观点开始成为学者们关注的热点。他们撰文分析和探讨了厨川白村与弗洛伊德的精神分析学说之间的联系和分歧,认为《苦闷的象征》是一部精彩的文艺心理学专著。在谈到《苦闷的象征》与中国的文艺心理学研究的关系时,有学者认为,中国的文艺心理学研究,是在鲁迅翻译《苦闷的象征》一书之后才逐步发展起来的;⑤也有学者认为,如果把鲁迅在北京大学、北京女子师范大学讲授的文学理论课程称做文艺心理学,那么,《苦闷的象征》就是最早的文艺心理学教材了。⑥ 其中,具有代表性的是鲁枢元的《一部文艺心理学的早期译著——读鲁迅

---

① 姚春树:《鲁迅与厨川白村及鹤见祐辅-关于鲁迅杂文理论主要渊源的探讨》,载《鲁迅与中外文化》,厦门大学出版社,1987年7月。
② 姚春树:《鲁迅与厨川白村-关于鲁迅杂文理论主要渊源的探讨》,载《杂文界》1988年第1期。
③ 范培松:《中国散文批评史》,江苏教育出版社,2000年4月。
④ 参见黄科安:《"随笔"文类内涵的多样性和丰富性》,载《文艺理论研究》2003年第6期。
⑤ 程麻:《沟通与更新-鲁迅与日本文学关系发微》,第206页,中国社会科学出版社,1990年1月。
⑥ 钱谷融、鲁枢元主编:《文学心理学·修订后记》,第490页,华东师范大学出版社,2003年8月。

译〈苦闷的象征〉》①、程麻的《〈苦闷的象征〉和鲁迅的文艺心理学理想——论文学创作的心理动力问题》、②赵宪章的《文艺社会学和文艺心理学的合流与厨川白村》③和王文宏的《厨川白村文艺思想研究》④等。刘再复在《性格组合论》⑤的第十章中对此问题也有涉及。笔者做过检索统计,在研究中国现代文学的心理分析小说的众多的专著和论文中,几乎都会程度不同地提到厨川白村和他的《苦闷的象征》。具有代表性的可举出余凤高的《"心理分析"与中国现代小说》。⑥ 从文艺社会学的角度论及厨川白村的,除了以上提到的赵宪章的《文艺社会学和文艺心理学的合流与厨川白村》外,还有周平远的《文艺社会学史纲》中的相关章节⑦等。

3. 进入新时期后,沉寂了近 30 多年的象征研究得以复苏,又重新成为 20 世纪中国文学研究的一个重要课题。为了探讨中国现代文学与西方象征主义之间的影响关系,不少学者将目光投向了厨川白村。在一些专著中多有论及厨川白村和《苦闷的象征》的章节和内容。例如:吴中杰、吴立昌主编的《中国现代主义寻踪》、⑧严云受、刘锋杰的《文学象征论》、⑨尹康庄的《象征主义与中国现代文学》、⑩吴晓东的《象

---

① 《郑州大学学报》〈哲学社会科学版〉1985 年第 1 期。
② 载《福建论坛》〈文史哲版〉1986 年第 5 期。
③ 载《南京大学学报》〈哲学·人文·社会科学〉1987 年第 4 期。
④ 吉林人民出版社,2002 年 12 月。该书第六章以《厨川白村与中国现代文艺心理学》为题,梳理了厨川白村与中国现代文艺心理之间的影响关系。
⑤ 刘再复:《性格组合论》,上海文艺出版社,1986 年 7 月。
⑥ 余凤高:《"心理分析"与中国现代小说》,中国社会科学出版社,1987 年 8 月。
⑦ 周平远:《文艺社会学史纲》,中国大百科全书出版社,2005 年 6 月。参见其中的第三章。
⑧ 学林出版社,1995 年 12 月。
⑨ 安徽教育出版社,1995 年 12 月。
⑩ 暨南大学出版社,1998 年 8 月。

征主义与中国现代文学》、①冯光廉,刘增人,谭桂林主编的《多维视野中的鲁迅》②等等。这些专著试图通过厨川白村,寻找到象征主义在20世纪20年代进入中国的传播途径和人文背景。其中研究最为着力、最具理论性的是严云受和刘锋杰合著的《文学象征论》。该著纵观文学研究的历史,将以黑格尔、克罗齐为代表的美学派,以普列汉诺夫,卢卡契,高尔基为代表的社会学派,以弗洛伊德、荣格、厨川白村为代表的心理学派,以卡西尔、苏珊·朗格为代表的文化符号学派,并列为象征研究的四种主要派别。③认为弗洛伊德、荣格和厨川白村都是从心理学的角度研究象征的,并得出这样的结论:"如果说,弗洛伊德开创了心理学的象征研究,那么,荣格就是将心理学的研究具体化、深入化的关键人物。在荣格这里,心理象征研究成熟了。因为荣格和其同事对心理象征进行了概念的、历史的多方面分析。不过,至厨川白村,心理象征的研究才完全转化成了文学象征的研究。这就是《苦闷的象征》之出现。"④在冯光廉、刘增人、谭桂林主编的《多维视野中的鲁迅》一书中,作者指出"从传播的角度看,鲁迅选用厨川白村《苦闷的象征》作为文论教材,并翻译评介它,这是象征理论在中国的一次重要普及,"⑤并认为"厨川白村关于象征与生命的看法,象征与无意识关系的论述,象征的内容与形式的连接问题,都丰富了鲁迅对象征的多方面的认识,成为鲁迅日后讨论象征时的不可或缺的思想资源,尤其是《苦闷的象征》对

---

① 安徽教育出版社,2000年9月。
② 山东教育出版社,2002年1月。
③ 参见《文学象征论》第6页。
④ 《文学象征论》第15页。
⑤ 冯光廉、刘增人、谭桂林主编:《多维视野中的鲁迅》,第716页,山东教育出版社,2002年1月。

《野草》的创作起到了重要作用,使《野草》成为心理象征的典范之作。"①

4. 与日本20世纪80年代后的厨川白村研究状况相似,比较研究也成为中国新时期厨川白村研究的一个热点。据笔者统计,截止2007年6月,国内发表的学术论文共计102篇。从学术倾向上看,其中有95篇是运用比较研究的方法,探讨了厨川白村与中国现代文学之间的影响关系,内容涉及作家、作品、思潮和流派等。比如:顾农的《鲁迅与〈苦闷的象征〉》、②许怀中的《鲁迅与厨川白村的〈苦闷的象征〉及其他》、③刘柏青的《鲁迅与厨川白村》、④伍晓明的《中国普罗米修斯的精神历程——〈摩罗诗力说〉·〈苦闷的象征〉·〈艺术论〉》、⑤王向远的《厨川白村与中国现代文艺理论》⑥和《胡风与厨川白村》、⑦黄德志的《厨川白村与中国新文学》、⑧任现品的《内在契合与外在机运——中国现代文坛接受〈苦闷的象征〉探因》、⑨(香港)梁敏儿的《完全性的追求——鲁迅、〈苦闷的象征〉与浪漫主义》⑩等。在国内的一些专题性研究的学术专著中也经常可以看到涉及厨川白村的章节或内容。比如:温儒敏的《新文学现实主义的流变》、⑪焦尚志的《中国现代戏剧美

---

① 冯光廉、刘增人、谭桂林主编:《多维视野中的鲁迅》,第717页,山东教育出版社,2002年1月。
② 载《鲁迅研究资料13》,天津人民出版社,1984年7月。
③ 载《鲁迅研究》1984年第4期,1984年8月15日。
④ 载刘柏青:《鲁迅与日本文学》,吉林大学出版社,1985年12月。
⑤ 载《鲁迅研究动态》1988年第3期。
⑥ 载《文艺理论研究》1998年第2期。
⑦ 载《文艺理论研究》1999年第2期。
⑧ 载《文艺理论研究》2000年第2期。
⑨ 载《烟台大学学报》(哲学社会科学版)2002年第1期。
⑩ 载《鲁迅研究月刊》2000年第3期。
⑪ 北京大学出版社,1988年6月。

学思想发展史》、①吴中杰、吴立昌的《中国现代主义寻踪》、②尹康庄的《象征主义与中国现代文学》、③支克坚的《胡风论》、④吴晓东的《象征主义与中国现代文学》、⑤方长安的《选择·接受·转化》、⑥肖霞的《浪漫主义：日本之桥与「五四」文学》、⑦周怡、王建周的《精神分析理论与鲁迅的文学创作》⑧等。这些专著都属于文学接受和影响研究领域，重史论结合，在考察西方文艺思潮与中国现代文学的关系时，试图建立起一种东西方文学传统的双重参照背景。另外，阅读有关中国现代文学、文艺理论或中外比较文学研究的学术论文，也可以发现厨川白村的名字被引用的频率很高。笔者曾以"厨川白村"和"苦闷的象征"为"关键词"对"中国期刊网全文数据库"进行过检索，结果发现相关的文章竟有400篇之多。这些文章无疑都构成了中国厨川白村研究中极具学术成分的有机组成部分。

可以说比较研究和影响研究活跃了中国的厨川白村研究。这样的"活跃"使得对厨川白村文艺思想的研究，终于成为了可能。进入21世纪以来，有多篇文章显示了这方面的努力和尝试。值得一提的是王铁钧的《从审美取向看厨川白村文艺观的价值认同》⑨。王文从"与传统审美体验相悖的文艺主张"、"对自然主义文学创作不合时流的贬斥"、"强烈的社

---

① 东方出版社，1995年12月。
② 学林出版社，1995年12月。
③ 暨南大学出版社，1998年8月。
④ 广西教育出版社，2000年6月。
⑤ 安徽教育出版社，2000年9月。
⑥ 武汉大学出版社，2003年6月。
⑦ 山东大学出版社，2003年7月。
⑧ 广西师范大学出版社，2005年11月。
⑨ 载《山西大学学报》（哲社科版）2005年第5期。

会批评精神"三个方面,对厨川白村在日本遭致冷落的原因作了探讨。2002年12月,王文宏女士在博士论文的基础上,出版了国内第一部研究厨川白村的学术专著——《厨川白村文艺思想研究》①。王著从分析历史文化语境入手,以"情绪主观"、"时代"、"人间苦"和"生命力"等为关键词,概括性地描述了厨川白村文艺思想的整体风貌,并从比较研究的角度,梳理了厨川白村与中国现代文学,特别是中国现代文艺心理学之间的影响关系。

5. 从方法论上看,自20世纪80年代开始,从一统的政治化转向多元的学术化,以"阶级性"、"唯物"或"唯心"划线的思维定式、教条主义的套路和术语来研究厨川白村的做法逐渐被修正和克服。这样就为客观公正地研究厨川白村铺平了道路。必须承认厨川白村文艺观和美学思想的来源相当庞杂,其中无疑带有唯心的成分。但因此简单地用"阶级性"和"唯心"论来论定厨川白村的文艺观和美学思想,是有失公允和妥当的,也是有害的。因为美学上的主观论、客观论并不就是唯心论、唯物论的同义词。②

最后再顺便提一下西方的厨川白村研究,限于笔者的阅读范围,目前尚未见到有关厨川白村的专论和专著。不过,在一些相关的著述和文章中,有时还能看到一些散见于其中的论述。比如,英国汉学家卜立德(David Edward Pollard, 1937-)在1973年出版的《一个中国人的文学观—周作人的文艺思想》中,就分析和比较了周作人散文所偏嗜的"苦"

---

① 吉林人民出版社,2002年12月。
② 丁枫:《高尔泰美学思想研究》,第21页,辽宁人民出版社,1987年3月。

与构成厨川白村《苦闷的象征》之"苦"的不同。① 该著在论及日本随笔对周作人的影响时还援引了厨川白村在《出了象牙之塔》中的一段经典的论述②。斯洛伐克的汉学家高利克(Marián Gálik, 1933 –)于1980年出版的《中国现代文学批评发生史》③的第四章中,在论及郁达夫的唯美主义批评时,就郁达夫的《生活与艺术》④与厨川白村的《苦闷的象征》的第一章进行了比较和分析。⑤ 另外,美国学者郑清茂的《日本文学思潮对中国现代作家的影响》⑥也从影响关系的角度谈到了厨川白村对中国五四作家的影响,并高度评价了厨川白村的著述生涯:他的《苦闷的象征》就是他的广博的西方文学传统知识的一种创造性的综合。他的散文集《出了象牙之塔》(1920年)和《走向十字街头》(1925年)就是他那个时代日本所面临的人文学和文化到社会和哲学问题的一系列题目的他个人的理智沉思的记录。⑦

综上所述,中国的厨川白村研究,如果从1919年11月朱希祖对厨川白村《文艺的进化》的译介算起,已经有八十八年

---

① 参见[英]卜立德著,陈广宏译:《一个中国人的文学观 – 周作人的文艺思想》,第119页,复旦大学出版社,2001年7月。
② 参见[英]卜立德著,陈广宏译:《一个中国人的文学观 – 周作人的文艺思想》,第135页,复旦大学出版社,2001年7月。
③ [斯洛伐克]玛利安·高利克著,陈圣生等译:《中国现代文学批评发生史》,第113页、115页,社会科学文献出版社,2001年11月。
④ 为郁达夫《文学概论》第一章的篇名。
⑤ 参见[斯洛伐克]玛利安·高利克著,陈圣生等译:《中国现代文学批评发生史》,第113页、115页,社会科学文献出版社,2001年11月。
⑥ 郑清茂著、贾植芳译:《日本文学思潮对中国现代作家的影响》,载贾植芳主编:《中国现代文学的主潮》,复旦大学出版社,1990年2月。(郑清茂《日本文学思潮对中国现代作家的影响》原文名为"The Impact of Japanese Literary Trends on Modern Chinese wicters",载米尔·雷德曼:《五四时代的中国现代文学》,哈佛大学出版社,1977年。)
⑦ 郑清茂著、贾植芳译:《日本文学思潮对中国现代作家的影响》,载贾植芳主编:《中国现代文学的主潮》,第23页,复旦大学出版社,1990年2月。

的历史;如果从1921年6月田汉在《白梅之园的内外》中对厨川白村的评价算起,也已经有八十六年的历史了。厨川白村研究在中国有过高潮,也有过低潮,当然也有过批判和沉寂的时期。中国的厨川白村研究从当初零星的短文,到现在的百十篇论文,特别是从20世纪80年代恢复正常的研究以来,对厨川白村的研究已由原来单一的影响研究,拓展到文艺思想、文艺美学、文艺心理学、文艺社会学等领域,研究文章越来越多,水平也越来越高。从现有的研究状况来看,足以证明在中国文坛被持续言说了八十多年的厨川白村不但没有离开研究者的视野,而且在今后还将在相关的研究领域被继续地言说下去。

第二节 厨川白村文艺思想研究的必要性与方法论说明

把"厨川白村研究的学术史评述"放在本书绪论的第一节,也许会稍显突兀。但是,这样的安排是基于写作的实际需要而决定的。目的是想通过这样的评述引出一个话题,即厨川白村文艺思想研究的必要性。笔者之所以对日本和中国的厨川白村研究的历史和现状作如此冗长的评述,就是为了切实把握厨川白村研究的学术背景,以便确定自己的学术起点。

从以上的评述中,我们可以看到,围绕着厨川白村的评价,中国和日本存在着很大的差异。在中国,厨川白村被誉为"建立了'苦闷的象征'说的世界级学者",其地位可以和尼采、柏格森、克罗齐和弗洛伊德比肩。然而在他的故国,尽管《近代文学十讲》、《出了象牙之塔》和《近代的恋爱观》曾令他红极一时,但是由于集厨川白村文艺论和美学思想之大成的《苦闷的象征》是其死后出版的一部遗著,加之又是一部未完的著作。所以,厨川白村作为主流的文艺思想家和批评家并未得到日本文艺理论界和批评界的认可,厨川白村实际上被定位于"英国文学研究者"和"社会·文明批评家"。很少有人将他作为主流的文艺思想家和批评家来进行研究。1960年7月日本文学史家上原专禄在一次文学对谈中说:"对厨川白村有较高的评价,那是在中国。日本的知识界几乎是无视中国的评价的。"①中日两国对厨川白村评价上的差异,其本身就是一个很有研究价值的课题。笔者认为这样的课题就研究步骤和研究内容来说应该有两部分构成:一是日本的厨川白村研究,厨川白村本体的研究是中国的厨川白村研究,即比较与影响研究,二者缺一不可。而其一的"厨川白村本体的研究",则必须走进厨川白村。要走进厨川白村,无疑应该首先走进作为文艺思想家和批评家的厨川白村本身。对厨川白村的文艺思想和批评实践进行全面系统的研究,不仅会对中国学界的厨川白村研究起到某种提示、纠偏和补足作用,而且对于进一步认识厨川白村文艺思想和批评实践的特殊性,乃至更全面地了解和认识日本现代文艺批评的复杂性都具有一定的启示意义。如此,厨川白村文艺思想研究的重要性和现实意义也就凸显了出来。

厨川白村研究在中国是一个既老又新的课题。说它老,是因为厨川白村从20世纪初就已经进入了中国人的视野,而且被反复地言说着。说它新,是因为至今对厨川白村还缺乏一种全面、系统和恰如其分的研究和评价。在中国,尽管厨川白村

---

① 柳田泉·胜本清一郎·猪野谦二编:《座谈会明治·大正文学史》第3卷,第216页,(东京)岩波书店,2000年7月。

被称为"日本著名文艺理论家",但是翻阅现今的研究文章,绝大多数的论者把注意力都集中在厨川白村与中国现代文学的"比较研究"上。其中,又以从厨川白村在中国被译介的历史入手,试图理清线索,从源头和根本上说明和总结其在中国的接受情况的文章居多,而从"日本著名文艺理论家"的角度对厨川白村其人其作进行专题研究的则很少。与大量"比较研究"类的文章相比,厨川白村研究中一个触目的难题,即厨川白村文艺思想的研究尚少有人问津。即使有文章论及,那也是在论述厨川白村与中国文学的关系时附带的,很难称得上是真正的厨川白村文艺思想研究。在一些最基础的研究上,比如厨川白村的生平介绍上还存在以讹传讹的现象。以至于我们现在看到的厨川白村还是一个零碎和不完整的形象。

在中国,厨川白村研究的失衡,造成了一种非常被动和尴尬的局面:从事现代文学和文艺理论研究的研究者,一般都对厨川白村和他的《苦闷的象征》有较深的印象,在相关的文章和研究中也多有涉及,但是对厨川白村文艺思想的全貌却缺乏全面和深入的了解,这不能不说是一大遗憾。个中的原因,笔者以为不外乎:厨川白村是一个域外的文艺思想家和批评家,要研究他首先会遇到语言上的障碍。因为要研究厨川白村,不仅需要阅读他的原始文本,而且还需要参考阅读大量与产生其文本的社会历史背景有关的第一手资料。否则很难做到历史与逻辑的统一,也就可能会过高或过低地去评价厨川白村。从这种意义上讲,掌握和直接阅读原始文本和第一手的相关背景资料是研究厨川白村文艺思想和批评实践的一个入门级的条件。鉴于所学所历,笔者认为自己有义务责无旁贷地去为此做出努力。

锁定厨川白村文艺思想研究这一选题,首要的原因是认为这项研究对于中国的文艺理论研究具有重要的学术价值和借鉴意义。由于目前在中国和日本，厨川白村文艺思想的系统研究仍是一个空白，尚无这方面的专著，所以，"厨川白村文艺思想研究"也就成为一项具有学科前沿性价值和开创性的工作，它可以填补中国和日本在该研究领域的空白。

锁定厨川白村文艺思想研究这一选题，就必须走近厨川白村，其惟一的方法就是通过厨川白村不同时期的文艺思想和批评文本来了解和接近他。这样做就意味着要花功夫去全面阅读和研究厨川白村不同时期的文艺思想和批评文本，而且还必须对厨川白村从事文艺批评的时代文化背景有一全面的了解。从本质上讲，厨川白村是一个很有见地、很有信仰的文艺思想家和批评家。他既关心"为人生"又不忘"为艺术"，用极具特色的批评实践在"以文艺浸润社会"，以文艺启发民智、改造社会方面做出了历史性的贡献，也为日本现代文艺批评和理论建设的繁荣尽了自己的努力。研究厨川白村的文艺思想除了要以他的纯文学论著为基础外，还应该毫不偏废地兼顾他的社会批评和文明批评。因为厨川白村的社会批评和文明批评是构成他批评实践的重要组成部分，其中也充分体现了他的文艺思想。基于这样一种认识，本书将依据厨川白村不同时期的文艺思想文本和批评实践，对厨川白村不同时期的文艺观作出梳理和通释，并以此为基础探讨厨川白村文艺思想形成、发展的思想渊源和文化背景。具体做法分为两个步骤：一是梳理，二是通释。其一的梳理是基于这样一种想法：厨川白村文艺思想的客观性应以厨川白村文艺思想文本为基础。在对厨川白村的文艺思想进行研究之前，首先要做的是从厨川白村文艺思想的话语文本出发，厘清其文本的原始形态——发生的语境、内涵及其变化等。因为，只有这样，才能保证研究的客观性。具体做法是:一切从文本出发,客观并直观地描述其文艺思想在具体文本中的原始形态,以及在不同文本中的演变和相互关系。其二的通释是,在以上梳理的基础上,对厨川白村文艺思想形成的来龙去脉作动态的追踪研究,并将其置于历史文化的大背景下,历史与逻辑地去探讨厨川白村文艺思想形成的思想渊源和文化背景。本书研究的核心是厨川白村文艺思想和批评实践的形成与演进。坚持的原则是有一说一,有二说二,即不夸大,也不缩小,绝不"无病呻吟"。

如上所述,目前国内外还鲜有人系统地研究厨川白村的文艺思想,该领域的研究尚属未开发的处女地。鉴于这样一种实际状况,本书没有以"关键词"或"范畴"设计章节,而是采用了年鉴学派的方法,按时间线索将厨川白村不同时期的文艺活动分为既相对独立又互为关联的四个部分,即"早期文艺观的形成"、"现代文艺批评意识的确立"、"从文艺批评到社会·文明批评"和"文艺理论和美学思想的成熟"等四个时期。本书将从纵横两个方面对厨川白村文艺思想和批评实践进行系统的研究。所谓的纵,是将厨川白村的文艺活动和批评实践按时间线索分为不同的时期,以体现其文艺思想形成、发展、演变和成熟的线形生成过程和内在"基因"的联系。使我们对厨川白村的不同时期的文艺思想及其嬗变过程有一清晰和全面的了解,对其复杂性有更多的认识。知人论世,顾及全人。所谓的横,即在每一个时期的范围内,有重点地梳理和归纳厨川白村文艺活动和批评实践的主要内容和特点,以突出厨川白村文艺思想的精要。这样做的目的是为了客观、清晰、立体地再现厨川白村文艺思想和批评实践的全貌。

对厨川白村文艺思想和批评实践的研究,无论是梳理还是通释,都离不开与之适应的方法和理论工具。为了做好研究,笔者拟将文献·发生学的方法引入论文写作。文献·发生学方法的运用给本书的写作规定了以下两个前提性的条件:1.必须在文献学的层面下功夫,在原典实证和文本细读的基础上弄清楚研究对象"是什么"2.沉潜到心理学的层面,用发生学的研究方法去追问研究对象"为什么会那样"。笔者认为这样做,既能使研究由表及里,由浅入深,又能使研究免于空泛之谈,做到言之有理,言之有物。运用文献·发生学的方法对厨川白村文艺思想和批评实践进行研究,是本书写作的一个自觉的追求。

　　本书除绪论和结束语外共分五章。在各章中力图从以下几个方面有所突破和创新:

　　一、发生学理论认为任何思想、思潮和文艺作品的产生均有其独有的生成背景。具体到厨川白村的文艺思想,无疑也会有其孕育、发生、发展和演变的文化语境。本书的第一章就是基于这样的目的设置的。主要运用知人论世的方法,从"新文学对'现代性'的追求"、"明治与大正时代的文艺批评"和"作为背景的'大正民主主义'和'大正文化主义'"三个方面探究了厨川白村文艺思想孕育、发生、发展和演变的文化语境,并与以后的各章构成呼应关系。

　　二、厨川白村文艺思想的一个标志性的概念,就是"苦闷的象征"说。它所表现的文艺观和美学思想是以其生命观为根底的,或者说是由其生命观推导而来的。从现有的资料来看,少年的感悟、青年的经历和中年的学术探索是厨川白村最终提出"苦闷的象征"说的主要环节。这种生命观在早期是以何种形态出现的?它与厨川白村以后各个时期的文艺活动,特别是与"苦闷的象征"说之间,有何"基因"上的联系?这是第二章需要梳理和通释的主要内容。

三、文艺批评研究是厨川白村文艺思想研究的一个重要环节。作为文艺思想家和文艺批评家,厨川白村是从1912年3月出版《近代文学十讲》开始的。从厨川白村的文学活动,特别是文艺批评的经历来看,《近代文学十讲》和1914年4月出版的《文艺思潮论》是其生前出版的惟一两部纯文学的论著,在厨川白村本人的批评生涯中具有特殊的意义。第三章主要梳理和通释这两部论著,以确认厨川白村作为文艺思想家和批评家的地位,并探讨其文艺批评的特点。

四、长期以来国内关于厨川白村的研究,往往都倚重于他的《出了象牙之塔》和《苦闷的象征》,而忽略了其生前出版的《近代的恋爱观》。尽管《近代的恋爱观》所论的是"婚恋观",和《出了象牙之塔》一样被归类于社会·文明批评,但它对"婚恋"这一文学所表达的永恒主题,却有着自己独特的见解和阐发,其中也包含了对弗洛伊德学说的理解和阐发。从某种角度讲,也是厨川白村文艺思想的一种外延和深化。笔者认为要系统研究厨川白村的文艺思想,特别是"苦闷的象征"说,就不能不读他的《近代的恋爱观》。基于这样的思考,论文在第四章对《近代的恋爱观》进行了必要梳理和通释。

五、一般的论者在论及《苦闷的象征》时,很少注意到该书背后的文学语境和思想背景。对同时代的思想和思潮是如何影响了厨川白村,则很少涉及。似乎"苦闷的象征"说是厨川白村个人突然一蹴而就、凭空产生的。而事实则恰恰相反,"苦闷"是当时时代的共同话语,它是经历了同时代的诸多文学家和批评家的积累、铺垫和共同探索而促成的。第五章则对"苦闷的象征"的创成过程作了必要的评述。

以上五点都是围绕着本书的核心问题而展开的。本书研究的核心是厨川白村文艺思想和批评实践的形成与演进。

第一章 厨川白村文艺思想发生的文化语境

发生学理论认为任何思想、思潮和文艺作品的产生均有其独有的生成背景。具体到厨川白村的文艺思想,无疑也会有其孕育、发生、发展和演变的文化语境。厨川白村在从事文艺批评的时候,经常引用英国批评家阿诺德的话说:在评论文章时,最好是通观全篇,并要注意作者的整个人格及其生活的社会状况。所以,我们不妨先按照厨川白村的这种思路,对厨川白村文艺思想孕育、发生、发展和演变的文化语境,即时代氛围、社会基础和文坛背景等因素做一番探究,有一大致的了解后,再回到厨川白村研究本身。

第一节 新文学对"现代性"的追求

1868年日本明治维新以后,随着与西方文化交流的增多,西方文学艺术作品、理论批评思潮被大量引进日本,它们在形式技巧、思维方式和精神结构等诸多方面,对日本近代文学和文学批评理论的建设和发展起到了不容忽视的作用。有一种说法现已成为共识:日本用了几十年的时间浓缩了西方几百年的文学历程。从日本文学史和文学思潮史来看,明治维新以后,日本近代文学和文学批评理论大都保持了与西方文学的交流。浪漫主义、现实主义、自然主义、唯美主义和现代主义等都在日本逐一走过。

关于这一点,我国老一辈的日本文学研究家谢六逸曾在1929年出版的《日本文学》中做过如下的概述:

> 欧美各国的文学思潮,给日本的文艺界以很强的印象。在明治时代初期的文学里,有寝馈英国的坪内逍遥博士,有对于德意志文学造诣很深的森鸥外博士诸人,又有崇拜法兰西思想的中江兆明,倾倒于俄国文学的长谷川二叶亭、内田鲁庵等,因为有这些人物,日本文学遂有迅速的进步。以后自私淑佐拉(Zola)的小杉天外的写实主义;与欧洲大陆文学接近的田山花袋、岛崎藤村的自然主义始,以至目前的文坛的新运动,大抵皆以从欧洲文学得到的新印象为原动力。不单是小说,即如戏曲、新体诗等,也是受了欧洲文学的影响与刺激而始发达的。现代文学的后半期,虽有大半是独创的发展,而前半期却大都在欧美文学的影响下。①

明治维新后,为了适应启蒙思潮和"自由民权运动"的需要,文坛曾经出现过一批翻译小说和政治小说。尽管它们本身的文学价值并不大,但还是起到了促成文坛更新意识的作用,进而酿成一场文学改良运动。明治初期流行的翻译小说,为其后的小说创作和文艺理论的建设作好了准备。据文艺评论家高田半峰(1860－1938)的《半峰昔话》②介绍,日本是明治10年代(1877)初开始通过原著或英译本阅读外国小说

---

① 谢六逸:《日本文学》,第98页,(上海)商务印书馆,1929年。
② 早稻田出版部,1927年。

的,当时流行的作家有司各特、李顿、雨果、大仲马、小仲马、爱伦·坡、狄更斯等等。统计显示,从1888年至1912年的24年间,日本从英美文学翻译的作品多达243部,从俄国文学翻译的作品有295部,从法国文学翻译的作品有209部,从德国文学翻译的作品有125部。其他还有大量译自北欧和意大利的文学作品。① 可以说"日本现代文学的发达,实有赖于西洋小说的介绍"。② 因此可以说,在日本近代文学现代化的过程中,翻译介绍之功当不可没。

1887年,日本开始有系统地译介英美文学。当时致力于译介的主要刊物有《国民之友》③、《早稻田文学》④、《文学界》⑤、《帝国文学》⑥、《太阳》⑦和《明星》⑧等。热心的译介者可举出坪内逍遥、夏目漱石和上田敏等。以厨川白村早年最为崇仰的美国诗人爱伦·坡为例,其第一次出现在这几大刊物上的时间分别是:

《国民之友》　　1891年9月
《早稻田文学》　1898年4月
《帝国文学》　　1896年3月
《太阳》　　　　1896年4月

---

① 参见吉武好孝:《明治的翻译文学》,载《英语教育》第15卷第10号。
② 谢六逸:《日本文学》,第122页,(上海)商务印书馆,1929年。
③ 1887年2月创刊(民友社)。
④ 1891年10月创刊(东京专门学校,早稻田大学前身)。
⑤ 1893年1月创刊(由《女学杂志》分离)。
⑥ 1895年1月创刊(东京帝国大学文学会)。
⑦ 1895年1月创刊(博文馆)。
⑧ 1900年4月创刊(新诗社)。

1920年6月,厨川白村在《从艺术到社会改造》一文①中曾经回忆道:"那时我是中学生,正是什么也不懂,什么也不能读,却偏是渴仰着未见的异国的文艺的时候,仗着这《国民之友》,这才知道了摩理思(即莫理斯——引者注)的装饰美术和诗歌和社会主义。"②由此,我们可以知道厨川白村自中学时就开始阅读文艺刊物,关注外国文艺。他五年级作《埃德加·爱伦·坡的诗》一文,无疑是受到了这些刊物的影响。

1903年,就读于东京帝国大学英国文学专业的厨川白村作为《帝国文学》的编辑委员正式投入译介者的行列。从1903年到1909年,厨川白村翻译发表过不少西方的诗歌和小说。他努力模仿他的老师上田敏,在格调古朴典雅和译词正确流利上下了工夫。但时代已远离了上田敏当年译介浪漫主义的年代。厨川白村的翻译"尽管苦心惨淡,但最终还是未被文坛认可。"③究其原因,恐怕数量少和缺乏引领时代潮流的力作是最主要的原因。所以在一些专著,比如《明治·大正翻译史》④上就根本见不到厨川白村的名字。

近代文坛对西方诗歌和小说的译介,给从未接触过西方文学作品的日本人以新奇的感受,也成为萌生"现代文学意识"的肥沃土壤。1897年6月,文艺评论家高山樗牛(1871 – 1902)在《太阳》杂志上发表长篇论文《明治的小说》,对当时蜚声日本文坛的7位作家的8部作品⑤进行了点评。其中有

---

① 载《大观》1920年6月号,收入《出了象牙之塔》。
② 厨川白村著、鲁迅译:《苦闷的象征》,第220页,百花文艺出版社,2000年1月。
③ 矢野峰人:《厨川白村先生的生涯》,载矢野峰人:《思旧贴》,关书院,1948年1月。
④ 吉武好孝:《明治·大正翻译史》,研究社出版株式会社,1959年11月。
⑤ 为:坪内逍遥的《当今书生气质》、乡庭竹村的《当今商人气质》、二叶亭四迷的《浮云》、矢野龙溪的《浮城物语》、幸田露伴的《大诗人(缘外缘)(毒朱唇)》、森鸥外的《埋木》、尾崎红叶的《二个老婆》。

西鹤与马琴、奥斯丁与司各特的比较,还有写实主义和浪漫主义小说的说明。对当时文学青年"现代文学意识"的形成产生极大的影响。

1905年9月,《中学世界》杂志出版了秋季增刊《世界三十六文豪》。选入其中的世界级文豪有:

弥尔顿(英国)	雨果(法国)
席勒(德国)	芭蕉(日本)
但丁(意大利)	托尔斯泰(俄国)
李白(中国)	莎士比亚(英国)
左拉(法国)	霍桑(美国)
司各特(英国)	屠格涅夫(俄国)
卢梭(法国)	歌德(德国)
马琴(日本)	普希金(俄国)
荷马(希腊)	塞万提斯(西班牙)
杜甫(中国)	紫式部(日本)
爱默生(美国)	丁尼生(英国)
莫里哀(法国)	海涅(德国)
拜伦(英国)	莱辛(德国)
爱伦·坡(美国)	巢林子(日本)
施耐庵(中国)	狄更斯(英国)
安徒生(丹麦)	易卜生(挪威)
韩退之(中国)	西行(日本)
霍普特曼(德国)	格里尔帕策(奥地利)

时隔两年半后的1907年4月,被称为日本自然主义宣传机器之一的《文章世界》杂志又编辑出版了春季定期增刊《近

代三十六文豪》)。与《中学世界》的《世界三十六文豪》不同的是,《文章世界》的《近代三十六文豪》把时间限定在"近代",收入其中的36位文豪是:

爱伦·坡(美国)	屠格涅夫(俄国)
陀思妥耶夫斯基(俄国)	龚古尔兄弟(法国)
易卜生(挪威)	埃切加赖(西班牙)
斯温伯恩(英国)	冈察洛夫(俄国)
波德莱尔(法国)	福楼拜(法国)
梅瑞狄斯(英国)	托尔斯泰(俄国)
比昂松(挪威)	左拉(法国)
都德(法国)	勃兰兑斯(丹麦)
魏尔兰(法国)	施托姆(法国)
莫泊桑(法国)	苏德尔曼(德国)
梅特林克(比利时)	邓南遮(意大利)
正冈子规(日本)	高尔基(俄国)
高山樗牛(日本)	哈代(英国)
马拉梅(法国)	尼采(德国)
斯特林堡(瑞典)	斯蒂文森(英国)
契诃夫(俄国)	霍普特曼(德国)
吉卜林(英国)	尾崎红叶(日本)
北村透谷(日本)	樋口一叶(日本)

可以毫不夸张地讲,《世界三十六文豪》和《近代三十六文豪》让有志于文学的青年获得了"世界文学"的知识,受到了"现代"的洗礼,发挥的作用极大。不过,《世界三十六文豪》和《近代三十六文豪》给予文学青年的只是单个作家的知

识,还无法做到历史与逻辑地去评价和介绍他们。在日本近代文坛,首先回答这一问题的当属岛村抱月(1871 – 1918)。1905年6月,在日本新旧文坛交替之际,留学英国和德国三年半的岛村抱月回到日本。翌年1月,在停刊7年又重新复刊的《早稻田杂志》创刊号上发表了回国后的第一篇评论文章《被囚禁的文艺》,兑现了他出国前向文坛许下的诺言:一定要理清流淌于西方文明根基下的东西。在《被囚禁的文艺》一文中,岛村抱月系统地介绍了欧洲文艺思潮的变迁与趋势,他把欧洲三千多年的文艺思潮分为蓝道(知性中心的文学)和红道(感性中心的文学)两种,认为19世纪是科学的时代,经过了古典主义、浪漫主义和自然主义三个阶段的变迁,文学已被"科学"和"知识"所囚禁,强调随之而来的文学应该是"被解放的文学",即有情趣的、广义上的宗教或表象(象征)式的文学,也就是说文学应该是写"情"的。文章发表后,岛村抱月知觉"蓝道"与"红道"的表述过于简单,在第二年的一次演讲会①上即以《描写文艺思潮的文学》为题,用"Hellenism(希腊思潮)""Hebraism(基督教思潮)"替代了蓝道与红道。岛村抱月认为希腊思潮与希伯来思潮的实质就是灵肉之争,他希望出现其融合统一的"灵肉一致"的"第三帝国"。经过五年的思考,1912年9月,岛村抱月融合了《被囚禁的文艺》和《描写文艺思潮的文学》的主要观点,在早稻田大学开设了"欧洲文艺思潮史"课程。岛村抱月的"欧洲文艺思潮史"在日本的西方文艺史和思潮史研究中具有开拓性的意义,它开了此类研究的先河。岛村抱月为此一跃成为当时

---

① 东京帝国大学举办的"丁西伦理研究会",讲演题目为"描写文艺思潮的文学"。

批评界的王者,被其老师坪内逍遥誉为"日本的阿诺德"。①

厨川白村从岛村抱月的"欧洲文艺思潮史"中得到启示,于1907年撰写了长篇论文《异教思潮的胜利》,②1914年4月又以《异教思潮的胜利》为核心内容,撰写出版了《文艺思潮论》。从岛村抱月的"欧洲文艺思潮史"的具体篇目③来看,可以证实厨川白村的《文艺思潮论》与岛村抱月的"欧洲文艺思潮史"有着某种启示和影响关系。

一般认为,希腊思潮和希伯来思潮在纵横两个方面从源头上构成了欧洲文学的两大思潮,这是从事欧洲文学的人必须首先了解的一个常识性的问题。④ 从这种意义上讲,厨川白村1912年3月出版的《近代文学十讲》和1914年4月出版的《文艺思潮论》作为姊妹作,也是以"理清流淌于西方文明根基下的东西"为目标的。厨川白村和岛村抱月一样也具有"大家风范",也希望在日本出现描写大思潮的大文学。然而文坛对厨川白村《近代文学十讲》的关注却仅仅停留在它对西方近代文学的启蒙和知识性的介绍上。尽管《近代文学十讲》发表后获得读书界和青年学生的好评,使厨川白村顺利地跻身文坛,开始了批评生涯。但文坛还是习惯称其为英国文学研究者。1913年石坂养平在《去年的文坛》一文中回顾了1912年的文坛和批评界。在结尾处提到厨川白村时说"在

---

① 木村毅:《比较文学新视界》,第87页,八木书房,1975年10月。
② 载《中央公论》1914年1月号。
③ 收入《欧洲文艺思潮史讲话》,载1919年天佑社版《抱月全集》第三卷。具体章节为:第一章 欧洲思潮的渊源,第二章 希腊思潮与希伯来思潮,第三章 二大思潮的消息与文艺复兴,第四章 近代思潮的统流与17、18世纪 – 古典主义,第五章 近代主义 – 19世纪 – 浪漫主义与自然主义,第六章 浪漫主义的诸现象 – 其颓废的原因,第七章 自然主义的诸现象 – 其颓废的原因,第八章 最近的诸现象 – 结论。
④ 参见须藤信雄、繁尾久:《作为教养的英美文学》,第43 – 45页,南云堂,1960年4月。

结束本文时,我还要高兴地提到以下各位。在德国文学和英国文学方面,研究颇大洞察颇深的有:樱井天坛、山岸光宣、雪村晓月和厨川白村四位……。"①

日本比较文学研究的老前辈木村毅在谈到自己的比较文学研究经历时说:1918 年他从早稻田大学毕业时,小泉八云在东京帝国大学的授课笔记的前两卷(Interpretations of Literature)在美国出版。尽管此前他对小泉八云一无所知,但 10 岁前读小学时的《国语读本》②让他体味到的趣味性与 15 年后读小泉八云讲义的感受重叠在一起,诱发了他对比较文学的兴趣,并萌生了从事比较文学研究的念头。③ 木村毅同时还说:原先由《世界三十六文豪》和《近代三十六文豪》获得的知识,就像一颗颗散落的珠子,但是在反复阅读岛村抱月的《被囚禁的文艺》之后,感觉它们一下子被串联在了一起。④ 可见日本近代"现代性"的文学意识就萌生于对西方文艺作品的译介之中,也萌生于对西方文艺作品的联想和思索之中。这种"现代性"的文学意识有足够的吸引力来吸引当时刚刚接触西方文艺作品和新思潮的青年厨川白村的心,并让他自觉自愿地投身于此。早期的厨川白村与众多的时代弄潮儿一起译介西方文艺,受到了西方"现代性"的文学意识的熏染。厨川白村日后出版的《近代文学十讲》和《文艺思潮论》就随处体现了这种"现代性"的文学意识。

---

① 石坂养平:《去年的文坛》,载《帝国文学》1913 年 1 月号。收入《编年体大正文学全集》别卷,第 31 页,YUMANI 书房,2003 年 8 月。
② 坪内逍遥于 1900 年编写出版的《国语读本》,共 16 册,内容除了日本当时已有的主要产业,如煤炭、铜矿、植树、纺织、漆器等外,还涉及国外的新兴产业和政治体制。供初级小学和高等小学使用。
③ 参见木村毅:《比较文学新视野》,第 38 页,八木书房,1975 年 10 月。
④ 参见木村毅:《比较文学新视野》,第 83 页,八木书房,1975 年 10 月。

日本近代的新文学是从译介英美文学开始的，被称为近代日本文学"圣典"的《小说神髓》也是坪内逍遥参考英国小说和评论写成的。按理说明治作家与英国文学的关系应该是相当密切的，但事实却并非如此。当欧洲的自然主义传入日本后，明治时期的作家便很快抛弃了英国文学，把注意力转向了欧洲文学。原因何在？英国文学研究者户川秋骨（1870－1939）在《英国文学为什么在日本行不通》①一文中回答了这个问题。户川秋骨认为：第一是因为英国文学的语言中有一种费解的熟语，相比较而言，还是英译的欧洲文学易读易懂；第二是因为英国保守，其文学不适合日本对外来新思想的吸收；第三是因为英国文学历史悠久，日本的年轻作家不易对其进行鉴别；第四是同法国和俄罗斯相比，英国的国民性让人难以理解。正因为这种原因，进入 20 世纪以来，日本的英国文学研究一直处在一种非常尴尬的地位，有时还受到无端的攻击。厨川白村的老师、日本近代文豪夏目漱石辞去东京帝国大学的教职成为朝日新闻社的专业作家后，在与自然主义的抗衡中，尽管发表了多部力作，但是钟情于欧洲自然主义文学的作家们却根本看不起他。田山花袋在《近代小说》中说"英国既没有影响一代人的大思想家，也没有小说家能写出与欧洲抗衡的作品。"②言外之意，像夏目漱石那样研究英国文学的人是根本不可能成为大作家，其作品也是不合时宜的。"明治后期的 10 年间，由于自然主义文学称霸一方，英国文学被疏远到了极度的边缘，其后，又被法国象征诗和俄罗斯小

---

① 载 1907 年 7 月号《新潮》。
② 田山花袋：《近代小说》，第 40 页，近代文明社，1923 年（笔者译）。

说的势头压倒,为此,有不少稻才俊秀①放弃了英国文学,改行搞起了法国文学或俄罗斯文学。"②厨川白村的老师上田敏和同时代的文艺评论家片上伸都是中途由英国文学转向法国文学和俄罗斯文学研究而成名,进而在文学史上留名的。然而厨川白村却不改初衷,始终把英美文学研究作为自己"专业"。像厨川白村那样能够顶着文坛压力,自始至终地从事英国文学研究的人在日本实属少见。他说过:研究一个民族的内心生活,你就走上了真正完全喜欢他们的路。我还没有见过一个美国人和欧洲人研究了日本文学而不喜欢日本人民的。我也没有见过一个日本人研读过弥尔顿、雪莱和勃朗宁,或者惠蒂尔和惠特曼而不崇拜英语国家人民的伟大理想的。③ 厨川白村成名后,一直以英国文学研究者自居,并多次强调自己对英国文化有精深的研究。他言必称英国,三句话后必提文学。几乎达到了"爱屋及乌"的程度。

客观地讲,厨川白村在出版《近代文学十讲》和《文艺思潮论》之后,至1921年1月发表长篇文论《苦闷的象征》前,其文学活动的重点基本上都集中在基于西方文艺思想的社会·文明批评上,没有再写过纯文学的著述和专论,论及日本文学的专论几乎为零。加之厨川白村不是作家,所以在日本文学史和思潮史上几乎见不到厨川白村的名字。有的大型百科全书干脆把厨川白村称为"英国文学研究者"。

---

① 指早稻田大学的毕业生。
② 舟生平藏:《大正年间的英国文学研究》,载《英文学研究》第七卷第一,1927年3月20日。
③ 厨川白村著、黄乔生译:《论英语之研究》,载《鲁迅研究月刊》2006年第4期。

第二节 明治与大正时代的文艺批评

日本现代文学评论家吉田精一(1908-1984)在《近代文艺评论史—明治篇》一书中指出:"在日本,文艺评论作为一个独立的门类,并诞生职业的批评家是在明治时代以后。小说和评论构成了日本近代文学的两大支柱。"①

明治时代是日本旧文学向近代新文学转换的时代。在西方文化和文学的影响下,经过文学改良和新文化运动的洗礼之后,将文学当作封建之道的载体和统治者实现文化统治工具的旧文学观已不复可能,而伴随着思想的解放,对文学基质的解释,也显得自由和开放起来。日本近代的文学理论和文学批评就是在这样一种情势下应运而生的。明治20年代前后,日本近代文坛迎来了评论的时代。其时,坪内逍遥的《小说神髓》、二叶亭四迷的《小说总论》、森鸥外的《文学论》等相继问世。这不能不说是具划时代意义的。文艺评论家川副国基在《近代评论集Ⅰ》②的"解说"中这样指出:"以新进传入的西欧美学为依据,以客观评价为标准,是明治以后评论的特色。这样的评论是进入明治以后才开始出现的。具体说来,坪内逍遥、二叶亭四迷、森鸥外、北村透谷、高山樗牛等的评论指示和推动了新文学的方向。在自然主义的评论中,有长谷川天溪对自然主义的提倡,有岛村抱月对复杂混乱的自然主义的系统整理。……明治的评论运用美学从原有的主观评论

---

① 吉田精一:《近代文艺评论史·明治篇》,第7页,至文堂,1975年2月(笔者译)。
② 《近代评论集Ⅰ》(日本近代文学大系57),角川书店,1972年9月。

转向客观评论。"①

1885年9月问世的《小说神髓》就是坪内逍遥吸收和参考了近代西方,特别是英国的一些文论著作而写成的,它是日本近代第一部系统论述小说理论和写作技巧的专著。贯穿全书的是作者唯"真"的文艺观。

针对明治维新后文坛旧态依然的状况,坪内逍遥以江户时期的泷泽马琴(1767-1848)等人的作品为例,批判了旧的创作传统,呼吁要把小说从封建儒家的"劝善惩恶"的功利主义和"戏作文学"的游戏性中解放出来。作为新小说的方向,坪内逍遥提出了"小说的眼目是写人情,再次是世态风俗"的创作原则和"模拟人情,模拟世态,力求模拟得逼真"的创作方法,倡导朴素的写实主义。

坪内逍遥认为顺应时代发展趋势的新小说的主体应该是人;它的描写空间应该是现实社会,所以作家必须像心理学家一样,去观察和分析人所具有的善恶情感和各种烦恼,也就是要描写为人的日常言行所掩盖着的内心活动,并以此来反映社会的真实面貌。这种强调刻画人物性格特征及心理活动的写实主张,在当时绝大多数人还不知道何为西方小说的日本文坛,起到了振聋发聩的作用。《小说神髓》从进化论的角度认为小说的直接目的是美的愉悦,间接目的是培养人的高尚品德。第一次把西方美学融入日本传统诗学,试图寻找东西两种文化和艺术批评理论的融合点,融汇东西、自成一体,被誉为日本近代文学的"破晓晨钟"。

1886年4月,学习俄语的二叶亭四迷以俄国别林斯基的

---

① 《近代评论集Ⅰ》(日本近代文学大系57),第11页,角川书店,1972年9月(笔者译)。

文艺理论为依据,运用西方综合分析、逻辑论证的科学方法,潜心写成了《小说总论》。在这篇仅有三千多字的评论中,二叶亭四迷重点论述了现象与本质的关系,明确指出文艺是认识真理的一种手段。他说"凡有'形'(form)处,比附着'意'(idea)。意依形而现,形依靠意而存。若从物之生存说来,先有意后有形与先有形后有意,二者难定孰重孰轻。然而,若从其固有性质说来,意显重要。内有意,而后外显形。无形,意依然存在。然而,无意,形则片时不能存在。意为己存;形为意存。所以,严格说来,形若不为意存,则不可称其为意之形。"①主张小说必须"借实写虚",即通过各种现象来描写和反映现实的本质。从理论上充实和深化了坪内逍遥《小说神髓》中提出的"写实主义",率先在日本倡导了现实主义的创作方法。

坪内逍遥的《小说神髓》论的是小说,二叶亭四迷的《小说总论》论的是文学的本质。如果说它们提倡的是"写实主义"和现实主义的话。那么,从德国留学回来的森鸥外则率先提出了浪漫主义的口号。他认为文学的近代化尽管需要写实,但不应偏重于方法和技巧,而应该提倡以写实精神为基础的浪漫主义。1889年1月森鸥外在回国后不久写成的《文学论》②中,对左拉的自然主义提出了批判,同时阐明了自己重主观、重理想主义和艺术主义的文学观。为了启发国民的个性意识,他和上田敏等人在日本发起了浪漫主义运动。

除了坪内逍遥的《小说神髓》、二叶亭四迷的《小说总论》和

---

① 载《中央学术杂志》26号(1886年4月,笔名冷冷亭主人)。译文引自刘立善:《日本文学的伦理意识》,第227页,春风文艺出版社,2003年1月。
② 载1889年1月3日《读卖新闻》。

森鸥外的《文学论》外,大祝西于1888年5月发表《批评论》①,率先强调了批评的意义和必要性。而日本明治维新后日本近代文坛的第一篇批评文章即作品论则是由高田半峰完成的。②

无论是坪内逍遥、二叶亭四迷、森鸥外,还是大祝西、高田半峰,作为东西文化交汇的成果,尽管他们的文论和批评论著都带有某种启蒙的性质,但都为日本文学研究和文艺评论由古典向现代转型开辟了道路。

从明治末年到大正时期,在研究英国文学的文学家中,最引人注目的是夏目漱石。1900年9月至1902年12月,34岁的夏目漱石以文部省第一个官费留学生的身份赴英国留学。回国后,夏目漱石在东京帝国大学英国文学专业任讲师,讲"英国文学形式论"、"英国文学概论"和"18世界英国文学"等课程。这些课程的讲义后来整理成《文学论》③和《文学评论》④出版。《文学论》是一部文论著作。这是继坪内逍遥的《小说神髓》之后,日本近代文学史上的又一个里程碑。1925年川端康成撰文说:《文学论》的见识"出类拔萃的",夏目漱石以后在日本"已经找不到一本值得信赖的文学概论",称夏目漱石为日本近现代最杰出的文学理论家。⑤ 日本当代文学评论家吉田精一在1975年出版的《近代文艺评论史·明治篇》中,也把《文学论》称为"明治时代唯一一部具有独创性的

---

① 载《国民之友》1888年5月号。
② 1986年1月高田半峰在《中央学术杂志》上发表《当今书生气质的批评》,成为日本近代文坛第一篇作品论。曾被读者誉为"批评的元祖"。
③ 大仓书店,1907年5月。
④ 春阳社,1909年3月。
⑤ 参见川端康成:《文学论者》,载《川端康成散文》下,第235页,中国广播电视出版社,1999年4月。

著作"。①

《文学论》是一部偏重心理学的文论专著,理论体系独特,用公式 F + f,从形式和内容两个方面论述了小说创作。夏目漱石认为:"大凡文学内容之形式,须要[F + f]。F 代表焦点的印象或观念,f 代表随那印象或观念的情绪。然则上举公式,可以说是表示印象和观念的两方面即认识的要素[F],和情绪的要素[f]之结合了"。② 夏目漱石将"我们平常所经验的印象和观念"分为三种。一是有 F 而无 f 的时候,即有智的要素而缺情的要素的,例如我们所有的三角形之观念,并没有附带什么情绪。二是随着 F 发生 f 的时候,例如对于花、星等的观念。三是仅有 f 而找不出与其相当的 F 的时候,如所谓的"fear of every thing and fear of nothinf",即没有任何理由而感到的恐怖之类,在以上三种之中,可以成为文学内容的是第二种,即具有[F + f]的一种。③

受老师夏目漱石的启发,1909 年 4 月,成名前的厨川白村模仿夏目漱石的[F + f]公式,发表了《近代的短篇小说》一文,④论及近代西方短篇小说的创作。文章称美国的爱伦·坡是短篇小说的巨擘和始祖,并提出[A + a]的公式。厨川白村用"A"表示作者纯客观的描写,用"a"表示读者欣赏时的情绪,强调短篇小说必须捕捉瞬间的现象,采取纯客观的态度,从美学的角度探讨了创作与鉴赏的关系。在 1912 年 3 月出版的《近代文学十讲》⑤中又再次提及,但未引起文坛的

---

① 吉田精一:《近代文艺评论史·明治篇》,第 836 页,至文堂,1975 年 2 月。
② 夏目漱石著,张我军译:《文学论》,第 1 页,神州国光社,1931 年。
③ 夏目漱石著,张我军译:《文学论》,第 1 - 2 页,神州国光社,1931 年。
④ 厨川白村:《近代的短篇小说》,载《帝国文学》第 15 卷第四,1909 年 4 月。
⑤ 参见《近代文学十讲》第七讲第七节《短篇小说及近代剧》,收入《厨川白村全集》第一卷,第 315 页,改造社,1929 年 6 月。

重视。

从日本近代文学史和思潮史的角度来看,厨川白村考入东京帝国大学的 1904 年到出版处女作《近代文学十讲》的 1912 年,正是日本自然主义文学从草创经成熟走向衰败的时期。日本自然主义文学运动兴起的初衷是为了反抗"砚友社"文学团体的那种粉饰现实、一味追求技巧和词藻的江户文学余风,建立符合时代精神的新文学。这场运动的先驱者们基于当时日本日趋帝国主义化、社会矛盾日益加剧的现实,提出了文学要迫近人生、要彻底解放个性的口号,这无疑具有积极的时代意义。但是由于日本自然主义文学的理论家们在继承左拉自然主义的一些错误观点的基础上又提出了不少相当有害的口号。比如,他们主张文学要"破理显实"、"完全真实",要写人的兽性和丑恶;提倡纯客观的自我暴露和自我忏悔;认为文学只能反映"觉醒者的悲哀"等等,建构了"日本式的自然主义",从根本上阻碍了旨在建立新文学的日本自然主义文学运动的健康发展。

围绕着自然主义,文坛曾经发生过激烈的两派之争。被誉为"日本近代三大美学家之一"的岛村抱月,在 1906 年 1 月写的《被囚禁的文艺》中,用日本人的思考方式阐述了西方自然主义的论点,文坛反响极大。一般认为岛村抱月的《被囚禁的文艺》和岛崎藤村的《破戒》①是引发日本自然主义文学正式登堂入室的导火索。其实,1905 年 6 月岛村抱月留学回国当初,考虑到在欧洲带有神秘和象征色彩的新浪漫主义已经取代了自然主义,为了与欧洲文坛保持同步,他准备向文坛介绍新浪漫主义。但是当他发现自然主义在日本已形成文

---

① 1906 年 3 月自费出版。

坛的主流时，便采取退后一步暂且同意自然主义的做法。1907年田山花袋发表《棉被》。因为《棉被》中描写了岛村抱月主张的"人情"，所以岛村抱月对《棉被》表示了"我赞成自然主义"的态度。为此，岛村抱月被文坛称为自然主义的评论家，但是他并非信奉自然主义。1907年7月岛村抱月发表的《情绪主观的文学及其他》一文①，就足以证明新浪漫主义是他追求的文学理想。以后，尽管岛村抱月相继发表一系列有关自然主义的论述，其中的四篇②还被誉为日本自然主义论四部曲。但实际上岛村抱月关注的是如何调和和统一新文学所追求的"美"与自然主义所追求的"真"。

在自然主义称霸文坛期间，厨川白村的老师夏目漱石提出了"余裕论"，③在创作上明确地反自然主义。厨川白村的另一位老师上田敏则发表了《欧洲的自然主义》④和《自然主义》⑤等文章，表明了自己对日本式的自然主义所持的反对态度。作为他们的弟子，厨川白村虽未以专论的形式参与争论，但却在一些批评文字中间或表示了自己的态度。比如1909年4月他在《近代的短篇小说》⑥一文中，严厉指责了鼓吹"日本式自然主义"的人，并呼吁将那些只是空谈作家的人生观而不对作品进行细读的人逐出文坛。1912年3月他出版了

---

① 载《早稻田文学》1907年7月号。
② 为：《文艺上的自然主义》(载《早稻田文学》明治41〈1908〉年1月号)、《自然主义的价值》(载《早稻田文学》明治41〈1908〉年5月号)、《艺术和小说生活之间划一线》(载《早稻田文学》明治41〈1908〉年9月号)和《代序·论人生观上的自然主义》(载《早稻田文学》明治42〈1909〉年6月号)等四篇。
③ 1907年冬，夏目漱石在高滨虚子的写生集《鸡头》作序时，提出了"余裕文学"的概念。
④ 载《趣味》明治40(1907)年10月号。
⑤ 载《新小说》明治40(1907)年11月号。
⑥ 载《帝国文学》第15卷第四。

《近代文学十讲》。在这本类似教科书的著述中,厨川白村像岛村抱月一样,用学院派的研究方法和态度,对欧洲自然主义进行了追根溯源式的评述,并从现代主义的角度提倡了新浪漫主义。不过,当时日本的作家却不太爱看《近代文学十讲》。即使看,也与左拉流的自然主义大相径庭,追随的是日本式的自然主义,最后又将其发展到极致,形成了日本独特的"私小说"。①

　　从明治末年开始,文坛出现了一些新的动向和新的倾向:有人为自然主义大唱挽歌;有人提倡享乐主义;也有人喜欢"游戏"趣味或江户情趣的文艺;更有人盼望着新浪漫主义的出现。文艺评论家石坂养平曾将其归类为三派,即"观照派"、"享乐派"和"新观照派或新享乐派"。他认为,构成当时文坛主流的是"观照派"和"享乐派"二派。②"观照派"即"自然主义派",这一派的作家主张如实地观察和描写生活、客观地体验人生。走的是所谓艺术之生活化的道路,所以又被称为"艺术即生活派"。主要作家有岛崎藤村、德田秋生、田山花袋、正宗白鸟、中村星湖等。"享乐派"则以生活为华丽的舞台或美妙的音乐,陶醉于情调的世界,走的是所谓生活之艺术化的道路。所以亦称"生活即艺术派"。永井荷风等一批文坛新秀都属于这一派。处于文坛次流的"新观照派或新享乐派"是既不走生活之艺术化的道路,也不急于艺术之生活化,他们在享乐生活的同时,观照、歌舞,并思念生活,在生活中创造艺术,在艺术中发现生活。能够纳入这一派的作家和

---

①　吉田正俊:《〈近代文学十讲〉及其他》,载《英语教育》1967年2月号。
②　石坂养平:《去年的文坛》,载《帝国文学》1913年1月号。收入《编年体大正文学全集》别卷,第26页,YUMANI书房,2003年8月。

艺术家有铃木三重吉、森田草平、小川未明等。自然主义作家德田秋声在1912年撰文指出："大正元年（1912）的小说界是沉静的。尽管每个作家的作品各有特色，但都显示出一种倾向。仅就自然主义作家正宗白鸟来说，就带有享乐主义的倾向，田山君和岛崎君也正跃跃欲试"。德田秋声还说，"这一年的小说界还未发现神秘和象征的倾向，但必须承认文坛在追赶着某种倾向前进"。① 1912年，日本唯美派的骁将谷崎润一郎在《东京日日新闻》上发表了《恶魔》。尽管它"称不上是一部杰作"，但是它用"感觉"和"夸张"的描写，酿造出一种与国外小说接轨的"味道"。② 文坛遂出现一种唯美和享乐的倾向。菅西一积在《日本文学思想史》③一书中曾对此做过这样的评述：

> 从明治39年开始的自然主义文学思潮，以追求真为目的，结果落入了现实暴露的悲哀之中，成为世纪末的思想。因此，从明治末年到大正初年，为从自然主义的暴露现实中逃避，产生了带有颓废的享乐倾向的新浪漫主义，他们以永井荷风、谷崎润一郎为代表。④

在日本，唯美主义当时也称作新浪漫主义，它是以1907年以后相继创刊的《昴星》、《三田文学》和第二次《新思潮》

---

① 德田秋声：《沉静的小说界》，载1912年12月19日《读卖新闻》。收入《编年体大正文学全集》别卷，第20-21页，YUMANI书房，2003年8月。
② 德田秋声：《沉静的小说界》，载1912年12月19日《读卖新闻》。收入《编年体大正文学全集》别卷，第21页，YUMANI书房，2003年8月25日。
③ 菅西一积：《日本文学思想史》，福永书店，1958年。
④ 菅西一积：《日本文学思想史》，福永书店，1958年，第336页。译文引自倪金华：《周作人与日本随笔》，载《鲁迅研究月刊》2002年第7期。

同人为主而形成的文坛思潮。唯美主义其实是一种"神经质的文学"①,是日本后期浪漫主义和自然主义的一种延伸。从1912年至1914年,唯美主义文学发展到颠峰,曾取代自然主义文学,与理想主义的白桦派和新现实主义的新思潮派一起称霸文坛达五年之久。创刊《昴星》的上田敏是日本现代唯美主义的奠基人,他在他一生中惟一创作的一部自传体小说《漩涡》②中阐明了"为艺术而艺术"的唯美主义的文学主张:

> 使人生更快乐,让生活更充实,这是春雄不断追求的理想。他希望自己的思想、感情、感觉能摆脱时空的限制而得到最彻底的享受。他认为人生不过是永恒中的一瞬,但在这短暂的瞬间里也有某种永恒不变的东西。在这短短的瞬间里,每一个人只是被赋予了收益的权力。人的生命,犹如灯上的火苗,依凭着瞬瞬息息反复变化的各种力量的结合勉强维持着。但是这些力量早晚要分崩离析的。人的内心就象漩涡一样,在体验所得到的印象中,感觉、感情和思想之流以令人目眩的速度旋转着。在这个世界上,真正现实的东西,只是一瞬间,一刹那的敏感的知觉。瞬间之后,那种知觉就会消失,淹没于过去的黑暗中。人类有意义的生活,就在于玩味、利用每一刻稍纵即逝的知觉,在于捕捉它最强烈,最纯粹的燃烧点。③

---

① 参见片山孤村:《神经质的文学》,载《日本现代文学全集 107 – 现代文艺评论集》,讲谈社,1980 年 5 月。
② 1910 年 1 月 1 日 – 3 月 2 日连载于《国民新闻》。
③ 上田敏著、郭振乾、蔡彩时译:《漩涡》,载赵澧、徐京安主编:《唯美主义》,第 510 页,中国人民大学出版社,1988 年 8 月。

上田敏认为,艺术应高于生活,游离于现实生活。他主张将社会生活艺术化,在艺术化的生活中,自我陶醉似地享受生活。他还说"真正的享乐主义是积极的享乐主义。应该把自己投身于人生的漩涡之中,在激流中奋进。""生命的充实要靠不屈不挠、不断的活动和奋斗。为努力而努力、不懈地争取和征服应是真正享乐家日常信奉的教条。"①

在厨川白村的"现代性"视野里,上田敏提倡的"为艺术而艺术"和"艺术至上主义"的"唯美主义"就是他所追求的"新浪漫主义"的一种,曾一度给予相当的关注。

1909年5月厨川白村选译了35段王尔德的警句,以《奥斯卡·王尔德的警句》为题,介绍了英国唯美主义的代表人物王尔德。1913年1月又作《年轻艺术家的群体》一文,向日本新文坛介绍了英国《黄面志》的作家群。尽管都属于介绍,但目的很明确,就是想让日本文坛了解西方真正的唯美主义。

明治40年代文坛追随"唯美主义"走向极端,描写肉欲和性爱的"游荡文学"和"痴情小说"盛行,致使评论家赤木桁平撰文呼吁"扑灭游荡文学"。② 由于厨川白村本来就是受上田敏"文艺为人生"的人生派艺术观的影响而关注"唯美主义"的,加之他从文之初就深受英国文艺思想家罗斯金和莫理斯的影响,所以便很快偏离和扬弃了上田敏"现代艺术至上主义"的唯美主张,走上了一条既承认文学艺术是宝贵的精神活动,又试图用它们来改造人生和社会的文艺批评之路。

一般认为,厨川白村日后从事文艺批评时,既重视文学影

---

① 上田敏著、郭振乾、蔡彩时译:《漩涡》,载赵澧、徐京安主编:《唯美主义》,第567页,中国人民大学出版社,1988年8月。
② 赤木桁平:《扑灭"游荡文学"》,载1916年8月6日《读卖新闻》。

响社会、教化人生的功能,又重视文学艺术的特质和独立意义的文艺观,是与他受到坪内逍遥、二叶亭四迷、森鸥外、大祝西、岛村抱月、夏目漱石、上田敏等人的文艺观的影响有关的。厨川白村前期作《文艺思潮论》,明显是受到岛村抱月"灵肉一致"观的影响。当然这也与明治时期就已经传入日本的西方文学论著有着某种接受和借鉴关系。厨川白村从文时,美国温彻斯特(Winchester)的《文学批评之原理》、英国韩德生(Hudson. N. H.)的《文学研究法》、美国韩特(Hunt. W. H)的《文学概论》、英国阿诺德(Mathew Arnold)的《评论一集》、英国波斯奈特(H. M. posnett)的《比较文学》等已经传入日本,这些文学论著在明治和大正文坛影响极大,经常被人借鉴引用。有学者就曾经指出:夏目漱石的《文学论》在结构上参考了美国温彻斯特(Winchester)的《文学批评之原理》;厨川白村的《文艺思潮论》则受到美国韩德特(Hunt. W. H)的《文学概论》第二部分第 11 章有关文学上的希伯来思潮与希腊思潮论述的启发。①

对日本近代的文学批评,文学史家竹岛清治在《大正文学史》中有过这样一段总结性的文字:日本近代的文学批评始于坪内逍遥和森鸥外。其后出现了北村透谷、高山樗牛、石桥忍月、岛村抱月等。进入大正时期,有生田长江、中泽临川、赤木桁平。生田长江是整个大正时期真正从事文学批评的第一人。大正前、中期,除上述三人外,有主张哲学批评的阿部次郎、安倍能成、小宫丰隆、和辻哲郎和厨川白村。他们均出自夏目漱石门下。另外,还有吉江孤雁、广津和郎等。进入中后期,出现了一批从事科学批评的新人,即本间久雄、千叶龟

---

① 参见野村八良:《影响明治大正文界的西方文学论》,载《学苑》1951 年 2 月号。

雄、片上伸、宫岛新三郎、青野季吉、平林初之辅等。持艺术至上观点的本间久雄和千叶龟雄两人与坚持无产阶级文学的片上伸、宫岛新三郎、青野季吉、平林初之辅等形成了割据当时文坛的局面。①

文艺批评家佐藤干二曾把日本现代的文艺批评归纳为裁断批评、归纳批评、客观批评、主观批评、科学批评、哲学批评、鉴赏批评、快乐批评等八种。他对这八种批评的解释是②：

  裁断批评：以居高临下的态度，用某种标准，像法官审判一样对作家及其作品进行批评。

  归纳批评：有两类：一是不关心作品的价值，只是一味地调查作品的性质。二是关注作品与环境的关系，以确定作品的地位。

  客观批评：又称形式批评或标准批评，主要根据文学理论的某种标准进行批评。

  主观批评：亦称内容批评或印象批评。这种批评没有任何的标准，完全取决于批评家本人的印象或人格。

  科学批评：是对实证科学法则的一种应用。从实证主义的角度看，可视为新归纳批评。

  哲学批评：从理想主义的角度，用具有权威的某种标准对作品的内容进行演绎式的批评，可视为新裁断批评。

  鉴赏批评：对感兴趣的作品进行以鉴赏为主的批评。

---

① 竹岛清治：《大正文学史》，第322页，(东京)学林社，1949年4月(笔者译)。
② 参见竹岛清治：《大正文学史》第321页，(东京)学林社，1949年4月(笔者译)。

快乐批评:把求得快乐视为文艺批评的根底。

根据这一分类,竹岛清治把厨川白村归在了哲学批评类。认为他和其他出自夏目漱石门下的批评家一样,都是主张哲学批评的。这一派的批评家还有阿部次郎、安倍能成、小宫丰隆、和辻哲郎。他们都毕业于东京帝国大学,都是夏目漱石的学生,由于受到夏目漱石的影响,走上文坛后,善于在文艺批评中探讨人生价值和生存问题。由于他们基本上都是大学的老师或曾经当过大学的老师,所以也被称为"讲坛批评家"。依笔者所见,所谓的"讲坛批评家"其实指的就是学者批评家。

日本当代文学评论家吉田精一在1975年出版的《近代文艺评论史·明治篇》中对"讲坛批评家"有过如下的界定:

> 他们(指"讲坛批评家"——引者注)和其他评论家相比,显得过于矜持,有炫耀学问、目空一切的一面。在文章中常常夹带外语特别是德语。多少带有玄学的味道。因为出身最高学府,有自信,轻易不服输。和私立大学毕业的文艺批评家相比,他们的文章显得生硬,缺乏生气。一言以蔽之,深受德国观念论哲学影响,是帝国大学出身的这一时期的思想家们的共通特色。①

如果以此标准来衡量厨川白村,其早期的批评文字和著述确实具有以上的特点。和主观批评家相比,所谓的"讲坛批评家"们大都显得矜持,给人以炫耀学问的感觉。1912年

---

① 吉田精一:《近代文艺评论史·明治篇》,第299页,至文堂,1975年2月(笔者译)。

厨川白村"述而不作"的《近代文学十讲》出版后不久,文坛就有人批评说,《近代文学十讲》是读书研究报告,枯燥无味,并用"厨川白村流(pedantic,即炫耀、玄学——引者注)"嘲弄了厨川白村。① 其实,从《近代文学十讲》开始,厨川白村就用一种学究式的研究方法来思考和结构文章。所以很容易被人解释或误解成"故弄玄虚"。不过到了1920年左右,批评界有人认为厨川白村的文章尽管玄学味未减,但文章开始有了生气,有了自己的情感。② 无疑这是指厨川白村1920年发表在《出了象牙之塔》中的文章。所以,如果以厨川白村1920年以后的批评文字和著述来重新审定厨川白村的话,笔者认为,则应将厨川白村中后期的文艺批评该归类到主观批评或印象批评。

由于厨川白村去世前一直在京都帝国大学任教,所以,日本文学史家和比较文学研究家丸山升还是习惯地把厨川白村称为"讲坛批评家",认为厨川白村是大正年时期特别是大正10年代前后具有轰动效应的讲坛批评家。③

第三节 作为背景的"大正民主主义"和"大正文化主义"

厨川白村的文学批评和社会·文明批评主要集中在大正时期(1912-1926)。大正时期与明治和昭和时期相比,虽然时间较短,但却是一个相对和平、繁荣、自由和民主的时期。

---

① 参见木村毅:《文艺评论界的人们》,载《早稻田文学》1912年12月号。收入《编年体大正文学全集》别卷、YUMANI书房,2003年8月。
② 同上。
③ 丸山升:《鲁迅与厨川白村》,载《鲁迅研究》21号,1958年12月。

大正时期的一个根本特征就是民主主义风潮席卷社会政治文化生活的各个领域。自中日甲午战争、日俄战争后,日本国力大振,垄断资本迅速发展。不论在城市,还是在农村,都逐渐形成了一个新的中间阶层即中产阶级。这一阶层在政治上反对当时的军阀官僚专制,要求实现政党政治,实施普选。1913年他们以群众拥宪运动为契机,展开了一场要求民主改革的民主主义运动。这场运动直接导致了当时桂太郎内阁的总辞职。也是日本近代史上第一次由民众的力量推翻了政府内阁,史称"大正政变"。继任的大隈内阁作出承诺答应保证尊重民意和言论自由。1914年"大正民主主义"的理论代表、东京帝国大学哲学教授吉野作造主张"由民众的势力来解决时局问题"。1916年1月,吉野作造在《中央公论》上发表论文《论宪法之本义兼论达成其最完善之途径》,系统阐述了"民本主义"的思想。大正民主主义思想的核心是民主主义,它是继明治"自由民权运动"之后日本近代史上的第二次民主运动。1917年俄国10月革命胜利后,日本国民的自觉意识空前高涨,"大正民主主义"得到进一步的普及,导致学界论坛更加关注日本资本主义经济急速发展所带来的各种问题。

在民主主义的时代风潮下,西方新康德学派的理想主义乘势而入,波及哲学领域和整个知识界。文化主义、人格主义、教养主义,风靡一时。文化主义在肯定文化价值的同时,特别强调人的主体性,把人格价值视为惟一的伦理价值。在这样的背景下,岩波书店从1915年到1917年推出哲学丛书,宣传理想主义哲学,被称为"岩波文化"。此外,史学家津田左右吉对日本古代史的合理主义解释,民俗学家柳田国男对前人尚未涉足的庶民生活的研究,有力地推动了大正社会科学研究的发展。

表现在文学艺术领域,"明治时代的作家,把对人生和国家的责任视为己任,进入大正之后这种意识转变成了把对文学或对艺术的责任视为己任。"①他们关注个体生命,看重个性的创作和表现。把个性的强懦,主观的深浅,生活的充实与否作为检验自己是否具有艺术天分的标准。

文艺评论家片上伸1913年12月发表《文学思潮的一转机》②指出:当时的思想界"由死复苏,转向生命力,从固定向流动,从盲目的抱团向明显的个性,从疑惑和绝望向信仰和希望,从相尅自伤向爱与成长"发展。③"自我"、"个性"、"人格"遂成为时代共同的言说话语。在大正时期的批评家中,金子筑水是最热心的提倡者,他认为文化主义是一种人格主义,也是一种个性主义,更是一种精神主义。④

1917年7月,厨川白村从美国留学回国。翌年11月,第一次世界大战结束。尽管日本作为战胜国跻身世界强国之列,但随着国内危机的爆发,物价飞涨,人民生活迅速恶化。从1918年7月开始,由于米价爆涨,从农村到城市发生了"抢米暴动"。由劳资矛盾引发的罢工此起彼伏。从1918年开始,劳资矛盾和社会改造等成为批评界关注的焦点,一批综合性杂志应运而生,如:《大观》⑤、《社会问题研究》⑥、《我

---

① 伊藤虎丸编:《创作社研究》,第68页,亚洲出版,1979年10月。译文引自童晓薇:《浅析日本大正文学界对前期创造社的影响》,载《天津师范大学学报(社会科学版)》2002年第4期。

② 载《中央公论》1913年12月号。

③ 本间久雄:《今年评论界的记忆》,载1913年12月26日-28日《读卖新闻》。收入《编年体大正文学全集》别卷,第51页,YUMANI书房,2003年8月。

④ 参见本间久雄:《我对今年评论界的备忘》,载1919年11月23日、30日《读卖新闻》。收入《编年体大正文学全集》别卷,YUMANI书房,2003年8月。

⑤ 1918年5月创刊。

⑥ 1919年1月创刊,河上肇的个人杂志。

等》①、《改造》②、《解放》③等。这些杂志以刊载国际、国内政治、社会、文化方面的文章为主,涉及的都是当时社会关注的焦点问题。这些杂志的创刊人和作者敏锐地提出了"改造"的口号,呼吁要勇敢地直面"社会问题",抛弃以往从道德层面解决问题的做法。《改造》杂志的第四号就曾经编辑出版过一期"劳动问题·社会主义批评号"。中泽临川、金子筑水、片上伸、石坂养平和厨川白村等一批文艺批评家都是这些刊物的积极撰稿人。笔者做过统计,从1917年至1924年的七年间,厨川白村发表在这些刊物上的文章有15篇。如《描写劳动问题的文学》④、《无产者的眼泪》⑤、《从艺术到社会改造》⑥、《从思想生活的角度看普选》⑦、《文学者与预言家》⑧等都属于这一时期的批评参与。

1920年3月5日至23日,厨川白村在《朝日新闻》上连载了16篇文章。同年6月,福永书店集结出版时,厨川白村用《出了象牙之塔》给这本集子命了名。在《出了象牙之塔》中,厨川白村用激越的口吻对日本人的国民性进行了尖锐的批评,提出国民性改造的任务。并公开表示自己愿意像英国的艺术家罗斯金和莫理斯一样暂时离开象牙之塔,将笔触伸向社会,由文艺批评向社会·文明批评延伸和倾斜。《出了象牙之塔》与厨川白村遇难前自己编辑完毕的另一部集子

---

① 1919年2月创刊。
② 1919年4月创刊。
③ 1919年6月创刊。
④ 载《改造》1918年10月号,收入《出了象牙之塔》。
⑤ 载《解放》1920年4月号,未收入《厨川白村全集》。
⑥ 载《大观》1920年6月号,收入《出了象牙之塔》。
⑦ 载长井柳太郎编:《有识之士眼里的普选》,自由活字社,1921年。
⑧ 载《大观》1921年1月号,未收入《厨川白村全集》。

《走向十字街头》①在书名上构成了呼应,收录其中的文章均为厨川白村关注和直面"社会问题"的批评文字。

文艺批评家莲实重彦在《"大正的"言说与批评》②一文中指出,大正时期的批评言说喜欢用印象性的口号罗列问题。意思是说很少有批评家为解决公众的实际利益而发言的。其实早在1915年,批评家安倍能成与生田长江就各自撰文③非常抽象地争论过"书斋"与"街头"的问题。针对安倍能成"在考虑忠实于'国家'和'社会'之前,必须先问自己'是否要先忠实于自己'","在'走向街头'前,要先'充实书斋的生活'"的说法,生田长江予以反击说:"'将自己作为问题的人'往往会陷入'惰性的空想'","真正忠于自己的人是必须忠于社会的"。④但究竟应该任何去做,谁也没有找出最切实可行的办法。其实,所谓"书斋与街头"的问题,涉及的只是"形而上"的"自我"问题,与社会公众的切身利益毫无关系。"书斋与街头"的话题如再往前追溯的话,则可以追溯到1911年批评家田中王堂写的《从书斋到街头》⑤。所以,对于厨川白村公开表示要"离开象牙之塔走向十字街头",文坛也表示了同样的看法。有论者说:"厨川氏是一个才子。大陆(指欧洲大陆——引者注)文学流行,他作《近代文学十讲》,劳动问题、社会问题时兴,他论劳动文艺,谈莫理斯。他很敏感,常常是有意

---

① 福永书店,1923年12月。
② 载柄谷行人编:《近代日本的批评Ⅲ》明治大正篇,(东京)讲谈社,2001年6月。
③ 安倍能成的文章为:《书斋与街头》,载1915年1月28日-2月22日《读卖新闻》。生田长江的文章为:《何谓大事-针对安倍能成的"书斋与街头"》,载《反响》1915年2月号。
④ 参见十川信介:《1915(大正四)年的文学界》,收入《编年体大正文学全集》第四卷YUMANI书房,2001年1月。
⑤ 载1911年5月23日《朝日新闻》。

无意地随潮流而动。"①有论者甚至认为厨川白村也许从来就没有进过象牙之塔。② 意思是说厨川白村从来就没有做过真正的学问，也没有写过真正的学术著作。1924年2月1日，厨川白村遗稿出版会发起人谷本梨庵在厨川白村遗稿出版会上说：尽管故人（指厨川白村——引者注）早就公开说过要离开象牙之塔，走向十字街头，但实际上他非常阴郁，总是绷着脸，拒绝与人交往，躲在屋里。……这是他失去人缘的原因之一。这与他幼时的家庭气氛和长年折磨他的肠胃病有关。③

大正时期的女性解放运动是"大正民主主义"和"大正文化主义"思潮的一部分，它是由人的"人性"意识和"生命"意识的觉醒直接跃进到"女性"的觉醒这一层面上的。作为对"女权"的强调，它除了争取与普泛的"人权"一致的男女平等的社会权利外，还特别注重从"女性"自身的角度反对封建传统的婚姻制度，提倡自由恋爱。1911年9月创刊的《青踏》杂志揭开了大正时期女性解放运动的序幕。创刊人平塚雷鸟等人撰文说："女性本来是太阳，是真正的人，而如今，女性成了月亮，成了依赖他人生存，靠反射发光的像病人的脸一样苍白的月亮。终有一天，女性将重新成为太阳，成为真正的人。"④主张女性的自由解放，强调要通过克服内在的压迫去发现内在的生命。为此，平塚雷鸟等人被时人攻击为"新女性"。1913年5月平塚雷鸟出版随笔集《来自圆窗》，遭到政府的查

---

① 山川菊荣：《厨川白村著〈出了象牙之塔〉》，载《著作评论》第1卷第5号，第2页，雄松堂，1920年8月（笔者译）。
② 井汲清治：《prom（之三）厨川白村》，载《三田文学》第15卷第4号。1924年4月1日。
③ 谷本梨庵：《在厨川白村遗稿出版会上》，载《艺文》第十五年第2号，1924年2月1日。
④ 载《青踏》创刊号，1911年9月。

禁,理由是损害了贤妻良母的传统道德。①

　　被誉为"日本爱伦·凯"(本间久雄语)的歌坛女诗人与谢野晶子,也是女性解放运动的积极倡导者和实践者,她曾经冲破家庭阻碍,顶着社会压力和责难,义无反顾地嫁给了已有家室的歌人与谢野铁干,在日本社会引起强烈的反响。她的短歌大多赞美了纯洁的爱情,具有反抗和叛逆的精神。她还写过许多有关妇女解放,主张自由恋爱,宣传新女性观的文章。1912 年发表的《贞操论》就是其中之一。《贞操论》对传统的贞操观提出了怀疑,认为没有爱情的婚姻根本就没有贞操可言。她主张灵肉一致的贞操观,认为贞操不是一种道德,而是"一种趣味,一种信仰,一种洁癖"②。

　　继《青踏》之后,《女性公论》、③《女性》、④《女性改造》⑤等以女性为读者层的杂志相继创刊,涌现出一批女性批评家,如平塚雷鸟、与谢野晶子、山川菊荣等。和这些活跃和多产的女性批评家一起,厨川白村和本间久雄等一批男性批评家也对女性问题和婚恋问题表现出极大的关注,用自己的著述积极地参与其中。据菅野聪美统计,整个大正时期公开发表的

---

　① 参见今井清一编:《大正思想集Ⅰ·解说》(近代日本思想大系33),第462页,筑摩书房,1978年2月。
　② 与谢野晶子著、张娴译:《与谢野晶子论文集》,第155－156页,上海开明书店,1926年6月。
　③ 1916年1月创刊。
　④ 1922年5月创刊。
　⑤ 1922年10月创刊。

有关婚恋问题的专著就多达38部①。进入大正10年(1921)后,有关性知识的介绍泛滥,出现了性欲学的热潮。另外,大正时期又是男女殉情、名人婚外恋丑闻和离婚的高发期。所以,厨川白村主张"灵肉一致""爱情至上"的《近代的恋爱观》一经发表,就立刻受到社会的重视,点燃了大正恋爱论热潮的导火索。为此,厨川白村曾一度与白桦派作家有岛武郎二分天下。

在"大正民主主义"和"大正文化主义"的背景下,文坛提出"文艺社会化"和"到民众中去"的口号。作家芥川龙之介在《大正九年的文艺界》②一文中,把1920年文艺界的特征总结为四点:1. 新作家辈出 2. 文艺多样化 3. 为模特而模特 4. 文艺社会化。1920年初,厨川白村在回答早稻田文学社"如何看待文艺家和政治家的接触"的提问时呼吁:"为建设

---

① 参见菅野聪美:《消费恋爱论-大正知识分子与性》,第23-25页,青弓社,2001年8月。具体为:胜永德太郎:《和合相爱——男女交际极秘诀一名近代的恋爱术》,1912年;泽田纯一:《大恋爱学》,1912年;岩野泡鸣:《男女与贞操问题——我的别居事实与自由恋爱篇》,1915年;山田若:《恋爱的社会意义》,1920年;生井净隆编:《恋爱与性欲讲话》,1921年;羽太锐治:《性欲与恋爱》,1921年;神田左京:《恋爱的研究》,1921年;仓田百三:《爱与认识的出发》,1921年;泽田顺次郎:《恋爱与性欲》,1922年;中井常次郎:《恋爱与宗教》,1922年;厨川白村:《近代的恋爱观》,1922年;有岛武郎:《不惜夺爱》,1922年;文化研究会编:《恋爱至上论》,1923年;中桐确太郎:《我的恋爱观》,1923年;佐藤寿编:《性与恋爱的研究》,1923年;石原纯:《人类相爱》,1923年;米田庄太郎:《恋爱与人类爱》,1923年;本间久雄:《恋爱的殉教者》,1923年;山本宣治:《恋爱革命》,1924年;土田杏村:《恋爱的乌托邦》,1924年;杉森孝次郎:《性意识的哲学化》,1924年;海野幸德:《现代人的恋爱思想》,1924年;西条军大乃介:《恋爱的解放》,1924年;森田正马:《恋爱的心理》,1924年;新村君夫:《恋爱的新哲学》,1924年;烦恼即菩提阁主人:《恋爱与性欲与女性研究大观》,1924年;百岛末:《恋爱的彻底化》,1924年;户冢松子:《恋爱教育的基本研究》,1924年;土田杏村:《恋爱的诸问题》,1925年;石原纯:《恋爱价值论》,1925年;守田有球:《自由恋爱与社会主义》,1925年;村山实:《日本恋爱史》,1925年;石丸吾平:《恋爱与人生》,1925年;高群逸枝:《恋爱创生》,1925年;帆足理一郎:《恋爱论》,1926年;仓田百三:《一夫一妇? 自由恋爱?》,1926年;后藤亮一编:《哲人文豪与恋爱观》,1926年;武者小路实笃:《恋爱. 结婚. 贞操》,1926年。

② 载《每日年鉴》,1920年11月。

真正的统一的有基础的国民生活,为在真正的文化主义和民本主义的基础上改造我们的民族生活,政治家与文学家双方互相靠拢,结成有意义的密切关系。"①另外,厨川白村遇难前,在大学内外做过许多演讲,如《新生活的意义》②、《诗人拜伦百年诞辰前夕》③、《文艺的起源》④等。这些都可以视为厨川白村为"文艺社会化"和"到民众中去"作出的努力。

---

① 厨川白村著、蒋寅译:《文学家与政治家》,载《绍兴鲁迅研究专刊》第二期,1984年。
② 载《妇女问题演讲集》(第4辑),(东京)民友社,1921年6月。
③ 载《朝日演讲集》(第7辑),(大阪)朝日新闻合资会社,1923年12月。
④ 载《现代文化与教育》,(东京)民友社,1924年3月。

第二章 厨川白村早期文艺观探源

从现有的资料来看,少年的感悟、青年的经历和中年的学术探索是厨川白村后期提出"苦闷的象征"说的主要环节。这些主要环节若按时间划分的话,大致可分为以下四个时期:1. 早期(早期文艺观的形成期,1901 – 1912),即 1901 年考入东京帝国大学至 1912 年出版《近代文学十讲》之前的 11 年间;2. 前期(现代文艺批评意识的确立期,1912 – 1916),即 1912 年出版《近代文学十讲》至 1916 年留学美国前的四年间;3. 中期(社会·文明批评的实践期,1916 – 1921),即 1916 年留学美国至 1921 年发表长篇论文《苦闷的象征》前的五年间;4. 后期(文艺理论和美学思想的成熟期,1921 – 1923),即 1921 年发表《苦闷的象征》至 1923 年 9 月遇难前的 2 年间。对于厨川白村来讲,以上四个时期都有其各自相对独立的思想和实践特色。厨川白村早期的文学活动与以后各个时期,特别是与"苦闷的象征"说之间,在"基因"上有何联系?这是本章需要梳理和通释的主要内容。找出这样的"基因",对于正确把握厨川白村前、中、后期文艺思想的发展及其演变是至为关键的。因为"天下之木,未有不具根,而突发千枝叶"的。另外,作为文艺批评家和学者的厨川白村,就其气质和性格特征来说,属于那种锋芒毕露、特立独行、习惯于与时代潮流、生活环境公然对抗的人物。因此,就更应该在他生活的时代背景中来了解他早期的人生经历和文学活动。

第一节 早期的人生经历与文学活动

如上所述,厨川白村早期的文学活动是指厨川白村 1901 年 9 月考进东京帝国大学至 1912 年 3 月发表《近代文学十讲》之前的 11 年间。不过在这早期之前,厨川白村在他的人生旅程中,已经足足度过了 21 个春秋。这中间包括了全部的幼年和少年时期,还包括了他半个青年时期。这 21 年,实际上也是厨川白村早期文艺观形成的准备阶段,所以,梳理和通释厨川白村早期的文艺观,就不得不对他此前的这一准备阶段也作一番追溯。

一、天才教育与个性的生成

厨川白村,原名厨川辰夫,号白村。1880 年(明治 13 年)11 月 19 日生于京都市中京区一个小职员家庭。在厨川白村的亲属中相传厨川白村是厨川家的养子,这身世之谜成为厨川白村终身为之烦恼和苦闷的原因之一。厨川白村的父亲磊三为豪门后裔,曾立志从医,南下长崎潜修兰学①,与伊藤博文②、后藤象二郎③私交甚深。明治维新后转入仕途,在京都府劝业课任职。厨川白村生来体质孱弱,加之又是独生子,所以,父母对他更是关爱有加。已成为小职员的父亲,把自己未

---

① 是指江户中期至幕府开国以前关于西方学问、技术或西欧形势的知识及其研究。当时主要以荷兰语为媒介学习、吸收西方近代学术思想。以研究西方近代科学为开端,逐渐扩展到研究西方社会思想等领域,故称为兰学。是江户时代日本人了解外部世界的中介。
② 日本近代政治家,曾参与倒幕运动。明治维新后,曾三度出任首相。
③ 日本近代政治家,曾参与倒幕运动。明治维新后,曾出任通信、农商务相。

能实现的抱负全都寄托在了年幼的厨川白村身上。为了能够出人头地,为了让厨川白村受到比常人更多、更好的新型教育,他们把年幼的厨川白村送进了美国人夫妇办的幼儿园。可以说,美国人的思维方式和行为准则自幼就开始潜移默化地浸润了厨川白村。1886年,明治首届内阁政府颁布新的教育法令,实行国家主义色彩浓厚的国民义务教育。恰逢这年的4月,六岁的厨川白村进入大阪市泷川小学学习,在读书识字的同时,开始接受"忠皇室、爱国家、孝父母、敬长上、悌兄弟、慈卑幼、信朋友、重自己"的道德教育。在初级小学三年学习期间,除了学校规定的课程外,班主任老师还给厨川白村额外增加了一门日本外史。这是在厨川白村母亲再三的恳求下,由班主任老师每天下课后在宿舍以单独辅导的形式进行的。可以说厨川白村的父母对厨川白村年幼时的教育是费尽了心血。这可以从厨川白村小学班主任老师的回忆文章中得到印证:

> 那时,厨川君大概是八九岁。总是穿着漂亮的西服,从造币局的官舍来学校上课。从那时起,厨川君就是一个体质孱弱的孩子,而且又是无可替代的独生子。所以,父母对他关爱有加。有一天,厨川君的母亲领着他找到我的宿舍,恳求我格外地教育孩子。因难于推却,厨川君每天下课后,都来我的宿舍,在学校的课程之外,由我给他讲日本外史。[1]

---

[1] 吉田嘉藏:《辰夫君和我》,载《英语青年》第50卷第5号,1923年12月1日(笔者译)。

《日本外史》是赖山阳①用26年的时间写成的一部涉及武家政治的历史书,共22卷计30余万字。据说是幕府末期志士的必读书,对促成明治维新大业起到过极大的推动作用。厨川白村日后在许多文章中称它为"叙事诗"、"纯文艺作品""是明治维新的先驱。"并将作者赖山阳誉为"具有诗人远见的人。"② 可见一部《日本外史》对年幼的厨川白村产生过多大的影响。厨川白村秉性中不甘人后的天才意识和倔强性格也许在这一时期就已经种下了根苗。

1889年,厨川白村从泷川小学毕业。同年4月升入大阪市盈进高等小学。三年后的1892年4月,年届12岁的厨川白村跨进中学校门,读书期间对文艺产生了极大的兴趣。从三年级开始,他就给刚创刊的同学会刊物《六稜》投稿,几乎每期必有一篇,一直坚持到毕业。他的文章充满生气和活力且具有批评精神。厨川白村自中学时代起接触爱伦·坡,即有会心,后来成为他最为崇仰的西方诗人之一。据日本重久笃太郎的考证,厨川白村在中学五年级时写过一篇名为《埃德加·爱伦·坡的诗》③的文章,这篇刊登在1898年7月京都中学校学友会发行的《学友会志》文苑栏上的短文,开篇伊始,即用老成的口气说道:"近来国人的著译以介绍西欧文艺居多,有关北美文学的偏少。究其原因,或许是认为美国是新兴国家,加之又是一个物质主义和拜金主义的国度,所以不可能产生一流的文豪。但他们有爱默生,有欧文,有朗费罗,有

---

① 赖山阳(1780－1832)日本江户后期儒学家、汉学家、诗人。朱子学家赖春水之子。1800年因脱藩被软禁。软禁期间作《日本外史》。
② 参见厨川白村:《文艺的起源》,载《现代文化与教育》,(东京)民友社,1924年3月。
③ 重久笃太郎:《少年时期的厨川白村与爱伦·坡》,载《英文学手帖》(第5号)1961年秋季号。

布莱恩特,这样的国家忽略不得。"①厨川白村说"爱伦·坡是一生不得志,但盖棺后名声却日益高涨。""是美国文学史上最富才华的诗人,可以同洛威尔、布莱恩特、朗费罗等相提并论,其文坛贡献尽管不及他们,但在天才这一点上是远远超越他们的。"②这篇文章最后以翻译爱伦·坡的恋爱诗《安娜贝尔·李》作结。厨川白村坦言自己平时最爱读的就是这首诗歌,最钦佩爱伦·坡豪放狷介的性行,他译介《安娜贝尔·李》的目的就是想让国人看一看爱伦·坡是如何赞美崇高和理想的恋爱,是如何用自己的天才超然于凡俗之上的。厨川白村对爱伦·坡的偏爱,由此可见一斑。对爱伦·坡产生的初始的印象和兴趣,也是厨川白村正式涉猎西方文学的发端。所以,这篇对爱伦·坡的介绍,对厨川白村来说有着不可磨灭的开创性功绩。厨川白村的亲炙弟子山本修二曾撰文说"这篇署名为五年级×组厨川辰夫的短文,文体流利,批评透彻,让人能够联想到日后的先生(指厨川白村——引者注)"。③

明治初期,在日本人的眼里尽管美国是一个政治大国,对美国的认识也扩大到历史、宗教和教育。而对美国文学却少有人关注。在学校教育中,美国文学不是作为国别文学,而是作为英国文学的附属而讲授的。厨川白村写《埃德加·爱伦·坡的诗》时只有18岁,而且当时文坛还很少有人注意到美国文学。厨川白村何时开始阅读爱伦·坡,现已无从考证。但可以肯定的是,这与明治中后期的文坛氛围有关。因为厨

---

① 转引自重久笃太郎:《少年时期的厨川白村与爱伦·坡》,载《英文学手帖》(第5号)1961年秋季号(笔者译)。
② 同上。
③ 山本修二:《厨川先生的著作》,载《英语青年》第50卷第2号,1923年10月29日。

川白村从中学时代起就已经显露出一种强烈的读书为学意识和有别于常人的读书阅历。以后，厨川白村又相继发表过有关诗人爱伦·坡的译介文章。比如，1904年7月，厨川白村上大学后，在《明星》杂志上发表的题为《诗人坡及其名诗》的译介文章。6年后，在《近代文学十讲》中又再次提及爱伦·坡。不过到了《近代文学十讲》，对爱伦·坡已不再是单纯的译介，而是用世界文学和现代文学的眼光和批评意识来加以考察了。

1898年4月，厨川白村中学毕业，同年9月考入第三高等学校。据厨川白村的同窗好友森川智德回忆，厨川白村考入第三高等学校后，对文学的兴趣越发浓厚。他与同学组成读书会，每周两次，每次两小时，从莎士比亚的《威尼斯商人》开始，阅读了大量莎士比亚的作品。① 第三高等学校读书期间，厨川白村不仅关注英国文学，还广泛阅读日本古典文学作品，如《万叶集》、平安朝时期的物语和巢林子②的作品等等。

受弥漫于明治文坛的浪漫主义文学思潮的影响，厨川白村对"明星派"③的作品表现出极大的兴趣，除了经常朗诵他人的作品外，还作为"六峰会"同人，创作发表了不少短歌。他写评论，写歌（短歌）评，在第三高等学校的《三高岭水会杂志》上经常可以看到厨川白村的文字。日后厨川白村身上表现出的那种浪漫主义的诗人气质可以说是这一时期养成的。

---

① 森川智德：《忆畏友白村》，载《宗教与艺术》第4卷第10号，1923年10月25日。
② 为日本近世"净琉璃"作家近松门左卫门（1688－1703）的别号。其"世态剧"多描写男女间的情爱和徇情。
③ 日本新诗运动中以《明星》杂志为中心而形成的一个流派。《明星》1900年4月由"新诗社"创刊。该派曾创导新派和歌运动，成为日本近代浪漫主义文学运动的主要力量。

在批评别人的短歌时,厨川白村总是直述己见,从不在乎他人的褒贬,慷慨而谈,旁若无人,笔锋锐利,可以让人感受到他的思想的深邃,性格的老成,而且还可以感到他的一腔正气。厨川白村的同窗好友阪仓笃太郎曾经对他作过这样评价:毫不在乎别人的褒贬,敢于发表自己的意见。这种态度,贯穿了他的一生。辰夫君本来就口无遮拦,加之天生脾气不好,所以,在批评中不是讽刺就是挖苦。自己是痛快了,但却被人误解,招来不少中伤和责难。① 可以说,这种直露率真的性格给厨川白村日后的批评活动带来不少的麻烦。

厨川白村在第三高等学校学习凡三年,他苦读古今东西的许多文学作品,涉猎甚广。可以说厨川白村是在读书中了解社会,又是在阅读英国诗歌中发现了自己的人生。

19世纪末,日本和德国两个王室政府的国家来往逐渐密切,日本开始输入德国学术,德国对日本的影响不断增强。不少日本学者纷纷前往德国深造。自明治中后期至大正初期,日本的教育和军事、医学、哲学等门类一样,主要是"仿照德制"②。当时第三高等学校有不少学生因崇拜德国文化而学习德语,但厨川白村却不喜欢德国文化,也不喜欢带有野性的德国人,所以就更不喜欢拗口的德语。为此还经常和同学发生争论。由于不喜欢德语,他在英语上下足了工夫。据当时第三高等学校历史老师坂口昂说,有一次要求学生写一篇《法兰克国民神圣罗马帝国成立之由来》的课后作业。全班近百人中只有厨川白村一人用英语写了30多页。"既没有

---

① 坂仓笃太郎:《代跋》,收入《厨川白村全集》第三卷,第501页,改造社,1929年2月(笔者译)。
② 参见[日]近代日本思想史研究会编、马采译:《近代日本思想史》第1卷,第58页,商务印书馆,1983年3月。

机械地照搬讲义,也毫无剽窃其他英语西方历史书的嫌疑。是经过认真咀嚼,变成自己的知识后,用英语写成的。而且,在数千字的文章中,只有一处拼写错误。"①一般认为,在第三高等学校读书期间,厨川白村文艺研究和批评的意识以及"Essay"写作的天赋已初露端倪。厨川白村曾经说过:"对任何一种外国语的全面学习研究自然地要上升到对其文学的研究和喜爱,而文学对于了解和欣赏一国的真实的生活——物质的和精神的——是绝对必要的。我可以断言,没有任何一种东西比文学更能清晰地反映一个民族的内心生活。已故的约翰·莫利说过,文学是人类最好思想的表现,但我要更进一步说,文学是一个民族的理想的最真实、最诚恳的表现。政治家有时不免使用权宜之计,商人会为一己之利不择手段,但诗人总是保持自我,或者说忠实于自我,因为他们只有对一切事物抱有诚心才能成为一个伟大的诗人,不真诚的人是断然写不出好诗来的。"②这是厨川白村1919年10月4日在一次演讲中说的话。它很能说明厨川白村为什么会由学习英语而喜欢上英国文学的。

二、文艺生涯的正式起步

1901年7月1日,厨川白村从第三高等学校大学预科第一部毕业。同年9月,21岁的厨川白村考入东京帝国大学文

---

① 坂口昂:《忆厨川博士》,载《英语青年》第50卷第7号,1924年1月1日(笔者译)。
② 厨川白村著、黄乔生译:《论英语之研究》,载《鲁迅研究月刊》2006年第4期。

科大学英国文学专业,有幸成为小泉八云、夏目漱石和上田敏①的学生,专攻英国文学。可以说厨川白村的文学生涯是从他踏进东京帝国大学文科大学英国文学专业那天正式开始的。

东京帝国大学是日本最早的帝国大学,创建于1886年。按照建立东京帝国大学的法案规定,该大学的目的是"传授并深化可以解决国家需要的知识与技术"。由于是日本第一帝国大学,所以从教学体制到教员配置都大量倚重西方教育模式,尤其是仿效德国的高等教育体制,并大量聘用外国人做教师。② 东京帝国大学下设理科大学、工科大学、医科大学和文科大学。1887年文科大学设立英国文学专业。1896年8月,时任东京帝国大学校长的外山正一③用高薪聘请了小泉八云。自设立英国文学专业以来,该专业为明治文坛培育了一批优秀的人才。厨川白村的老师夏目漱石就是英国文学专业1893年的毕业生。厨川白村的另一位老师上田敏则是1897年的毕业生,曾受教于小泉八云,被小泉八云誉为"万人中之一人"的好学生。另外,与厨川白村同时期活跃在大正文坛的作家和文艺批评家中有不少也是帝国大学英国文学专业的毕业生。如小山内薰、野上丰一郎、芥川龙之介等。

大学期间,由于家道中落,厨川白村是"弊衣破帽,粗茶

---

① 日本和中国的论者一般认为,厨川白村大学时的老师是小泉八云、夏目漱石和上田敏。其实大学期间真正教过厨川白村的只有小泉八云一人。夏目漱石和上田敏到东京帝大任教时,厨川白村已是大三的学生临近毕业,与夏目漱石和上田敏无缘。研究生时,厨川白村也仅仅接受过夏目漱石不足一个月的指导。但他们之间的师生关系是存在的。

② 钱婉约:《内藤湖南研究》,第52页,中华书局,2004年7月。

③ 参见厨川白村著、绿蕉译:《小泉先生及其他》,第20页,(上海)启智书局,1930年4月。外山正一是在日本近代文学启蒙运动中揭开日本"诗界革命"序幕的《新体诗抄》的三人译(作)者之一。

淡饭",但却甘于清贫,发奋读书。他经常利用节假日教外国人学日语,或给《英语中学》、《帝国文学》、《明星》等杂志投稿,以弥补学资的不足。一般来讲,不同的人在遇到相同的境遇或事件时,由于所处环境、年龄和感受的不同,所采取的应对方法,也是截然不同的。对于厨川白村那样不甘人后又性格倔强的人来说,经济上的贫穷,不会仅限于物质上,而且还会在精神上给他带来痛苦和折磨。事实也确实如此。当时的厨川白村正值多愁善感的青春期。他认定自己除了更加刻苦地学习,已别无他途。家庭的遭遇,世态的炎凉,使厨川白村形成了敏感易怒、忧郁孤独的个人气质,也养成了他离群索居的孤高和冷眼看世界的反抗性格。

在东京帝国大学英国文学专业,厨川白村接受过小泉八云两年系统的文学启蒙教育,这对厨川白村日后的文艺批评生涯来说,无疑是至关重要的。当时的小泉八云在东京帝国大学享有极高的声誉。在厨川白村和同学的心目中,小泉八云是给东京帝国大学带来莫大声誉的世界级文豪,是令人景仰、望之弥高的导师。他称小泉八云为"日本的文豪"①,极为钦佩。由于小泉八云说话细如蚊声,所以上课时,总能看到厨川白村坐在教室的第一、二排,虔诚地听小泉八云讲丁尼生和其他英国诗人。小泉八云的文学传道进一步助长了厨川白村对西方特别是英国文学的兴趣。他爱读英国诗歌以及相关评论的癖好,正是在这一时期养成的。受小泉八云的启蒙和影响,大学期间厨川白村写有不少有关西方诗人和作家的评论,如:

---

① 厨川白村著、绿蕉译:《小泉八云及其他》,第6页,(上海)启智书局,1930年4月。

Tennyson's Crossing the Bar
Tennyson-Turner's Letty's Globe
S. F. Doyle's The Private of the Buffs
E. Arnold's The musmee
D. G. Rossettis'Youth Antipathy
R. Kiplings Bim ①

从六岁上小学,到二十四岁东京帝国大学文科大学英国文学专业毕业,厨川白村十八年窗下,无论是小学、中学,还是高等学校和大学,他都以优异的成绩博得老师的赞许。大学期间,厨川白村曾享受特殊生待遇,1903年7月毕业时,又被选为优秀毕业生,受到明治天皇的接见,并得到天皇恩赐的银表。

1903年7月厨川白村大学毕业后随即进入本校研究生院,师从夏目漱石,专攻《诗文中的恋爱研究》。可是很快便退了学,原因是家里的经济状况已不允许他再继续留在学校。19年后,厨川白村在《再谈恋爱》②中披露过此事:尽管当时父母要继续给他提供学费,但厨川白村坚决不允。厨川白村曾为此伤心流泪,痛苦万分。退学之事使他切肤地感到金钱制度和资本主义对人的毒害和摧残。③所以,厨川白村成为教师后,每当看到优秀的学生因为家庭经济原因而不得不退学时,都会黯然落泪,他把这些优秀学生的退学视为"现代生

---

① 参见野口美枝子:《厨川白村》,载《学苑》第14卷第1号。
② 厨川白村:《再谈恋爱》,收入《厨川白村全集》第五卷,改造社,1929年4月。
③ 参见厨川白村:《再谈恋爱》,收入《厨川白村全集》第五卷,第95页,改造社,1929年4月。

活的悲剧"①。

尽管研究生的学习生涯不足一个月,但厨川白村却有幸结识了夏目漱石。夏目漱石当时刚从英国留学回国不久,对英国文学见地颇深,在大学给本科一二年级学生讲《英国文学概论》。厨川白村对夏目漱石极为崇拜,经常去夏目漱石家请教有关研究课题的问题,谈论的话题自然会涉及到男女之间的恋爱。因观点见解不同,厨川白村经常会与老师夏目漱石发生争论。由于性格使然,厨川白村曾因谈论《罗密欧与朱丽叶》的"恋爱",顶撞过夏目漱石。为此受到夏目漱石的斥责:现在的青年根本就不懂封建道德。致使厨川白村在多年后"翻开漱石全集,见到这里那里地记着的这样的事,不禁回忆起今世仅有的先生来,下追慕之泪。以青年客气之语失礼于先辈,至今还认为罪愆。作为艺术的表现的冷骂与讽刺,应该怎样说法?批评或议论应该怎样做法?文章的写法思案法应该怎样?关于这等,不但先生的著作,在那巧妙的坐谈里也不知受到多少的暗示与启发。追怀到此,即今也不禁感谢。"②尽管有过这样一段不愉快的经历,但厨川白村和夏目漱石还是结成了忘年之交。1916 年 1 月厨川白村赴美留学,至夏目漱石病故前,他们一直保持着通信联系。厨川白村的另一位老师——上田敏逝世的消息,就是夏目漱石去信告诉厨川白村的。

东京帝国大学求学期间形成和巩固的对诗歌的兴趣和爱好,是厨川白村后来致力于诗歌研究的重要根源。青少年时

---

① 参见厨川白村:《再谈恋爱》,收入《厨川白村全集》第五卷,第 94 页,改造社,1929 年 4 月。

② 厨川白村:《再谈恋爱》,收入《厨川白村全集》第五卷,第 95 页,改造社,1929 年 4 月。译文引自夏丏尊译:《近代的恋爱观》,第 71 - 72 页,开明书店,1928 年 9 月。

代形成的素养和爱好,对于厨川白村这样一个文艺批评家来讲,无疑是具有重要意义的。它实际上也培养了厨川白村选择研究对象的眼光和基本的价值取向。

三、走上学者之路

1904年9月22日,厨川白村研究生退学后被任命为第五高等学校教授,随即开始了长达20年的教师生涯。在熊本的第五高等学校,厨川白村主要教授英语。每周6学时,使用的教科书是欧文的《阿尔罕伯拉》和其他西方作家的书信集。尽管是初上讲台,但却以正确流利的表达、厚实渊博的知识,博得了学生们的信赖。他上课生动幽默,间或会用他特有的讽刺和挖苦来惩戒那些懒散的学生。第五高等学校期间,厨川白村坚持给校刊《龙南会杂志》撰写文章,介绍西方文学。遗憾的是现在有案可查的仅有两篇。①

三年后的1907年9月,厨川白村有幸调入母校第三高等学校任英语教授。据当时学生的回忆,由于厨川白村认真严厉,学生们上他的课都有一种"近似羊群被赶进屠宰场的感觉"②。然而下课后,厨川白村又会一改教室的严厉,和学生们一起轻松愉快地阅读莎士比亚或勃朗宁的作品,以满足他们的求知欲望。在学生的心目中,厨川白村是一位既让他们崇拜又令他们敬畏的好老师。

据厨川白村弟子矢野隆人介绍,当时学习英国文学的学

---

① 一篇是明治38年的《印象主义的文艺》,载《龙南会杂志》第109号,五高同窗会发行。另一篇是明治40年的《革命时期的英国诗歌》,载《龙南会杂志》第119号、120号,五高同窗会发行。

② 参见小玉晃一:《厨川白村备忘录》,载《英文学思潮》第35卷,1962年12月。

生,特别是普通学校的学生,对英国文学以外的知识极度贫乏。即使对英国文学也仅仅是知道某些特殊作家的传记,或了解某部作品产生的背景和大致梗概。而对英国文学整体的演变和主流的动向,却很少有人能够说出系统的见解。而且也很少有人关心英国文学与欧洲文学的关系。了解欧洲文学趋势的人则更少。① 明治四十年代,欧洲的自然主义传入日本,文坛流行自然主义和象征主义,并引发种种议论。当时的青年学生对这种时髦的文艺思潮大多抱有浓厚的兴趣,他们希望了解欧洲文学的发展。为满足学生的求知欲,作为英语教师,厨川白村利用课外时间给学生讲授了一年有关欧洲近代的文艺思潮。

厨川白村秉性中不甘人后的天才意识和倔强性格,使他没有仅仅满足于做一个专门教授英语的老师。如果真是那样,日本的英语学界也许会增添一个潜心治学的英语学者,而厨川白村的历史就有可能会改写。无论在第五高等学校,还是第三高等学校,厨川白村始终没能忘情于文学。他把所有的业余时间和节假日都用来阅读西方近代的文学作品或撰写相关的文章。经过多年的苦读和积累,厨川白村终于在1912年(大正元年)3月出版了第一部专著《近代文学十讲》,实现了跻身文坛的愿望。

在第三高等学校任教期间,经人介绍,厨川白村与长崎市远房亲戚福地达雄的次女蝶子相识相恋。1906年,26岁的厨川白村与19岁的蝶子结为夫妻。婚后他们生有五个男孩。厨川白村的妻子蝶子夫人是日本关西社交界的一大美人,其

---

① 参见厨矢野峰人:《厨川白村》,载辰野隆编:《近代日本的教养人》,实业之日本社,1950年6月1日。

父亲是日本新闻界的前辈,也是日本近代剧坛的创始人①。1912年福地达雄去世后,厨川白村曾作《忆故樱癡居士》以示悼念。

根据日本昭和女子大学近代文学研究室编的"厨川白村著作年表"统计,自1903年2月至1912年3月之前,厨川白村发表的各类文章总数为34篇,多见诸于《明星》和《帝国文学》杂志。其中第五高等学校和第三高等学校任教期间发表的文章为31篇,占早期发表文章总数的91%。这说明厨川白村早期的文学活动基本都集中在这一时期。从1904年1月,即厨川白村大学毕业前半年,厨川白村开始给《明星》杂志投稿,至1908年11月《明星》杂志停刊,厨川白村在《明星》杂志上共发表11篇译介文章(包括译诗)和3篇评论。《明星》杂志是诗人与谢野宽创立的"新诗社"的机关刊物,创刊于1900年,是明治、大正时代培育了许多才华诗人的摇篮。从1903年起,明星派短歌曾主宰当时的歌坛,在森鸥外、上田敏、薄田泣堇、蒲原有明等人协作下,一度成为象征派诗歌运动的代表,有"明星派"之称。由于歌人凤晶子与与谢野宽的结合,"明星派"的诗风转向幽雅艳丽,热衷于艺术之上和恋爱之上主义,被世人又谑称为"星堇派"。日本自然主义文学兴起后,新诗社的创作趋于消沉,1908年11月《明星》被迫停刊,"明星派"的活动就此告终。厨川白村从本质上讲是一个多情善感、富于诗人气质的人,他对于描写青春恋情的"明星派"自然会多有青睐。从1904年1月至1908年11月,他给《明星》杂志的投稿中就译介了8位西方诗人的8篇诗作,大多带有鲜明的爱情至上和浪漫色彩。出于对"明星派"的偏

---

① 参见小岛德弥:《文坛百话》,第119页,新秋出版社,1924年3月。

爱,厨川白村对时人将"明星派"谑称为"星堇派"始终感到不满,认为这是玷污了艺术,亵渎了恋爱。1922年,他在《近代的恋爱观》中讲到日本人对两性关系根深蒂固的偏见时,还提到了此事:"明治30年代左右的浪漫主义时代,讴歌青春之恋的诗人被嘲讽为'星堇党'。明治40年代前后,世人从字面上曲解了自然主义,再一次侮蔑了所有的性关系。"①

检索厨川白村早期的文学参与,我们可以发现厨川白村早期对文学的兴趣大致表现在这样两个方面:一是西方诗歌和小说的翻译,二是介绍和评论,从实质上讲这两者都属于对西方文学的译介。有些与他青少年时期的读书爱好有关;有些与他大学期间受小泉八云等的影响有关。从整体上讲,厨川白村早期的译介显得有些杂糅无序,不像其师长上田敏那样有着相对统一的选择倾向和前卫性的主题。但还是可以看出青年厨川白村的读书兴趣和选择取向。厨川白村此时的译介态度,就具体的作家而言,有时是随着文坛的潮流而动的,显得有些被动。但具体到该作家的作品,应该说他还是有所选择的。比如同为对西方文学的译介,发表于《明星》杂志的多为对西方浪漫诗人的译介;而发表于《帝国文学》的则以介绍近代英国诗人与时势关系的介绍性文章居多。② 这些文章,一方面显见着这一时期厨川白村"述而不作"的译介态度,另一方面也多少反映出厨川白村在涉足由报刊杂志所支撑起来的社会舆论空间时,是审慎地节制和淡化自己个性流露的微妙心态。

---

① 厨川白村《近代的恋爱观》,收入《厨川白村全集》第五卷,第13页,改造社,1929年4月(笔者译)。

② 从1904年4月至1912年7月,厨川白村在《帝国文学》共发表10篇文章。

厨川白村将自己早期的文学参与分为两部分。一部分被归类于"文学翻译",一部分被纳入了他自诩为"专业"的英美文学研究。对于早期的"文学翻译",多年后,厨川白村不止一次地说过,他在翻译上下了工夫,但最终未能获得文坛的认可,感到非常遗憾。

纵观厨川白村1912年3月以前发表的31篇文章,我们大概只能从其中的3篇①中,捕获到一些可以直接传递出形成厨川白村早期文艺观的语篇信息,而在这3篇中,又并非每一篇都把这些语篇信息安排在全篇的主题范畴。它散见于文章之中,有的仅仅是一二句话而已。但是,透过这些语篇信息,还是能够捕获到厨川白村这一时期所潜含的写作意图和艺术趣味倾向。比如,1908年11月他在《明星》停刊纪念号上发表的《我的感想》一文,就很能概括他对当时文坛现状的不满:"看一下现在的杂志,从头到尾,尽是一些文学研究最后才该做的题目,什么《论易卜生的社会观》、《论×××的自然主义倾向》、《×××思潮》、《×××艺术论》等等。全是一些不着边际的空泛议论。……这样的东西对读者毫无益处,对繁荣日本文坛也无贡献可言。与其泛泛地谈论屠格涅夫的虚无主义和无解决主义,还不如逐字逐句地翻译一篇散文诗为好。也许先从《猎人笔记》的梗概写起会有用得多。"②1908年4月,厨川白村在《近代的短篇小说》③一文中再次提到:作家的主义、人生观等是诗文研究最后阶段才应涉及的问题。

---

① 具体篇名为:《艺苑近事》,载《明星》明治40(1907)年8月号;《近代的短篇小说》,载《帝国文学》第15卷第四(1909年4月);《我的感想》,载《明星》明治41(1908)年11月号。
② 《明星》1908年11月号(笔者译)。
③ 载《帝国文学》第15卷第四。

现在有人鼓吹"日本式"的自然主义,但是如果不涉及具体作品,那就如同卖药的广告一样毫无益处。厨川白村从方法论的角度指出忠实地阅读作品是文坛的当务之急,并呼吁将那些只是空谈作家的人生观而不对作品进行细读的人逐出文坛。① 可见厨川白村从文的目的意识很明确:一是对读者有益,二是能够繁荣日本的文坛。这种目的意识是他日后形成的"以文艺浸润社会"的启蒙文艺观的原初形态,可以说它一经形成便几乎贯穿了厨川白村一生的文艺活动。

第二节 "人性"与"生命"意识的萌生

厨川白村早期的文艺观和美学思想与他同一时期的人生观、政治观、社会观和伦理观一样,还未形成一个完整和成熟的体系,不同的思想成分都夹杂在他对西方伦理学说和文艺观点的介绍之中。其中,有一些是他自觉接受了的、已转化成他自己的思想,有一些则是他客观的介绍,很难说能够完全代表他自己的立场和倾向,加之厨川白村早期的文章中能够直接传递其文艺观的文章数量有限。所以在对厨川白村早期的文艺观进行探源时,我们不妨把目光投向那些曾经对厨川白村产生过影响的人身上,看看他们曾经在厨川白村早期文艺观发生和形成的过程中发挥过哪些重要作用?经笔者对相关文献资料的阅读筛选,认为有二位人物是绝对不能忽略的:一位是引领厨川白村走上文学之路的启蒙老师——小泉八云;另一位则是厨川白村在书本上认识的英国性心理学家和文明

---

① 厨川白村:《近代的短篇小说》,载《帝国文学》第15卷第四。

批评家哈佛洛·蔼理斯（Havelock Ellis,1859－1939）。

一、小泉八云的文学传道

厨川白村一生从事文艺批评,对文学,对人生,对社会,对文明有着自己独到的见解。他后期提出的"苦闷的象征"说就是他勤于思索、善于吸纳外来文化资源的结晶。他的"苦闷的象征"说涉及面极广,看起来有些驳杂,但其实有一个核心,那就是"人"。可以说无论是他的文艺批评,还是社会·文明批评,始终都未离开过这个核心。所以对厨川白村早期文艺观进行溯源,就无法回避这样一个问题:厨川白村早期对"人"是如何理解和认识的？简单说来,厨川白村是通过文学认识了"人",又经由"人"而萌生了"人性"和"生命"的意识。而这一意识的萌生过程则是经由他的文学启蒙老师——小泉八云对他的文学传道而完成的。为了清晰和直观地说明这一过程,这里有必要先介绍一下小泉八云。

小泉八云(1850－1904)原名拉夫卡迪奥·赫恩(Lafcadio Hearn)生于希腊伊奥尼亚群岛中的桑塔莫拉岛(现在的勒夫卡斯岛,当时为英国统治)。父亲是驻守该岛的一名爱尔兰人军医,母亲是希腊人。五岁时父母离异,小泉八云被富裕的姑母收养。少年时,小泉八云在一次游戏中被飞来的绳结误伤左眼以至失明,给他一生留下了阴影。姑母破产后,赫恩被送到国外。小泉八云的前半生行踪漂泊不定,他在英国、法国读过书,二十岁到美国,当过新闻记者。1890年40岁时作为美国纽约哈帕出版公司的特约撰稿人赴日本收集创作素材,未曾想却喜欢上了日本。经著名语言学家、《古事记》的英译者张伯伦(Basil Hall Chamberlain)教授的推荐,在岛根县松江市普通中学和师范学校得到了一个英语教师的职位。同年与松江藩士的女儿节子结婚。婚后入日本籍,从妻姓小泉,名八云。1896年8月28日,经好友张伯伦的再次推荐,小泉八云应聘到东京帝国大学文科大学任讲师,教授西洋文学。时任东京帝国大学校长的外山正一用高薪聘用了他,这体现了东京帝国大学当时的用人方针。1900年3月8日外山正一患中耳炎猝死。接任他的是《新体诗抄》另一位译(作)者——井上哲次郎。井上哲次郎上任后,在薪金、课时安排和出国讲学等事宜上与小泉八云发生矛盾,最终导致了小泉八云被东京帝国大学解聘的厄运。小泉八云于1903年3月底离开东京帝国大学。1904年初,小泉八云应聘到早稻田大学讲授"英国文学史"。同年9月26日因心脏病去世。

  小泉八云在东京帝国大学讲授西方文学为时六年,为日本文坛培养了一批有为的文学青年,厨川白村便是其中之一。1901年9月厨川白村21岁时考入东京帝国大学文科大学英国文学专业,有幸成为小泉八云的学生,专攻英国文学。大学一、二年级他系统地接受了小泉八云的文学启蒙。① 据厨川白村日后回忆说:他最喜欢小泉八云每周3学时的专题讲座,因为"先生无与伦比的天赋与别人断难模仿的独创性得到了充分的发挥,在学生面前披沥了其带有独特鉴赏趣味的批评。"② 小泉八云"讲北美传说,论英国古谣,从莎翁始一直品隲至吉卜林、梅瑞狄斯诸星。另外,先生还从平时爱读的法国作品中介绍了莫泊桑、波特莱尔和洛蒂等人的创作。在这些

---

  ① 每周授课9学时:3学时为英国文学概论,3学时为作品讲解,3学时为诗歌、小说、戏剧等的专题讲座。
  ② 厨川白村:《小泉先生》,收入《厨川白村全集》第四卷,第14页,改造社,1929年7月(笔者译)。

作品还未像现在这样在日本和英美读书界流行的时候,先生早就将它们介绍给了远东的青年学生,指出了西欧新思潮的趋向。"① 小泉八云对19世纪末的唯美主义文学抱有特别的兴趣,尤为喜欢爱伦·坡和波特莱尔。厨川白村认为,小泉八云每周3学时的专题讲座,范围广泛,趣味十足,引发了学生对英法文学的极大关注。他把小泉八云称为"向日本学生正确传递西欧思想和文学最成功的外国人教师"。② 在厨川白村心目中,小泉八云是"在近代英国文学史上,作为散文巨擘,能与史蒂文森和吉卜林比肩。"③的"异常的天才"和"世界的文豪"④ 小泉八云去世后,厨川白村曾于1905年11月至1907年3月先后发表过《忆先师小泉八云》等6篇缅怀恩师的文章。成名后又在1918年1月写了《小泉八云及其他》,后由积善馆出版了单行本。⑤ 小泉八云当时在东京帝国大学的讲演,被日本学生逐字逐句地记录下来。他去世后,美国哥伦布大学教授阿斯金(Prof. Erskine)搜集了日本学生的笔记,整理成四册付印。第一、二册为《文学导解》(Interpretaion of Literature)、第三册为《诗歌鉴赏》(Appreciations of Poetry),第四册为《生命与文学》(Life and Literature)。

小泉八云是一位具有诗人气质的老师,他有自己独特的教授法。他向日本学生讲解作品时,不是通过分析和讲解,而

---

① 厨川白村:《小泉先生》,收入《厨川白村全集》第四卷,第15页,改造社,1929年7月(笔者译)。
② 厨川白村:《小泉先生》,收入《厨川白村全集》第四卷,第17页,改造社,1929年7月(笔者译)。
③ 厨川白村:《小泉先生》,收入《厨川白村全集》第四卷,第11页,改造社,1929年7月(笔者译)。
④ 厨川白村:《小泉先生》,收入《厨川白村全集》第四卷,第34页,改造社,1929年7月(笔者译)。
⑤ 1919年2月1日出版。

是将自己对作品的感受与感动传递给学生。厨川白村称之为"情绪本位的文学教授法"。① 如果用小泉八云自己的话来说,就是"我教文学,看重的是情绪的表现和对人生的描写。在解说某个诗人时,我试图努力说明他能给人的情绪的力量和性质。换言之,激发学生的想象力和情绪是我教授法的基础。"② 这种教授法的特色之一就是,"在言简意赅地说明文本,解释难点词语之后,先生(指小泉八云——引者注)即用自己典雅的语言评释优美的诗歌,阐明其艺术意义。不是喋喋不休地罗列理由和事实,而是将解释娓娓道来,就像拨动听者心中的琴弦一样,激发学生用自己的情绪去理解靠理智无法理解的诗歌。"③ 小泉八云的"情绪本位的文学教授法"把厨川白村带进了西方的文学世界,进一步培养了他对西方文学已有的兴趣和爱好。也为厨川白村日后的教师生涯所继承和发扬,并在他一生的批评活动中发挥了主导性的作用。

小泉八云是一位典型的女性崇拜者,在一篇题为《西方文学研究的难关》的讲演中,他对日本学生这样说道:在日本想要研究英国文学,或其他任何西方文学的人必须面对一个最大的难关,那就是西方文学中作为传统而流淌着的女性崇拜精神,以及女性在反映西方社会的文学中所占的绝对地位。④ 从当时日本社会的实际状况,以及立志从事外国文学研究的几乎都是男性学生这一事实来看,此话是有一定道理的。因为在日本,就传统意识而言,女性和女性文化是不受任

---

① 厨川白村:《小泉先生》,收入《厨川白村全集》第四卷,第20页,改造社,1929年7月(笔者译)。
② 同上。
③ 同上。
④ 转引自须藤信雄、繁尾久:《作为教养的英美文学》,第23页,南云堂,1960年4月(笔者译)。

何保护的。由于文化传统上的差异,男性学生要研究西方文学,就必须面对小泉八云所说的难关。在另一篇《英国诗歌中的"爱"》的演讲中,小泉八云以丁尼生、勃朗宁、罗塞蒂、拜伦、雪莱和济慈等的诗歌为例,谈到了英国社会生活和文艺作品中的男女之"爱"。他说:日本学生研究英国文学的时间越长,就会对爱情在英国小说和诗歌中所占的数量和地位之突出越发感到诧异。他自己在准备讲稿时就几乎找不到不涉及爱情的诗篇。究其原因,最简单的解释是:恋爱和婚姻是欧美人一生中的头等大事,与社会竞争一样,男女间的恋爱和婚姻也是通过竞争得到的,而且对任何人都概莫能外。所以男女间的爱情自然就成为作家和诗人笔下的题目,成为文学作品常态的永恒的主题。①

对于多情善感、富于诗人气质的厨川白村来说,描写青春恋情的诗作无疑会牵动青年厨川白村的心。小泉八云的文学传道,不仅教会了厨川白村"情绪本位的文学教授法",而且还把厨川白村带进了西方文学研究所必须直面的女性世界。厨川白村早期积极译介英美诗人的诗作,读研究生时专攻《诗文中的恋爱研究》,应该说与小泉八云对他的文学传道有关。"饮食男女,人之大欲存焉",正是通过对西方爱情诗的译介,厨川白村发现了"人"之"男女"。关于"人"之"男女",厨川白村在不同的时期,都有过精彩的发言,比如他在《文艺与性欲》一文中说:"在人类的本能里,最强有力的是食欲与性欲。前者为自己的生存,后者为种族的存续,占有人类

---

① 参见小泉八云:《英国诗歌中的"爱"》,载小泉八云著、惟夫编译:《文学讲义》,第215-262页,(北平)联华书店,1931年4月。

物质生活最重要的部分。"①到了《苦闷的象征》,厨川白村在论及"文艺的起源"时,又提到了"人"之"男女":

> 就是原始时代的人们,为要满足那切近的日常生活上的衣食住之类的物底欲求,去做打猎耕田的劳动,而一面又跪在古怪的异教的神们的座下,向木石所做的偶像面前叩头。在这时代,作为生命宇宙的发现,最显著地牵惹他们的眼睛的有两样。换句话,就是他们将这两者作为对象,而描写其"梦"。这两者就是日月星辰和作为性欲的表象的那生殖器。在露天底下起卧,无昼无夜地,他们仰看天体,于是梦着主宰宇宙的不变的法则,和无始无终的悠久的世界;也认知了人类所无可如何的绝大的无限力。又转眼一看自己,则想到身内燃烧着的烈火似的欲望,以性欲为中心,达于白热点。在为人类的生活意志的最强烈的表现的那食欲和性欲之中,他们又知道前者即使不完全,也还借劳动可以得到,后者的欲求却尤为强有力的东西了。因为在两性相交而创造一个新的生命,借此保存种族这一个事实之前,他们是不禁生了最大的惊叹的。②

从明治维新以后的新文学来看,有相当多的文学家和批评家,对"人"的本质、人性等问题进行过"形而上"的追问,并对探索"人"的精神世界怀着浓厚的追问兴趣。厨川白村是

---

① 厨川白村著、绿蕉·大杰译:《走向十字街头》,第19页,(上海)启智书局,1930年4月。
② 厨川白村著、鲁迅译:《苦闷的象征》,第79-80页,百花文艺出版社,2000年1月。

明治维新后成长起来的第二代知识分子。较之他们的前辈，厨川白村对于"人"之思考，已少了许多"形而上"的询问，而多了一些对其"男女"的关注。因为"人比其他动物高尚，就是在饮食男女之外，还有较高尚的营求，艺术就是其中之一。'生命'其实就是'活动'。活动愈自由，生命也就愈有意义，愈有价值。"①厨川白村认为既然文学是基于情绪的，那无疑会涉及人的内心世界。所以，厨川白村关注的"人"之"男女"实际上还会涉及到"人"的"人性"和"生命"意识。出于对"人"的"人性"和"生命"意识的追问兴趣，厨川白村对文学作品表现爱情主题的认识和理解，也就没有仅仅停留在形式与内容上，而是将注意力投向了其背后所表现的精神和心理活动的层面。厨川白村坦言："小时候，在练习英语书信写作时，读过各种各样的书翰文范。开卷伊始，首先感到惊讶的是，不管打开哪一本，与父子兄弟友人间的赠答书简并列，里面必有'情书'一章。"②虽然知道这样的文范在日本除了花柳界以外是别无用途的，但"年龄尚小的我，还是深深地感觉到了东西方在两性观上的异同。"③正是这种儿时形成的"东西方在两性观上的异同"感，在经过了小泉八云的文学启蒙后，萌生了厨川白村对"人"之"男女"以及"人"之"人性"和"生命"意识的追问兴趣。在厨川白村看来，"人"与"恋爱"、与"文学"的关系，不仅构成文艺作品的永恒主题，而且还与"人"的"人性"和"生命"意识所反映的内心世界和主观情绪有关。这样的认识和思考逐步培养了厨川白村从文时格外注

---

① 朱光潜：《文艺心理学》，第126页，安徽教育出版社，1996年9月。
② 厨川白村：《近代的恋爱观》，收入《厨川白村全集》第五卷，第15页，改造社，1929年4月（笔者译）。
③ 同上。

重人物内心世界的"内倾"倾向,在以后的著述中多有这方面的论述。到了《近代的恋爱观》,厨川白村又"借用"弗洛伊德的学说,对"性欲"与"恋爱""文学"的关系作了进一步的"现代"阐释。

二、蔼理斯的影响

在论及厨川白村的"苦闷的象征"说的理论源头时,论者一般都会举出柏格森、克罗齐和弗洛伊德等,但却忽略了一位对厨川白村早期文艺观的发生和形成起到过重要作用的人物,他就是英国的性心理学家和文明批评家——哈佛洛·蔼理斯。可以说,相较于其他外国哲学家、文艺家和思想家对厨川白村的影响,蔼理斯显然要更早一点。

1903年7月,24岁的厨川白村从东京帝国大学毕业后,入本校读研究生,师从夏目漱石专攻《诗文中的恋爱研究》。但是,不到一个月便退了学,原因是因为家里的经济状况不允许他再继续求学。尽管厨川白村的研究生生涯不足一个月,但他对研究题目的选择,却表现出他对"恋爱"这一反映人类浪漫生活和精神世界的独特偏爱。为什么会选择《诗文中的恋爱研究》作为自己的研究题目?厨川白村在1922年4月发表的《生活革新的理想——再谈恋爱》①第一章的"当作绪言"中回答了这个问题。厨川白村说:"那时我还是东京帝国大学的学生。初读哈佛洛·蔼理斯(Havelock Ellis)著的《新精神》(New Spirit)在卷中的易卜生论、惠特曼论等深感到兴趣,

---

① 载《妇女公论》1922年第1期。收入《厨川白村全集》第五卷,改造社,1929年4月。

遂想并读同著者的别的述作。一到日暮,就跑出小石川的寓所到那个现今还有着种种记忆的红墙建筑的大学图书馆去搜索书籍。寻得了同著者的名著《性心理》(Studies in the Psychology of Sex)与《男女论》(Man and Woman)类等,于是随阅随记录,一时曾把这类书籍加以涉猎。我那时还是二十四五岁的青年,在自己的体验上也为恋爱所烦恼,一方又因父母贫困,学资难得,正是衣食困难的烦闷时代。不久走出大学进了大学院,我所认的研究题目,是《诗文上所现出的恋爱的研究》。当那题目登出官报,一时曾被先辈及友人很说了许多的话。"①这是厨川白村42岁时的回忆。它除了告诉我们他当时之所以选定《诗文中的恋爱研究》这一题目的理由外,还传达出这样三个信息:(一)厨川白村最初阅读蔼理斯的《新精神》,是想了解其中的易卜生论和惠特曼论,这说明厨川白村从大学时代起就已经开始关注到易卜生和惠特曼;(二)不管阅读的原因和动机是什么,就结果而言,厨川白村读遍了当时东京帝国大学图书馆所能见到的蔼理斯的全部著作;(三)当时的厨川白村处在"为恋爱所烦恼","又因父母贫困,学资难得,正是衣食困难的烦闷时代。"

　　为了研究《诗文中的恋爱研究》,厨川白村曾经广泛涉猎这方面的图书。除了蔼理斯外,他还阅读过嘉本特、惠斯戴马克的著作,写过几百页的笔记。据厨川白村日后回忆,他最终还是放弃了《诗文中的恋爱研究》的研究。有关恋爱,他没有写过一篇文章,甚至连笔记都丢失了。原因是厨川白村的文学兴趣已经转向了完全不同的方面,也就是转向了他自己称

---

① 厨川白村著、夏丏尊译:《近代的恋爱观》,第70—71页,(上海)开明书店,1928年9月。

之为"专业"的英国诗歌戏剧小说的研究。①

尽管厨川白村在恋爱研究上没有写过一篇论文,但是,在以后对诗歌戏剧小说的研究中,他脑子里思考的还是性的生活和恋爱的问题。用厨川白村自己的话来说:"它不仅仅体现在小说阅读上,而且在现实贫苦的生活体验中,厄洛斯之神也迫使我品尝了各种各样的苦酒和美酒。"②

美国文学批评家莱昂内尔·特里林曾从探索自我的角度,将弗洛伊德的精神分析誉为"19世纪浪漫主义文学的顶峰之一"。他认为浪漫主义的诗人和作家们在探索自我的过程中,发现了人性潜藏着不受理智支配的无意识迹象,对性的问题甚为重视,并逐步认识到人的精神是一个不可分裂的整体。③ 笔者认为用这一分析用来解释厨川白村早期文艺观生成的心理动因是再恰当不过的。

因为耽读过蔼理斯、嘉本特、惠斯戴马克的著作,厨川白村很自然地会在英国诗歌小说研究之外尤专注心理学和精神分析学。他把文艺的创造和欣赏都当作心理的事实去研究,并试图从中归纳出一些可适用于文艺批评的原理。比如,自我表现说是蔼理斯文艺观的一个核心,他在《新精神》、《断言》等著作中都是从这一理论出发分析论述西方作家的。他特别强调"艺术是个性的表现""文学是情绪的产品,而著作者最迫切地感到又只是自己的情绪,那么文学以个人为本位,正是当然的事。"④厨川白村接受了蔼理斯的这些观点,又与

---

① 厨川白村:《再论恋爱》,收入《厨川白村全集》第五卷,第72页,改造社,1929年4月(笔者译)。
② 厨川白村:《再论恋爱》,收入《厨川白村全集》第五卷,第73页,改造社,1929年4月(笔者译)。
③ 参见莱昂内尔·特里林:《弗洛伊德与文学》,载《文艺理论研究》1981年第3期。
④ 转引自罗钢:《历史汇流中的抉择》,第54页,中国社会科学出版社,2000年10月。

小泉八云的"情绪本位的文学教授法"发生了联系,导致他在《近代文学十讲》中提出了"情绪主观"的观点。

可以说,厨川白村研究生期间对蔼理斯的广泛涉猎,直接导致了他对"性与潜意识"问题和"欲望升华"说的关注。厨川白村是通过蔼理斯,对从"性"的角度解释文艺发生兴趣的,以后又与弗洛伊德的学说相遇,产生了共鸣。其实,蔼理斯和弗洛伊德作为现代性学文明的先驱,具有许多相似之处。他们年纪经历相仿,都是由医学领域走向性学研究的。1898年,39岁的蔼理斯出版了后来成为6卷本《性心理学》的第一册。1898年,蔼理斯在《断言》(Affirmations)一书中,对性欲"里比多"(Libido)就有过如下的阐释:

> 叔本好耳(Schopenhauer)(引者按:后人多译为叔本华)有一句名言,说我们无论走的那一条路,在我们本性内总有若干分子,需在正相反对的路上才能得到满足;所以即使是任何道路,我们总还是有点烦躁而且不满足的。在叔本好耳看来,这个思想是令人倾于厌世的,其实不必如此。我们愈是绵密的与实生话相调和,我们里面的不用的不满足的地面当然愈是增大。但正是在这地方,艺术进来了。艺术的效果大抵在于调弄这些我们机体内不用的纤维,因此使他们达到一种谐和的满足之状态——就是把他们道德化了,倘若您愿意这样说。……艺术的道德化之力,并不在他能够造出我们经验的一个怯弱的模拟品,却在于他的超过我们经验以外的能力,能够满足而且调和我们本性中不曾充足的活力……。①

---

① 译文引自周作人:《文艺与道德》,载《自己的园地》,第112页,北新书局,1923年。

蔼理斯说这段话的时候,弗洛伊德的《梦的解释》(The interpretation of Dreams)(1900年)还未发表,但两人在对人类性行为所进行的深入研究后,得出的结论却惊人地相似,都认为性欲"里比多"(Libido)是一切文学创作的推动力,被压抑的性欲能够转移到为社会所接受的目标中去,成为可供人们欣赏的形象。

"文学发于人性,基于人性,亦止于人性。人性是很复杂的,(谁能说清楚人性所包括的是几样成分?)唯因其复杂,所以才是有条理可说,情感想象都要向理性低首。在理性指导下的人性是健康的常态的普遍的;在这种状态下所表现出来的人性是最标准的;在这标准下所创造出来的文学才是有永久价值的文学。"①应该说性是健康的人性的常态,也是文艺作品所描写的一个常态主题。蔼理斯从科学的角度提供了文学研究的人性基础。他谈的性心理,许多问题都与文学艺术有关。他认为性是人性中的一个基本问题,既然文学艺术是表现人生的,那么性就是无法完全回避的问题。所以他看重的是性观念的健康与否。他认为"人从社会的存在还原为自然的存在。"人于动物性的"求生"意志之外,还有高于动物的"天赋之性灵"自由发展的要求。文学艺术是一种"生命的颤动""生命之舞"。②

心理学研究认为,对个性意识和生命意识的追问和探索一旦落入潜意识层次,必然会形成对性意识的执著追问。受

---

① 梁实秋:《文学的纪律》,载梁实秋:《文学的纪律》,第19-20页,新月书店,1928年5月。
② 袁进:《略谈周作人早期的文学美学思想》,载《文艺理论研究》1995年第4期。

蔼理斯学说的影响,厨川白村开始将文学艺术与"生命"意识联系在一起进行考虑和研究。1912年厨川白村在《近代文学十讲》中首次提到了性与潜意识的关系。1914年他在《文学思潮论》中又第一次提出了"两种力的冲突"的概念。1921年1月他发表的《苦闷的象征》一文①就是运用弗洛伊德的学说,对文艺创作与欣赏以及文艺学元问题进行的一次尝试性的阐释。这是一次成功运用的典范,它一方面丰富了性心理学的研究,一方面也深化了文艺的研究,为合理借鉴西方的学术成果提供了一个成果的范例。

---

① 指1921年1月发表在《改造》1月号上的同名论文。

第三章 现代文艺批评意识的确立

厨川白村是以译介西方诗人和他们的诗作开始其文学活动的,他最初对文学的见解便是通过译介而得以点滴体现的。但是作为文艺批评家,则应从1912年3月出版《近代文学十讲》算起。从厨川白村的文学活动,特别是文艺批评的经历来看,1912年3月出版的《近代文学十讲》和1914年4月出版的《文艺思潮论》是其生前出版的惟一两部纯文学的论著。所以在厨川白村的文艺批评生涯中具有重要的意义。本章主要梳理和通释这两部论著,以确认厨川白村作为文艺批评家的地位,并探讨其文艺批评的特点。

第一节 "述而不作"的欧美文学介绍——《近代文学十讲》

1912年3月,厨川白村出版了第一部专著《近代文学十讲》。这是一部类似教科书的欧洲文学概论,从史的角度系统介绍了19世纪中叶至20世纪初叶计五、六十年间欧洲文艺思潮的发展历程,对欧洲近代文艺思潮作了一次横向的鸟瞰。该著重点介绍了自然主义文学思潮兴起的时代背景,概括了其主要的创作特征。对晚近发生的新浪漫派、象征主义、唯美派等"非物质主义"的文学思潮也作了扼要的介绍。

在《近代文学十讲》的卷头语中,厨川白村借用英国文学批评家德·昆西区分"知识的文学"与"力量的文学"的说法①,将自己的《近代文学十讲》界定为"作为介绍写给他人看的"。厨川白村这样写道:

> 书有两种:一种是作为介绍写给他人看的,另一种是为了宣泄自己不吐不快的情感而作的。本书当属前者,它本是作为授课讲义而写的,随处还散发着粉笔的味道。只是执笔之初就考虑和注意到介绍要尽可能忠实,不敷衍了事。所以,我自信在叙述和议论的顺序上还不至于产生混乱。另外,为了让未接触过西方文学的人也能看懂,对国内文坛不少老生常谈的一般事项,必要时也反复予以了说明。我生来胆小怕事,既不会说惊世骇俗的大话,也不愿卖弄空洞乏味的理论。在本书中,我只是将欧洲,特别是英国和法国精于此道的学者、批评家之间已成定论的东西作了介绍而已。至于作者的功劳,无非是:以一定的态度对数量庞大的作品和学说作了取舍和选择,并尝试性地加以了整理和归纳,同时尽可能结合我国现代的思潮和文艺进行了说明。因此,对那些无意将此作为学问,并希望从中获得系统的文艺知识的人来说,这样的书也许是难以令他们满意的。②

---

① 德·昆西(Thomas De Quincey,1785-1859)把文学分为"知识的文学"(The literature of knowledge)和"力的文学"(The literature of power)。前者是记述的文学,或者可以解释为科学。后者是忠实于人的本真情绪的文学。前者随着时代的进步需要随时改写,而后者只要是以永恒的人性为对象,那是永恒不变的。

② 《厨川白村全集》第一卷,第5页,改造社,1929年6月(笔者译)。

此书一出,出版界和知识界哗然,各大报刊①纷纷发表书评介绍《近代文学十讲》。其中,1912年5月1日发行的《帝国文学》在书评中这样写道:

> 在近代文学的呼声日益高涨,翻译文学大量涌现的今天,文坛仍未出现一本适当解释说明欧洲近代文学的著述,实为遗憾之事。不过,近日幸得厨川文学士的大著,方解久日之渴。本书用500多页的篇幅,分10讲33节主要介绍了近50年来英美德法意澳等国的文艺作品,以及欧洲评论家对此的批评。并就文艺思潮的发展、哲学、科学、现实生活等展开了论述。本书以文艺为中心,在背景的介绍上详尽周到,至今难觅出其右者。对于世纪末的颓废思潮、怀疑思想与个人主义、近代人的悲哀、物质文明与肉欲的文艺、自然主义以后的象征主义·神秘主义·唯美派等倾向,凡持有疑问者,只要一读此书,便可获得极其扼要的回答。②

应该说《帝国文学》的这一书评对《近代文学十讲》的概括是极其精当的。《近代文学十讲》以其简约的启蒙性、知识性和明快的风格受到出版界和知识界,特别是青年学生的欢迎,被誉为"大正元年的金字塔"。③ 出版后不久就多次再版。1912年6月11日再版时增补了"索引",以后又出版过缩印

---

① 主要有:《日本新闻》、《东京日日新闻》、《读卖新闻》、《东京每日新闻》、《大阪每日新闻》、《大阪朝日新闻》、《时事新报》、《万朝报》、《东京朝日新闻》、《国民新闻》、《帝国文学》、《三田文学》、《中央公论》、《六合杂志》、《心理研究》、《东洋哲学》等。
② 载《帝国文学》第18卷第五(笔者译)。
③ 吉田正俊:《〈近代文学十讲〉及其他》,载《英语教育》1967年2月号。

本。至1924年5月10日已刊行79版。可见其受欢迎的程度。《近代文学十讲》出版后,社会上陆续出现了一批以"××十讲""××十二讲"为题、或与《近代文学十讲》装帧相同的书籍,给当时的出版界带来了极大的影响。

《近代文学十讲》刚一出版,就有学者撰文指出,《近代文学十讲》与夏目漱石的《文学评论》极其相似,所不同的是,夏目漱石的《文学评论》论述的是18世纪的英国文学,而厨川白村的《近代文学十讲》介绍的则是19世纪的欧洲文学。在时代性上,厨川白村的《近代文学十讲》要优于夏目漱石的《文学评论》。①1912年6月3日,荻原朔太郎②在给其表兄荻原荣次的信中说:"厨川白村著《近代文学十讲》是了解近代思想和文学性质的一本绝好的书籍。我读后受益良多。"③英国文学研究者户川秋骨在1912年6月19日的《国民新闻》的"国民文学栏"中以《新刊通读》为题,对厨川白村的《近代文学十讲》也有过如下的评价:《近代文学十讲》"用浅显的语言系统介绍了西方的文艺理论和文学作品","论述具体周详,使该书毫无枯燥乏味的学究气。令人惊讶的是作者的博览强记。通读如此之多的著述,并予以恰当的整理和归纳,更使人惊讶不已。"④

厨川白村为什么要写《近代文学十讲》?它又是如何创成的?厨川白村在1914年4月出版的《文艺思潮论》的"卷头语"中回答了这两个问题。若把厨川白村的"回答"加以整

---

① 参见鹏心生:《读〈近代文学十讲〉》,载1912年4月20日《读卖新闻》。
② 荻原朔太郎(1885-1945)日本近代诗人、剧作家、小说家。
③ 中岛国彦:《大正文学起步期的时代精神》,收入《编年体大正文学全集》第一卷,第622页,YUMANI书房,2000年5月。
④ 参见《近代文学研究丛书》第22卷,第302页,昭和女子大学,1964年12月(笔者译)。

理,大致可以归纳为以下三点:

1. 《近代文学十讲》始作于1910年。当时厨川白村还是第三高等学校的英语教师。

2. 当时文坛流行自然主义和象征主义,引发种种议论。为满足学生的求知欲,厨川白村利用课外时间为学生讲授了一年有关欧洲近代的文艺思潮。《近代文学十讲》就是为授课而编写的讲义。

3. 在讲义的基础上经过一年的修改润色,于1912年3月付梓成书。

从厨川白村的写作动机来看,《近代文学十讲》可视为一部批评自然主义的专著,它本身具有一个宏大而完整的理论逻辑构架:全书共分十章。前四章对产生自然主义的渊源等作了详尽的介绍和分析,中间的三章论的是自然主义文学本身,后三章谈的是自然主义以后的出路。书名虽为《近代文学十讲》,但实际论述的是当时文坛所关注的自然主义文学,且带有向一般读者进行启蒙和普及的性质。这从该书的目录(参见附录九)即可看出。当时日本文坛的实际状况是,继1906年岛崎藤村发表《破戒》之后,1907年田山花袋又发表了《棉被》。《棉被》的出现,标志着日本近代文学正式进入日本式自然主义的发展时期,同时也引发了文坛对自然主义的激烈争论。自然主义究竟是鼓吹肉欲、毒害人心,应该坚决予以取缔的文学?还是如许多称道者所说的那样是文艺的正宗?[①] 由于当时文坛对日本式自然主义的评价褒贬不一,出

---

① 《厨川白村全集》第一卷,第24页,改造社,1929年6月。

于"以文艺浸润社会"的目的意识,也为了"正本清源","繁荣日本的文坛",厨川白村在《近代文学十讲》中用了三章 11 节近 200 页的篇幅(参见附录九)通过与浪漫主义的比较,对他所了解的西方自然主义文学进行了详细的介绍。尽管厨川白村对西方自然主义文学的理论依据和创作实践的解说是适时和敏锐的,"不过,当时日本的作家却不爱看《近代文学十讲》。即使看,也与左拉流的自然主大相径庭,追随的是日本式的自然主义,最后又将其发展到极致,形成了日本独特的'私小说'。"①

为了做到"以文艺浸润社会",厨川白村在书中一再强调,他只是想让读者知道什么是欧洲文艺的新思潮,从研究的角度,将其作为一种知识、一种学问传达给读者。为此,他在书中极力避开了"布教式的态度"。用他自己的话来说:"在本书中,我既不说教也不鼓吹,为了让读者自己作出正确的判断,我尽可能不谈我个人的见解。公正地将事实呈现给读者,""就像物理老师说明电灯的原理那样说明近代文学是什么。"②尽管是"述而不作"。但是,透过纸背,还是可以看到厨川白村本人对不同文学的倾向性选择。用厨川白村自己的话来说,就是"以一定的态度对数量庞大的作品和学说作了取舍和选择,并尝试性地加以了整理和归纳,同时尽可能结合我国现代的思潮和文艺进行了说明。"不过,在"执笔之初就考虑和注意到介绍要尽可能忠实,不敷衍了事。"③可见厨川白村整理和出版《近代文学十讲》就是想用一种严肃认真和"述

---

① 吉田正俊:《〈近代文学十讲〉及其他》,载《英语教育》1967 年 2 月号。
② 《厨川白村全集》第一卷,第 25 页,改造社,1929 年 6 月(笔者译)。
③ 《厨川白村全集》第一卷,第 5 页,改造社,1929 年 6 月(笔者译)。

而不作"的写作态度将欧洲文艺的新思潮介绍给普通的民众。这与他从文之初就已经形成的目的意识,即"以文艺浸润社会"的文艺观是一致的。

尽管《近代文学十讲》是一部类似教科书的欧洲文学概论,但是用今天的眼光来看,仍不失为一部逻辑严谨、条理清晰、有着自己内在体系的著述。《近代文学十讲》以时代为经,以作品为纬,在详细论述欧洲近代文艺思潮,特别是自然主义文学的起源、发展和演变的同时,一步步把自己所赞赏和提倡的新浪漫主义突出了出来。其中文学进化论的观点显得清晰可见。

《近代文学十讲》第一讲的"序论"就是从古希腊的唯物主义哲学家泰勒斯说起,详细地论述到拉马克、达尔文、黑格尔进化论的发展史。体现了厨川白村对这种世界观和方法论的钟情。厨川白村十分熟悉进化论及其流变,从达尔文到赫胥黎再到斯宾塞,理论源流清楚明晰。从中流泻出一种基于进化论的全新意识。开篇伊始的《序论》,表现了厨川白村对进化论这一专门知识的了解,对起其日后文艺思想的形成和发展都具有深远的影响。在"时代的概观"一节中,厨川白村不是简单地叙述科学史的递变,而是从孔德的实证哲学讲到达尔文的物种进化论再论及泰纳的文学的物种进化,把科学家的"进知识于光明"置于"时代精神"的背景下,使得本来只是对进化论的介绍,与时代发生了联系,成为厨川白村日后批评文学的基础之一。在厨川白村眼里,社会在进化,文学在进化,文明也在进化。所以他认为:"既然日本已投身于世界现代文明的大漩涡之中,那就不能无视欧洲的新思潮。不管其是否健全,也不管其与日本以往的思想有何关联,当务之急是要将其作为一种完整的知识来加以正确的理解,而且不仅仅局限于文学研究者。"①可见"以文艺浸润社会"的目的意识,即文学启蒙意识,在厨川白村作《近代文学十讲》时就已经形成,而且还成为一种自觉的行为意识。

在一部近 30 万字的《近代文学十讲》中,厨川白村提到的西方哲人、思想家、评论家、小说家·诗人就多达 230 人之多。其中涉及西方名著近百部。为此有人认为《近代文学十讲》所涉及的西方名著仅仅是厨川白村本人的一种简单的解读。贬抑者甚至认为厨川白村也许并未真正通读过所有的作品,因为书中有些评价与原作品的本然面目存有着明显的距离。依笔者所见,厨川白村在东京帝国大学读书期间,受到小泉八云的启发和熏陶,在译介英美文学的过程中,逐步拓宽了自己的视野,在阅读英美文学的同时,也阅读了大量的欧洲文学作品。由于受到西方近代文艺批评思潮的影响,《近代文学十讲》中对近百部西方名著的解析,无疑会有厨川白村用来为自己的目的意识服务的"解读",但不容否认的是这些作品本身都有其独特的精神内核,它们也正好契合了厨川白村早期接受外国文学时的主题心灵的真实。比如对阿纳托尔·法郎士的《克兰克比尔》和维尔哈伦的《渔夫》的解读,厨川白村就偏重于"小说是反映时代精神的"这一主张,并从中解读出资本主义制度下普通人的生存状况,即小说反映的时代精神和背景。从《近代文学十讲》一书的取舍倾向来看,厨川白村把"情绪主观"和"时代精神"视为自己研究文学的两大出发点。这两大出发点在厨川白村从事文艺批评的不同时期尽管有着不同的指涉和内涵,侧重点也有所不同,但几乎伴随了厨川白村一生的批评活动。尽管厨川白村从文之初曾尝试从

---

① 《厨川白村全集》第一卷,第 24 页,改造社,1929 年 6 月(笔者译)。

创作论的角度去研究西方的小说,为此也写过《近代的短篇小说》①一文,提出[A+a]的公式,从美学的角度探讨了创作与鉴赏的关系。但是,他还是习惯地按照自己个人的生活体验和已经初步形成的目的意识去研究文学,去阅读和理解西方的小说。《近代文学十讲》出版后,社会舆论的评价尽管褒贬不一,但大都认为《近代文学十讲》中带有厨川白村个人强烈的"情绪化"和"主观"的色彩。这种"情绪化"和"主观"的色彩其实就是厨川白村从文之初就开始逐步形成的既重视文学的审美价值,又关注文学的社会启蒙作用的文学观。当然,彼时的厨川白村在两者之间是稍稍偏向于后者的。不过,当时的早稻田大学教授、俄国文学研究家在批评厨川白村的《近代文学十讲》时,还是认为"厨川白村的著作动辄以主观想象的方法思考问题,缺少严谨缜密的做学问的方法"。②

应该说《近代文学十讲》中所表现的文艺观和批评观,代表了厨川白村青年时期对美学的一种追求和探索。对西方一些重要的作家和作品,厨川白村都有评述,但美学上的理论分析不多,有些基本上是转述,用的是第二手资料。当然,厨川白村下的功夫是可观的。《近代文学十讲》出版后,厨川白村的老师夏目漱石曾高度评价说:"厨川君在此书中,倾注了自己的全部心血,谈出了自己对西洋文学的理解"。③其本身所具备的启蒙性和知识性也使得《近代文学十讲》成为厨川白村实践自己"以文艺浸润社会"的启蒙文艺观的一部值得纪

---

① 载《帝国文学》第15卷第四,1909年4月。
② 片上伸:《厨川白村氏的〈近代文学十讲〉》,载《文章世界》第7卷第8号(1912年6月1日)。
③ 矢野峰人:《厨川白村》,载辰野隆编:《近代日本的教养人》,第116－117页,实业之日本社,1950年6月。

念的处女作。

第二节 "两种力的冲突"——《文艺思潮论》

1914年4月,厨川白村出版了第二部专著《文艺思潮论》。用厨川白村自己的话来说,写这部专著的目的是为了弥补《近代文学十讲》的一大缺失,即省略了对欧洲现代文艺思潮史的纵向考察。在《文艺思潮论》中,厨川白村用了六章的篇幅,①以希腊思潮(异教思潮)与希伯来思潮(基督教思潮)"一盛一衰""一胜一败"的争斗史为线索,结合具体的文艺作品,回顾了古代、中世、近世西方文艺思潮发展演变的历史。厨川白村认为西方文艺思潮的此消彼长,起伏更替源于人性中灵与肉两种力的冲突与调和。试图在重肉的希腊主义和重灵的希伯来主义的对立统一中寻找西方文艺思潮变迁的动因。在《文艺思潮论》中,厨川白村第一次明确提出了"两种力的冲突"。

其实,在《近代文学十讲》中,厨川白村就已经开始朦胧地意识到这个问题。他曾经说过:自觉的生活与顺应的生活、主我的生活与没我的生活、彻底的态度与妥协的态度,无时不刻在发生着冲突和矛盾,成为造成人之苦闷和烦恼的根源。②不过,当时厨川白村主要是从近代人的自我觉醒与社会生活的角度谈到了两者之间的冲突与矛盾,比起《文艺思潮论》中

---

① 第一章 序论、第二章 思潮史的回顾(古代)、第三章 思潮史的回顾(中世)、第四章 思潮史的回顾(近世)、第五章 希腊思潮的胜利、第六章 EPILOGUE。
② 厨川白村:《近代文学十讲》,收入《厨川白村全集》第一卷,第134-135页,改造社,1929年4月(笔者译)。

提出的"两种力的冲突",范围要窄得多。

关于"两种力的冲突",厨川白村在《文艺思潮论》中用对照表作了如下的归纳:

	基督教思潮 即希伯来思潮 Hebrwism		异教思潮 即希腊思潮 Hellenism
	灵的、禁欲的	………	肉的、本能的
	要知道神	………………	尔当自知
	绝对的服从	………………	人的自觉
	教权主义	…………………	自由主义
	天国、神本位	………	现世、人间本位
	利他主义	…………………	自我主义
	超自然主义	………………	自然主义
	宗教的、道德的	…	智识的、艺术的
	信仰的、独断的	…	科学的、实验的
	主观的倾向	………………	客观的倾向

围绕着这样的"两种力的冲突",《文艺思潮论》论述的核心问题有二:一是"两种力的冲突"是造成一切苦闷烦恼的根源。二是如何摆脱苦闷烦恼,以求得灵肉的调和与一致。

关于第一个问题,厨川白村举出拜伦的《曼弗莱特》、丁尼生的《国王牧歌》和陀思妥耶夫斯基的《罪与罚》,认为它们都描写了灵肉的二元争斗和冲突。而且"由这两种能力的冲突,于是遂生人生一切的悲剧。理想与现实,个人与社会,理性与感情,智识与信仰——还有肉与灵,在这些东西的冲突分裂上,便发生人生最惨淡的悲剧。而人生的真意,便就在这悲剧当中。"①

---

① 厨川白村著,樊从予译:《文艺思潮论》,第6—7页,(上海)商务印书馆,1924年12月。

从西方文艺思潮发展演变的历史中,厨川白村发现了"两种力的冲突",并认为它是造成世界上一切苦闷烦恼的根源。对于厨川白村来说,"两种力的冲突"的发现,绝非瞬间的、稍纵即逝的心灵共鸣,可以说它成为一种"原创性"的观点几乎纵贯了其一生的文艺批评活动。

就第二个问题,厨川白村在《文艺思潮论》的序论中这样写道:

> 从前埃及人曾雕刻种种奇异怪状的神体,如头为犬猫及猿鳄之状,而身则为人形。其中如女头狮身 Sphinx,就是最著名的。此后希腊人也同样的造出半人半兽的 Pan 及 Centaur 等。这果是表示什么,含有什么意思呢?一般考古学者烦琐的学说,兹暂置不论,原来这种半人半兽的像,在古代人的心胸,早就预示着灵肉的斗争,对神性与兽性的不调和问题等,有一种幼稚而原始的解决方法。我想这话,当不至于有所牵强附会吧。①

从古代埃及人和希腊人身上,厨川白村发现和找到了一种他认为是最好的救治良方。他反对割裂灵与肉,主张调和,认为真正的生活应该是古希腊和现代欧洲人的"灵肉一致"的生活。厨川白村认为古希腊人的"人性"是"灵肉一致"的,因而是理想的人性。并认为现代的西方人与古希腊人一样也是"灵肉一致"的。所以他们的"人性"也是理想的。原因是因为古希腊人具有"节制之德",而后起的罗马人则"缺乏如希腊人般的聪明的智力及节制之美德,只一经求肉的欢乐,任

---

① 厨川白村著、樊从予译:《文艺思潮论》,第4页,(上海)商务印书馆,1924年12月。

着情热的奔放,直达于颓废靡烂的极度,"①因而走向了崩溃。

基于这样的认识,厨川白村极力赞扬与希伯来思潮对立的希腊思潮。认为希腊思潮的核心就是"灵肉一致"。在文艺上,他主张和提倡追求"灵之觉醒"和"灵肉一致"的新浪漫主义。特别赞赏以大胆描写肉而著称的美国诗人惠特曼,认为惠特曼是这种人生的典范。他以惠特曼为典范,剖析了他"灵肉一致"的观念:"美国惠特曼是自然、人道、民主的诗人,自他死后至最近数年,西欧文坛,盛赞其思想系根本于灵肉之调和,所以能极大胆地赞美肉。他说:'肉若不是灵,什么东西是灵?'"。②厨川白村认为,惠特曼的思想"如古代原始的希腊人般,在灵肉浑然一致的境地,以求真的生之充实,这是现代的特征。"③这正契合了厨川白村主张的灵肉一致观。

在《文艺思潮论》中,厨川白村的灵肉一致观首先表现为一种历史观。在近代西方,英国诗人、评论家阿诺德早在1865年就在《评论一集》中,率先使用灵与肉的概念区分了希伯来与希腊两种文学精神的对立以及对后世的不同影响。他把希伯来思潮和希腊思潮的特质分别简单地归纳为"良心的峻严(Strictness of conscience)"和"意识的自发性(Spontaneity of consciousness)",并将其称为英国文学的源泉,是英国文学的"两大创造传统(Two creative traditions)"。1906年,美国评论家韩德在他《文学概论》第二部第11章中也集中论述了希伯来思潮与希腊思潮。在近代日本文坛,岛村抱月是第一个

---

① 厨川白村著、樊从予译:《文艺思潮论》,第13页,(上海)商务印书馆,1924年12月。

② 厨川白村著、樊从予译:《文艺思潮论》,第83页,(上海)商务印书馆,1924年12月。

③ 厨川白村著、樊从予译:《文艺思潮论》,第85页,(上海)商务印书馆,1924年12月。

沿用这种观点的批评家,他的《被囚禁的文艺》①和《欧洲文艺思潮史讲话》就是受到阿诺德影响而写成的。厨川白村模仿岛村抱月作《文艺思潮论》,追溯西方文艺思潮演变发展的历史轨迹,无疑会参考岛村抱月的观点。事实上,厨川白村也确实沿用了岛村抱月的观点,但是他却有着自己的特点,他将这两种文学的不同特色归结为人性中的两种基本因素,并用这种灵肉对立而又最终统一的趋势来概括整个西方文学的历史走向。在《文艺思潮论》中,厨川白村开宗明义地写道:"凡翻欧洲文明者,一定会觉得在其根底,显然有以人间的本性为基础的两种相异的潮流。这两种色调显然不同的潮流,一盛一衰,一胜一败,循环往复的争斗着的历史,使人惹起极强的注意。这就是历史家所谓人性之异教的基督教的二元论,英文曰 the Pagano-Christion dualisrn of our human nature。"②在厨川白村看来,异教与基督教的二元就是灵肉二元,他指出"灵与肉,圣明的神性与丑暗的兽性,精神生活与肉体生活,内的自己与外的自己,基于道德的社会与重自然本能的个人生活,这二者间的不调和,人类自有思索以来,便是苦恼烦闷的原因。焦心苦虑要求怎样才能得到灵肉的调和,此盖为人类一般的本性。"③厨川白村的这种历史观,即用历史发展的必然性来解释非理性现象的合理性,应该说是厨川白村进行文艺批评的一大特色。

厨川白村在《文艺思潮论》中,没有把对"灵肉一致"的思索和提倡,仅仅局限在文学和文艺思潮的范围内。他认为:因

---

① 载《早稻田文学》1906 年 1 月号。
② 厨川白村著、樊从予译:《文艺思潮论》,第 4 页,(上海)商务印书馆,1924 年 12 月。
③ 同上。

为"在个人的生活上'有肉与灵,理想与现实,感情与理性的分裂。因为有冲突,所以欧洲的思想史,常为唯心论与唯物论,拉丁民族的倾向与德国民族的倾向,古典主义与浪漫主义,这等的两两对立'而造成人文进化的历史。"①所以,厨川白村又把"两种力的冲突"视为"人文发达史的根底的大问题"。这是厨川白村日后之所以会在文艺批评和社会·文明批评之间穿梭转移或一时干脆向社会·文明批评倾斜的根本原因。

从《文艺思潮论》的内在的叙述逻辑来看,从发现"两种力的冲突",到提倡"灵肉一致",其最终的目的是为了实现"理想的人性"。而这种"理想的人性"又与蓬勃的"生命力"有关。"生命力"是构成厨川白村"苦闷的象征"说的关键词。用厨川白村自己的话来说,就是"尼采的所谓生之欲望,与今日柏格森的所谓生之跃进,萧伯纳所谓生之力,以及倭铿所谓为精神生活而奋斗的活动说"中所表现的"生的喜悦"。② 为此,厨川白村反对将人的兽性或神性推向极端,而认为人的生物性欲求是自然的合理的,应予以充分的肯定与满足。但同时又不能忽视人的社会属性,应充分认识到精神的自由发展对于人所具有的重要意义。

厨川白村把"灵肉一致"与"理想的人性"和"生命力"联系在一起考虑,是极具时代特色的。他并非像同时代的人那样从形而上的角度去探讨哲学命题的"人性"问题,而是对文艺中的"人性"表现出极大的关注,而且还带有一些理想主义

---

① 厨川白村著、樊从予译:《文艺思潮论》,第78页,(上海)商务印书馆,1924年12月。

② 厨川白村著、樊从予译:《文艺思潮论》,第119-120页,(上海)商务印书馆,1924年12月。

的色彩。他说:"今日的一切思想,一切艺术,几莫不带着鲜明的个人的色彩,排斥一切的权威,破坏一切的传说,以清新强烈的自我为基础而努力创造新生活。"①文艺就是要"直入于流动活跃而且还不绝的生命之核心,恰如大鹫捕海鱼般,执着热烈的态度,与现实的中心生命相争战"。②

可见,厨川白村较为充分的"现代"意识,使他较早地将目光投向了对现代"理想的人性"的追求。在厨川白村那里,这种"理想的人性"尽管在不同的时期有着不同的内涵和指涉,但却成为厨川白村早期从事文学研究和批评的一个出发点。可以说,以这样的研究思路研究出来的文艺思潮史著作自然会带有一种理论的品位。

1914年出版的《文艺思潮论》和1912年出版的《近代文学十讲》一样,都是厨川白村系统考察西方近代文艺思潮史的专著。作为向近代日本文坛介绍西方新文艺和新思潮的姊妹作,既融汇百家,又以我为主,大量的知识和信息使人读后能眼界大开。所以,厨川白村又被誉为"是一个成功和值得信赖的西方思想的传送者"。③

第三节 "情绪主观"与"时代精神"

厨川白村写作和发表《近代文学十讲》的1912年前后,

---

① 厨川白村著、樊从予译:《文艺思潮论》,第106页,(上海)商务印书馆,1924年12月。
② 厨川白村著、樊从予译:《文艺思潮论》,第127页,(上海)商务印书馆,1924年12月。
③ 郑清茂著、贾植芳译:《日本文学思潮对中国现代作家的影响》,载贾植芳主编:《中国现代文学的主潮》,第23页,复旦大学出版社,1990年2月。

正是日本自然主义文学由鼎盛走向衰败的时期。其间尽管自然主义作家的创作仍在继续,但文坛对他们的批判已成定局。原因之一就是因为已经私小说化了的日本自然主义已无法摆脱悲观厌世的人生观的影响。原因之二是日本自然主义所谓的尊重日常的写实性,已招致想象力的匮乏和艺术魅力的缺失。无可否认,日本自然主义文学运动兴起的初衷是为了反抗"硕友社"文学团体的那种粉饰现实、一味追求技巧和词藻的江户文学余风,建立符合时代精神的新文学。这场运动的先驱者们基于当时日本日趋帝国主义化、社会矛盾日益加剧的现实,提出了文学要迫近人生、要彻底解放个性的口号,这无疑具有积极的时代意义。但是由于日本自然主义文学的理论家们在继承左拉自然主义的一些错误观点的基础上又提出了不少相当有害的口号。比如,他们主张文学要"破理显实"、"完全真实",要写人的兽性和丑恶;提倡纯客观的自我暴露和自我忏悔;认为文学只能反映"觉醒者的悲哀"等等,建构了"日本式的自然主义",从根本上阻碍了旨在建立新文学的日本自然主义文学运动的健康发展。

当时文坛存在的主要问题是,创作侧重于新文学初期提倡的暴露"非人"生活与"龌龊腐败"的社会真相,对人的灵魂刻画不力,少有表现人性深度的作品。对社会真相的描写,也仅仅停留在表面。而自然主义的"破理显实"、"完全真实"的倡导,则从理论上进一步强化了这一倾向。由于过分强调为人生的"为"字,使得创作的功利化倾向过重,过于粘连于客观现实,想象力不足,使创作过于拘执所谓的"真实"。厨川白村在从文之初,曾对日本自然主义提出过尖锐的批判。在《近代文学十讲》中,他对自然主义文学作了一番"寻根溯源"式的、"学院派"式的阐述和批判后,也在考虑日本新文学的出路。

在《近代文学十讲》中,厨川白村对自然主义的批判,是在考察了西方文艺思潮发展和演变的历史后进行的。他指出:"文艺思潮的变迁,正如不断的流水,出自山谷,横断旷野,激于岩石,分剖草木,虽时变其姿形,仍不失其为一连续的潮流。现在要划出一时期来论,势不得不回顾过去的上流,来观察一下。"①依据这种观点,厨川白村认为要评价自然主义文学,就必须从浪漫主义谈起,只有将自然主义与浪漫主义加以比较之后才能凸显近代文艺的特色。通过比较,他把自然主义文学前后的欧洲文艺思潮概括为四个时期,即:

> 第一个时期:十八世纪,以冷淡的主智倾向为代表的启蒙时代,亦称偏理主义或拟古主义
> 第二个时期:十九世纪前半叶,为浪漫主义的全盛期
> 第三个时期:十九世纪中叶,即近代,为现实主义自然主义的全盛期
> 第四个时期:上世纪末至今,为新主观主义文学,即新浪漫主义和神秘主义的时代 ②

厨川白村认为在冷淡的主智客观倾向上,第一个时期和第三个时期相近。而第二个时期和第四个时期则在偏重情绪主观上具有共同的倾向。在比较了欧洲文艺思潮的暗迁默移后,厨川白村又指出,欧洲近代文艺思潮有三大明显的变迁,

---

① 厨川白村著、罗迪先译:《近代文学十讲》上,第177页,上海学术研究会丛书部,1921年8月。
② 参见厨川白村:《近代文学十讲》,收入《厨川白村全集》第一卷,第191页,改造社,1929年4月(笔者译)。

它们与人的思想发展路径极其相似,如同人生一样:

> 用一个人的一生来说,法国革命后的浪漫主义时代,恰如20岁前后朝气蓬勃的青年期,也可以说是未见世面、不懂世故的热情时代。只是一味地憧憬空想与梦幻,还未真正地面对人生的现实。从上一世纪中叶进入自然科学万能的时代以来,受实证论的影响,人们心中现实感陡增,迄今的美梦突然破灭,展现在眼前的是丑陋悲惨的现实社会。原有的理想和信仰被打破,被扔进了怀疑的深渊。与此同时,人心笼罩在无可言状的忧愁之中,烦闷至极。这是自然主义的时代。这可以比作人生30岁左右的时期。初为人夫,初为人父,苦于生活的压力,面对人生惨淡的事实,青年时代的理想和希望全然消失,切肤地感到孤独和寂寞。但是,人心是不可能永远凝固在怀疑不安之中的,只要不是对生存感到倦怠的懦夫,肯定会设法摆脱这种苦闷和忧愁的。纵然知道毫无可能,但还是希望能从这消极、破坏的状态中迈出一步。这种积极的时代肯定会来临。这是不断努力积极进取的时代,是抛弃旧因袭和标准权威建立新秩序的时代。……这就是近来的一大趋势。用人的一生来比喻,恰如四十岁前后的壮年期,在大致经历了人生的酸甜苦辣之后,已趋于圆熟。不像青年时期那样幻于空想,而是考虑周全、勤奋踏实的时代。一个人一生的顶点大多表现在这一时期。①

---

① 厨川白村:《近代文学十讲》,收入《厨川白村全集》第一卷,第325-326页,改造社,1929年4月(笔者译)。

厨川白村将文艺的进化与人的成长过程相比拟,认为浪漫主义好比人生20岁前后的热情时代;自然主义好比人生30岁前后消沉、寂寞的时代;而新浪漫主义则相当于人生40岁前后的圆熟期。他把新浪漫主义看成是由古典主义到浪漫主义,由浪漫主义到自然主义,再由自然主义到新浪漫主义进化过程中的最完美、最完满的文学。

在详细比较了浪漫主义和自然主义的异同之后,厨川白村对"晚近"新文艺的倾向和新浪漫主义的特征进行了系统的论述。厨川白村认为,"从总是最迅速最鲜明地反映时代的思潮的文艺来看,这种倾向表现得更为明显。由唯物主义科学万能思想所产生的自然主义、现实主义的文艺,大约在三四十年前,就遭遇一大转变。上世纪末叶,精神主义、神秘思想、人道主义等就是在走到尽头的唯物观、现实观上建立起来的新理想主义的文艺。文艺史上所谓的象征派、或者泛指的新浪漫主义的倾向,无非就是物质和理智都已经走到尽头,而兴起的'灵的觉醒'。还有易卜生一派的问题文艺日渐衰弱,为梅特林克、沁孤、叶芝、罗斯丹、霍夫曼斯塔尔和施尼茨勒所取代,也都说明了同样的思潮变迁。"①他说:"人生的种种理想在唯物功利的科学万能的时代曾经遭到过否定和破坏,现在它们又在现实主义的根柢上以崭新的力量复出。人要相信人的力量而努力。它是理想的再建,也是对人生的肯定,是生活的艺术。信念就是生命的宗教,是经现实主义的科学精神培育巩固之后的新浪漫主义。这种新浪漫主义与百年前一味

---

① 厨川白村:《出了象牙之塔》,收入《厨川白村全集》第三卷,第105－106页,改造社,1929年2月(笔者译)。

地追求梦幻美的浪漫主义,在根本上,在本质上是不同的。"①

厨川白村这里所说的新浪漫主义,是19世纪末20世纪初在欧洲兴起的一种复杂的文学现象。它产生于自然主义文学之后,是一个富有动态性的而不是一个凝固的概念,它的内涵和外延是伴随着时代的变迁和接受者的文学实践和文学思想的转变而发生变化的。但作为现代主义的前驱,明显地带有新浪漫和主情的倾向。从厨川白村在《近代文学十讲》的介绍来看,它应该包括象征主义、神秘主义、唯美主义、颓废主义和新理想主义。新浪漫主义这个概念或词语第一次出现在日本文坛是1891年6月《栅草纸》20号上刊登的森鸥外对罗赛蒂的批评文章。以后相继有评论家从不同的角度提到了新浪漫主义。1901至1902年间,在德国近代文学的冲击下,"新浪漫主义"被带入日本。1903年6月,大塚保治首次在《论浪漫主义及吾国文艺之现状》一文②中论述了新浪漫主义。1905年5月和9月,片山孤村发表《神经质的文学》和《续神经质的文学》③,指出新浪漫主义是神经质的文学,是与自然主义互为表里的同一种主义,即"象征主义"。1906年10月,金子筑水在《近代思想界的趋势》④一文中介绍了欧洲19世纪末思想界的各种倾向,并将这些倾向统称为"新浪漫主义",认为新浪漫主义是自然主义之后向新理想主义过渡时期的一种主义。厨川白村在1907年12月发表的《论近代英国诗人对时事的关系》⑤一文中曾经提到过新浪漫主义。

---

① 厨川白村:《再谈恋爱》,收入《厨川白村全集》第五卷,第77页,改造社,1929年4月(笔者译)。
② 载《太阳》1902年4月号。
③ 分两次刊载于1905年5月号、9月号《帝国文学》。
④ 载《中央公论》1906年10月号。
⑤ 载《帝国文学》1907年12月号。

在1912年3月出版的《近代文学十讲》中,厨川白村对新浪漫主义下了这样的定义:"这个新浪漫主义的名称,决不是总括最近文艺的全部,不过取出欧洲最近的文艺界主要的倾向",这种倾向就是指发端于"晚近思想界显著的现象'灵的觉醒'的文学",也是"主观的倾向""猛然的得了势了"的文学。①

日本文学史家笹渊友一曾撰文指出:从其实质来说,也许将新浪漫主义视为唯美主义更为合适。《昴星》、《三田文学》的同人以及《新思潮》的谷崎润一郎等都是具有这种倾向的主要代表。在人生观上,虽然也受到自然主义"唯物思想"的影响,但他们排除自然主义的没主观、无技巧,解放主观和想象,重视美的主题,在这一点上与自然主义的艺术观形成了对立。②

在日本近代文坛,新浪漫主义也被称为唯美主义,它是以1907年以后相继创刊的《昴星》、《三田文学》和第二次《新思潮》同人为主而形成的一种文坛思潮。唯美主义其实是一种"神经质的文学",是日本后期浪漫主义和自然主义的一种延伸。从1912年至1914年,唯美主义文学发展到颠峰,曾取代自然主义文学,与理想主义的白桦派和新现实主义的新思潮派一起称霸文坛达五年之久。创刊《昴星》的上田敏实际上是日本唯美主义的奠基人,在梅特林克的影响下,渐渐形成了"文艺为人生"的人生派理想主义艺术观,他主张将社会生活艺术化,在艺术化的生活中,自我陶醉似地享受生活。提倡

---

① 厨川白村著、罗迪先译:《近代文学十讲》下,第115-117页,上海学术研究会丛书部,1922年10月。
② 笹渊友一:《明治大正文学的分析》,第10页,(东京)明治书院,1970年11月(笔者译)。

"为艺术而艺术"的"唯美主义"。为反自然主义的文学运动提供了理论依据。

厨川白村写作《近代文学十讲》的时代,有关安得列夫、王尔德、梅特林克、霍普特曼等西方现代主义剧作家的评论文章均已出现。厨川白村在《近代文学十讲》中对这批作家,从生平经历到创作成就、特色、主要作品的内容、技巧等都作过较为详尽的介绍。他们的文学主张,与具有相同个性的厨川白村,在精神上自然是十分接近和亲和的。厨川白村认为梅特林克的《青鸟》、霍普特曼的《沉钟》等都是新浪漫主义名下的象征主义的代表作。对于厨川白村来说,新浪漫主义的"灵的觉醒""灵肉冲突"助长了他寻求人生意义过程中情绪主观的表现。

在当代批评家眼里,"文学就是人学"也许是一个多少有些陈旧的命题,但事实上,不论文学创作在技巧和内容上发生怎样的变化,却始终无法脱离由人性所构成的这个世界。① 在不同的历史时期,文学家和批评家眼里的人性所具有的概念和内蕴是不同的。这是因为人性中既包含了人的生物属性,又包含了人的心理属性。而且在不同的社会形态和历史文化背景中也会有不同的指涉和内涵。"依荣格(Jung)的研究,民族和个人的心理原型都有'内倾''外倾'两种。'外倾'者好动,好把心力支到外面去变化环境,表现于文艺时多偏重客观。'内倾'者好静,好把心力注在自己的身上作深思内省,表现于文艺多偏重主观。"② 应该说,厨川白村就是具有

---

① 管宁:《新时期小说:人性内蕴的拓展与嬗变》,载《文艺理论研究》2001年第4期。
② 朱光潜:《长篇诗在中国何以不发达》,原载《申报月刊》第3卷第2号(1934年2月);收入《朱光潜全集》第八卷,第354页,安徽教育出版社,1993年2月。

这种"内倾"倾向的文艺批评家。

在20世纪初新浪漫主义被普遍认为代表了新文学发展方向的世界背景中,厨川白村接受了现代派思潮的影响,让自己的文艺观和美学思想偏于"情绪主观",这对于厨川白村来说,是一件非常自然的事。因为在东京帝国大学读书期间,厨川白村就受到小泉八云"情绪本位的文学教授法"的熏陶和影响,并通过亲近蔼理斯,形成了关注人的内心世界和情绪主观的"内倾"倾向。在厨川白村看来:新艺术的本义在于"感觉",而不在于"思考",并以此来区分"自然主义"与"新浪漫主义"的优劣。这说明厨川白村的文艺观和美学思想从一开始就没有建立在"客观再现现实"的基础上。厨川白村并不认为"真实的艺术"可以通过对现实的"再现"而得到,他强调作家要借助"情绪"和"主观"表现出自己"个性"和"生命",这无疑使他的文艺观和美学思想包含了现代主义的因素。厨川白村认为,文艺研究的对象其实就是人,就是人生,但是在如何研究人生上,不同的"主义",态度是截然不同的:"譬如取一朵花,看了只说美呀!爱呀!是这旧时理想派浪漫派的看法,自然派以客观的科学的观察,说这是植物的生殖器,毫无诗的事实,明示在吾人之前。但是到了最近主观主义的文艺,仍旧从这个事实立脚,以这个做基础,要求花本身之根本的意义,有这样努力的人。并且探求到这个事实里面的神秘的方面,由敏锐强烈的主观力,要直感这个事实的真髓精神。"①新浪漫主义文学其实是为了探索和描写人的内心,并

---

① 厨川白村著、罗迪先译:《近代文学十讲》下,第121页,上海学术研究会丛书部,1922年10月。

揭示人心深处隐藏着的某种东西的"一种手段"①。

厨川白村认为旧时的浪漫主义是从天上的梦境中去寻求美,自然主义是盯着地上的现实生活,眼睛里看到的全是丑陋的东西,而最近的新文艺是用自然科学所赋与的精密观察和清新有力的主观感受,从迄今被视为丑陋的地上生活中,去寻找新的乐园。②厨川白村以文艺进化论的观点,立足欧洲文艺思潮变迁的现实,把握和揭示了浪漫主义、自然主义和现代主义的不同,表明厨川白村在从文学发展论的角度思考文艺问题时就已经初步具备了与西方同步的"现代"意识。

厨川白村的"现代"意识促使他从整体上去把握文艺的发展脉络,也正是在这种整体的把握下,他认为文学的进化过程是"客观——主观——客观——主观"的互为起伏消长的过程,得出了情绪主观是文艺发展主流的说法。他说"情绪主观是文艺的始终,此外支配于理智的科学的经验的种种文艺,实可以当作一时的变态现象看,这种都不能到底永续的,不久都归到情绪主观的本流一边;今日自然主义衰退,新浪漫主义代他而起,亦是自然的势。"③厨川白村把文学思潮分为主流与支流。在《近代文学十讲》的第九章"非物质主义的文艺"中,他对主流与支流的关系作了如下的阐释:

> 我们若追溯自荷马以来至现在的欧洲文艺潮流,稍加思索,即可了解它的主流显然就是"情绪主观"。但当时为顺应时代的需要,就会有一股与"情绪主观"性质完

---

① 《厨川白村全集》第一卷,第348页,改造社,1929年6月(笔者译)。
② 《厨川白村全集》第一卷,第356页,改造社,1929年6月(笔者译)。
③ 厨川白村著、朱希祖译:《文艺的进化》,载《新青年》第6卷第6号。

全不同的东西串入其中,文艺所以发生变迁或进化,即因外物之介入。这里所称的"外物"。就是指时代精神的影响。举例证之,当18世纪时,因流入重理性、尚形式的时代倾向,而产生古典主义文艺,不久后,又复归情绪主观的主流,而有19世纪初叶浪漫主义的勃兴。进入中叶时,科学万能说突然从旁穿入,此际则一变而为着重直接经验的现实主义文艺。由此观之,最近的新浪漫派倾向,实际就是文艺再度复归其主流而已。要之,"情绪主观"是文艺的 Alpha 和 Omega,再则,被理智或科学或经验所支配的文艺,应可视之为暂时的变态现象,到底不能持续太久,迟早将归向其主流,新浪漫派取代衰弱的自然主义,正是这种自然的趋势。①

厨川白村认为,"在或一时代的文学上,一定可以看见两派潮流的。对于成为本流,成为主潮这一面的倾向,别有成为逆流,成为潜流而运行的流派。这一面,要向现实的中心突进,肉薄而达到那核仁的力愈强,则在那一面,和这正相反,对于现世生活超越和逃避的要求也愈盛。这两者一看似乎相矛盾,相背驰,而常是共立同存的事,在文艺史的研究者,是极有兴味的现象。我以为可以姑且称其一为文艺的求心底倾向,其他为远心底倾向。每一时代,着一方面是主潮本流之间,则那一派作为逆流或潜流而存在;一进其次的时代,潜流于是代起,便成为本流主潮了。"②

---

① 厨川白村著、罗迪先译:《近代文学十讲》上,第357页,上海学术研究会丛书部,1921年8月。
② 厨川白村著、鲁迅译:《苦闷的象征》,第216页,百花文艺出版社,2000年1月。

厨川白村以此明确地表明了自己的文艺主张。在他看来,文艺自发生以来,贯穿始终的就是情绪主观,这是文艺的主流,虽然在文艺思潮的发展过程中,"情绪主观"的文艺主流,时常会被因时代的需要而出现的各种文艺支流所暂时取代,但是这些"从旁流入,变化文艺的本流,譬如形式主义、纯理主义、客观主义、现实主义、经验主义,这个东西,都是(从其影响的结果来说)使情绪主观调节充实,引导文艺的本流,到完美的境域,是不可缺的东西。"①厨川白村进一步解释道:"文艺常由这样外物来变调刺戟,生出一时的古典主义啦,自然主义啦,这种变态文学的时代。经过此变态时代,方才有了进步,也有了发展。形式、热情、实验、冥想、主观、客观、写实、诗情,一看都像矛盾的两个东西,能巧妙的融合调和,于是真的大文学出现了。"②厨川白村认为"大凡艺术上的一个主义流派,常偏于一方的。自己狭小了艺术的世界,制限在一方,动着仅置重于人生的一方面一局部,容易忘却其他的倾向。所以一个主义兴盛的时代告终,在第二时代补足前主义所闲却的缺点,要得这个融合调和,完全和前次异趣的主义表现了。"③所以,在厨川白村眼里,"被理智或科学或经验所支配的"自然主义只是一种暂时的变态现象,不可能持续太久,迟早会被主流文艺所取代。无疑,厨川白村这里明确指涉的是新浪漫主义取代自然主义。

厨川白村是在西方文化影响下长成起来的日本近代第二

---

① 厨川白村著、罗迪先译:《近代文学十讲》下,第134页,上海学术研究会丛书部,1922年10月。
② 厨川白村著、罗迪先译:《近代文学十讲》下,第134－135页,上海学术研究会丛书部,1922年10月。
③ 厨川白村著、罗迪先译:《近代文学十讲》下,第135页,上海学术研究会丛书部,1922年10月。

代知识分子,他从文伊始,便一直强调以个性、情感和行动为指归的现代主义文学。并非从一开始就像西方的文学家那样,对"人"的本质、人性的诸多问题怀有浓厚的"形而上"的追问兴趣,而更多地体现出一种感时忧国的情怀。

从《近代文学十讲》和《文艺思潮论》开始,厨川白村就没有把自己的着眼点完全放在纯文学的批评上,也兼顾了社会历史批评,并重视文艺批评的社会意义。在厨川白村的批评中,"情绪主观"与"时代精神"就像一枚硬币的两面始终是联系在一起的。所以无论在论述文艺问题,还是社会问题时,他都不是孤立地去单独谈"情绪主观"或者"时代精神",而是互为表里,有所侧重地论述某一个方面。他认为:"文学常常是时代的反映,而任何时代都有一种根本的精神,构成该时代一切活动的中心,成为该时代运转的根本精神。文学背后也必然横亘着该时代精神。"①而这种"时代精神"就是反映该时代整体特征的一切,它包括人的社会生活和精神生活。所以,在《近代文学十讲》中,厨川白村用了四章的篇幅从这两个方面详尽地论述了自然主义文学产生的背景,并认为对这一"时代精神"的论述构成了《近代文学十讲》最重要的部分。可见厨川白村是何等地重视文艺背后的时代。在《近代文学十讲》与《文艺思潮论》中,他反复强调的就是"文艺背后必有时代"这种带有社会学意义的文学主张。在厨川白村的"时代精神"观里,还存在着一种将个人与时代、社会、民族联系在一起的逻辑叙述结构。这非常容易让人联想到法国文艺史家和批评家泰纳的文学三因素。诚然,厨川白村在《近代文学十讲》中用了近 9 页的篇幅介绍过泰纳的文学三因素。但

---

① 《厨川白村全集》第一卷,第 28 页,改造社,1929 年 6 月(笔者译)。

是,他是从批判自然主义的理论来源时介绍了泰纳的文学三因素。其实,对于西方近代的文艺批评家和理论家,彼时的厨川白村更赞赏和钦佩英国唯美主义运动的理论家佩特。在《近代文学十讲》和《文艺思潮论》中,厨川白村提到并引用佩特的观点有20处之多。在《近代文学十讲》中,厨川白村将"时代精神"与造成近代人生苦恼的重要原因之一的"生活的压迫"加以了观照。在《出了象牙之塔》和《走向十字街头》中,这种"时代精神"成为他审视和批判日本社会后进性的直接动力。到了《苦闷的象征》,他又说:文艺上的天才,是飞跃突进的"精神底冒险者"。然而正如一个英雄的事业的后面,有着许多无名的英雄的努力一样,在大艺术家的背后,也不能否认其有"时代",有"社会",有"思潮"。既然文艺是尽量地个性的表现,而其个性的别的半面,又有带着普遍性的普遍的生命,这生命即遍在于同时代或同社会或同民族的一切的人们,则诗人自己来作为先驱者而表现出来的东西,可以见一代民心的归趣,暗示时代精神的所在,也正是当然的结果。①

不过到了《苦闷的象征》,厨川白村则用"时代生命"取代了"时代精神",他说:"凡在一个时代一个社会,总有这一时代的生命,这一社会的生命,继续着不断的流动和变化。这也就是思潮的流,是时代精神的变迁。这是为时运的大势所促,随处发动出来的力。当初几乎并没有甚么整然的形,也不具体系,只是茫漠地不可捉摸的生命力。艺术家之所表现者,就是这生命力,决不是固定了凝结了的思想,也不是概念;自然更不是可称为什么主义之类的性质的东西。即使怎样地加上压抑作用,也禁压抑制不住,不到那要到的处所,便不中止的

---

① 厨川白村著、鲁迅译:《苦闷的象征》,第59页,百花文艺出版社,2000年1月。

生命力的具象底表现,是文艺作品。虽然潜伏在一代民众的心胸的深处,隐藏在那无意识心理的阴影里,尚只为不安焦躁之心所催促,而谁也不能将这捕捉住,表现出,艺术家却仗了特异的天才的力,给以表现,加以象征化而为'梦'的形状。赶早地将这把握得,表现出,反映出来的东西,是文艺作品。"①

可见厨川白村所说的"时代精神"是随着时代而与时俱进的。对于文学,他既注重表现人生反映社会问题的问题剧和问题小说。又提倡注重人的内心世界的新浪漫主义,"为艺术的艺术"和"为人生的艺术","理想主义"与"现实主义",在厨川白村那里就像一架马车的两个轮子一样,功能一样,区别只在于左右而已。

厨川白村在《近代文学十讲》中敏锐地提出了"情绪主观"与"时代精神"这个二元对立的命题。也就是说厨川白村从《近代文学十讲》开始,在关注社会学意义上的"时代精神"的同时,也在关心美学层面上的"情绪主观"。

---

① 厨川白村著、鲁迅译:《苦闷的象征》,第59-60页,百花文艺出版社,2000年1月。

第四章 从文艺批评到社会·文明批评

自《近代文学十讲》和《文艺思潮论》以后，厨川白村基本上没有再写过类似的纯文学批评的东西。他把《近代文学十讲》和《文艺思潮论》称为"作为介绍写给他人看的"，也就是说，在这类的著述中无法"宣泄自己不吐不快的情感"。以1917年9月至11月的《北美印象记》为界，厨川白村开始把笔触转向能够自由宣泄自己情感的"Essay"，批评文字由文艺批评向社会·文明批评延伸和倾斜。

　关于厨川白村文艺思想的变化，一般认为1920年是最为明显的分水岭。国内学界普遍认为自1920年起，即《出了象牙之塔》出版后，厨川白村的文艺思想发生了根本性的变化。诚然这种变化的分界和痕迹在表面上非常明显，而且其前后活动内容的反差之大也颇令人瞠目，但这种变化并非是突然间产生的。实际上，在厨川白村从文之初，就已经基本形成了与时代同人迥然不同的思想观念和人生态度。表现在文学上，他是通过文学作品来了解人生和社会的。而厨川白村1920年以后的思想变化只不过是把其早期就已经形成的思想观念和人生态度进一步明朗化和扩大化罢了。由文艺批评向社会·文明批评延伸和倾斜，其实是他用业已形成的社会观、文艺观和批评观来观照、解释实际的人生和社会，是厨川白村文艺观的一次深化和外延。本章拟对厨川白村这一时期的批评实践加以梳理和通释，以说明厨川白村其时的变化是

"冰冻三尺,非一日之寒",并非像一般所说的那样是突然发生的。

第一节 在大学教授与"市井"批评家之间

一、美国留学前后

1915年2月17日,厨川白村获准官费留学美国一年半,研究英语、英国文学及教授法。厨川白村非常珍视这次留学的机会,因为此前他曾经拒绝过一次出国留学的机会。

厨川白村原定4月2日出发。令人遗憾和惋惜的是,3月末,也就是在出发前的第四天,厨川白村不慎被烫婆烫伤左脚背。但当时未加注意,去澡堂洗澡后伤口感染化脓,在离家较近的私立医院做了一次手术。由于手术不成功,引发骨膜炎危及生命,4月4日不得已在京都大学医院实施了左膝关节以下的截肢。这次不幸导致了厨川白村日后运动的不足,严重损害了健康,也成为在关东大地震遭遇海啸遇难的一个远因。然而,尽管厨川白村"生来身体虚弱,又为种种不可思议的命运捉弄,而天殊不足,又夺其左脚",但他"坚信人只要根本的'生之力'(life force)没有失掉,肉体上受多少损伤,原不甚要紧。"①厨川白村在截肢前后表现出一种超乎常人的乐观和坚强。他曾写过一篇题为《左脚截肢》的文章,刊登在1916年1月1日出版的《中央公论》上,后收入《北美印象

---

① 田汉:《白梅之园的内外》,载《少年中国》第2卷第12期,1921年6月。

记》。① 在这篇文章中,厨川白村详细地介绍了截肢前后的情况,用单腿直立的白鹭形容了自己当时的心境,表示要学白鹭的孤高清节。又不无调侃地说道:"自己现在已与双腿的俗众不同,仅此一点就让人兴奋不已"。

在住院等待伤愈的焦虑中,为了生活,厨川白村不得已写了一部题为《狂犬》②的小说。这是厨川白村由"作为介绍写给他人看的"东西向"宣泄自己不吐不快的情感"过度时写的一部作品,也是厨川白村一生中惟一的一部小说。在这部毫无情节和内容的小说中,厨川白村以"狂犬"自喻,用激越和近似于谩骂的口吻,发泄了自己对社会和文坛的不满。小说发表后,厨川白村本人也认为有失自己的声誉,禁止其再版。为尊重故人的意愿,厨川白村死后,两种厨川白村全集出版时均未收录该作。不过有论者认为:这部使人能够联想起太宰治的《如是我闻》③的小说,表明厨川白村自36岁起就已经成为一名反抗权威的斗士。同时也说明厨川白村日后充满生气的生活态度皆源于此时。④

1916年1月8日,厨川白村拖着伤残的左脚,乘坐"春洋丸"从横滨出发踏上了美国之行。手术后他曾对采访他的记者说过:

> 这次旅行想访问英国本土,看一下我专攻的英国文学之背景的人情风俗,收集近代英国文学史的材料。如您所知,在英国还没有最近的英国文学史,偶尔有美国的

---

① (大阪)积善馆,1920年9月。
② 1915年2月,大日本图书株式会社出版。
③ 载《新潮》1948年3月号。
④ 小玉晃一:《厨川白村备忘》,载《英文学思潮》第35卷,1962年12月。

教授将戏剧或诗歌写进专著,但仅为片段,没有综合的近代英国文学史。我这次旅行完全是以此为目的的,为了见那些诗人和剧作家,我带了许多介绍信。我认为美国的戏剧和诗歌今后在世界上会大有所为的,我想做一下这方面的研究。另外,我也会留意英美两国文学的比较研究。滞留日期不到一年,准备今年四月出发,明年正月回来。像我这样一只脚不方便的人,除了邮递员的工作外,普通人能做的事情,我都能做,所以一只脚也可以轻松地漫游世界。①

赴美途中,厨川白村在夏威夷拜访了作家杰克·伦敦。在美国本土,他访问了东部诸州的各大学。留学期间,厨川白村主要研究了古代英国文学。回国后,他在大学做的第一次演讲就是《英国古代的叙事诗》。为了补贴生活费,在美留学期间,厨川白村还翻译出版了美国政治家谢里尔的《新门罗主义》。②

1917年5月4日,还在美国留学的厨川白村收到京都帝国大学聘任他为副教授的通知。厨川白村原本计划回国时顺道游历英国和欧洲。由于当时第一次世界大战战事正酣,德国的潜水艇封锁了大西洋,厨川白村只能放弃原有的计划,于1917年7月结束留学回国。

1917年7月留学回国后,厨川白村作为归国学者的代表,从9月下旬至11月上旬,在神户、横滨和大阪的报刊上,

---

① 载《英语青年》第40卷第12号(笔者译)。
② (东京)警醒社,1916年12月。

以"北美印象记"为题连续发表了24篇文章①。这24篇文章不仅仅介绍了厨川白村的美国留学经历和见闻,而且还对美国作出了自己的评价和批判。他认为:"在以自由为夸耀的美国,有以绝对无限的权威君临着两个暴君和一个女王。美国人在这三者的压迫之下,有的人权被夺,有的思想言论的自由被妨,有时候,甚至于生命财产的安全都受到了威胁,然而只有他们自己却完全不当作为一回事体。这真是不可思议的国民!"②"代表这种压迫的两个暴君就是'群众'和'黄金'","一个女王就是'女人'的威力"。③ 厨川白村对美国的评价和批判由此开始,他把自己对美国的认识归纳为:"美国是群众的国家,群愚的国家,好事者的国家。"④"美国是黄金万能的国家,她的文明是暴富者的文明,是黄色铜臭的文明,这是已经不必再说的事情,但是实际上走到那里去一看,却是比想象的更加利害。"⑤尽管对美国的评价和批判是贬抑和毫不留情的,但厨川白村还是承认20世纪文明的一大现象就是世界急剧地美国化⑥,显示了他对未来世界的一种卓越的预见性。

　　1918年5月,"北美印象记"和厨川白村留美前后发表的

---

① 具体篇名为:1.自绳自缚之民 2."群众"的暴威 3.暴君的"黄金" 4.女人的天国 5.妇女与文化 6.妇女的教育与活动 7.日本与美国 8.公开与秘密 9.共同与独占 10.中央公园 11.情面 12."惠利根"13.绰号与略语 14.Jap 15.检阅 16.大规模 17.未来 18.日美的理解 19.智的协商 20.外交官 21.黄金街的仙寰 22.美国人的半面 23.理想家 24.古香余韵(篇名译文参见厨川白村著、沈端先译《北美印象记》,〈上海〉金屋书房,1929年4月。)
② 厨川白村著、沈端先译:《北美印象记》,第2页,(上海)金屋书房,1929年4月。
③ 厨川白村著、沈端先译:《北美印象记》,第3页,(上海)金屋书房,1929年4月。
④ 厨川白村著、沈端先译:《北美印象记》,第4页,(上海)金屋书房,1929年4月。
⑤ 厨川白村著、沈端先译:《北美印象记》,第11页,(上海)金屋书房,1929年4月。
⑥ 厨川白村著、沈端先译:《北美印象记》,第17页,(上海)金屋书房,1929年4月。

10篇文章①集结出版,题名《印象记》。1920年9月,大阪积善馆又出版了专收"北美印象记"24篇文章的《北美印象记》单行本。在日本有论者认为,《北美印象记》是奠定了厨川白村社会·文明批评家的一部重要作品。②

1919年2月,厨川白村又将1913年至1917年间发表的18篇文章,以《小泉先生及其他》为题集结出版。有论者认为"这本《小泉先生及其他》,皆为批评与介绍西欧文学,……比《出了象牙之塔》与《走向十字街头》还属重要。"③笔者仔细阅读后,认为其中较为重要的文章有:《小泉先生》、《果真是虚荣的罪过?》、《病的性欲与文学》、《年轻艺术家的群体》、《神秘思想家》、《英国思想界的今昔》、《阿纳托尔·法郎士》、《和平的胜利》等。《和平的胜利》一文是厨川白村得知第一次世界大战结束后特意赶写出来的。在《小泉八云及其他》一书的序中,厨川白村作过这样的说明:"11月中旬,在本书付梓之际,惊闻和平恢复之讯,不甚欣喜。急速呵笔作成《和平的胜利》一文,付在卷尾。因为我认为此次大战的结束,为世界文明开创了一个新时代,在人类生活史上意义极大。"④表达了他期盼世界和平的真切愿望。

《果真是虚荣的罪过?》是厨川白村从美国回来后的第二年,于1918年5月发表的长篇批评文章。在这篇文章中,厨

---

① 具体篇名为:1.左脚截肢 2.自太平洋上 3.杰克·伦敦的小说 4.文艺通信 5.尼亚加拉瀑布观光记 6.无言剧的复兴 7.爱尔兰文学的新星 8.欧洲战乱与海外文学 9.美国的新剧团 10.美国的大学

② 参见小玉晃一:《厨川白村备忘》,载《英文学思潮》第35卷,1962年12月。

③ 厨川白村著、绿蕉译、一碧校:《小泉八云及其他·译言》,(上海)启智书局,1930年4月。

④ 厨川白村:《小泉八云及其他·序》,收入《厨川白村全集》第四卷,第5页,改造社,1929年7月(笔者译)。

川白村把日本社会上发生的各种事件用"贿赂"两字加以了概括。他认为"贿赂"在日本由来已久。"从德川时代的老中开始,到明治大正的高官议员,无论现在和过去,都在种种美名下进行着贿赂,这已是公开的秘密。"①它是"潜藏在日本现代文明根柢中的一大缺陷"②。"极端露骨丑恶,但又带有滑稽的一面,就如同耍猴一般。"③厨川白村称其为"时代错误",即"在原本不可能出现的时空交错中产生的不协调。用文学来解释,就像莎翁写古代希腊典雅的故事时,却满不在乎地使用了伊丽莎白时代的商人一样滑稽。"④所以,在厨川白村的眼里,大到国家大事,小到百姓日常生活,日本都在上演着这种"时代错误"。

二、大学教授与"市井"批评家

厨川白村是1904年9月离开东京去熊本的第五高等学校任教授的。三年后的1907年9月,他幸运地调任京都的母校第三高等学校任教授。就文学气氛而言,京都要明显好于熊本,但还是无法与东京相比。厨川白村回到京都的前一年,京都帝国大学文科大学才刚刚成立了英国文学专业。京都周边的整个关西地区只有《同志社文学杂志》《中央公论》等很少的几个刊物。厨川白村上中学时喜欢的《明星》和新诗社尽管1902年3月就在京都建立了支部,但少有同仁参加,实

---

① 厨川白村:《果真是虚荣的罪过?》,收入《厨川白村全集》第四卷,第43页,改造社,1929年7月(笔者译)。
② 厨川白村:《果真是虚荣的罪过?》,收入《厨川白村全集》第四卷,第44页,改造社,1929年7月(笔者译)。
③ 同上。
④ 同上。

际上是名存实亡。这样的状况一直到1908年9月茅野萧萧和茅野雅子夫妇俩到京都后才有了起色。天野隆一1973年10月出版过一本《京都诗人年表》,书中详细记载了曾经活跃在京都诗坛上的诗人的诗历。其中与京都大学有关的有七人。他们是:上田敏、厨川白村、茅野萧萧、竹友藻风、山内义雄、矢野峰人和园赖三。厨川白村已有的文学成就得到了时任京都帝国大学文科大学英国文学教授上田敏的赏识。经上田敏的推荐,1913年9月,33岁的厨川白村兼任了京都帝国大学文科大学英国文学专业的讲师,主要讲授维多利亚女王时代及世纪末的英国文学,由此开始了真正的英国文学研究。① 厨川白村和他的老师上田敏一样都毕业于东京帝国大学英国文学专业,都出自于小泉八云的门下,而且都是最优秀的学生,最后又同为京都帝国大学英国文学专业的教授。所不同的是,上田敏曾在母校——东京帝国大学当过三年的讲师。厨川白村和他的老师上田敏一样,都接受过英国文学的洗礼。不过,和上田敏相比,在英国文学的研究态度上,厨川白村要显得更为虔诚和自觉。

京都帝国大学和东京帝国大学尽管都是帝国大学,但是它们办校的宗旨不同。京都帝国大学是1897年成立的,比东京帝国大学晚了20年。京都帝国大学的建立,"目的是要在关西建立一个与东京帝国大学不同学风的第二帝国大学,意在打破全国只有一家帝国大学的惟我独尊的局面,创立一个与东京帝国大学不同学风、不同理想的竞争者,以促进学术进步。"②1906年京都帝国大学成立文科大学。当初只有哲学

---

① 小玉晃一:《厨川白村备忘》,载《英文学思潮》第35卷,1962年12月。
② 钱婉约:《内藤湖南研究》,第51页,中华书局,2004年7月。

科、史学科。1908年成立文学科。为了和东京帝国大学只用外国人不用日本人的方针抗衡,京都帝国大学采取了用日本人当教授,外国人当讲师的做法。"在课程设置、人员聘请、教学方法等方面,都努力创造一种与东京帝国大学不同的独特体制。"①京都帝国大学曾经想聘请藤代祯辅做德国文学科的教授,聘请夏目漱石任英国文学科的教授。由于夏目漱石拒绝,不得已才聘用上田敏担任西洋文学第二讲座。在京都帝国大学,上田敏是1909年晋升教授,1910年被授予博士学位。上田敏去世后,厨川白村于1917年被聘任为副教授。1919年6月又晋升为教授。同年7月,经京都帝国大学总长荒木的推荐被授予文学博士学位。所以,厨川白村与上田敏一起被称为日本英国文学的京都学派的创始人。厨川白村从1913年9月至1923年9月遇难的10年间,厨川白村一直在京都帝国大学文科大学教授英国文学,期间他在英国文学专业承担的课程主要有②:

1913年 讲师
  特殊讲义(2)维多利亚女王时代的诗歌
1914年 讲师
  特殊讲义(2)英国现代诗人
1918年 助教授
  普通讲义(2)英国文学概论
  第二讲读(1)英国戏剧选读(莎士比亚、福特、

---

① 钱婉约:《内藤湖南研究》,第51-52页,中华书局,2004年7月。
② 本一览表主要参考 M.S.生(左右田实)《厨川博士在京大英文科承担的课程》(载《英语青年》第50卷第4号)编制。1914年至1918年间的空白是因为厨川白村留学美国的缘故(笔者译)。

高尔斯华绥)

1919年 教授

普通讲义(2)英国现代戏剧

第一讲读(1)诗歌精选——拜伦、华兹华斯、雪莱、济慈、勃朗宁

副科目(哲学科)短篇小说选读(世界名著)

副科目(1) 拉丁语

1920年 教授

普通讲义(2)中世纪英国文学

演习(1)彭斯影响下的卡莱尔随笔 勃朗宁的诗歌

第一讲读(1)奥尼尔的《纯金》 勃朗宁的诗歌

副科目(哲学科)(1)英国随笔

1921年 教授

普通讲义(文学科共通)(2)文学概论

普通讲义(2)英国文学史(伊利莎白时代、清教徒时代、复辟时代、18世纪文学)

特殊讲义(1)丁尼生与勃朗宁

第一讲读(1)雪莱的诗作

1922年 教授

普通讲义(2)英国文学史(浪漫主义时期)

特殊讲义(1)文学之类型

演习(1) 现代英国诗人

第一讲读(1)柯勒律治、华兹华斯、彭斯等

第一讲读(2)随笔选(《技巧与动机》)

第一讲读(3)《现代文集》

第二讲读(1)维多利亚女王时代的诗歌(爱德

华、菲茨杰尔德、勃朗宁、罗塞蒂、弗朗西斯、汤普森)

1923年 教授

普通讲义(2)英国文学史(维多利亚女王时代至今)

特殊讲义(1)现代英国作家

演习(1)莎士比亚之十四行诗

第一讲读(1)《百年英国文学》

第二讲读(1)弥尔顿的《失乐园》

除了英国文学专业本科的课程外,厨川白村还在研究生院承担课程,指导研究生。天野隆一在《京都诗人年表》中提到的矢野峰人就是厨川白村的研究生。

就当时大学的文学课程而言,普遍认为要让学生满意是很难做到的。厨川白村的弟子矢野峰人在为小泉八云的文学论集《人生与文学》写的解说中就这样说过:"一般认为大学的文学课让人觉得无聊。原因就在于评价一部作品时,往往是引用某种权威的意见,或者罗列一些所谓'教授''学者'们还未消化的知识,其实是什么都没说清楚。文学研究成为了一种摆设。"①所以,矢野峰人在《日本英国文学的学统》②中喊呼要"回归小泉八云"。

由于厨川白村在大学时代受到恩师小泉八云"情绪本位的文学教授法"的熏陶,在讲课时非常注重"情绪本位",也就

---

① 参见衣笠梅二郎:《厨川白村博士简介-逝世三十周年纪念》,载《主流》第十六号(复刊六号),1953年9月(笔者译)。

② 矢野峰人:《日本英国文学的学统》,研究社,1961年10月。

是激发学生以自己的情绪去理解用理智无法理解的诗歌。对于厨川白村在京都帝国大学的文学授课,其弟子都予以了很高的评价。今泉浦次郎在《厨川先生往事》一文中回忆说:

> 那时上田敏先生讲莎士比亚时代的英国诗文,他的讲课类似座谈会,主要讲诗文的鉴赏。与上田敏先生不同的是,白村先生的课却时时闪现出天才的灵气。听他的课,记下的笔记就是一部书,章目条理清晰,令我们这些笨头呆脑的人惊叹不已。①

厨川白村的弟子,后来成为著名作家的菊池宽在回忆文章中也说过:

> 在京都大学的授课中,厨川白村博士的《近代英诗论》作用最大。那是论维多利亚时代诗人的,但是在序论中有当時英国文坛的鸟瞰:剧作家有谁?小说家中的大家是谁?新人有哪些?文艺批评的倾向是什么?简单明了。这些对我以后的文坛生涯帮助极大。上田博士的课有"文学概论"和"十七世纪英国文学史",但是都没起什么作用。……从学问上讲,我认为厨川博士属于刻苦型的。上田博士只能说是具有自己的欣赏品味。②

从以上课表可以看出,厨川白村留学美国前,在京都帝国

---

① 载《英语青年》第50卷第2号,1923年10月29日(笔者译)。
② 河盛好藏:《我的随想选》第五卷(我的日本文学Ⅱ),第270-271页,(东京)新潮社,1991年6月(笔者译)。

大学主要教授英国近代诗歌史。1917年留美回国后,兴趣开始转向莎士比亚、弥尔顿等诗人以及丁尼生与勃朗宁的比较研究。后期,即地震遇难前,厨川白村对拜伦、雪莱、济慈的研究尤为着力。1923年春天,在大阪朝日新闻社举办的"妇女文化讲座"上,厨川白村以"诗人拜伦百年诞辰前夕"为题,就这三位诗人连续作了两天的演讲。厨川白村生前还曾计划撰写出版专论拜伦《曼弗莱特》的《英诗选释》第3卷。厨川白村在京都帝国大学的这些讲义后来被整理成《英诗选释》(第一卷)、《英诗选释》(第二卷)和《最近英诗概论》。有的在厨川白村生前出版,有的在厨川白村遇难后陆续出版。

厨川白村在京都帝国大学任教10年。他一边教书一边从事自己喜欢的学术研究。在课堂上,厨川白村用恩师小泉八云的"情绪本位的文学教授法",教学生鉴赏英国近代诗歌。在自己的研究中,厨川白村既讲究"学院派"的审美情趣和风格,又在知识性和启蒙性上下足了工夫。其实,从《近代文学十讲》开始,厨川白村刻意追求的就是这两者的完美结合。

厨川白村留美回国后,用"Essay"的形式相继发表了许多"自己表现"的文章。这些文章与以前"述而不作"的著述相比,明显地带有了自己"不得不尔"的情感。由于这些文章都发表在一些读者层极广的一流刊物上,在确立厨川白村作为社会·文明批评家的社会地位的同时,也使得厨川白村频繁地曝光于媒体,成为时人关注的人物。特别是1921年,厨川白村不顾教授的身份在东京和大阪的《朝日新闻》上连载"近代的恋爱观",俨然成为媒体关注的焦点。加之1919年厨川白村与河上肇(京都帝国大学教授)合作序跋的《无产者的诗集》曾遭当局的查禁。所以,厨川白村在京都帝国大学的教授中成为了另类,无疑会遭致大学当局和其他同僚的反感。1967年9月,吉川幸次郎曾撰文①将京都帝国大学文科系的教授分为两派:一派为目光炯炯派,另一派为目光温和派。目光炯炯派以西田几多郎为代表,他们大都勤于著述。而目光温和派则相反,他们认为教师的职责就是认真教书,故而反对著述,其代表人物是狩野直喜和内藤虎次郎。内藤虎次郎有不少著作,如《支那史学史》、《古代史》、《绘画史》等都是在他身后由其弟子整理听课笔记而出版的。但是,不管是目光炯炯派,还是目光温和派,作为创建京都大学文科系的元老,他们在学生的眼里,或在社会上都被认为是异常刻苦和努力的人。他们自己也常用"鞍马山"②来形容自己的圈子。厨川白村是上田敏死后晋升为教授的。但是在老教授们的眼里,厨川白村尽管有才,但却被视为"鞍马山"圈外的人。因为他们认为厨川白村是通过媒体而出的名,而且当时还是一个激进的恋爱至上主义者。

所以,在日本有论者甚至认为,在评价厨川白村时,应首先将其界定为文明批评家或社会评论家,而不是文学研究家。③之所以会有如此的评价,原因就在于厨川白村留学回国后发表的许多批评文字都带有社会·文明批评的内容,而且又与"市井"社会有关。所以,厨川白村也被人称为"市井"批评家。④

从本质上讲,厨川白村是一位本色的批评家,其现代文艺

---

① 吉川幸次郎:《厨川白村-著作畅销》,原载1967年9月12日《朝日新闻》(夕刊),收入《吉川幸次郎全集》第20卷,筑摩书房,1970年11月。
② 离京都大学不远的山名,由于日本的和歌经常取"鞍"字做枕词,所以鞍马山又有隐居之山的意思。被教授们用来比喻潜心为学和教书的地方。
③ 参见小玉晃一:《厨川白村备忘》,载《英文学思潮》第35卷,1962年12月。
④ 同上。

批评意识是建立在西方现代哲学社会科学的基础之上的。他不仅用文艺批评来表达对文学的理解,而且也借此来表达对人生社会的认识。所以,他的文艺批评也往往就是社会·文明批评。从1917年厨川白村留美回国后开始,他的文艺批评就明显地显露出在文艺批评与社会·文明批评两个层面之间穿梭转移的特色。之所以说他的文艺批评是在文艺批评与社会·文明批评两个层面之间穿梭转移,原因就在于厨川白村的社会·文明批评并非是从纯社会学的角度而作的,其中有相当一部分是以西方文艺思潮为背景,或者说是以文艺批评为基础而作的社会·文明批评。

第二节 离开"书斋"走向"社会"

一、"四十不惑"的选择

厨川白村从美国留学回国后的第二年,即1918年11月,第一次世界大战结束。尽管日本作为战胜国跻身世界强国之列,但随着国内危机的爆发,物价飞涨,人民生活迅速恶化。从1918年7月开始,由于米价爆涨,从农村到城市发生了"抢米暴动",由劳资矛盾引发的工人罢工此起彼伏。从1918年开始,劳资矛盾、劳动问题和社会改造等成为文坛关注的焦点,一批综合性杂志如:《大观》①、《改造》②、《解放》③等应运

---

① 1918年5月创刊。
② 1919年4月创刊。
③ 1919年6月创刊。

而生。翻阅厨川白村刊载在这些杂志上的文章,无论是文艺批评,还是社会·文明批评,均可以看到一种忧患意识。时代苦、生活苦、国民性改造成为他首要的论题。他多次强调他的文章是有益于世道人心的。他相信自己的文章可以在这种改造事业中发挥作用。

应该说,厨川白村的这种"忧患意识"来自于他对国家、民族与人类前途的价值关怀与审美理解。当这种关怀和理解与现实发生冲突时,"问题意识"和"批判态度"便成为厨川白村对社会现实的基本行为。现实中的种种冲突和矛盾都会使厨川白村以"忧患意识"所必须带有的"问题意识"和"批判行为"来面对现实社会。而这种"问题意识"和"批判行为"又常常是建立在厨川白村独立的人格和独立的思考之上的。厨川白村说过:文章是人格,不是笔尖的勾当。能用一枝笔撼动天下之人心的人,其人格上肯定有强烈的特异的色彩。毋庸置疑,它与凡俗是毫不妥协的。① 一个以"忧患意识"为己任的学者,是不会独坐书斋的,他希望将自己的理想和思想付之于现实社会。事实亦确实如此。由于受到美国民主主义思想的影响,厨川白村自留学回国后就一直在重新思考文艺研究与社会现实之间的关系以及文艺批评的形式与内容等问题。

1918年1月,厨川白村在《日本及日本人》杂志上发表了《美国的大学教育》②一文,详细介绍了美国的大学教育。作为大学老师,他发现,美国大学的研究和教育都非常注重与社会实践的结合。即便在非实用的文科的新闻专业,也是注意

---

① 厨川白村:《小泉先生》,收入《厨川白村全集》第四卷,第34页,改造社,1929年7月(笔者译)。
② 原载《日本及日本人》第七百二十一号,收入《印象记》。

培养学生毕业后能够马上胜任新闻出版界的工作。作为文艺批评家,他发现,美国的英国文学研究已摆脱考证训诂、语言学、历史学研究的窠臼,盛行比较研究的新方法;既尊重个性和创作自由,又非常关注社会现实。这对厨川白村影响极大。但是,是继续留在"象牙之塔"里从事专门的英国文学研究?是像以前那样通过文艺作品来反映和揭示作品中的人生和社会,还是直接将文艺研究与社会现实相结合,直接关照社会对社会进行实际和有效的启蒙? 厨川白村当时还是犹豫不定的。经过两年多的思考和徘徊后,厨川白村选择了后者。1920年,厨川白村40岁时做出了其人生选择中的一次大胆的抉择,毅然决然地走出了"象牙之塔"。厨川白村认为人到四十岁,"青春的热情时代和生气旺盛的壮年期已将逝去的时候,……这才来试行镇定冷静的自己省察的;这才对于自己以及自己的周围,都想用了批评底的态度来观察的。"①"古往今来,许多的天才和哲士,是四十才始真跨进了人生的行路,而'惑'了的。"②其实,在他身边就有这样的例子:厨川白村的老师夏目漱石辞去东京帝国大学的教职,进《朝日新闻》社任文艺栏主编,是在40岁。厨川白村仰慕的岛村抱月也是在40岁时毅然辞去早稻田大学的教职投身戏剧界的。当然对厨川白村产生决定性影响和作用的还是近代英国文艺史上的两位思想家——罗斯金和莫理斯。

在《出了象牙之塔》的"从艺术到社会改造"一文中,厨川白村这样写道:在近代英国的文艺史上,看见最超拔的两个思想家,都在四十岁之际,向着相反的方向,施行了生活的转换:

---

① 厨川白村著、鲁迅译:《苦闷的象征》,第221页,百花文艺出版社,2000年1月。
② 同上。

乃是很有兴味的事实。这就是以社会改造论者与世间战斗的洛思庚(即罗斯金——引者注)和摩理思(即莫理斯——引者注)。①

英国维多利亚女王时代(1837-1901)是大英帝国国力鼎盛的时代,也是英国社会贫富悬殊,劳资矛盾和其他社会矛盾尖锐的时代。许多文学家和批评家对此都没有保持沉默,他们纷纷写文章就社会问题发表自己的救治主张。美学批评家罗斯金就是其中之一。罗斯金是英国十九世纪独树一帜的散文家、艺术评论家。他的随笔杂文"长于说理,精于分析,工于描绘,作品内容大多是对人生、社会以及自然环境等重大问题及现象的思考和评述,其深邃的思想、非凡的气质,鲜明的爱憎,博大的情怀往往使人在获得教益的同时而发生高山仰止、大河奔流之感慨。"②罗斯金是从美学批评转向社会批评的。他的随笔杂文对社会现实的否定和批判精神,影响了莫理斯和萧伯纳,也影响了此后的惟美主义的批评家佩特。厨川白村在《出了象牙之塔》的"改造与国民性"一节中介绍说:罗斯金是在四十岁时,离开"艺术之宫"出了"象牙之塔"开始谈起社会问题和经济问题的。

在《出了象牙之塔》中,厨川白村还用了20多页的篇幅介绍了莫理斯。据厨川白村说,莫理斯是英国工艺美术家和诗人,四十岁前,"即在他的前半生,摩理斯(即莫理斯—引者注)是纯然的文艺至上主义的人,又是一种的梦想家,罗曼主义者",③"自青年以至壮年期,委身于诗文的创作和装饰图案

---

① 厨川白村著、鲁迅译:《苦闷的象征》,第222页,百花文艺出版社,2000年1月。
② 罗选民主编:《外国文学翻译在中国》,第113页,安徽文艺出版社,2003年12月。
③ 厨川白村著、鲁迅译:《苦闷的象征》,第224页,百花文艺出版社,2000年1月。

的制造,继续着艺术之上主义的生活,在开伦司各得的美丽的庄园里,幽栖于'象牙之塔'的摩理思(即莫理斯——引者注),从千八百七十七年顷起,便提倡社会主义,和俗众战斗,成了二十世纪的社会改造说的先觉,也就是走着和洛斯庚(即罗斯金——引者注)几乎一样的轨道。"①莫理斯是从四十岁开始,"在他的后半生,为社会改造而雄赳赳地奋斗"。② 厨川白村认为莫理斯四十岁时的选择是受到了罗斯金的影响。这证明厨川白村对罗斯金和莫理斯是相当关注和了解的。其实,早在中学时代,厨川白村就已经通过《国民之友》接触到英国的随笔,了解了罗斯金和莫理斯,特别是莫理斯的"装饰美术和诗歌和社会主义"。

厨川白村在美国留学期间受到民主主义思想的影响,回国后,他认为不能再躲在象牙塔里埋头于自己的英美文学研究,应该对日本社会・文明的后进性加以批评。自留学回国以后,厨川白村开始明显地关注起社会问题,并将自己的文艺批评向社会・文明批评延伸。所以,在"四十不惑"之年,厨川白村反省了自己:

> 这正月,我也四十岁了。就是近世英国最大思想家之一的洛斯庚(即罗斯金——引者注,以下同。)做了《寄后至者》的那四十岁。但是因为生来的钝根和懒惰,在我,竟一件像样的事也没有做。既不能写洛斯庚似的出色的文章,也没有以那么伟大的头脑来观照自然和人生的力量,仍然不过是一个村夫子而已。幸而还有自知之

---

① 厨川白村著、鲁迅译:《苦闷的象征》,第222页,百花文艺出版社,2000年1月。
② 厨川白村著、鲁迅译:《苦闷的象征》,第228页,百花文艺出版社,2000年1月。

明,所以仍准备永远钻在所谓"文艺研究"这小天地里。准备固然是准备的,然而一看现在的日本的社会,也还是时时要生气,心里想:如果这模样,须到什么时候,才生出大的文学和艺术来呢?无端愤怒,以为根本不加改善,则终究归于无成者,也就为了这缘故。像我辈似的,即使怎样跳出"象牙之塔"来,伎俩也不过如此,那是自己万分了然的,但是看了那些将思想当作危险品,以演剧为乞儿的游戏,脱不出顽冥保守的旧思想的人们,却实在从心底里气忿。所以虽然明知道比起洛斯庚之流所做的事来,及不到百分之一,千分之一,不,并且还不及万分之一,也要从"象牙之塔"里暂时一伸颈子,来写这样的东西了。①

关于"象牙之塔"的出典和意义,厨川白村在《出了象牙之塔》的"题卷端"里引用 1912 年发表在《近代文学十讲》中的一段话,作了如下的说明:

> 在罗曼文学的一面,也有可以说是艺术至上主义的倾向。就是说,一切艺术,都为了艺术自己而独立地存在,决不与别问题相关;对于世间辛苦的现在的生活,是应该全取超然高蹈的态度的。置这丑秽悲惨的俗世于不顾,独隐处于清高而悦乐的"艺术之宫"——诗人迭仪生(即丁尼生——引者注)所歌咏那样的 the Palace of Art 或圣蒲孚(即圣伯夫——引者注)评维尼(即罗斯金——引者注)时所用的"象牙之塔"(tour d'ivoire)里,即所谓"为艺术的艺术"(art for's sake),便是那主张之一端。

---

① 厨川白村著、鲁迅译:《苦闷的象征》,第 127 页,百花文艺出版社,2000 年 1 月。

但是,现今则时势急变,成了物质文明旺盛的生存竞争剧烈的世界;在人心中,即使一时一刻,也没有离开人生而悠然的余裕了。人们愈加痛切地感到了现实生活的压迫。人生当面的问题,行住坐卧,常往来于脑里,而烦恼其心。于是文艺也就不能独是始终说着悠然自得的话,势必至与现在生存的问题生出密切的关系来。连那迫于眼前焦眉之急而使人们共恼的社会上宗教上道德上的问题,也即用于文艺上,实生活和艺术,竟至于接近到这样了。①

由此可见,厨川白村在从事文艺批评之初,就已经清楚地看到了文学背后的时代,并开始关注起社会问题的。到了《出了象牙之塔》,厨川白村对文艺与社会现实和人生的关系有了进一步的认识。他认为:到了1880年代以后的新时代,"文艺家的社会观,已并非单是被虐的弱者的对于强者的盲目底的反抗,也不是渺茫的空想和憧憬;他们已经看出可走的理路,认定了确乎的目标了。"②厨川白村这里所说的"文艺家的社会观""可走的理路""认定的目标",指的就是"社会主义底色彩最浓厚地显在文艺上,作家也分明意识地为社会改造而努力。"③

为了像西方的文艺家那样具有"文艺家的社会观",走"可走的理路","分明意识地为社会改造而努力",厨川白村"出了象牙之塔","走向十字街头"。在《走向十字街头》的

---

① 厨川白村著、鲁迅译:《苦闷的象征》,第87-88页,百花文艺出版社,2000年1月。
② 厨川白村著、鲁迅译:《苦闷的象征》,第223页,百花文艺出版社,2000年1月。
③ 同上。

序文里,厨川白村就"走向十字街头"表明了自己的态度:

> 东呢西呢,南呢北呢?进而即于新呢?退而安于古呢?往灵之所教的道路么?赴肉之所求的地方么?左顾右盼,彷徨于十字街头者,这正是现代人的心。"To be or not to be, that is the question."我年逾四十了,还迷于人生的行路。我身也就是立在十字街头的罢。暂时出了象牙之塔,站在搔扰之巷里,来一说意所欲言的事罢。用了这寓意,便题这漫笔以十字街头的字样。
>
> 作为人类的生活与艺术,这是迄今的两条路。我站在两路相会而成为一个广场的点上,试来一思索,在我所亲近的英文学中,无论是雪莱,裴伦(即拜伦——引者注),是斯温班(即斯温伯恩——引者注),或是梅垒迪斯(即梅瑞狄斯——引者注),哈兑(即哈代——引者注),都是带着社会改造的理想的文明批评家;不单是住在象牙之塔里的。这一点,和法国文学之类不相同。如摩理思(即莫理斯——引者注),则就照字面地走到街头发议论。有人说,现代的思想界是碰壁了。然而,毫没有碰壁,不过立在十字街头罢了,道路是多着。①

在厨川白村看来,文学家应当走出象牙塔,甚至径直走向十字街头,"向群众中往回,而大声疾呼着",对社会、对文明做出自己的批评。因为他认为:"建立在现实生活的深邃的根柢上的近代的文艺,在那一面,是纯然的文明批评,也是社

---

① 厨川白村著、鲁迅译:《苦闷的象征》,第253页,百花文艺出版社,2000年1月。

会批评。"①

厨川白村认为在他亲近的英国诗人和小说家中,雪莱、拜伦、斯温伯恩、哈代等都是他应该效仿的榜样,因为他们"都是带着社会改造的理想的文明批评家,不单是住在象牙之塔里的。"厨川白村还对英国文学向来关注政治和社会问题的倾向进行了追溯,他说:"在以民本主义政治为根本的英国,自古以来文学家与政治就有着非常密切的关系,文学史上的人物大半都与当时的政治界多少有些联系,上溯到遥远的古代,乔叟就已经参与宫廷政务,是外交官那样的人物。到了象伊丽莎白王朝那样,政界与文学界的距离尤其近,沙·菲力浦·锡德尼这样显著的例子自不用说了。就是沙翁,他的历史剧,离开女王朝的政治问题根本无法研究。接下来到了弥尔顿的时代,政治与宗教、文学三足鼎立,形成了错综复杂的关系。从十八世纪开始到法兰西革命以后,政界与文坛日益靠拢,这更是世人所熟知的了。"②厨川白村认为:"这既是根于英国人什么事也不脱离现实生活问题的特点,同时也是由于他们国家的政治是以民本主义为基础发展起来的。"③特别是"近代的现实主义文艺兴起后,文学家直接把政治问题艺术化,将它纳入作品中。继承易卜生的'问题剧'的如白里欧、高尔斯华绥、萧伯纳都是那最极端最露骨的。面临最近的欧洲大战,英法的文学家怎样红了眼,激烈地向着政治问题狂奔,那是我们日本人所不能想象的。此外,对最近只有一个世纪历史的俄国文学,是由文学家对罗曼诺夫王朝腐朽政治的

---

① 厨川白村著、鲁迅译:《苦闷的象征》,第190页,百花文艺出版社,2000年1月。
② 厨川白村著、蒋寅译:《文学家与政治家》,载《绍兴鲁迅研究专刊》第2期,1984年。
③ 同上。

公愤构成其基础的,或最纯艺术的法国文学史上,自然主义的鼻祖左拉的在陀列福约斯大尉事件中的活动我们该如何解释呢?那些仅仅把雪月风花的和歌、俳句、低劣作品看作是文学的人们,他们又是用什么样的眼光看待这些现象的呢?"①厨川白村以此对日本文坛和日本文学提出了尖锐的批评。

厨川白村表示他也愿意"独自在纯艺术的领域里悠游,隐身于象牙之塔,采取超然高蹈的态度。"②但是,他又说"对现代的艺术家来说,坚定地脚踏实地,不忘记现实生活这个根本,这是比什么都重要的。要象耸然冲天的乔木,在挺立着开放美丽花朵的同时,根也深广地扎入大地,在现实生活里茁壮地生长。只有这样,文学才能真正完成作为'人民的批评'的任务。如果象脱离大地只在天上飘荡的气球,那我看将是空虚轻浮的。也没有必要一定要直接把政治与社会上的'问题'纳入作品中,只要对这些问题具有一定的判断力,对它们进行批判,进行理解,就是这样的关注,作为人生的批评家的文学家,就不能等闲视之了。"③

在厨川白村的阅读视野中,世界上大凡伟大而深刻的文学家,从来都是将自己置身于社会生活之中,勇敢地为社会改造承担起社会·文明批评家的责任。在犹豫和彷徨之后,厨川白村决定要"暂时出了象牙之塔,站在搔扰之巷里,来一说意所欲言的事罢。"他认为"文艺的本来的职务,是在作为文明批评社会批评,以指点向导一世"。④ 这是厨川白村文艺思

---

① 厨川白村著、蒋寅译:《文学家与政治家》,载《绍兴鲁迅研究专刊》第 2 期,1984年。
② 同上。
③ 同上。
④ 厨川白村著、鲁迅译:《苦闷的象征》,第 217 页,百花文艺出版社,2000 年 1 月。

想的一个大转变。为此,厨川白村在四十岁时,离开"书斋"走向"社会",将批评的笔触直接伸向社会,由文艺批评向社会·文明批评延伸和倾斜,写下了《出了象牙之塔》和《走上十字街头》。

二、《出了象牙之塔》与《走向十字街头》

如果说厨川白村从1917年留美回国后,在文艺批评中就表现出在文学批评与社会·文明批评两个层面之间穿梭转移的特色的话,那么,到了1920年,厨川白村则干脆公开声言要"出了象牙之塔""走向十字街头",即离开"书斋"走向"社会",像被他称为楷模的罗斯金和莫理斯那样由"纯艺术的批评"向"社会·文明批评"延伸和倾斜。

1920年3月5日至23日,厨川白村在《东京朝日新闻》上连载发表了《出了象牙之塔》。《出了象牙之塔》由16篇文章构成,均为社会·文明批评。具体篇名如下:

一 自己表现
二 Essay
三 Essay 与新闻杂志
四 缺陷之美
五 诗人勃朗宁
六 近代的文艺
七 聪明人
八 呆子
九 现今的日本
十 俄罗斯

十一　村绅的日本呀
十二　生命力
十三　思想生活
十四　改造与国民性
十五　诗三篇
十六　尚早论

同年6月22日，厨川白村按出版社的要求，将《出了象牙之塔》名下的16篇文章与其他新近发表的10篇文章集结后，以《出了象牙之塔》为题，由福永书店出版单行本。单行本《出了象牙之塔》所收内容为：

《出了象牙之塔》
出了象牙之塔（内收16篇文章）
观照享乐的生活
一　社会新闻
二　观照云者
三　享乐主义
四　人生的享乐
五　艺术生活
从灵向肉和从肉向灵
艺术的表现
游戏论
描写劳动问题的文学
一　问题文艺
二　英吉利文学
三　近代文学，特是小说

四 描写同盟罢工的戏曲
文学家与政治家
为艺术的漫画
一 对于艺术的蒙昧
二 漫画式的表现
三 艺术史上的漫画
四 现代的漫画
五 漫画的鉴赏
现代文学之主潮
从艺术到社会改造
一 莫里斯之在日本
二 迨于离了象牙之塔
三 社会观与艺术观
四 为诗人的莫里斯
五 研究书目
论英语之研究（英文）

  通过篇名，即可看出,《出了象牙之塔》是一部文艺随笔，是厨川白村走出纯艺术研究的"象牙之塔"，步入社会进行社会·文明批评的一部著作，显示了作者离开"象牙之塔"的勇气和魄力。"从这本书，尤其是最紧要的前三篇（指《出了象牙之塔》、《观照享乐的生活》和《从灵向肉和从肉向灵》等三篇——引者注）看来，却确已现了战士身而出世，于本国的微温，中道，妥协，虚假，小气，自大，保守等世态，一一加以辛辣的攻击和无所假借的批评。"①

与《出了象牙之塔》在思想和内容上有着直接联系的是厨川白村遇难后于1923年12月出版的《走向十字街头》。《走向十字街头》是厨川白村遇难前在镰仓的别墅避暑静养时亲自编辑完成的一部书稿,厨川白村自己称其为"文艺漫笔",共收文章25篇。其篇目如下:

 《走向十字街头》
 恶魔的宗教
 僧正 Inge 及其他
 文艺上的现实主义
 文艺与性欲
 重归民众之手
 演剧与观客
 西洋的蛇性之淫
 强加的文明
 有岛先生的结局
 恋爱与结婚
 Open Forum
 为什么的侮辱
 东西的自然诗观
 作为艺术的漫画
 西班牙剧坛的将星
 高尔斯华绥的戏剧(序)

---

① 鲁迅:《出了象牙之塔·译后记》,载厨川白村著、鲁迅译:《苦闷的象征》,第254页,百花文艺出版社,2000年1月。

丹塞尼的日译与新作

作家的外游

宗教与迷信

冷嘲热骂

妇女与读书

服装的堕落

访小泉先生的旧居

诗人克洛岱尔

人间赞美

　　与"出了象牙之塔"的勇气和魄力相比,《走向十字街头》则更多地显示了作者"走向十字街头"后的"作为"。《出了象牙之塔》和《走向十字街头》是厨川白村社会·文明批评的姊妹作,也是从社会·文明批评的角度研究厨川白村文艺思想的重要著述。

　　在《出了象牙之塔》和《走向十字街头》中,厨川白村频繁使用了"文明批评"和"社会批评"这两个词,以示它们之间的区别。但是从厨川白村这一时期"Essay"的内容来看,无论是对时事政治的评骘、对社会黑暗面的揭露和抨击、对文坛现状的不满和反击,还是对日本旧思想、旧文化、旧风俗、旧习惯等传统文化的流弊的剖析和批判都互相交织在一起,很难严格区分,而两者又与文艺批评水乳交融。厨川白村在"社会批评"和"文明批评"中借助文艺,在文艺批评时影射社会现实,从文艺中推出人生,看到生命,以小见大,微中见著,将"社会批评"和"文明批评"与文艺批评有机地结合在一起,发挥了"文艺的本来的职务"。因为他认为"文艺的本来的职务,是在作为文明批评社会批评,以指点向导一世"。厨川白村把文艺批评的内容规范为"社会批评"和"文明批评",这说明厨川白村从事文艺批评的态度是与他的人生观和社会观联系在一起的。而这样的"社会批评"和"文明批评"其实就是广义的社会批评。

在《出了象牙之塔》和《走向十字街头》中,有三分之一的文章虽然指涉的是文学问题,但实际上是借文学在谈论当时的社会思想文化,在解决思想问题的同时,解决文学问题。所以厨川白村在进行文学批评时就没有把目光仅仅投向"文学的"批评,又同时投向了"社会的""文明的""人生的""时代的"批评。可以说,厨川白村的文艺批评从一开始,就和社会批评、文明批评、人生批评、时代批评联系在一起。他的这种批评很容易将关注的焦点投向"国民性改造"这一时代的主题上。所以,厨川白村认为"社会批评"和"文明批评"必须以讲真话为前提,因为它们直接与国民性改造相联系。厨川白村曾不止一次地公开表示,他讨厌日本,呼吁要进行社会改造。走出"象牙之塔"后的厨川白村对国民素质表象之一的国民性格问题给予了极大的关注。他以"Essay"的形式极力凸现国民性改造的重要性,对国民的劣根性加以批判和抨击。

厨川白村对日本社会或日本人的认识,其"Essay"对日本人种种劣根性的批判和抨击,通常被说成是"国民性批判"或"国民性改造"。"国民性"在当时不仅仅是一个社会学话语,也是一个文艺学话语。国民性问题自 20 世纪初即受到日本第一代启蒙主义知识分子的重视。1907 年 1 月,作家岛崎滕村发表《吾国民性的缺点》,①对日本人的国民性提出了批评。

---

① 载《新潮》1907 年 1 月号。

同年10月,东京帝国大学芳贺矢一教授在《国民性十论》①中,则把日本人的国民性概括为十大优点②。厨川白村在《出了象牙之塔》的"改造与国民性"一节中,对此提出了异议。他说:"我尝读东京大学的芳贺教授之所说,以乐天洒脱、淡泊萧洒、纤丽巧致等,为我国的国民性,辄以为诚然。过去和现在的日本人,确有这样的特性。从这样的日本人里,即使现在怎么嚷,是不会忽然生出托尔斯泰和尼采和伊孛生(即易卜生——引者注)来的。而况沙士比亚和但丁和弥耳敦(即弥尔顿——引者注),那里会有呢。"③厨川白村在《出了象牙之塔》一书中剖析了日本国民性中所存在的种种弊病,提出了"国民性改造"的问题。

厨川白村没有系统论述日本国民性的宏篇大著,他对国民性弱点或曰国民劣根性的批判主要是通过"Essay"进行的。从收于《出了象牙之塔》和《走向十字街头》的"Essay"来看,在厨川白村笔下,无论是"社会批评"还是"文明批评",都莫不直接或间接地指向国民性改造的核心主题,意旨明显,表达直接。他说:"概括地说起来,则无论怎么说,日本人的内生活的热总不足。这也许并非一朝一夕之故罢。以和歌俳句为中心,以简单的故事为主要作品的日本文学,不就是这事的明证么?"④。笔者做过粗略的统计,厨川白村在他的"Essay"里明确指出过的日本人国民性的弱点有:微温、中道、妥协、敷衍、虚假、小气、自大、保守,凡事都做得不上不下,没有恒心,

---

① 芳贺矢一:《国民性十讲》,富山房,1907年10月12日。
② 具体为:1.忠君爱国 2.崇尚祖先,珍视家名 3.关注当下,注重实际 4.热爱草木,喜爱自然 5.乐天洒脱 6.淡泊潇洒 7.精巧纤细 8.清净廉洁 9.讲究礼仪 10.温和大度
③ 厨川白村著、鲁迅译:《苦闷的象征》,第125页,百花文艺出版社,2000年1月。
④ 同上。

一切都是从灵向肉,过着幽魂般的生活,等等。对此,厨川白村在《出了象牙之塔》中有十分精辟的分析:

> 愈是想,即愈觉近来日本人的生活和艺术相去太远了。五十年来,急急忙忙地单是模仿了先进文明国家的外部,想追到他,将全力都用尽了,所以一切都成了浮滑和肤浅。没有深,也没有奥,没有将事物来宁静地思索和赏味的余裕。说是米贵了,嚷着;说普通选举呀,闹起来。哪,democracy 呵;哪,劳动问题呵;人种差别撤废呵;这样那样呵;那漫然胡闹地样子,简直像是生了歇斯迪里病的女人。而彼一时,此一时,因为在根本上,并没有深切宁静地来思索事物的思想生活这东西的,所以没有什么事,一切都是空扰攘。虽然发了嘶声,发病似的叫喊,但那声音的底里没有力,没有强,也没有深,空洞之音而已。从这样不充实的生活里,是决不会生出大艺术来的。①

在厨川白村眼里,这样的日本既不是"都人",也不是"村人",只能称为"乡绅"。他把"乡绅"的特色归纳为:"凡事都中途半道敷衍完,用竹来接木。像呆子而不呆,似伶俐而也不伶俐。正漂亮时而胡涂着。那生活,宛如穿洋服而着屐子者。"②

厨川白村从"生命力"的角度谈到日本人国民性的弱点和劣根性。他认为,在"乡绅"的日本,人人就像"去骨泥鳅"。

---

① 厨川白村著、鲁迅译:《苦闷的象征》,第155页,百花文艺出版社,2000年1月。
② 厨川白村著、鲁迅译:《苦闷的象征》,第117页,百花文艺出版社,2000年1月。

"小聪明人愈加小聪明,而不许呆子存在"。① 和西方人相比,日本人"全然显着土色,而血色很淡,所以不堪。身矮脚短,就像耗子似的,但那举止动作既没有魄力,也没有重量。男子尚且如此,所以一提起日本女人,就真是惨不忍睹,完全像是人影或者傀儡在走路。而且,男的和女的,在日本人,也都没有西洋人所有的那种活泼丰饶的表情之美;辨不出是死了还是活着,就如见了蜜蜡做的假面具一般。"②至于文坛的状况,则更令他担忧:"演剧入了穷途了,新的路至今没有寻出。至于诗歌,就几乎灭亡,全从文坛上销声匿迹了。说起文艺批评来,便是短评或者捷评,说道'丰满的描写'呀,'温柔的笔法'呀之类,简直是棉袄或是垫子的品评似的一定章法。这也无怪,近来即使做了长长的文艺评论,谁也不见得肯像读普通选举论和劳动论那样地注意来读它。于是文坛就成为只仗着小说——这也只仗着几个只做短篇的作家,艰难地保着余喘的模样。"③但是这样的日本人却"总想到处肩了历史摆架子,然而在日本,不是向来就没有真的宗教么?不是也没有真的哲学么?其似乎宗教,似乎哲学的东西,都不过是从支那人和印度人得来的佛教和儒教的外来思想。其实,是借贷,是改本。要发出彻底地解决的努力来,则相当的生命力和呆气力都不够,只好小伶俐地小能干地半生半尬了就算完,在这样的国民里,怎么能产生那震动世界的大思想,哲学,宗教呵!又怎

---

① 厨川白村著、鲁迅译:《苦闷的象征》,第 124 页,百花文艺出版社,2000 年 1 月。
② 厨川白村著、鲁迅译:《苦闷的象征》,第 119 – 120 页,百花文艺出版社,2000 年 1 月。
③ 厨川白村著、鲁迅译:《苦闷的象征》,第 155 – 156 页,百花文艺出版社,2000 年 1 月。

会有给予人类永远的幸福的大发明,大发见呵!"①

厨川白村把日本人的这些外化现象视为日本人国民性的弱点和劣根性,并将因为归咎于"生命力的不足"。他说"日本人比起西洋人来,影子总是淡。这就因为生命之火的热度不足的缘故。恰有贱价的木炭和上等的石炭那样的不同。做的事,成的事,一切都不彻底,微温,挂在中间者,就是为此。无论什么事,也有一点扼要的,但没有深,没有力,既无耐久力,也没有持久性。可以说'其淡如水'罢"。②厨川白村还借用罗素的话进一步解释道:"日本人等辈,冲动性是萎缩着的。而其微弱的冲动性,又独向财产的占有冲动那一面,动作得最多;至于代表创作冲动的艺术活动等,却脉搏已经减少了。使罗素说起来,这是最坏的生活,这就是村绅之所以为村绅的原因。"③厨川白村进而论述了国民性改造的必要性和现实性:"绝对难于移动的不变的国民性,究竟有没有这样的东西,姑且作为别一问题,而对于国民性竭力加以大改造,则正是生活于新时代的人们的任务。喊着改造改造,而只嚷些社会问题呀,妇女问题呀,什么问题呀之类,岂不是本末倒置么?没有将国民性这东西改造,我们的生活改造能成功的么?"④

厨川白村在《出了象牙之塔》中,不仅竭力强调国民性改造的重要性,对日本的国民劣根性加以猛烈的批判和抨击。而且还用"灵与肉"的观点对滋生这种劣根性的社会历史原因进行了剖析。所谓灵与肉的问题,通俗地讲就是心灵与肉

---

① 厨川白村著、鲁迅译:《苦闷的象征》,第120-121页,百花文艺出版社,2000年1月。
② 厨川白村著、鲁迅译:《苦闷的象征》,第119页,百花文艺出版社,2000年1月。
③ 厨川白村著、鲁迅译:《苦闷的象征》,第122-123页,百花文艺出版社,2000年1月。
④ 厨川白村著、鲁迅译:《苦闷的象征》,第125页,百花文艺出版社,2000年1月。

体、精神世界与物质世界的关系,灵象征着对高尚的精神世界的追求,肉代表世俗的物质享受。不过,在厨川白村的眼里,它们却是造成日本的国民劣根性的一个基因上的缺陷。这种缺陷是由"两种力的冲突"造成的,而且于个人和社会是无处不在的。

在《出了象牙之塔》的"从灵向肉和从肉向灵"一节中,厨川白村开门见山地写道:"日本人的生活之中,有着在别的文明国里到底不会看见的各样不可思议的古怪的现象。"①"这些现象,从表面看来,仿佛见得千差万别,各有各个不同的原因似的罢,然而一探本源,则其实不过基因于一个缺陷。"②厨川白村认为产生这种缺陷的根本原因就在于,日本人在处理"灵和肉"、"精神和物质"、"温情主义和权利义务"、"感情生活和合理思想"、"道德思想和科学思想"、"家族主义和个人主义"的关系时,与西方人,尤其是英国人和美国人是完全相反的。依厨川白村看来,"日本人无论什么事,首先就唯心底地,精神底地,从人情主义和理想主义出发,并无合理底物质底基础,而要说仁义,教忠孝,重礼,贵信。"而"总不想走从肉向灵,从物质向人情,从权利义务向情爱的合理的自然的道路。"③先肉后灵,先物质后精神,这原本是合乎人性,也是顺乎自然的。"倘若将这颠倒转来,以为有着无肉体的精神,无物的心,则这就成为无腹无腰又无足的幽鬼。"④用厨川白村的话来说,"日本人于无论什么事,都不能深深地彻底,没有底力,跄跄跟跟、摇摇荡荡者,其实就因为度着这幽鬼生活的

---

① 厨川白村著、鲁迅译:《苦闷的象征》,第157页,百花文艺出版社,2000年1月。
② 同上。
③ 厨川白村著、鲁迅译:《苦闷的象征》,第166页,百花文艺出版社,2000年1月。
④ 厨川白村著、鲁迅译:《苦闷的象征》,第167页,百花文艺出版社,2000年1月。

缘故。"①他认为:

> 我国的夫妇间爱情之不及西洋人,师弟间温情之缺乏,劳动者和资本家关系之像主仆,旅馆之不能废止茶代(此处的"茶代"可译作"小费"——引者注),归根结蒂,只在一端。就是因为没有合理底生活的根柢,不彻底于物质主义权利思想,总是希求着与肉无关的灵的生活,被拘囚于浅薄脆弱的陈旧的理想主义的缘故。②

在"从灵向肉和从肉向灵"一节中,厨川白村最后是用这样的话收尾的:

> 为人类的最像样的生活,那无须再说,是灵和肉,内容和外形之间,都有浑然的调和,浑然的融合的生活了。于肉不彻底,于物质未尝碰壁,于内容并不充实的日本人,是没有大而深,而且广的精神生活的。因为精神生活并不大而深而且广,所以没有哲学,也没有宗教,道德也颓败,艺术也衰落了。无论冲突着什么问题,那对付的态度,是轻浮,没有深,也没有强,总不会斩钉截铁的,是幽鬼生活的特征。到最后,我再说一遍罢:日本人的生活改造,尚不首先对于从肉向灵的这根本的问题,彻底地想过,是不行的。③

---

① 厨川白村著、鲁迅译:《苦闷的象征》,第167页,百花文艺出版社,2000年1月。
② 厨川白村著、鲁迅译:《苦闷的象征》,第171-172页,百花文艺出版社,2000年1月。
③ 厨川白村著、鲁迅译:《苦闷的象征》,第172页,百花文艺出版社,2000年1月。

由此看来,广泛而深刻的社会·文明批评,构成了厨川白村"Essay"的全部内容,解剖和改造日本人的国民性,成为厨川白村"Essay"的核心主题,通过人的改造来促进社会的变革和进步,实现"理想的人性",是厨川白村"Essay"所追求的理想目标。不过,作为一个文艺批评家来说,厨川白村在进行社会·文明批评时,往往是"三句话不离本行",其出发点和归着点都会涉及到文艺。因为厨川白村认为"文艺的本来的职务,是在作为文明批评社会批评,以指点向导一世"。为此,厨川白村完全放下了帝国大学教授的"架子",将自己视为一个"市井"批评家,去尽"日本近代文艺未能尽到的责任"。①

第三节 "大正民主主义的女性论"——《近代的恋爱观》

从时代背景上讲,日本进入大正时代后,由于受到西方民主主义思想的影响,"民主主义"和"文化主义"的意识和思潮日益高涨。大正时期的女性解放运动就是"大正民主主义"和"大正文化主义"思潮的一部分,它是由人的"人性"意识和"生命"意识的觉醒直接跃进到"女性"的觉醒这一层面上的。作为对"女权"的强调,它除了争取与普泛的"人权"一致的男女平等的社会权利外,还特别注重从"女性"自身的角度反对封建传统的婚姻制度,提倡自由恋爱。与时代同步,文坛涌现出一批女性批评家,如平塚雷鸟、与谢野晶子、山川菊荣等。另外,像厨川白村和本间久雄等一批男性批评家也对女性问

---

① 厨川白村著,鲁迅译:《苦闷的象征》,第217页,百花文艺出版社,2000年1月。

题和婚恋问题表现出极大的关注,并用自己的著述积极地参与其中。据菅野聪美统计,整个大正时期公开出版的有关婚恋问题的专著就多达38部①,有关性教育、爱情婚姻和优生学的文章则不胜其数。此外,大正时期又是男女殉情、名人婚外恋丑闻和普通百姓离婚的高发期。所以,厨川白村主张"灵肉一致"和"恋爱至上"的《近代的恋爱观》一经发表,就立刻受到社会的重视,点燃了大正恋爱论热潮的导火索。为此,厨川白村曾一度与白桦派作家有岛武郎二分天下。

一、恋爱观的新定义

《近代的恋爱观》最初是以连载的形式,于1921年9月18日至10月3日在大阪的《朝日新闻》上发表的。同年9月30日至10月29日又连载于东京版的《朝日新闻》。连载结束后,厨川白村自觉有些话还没说透,同时也为了回应论敌的批评,又赶写了七篇文章,发表在《妇女公论》②上。1922年10月29日改造社将这两部分的内容结集出版了单行本的《近代的恋爱观》,内容包括《近代的恋爱观》、《再论恋爱》和《三论恋爱》。厨川白村在该书的序言中说:这本拙劣的小著无疑是我的一种自我表现,在付梓前我已经充分考虑过,我确信它多少会有益于世道人心,对新生活的建设会起到某种贡献,所以才将其公之于世的。③ 1923年4月《近代的恋爱观》初版发行达80版时,《改造》杂志曾作过如下的介绍:

---

① 参见本书第78页注①。
② 分别发表在《妇女公论》1922年1号、4号、5号、6号、7号、8号、9号。
③ 厨川白村:《近代的恋爱观》,收入《厨川白村全集》第五卷,第5页,改造社,1929年4月(笔者译)。

像我国国民这样游戏恋爱在世界上是绝无仅有的。那种蹂躏人格的强迫婚姻是不堪回首的。对此表示愤慨的作者认为惟有恋爱才是人类的最高善,是人生的最高理想。他提倡恋爱至上主义,发表了全人格的恋爱观。从该书的畅销,就会明了该恋爱观是如何排除诸多传统因袭,为新时代发出巨大光芒的。那些还在为似是而非的恋爱和因袭的婚姻苦恼的人应读一下这本充满真挚和热情的书,断然决地抨击环境的障碍。①

从 1922 年 10 月 29 日初版发行至 1924 年 2 月 24 日再版,累计达 106 版,可见其在日本受欢迎的程度。

为什么要写《近代的恋爱观》,厨川白村在《再论恋爱》的"当作绪言"中回答了这个问题。据厨川白村说,是因为:一是不满当时社会上喋喋不休地就性欲谈性欲的恶潮;二是对视恋爱为劣情为游戏的迷妄至今仍在毒害人心感到愤慨。② 面对社会上众多的有关性生活方面的著述和译介,厨川白村认为这并非坏事,但同时又表露出一种担忧:如果仅仅普及了性欲学方面的知识,而非全面明确地阐明恋爱的人格关系,那么,日本人古以有之的偏见迷妄会越演越烈。③ 厨川白村就是在这样一种担忧的驱使下,开始《近代的恋爱观》写作的。为了"有益于世道人心,对新生活的建设会起到某种贡献,"

---

① 载《改造》1923 年 4 月号(笔者译)。
② 厨川白村:《再论恋爱》,收入《厨川白村全集》第五卷,第 70 页,改造社,1929 年 4 月(笔者译)。
③ 厨川白村:《近代的恋爱观》,收入《厨川白村全集》第五卷,第 14 页,改造社,1929 年 4 月(笔者译)。

厨川白村完全忘却了自己教授的身份,站在"市井"的角度就恋爱观发表了自己思考已久的见解。

由于《近代的恋爱观》是大正民主主义高涨时期出版的一部专论"恋爱观"的著作,所以有评论家称其为"大正民主主义的女性论"①。也有人认为"照这书的内容看起来,算是一部《性伦理学》,也可以叫做《性道德论》,但是这些名辞,都未免有些生硬,""不如《恋爱论》这个名目醒豁而且明瞭"②不过厨川白村是一个独具特色的文艺批评家,三句话不离本行,依据笔者的阅读,称其为一部用文艺批评的方法所著的恋爱论是毫不为过的。在中国,翻译过《近代的恋爱观》的任白涛就曾经说过,《近代的恋爱观》的第一篇是以艺术及诗的心境为基础说恋爱的。③ 因为我们现在见到的单行本《近代的恋爱观》是由三篇构成的,所以有人将其称为厨川白村的"恋爱论"三部曲④。在"恋爱论"三部曲中,要数《近代的恋爱观》一篇写得最为着力,它共分12节:

1. 恋爱至上
2. 日本人的恋爱观
3. 恋爱观的过去与现在
4. 爱的进化
5. 娜拉已过时

---

① 濑沼茂树:《大正民主主义的女性论－厨川白村的〈近代的恋爱观〉》,载《妇女公论》1956年8月号。
② 参见厨川白村著、任白涛译订:《恋爱论》卷头语,第1页,(上海)启智书局,1923年7月。
③ 同上。
④ 参见刘立善:《日本文学的伦理意识－论近代作家爱的觉醒》,第503页,春风文艺出版社,2003年1月。

6. 比昂逊的作品
7. 恋爱与自我解放
8. 从无批判到肯定
9. 结婚与恋爱
10. 人生的问题
11. 片断语
12. 结尾语

《近代的恋爱观》论述的主旨有二：一是恋爱的新定义，二是恋爱的进化论。为的是"使天下有情人尽成眷属，使天下无情人尽不成眷属。"①

在《近代的恋爱观》的"恋爱至上"一节中，厨川白村从勃朗宁的《废墟之恋》开篇，又以勃朗宁的千古名句"恋爱至上"作结。他把恋爱和自我解放联系在一起，呼吁从"自我与非我的完全一致，从一体同心的结合"②中去发现恋爱的意义。主张灵肉一致的恋爱。他认为婚姻涉及到个性解放、自我独立和人格完善。从文学的永恒主题到现实生活的两性之爱，厨川白村对恋爱的本质有颇为独到的见解，对恋爱的态度又超常严肃。

厨川白村向近代日本人推荐了法国小说家兼批评家斯丹达尔(Stendhal)的《恋爱论》、英国历史学家裘尔·弥休莱(Mcheilet)的《恋爱篇》、意大利病理学家巴罗·孟德格寨的(Mantegazza)《恋爱的生理》、亨利·芬克(H. Finck)的《浪漫

---

① 厨川白村著，任白涛译订：《恋爱论》卷头语，第1页，(上海)启智书局，1923年7月。
② 《厨川白村全集》第五卷，第34页，改造社，1929年4月（笔者译）。

的恋爱与人体美》、爱特格沙太斯(Schultz)的《恋爱史》等,试图从文学、历史、心理学和人体艺术的角度,全面论述西方社会已经进展升华了的恋爱观,以扭转日本仍然视恋爱为劣情的固陋偏见。

与同时代的其他作家①一样,厨川白村认为:从《古事记》、《日本书纪》、《万叶集》等古代文献,或平安朝文学的描写来看,日本人原本是聪明的人种,比起现在,他们能够更加自由、更加解放、更加正确地看待两性关系。镰仓时代,战国杀戮之风肇始,与外来的儒佛思想一起形成了武士道,受武士道的误导,人们对"人"的生活中占最重要部分的两性关系产生了奇怪至极的偏见和误解。德川时代前,就有男女七岁不同席的风俗,可见当时所谓的有识阶层和知识阶层的汉学家们在两性观上是何等的迂腐。然而因袭延续已有七八百年,即使已进入了明治大正的新时代,但由此偏见迷妄而形成的恶潮,还同其他许多旧思想一起,依然黏附在邦人的脑子里不愿离去。……明治30年代左右的浪漫主义时代,讴歌青春之恋的诗人被嘲讽为"星菫党"。明治40年代前后,世人从字面上曲解了自然主义,再一次侮蔑了所有的性关系。即而又随意地解释了享乐主义。最近他们把性欲和恋爱混为一谈,就像把大酱和大粪搅在一起一样,又开始了新一轮的愚弄。②

厨川白村认为,日本人如此地侮蔑了性关系,但是在其性生活中,却并非能像清教徒那样做到洁身自好,而实际情况则恰恰相反。在《近代的恋爱观》中,厨川白村无情地揭露道:

---

① 如有岛武郎、谷崎润一郎等。
② 厨川白村:《近代的恋爱观》,收入《厨川白村全集》第五卷,第12－13页,改造社,1929年4月(笔者译)。

"无论现在和过去,日本都是一个没有女人天就不亮的国家。在农村,全村无一处女的村落已不是神话"。① 像这样一面竭力排斥侮蔑性关系,一面又在男女性关系上糜烂至极,其原因何在?厨川白村认为主要有以下几个方面的原因:一是因为在武士道的旧道德中根本就缺乏对恋爱之高尚的正当理解。二是因为将两性关系视为单纯的生育繁衍或性欲游戏的固陋偏见在作祟。三是因为没有觉察到,动物进化成人后,其两性关系已经从简单的性欲满足,进展升华成为至高的道德、信念和艺术。四是因为还未意识到在"人"的生活中枢中还横亘着至高无尚的力量。②

在《近代恋爱观》中,厨川白村依照奥地利批评家艾密卢·卢卡的《恋爱的三个阶段》,把恋爱分为三个阶段。厨川白村认为,在西方男女关系是随着文化的发达,经过了三个阶段才演变成现在的状态。第一阶段是仅仅依靠性本能冲动的"肉欲时代",女性的价值仅仅停留在性欲满足和繁衍后代上。第二阶段是"与基督教禁欲主义思想相关的中世"。这一阶段即把女性视为神,又把散发肉体魅力的女性当作恶魔的帮凶,竭尽肉欲之享受,承认的是女性的神格而不是女性的人格。是"神灵性的宗教式的女性崇拜时代",是灵肉二元的恋爱观时代。第三阶段是十九世纪之后的近代"灵肉合一的一元恋爱观时代"。这一阶段,男女之间相互承认人格,因为"爱"而互相作为"个人"完成自我充实产生"恋爱"。厨川白村恋爱论的根本在于精神与肉体一致的恋爱。他承认在人类

---

① 厨川白村:《近代的恋爱观》,收入《厨川白村全集》第五卷,第13页,改造社,1929年4月(笔者译)。

② 厨川白村:《近代的恋爱观》,收入《厨川白村全集》第五卷,第14页,改造社,1929年4月(笔者译)。

道德生活的根基上是有性欲存在的。但他又认为这种性欲不应该仅仅停留于单纯的性欲满足和生殖需求上。原因是"恋爱是可以净化转移,得到升华的。"经过"净化转移,得到升华"的恋爱,通过结婚,会变成夫妻间互相扶助的精神,进而转变成友情,转化为对子女的爱。

恋爱的三阶段说,论的是人类的精神生活和文化生活,与《文艺思潮论》论述的核心问题有关,即灵肉的调和与一致的问题。

厨川白村认为,现代的理想主义是以尊重人格为基础的。由于是在人这一根柢上来考虑人与人的关系,所以,人类爱就成为生活的根本。① 两性之间的爱,在人与人之间的灵妙的亲和力中,是最强烈,最伟大的。而且它是从灵、肉两方面发动而来的惟一的爱,所以,常常是全我和全人格的。② 厨川白村认为"人的欲求是无限连续的,""生存本身就是有所求的。"③不管所求的是什么,它们可以是异性,可以是真理,也可以是净土、神灵、知识、黄金和名誉,但有一点是共通的。即"其根柢均出于对所爱之物的挚爱"。④ 所以,"假如没有东西值得你去爱,那么对于人来说,那将是最大的不幸和悲哀了。"⑤在厨川白村看来,这种生存的欲求会成为人类生活的种种创造而得以体现。而其中最强烈的欲求就是新生命的创

---

① 厨川白村:《再论恋爱》,收入《厨川白村全集》第五卷,第 101 页,改造社,1929 年 4 月(笔者译)。
② 厨川白村:《再论恋爱》,收入《厨川白村全集》第五卷,第 102 页,改造社,1929 年 4 月(笔者译)。
③ 厨川白村:《近代的恋爱观》,收入《厨川白村全集》第五卷,第 16 页,改造社,1929 年 4 月(笔者译)。
④ 同上。
⑤ 同上。

造。为了创造新生命,为了繁衍后代,为了永久地保存自己,人类惟有通过与异性的结合才能得以实现,于是便有了恋爱。厨川白村眼里的恋爱是神圣的,是至高无尚的,是灵肉一致的。所以,他说:"没有恋爱的生育繁衍,即便不是野兽的喜剧,那也是人间的悲剧。"①厨川白村认为"把广义上的爱视为至高至上的道德,视为人类生活的中枢的思想,与其他许多近代思想一样均发祥于希腊,"②他以哲人柏拉图的《会饮篇》为例进行了说明,认为柏拉图的《会饮篇》是柏拉图著作中最富诗意最具艺术价值的篇什,因为它力陈了森罗万象中普遍存在的爱之力。他说在柏拉图看来,无论在地水风火之间,还是天地之间,都有着互为吸引的神秘的恋爱和结婚。万物绝不是单独存在的。这种爱之力又常常是求美求善的,与绝对无限的世界相连,憧憬着至高至上的灵。人之所以爱他人,就是为了到达这种灵的生活的台阶。厨川白村认为,柏拉图的思想千百年来影响了许多哲人,也影响了近代的许多诗人,如雪莱、华滋华斯和勃朗宁等等。

《近代的恋爱观》连载后,引来了不少的批评,其中有些纯属谩骂攻击,有人说厨川白村把诗歌和现实混在了一起,一味地讲理想会误人子弟,是危险的。有人嘲笑厨川白村谈的恋爱观都是西方三四十年前的旧思想③。又有人说恋爱又不能当饭吃,谈这种话题太无聊了。④ 为此,厨川白村居然放弃

---

① 厨川白村:《近代的恋爱观》,收入《厨川白村全集》第五卷,第16页,改造社,1929年4月(笔者译)。
② 同上。
③ 厨川白村:《再论恋爱》,收入《厨川白村全集》第五卷,第72页,改造社,1929年4月(笔者译)。
④ 厨川白村:《再论恋爱》,收入《厨川白村全集》第五卷,第119页,改造社,1929年4月(笔者译)。

了自己的"专业研究",俨然以恋爱观学者和斗士的身份"义无返顾"地给予了辩解和反驳。《再论恋爱》和《三论恋爱》就是作为这种辩解和反驳而出现的。在发表《近代的恋爱观》受到指责和非难后,厨川白村甚至说过这样的话:

> 我有自己的专业研究,但有时也利用夏冬二季的休假和星期天,抽空写了不少拙劣的文章,或应邀在公开演讲的论坛上说了不少废话。这是因为我确信我的拙劣的文章和废话,能够有益于今日的世道人心,能够对文化发达、生活改造做出某种贡献,哪怕是微不足道。另外也是出于我对崇高理想及永恒真理的追求和憧憬。假如,万一我的言说和文章有害世道人心、有误人子弟之嫌,或者我自己发现自己的思想中有根本的谬误,我会不再将此公之于世,重新回到象牙之塔,藏身于窗前,自加鞭策,继续钻研和省察。或暂时折笔不再弄文,保持沉默。①

其实,厨川白村是在坚持自己的社会观、文艺观和批评观。因为他坚信"文艺的本来的职务,是在作为文明批评社会批评,以指点向导一世"。他自信自己是在尽"日本近代文艺未能尽到的责任"。

厨川白村反复强调指出,由于受上一个世纪唯物论及个人主义的影响,一度被曲解的恋爱,随着20世纪新理想主义的复活,又被重新肯定。② 在人类发达史上,空前绝后的罗马

---

① 厨川白村:《再谈恋爱》,收入《厨川白村全集》第五卷,第69页,改造社,1929年4月(笔者译)。
② 厨川白村:《再论恋爱》,收入《厨川白村全集》第五卷,第73页,改造社,1929年4月(笔者译)。

文明,已成为一堆废墟。而被视为"热情、感激、憧憬和欲望的白热化结晶的恋爱"却有着悠久永恒的生命。① 古今东西,在男女的性爱中始终跃动着一种永恒不灭的力量。灵与肉的强烈欲求只有在男女的性爱中,才能留下了美好的诗歌,才开出了永不凋谢的花朵。② 所以,"永久的都城"不是罗马,而是恋爱。③

二、"性欲"与恋爱关系的"现代"阐释

在《近代的恋爱观》中,厨川白村竭力提倡"自由恋爱",即基于个人意志、包含性爱的恋爱。此时的厨川白村已经开始接触弗洛伊德的精神分析学。1921年1月,厨川白村在《改造》杂志上发表的长篇论文《苦闷的象征》中,将文艺说成是"苦闷的象征"。其中便谈到了潜意识与梦的关系。在《近代的恋爱观》中,厨川白村对潜意识与梦的关系又有所论及。他认为当生的诸欲求受到来自内外的种种抑制,就会变成心灵的伤害。这种伤害可以象征性地构成梦幻。当内部生活的心灵创伤被象征性地表现为声音、形状或颜色时,文艺便诞生了。厨川白村认为,"在生之诸欲求中性关系最重要的。这种现象在性关系中表现得尤为明显。在一切有生命的生灵中,都可以看到其源于性欲的艺术表现。春天的原野,小鸟歌唱,花儿开放,其声其色,不外是生殖欲望的象征。深山幽谷

---

① 厨川白村:《近代的恋爱观》,收入《厨川白村全集》第五卷,第10页,改造社,1929年4月(笔者译)。

② 厨川白村:《近代的恋爱观》,收入《厨川白村全集》第五卷,第10-11页,改造社,1929年4月(笔者译)。

③ 厨川白村:《近代的恋爱观》,收入《厨川白村全集》第五卷,第11页,改造社,1929年4月(笔者译)。

红叶丛中不时鸣叫的野鹿,不惜烧焦自己、用燃烧自己的生命而发光的萤火虫,为炫耀自己绚丽的羽毛而翩翩起舞的孔雀。均可视为在强烈的性要求驱使下的一种美的表现。"①继《苦闷的象征》之后,厨川白村在《近代的恋爱观》中又从他所理解的心理学和精神分析学的角度对性欲与恋爱的关系以及"潜意识"与恋爱的关系作了进一步的阐释。他认为,对已经进化了的人来说,其生之要求不仅仅表现在性欲上,而且还会表现为其他种种复杂的精神现象。在文艺上,"恋爱"之所以成为最主要的题目,原因就在于此。② 他说:一个诗人或艺术家,其阅历在表面上尽管可以没有恋爱这样的事实,但只要深入地去发掘下去,就不难发现那个人的内部生活中肯定会潜伏着这种性的要求。③ 厨川白村进一步解释道:其实,有许多诗人和作家,在其阅历和作品中都表现了恋爱的苦闷和懊恼。比如但丁和歌德,都是世界文学史上著名的例子。不过特别应该重视的是那些抒情诗人,在他们的阅历中,尽管没有失恋过,但在与女性的交往中却尝尽了人间苦。比如彭斯、雪莱、济慈和拜伦。还有一些平时不为人们所注意的作家,但是只要稍加研究,就会在其作品背后发现痛苦的失恋经验。……由此看来,对于许多诗人来说,比起诗神之泉——雪泊克林之水,恋爱的苦酒是更为珍贵的灵药。④

厨川白村坦言,因为自己不是科学家,对于精神分析学知

---

① 厨川白村:《近代的恋爱观》,收入《厨川白村全集》第五卷,第63-64页,改造社,1929年4月(笔者译)。
② 厨川白村:《近代的恋爱观》,收入《厨川白村全集》第五卷,第64页,改造社,1929年4月(笔者译)。
③ 同上。
④ 厨川白村:《近代的恋爱观》,收入《厨川白村全集》第五卷,第64-65页,改造社,1929年4月(笔者译)。

之甚少。所以如果想用科学的学说来解释性欲与恋爱与道德宗教的关系,那只能借用弗洛伊德一派学者的主张。①为此,他借用了榊保三郎博士《性欲研究与精神分析学·序》中的一段话说"诸君如读本书,恐怕会大为震惊,人在婴儿期既有性欲,当君读到这天使般清纯可爱的婴儿喜欢手淫时,也许会越发惊讶。儿童稍有发育,便会做到近亲爱,当然这还是纯然的性欲。而且,对我们这样注重孝悌的人来说,它已成为最为重要的道德根源。当然,它也成为基督教所说的爱的根柢,诸君读到这儿,又会作何感想呢?基督教徒说除了神,爱是不存在的。但我们毋宁说除了深深植根于性欲的东西外,爱是不存在的。"②因为厨川白村早期接受过蔼理斯的影响,所以他很容易亲近弗洛伊德的学说。他认为"自蔼理斯和福莱尔以来,近来学者对性欲的研究有了长足的进展。他们的研究不像日本只求一时的流行,显得肤浅轻浮,所以对一般思想界和学界影响甚大。其中,精神分析学派的研究,主张将一切道德及其他的精神现象之根本都归结于性的饥渴(libido)。这对以往的幽灵道德的信奉者,恰如泼了三桶冷水,真令人解气。"③厨川白村认为"人类道德生活之根本的爱来自于性欲,要得出这样的结论也并非难事。……精神分析派的学者们已举出许多例证加以了说明。"④对于精神分析派的学者们所说

---

① 厨川白村:《再谈恋爱》,收入《厨川白村全集》第五卷,第102页,改造社,1929年4月(笔者译)。

② 榊保三郎:《性欲研究与精神分析学·序》,转引自《厨川白村全集》第五卷,第103页,改造社,1929年4月(笔者译)。

③ 厨川白村:《近代的恋爱观》,收入《厨川白村全集》第五卷,第20页,改造社,1929年4月(笔者译)。

④ 厨川白村:《近代的恋爱观》,收入《厨川白村全集》第五卷,第20-21页,改造社,1929年4月(笔者译)。

的——人呱呱落地时就已经具有了性欲,婴儿从吮吸母亲的乳房时就开始启动了自己的性欲。稍大后又将其转变为对父母和兄弟姐妹的爱情——厨川白村尽管存有疑义,但是对两性间的恋爱基于性欲这一事实却深信不疑。同时他又指出:"两性间的恋爱与动物不同,它会随着人类的进化而得到净化和醇化,成为最高至上的道德和艺术。"①

弗洛伊德一派的学者认为,人的欲望是无止境,当它们受到抑制时,就会发生净化作用。厨川认为这是非常正确的。他进一步发挥道:人生不应是自己生命力放肆和无节制的发现。因为那样,生活就会遭到破坏而终止。由于生命力被加上了这种抑制作用,欲望便得到了净化和纯化,成为艺术、宗教、知识或人类爱。所以,将人类生活的伟大和崇高看作为是这种抑制作用的结果,也是不为过的。只是,当这种抑制是来自自己以外的人、物、法则、因袭时,它就变成了压制和强制。所以,这种抑制必须来自自己的生命力本身。一切道德都必须是自律的,也就是说自己要对自己进行抑制,这样才会有真正的自由和真正的恋爱。②

厨川白村认为"由这样的性欲所产生的爱之力,更具有令人惊叹的转移升华作用。他们有时成为对真理和知识的爱欲,或变为对艺术的挚爱,就像芭蕉和西行对自然美的陶醉和耽溺。如果进入虔诚的宗教生活,就会变成希求神灵祈求净土的信仰。将自己的全部生命集注于此达到白热程度的三昧法悦的心境,无论是科学、艺术、还是宗教,都和热恋中的男女

---

① 厨川白村:《近代的恋爱观》,收入《厨川白村全集》第五卷,第 20 – 21 页,改造社,1929 年 4 月(笔者译)。
② 厨川白村:《再谈恋爱》,收入《厨川白村全集》第五卷,改造社,1929 年 4 月,第 147 – 148 页(笔者译)。

所陷入的陶醉境地相差无几。"①因为"自古就有许多诗人讴歌了这种意义上的事。经古代中世至近代,把性的恋爱视为一切美德的根柢和源泉的思想,在文艺作品中并非少见,只是到了20世纪由新科学对其加以了确认而已。"②

性本能是人之本能中的一个重要方面,也是文艺作品所描写的一个常态主题。厨川白村认为文学艺术作品中尽可以有性的描写,但如果不能使其升华,就不能称为文艺作品。而性欲是如何转化为艺术的冲动? 又是怎样成为最高至上的道德和艺术的? 这是厨川白村在接触弗洛伊德学说后考虑最多的问题。为了说明其净化和醇化(转移和升华)的过程,厨川白村搬出英国随笔家亚伊萨克·沃尔敦的《垂钓大全》,举了这样一个例子:有人开始钓鱼是为了食用,但是,这种欲情后来进化转移了,不管能不能钓到鱼,只要在林间溪流垂钓,就会感到钓鱼之乐。这种自得其乐,厨川白村称其为"诗人般的、具有恬静的、余裕袛徊趣味的心理状态"。③ 厨川白村认为和动物相比,这种进化转移的心理在进化了的人那里表现得尤为明显。所以一旦进入这一领域,原本的目的就会潜藏到无意识心理的底层。④ 这就是精神分析派的学者们所说的升华作用。这是厨川白村在受到弗洛伊德学说的影响后,对"性欲"与恋爱关系作出的一种的"现代"阐释。

---

① 厨川白村:《近代的恋爱观》,收入《厨川白村全集》第五卷,第25页,改造社,1929年4月(笔者译)。
② 厨川白村:《再论恋爱》,收入《厨川白村全集》第五卷,第103页,改造社,1929年4月(笔者译)。
③ 厨川白村:《近代的恋爱观》,收入《厨川白村全集》第五卷,第21页,改造社,1929年4月(笔者译)。
④ 厨川白村:《近代的恋爱观》,收入《厨川白村全集》第五卷,第22页,改造社,1929年4月(笔者译)。

文艺评论家濑沼茂树在《大正民主主义的女性论》一文中指出:"厨川白村所说的恋爱观,从某种意义上讲,是极其健康和常识性的。是基于近代个人主义的角度,最大程度地批判了构成家族、国家社会结构的封建性道德,展示了中产阶级的恋爱观。但至多只是一个'学究'的'Essay'而已。"①不过,客观和历史地看,一部《近代的恋爱观》对时代产生的影响极大,也给厨川白村带来了莫大的声誉。1935年,土田杏村在他的《恋爱论》中说:"恋爱论如此热心地为我们的社会所议论,其主要原因,确实应归功于厨川博士的《近代的恋爱观》的普及","已故的厨川白村博士发现现代社会的缺陷,予以了独特和辛辣的批判和攻击。就其卓越的观察和表现来说,堪称现在社会最优秀的批评家之一。""博士的这部著作与以往颓废的性道德作针锋相对的斗争,在高扬恋爱自由这一点上,比任何恋爱论都周到和热心。"②

第四节 "Essay"与"自我表现"

检索厨川白村1917年9月以后的文章,大多是基于其文艺思想而作的社会·文明批评。而这种批评文字又是以"Essay"为言说载体写成的。厨川白村这一时期的"Essay",内在蕴涵丰厚坚实,外在形态变化多姿,显得格外突出。所以,在日本厨川白村亦被称为"Essay"作家。

---

① 濑沼茂树:《大正民主主义的女性论-厨川白村的〈近代文学十讲〉》,载《妇公论》1956年8月号。
② 载《土田杏村全集》第九卷,第207页,第一书房,1935年4月。

一、关于"Essay"

　　从定义上说,"Essay"是一种近似于散文的体裁,篇幅短小,表现形式灵活自由,可以抒情,也可以叙事,又能评论。厨川白村在《出了象牙之塔》中指出"Essay"一词源自法语的"essayer",即"试笔"之意。① "这一类的文字在西方有时是发挥思想,有时是抒泻情趣,也有时是叙述故事。"②是"希腊议论文的一种复兴,常常用来谈道德问题,文章短小灵便,笔调生动、幽默,给读者一种亲切感,就像在聆听作者的娓娓之谈。"③厨川白村在《出了象牙之塔》的"自我表现"一节中也说过这样一段话:"天下国家的大事不待言,还有市井的琐事,书籍的批评,相识者的消息,以及自己的过去的追怀,想到什么就纵谈什么,而托于即兴之笔者。"④可见,"Essay"是可以看到什么写什么,也可以想怎么写就怎么写,纯然是即兴之笔,既可介绍说明,也可叙述描摹;既可抒发情感,也可托物言志,阐明哲理。一般说来,"Essay"大多夹叙夹议,叙述说明现象,议论点出事理;叙述简明生动,议论深入浅出。就描摹抒真情,借谈笑说真理,随心所欲,轻松自若。"Essay"的表现形式活泼多样,嘻笑怒骂皆成文章,是一种讽刺、幽默和夸张的表现艺术。

　　厨川白村将 16 世纪法国思想家蒙田视为"Essay"的鼻祖。认为蒙田的"Essay"传至英国后为培根和兰姆所继承和

---

　　① 厨川白村著、鲁迅译:《苦闷的象征》,第 98 页,百花文艺出版社,2000 年 1 月。
　　② 朱光潜:《论小品文-(一封公开的信)》,载《孟实文钞》,第 205 页,上海良友图书公司,1936 年 4 月。
　　③ P.博克著、孙乃修译:《蒙田》,第 122 页,工人出版社,1985 年 12 月。
　　④ 厨川白村著、鲁迅译:《苦闷的象征》,第 93 页,百花文艺出版社,2000 年 1 月。

发扬光大,所以英国文学是最擅长这种文字的。在论及西方的"Essay"时,厨川白村认为"笼统地说道 essay,而既有培根似的,简洁直捷,可以称为汉文口调的艰难的东西,也有像兰勃(Ch. Lamb,即兰姆——引者注)的《伊里亚杂笔》(Essaya of Elia,即《伊里亚随笔》——引者注)两卷中所载的那样,很明细,多滑稽,而且情趣盎然的感想追怀的漫录。"①厨川白村还以日本文学为例作了说明:"倘说清少纳言的《枕草纸》稍稍近之,则一到兼好法师的《徒然草》,就不妨说是俨然的 essay 了罢。又在德川时代的俳文中,Hototogis 派(即杜鹃派——引者注)的写生文中,这样的写法的东西也不少。"②厨川白村认为"和小说戏曲诗歌一起,也算是文艺作品之一体的这 essay,并不是议论呀论说呀似的麻烦类的东西。况乎,倘以为就是从称为'参考书'的那些别人所作的东西里,随便借光,聚了起来的百家米似的论文之类,则这就大错而特错了。"③也就是说,对于什么是"Essay",厨川白村心里自有一种衡量的标准。他是以英国文学史上一些具有自我情趣和自我风格的 Essay 作家和日本中世纪的随笔以及近世俳句、写生文为参照物来界定"Essay"的。所以,在《出了象牙之塔》中,厨川白村并不否认日本也有类似"Essay"的东西,但是为了以示与日本传统随笔的区别,他并没有将"Essay"译成"随笔",而是沿用了英语的"Essay"。厨川白村反对将"Essay"译为"随笔",因为"德川时代的随笔一流,大抵是博雅先生的札记,或者炫学家的研究断片那样的东西,不过现今的学徒所谓 Arbeit 之小

---

① 厨川白村著、鲁迅译:《苦闷的象征》,第 94—95 页,百花文艺出版社,2000 年 1 月。
② 厨川白村著、鲁迅译:《苦闷的象征》,第 95 页,百花文艺出版社,2000 年 1 月。
③ 厨川白村著、鲁迅译:《苦闷的象征》,第 92 页,百花文艺出版社,2000 年 1 月。

者罢了。"①

关于"Essay",早在1909年,厨川白村就在《现代英国文坛的奇才》②一文中介绍过英国近代随笔家切斯特顿的"Essay",认为:"Essay已经是其语源所表示的那样,在感本来的性质上决不是四角峥嵘的treatise(即论文——引者注)。如日本学生所想地,搜索生硬的德文书而汇录下来的'论文',决不是只限于这个的;是作者抓住一个题目而写出那得对于的刹那间的想的简单的即兴文字。不是精论细叙,单是暗示。所以作者是绝到以自己为中心,把读者作为好像没有意见的亲友而写的。写愚不可说的自己的身上的话,也触到宇宙人生的大问题。以读一回就难忘掉的那样的滑稽与奇警来勾引人,而在这里有Humour(即幽默——引者注),也有Pathos(即哀调——引者注)。如闲话的巨擘Lamb(即兰姆——引者注)所说那样地,所谓a sort of unlicked, incondite things(一种随意空泛的东西——引者注),虽像是随便胡摆着的,但实际是以一个艺术品来说,有统一也有中心的"近似闲话的东西。③ 在1912年出版的《近代文学十讲》中,厨川白村谈到"Essay"时则用"闲话"标记了"Essay"。④ 1920年,在《出了象牙之塔》中,厨川白村对"Essay"又做了这样的描述性定义:"如果是冬天,便坐在暖炉旁边的安乐椅子上,倘在夏天,则披浴衣,啜苦茗,随随便便,和好友任心闲话,将这些话照样地移在纸上的东西,就是essay。兴之所至,也说些不至于头

---

① 厨川白村著、鲁迅译:《苦闷的象征》,第93页,百花文艺出版社,2000年1月。
② 原载《帝国文学》1909年11月号,收入《小泉八云及其他》。
③ 厨川白村著、绿蕉译:《小泉先生及其他》,第98页,(上海)启智书局,1930年4月。
④ 厨川白村著:《近代文学十讲》,收入《厨川白村全集》第一卷,第186页,改造社,1929年6月。

痛为度的道理罢。也有冷嘲,也有警句罢。既有humor(滑稽),也有pathos(感愤)。"①在厨川白村眼里,"Essay"在形式上较其他的文学体裁更为自由活泼、灵活多样。看上去显得若无其事,好似信笔写来。是"诗歌中的抒情诗,行以散文的东西",②"既是废话也是闲话"③当然,这里说的"抒情诗"中,"也有锐利的讥刺",④给人以:"刚以为正在从正面骂人,而却向着那边独自莞尔微笑着的样子。"⑤另外,"废话"和"闲话"也不是漫不经心、信手乱写。自由灵活的"Essay"写作,是"装着随便的涂鸦模样,其实却是用了雕心刻骨的苦心的文章。"⑥很显然,厨川白村这里所说的不仅仅是"Essay"文体的形式,实际上也规定了"Essay"所必须具备的艺术特质和审美境界。从1909年以来,厨川白村就"企图在先进的西方资产阶级文坛上找到与日本随笔同宗的文体,使后者在日本现代文学园地中也占有一角之地。"⑦为此他付出了辛勤的努力和实践。他借鉴英国近代"Essay",将感悟和归纳出来的"冷嘲"、"警句"、"滑稽"、"感愤"、"废话"、"闲话"等都纳入了自己的"Essay"观中。并高度评价萧伯纳的Essay风格,认为他把"作为贵族举动的英国习俗,嘲弄到体无完肤的手腕,是很伟大的。"⑧厨川白村认为这样的"Essay""须很富于诗才学殖,而对于人生的各种的现象,又有奇警的锐敏的透察力

---

① 厨川白村著、鲁迅译:《苦闷的象征》,第93页,百花文艺出版社,2000年1月。
② 同上。
③ 同上。
④ 厨川白村著、鲁迅译:《苦闷的象征》,第96页,百花文艺出版社,2000年1月。
⑤ 同上。
⑥ 同上。
⑦ 程麻:《日本随笔和鲁迅杂感》,载《聊城师范学院学报》(哲学社会科学版)1987年第4期。
⑧ 厨川白村著、绿蕉译:《走向十字街头》,第196页,(上海)启智书局,1928年8月。

才对,否则,要做 essayist,到底不成功。"①

在厨川白村的"Essay"观里,特别强调的是"Essay"与作家人格的关系。他说:"在 essay,比什么都紧要的要件,就是作者将自己的个人底人格的色彩,浓厚地表现出来。从那本质上说,是既非记述,也非说明,又不是议论,以报道为主眼的新闻记者,是应该非人格底(impersonal)地,力避记者这人的个人底主观底的调子(note)的,essay 却正相反,乃是将作者的自我极端地扩大了夸张了而写出的东西,其兴味全在于人格底调子(personal note)"。②厨川白村认为,文章是人格,不是笔尖的勾当。能用一枝笔撼动天下之人心的人,其人格上肯定有强烈的特异的色彩。毋庸置疑,它与凡俗是毫不妥协的。③ 而这种"人格"是以"表现自己不伪不饰的真"④为"调子"的。由此,厨川白村把"Essay"与人格和"自我表现"紧密地联系在了一起。

二、"表现自己不伪不饰的真"

在《出了象牙之塔》中开篇伊始,厨川白村就讲到"自我表现"。此时的厨川白村还未接触德国的"表现主义"。他是从"艺术是个性的表现"和"表现自己不伪不饰的真"的角度谈到了"自我表现",与他早期受到的蔼理斯的"自我表现说"有关。

---

① 厨川白村著、鲁迅译:《苦闷的象征》,第96页,百花文艺出版社,2000年1月。
② 厨川白村著、鲁迅译:《苦闷的象征》,第93页,百花文艺出版社,2000年1月。
③ 厨川白村:《小泉先生》,收入《厨川白村全集》第四卷,第34页,改造社,1929年7月(笔者译)。
④ 厨川白村著、鲁迅译:《苦闷的象征》,第93页,百花文艺出版社,2000年1月。

厨川白村认为世界上"无论是谁,在自己本身上都有两个面。宛如月亮一般,其一面虽为世界之人所见,而其他,却还有背后的一面在。在隐蔽着的一面,是只可以给自己献了身心相爱的情人看看的。"①厨川白村以画家拉斐尔(Raffaello,1483–1520)送给情人的小诗,作家但丁(Dante,1265–1321)给情人作的画为例,说明真正的艺术家是可以将自己隐藏着的另一面献给自己的心上人的。厨川白村认为这就是"赤裸裸的自我表现",是"作家的自我告白",是"以自我表现为生命的艺术家的人格"。② 所以,他说,诗人、学者、艺术家染笔"Essay",就是为了像拉斐尔写诗、但丁作画那样,表现自己隐藏着的另一面。

思想层面上的自我肯定,很容易导致艺术层面上的"自我表现"论。正是在这样一种认识下,厨川白村特别关注日本文学中的"自我告白"。他认为日本文学中告白类的作品甚少。近代的新文学作品,文章虽好,但不是"自我告白",只能称为"自我广告",远不如平安朝才女的日记文学。他把藤原道纲母的《蜻蛉日记》比作能与英国女作家伯尼(Frances Burny,1752–1840)比肩的"东西才女的日记双璧"。③ 厨川白村是以"表现自己不伪不饰的真"来评判"自我告白文学"的。1918年岛崎藤村发表长篇自传体小说《新生》。这部作品对作者本人与侄女之间发生的有悖于伦理的行为作了毫无掩饰的直白,希望通过"自我忏悔"和宗教的"宿命论"来求得罪孽的解脱,并由此获得"新生"。小说发表后,舆论哗然,褒

---

① 厨川白村著、鲁迅译:《苦闷的象征》,第90页,百花文艺出版社,2000年1月。
② 参见厨川白村著、鲁迅译:《苦闷的象征》,第91页,百花文艺出版社,2000年1月。
③ 厨川白村著、鲁迅译:《苦闷的象征》,第92页,百花文艺出版社,2000年1月。

贬不一。对此,厨川白村曾在《岛崎藤村的忏悔——'新生'合评》①中表明了自己的态度:"从某种意义上讲,所有的文学都是作者自己的忏悔或自我辩解,如此看来,(《新生》)也许并不值得大惊小怪。"在这篇不足百字的短文中,厨川白村为岛崎藤村的《新生》做了辩护,表明了自己对"自我告白文学"的一种最基本的看法和态度。这说明在道德与艺术之间,厨川白村看重的是在艺术上"表现自己不伪不饰的真"。因为在厨川白村看来,文艺"乃是生命这东西的绝对自由的表现;是离开了我们在社会生活,经济生活,劳动生活,政治生活等时候所见的善恶利害的一切估价,毫不受什么压抑作用的纯真的生命表现。所以是道德底或罪恶底,是美或是丑,是利益或不利益,在文艺的世界里都所不问。"②

厨川白村是在1912年3月以《近代文学十讲》跻身文坛的。他当时借用英国文学批评家德·昆西区分"知识的文学"与"力量的文学"的说法,把《近代文学十讲》界定为"作为介绍写给他人看的""述而不作"的著述。作为《近代文学十讲》的姊妹作,厨川白村1914年4月又发表过《文艺思潮论》。但是在《近代文学十讲》和《文艺思潮论》之后,他再也没有写过类似"作为介绍写给他人看的""述而不作"的著述。他把目光转向了德·昆西所说的"力量的文学",因为"力量的文学"是忠实于人的本真情绪的文学,是以永恒的人性为对象千古不变的。"Essay"就是厨川白村为表现"力量的文学"而采用的一种文学体裁。其实在厨川白村早期和前期的一些文章中就已经表现出这种"Essay"的文体特点。他一生

---

① 载《妇女公论》1920年1月号。
② 厨川白村著、鲁迅译:《苦闷的象征》,第74页,百花文艺出版社,2000年1月。

中惟一的一部小说《狂犬》就是他在努力寻找更加得心应手的体裁前的一种尝试。他的社会·文明批评是在"Essay"体裁的基础上逐步形成和发展起来的。厨川白村把以后相继发表的《印象记》、《小泉先生及其他》、《出了象牙之塔》和《走向十字街头》都称为"Essay",甚至把《近代的恋爱观》和《苦闷的象征》①也称为"Essay"。因为它们都是"表现自己不伪不饰的真"的文字,是自己"不得不尔"的"自我表现"。

厨川白村一生从事文艺批评,从中后期开始倾向于法朗士、佩特和卢美忒尔等的主观批评说和印象批评说,看重个性的创造和表现。在他看来,文艺批评就是"灵魂在杰作中的冒险",②"所谓鉴赏者,就是在他之中发现我,我之中看见他"。③ 他认定文艺批评就是自我感悟,"是自己从作品得来的印象的解剖,"④而且必须以讲真话为前提。为此,他特别赞赏王尔德所说的"最高之批评,比创作之艺术品更为富有创造性……",⑤极不爱看当时文坛那些令他生气的批评文字。在《出了象牙之塔》开篇的"自我表现"中厨川白村这样呼吁道:

为什么不能再随便些,没有做作地说话的呢,即使并不俨乎其然地摆架子,并不玩逻辑的花把戏,并不抢着那并没有这么一回事的学问来显聪明,而再淳朴些,再天真

---

① 指1921年1月发表于《改造》杂志的同名论文。
② 参见厨川白村著、鲁迅译:《苦闷的象征》,第42页,百花文艺出版社,2000年1月。
③ 厨川白村著、鲁迅译:《苦闷的象征》,第44页,百花文艺出版社,2000年1月。
④ 厨川白村著、鲁迅译:《苦闷的象征》,第42页,百花文艺出版社,2000年1月。
⑤ 参见厨川白村著、鲁迅译:《苦闷的象征》,第42页,百花文艺出版社,2000年1月。鲁迅的译文是:"最高的批评比创作更其创作底"。此处引用的是梁实秋的译文,见梁实秋:《文学的纪律》,第64页,新月书店,1928年5月。

些,率直些,而且就照本来面目地说了话,也未必便跌了价罢。①

为此,他不无偏颇地主张,艺术家就应该把自己赤条条地展现出来,即使剥得一丝不挂,也在所不惜。就像精神病人的裸露癖一样,只要裸露的是自己真正的内心,那就是艺术的天才。尽管厨川白村也承认真正的"Essay"是他力所不及的。但是,他还是想像但丁作画,拉裴尔写诗一样,用"Essay",赤裸裸地表现自己隐藏着的另一面。对于厨川白村来说,"Essay"不仅可以用来进行"文明批评"和"社会批评",而且还能够用来袒露自己的"心声",是一种极其重要的言说载体。她所具备的功能与厨川白村对文艺的看法是一致的:既是"为人生",又是"为艺术"的,而且无论是"为人生",还是"为艺术",它们本来都是文艺所应该承担的责任。因为在他从事的专业研究的英国文学中就有许多诗人和批评家是这样做的。这样的见解和主张,在当时无疑是非常前卫和具有探索性的。笔者认为《出了象牙之塔》、《走向十字街头》和《近代的恋爱观》都是厨川白村实践其"Essay"观的 Essay 集,其中也渗透着厨川白村对文艺的独特见解。

---

① 厨川白村著、鲁迅译:《苦闷的象征》,第89页,百花文艺出版社,2000年1月。

第五章 《苦闷的象征》——文艺理论及美学思想的集大成

"苦闷的象征"说是厨川白村后期在《苦闷的象征》中提出的一个极具时代和个人特色的概念,它几乎涵盖了厨川白村文艺理论及美学思想的全部精要。应该说"苦闷的象征"说的形成和成熟过程是与厨川白村文艺思想的发展和演进呈线性发展的。厨川白村一生以他的恩师小泉八云为榜样,不以一点论学问,愿意做"百货店式"的学问,加之他信奉思想不用就会陈旧枯竭的信念,因此往往是随有所见,随即发表。因此他的思想往往是前后矛盾,变化不定,令人难以捉摸。表现在文艺思想上也是如此。但从总体上讲,他的思想认识是与时俱进,推陈出新的。他的"苦闷的象征"说就表现了这种特征。在大正民主主义和文化主义的背景下,他和许多文艺评论家和批评家一起宣扬生命哲学,以改造日本社会为宗旨,提出国民性改造的课题,其中不乏他个人的独到见解。后期他在《苦闷的象征》中对"生命力"的表述另辟蹊径,别开生面,将西方生命哲学在文艺中的应用和阐释推向一个全新的阶段,为日本文艺批评和文艺理论建设,提供了独树一帜的个案研究和实证文本。所以,解读厨川白村与西方文化思潮之间的关系,也是研究厨川白村文艺思想的一项重要课题。

本章拟对《苦闷的象征》的创成过程以及"苦闷的象征"说对西方文化思潮的融摄作必要的梳理和通释。

第一节 作为《文艺序论》的创成过程

一、一部未完的《文艺序论》

1923年9月1日上午11点58分,日本关东地区发生里氏7.8级地震,引发海啸。当时,厨川白村正因病在镰仓的别墅中避暑静养,由于躲避不及,被海啸冲到附近的稻田里,气管和肺部呛入大量泥水。虽被人救起,但无药救治,于次日(9月2日)下午2点38分去世,终年43岁。

无情的地震过早地夺走了厨川白村的生命,使他原定的写作和出版计划未能完成。据厨川白村的学生说,厨川白村生前与出版社约定的写作计划有:《英国文学史》、《文学概论》和《英诗选释》第3卷(拜伦的《曼弗莱特》)。①

我们现在看到的《苦闷的象征》是厨川白村遇难后由改造社于1924年2月出版的一部遗作。厨川白村的亲炙弟子山本修二在《苦闷的象征》的"后记"中这样说道:

> 镰仓十月的秋暖之日,厨川夫人和矢野君和我,站在先生的别邸的废墟上,沉在散漫的思想中的时候。掘土的工人寻出一个栗色纸的包裹,送到我们这里来了。那就是这《苦闷的象征》的原稿。②

---

① 矢野峰人:《先生的风貌》,载《宗教与艺术》(白村追悼号)第4卷第10号,1923年10月25日。
② 译文引自厨川白村著、鲁迅译:《苦闷的象征》,第82页,百花出版社,2000年1月。

也就是说,我们现在看到的《苦闷的象征》是从震后的废墟里挖出来的。厨川白村家住关西的京都,他是在关东镰仓的别墅遭遇地震遇难的。镰仓的别墅是厨川白村用《近代恋爱观》的稿费建造的。厨川白村自己将它称为"白日村舍",但社会上却称其为"恋爱馆"。因为日语中"恋爱观"的"观"字与"恋爱馆"的"馆"字在读音上是一样的。1923年8月2日,厨川白村结束在轻井泽大学的暑期讲座后住进刚刚竣工的"恋爱馆"。在9月1日发生地震前的近一个月里,他一边养病,一边整理和修改书稿。据厨川白村夫人日后回忆,厨川白村当时整理的是一本与《出了象牙之塔》一样的著述①,即1923年12月由福永书店出版的遗作《走向十字街头》。厨川白村夫人的回忆中尽管没有提到《苦闷的象征》,但可以肯定的是,厨川白村去别墅休养时是带着《苦闷的象征》原稿的。否则的话,它是不会出现在别墅废墟中的。

厨川白村的亲炙弟子山本修二在《苦闷的象征》的"后记"中还谈到:"题名的《苦闷的象征》(指改造社1924年2月出版的单行本——笔者注)是出于本书前半在《改造》志上发表时候的一个端绪。"②按此提示,笔者检索了《改造》杂志,发现1921年1月1日厨川白村确实在该杂志的新年号上发表过长篇同名论文。在进一步的资料收集中,笔者又发现了两篇③直接构成《苦闷的象征》④文本内容的文章。在其中的一

---

① 厨川蝶子:《伤心的回忆》,载《女性》第4卷第5号,(大阪)PLANT社,1923年11月1日。
② 译文引自厨川白村著、鲁迅译:《苦闷的象征》,第82页,百花出版社,2000年1月。
③ 为《文艺的心境》,载《改造》1923年4月特大号,1923年4月1日;《文学的起源》,载《改造》1924年1月号,1924年1月1日。
④ 指改造社单行本。

篇①中,厨川白村对 1921 年 1 月 1 日发表的《苦闷的象征》作过如下的说明:

> 在去年本刊的卷头,我曾以《苦闷的象征》为题,稍微详细地论述过上述意思。那是我不久将公诸于世求教大方高师的《文艺序论》的一部分。现在我从该草稿中再抄录一节,作为已公开发表之论述的补充和注释。

可见 1921 年 1 月 1 日发表在《改造》杂志上的长篇论文《苦闷的象征》是厨川白村当时正在撰写的《文艺序论》中的一部分。厨川白村写作文学概论的念头由来已久。他早就想像他的老师夏目漱石一样写一本文学概论,但苦于时间和精力,迟迟未能动笔。厨川白村何时开始写作《文艺序论》?据现有的资料已不可详考。不过,据厨川白村的亲炙弟子矢野峰人说,厨川白村是留美回国后的当年在京都帝国大学开始讲授文学概论的。② 另外,据厨川白村的学生回忆,厨川白村当时上文学概论使用讲义就是杂志版《苦闷的象征》的原稿③。由此我们可以大致推断:厨川白村是从 1917 年 9 月开始讲授文学概论的。这样就把讲授文学概论和写作《文艺序论》联系在了一起。1923 年 8 月 2 日厨川白村去别墅静养时之所以带着《苦闷的象征》的书稿,就是想趁病情好转体力恢复时继续写作和修改。这样也就证实了厨川白村夫人的说

---

① 厨川白村:《文艺的心境》,载《改造》1923 年 4 月特大号,1923 年 4 月 1 日。
② 参见矢野峰人:《追忆厨川先生》,载《英语青年》第 50 卷第 2 号(临时增刊追悼号) 1923 年 10 月 29 日。
③ 参见衣笠梅二郎:《厨川白村博士简介 – 逝世三十周年纪念》,载《主流》第十六号(复刊六号),1953 年 9 月 20 日。

法：厨川白村在身体好的时候，全力投入《文艺序论》的写作，在身体不好的时候，则整理"Essay"之类的东西。① 同时也解答了《苦闷的象征》的原稿为什么会出现在别墅废墟中的疑惑。

厨川白村讲授文学概论、撰写《文艺序论》，其本身就证明厨川白村在关心文学发展论和文学功用论的同时也在关心文学本体论的研究。至于想写一部什么样的《文艺序论》，估计是厨川白村当时思考最多的一个问题。因为就文学论而言，从文学创作论角度进行系统研究的，仅他的前辈中就有坪内逍遥的《小说神髓》夺其先声，夏目漱石的《文学论》集其大成；从通论的角度进行现代论述的，也有同时代的本间久雄的《新文学概论》②独树一帜。从生命意识的角度对文学现象进行"形而上"论述的学术论文，更是汗牛充栋。如再蹈其旧辙，就无从出新。对此，厨川白村无论如何是不能接受的。他多次对妻子说过，他要打破原有的概念式和唯心式的概论模式，科学地安排内容和结构。③ 厨川白村自信能找到一个全新的学术生长点来完成自己的《文艺序论》，并为之付出了努力。遗憾的是，厨川白村在关东大地震中遇难，致使《文艺序论》成为一部未完成的书稿。《文艺序论》未能完稿付梓，让人感到莫大的惋惜。厨川白村遇难后，其亲炙弟子山本修二在追忆文章中这样说过：

---

① 参见厨川蝶子：《伤心的回忆》，载《女性》第4卷第5号，（大阪）PLANT社，1923年11月1日。
② 新潮社，1917年11月10日初版。
③ 参见厨川蝶子：《伤心的回忆》，载《女性》第4卷第5号，（大阪）PLANT社，1923年11月1日。

《近代文学十讲》出版后,有人对先生的博识感到惊讶,骂先生是缺乏独特思想的玄学家和老师。《近代的恋爱观》发表,又有人惊讶于先生独创的见识,攻击说:那是建立在危险的学说之上的。其实,先生是"博识"与"独创"兼备。《近代文学十讲》和《近代的恋爱观》分别代表了先生不同的正反两面。这两面本该冥合于他的大作《文学概论》公诸于世的。①

为了了却恩师的心愿,也为了证明恩师"博识"与"独创"兼备的学术特质,1924年2月,山本修二整理出版了厨川白村的遗著《苦闷的象征》。

二、《苦闷的象征》单行本与杂志版本的比较

如上所述,就与《苦闷的象征》(指1921年《改造》杂志版长篇论文,以下简称"杂志版《苦闷的象征》")有关的前期版本,笔者在日本关西大学和同志社大学收集资料时,在《改造》杂志上又发现两篇直接构成《苦闷的象征》(指1924年改造社版单行本,以下简称"单行本《苦闷的象征》")文本内容的文章。这样,连同1921年1月发表的《苦闷的象征》,共有三篇文章直接构成了单行本《苦闷的象征》的文本内容。其篇名如下:

《苦闷的象征》　　载《改造》1921年1月号

---

① 山本修二:《厨川先生缩影》,载《宗教与艺术》第4卷第10号(白村追悼号)1923年10月25日(笔译者)。

(1921年1月1日)

《文艺的心境》　　载《改造》1923年4月特大号
(1923年4月1日)

《文学的起源》　　载《改造》1924年1月号
(1924年1月1日)

这三篇文章与单行本《苦闷的象征》在具体内容上的对应情况如下：

单行本《苦闷的象征》	杂志版《苦闷的象征》等三篇文章
第一 创作论	《苦闷的象征》（载《改造》1921年1月号）
一 两种力	一 两种力
二 创造生活的欲求	二 创造生活的欲求
三 强制压抑之力	三 强制压抑之力
四 精神分析学	四 精神分析学
五 文艺鉴赏的四阶段	五 文艺鉴赏的四阶段
六 苦闷的象征	六 苦闷的象征
第二 鉴赏论	七 鉴赏论
一 生命的共感	（全部内容含在"七 鉴赏论"里）
二 自己发见的欢喜	（全部内容含在"七 鉴赏论"里）
三 悲剧的净化作用	（全部内容含在"七 鉴赏论"里）
四 有限中的无限	无
五 文艺鉴赏的四阶段	无
六 共鸣底创作	无
第三 关于文艺的根本问题的考察	无
一 为言者的诗人	无
二 理想主义与现实主义	无
三 短篇《项链》	（全部内容含在"七 鉴赏论"里）

续表

单行本《苦闷的象征》	杂志版《苦闷的象征》等三篇文章
四 白日的梦	（141－142 段内容含在"七 鉴赏论"里）145－148 段内容为《文艺的心境》（载《改造》1923 年 4 月号）全文①
五 文艺与道德	无
六 酒与女人与歌	无
第四 文艺的起源	《文学的起源》（载《改造》1924 年 1 月号）
一 祈祷与劳动	全部内容含在《文学的起源》里
二 原人的梦	全部内容含在《文学的起源》里

经笔者仔细核对证实，1921 年 1 月发表的杂志版《苦闷的象征》共分七节（题目和各节的标题为厨川白村本人所加），构成单行本《苦闷的象征》"第一 创作论"和"第二 鉴赏论"第一、二、三节的全部内容。1923 年 4 月发表的《文艺的心境》构成单行本《苦闷的象征》"第三 关于文艺的根本问题的考察"的"四 白日的梦"的部分内容。1924 年 1 月发表的《文学的起源》构成单行本《苦闷的象征》"第四 文艺的起源"的全部内容，在发表时间上分别相隔 2 年和 3 年，这说明厨川白村在发表杂志版《苦闷的象征》之后，一直在续写《文艺序论》。可以说这三篇文章是《文艺序论》创成过程中发表过的三篇阶段性的成果。厨川白村生前有不少文章都是采用这样的办法发表的。对应表中"无"的部分无疑在厨川白村遇难前就已经完成写作，只是未予发表而已。

据以上对应表，我们可以得知，杂志版《苦闷的象征》原

---

① 为便于对照，笔者将鲁迅译《苦闷的象征》全书按自然段分为 162 段，参见附录十。

来并未分为四章。单行本《苦闷的象征》中的四章和部分小节的名称是厨川白村弟子在整理出版时按具体内容加上的。厨川白村弟子山本修二在《苦闷的象征》的后记中这样写道:

> 本书中的《创作论》分为六节,虽然首先原有着《两种力》、《制造生活的欲求》等的标记,但其余的部分,却并未设立这样的区分。不得已,便单根据我个人的意见,分了节,又加了自信为适当的标题。①

为了对《苦闷的象征》具体的创成过程有一清晰的了解,笔者自制语料库对杂志版《苦闷的象征》②和单行本《苦闷的象征》进行了比较对照。为便于对照,笔者又将鲁迅译《苦闷的象征》全书按自然段分为162段。通过这样的比较对照,《苦闷的象征》在其创成过程中的思考和增删的痕迹即可一目了然。③

以单行本《苦闷的象征》的"创作论"为例,厨川白村在1921年1月以后新增写和修改的部分④有:

第 1 段:生活的种种相
第 2 段:嘉本特(E. Carpenter)的承认了人间生命的
　　　　 永远不灭的创造性的"宇宙底自我"说里
第14 段:尤其是倘若压抑强,则爆发性突进性即与
　　　　 强度为比例,也更加强烈,加添了炽热的度

---

① 厨川白村著、鲁迅译:《苦闷的象征》,第83页,百花出版社,2000年1月。
② 由《苦闷的象征》(载《改造》1921年1月号)、《文艺的心境》(载《改造》1923年4月号)、《文学的起源》(载《改造》1924年1月号)三篇文章构成。
③ 参见附录十。
④ 译文采用的是厨川白村著、鲁迅译:《苦闷的象征》,百花出版社,2000年1月(参见附录十)。

数。将两者作几乎成正比例看,也可以的。稍为极端地说起来,也就不妨说,无压抑,即无生命的飞跃。

第30段:永格教授的所谓"集合底无意识"(the collective unconscious)以及荷耳教授的称为"民族心"(folksoul)者,皆即此。

第36段:生是战斗。在地上受生的第一日,——不,从那最先的第一瞬,我们已经经验着战斗的苦恼了。婴儿的肉体生活本身,不就是和饥饿霉菌冷热的不断的战斗么?能够安稳平和地睡在母亲的胎内的十个月姑且不论,然而一离母胎,作为一个"个体底存在物"(individual being)的"生"才要开始,这战斗的苦痛就已成为难免的事了。和出世同时呱的啼泣的那声音,不正是人间苦的叫唤的第一声么?出了母胎这安稳的床,才遇到外界的刺激的那瞬时发出的啼声,是才始立马在"生"的阵头者的雄声呢,是苦闷的第一声呢,或者还是恭喜地在地上享受人生者的欢呼之声呢?这些姑且不论,总之那呱呱之声,在这样的意义上,是和文艺可以看作那本质全然一样的。于是为要免掉饥饿,婴儿便寻母亲的乳房,烦躁着,哺乳之后,则天使似的睡着的脸上,竟可以看出美的微笑来。这烦躁和这微笑,这就是人类的诗歌,人类的艺术。生力旺盛的婴儿,呱呱之声也闳大。在没有这声音,没有这艺术的,惟有"死"。

第47段:就像在演戏,将绵延三四十年的事象,仅用三四时间的扮演便已表现了的一般;又如罗舍谛(D. G. Rossetti)的诗《白船》(White Ship)中所说,人在将要淹死的一刹那,就于瞬间梦见自己的久远的过去的经验,也就是这作用。花山院的御制有云:

在未辨长夜的起讫之间,

梦里已见过几世的事了。

(《后拾遗集》十八)

即合于这梦的表现法的。

第55段:如近时在德国所唱道的称为表现主义(Expressionismus)的那主义,要之就在以文艺作品为不仅是从外界受来的印象的再现,乃是将蓄在作家的内心的东西,向外面表现出去。他那反抗从来的客观底态度的印象主义(Impressionismus)而置重于作家主观的表现(Expression)的事,和晚近思想界的确认了生命的创造性的大势,该可以看作一致的罢。艺术到底是表现,是创造,不是自然的再现,也不是模写。

第57段:不要误解。所谓显现于作品上的个性者,决不是作家的小我,也不是小主观。也不得是执笔之初,意识地想要表现的观念或概念。倘是这样做成的东西,那作品便成了浅薄的做作物,里面就有牵强,有不自然,因此即不带着真的生命力的普遍性,于是也就欠缺足以打动读者的生命的伟力。在日常生活上，放肆和自由该有区别，在艺术也一样，小主观和个性也不可不有截然的区别。惟其创作家有了竭力忠实地将客观的事象照样地再现出来的态度，这才从作家的无意识心理的底里，毫不勉强地，浑然地，不失本来地表现出他那自我和个性来。换句话，就是惟独如此，这才发生了生的苦闷，而自然而然地象征化了的"心"，乃成为"形"而出现。所描写的客观的事象这东西中，就包藏着作家的真生命。到这里，客观主义的极致，即与主观主义一致，理想主义的极致，也与现实主义合一，而真的生命的表现的创作于是成功。严厉地区别着什么主观，客观，理想，现实之间，就是还没有达于透彻到和神的创造一样程度的创造的缘故。大自然大生命的真髓，我以为用了那样的态度是捉不到的。

第58段：即使是怎样地空想底的不可捉摸的梦，然而那一定是那人的经验的内容中的事物，各式各样地凑合了而再现的。那幻想，那梦幻，总而言之，就是描写着藏在自己的胸中的心象。并非单是模写，也不是模仿。创造创作的根本义，即在这一点。

第59段：才子无所往而不可，在政治科学、文艺一切上都发挥出超凡的才能，在别人的眼里，见得是十分幸福的生涯的瞿提的阅历中，苦闷也没有歇。他自己说,"世人说我是幸福的人,但我却送了苦恼的一生。我的生涯,都献给一块一块迭起永久的基础来这件事了。"从这苦闷,他的大作《孚司德》(Faust),《威绥的烦恼》(Werthers Leiden),《威廉玛思台尔》(Wilhelm Meister),便都成为梦而出现。投身于政争的混乱里,别妻者几回,自己又苦闷于盲目的悲运的弥耳敦,做了《失掉的乐园》,也做了《复得的乐园》(Paradise Regained)。失了和毕阿德里契(Beatrice)的恋,又为流放之身的但丁,则在《神曲》中,梦见地狱界,净罪界和天堂界的幻想。谁能说失恋丧妻的勃朗宁的刚健的乐天诗观,并不是他那苦闷的变形转换呢?若在大陆近代文学中,则如左拉和陀思妥夫斯奇的小说,斯忒林培克和伊孛生的戏曲,不就可以听作被世界苦恼的恶梦所魇的人的呻吟声么?不是梦魇使他叫唤出来的可怕的诅咒声么?

第60段:法兰西的拉玛尔丁(A. M. L. de Lamartine)说明弥耳敦的大著作,以为《失掉的乐园》是清教徒睡在《圣书》(Bible)上面时候所做的梦,这实在不应该单作形容的话看。《失掉的乐园》这篇大叙事诗虽然以《圣书》开头的天地创造的传说为梦的显在内容,但在根柢里,作为潜在内容者,则是苦闷的人弥耳敦的清教思想(Puritanism)。

并不是撒但和神的战争以及伊甸的乐园的叙述之类，动了我们的心；打动我们的是经了这样的外形，传到读者的心胸里来的诗人的痛烈的苦闷。

第61段：在这一点上，无论是《万叶集》，是《古今集》，是芜村，芭蕉的俳句，是西洋的近代文学，在发生的根本上是没有本质底的差异的。只有在古时候的和歌俳句的诗人——戴着樱花，今天又过去了的词臣，那无意识心理的苦闷没有像在现代似的痛烈，因而精神底伤害也就较浅之差罢了。即经生而为人，那就无论在词臣，在北欧的思想家，或者在漫游的俳人，人间苦便都一样地在无意识界里潜伏着，而由此生出文艺的创作来。

第62段：我们的生活力，和侵进体内来的细菌战。这战争成为病而发现的时候，体温就异常之升腾而发热。正像这一样，动弹不止的生命力受了压抑和强制的状态，是苦闷，而于此也生热。热是对于压抑的反应作用；是对于 action 的 reaction。所以生命力愈强，便比照着那强，愈盛，便比照着那盛，这热度也愈高。从古以来，许多人都曾给文艺的根本加上各种的名色了。沛得（Walter Pater）称这为"有情热的观照"（impassioned contemplation），梅垒什珂夫斯奇叫他"情想"（passionate thought），也有借了雪莱（P. B. Shelley）《云雀歌》（Skylark）的末节的句子，名之曰"谐和的疯狂"（harmonious madness）的批评家。古代罗马人用以说出这事的是"诗底奋激"（furor poeticus）。只有话是不同的，那含义的内容，总之不外乎是指这热。沙士比亚却更进一步，有如下面那样地作歌。这是当作将创作心理的过程最是诗底地说了出来的句子，向来脍炙人口的：

第63段：诗人的眼，在微妙的发狂的回旋，
　　　　瞥闪着，从天到地，从地到天；
　　　　而且提出未知的事物的形象来，作为想象的物体，
　　　　诗人的笔即赋与这些以定形，
　　　　并且对于空中的乌有，
　　　　则给以居处与名。
　　　　　　　　——《夏夜的梦》，第五场，第一段。

第64段：在这节的第一行的 fine frenzy，就是指我所说的那样意思的"热"。

第65段：然而热这东西，是藏在无意识心理的底里的潜热。这要成为艺术晶，还得受了象征化，取或一种具象底的表现。上面的沙士比亚的诗的第三行以下：即可以当作指这象征化具象化看的。详细地说，就是这经了目能见耳能闻的感觉的事象即自然人生的现象，而放射到客观界去。对于常人的眼睛所没有看见的人生的或一状态"提出

未知的事物的形象来,作为想象的物体";抓住了空漠不可捉摸的自然人生的真实,给与"居处与名"的是创作家。于是便成就了有极强的确凿的实在性的梦。现在的 poet 这字,语源是从希腊语的 poiein = to make 来的。所谓"造"即创作者,也就不外乎沙士比亚之所谓"提出未知的事物的形象来,作为想象的物体,即赋与以定形"的事。

第66段:最初,是这经了具象化的心象(image),存在作家的胸中。正如怀孕一样,最初,是胎儿似的心象;不过为 conceived image。是西洋美学家之所谓"不成形的胎生物"(alortiveconception)。既已孕了的东西,就不能不产出于外。于是作家遂被自己表现(self—expression or self—externalization)这一个不得已的内底要求所逼迫,生出一切母亲都曾经验过一般的"生育的苦痛"来。作家的生育的苦痛,就是为了怎样将存在自己胸里的东西,炼成自然人生的感觉底事象,而放射到外界去;或者怎样造成理趣情景兼备的一个新的完全的统一的小天地,人物事象,而表现出去的苦痛。这又如母亲们所做的一样,是作家分给自己的血,割了灵和肉,作为一个新的创造物而产生。

第67段:又如经了"生育的苦痛"之后,产毕的母亲就有欢喜一样,在成全了自己生命的自由表现的创作家,也有离了压抑作用而得到创造底胜利的欢喜。从什么稿费名声那些实际底外底的满足所得的不过是快感(pleasure),但别有在更大更高的地位的欢喜(joy),是一定和创造创作在一处的。

比如,在单行本《苦闷的象征》的第 30 段中,厨川白村在谈到"潜意识"时补充了这样一段:

永格教授的所谓"集合底无意识"(the collective unconscious)以及荷耳教授的称为"民族心"(folksoul)者,皆即此。①

在 1924 年 1 月发表的《文学的起源》②一文中,厨川白村又在以下的表述中提到了荣格的"诗是个人的梦,神话是民族的梦。"

比这原始状态更进一步去,则加上智力的作用,起了好奇心,也发生模仿欲。而且先前的畏敬和恐怖,一转而为无限的信仰,也成为信赖。无论看见火,看见生殖器,看见猴子臀部的通红的地方,都想考究那些的由来,加上理由去,而终于向之赞颂,渴仰,崇拜。寻起根本来,也就是生命的自由的飞跃因为受了阻止和压抑而生苦闷,即精神底伤害,这无非就从那伤害发生出来的象征的梦。

---

① 厨川白村著、鲁迅译:《苦闷的象征》,第 17 页,百花出版社,2000 年 1 月。
② 载《改造》1924 年 1 月号。

是不得满足的欲求,不能照样地移到实行的世界去的生的要求,变了形态而被表现的东西。诗是个人的梦,神话是民族的梦。①

这说明厨川白村在借用弗洛伊德学说的同时,也在关注荣格的观点。甚至可以说,就厨川白村业已形成的文艺观而言,也许他更倾向于荣格的观点。因为弗洛伊德和荣格在他们的文艺理论体系中,尽管都把"无意识"作为艺术的最根本的源泉。但弗洛伊德把"无意识"理解得太窄,认为文艺得一切均来自于"力比多"。而荣格则认为"无意识"有两个层次,一个是"个人无意识",另一个就是"集体无意识"。荣格在1922年发表的《心理分析与诗的艺术关系》一文中,就是用"集体无意识"的观点分析了文学现象,将文艺的来源解释为"集体无意识",比起弗洛伊德的文艺来源于人的本能与欲望的"无意识"观点,更注意到文艺的社会因素。

再如,厨川白村在单行本《苦闷的象征》第55段中加上了一段对德国表现主义的介绍:

> 如近时在德国所唱道的称为表现主义(Expressionismus)的那主义,要之就在以文艺作品为不仅是从外界受来的印象的再现,乃是将蓄在作家的内心的东西,向外面表现出去。他那反抗从来的客观底态度的印象主义(Impressionismus)而置重于作家主观的表现(Expression)的事,和晚近思想界的确认了生命的创造性的大势,该可以看作一致的罢。艺术到底是表现,是创造,不是自然的再

---

① 厨川白村著、鲁迅译:《苦闷的象征》,第81页,百花出版社,2000年1月。

现，也不是模写。①

据研究,德国的表现主义是 1922 年左右在日本形成规模介绍的。从时间上推断,这段文字应该是 1922 年以后补写的。其实在杂志版《苦闷的象征》第 38 段中厨川白村就已经提到过克罗齐的"表现主义"。这说明无论德国的表现主义,还是克罗齐的"表现主义",在厨川白村看来都是与"晚近思想界的确认了生命的创造性的大势"一致的,都是"将蓄在作家的内心的东西,向外面表现出去"的。所以只要为厨川白村所认识和认同,就会拿来为自己的立论服务的。

由此我们可以知道,杂志版《苦闷的象征》自 1921 年 1 月发表后,作为《文艺序论》的主题内容,厨川白村一直在不断地修改和补充。另外,据厨川白村夫人介绍,厨川白村为了撰写《文艺序论》,阅读过大量哲学和生理学方面的著作。②其中无疑包括了弗洛伊德的精神分析学说。所以,自杂志版《苦闷的象征》后,厨川白村对于文艺研究的兴趣似乎完全转向了弗洛伊德的精神分析学说。他在《苦闷的象征》中对"生命力"的表述另辟蹊径,别开生面,将"生命力"在文艺中的应用和阐释推向了一个全新的阶段。自 1921 年 1 月杂志版《苦闷的象征》发表后,厨川白村以此为基础又发表过不少与弗洛伊德学说有关的文章,也做过许多主旨类似的演讲,其中有一讲题目为《文艺的起源》。③ 这是厨川白村 1923 年 9 月地震遇难前做的一次演讲,尽管主旨是谈文艺的起源。不过,只

---

① 厨川白村著、鲁迅译:《苦闷的象征》,第 28 页,百花出版社,2000 年 1 月。
② 厨川蝶子:《伤心的回忆》,载《女性》第 4 卷第 5 号,(大阪)PLANT 社,1923 年 11 月。
③ 载《现代文化与教育》,(东京)民文社,1924 年 3 月。

要将其与单行本《苦闷的象征》作一比较对照,内容上的相似便可一目了然:

单行本《苦闷的象征》	演讲《文艺的起源》
第一 创作论	
一 两种力	一 生命力(内容涉及两种力)
二 创造生活的欲求	
三 强制压抑之力	
四 精神分析学	二 无意识心理(主要强调"压抑说"以及文艺鉴赏的四阶段)
五 文艺鉴赏的四阶段	
六 苦闷的象征	三 "心痍"的表现(强调"表现主义")
第二 鉴赏论	
一 生命的共感	
二 自己发见的欢喜	
三 悲剧的净化作用	
四 有限中的无限	
五 文艺鉴赏的四阶段	
六 共鸣底创作	
第三 关于文艺的根本问题的考察	
一 为豫言者的诗人	六 创作与言者(涉及理想主义与现实主义以及弗洛伊德有关"梦"的学说)
二 理想主义与现实主义	
三 短篇《项链》	
四 白日的梦	
五 文艺与道德	七 文艺与道德(内容涉及"酒与女人与歌")
六 酒与女人与歌	
第四 文艺的起源	
一 祈祷与劳动	八 原始人类的宗教与文艺
二 原人的梦	九 歌曲、音乐、演剧、文学

只是《文艺的起源》在语言表达上更为通俗和口语化。所以,可以称其是厨川白村生前面向大众所做的一次有关《苦闷的象征》的普及性演讲。

三、松原宽的质疑

1921年1月,厨川白村在《改造》杂志上发表了长篇论文《苦闷的象征》。二个月后,京都帝国大学哲学系毕业生松原宽在《现代人的艺术》①一书中披露了这样一个事实:松原宽曾于1919年11月在大阪中央公会堂做过一次题为《苦闷之象征》的演讲,当时厨川白村作为演讲者之一也出席了演讲会。3年后,松原宽在《艺术之门》②中又提及此事。据松原宽说:"厨川白村氏的《苦闷象征》是氏的文学论,也是氏的艺术论。氏本来想做一部文学概论的,《苦闷象征》就是他这文学概论的骨子,不过氏之所论,未在改造杂志发表以前,我早有艺术的本质是苦闷象征这样一种的主张了。"③对于披露此事,松原宽解释道:他并非想与厨川白村争夺"苦闷象征"的话语权,而是想表明自己的主张绝对没有受到过厨川白村的影响。为了证明自己的清白,松原宽在书中竭力澄清了他与厨川白村在"苦闷象征"这一主张上的异同。

松原宽与厨川白村在"苦闷象征"这一主张上究竟有何异同,我们不妨摘其要点,转述如下。

相同之处:

---

① 民文社版,1921年3月。
② (大阪)屋号书店,1924年6月。
③ 景尼译述:《松原宽评厨川氏〈苦闷象征〉之难点》,载1925年2月4日、2月6日、2月10日《晨报副刊》。

松原宽承认"氏(指厨川白村——引者注)也和我一样,想从勃林替爱尔(即伯吕纳吉埃尔——引者注)所谓'没有葛藤的地方也没有Drama'的见解出发,去说明二力之争斗的。"①

这是松原宽与厨川白村在"苦闷象征"这一主张上惟一的相同之处。这说明无论是松原宽,还是厨川白村,都是以伯吕纳吉埃尔所谓'没有纠葛就没有戏剧'的见解出发,去说明两种力的冲突的。松原宽认为厨川白村对两种力的解释"则氏断定我们'人类的生活现象都是生命力的表现'"固然不错。对厨川白村"绝对无条件的纯粹创造世界是文艺的创作"和"以美的快感或趣味等消极而又软弱的话来解释文艺,这已经是过去的话了"的主张表示"相当的敬佩",并认为"亦不可谓非独到之见。"②

质疑之处:

1. 松原宽认为厨川白村对生命力的解释固然不错,但人类的生活并非像厨川白村说的那样单纯。"因为世上决不让我们十分自由去伸张生命力,另外还有种强制和压抑的力在呢""近代的社会,法律、制度、军备、警察等压制机关,哪一种不是很完备的,又从何处去说个性的尊严呢。创造创作,根本就被否认了,人类都早成了资本主义的一种生产工具了。无论怎样尊贵的个性,纵有很深湛的生力的天才,在这种强制抑压机关之前,只好乖首听命。个性既夺掉了,何处还有创造?没有创造,又那儿来的进化?反正是处在妥协和降伏的生活底下,还说得上生命的光荣吗?所以在这个时候,除非他是没有个性的人,或者没有自觉的人,否则,未有不叹息痛悼人生

---

① 景尼译述:《松原宽评厨川氏〈苦闷象征〉之难点》,载1925年2月4日《晨报副刊》。
② 同上。

之不如意的。这就是人间的烦闷,这就是世界的苦恼,此种实情,固不必等厨川氏来说,稍微看到世上一点真相的人,总不应该不感觉到呀。"①这是松原宽从社会学和社会现实的角度,对厨川白村提出的最为严厉的质疑。

2. 对外来压迫的苦闷与绝对自由的创造之间的关系,松原宽认为厨川白村的解释在逻辑上是自相矛盾的。因为厨川白村一面说"各个人能够自由发展他的个性去做他的创造生活,这件事除非过去的世界如此,否则,不过是一部分社会主义者的Utopia的梦罢了。"一面又说"文艺是向着真善美的一条往上走的路,是生命的进行曲,也是进军的喇叭。"②松原宽质疑道:厨川白村既然否定了个性创造的可能性,那在否定个性创造的现代,又何以能吹响这种生命的进行曲呢?

3. 松原宽认为厨川白村用"个人有他个性表现的创造欲,因为外部的压迫把这种生命力夺去了,所以生出了苦闷"③的说法来说明艺术是苦闷的象征,"从表面上看来,他这种命题似乎没有什么矛盾,然而细细把他的话吟味起来,就可觉到这种命题之间,没有唇络,没有统一,很有点支离破碎的样子。"松原宽反对厨川白村把一切文艺及艺术概括为"苦闷的象征",认为在原理上"有点不妥""显有破绽之处"。④

4. 松原宽认为厨川白村"把 Freud 一派的'梦说'拿来和他的艺术说结合,也是很显著的一个谬点,其结果不独将苦闷

---

① 景尼译述:《松原宽评厨川氏〈苦闷象征〉之难点》,载 1925 年 2 月 4 日《晨报副刊》。
② 景尼译述:《松原宽评厨川氏〈苦闷象征〉之难点》,载 1925 年 2 月 6 日《晨报副刊》。
③ 同上。
④ 同上。

象征的必然性失去,而且使'苦闷'两个字的解释都变浅薄了。"①如果"把'梦说'来作艺术的类推解释,这样看来,艺术完全是一种扫除郁愤的东西,然则没有什么压抑作用的地方,究竟还有艺术的天地没有呢?倘说没有,那末,艺术不过是一种外部压抑的化成物就是了。所谓象真是这样善变的一种魔术吗?这种见解的浅薄和不彻底,真不免要令人失惊。"②

以上的质疑用松原宽自己的话来说,属于"客观批评"。除了这样的"客观批评"外,松原宽还对厨川白村的《苦闷的象征》提出了自己的"主观批评"。松原宽认为厨川白村对于"苦闷"二字的解释"殊有未当"。依他的看法,外界的压迫和抑制"实在算不了什么大问题"。"现代人的苦闷不在外部而在内部,不是外来的敌而是心底的敌。"就像王阳明所说的"讨山中贼易,消灭心中贼难"。③松原宽不赞成厨川白村主张的苦闷来自外界的说法,认为这是厨川白村理论中最大的缺点。所以,松原宽不得不大声疾呼:"'艺术是苦闷的象征!'但是读者如以为苦闷的象征,就是艺术的象征,那又未免把断语下得太速了。""读者不信,请看一看哥德(即歌德——引者注)、托尔斯泰、朵思妥也夫斯奇(即陀思妥耶夫斯基——引者注)等的著作,就可知道我的话不是一无所据了。"④

松原宽用"质疑"的形式表明了自己与厨川白村在"苦闷的象征"这一主张上的异同。松原宽与厨川白村对"生命力"

---

① 景尼译述:《松原宽评厨川氏〈苦闷象征〉之难点》,载1925年2月6日《晨报副刊》。

② 同上。

③ 景尼译述:《松原宽评厨川氏〈苦闷象征〉之难点》,载1925年2月10日《晨报副刊》。

④ 同上。

和"苦闷"的不同解释,正好说明他们都是在大正"生命主义"盛行的大背景下对文艺的发生所做出的具有个人特色的探索和阐述。1925年9月,伊藤钦二撰文指出:厨川博士的论文《苦闷的象征》是基于弗洛伊德学说而作的全新的文艺批评。① 厨川白村在《苦闷的象征》中对弗洛伊德学说的"借用",是日本文艺理论界和批评界的首次尝试。其本身所具有的前卫性和探索性无疑会引起时人的关注,松原宽的"质疑"应该说是在预料之中的。其实,就连厨川白村的亲炙弟子矢野峰人在1924年4月7日发表的《"苦闷的象征"读后感》②中,对厨川白村把一切文学艺术概括为《苦闷的象征》的主张和弗洛伊德学说的正确与否,也都未予明确的表态。

第二节 "生命哲学"的艺术诠释

从19世纪末开始西方出现了一种非理性主义思潮,尼采、叔本华、柏格森等取代了康德、黑格尔成为哲坛霸主。这种思潮波及到政治学上,孕育出英国的保守派政治学及法国的行为主义;浸透至心理学上,则枝蔓出边沁的享乐主义(hedonism),麦独孤的动原主义(homic theory)和弗洛伊德的隐意识心理学③。与西方的哲学和文艺思潮同步,日本现代主义的文学家和理论家们也选择了现代非理性哲学。明治末年,日本评论界即开始出现译介西方生命哲学的文章,至大正初

① 伊藤钦二:《精神分析学的学术瞥见观》,载《文艺时代》第二卷第九号,1925年9月。
② 载1924年4月7日《读卖新闻》。
③ 阎国忠:《朱光潜美学思想及其理论体系》,第19页,安徽教育出版社,1994年12月。

期形成高潮。从明治末年到大正初期,风靡文坛学界的是梅特林克和柏格森的思想。对此笔者做过粗略的统计:从大正元年(1912)至大正四年(1915),有关西方生命哲学的评论文章达30篇之多。① 这些文章大多突出强调了对于物质而言的精神生活和对于知识而言的情意主张。认为"第一义的艺术无一不是用来直接表现生命的,艺术家的职责就是尽自己的所能用象征来表现这种生命力,不能成为生命象征的艺术就是不彻底的艺术。"②

1913年2月1日,《早稻田文学》在"汇报"栏里发表了一篇不足4页稿纸的短文《明治45年及大正元年文艺史料》。

---

① 具体篇名为:小泉铁:《什么是活着》,载《白桦》1912年1月号;姊崎正治:《美的生活与意的生活》,载《帝国文学》1912年2月号;广津柳浪:《文艺的极地——自我》载《文章世界》1912年2月号;相马御风:《体验"生"的心》,载《早稻田文学》1912年2月号;金子筑水:《生活的艺术化、新的经验》,载《太阳》1912年3月号;片上伸:《生的要求与艺术》,载《太阳》1912年3月号;小泉铁:《自我批评与生活和艺术》,载《文章世界》1912年7月号;内藤濯《生命中心的思想》,载《帝国文学》1912年7月号;广瀬哲士:《生的进化》,载《三田文学》1912年9月号;金子筑水:《艺术社会的进步》,载《太阳》1913年2月号;相马御风:《现代艺术的中心生命》,载《早稻田文学》1913年3月号;长与善郎:《两种力》,载《白桦》1913年4月号;片上伸:《生之力》,载《早稻田文学》1913年4月号;金子筑水:《生命力》,载《太阳》1913年6月号;相马御风:《自我的权威》,载《早稻田文学》1913年6月号;稻毛诅风:《贯彻自我》,载《早稻田文学》1913年6月号;衣部嘉香:《生死一线》,载《早稻田文学》1913年6月号;本间久雄:《读〈生的要求与艺术〉》,载《文章世界》1913年7月号;相马御风:《生命力的灵感》,载《早稻田文学》1913年8月号;金子筑水:《生命力的交感》,载《太阳》1913年9月号;柳宗悦:《生命的问题》,载《白桦》1913年9月号;稻毛诅风:《生的充实感与现代道德》,载《早稻田文学》1913年9月号;内藤濯:《寻觅生命的心》,载《帝国文学》1913年11月号;相马御风:《生的进行曲》,载《文章世界》1913年11月号;山田槟榔:《自我的凝视与跳跃》,载《帝国文学》1913年12月号;吉江孤雁:《生命力》,载《早稻田文学》1914年4月号;稻毛诅风:《生的激越和深潭》,载《早稻田文学》1914年4月;相马御风:《日本人的肉之力》,载《文章世界》1914年7月号;稻毛诅风:《作为生命力的爱》,载《早稻田文学》1915年1月号;稻毛诅风:《批评的精神与创造里》,载《早稻田文学》1915年2月号;阿部次郎:《三太郎的日记》,载《新潮》1915年5月号;左野袈裟美:《内部生命的觉醒与艺术》,载《早稻田文学》1915年5月号;等。

② 田中保隆:《生命哲学的引进》,载《近代评论集Ⅱ》(日本近代文学大系58),第11页,角川书店,1972年1月(笔者译)。

这是一份了解明治末年至大正初期文坛状况的绝好资料。这篇未署名的文章认为"时至今日,带着自然主义倾向、持有客观观照态度的作家的多数作品,已渐次停滞在对人生平板单调的描写上。""我国现在的客观派作家的作品中见不到生活内容的发展,尽管如实描写生活的才能有所提高,但作品中对生活本身和内容发展的描写却停滞不前。"①文章敏锐地注意到自然主义文学对"生活内容"和"生活本身"的描写正在日益空洞化的事实。指出曾一度成为文坛宠儿的唯美主义也是在这样一种文坛现状中失去其先锋意义的。因为其时的自然主义和唯美主义都已经"无法感知由生命根基而来的力量",无法去描写真正的"生活内容"和"生活本身"。② 文坛在期盼着新文学的出现。正是在这样的背景下,"生存""个性"和"生命"构成了大正文学内涵的三大要素。

厨川白村的文艺思想,从根本上来讲,是与大正时期出现的新思潮相一致的。1914 年 4 月,在《文艺思潮论》中,他就曾经说过:"今日的一切思想,一切艺术,几莫不带着鲜明的个人的色彩,排斥一切的权威,破坏一切的传说,以清新强烈的自我为基础而努力创造新生活。"③文艺就是要"直入于流动活跃而且还不绝的生命之核心,恰如大鹫捕海鱼般,执着热烈的态度,与现实的中心生命相争战"。④ 在以后的文章中,他又多次言明自己反对唯美主义文艺观的态度,认为唯美主

---

① 中岛国彦:《大正文学起步期的时代精神》,收入《编年体大正文学全集》第一卷,第 614-619 页,YUMANI 书房,2000 年 5 月(笔者译)。
② 同上。
③ 厨川白村著、樊从予译:《文艺思潮论》,第 106 页,(上海)商务印书馆,1924 年 12 月。
④ 厨川白村著、樊从予译:《文艺思潮论》,第 127 页,(上海)商务印书馆,1924 年 12 月。

义已是遭人排斥和过时的旧主张,新文学是以生命力为根本的,表明了他与时代同步的"现代主义"的思想特征。

《苦闷的象征》是厨川白村第三部纯文学的论著,与《近代文学十讲》和《文艺思潮论》所不同的是,由原来"作为介绍写给他人看的"的"述而不作"变成了"不得不尔"的"自我表现"。厨川白村要"表现"的是自从文以来一直在考虑的"两种力的冲突"在现代文艺学领域的具体体现。在《苦闷的象征》中,"作者据伯格森(即柏格森——引者注)一流的哲学,以进行不息的生命力为人类生活的根本,又从费罗特(即弗洛伊德——引者注)一流的科学,导出生命力的根柢来,即用以解释文艺,——尤其是文学。然与旧小说又有不同,伯格森(即柏格森——引者注)以未来为不可测,作者则以诗人为先知,费罗特(即弗洛伊德——引者注)归生命的根柢于性欲,作者则云即其力的突进和跳跃。"①其"第一分《创作论》是本据,第二分《鉴赏论》其实即是论批评,和后两分都不过从《创作论》引申出来的必然的系论。至于主旨,也极分明,用作者自己的话来说,就是'生命力受了压抑而生的苦闷懊恼乃是文艺的根柢,而其表现法乃是广义的象征主义'。"②也就是说《苦闷的象征》最主要的部分是"创作论"。在"创作论"中,就厨川白村的叙述层次来说,又可分为三个部分,即:一、用生命哲学阐释"两种力"与文艺的关系;二、借用弗洛伊德的精神分析学说说明产生苦闷的原因;三、如何在文艺中表现因"两种力的冲突"而产生的苦闷。笔者认为这三个方面的思

---

① 鲁迅:《〈苦闷的象征〉引言》,引自厨川白村著、鲁迅译:《苦闷的象征》,第2页,百花出版社,2000年1月。

② 同上。

考过程其实就是"苦闷的象征"说孕育诞生的过程。

从《文艺思潮论》开始,厨川白村提出了"两种力的冲突"的观点,认为它是造成世界上一切苦闷烦恼的根源。要摆脱这种苦闷烦恼,惟一的办法就是灵肉的调和与一致。他用这种观点解释西方文艺思潮,理解文艺作品,看待现实生活中的一切弊端。到了《苦闷的象征》他又从文艺发生学的角度出发阐述了"两种力的冲突"。《苦闷的象征》开篇伊始,厨川白村就从文艺发生学的角度对"两种力的冲突"作了如下的解释:

> 有如铁和石相击的地方就迸出火花,奔流给磐石挡住了的地方那飞沫就现出虹采一样,两种的力一冲突,于是美丽的绚烂的人生的万花镜,生活的种种相就展开来了。"No struggle, no drama"者,固然是勃廉谛尔(F. Brunetière)为解释戏曲而说的话,然而这其实也不但是戏曲。倘没有两种力相触相击的纠葛,则我们的生活,我们的存在,在根本上就失掉意义了。正因为有生的苦闷,也因为有战的苦痛,所以人生才有生的功效。凡是服从于权威,束缚于因袭,羊一样听话的醉生梦死之徒,以及忙杀在利害的打算上,专受物欲的指使,而忘却了自己之为人的全底存在的那些庸流所不会觉得,不会尝到的心境——人生的深的兴趣,要而言之,无非是因为强大的两种力的冲突而生的苦闷懊恼的所产罢了。①

用厨川白村自己的话来说,他是想用"两种力的冲突"的

---

① 厨川白村著、鲁迅译:《苦闷的象征》,第3页,百花出版社,2000年1月。

观点从文学本体论的角度对文艺的本质作一次"现代"的解释。他从两种力的冲突中发现了生命,也发现了文艺。对生命意识和生命现象的探索成为构筑厨川白村"苦闷的象征"说的重要契机。这个命题在厨川白村那里被用来验证文学发展的主流和历程。厨川之所以会用"苦闷的象征"说来解释文艺,并将其作为《文艺序论》的主要内容,是与他长期以来对文学本质的思考分不开的。当然这种思考又是在外来文化资源的启发下逐步形成和完善的。由此可以看出厨川白村的生命观是以"生命力"为人生之根本的,它是借鉴和吸纳了诸多的西方现代文化思潮融汇而成的。在《苦闷的象征》中,厨川白村自己也说明了这一点:将生命力"看为人间生活的根本者,是许多近代的思想家所一致的"。像这样的"近代的思想家",厨川白村举出了:

> 那以为变化流动即是现实,而说"创造的进化"的伯格森(H. Bergson,即柏格森——引者注)的哲学不待言,就在勖本华尔(A. Schopenhauer,即叔本华——引者注)的意志说里,尼采(F. Nietzsche)的本能论超人说里,表现在培那特萧(Bernard Shaw,即萧伯纳——引者注)的戏曲《人与超人》(Man and Superman)里的"生力"里,嘉本特(E. Carpenter,卡彭特——引者注)的承认了人间生命的永远不灭的创造性的"宇宙底自我"说里,在近来,则如罗素(B. Russell)在《社会改造的根本义》(Principles of Social Reconstruction)上所说的冲动说里,岂不是统可以窥见"生命的力"的意义么?①

---

① 厨川白村著、鲁迅译:《苦闷的象征》,第4页,百花出版社,2000年1月。

厨川白村的《苦闷的象征》是在西方生命哲学的影响下产生的,它蕴含着强烈的西方现代意识。在厨川白村看来,现代人的"生命力"就像火车机车锅炉里的蒸汽一样,具有"猛烈的爆发性、危险性、破坏性、突进性"。① 也有着"要自由和解放的不断的倾向"。②"这生命的力含在或一个人中,经了其'人'而显现的时候,这就成为个性而活跃了。在里面烧着的生命的力成为个性而发挥出来的时候,就是人们为内底要求所催促,想要表现自己的个性的时候,其间就有着真的创造创作的生活。所以也就可以说,自己生命的表现,也就是个性的表现,个性的表现,便是创造的生活了罢。"③厨川白村的现代意识促使他格外地尊崇人的个性,所以,厨川白村又将"生命力"视为"个性"。他说:"在这样意义上的生命力的发动,即个性表现的内底欲求,在我们的灵和肉的两方面,就显现为各种各样的生活现象。"④这种生命力显现的一个主要特征就是:超绝了利害的念头,离了善恶邪正的估价,脱却道德的批评和因袭的束缚而带着一意只要飞跃和突进。⑤ 厨川白村把自己文学创作论的建构置于对人的生命力的飞跃和突进的解释上,这正是他现代意识的一个突出体现。

厨川白村认为,在人的生命力的飞跃和突进中,由于"精神和物质,灵和肉,理想和现实之间,有着不绝的不调和,不断的冲突和纠葛。所以生命力愈旺盛,这冲突这纠葛就该愈激

---

① 厨川白村著、鲁迅译:《苦闷的象征》,第4页,百花出版社,2000年1月。
② 厨川白村著、鲁迅译:《苦闷的象征》,第5页,百花出版社,2000年1月。
③ 同上。
④ 同上。
⑤ 厨川白村著、鲁迅译:《苦闷的象征》,第6页,百花出版社,2000年1月。

烈。"①据厨川白村说，人世间的一切"苦闷"是由"两种力的冲突"，即正反两种力的冲突和纠葛造成的。这两种力指的是"在内有想要动弹的个性表现的欲望"和"在外有社会生活的束缚和强制不绝的压迫"。②这种"苦闷"既来自人的精神生活，也来自人的社会生活。而摆脱这种"苦闷"惟一的办法就是"文艺创作"。在厨川白村看来，"在人类的种种生活活动之中，这里却独有一个绝对无条件地专营纯一不杂的创造生活的世界。这就是文艺的创作。"③因为"文艺是纯然的生命的表现；是能够全然离了外界的压抑和强制，站在绝对自由的心境上，表现出个性来的唯一的世界。忘却名利，除去奴隶根性，从一切羁绊束缚解放下来，这才能成文艺上的创作。必须进到那与留心着报章上的批评，算计着稿费之类的全然两样的心境，这才能成真的文艺作品，因为能做到仅被在自己的心里烧着的感激和情热所动，像天地创造的曙神所做的一样程度的自己表现的世界，是只有文艺而已。"④

在《苦闷的象征》中，厨川白村把"生命"作为美学研究的物质基础，从理性思维和感性经验的角度思考了审美启蒙与现实生活之间的关系。虽然，厨川白村非常注重下意识心理的描写，关注和看重的是病态的人生，但在这些的背后却始终有一个理想的参照物，即"理想的人性"。与他前期在《文艺思潮论》中提出的救治主张是一致的。比起《文艺思潮论》中对"两种力的冲突"的说法，《苦闷的象征》显得更加全面和成熟。在《文艺思潮论》中，对于"生命力"这一在哲学领域显得

---

① 厨川白村著、鲁迅译：《苦闷的象征》，第9页，百花出版社，2000年1月。
② 厨川白村著、鲁迅译：《苦闷的象征》，第6页，百花出版社，2000年1月。
③ 厨川白村著、鲁迅译：《苦闷的象征》，第11页，百花出版社，2000年1月。
④ 同上。

非常"玄虚"的概念,厨川白村只是用诗一般的语言向读者介绍了其真正的内涵。在《苦闷的象征》中,厨川白村认为现实生活中,"两种力的冲突"是无处不在,无时不有的,而且给人带来极大的"精神伤害"。为了摆脱这种"精神伤害",或者说为了疗治这种"精神伤害",厨川白村发现了文艺。这与他在《文艺思潮论》论述的两个核心问题:即"两种力的冲突是造成一切苦闷烦恼的根源"和"如何摆脱苦闷烦恼,以求得灵肉的调和与一致"——在叙述逻辑上是一致的。在《苦闷的象征》中,"两种力的冲突"又成为"苦闷的象征"说的叙述逻辑起点。从这一观点出发,厨川白村特别强调作家要穿掘人物内心,表现出心底深处隐藏的矛盾冲突。当然,"这儿所谓生命力的力固然有些近乎玄妙而不可揣想,但大致上这段见解颇暗示了我们真的文艺伟大的文艺的如何产生。"①"苦闷的象征说对文艺本质的阐释尽管存在许多片面性,但它毕竟从一个侧面接近了真理,即它深刻地揭示了伟大文艺所由产生的精神主体因素,揭示了艺术家个体人格的完善与艺术家的历史责任感和社会道义感的关系。"②

第三节 弗洛伊德学说的"借用"

在《苦闷的象征》中,为了解释"人间苦与文艺",即"从压抑而来的苦闷和懊恼"与"绝对创造的文艺"之间的关系,厨川白村援引了弗洛伊德的学说。在厨川白村看来,弗洛伊德

---

① 去病:《没有苦闷没有文艺》,载《清华周刊》第43卷第12期(1935年7月31日)。
② 谭桂林:《田汉早期文艺思想初探》,载《山东师大学报》(社会科学版)1987年第1期。

的精神分析学是当时思想界"得了很大的势力的一个心理学说",因为这种学说"在觉察了单靠试验管和显微镜的研究并不一定是达到真理的唯一的路,从实验科学万能的梦中,将要醒来的近来学界上,那些带着神秘底,思索底(speculative),以及罗曼底(romantic)的色彩的种种的学说,就很得了势力了。即如我在这里将要引用的精神分析学(Psychoanalysis),以科学家的所说而论,也是非常异样的东西。"① 厨川白村认为,自己平时所考虑的所谓生命力的突进和跳跃,其实就是不断地产生"苦闷"和体验"苦闷",而这种"苦闷"有时又是隐藏在潜意识的心理之中的。② 由于弗洛伊德的精神分析学正契合他的文艺观,所以,厨川白村用一种非常欣赏的态度介绍了弗洛伊德:

> 奥地利的维也纳大学的精神病学教授弗罗特(S. Freud,即弗洛伊德——引者注),和一个医生叫作勃洛耶尔(J. Breuer,即布罗伊尔——引者注)的,在一千八百九十五年发表了一本《歇斯迭里的研究》(Studien überHysterie),一千九百年又出了有名的《梦的解释》(DieTraumdeutung),从此这精神分析的学说,就日见其多地提起学术界思想界的注意来。甚至于还有人说,这一派的学说在新的心理学上,其地位等于达尔文(Ch. Darwin)的进化论之在生物学。——弗罗特自己夸这学说似乎是歌白尼(N. Copernicus,即哥白尼——引者注)

---

① 厨川白村著、鲁迅译:《苦闷的象征》,第12页,百花出版社,2000年1月。
② 厨川白村:《文艺的起源》,载《现代文化与教育》,(东京)民友社,1924年3月。

地动说以来的大发见,这可是使人有些惶恐。①

厨川白村认为:"这精神分析论着想之极为奇拔的地方,以及有着丰富的暗示的地方,对于变态心理,儿童心理,性欲学等的研究,却实在开拓了一个新境界。尤其是最近几年来,这学说不但在精神病学上,即在教育学和社会问题的研究者,也发生了影响;又因为弗罗特对于机智,梦,传说,文艺创作的心理之类,都加了一种的解释,所以在今日,便是文艺批评家之间,也很有应用这种学说的人们了。而且连 Freudian Romanticism 这样的奇拔的新名词,也听到了。"②对于从文之初就非常注重人的内心世界、具有"内倾"倾向的厨川白村来说,这种学说无疑是具有吸引力的。

一般认为文学是社会现象,同时也是心理现象。也可以说,文学既是社会心理现象,同时也是个人心理现象,而且它们之间是有关联的。不过要清楚地指出它们之间有何关联,界限又在何处,是很难做到的。但是可以肯定的是,这种"关联"和"界限"就存在于带有"集合性"的无意识心理之中。精神分析学就是研究这种带有"集合性"的无意识心理的一门学问。③

1900年弗洛依德发表《梦的解析》一书后,精神分析学说开始受到国际医学界和心理学界的关注。第一次世界大战前后,精神分析学说风行欧美各国,其影响已超出医学界和心理学界,遍及社会科学的各个领域。从西方接受弗洛伊德的历

---

① 厨川白村著、鲁迅译:《苦闷的象征》,第12页,百花出版社,2000年1月。
② 厨川白村著、鲁迅译:《苦闷的象征》,第12—13页,百花出版社,2000年1月。
③ 大槻宪二、宫田成子:《近代日本文学的分析·序》,第1页,霞关书房,1941年11月。

史来看，厨川白村 1914 年留学美国的时候，正是弗洛伊德的著作译成英文在美流行的时候。据日本学者的研究，精神分析学说在 1913 年左右由哲学界和心理学界首先引进日本。1919 年在一些国立大学开设了有关精神分析和精神病学的课程。① 厨川白村在《苦闷的象征》中提到的久保良英博士和榊保三郎教授分别于 1917 年和 1919 年出版了《精神分析法》和《性欲研究与精神分析学》。大正时期对精神分析学抱有浓厚兴趣的作家可举出：谷崎润一郎、佐藤春夫、川端康成、长谷川天溪、野口米次郎等。而在日本最早将弗洛伊德的精神分析学用于文学理论研究的拟应是厨川白村。厨川白村为了撰写《文艺序论》，从 1920 年开始阅读大量有关生理学和哲学方面的西方学术著作，其中也包括了弗洛伊德的精神分析学。厨川白村试图借用弗洛伊德学说的锐气，打破旧理论的桎梏。在写作《苦闷的象征》时，厨川白村主要参考了以下的英文资料：

  Albert Mordell, *The Erotic Motive in Literature*, 1919.
  Alexander Harvey, *William Dean Howells*: *A study of Achievement of a Literary Artist*, 1917.
  I. H. Coriat, *The Hysteria of Lady Macbeth*, 1912.
  Axel Johan Uppvall, *August Strindberg, a Psychoanalytic Study*, 1920.
  Wilfrid Lay, *H. G. Wells and His Mental Hinterland*, 1917.
  Sigmund Freud, *Eine Kindheitserinnerung des Leonardo da Vinci*, 1910.

---

① 参见高桥铁：《日本精神分析学私史》，载《思想的科学》1966 年 3 月号。

Sigmund Freud, *Die Traumbedeutung*, 1900.

Silberer, *Problems of Mysticism and Its Symbolism*, 1917.①

在厨川白村所依据的参考资料中，除了两本弗洛伊德的著作外，其余均为当时国外学界涉及精神分析学的最新研究成果。这样的新理论、新见解对于当时正在撰写《文艺序论》的厨川白村来说，不啻是醍醐灌顶，大有偶遇知音，相识恨晚之感。关于"潜意识"，早在 1912 年，厨川白村在《近代文学十讲》中就有所初步的涉及。以后，厨川白村又写过《病的性欲与文学》，谈到病态的性欲。应该说是厨川白村大学时代阅读的蔼理斯拉近了他与弗洛伊德的距离。从 1921 年 1 月发表《苦闷的象征》以来，厨川白村开始尝试用弗洛伊德学说介入对文学本质的理论研究和批评实践。从总体上讲，自《苦闷的象征》以后，厨川白村发表的不少文章，字里行间都显示出他对弗洛伊德学说的亲近，也留下了弗洛伊德的痕迹。特别是弗洛伊德的精神分析学说成为他反复言说和探究的内容。自 1921 年 1 月厨川白村在《改造》杂志上发表长篇论文《苦闷的象征》，对弗洛伊德学说首次公开给予现代意义上的关注以来，至 1923 年 9 月遇难前，厨川白村共发表文章 20 篇，据笔者的阅读，其中涉及弗洛伊德学说的有 9 篇。这 9 篇文章对于我们了解"苦闷的象征"说无疑是有帮助的，现以简表列出，借以见出弗洛伊德学说对后期厨川白村的影响。

---

① 根据厨川白村：《苦闷的象征》（收入《厨川白村全集》第二卷，改造社，1929 年 5 月）整理得出。

篇 名	发表时间	发表刊物
文学家与预言家	1921年1月	大观
新生活的意义	1921年6月	《妇女问题演讲集》第4辑 民友社
新的性道德	1922年1月	大观
再谈恋爱	1922年4月	妇女公论
文艺的心境	1923年4月	改造
有岛先生的结局	1923年8月	改造
文艺与性欲	1923年12月	《走向十字街头》福永书店
文学的起源	1924年1月	改造
文艺的起源	1924年3月	《现代文化与教育》民友社

要认定弗洛伊德学说对厨川白村的影响,其实并不构成问题。重要的是,弗洛伊德的学说在厨川白村"苦闷的象征"说中究竟处于什么样的地位。

"弗洛伊德派心理学告诉我们,自然冲动是不能勉强压抑下去的,如果把它们勉强压抑下去,会酿成种种心理的变态。被压抑的欲望在绕弯子寻出路时,于是有文艺。"①在《苦闷的象征》中,厨川白村专辟二节,借用精神分析学阐释了自己平时考虑的文艺观——即生命力受了压抑而生的苦闷懊恼乃是文艺的根柢,而其表现法乃是广义的象征主义,也就是"人间苦"与文艺的关系。他运用弗洛伊德的"无意识"理论和"梦"的理论说明了文艺创作的过程。厨川白村认为:"从作家心里的无意识心理的底里涌出来的东西,再凭了想象作用,成为或一个心象,这又经感觉和理知的构成作用,具了象

---

① 朱光潜:《文艺心理学》,第111页,安徽教育出版社,1996年9月。

征的外形而表现出来的,就是文艺作品。"①所以,有学者指出:《苦闷的象征》与其说是对弗洛伊德的介绍,不如说是对弗洛伊德学说的一种"为己所用"的援用。②

其实,在《苦闷的象征》中,厨川白村对弗洛伊德的学说接受和吸纳是有所扬弃的。主要表现在以下几点:

一、以严肃谨慎的态度看待弗洛伊德的学说。厨川白村认为,精神分析学作为新的学说,"也难于无条件地就接受。精神分析学要成为学界的定说,大约总得经过许多的修正,此后还须不少的年月罢。就实际而言,便是从我这样的门外汉的眼睛看来,这学说也还有许多不备和缺陷,有难于立刻首肯的地方。尤其是应用在文艺作品的说明解释的时候,更显出最甚的牵强附会的痕迹来。"③同样的话在《苦闷的象征》以后的文章中又多次出现。这说明厨川白村对待学术研究的态度是极其认真和严肃的。

二、反对弗洛伊德的"泛性论"。厨川白村认为,弗洛伊德将"婴儿的钉着母亲的乳房"和"女孩的缠住异性的父亲"视为性欲的表现,甚至把达·芬奇"他那后年的科学研究热,飞机制造,同性恋,艺术创作等,全部归结到由幼年的性欲的压抑而来的'无意识'的潜势底作用里去了。"是自己无法接受的。他说:"我所最觉得不满意的是他那将一切都归在'性底渴望'里的偏见,部分底地单从一面来看事物的科学家癖。"④所以,厨川白村认为,还是将弗洛伊德的"性底渴望"解

---

① 厨川白村著、鲁迅译:《苦闷的象征》,第54-55页,百花出版社,2000年1月。
② 曾根博义:《弗洛伊德的介绍与影响-新心理主义成立的背景》,载昭和文学研究会编:《昭和文学的诸问题》,第84页,笠间书院,1979年5月。
③ 厨川白村著、鲁迅译:《苦闷的象征》,第54-55页,百花出版社,2000年1月。
④ 厨川白村著、鲁迅译:《苦闷的象征》,第18-19页,百花出版社,2000年1月。

释为"生命力的突进跳跃"是妥当的。厨川白村以后也多次说过,他愿意将弗洛伊德的"性底渴望",也就是隐藏在无意识心理中的"苦闷"即"精神的伤害"解释为"生命力的发动",当这种"生命力的发动"受到束缚时,就会变成梦的状态显现出来。而变成梦的状态显现出来的就是文艺。① 厨川白村所说的"生命力"的含义已接近了荣格的解释:里比多,较粗略地说是生命力,类似于柏格森的活力。② 当然,厨川白村与柏格森之间还是有区别的:伯格森(即柏格森——引者注)以未来不可测,作者(指厨川白村——引者注)以诗人为先知。③

三、对弗洛伊德纯粹从人的生物性和动物本能上解释人的心理现象提出了异议。自古希腊智者苏格拉底的"认识你自己"这句箴言被镌刻在太阳神阿波罗神殿上以来,认识人,认识自我,已成为古往今来不同流派、不同观点的哲学家、文学家从未动摇过的终极追求目标。进入19世纪以后,弗洛伊德从"生物学"的角度研究了人和人性。他把人的本性归于生物性,认为人类一切行为的动因都在于"力比多"。在弗洛伊德眼里,人只是一个"受两种力量——自我保护的驱动力和性的驱动力——驱使的封闭体系",是一个"生理上驱使和推动的机械人"和"性欲人"。④ 与此相对,厨川白村却认为由"两种力的冲突"带来的"苦闷"其实就是"生活苦""社会苦"

---

① 厨川白村:《文艺的起源》,载《现代文化与教育》,(东京)民友社,1924年3月。
② 转引自高觉敷主编:《西方近代心理学史》,第395页,人民教育出版社,1982年3月。
③ 鲁迅:《〈苦闷的象征〉引言》,引自厨川白村著、鲁迅译:《苦闷的象征》,第2页,百花出版社,2000年1月。
④ 参见埃里希·弗洛姆著、许俊达、许俊农译:《精神分析的危机》,第34-35页,国际文化出版公司,1988年12月。

和"劳动苦"。他主张从社会学的角度去解释这一现象:"既然肯定了这生命力,这创造性,则我们即不能不将这力和方向正相反的机械底法则,因袭道德,法律底拘束,社会底生活难,此外各样的力之间所生的冲突,看为人间苦的根柢。"① 厨川白村的"苦闷的象征"说的核心观点,就是揭示"两种力的冲突"所产生的"苦闷"是如何成为文艺的。其本身无疑带有"文艺心理学"的意味。但是在论证的过程中,又明显地表现出向"文艺社会学"辐射的倾向。与他前期提出的"情绪主观"和"时代精神"在思考和叙述逻辑上是一致的。

第四节 "表现主义"与"苦闷的象征"

如上所述,在《苦闷的象征》的"创作论"中,厨川白村重点论述的第三个问题是"如何在文艺中表现因'两种力的冲突'而产生的苦闷"。在《苦闷的象征》②第六节的"苦闷的象征"中,开篇伊始,厨川白村就明确表明他的"苦闷的象征"说与克罗齐的"表现主义"之间有着某种亲缘关系:据和伯格森(即柏格森——引者注)一样,确认了精神生活的创造性的意大利的克洛契(即克罗齐——引者注)的艺术论说,则表现乃是艺术的一切。就是表现云者,并非我们单将从外界来的感觉和印象他动底地收纳,乃是将收纳在内底生活里的那些印象和经验作为材料,来做新的创造创作。在这样的意义上,我就要说,上文所说似的绝对创造的生活即艺术者,就是苦闷的

---

① 厨川白村著、鲁迅译:《苦闷的象征》,第19页,百花出版社,2000年1月。
② 指1921年1月厨川白村生前发表于《改造》杂志的同名论文。

表现。①

　　文学是人类精神的表现,这是任何人都不会提出疑义的,但是,当问到以何为目的来加以表现时,就会产生种种的对立,这种对立,当然有理论依据上的原因,但也牵扯到作家的文学观和对人生形而上的哲理见解。千百年来,围绕着这一问题一直是众说纷纭,莫衷一是。"古希腊早期哲学家赫拉克利特、德谟克利特把文学看作是人对自然的模仿,柏拉图则认为文学是神的诏语,而亚里士多德基本上把文学看作是人生经验知识的表达。……到近代和现代说法就更趋复杂,康德认为文学'基于理性的自由创造',黑格尔则把文学看作'理念的感性显现',浪漫主义强调文学是心灵情感的表现,现实主义认为文学是现实生活本质的典型再现,自然主义把文学看作是科学实验记录,象征主义则把文学看作苦闷心灵的神秘象征,精神分析学认为文学是性欲的升华,分析心理学把文学看作集体无意识的成型。"②厨川白村则提出了"苦闷的象征"说。其实,厨川白村从文之初就已经受到蔼理斯"自我表现说"的影响。不过他最初是从"艺术是个性的表现"与"表现自己不伪不饰的真"的角度去理解和表现蔼理斯的"自我表现说"的。到了《苦闷的象征》,由于受到弗洛伊德的影响,他发现文学有比"个性的表现"和"不伪不饰的真"更值得表现的内容——"生命力"受到压抑时所发生的冲突和苦闷。而真正能够帮助他理解和表现这种冲突和苦闷的就是弗洛伊德学说中有关梦的解说。所以,在解释"苦闷的象征"与克罗

---

　　① 厨川白村著、鲁迅译:《苦闷的象征》,第 21—22 页,百花文艺出版社,2000 年 1 月。
　　② 马兴国:《两种文学与对文学本质的两种看法》,载《海南师范学院学报》(社会科学版)1989 年第 2 期。

齐的"表现主义"的亲缘关系之前,厨川白村首先引用了弗洛伊德的观点:

> 据弗罗特说,则性底渴望在平生觉醒状态时,因为受着那监督的压抑作用,所以并不自由地现到意识的表面。然而这监督的看守松放时,即压抑作用减少时,那就是睡眠的时候。性底渴望便趁着这睡眠的时候,跑到意识的世界来。但还因为要瞒过监督的眼睛,又不得不做出各样的胡乱的改装。梦的真的内容——即常是躲在无意识的底里的欲望,便将就近的顺便的人物事件用作改装的家伙,以不称身的服饰的打扮而出来了。这改装便是梦的显在内容(manifeste Trauminhalt),而潜伏着的无意识心理的那欲望,则是梦的潜在内容(latente Trauminhalt),也即是梦的思想(Traumgedanken)。改装是象征化。①

由此,表现乃艺术的一切——梦的潜在内容——苦闷的象征,从克罗齐经由弗洛伊德再到厨川白村,厨川白村把自己的"苦闷的象征"说与克罗齐的"表现乃艺术的一切"和弗洛伊德的"梦的潜在内容"联系在一起,赋予"表现"以不同寻常的意义,形成了带有厨川白村个人特色的"表现主义"观。厨川白村认为艺术就是"我们伟大的生命力的显现的那精神底欲求时,那便是以绝对的自由而表现出来的梦。"②

梦是如何成为人类苦闷之象征的呢?厨川白村的解释依然来自弗洛伊德:"作为梦的根源的那思想即潜在内容,是很

---

① 厨川白村著、鲁迅译:《苦闷的象征》,第22页,百花文艺出版社,2000年1月。
② 厨川白村著、鲁迅译:《苦闷的象征》,第23页,百花文艺出版社,2000年1月。

复杂而多方面的,……梦的世界又如艺术的境地一样,是尼采之所谓价值颠倒的世界。在那里有着转移作用(Verschiebungsarbeit),……所以梦的思想和外形的关系,用了弗罗特(即弗洛伊德——引者注)自己的话来说,则为'有如将同一的内容,用了两种各别的国语来说出一样。换了话说,就是梦的显在内容者,即不外乎将梦的思想,移到别的表现法去的东西。那记号和联络,则我们可由原文和译文的比较而知道。'这岂非明明是一般文艺的表现法的那象征主义(symbolism)么?"①

厨川白村还进一步应用弗洛伊德对梦的解说,认为个人欲望能够免去社会压抑而自由表现的惟一时候就是梦;而在做梦以外的时间里,个人能够从内在和外在两股力量的冲突和纠葛中解放出来的惟一途径就是艺术。梦是一种改装,藏匿在潜意识的欲望透过各种改装得以浮现到意识层面;同样地,艺术也是一种改装,压抑在内心深处的个人欲望,透过自然和人生种种具象化的改装,便得以往外释放出来。厨川白村称这种改装作用为"象征"。对他而言,"苦闷的象征"就是艺术,就是对受压制的欲望(苦闷)进行改装作用(象征)的创作活动。厨川白村由此认定:"或一抽象底的思想和观念,决不成为艺术。艺术的最大要件,是在具象性。即或一思想内容,经了具象底的人物,事件,风景之类的活的东西而被表现的时候;换了话说,就是和梦的潜在内容改装打扮了而出现时,走着同一的径路的东西,才是艺术。而赋与这具象性者,就称为象征(sym-bol)。所谓象征主义者,决非单是前世纪末法兰西诗坛的一派所曾经标榜的主义,凡有一切文艺,古往

---

① 厨川白村著、鲁迅译:《苦闷的象征》,第23-25页,百花文艺出版社,2000年1月。

今来,是无不在这样的意义上,用着象征主义的表现法的。"①厨川白村是从广义的层面去理解象征主义的。他说:"在艺术作品上","人生的大苦患,大苦恼"就像在梦里经过"打扮改装"后,"身上裹了自然和人生的各种事象而出现"的。而这种"打扮改装"是通过"具象化"即"象征"来完成的。"艺术的最大要件,是在具象性,……而赋予这具象性者,就称为象征。"②厨川白村还特别强调:"所谓象征主义者,决非单是前世纪末法兰西诗坛的一派所曾经标榜的主义,凡有一切文艺,古往今来,是无不在这样的意义上,用着象征主义的表现法的。"③"从这一意义上讲,文艺与梦具有相似的性质。"④

文学研究说到底是人的研究。精神分析学就是通过心理研究人,以达到文学研究的目的。⑤ 在厨川白村看来,对生命苦闷的表现,也就是对人的无意识和心理的表现,"在伏在心的深处的内底生活,即无意识心理的底里,是蓄积着极痛烈而且深刻的许多伤害的。一面经验着这样的苦闷,一面参与着悲惨的战斗,向人生的道路进行的时候,我们就或呻,或叫,或怨嗟,或号泣,而同时也常有自己陶醉在奏凯的欢乐和赞美里的事。这发出来的声音,就是文艺。"⑥"将自己的心底的深处,深深地而且更深深地穿掘下去,到了自己的内容的底的底里,从那里生出艺术来的意思。探检自己愈深,便比照着这深,那作品也愈

---

① 厨川白村著、鲁迅译:《苦闷的象征》,第25页,百花文艺出版社,2000年1月。
② 厨川白村著、鲁迅译:《苦闷的象征》,第25-27页,百花文艺出版社,2000年1月。
③ 厨川白村著、鲁迅译:《苦闷的象征》,第25页,百花文艺出版社,2000年1月。
④ 厨川白村:《文艺的起源》,载《现代文化与教育》,(东京)民友社,1924年3月(笔者译)。
⑤ 大槻宪二、宫田成子著:《近代日本文学的分析·序》,第1页,霞关书房,1941年11月(笔者译)。
⑥ 厨川白村著、鲁迅译:《苦闷的象征》,第20页,百花文艺出版社,2000年1月。

高,愈大,愈强。"①厨川白村对表现人的内在生命苦闷的强调还包含了对自然主义的批判:"以为这不过是外底事象的忠实的描写和再现,那是谬误的皮相之谈。所以极端的写实主义和平面描写论,如作为空理空论则弗论,在实际的文艺作品上,乃是无意义的事。便是左拉那样主张极端的唯物主义的描写论的人,在他的著作《工作》(Travail,即《劳动》——引者注)《蕃茂》(La Fecondite,即《萌芽》——引者注)之类里所显示的理想主义,不就内溃了他自己的议论么?"②

为了证明自己"表现主义"观的正确性,厨川白村引证了1922年在日本开始形成规模介绍的德国的"表现主义":

"如近时在德国所唱道的称为表现主义(Expressionismus)的那主义,要之就在以文艺作品为不仅是从外界受来的印象的再现,乃是将蓄在作家的内心的东西,向外面表现出去。他那反抗从来的客观底态度的印象主义(Impressionismus)而置重于作家主观的表现(Expression)的事,和晚近思想界的确认了生命的创造性的大势,该可以看作一致的罢。艺术到底是表现,是创造,不是自然的再现,也不是模写。"③

如前所述,这段文字,在1921年1月发表的论文版《苦闷的象征》中尚未出现。从时间上推断,应该是1922年以后补写的。这说明德国的表现主义与克罗齐的"表现主义",在厨

---

① 厨川白村著、鲁迅译:《苦闷的象征》,第28页,百花文艺出版社,2000年1月。
② 厨川白村著、鲁迅译:《苦闷的象征》,第27-28页,百花文艺出版社,2000年1月。
③ 厨川白村著、鲁迅译:《苦闷的象征》,第28页,百花文艺出版社,2000年1月。

川白村看来,都是与"晚近思想界的确认了生命的创造性的大势"一致的,都是"将蓄在作家的内心的东西,向外面表现出去"的。所以在以后对《苦闷的象征》的修改中加进了这段话。其实,在《苦闷的象征》中厨川白村对德国的"表现主义"没有作过多的论述。他只是以世界文学的趋势来证明自己的"表现主义"观的合理性和前卫性。

厨川白村反复强调文艺是表现,是创造,不是自然的再现,也不是模写。在《苦闷的象征》中,厨川白村用了将近11页的篇幅着重谈了自己对作为表现形式和表现美学的"表现主义"的理解。他说"倘不是将伏藏在潜在意识的海的底里的苦闷即精神底伤害,象征化了的东西,即非大艺术。"①他强调作家要用"象征"来"表现"自己的"苦闷"和"精神底伤害"。这无疑使他的"表现主义"观包含了现代主义的因素。厨川白村将这种"表现"称为"精神活动",并认为克罗齐的"表现主义"在这一点上与他是一致的。为此,厨川白村特别强调他的"表现主义"观所表现的"个性"决不是作家的小我,也不是小主观。它必须是"所描写的客观的事象这东西中,就包藏着作家的真生命。到这里,客观主义的极致,即与主观主义一致,理想主义的极致,也与现实主义合一,而真的生命的表现的创作于是成功。"②在厨川白村眼里,文艺是圣洁的,是纯然生命的产物,它只可以用心灵的真诚来表现心灵。

厨川白村认为:"文艺是纯然的生命的表现;是能够全然离了外界的压抑和强制,站在绝对自由的心境上,表现出个性来的唯一的世界。忘却名利,除去奴隶根性,从一切羁绊束缚

---

① 厨川白村著、鲁迅译:《苦闷的象征》,第28页,百花文艺出版社,2000年1月。
② 厨川白村著、鲁迅译:《苦闷的象征》,第29页,百花文艺出版社,2000年1月。

解放下来,这才能成文艺上的创作。必须进到那与留心着报章上的批评,算计着稿费之类的全然两样的心境,这才能成真的文艺作品,因为能做到仅被在自己的心里烧着的感激和情热所动,像天地创造的曙神所做的一样程度的自己表现的世界,是只有文艺而已。"① 其实,从柏格森的"生命哲学"、弗洛伊德的"精神分析学",到厨川白村的"苦闷的象征",都是建立在直觉主义和非理性主义的基础之上的。强调文艺是主观的、本能的产物,必然导致文艺超功利倾向。为了表明自己观点的合法性和正确性,厨川白村有意识地中和和调整了"为人生的艺术"与"为艺术的艺术"之间的关系,他说:"严厉地区别着什么主观,客观,理想,现实之间,就是还没有达于透彻到和神的创造一样程度的创造的缘故。大自然大生命的真髓,我以为用了那样的态度是捉不到的。"② 这种观念上的调整是随着自我表现说的拓宽而产生的。从其论述逻辑来看,前者是后者的一种延续,是认识上的一种连锁反映。也就是说,为了拓宽自我表现说,厨川白村在重新审视他此前一直持有的"为人生的艺术"与"为艺术的艺术"之间的关系。除了《苦闷的象征》外,在以后的许多文章中,厨川白村都表示了类似的看法。在《近代的恋爱观》中,他说:"我写文章时,是我的自我表现。换句话说,我期待着那是我信念的自白,是艺术的表现。我确信,就'表现的真'来说,'白发三千丈'要远远超过'白发二寸九分'或'三寸八分'"。③ 在《评结婚仪式》中谈到过形式与内容的关系,他强调:只有在与内容和精神完

---

① 厨川白村著、鲁迅译:《苦闷的象征》,第11页,百花文艺出版社,2000年1月。
② 厨川白村著、鲁迅译:《苦闷的象征》,第29页,百花文艺出版社,2000年1月。
③ 厨川白村:《再谈恋爱》,收入《厨川白村全集》第五卷,第109-110页,改造社,1929年4月(笔者译)。

全一致的情况下,形式才是重要的。否则,那就是虚伪,是臭鸡蛋。在我们的生活中,在艺术中,外形与内容,必须一致,而且是没有间隙的。两者间有间隙时,那里就会产生虚伪和罪恶。形式遂成为欺人欺己的假面具。① 在厨川白村看来,因为一切文艺都是创造和创作,所以,它们都是自我表现。因为这种要求来自作者的内心,所以表现的无疑是自己。这样的作品没有必要为自己以外的人,或政治运动、社会运动而作。因为创作和自我表现本身就具有其自身的意义。他说:"自古以来,就有人视文章为经国大业,并用它来治国平天下。这种思想并非东方独有,在西方也是常见的。这些都是谬见。说到底,文艺是彻头彻尾为自己而表现自己的,否则,就不能称之为文艺。"②

从前期的"情绪主观"说到后期的"苦闷的象征"说,厨川白村在不断地调整自己的观点。他从弗洛伊德那里获得灵感,找到了理论依据。但又不满足弗洛伊德单视文学为性苦闷表现的观点,又将苦闷与自我表现联系在一起,形成了他文艺思想的一个标志性的概念。就当时文坛的实际状况而言,也许厨川白村并不是第一个提出"苦闷"这一概念的人,但是,他将"苦闷"与文学的发生联系在一起,并援引柏格森、弗洛伊德和克罗齐的理论加以阐释,这在日本现代文坛确属首创,为日本文艺批评和理论建设,提供了独树一帜的个案研究和实证文本。

---

① 厨川白村:《评结婚仪式》,收入《厨川白村全集》第五卷,第203页,改造社,1929年4月(笔者译)。
② 厨川白村:《宣传与创作》,收入《厨川白村全集》第五卷,第245页,改造社,1929年4月(笔者译)。

结束语

一

本书除绪论和结束语外，共分五章。从纵横两个方面对厨川白村文艺思想和批评实践的精要进行了系统的梳理和通释，揭示了厨川白村文艺思想形成、发展、演变和成熟的线形生成过程和内在的"基因"联系。

"绪论"部分首先对中日两国有关厨川白村研究的学术史进行了评述，通过比较和对现状的分析，凸显了"厨川白村文艺思想研究"的必要性和学术价值。

第一章对厨川白村文艺思想孕育、发生、发展和演变的文化语境，即时代氛围、社会基础和文坛背景等作了全面和直观的分析，立体地再现了厨川白村在日本现代文坛和理论批评界的历史地位。

第二章从厨川白村早期文艺观的溯源入手，指出"个性"和"生命"意识的萌生与厨川白村文艺思想的形成、发展、演变和成熟的"基因"联系。

第三章通过对厨川白村的文艺批评生涯中具有重要意义的两部论著，即《近代文学十讲》和《文艺思潮论》的梳理和通释，确认了厨川白村作为文艺批评家的地位，并探讨了其文艺批评的特点。

第四章在对厨川白村的社会·文明批评进行全面梳理和通释的基础上，指出厨川白村由文艺批评向社会·文明批评延伸和倾斜，其实是他用业已形成的社会观、文艺观和批评观来观照、解释实际的人生和社会，是厨川白村文艺观的一次深化和外延。

第五章对厨川白村集文艺理论与美学思想之大成的《苦闷的象征》的创成过程以及对西方文化思潮的融摄作了必要的梳理和通释。认为《苦闷的象征》对"生命力"的表述另辟蹊径，别开生面。尽管厨川白村也许并不是第一个提出"苦闷"概念的人，但是，他将"苦闷"与文学的发生联系在一起，并援引柏格森、弗洛伊德和克罗齐的理论加以阐释，在日本现代文坛确属首创，为日本文艺批评和理论建设，提供了独树一帜的个案研究和实证文本。

二

日本现代文学评论家吉田精一在《近代文艺评论史·大正篇》中说"十年的艺术活动，在日本即使对于专业作家和批评家来说，也绝不算短。在时代思潮变幻莫测的明治大正时期，不少作家基本上是十年便才思枯竭，改做他行。像芥川龙之介、菊池宽、久米正雄等后起之秀的作家生涯，也就是十年左右。如果是评论家，时间则更短。"①

如果按照吉田精一的"标准"来衡量的话，厨川白村在日本应该算是一个例外了。因为从1912年3月发表《近代文学十讲》算起，至1923年9月关东大地震遇难为止，厨川白村的

---

① 吉田精一：《近代文艺评论史·大正篇》，第92页，至文堂，1980年12月。

文艺批评生涯已超过了 10 年,足足有 12 个年头了。

厨川白村何时开始研究文学? 为什么要研究文学? 至今还未发现能够直接回答这一问题的相关文献。我们只知道,起初他与同时代的文学青年一样,译介西方文艺,翻译英美诗歌,甚至还译介过安徒生童话。上中学时,因为喜欢英美诗歌,他选择了英语,而没有像其他同学那样选择了较为实用的德语。为了阅读文学作品和评论文章,他在英语上下足了工夫;为了了解作家的生平和时代背景,他又阅读了大量有关历史、哲学和宗教的书籍。为了弄通文学自身的一些原理,他还问津了绘画、音乐、美学、心理学。研究文学犹如建造金字塔,需要有宽厚的基础。厨川白村为此付出了艰苦的努力。

厨川白村在选择以文艺为自己的终生事业之初,最先面对的是:当时正处在因小泉八云辞职风波而失去了同学朋友,①家道中落带来的烦恼,还有个人情感问题的困顿。加之厨川白村从文的时代,"政客、俗吏、爆发户、僧侣之辈,对文士是极端鄙视的,而教育界则更甚。有人骂文学是与琴书相当的游戏,也有许多人认为文学是不健全不道德的罪魁祸首。有的学校禁止学生看杂志和小说,甚至将演剧视为蛇蝎。"②出于反抗和叛逆,他养成了锋芒毕露、特立独行、习惯于与时代潮流、生活环境公然对抗的气质和性格特征,也使得他在从文之初就形成了即重视"为人生"又关心"为艺术"的二元论的文艺观。正是在这种带有文学启蒙意识的文艺观的支配下,他写《近代文学十讲》,发表《文艺思潮论》,既进行文艺批

---

① 小泉八云被解雇前,东京帝国大学英文学专业一二年级的学生曾呼吁进行罢课,以迫使学校当局改变决定。当时厨川白村是二年级的学生,因反对罢课,被同学疏远。

② 厨川白村:《小泉先生》,收入《厨川白村全集》第四卷,第 35 页,改造社,1929 年 7 月(笔者译)。

评又不忘情于社会·文明批评,直到提出了极具时代和个人特色的"苦闷的象征"说,主张:"文艺决不是俗众的玩弄物,乃是该严肃而且沉痛的人间苦的象征"。自《近代文学十讲》和《文艺思潮论》以后,厨川白村基本上没有再写过类似的纯文学批评的东西。他把《近代文学十讲》和《文艺思潮论》称为"作为介绍写给他人看的",也就是说,在这类的著述中无法"宣泄自己不吐不快的情感"。以1917年9月-11月的《北美印象记》为界,厨川白村开始把笔触转向能够自由宣泄自己情感的"Essay",批评文字由文艺批评向社会·文明批评延伸和倾斜。

由于厨川白村从文之初就陷入一种二元论的境地,他所思考的问题在常人看来可能是永远无法得到圆满解决的。但是他却始终如一地坚守自己的信念。他经常对自己的妻子说:人生就是一种苦难,只有战胜了这种苦难,人生才有价值。他鄙视那些对生活采取回避或逃避态度的人。他生活认真,坚信认真地生活就是最好的生活。① 厨川白村把自己的人生限定在五十年。他问过自己应该如何度过这五十年。他的回答是:除了不虚伪不欺瞒,认真严肃的努力之外,别无他路。努力本身就是痛苦,就是苦恼。体验这种痛苦,享受这种苦恼,就是人生的价值,也是生的喜悦。②

厨川白村从事文艺批评的切入点是"人"和"时代",关心的是"情绪主观"和"时代精神",看起来有些驳杂,但却有一个灵魂,那就是"人性"与"生命"。厨川白村一生所关心和思

---

① 参见厨川蝶子:《伤心的回忆》,载《女性》第4卷第5号,1923年11月。
② 厨川白村:《Obiter Scripta》,收入《厨川白村全集》第五卷,第223页,改造社,1929年4月(笔者译)。

索的文艺问题也都是围绕着这一核心问题而展开的。就厨川白村文艺思想的这种"现代性"而言,也具有难以归并的二元特征。他一方面以超前的思维,超越了同时代人所关心的共同主题而独求一种"理想的人性";另一方面又对当下的社会现实耿耿于怀,积极关注着时代和社会的变迁,以独特的方式寻找一条出路。反映在文艺思想上就是:一种是超脱世俗的审美现代性,另一种是纠缠于世俗的启蒙现代性。这是他一生为之苦闷烦恼的根本原因。他想在两方面都找到解决的良方。与同时代的知识分子不同的是他选择文学,除了为一己寻求安慰和寄托外,更欲借之以求得世人的"理想的人性"。他作社会·文明批评就是想用"文艺"来关注和改造"社会现实",他把文艺研究当成改造国民性的惟一根本途径,他过于看重文艺的作用,认为文艺是他生命的一切,他想用文艺来改造一切,这是厨川白村的局限。厨川白村的双重性格和他从事的"专业研究",又让他苦苦寻找一条自我解脱的道路。如果说对启蒙现代性的思考和追求对他来说是一种"入世",那么审美现代性就是他的"出世"了。

1921年9月,厨川白村发表《近代的恋爱观》遭到批评和指责后,曾经说过这样的话:"我有自己的专业研究,但有时也利用夏冬二季的休假和星期天,抽空写了不少拙劣的文章,或应邀在公开演讲的论坛上说了不少废话。这是因为我确信我的拙劣的文章和废话,能够有益于今日的世道人心,能够对文化发达、生活改造做出某种贡献,哪怕是微不足道。另外也是出于我对崇高理想及永恒真理的追求和憧憬。假如,万一我的言说和文章有害世道人心、有误人子弟之嫌,或者我自己发现自己的思想中有根本的谬误,我会不再将此公之于世,重新回到象牙之塔,藏身于窗前,自加鞭策,继续钻研和省察。

或暂时折笔不再弄文,保持沉默。"①其实,厨川白村是在坚持自己的社会观、文艺观和批评观。因为他坚信"文艺的本来的职务,是在作为文明批评社会批评,以指点向导一世"。他自信自己是在尽"日本近代文艺未能尽到的责任"。

厨川白村性格外向,对时事敢于直言,毫无顾忌。他说话冷语挖苦、犀利太过,往往叫人受不住而致使人怀憾莫释。他主张文艺要"表现自己"而且是"越深越好"。他的思想学说较为驳杂,古今东西,诗文戏剧、民俗社会,文史地理,均有论述。厨川白村以他的恩师小泉八云为榜样,不以一点论学问,愿意做"百货店式"的学问,加之他信奉思想不用就会陈旧的信念,因此往往是随有所见,随即发表。因此他的思想往往是前后矛盾,变化不定,令人难以捉摸。表现在文艺思想上也是如此。但从总体上讲,他的思想认识是与时俱进,推陈出新的。他的"苦闷的象征"说就表现了这种特征。在大正民主主义和文化主义的背景下,他和许多文艺评论家和批评家一起宣扬生命哲学,以改造日本社会为宗旨,提出国民性改造的课题。其中不乏他个人的独到见解。后期他对"生命力"的表述另辟蹊径,别开生面,将"生命力"和弗洛伊德的学说在文艺中的应用和阐释推到了一个全新的阶段,提出了著名的"苦闷的象征"说。平心而论,厨川白村的理论显得缺乏事实依据,其见解也不无偏颇之处,但却反映出他综合运用生命哲学和弗洛伊德学说评析文学现象的尝试。

作为一个英美文学研究者、文艺批评家和社会·文明批评家,厨川白村曾经有三次堂而皇之地进入过日本人的视野。

---

① 厨川白村:《再谈恋爱》,收入《厨川白村全集》第五卷,第69页,改造社,1929年4月(笔者译)。

第一次是 1912 年发表《近代文学十讲》;第二次是 1920 年发表《出了象牙之塔》;第三次是 1921 年发表《近代恋爱观》。和同时代的文学青年相比,厨川白村的文学起步应该说是相当顺利的。1912 年 32 岁时就以《近代文学十讲》顺利地登上了文坛。遗憾的是,在以后的发展中,由于厨川白村太钟情于所谓学院派式的英美文学研究,多次与日本文学失之交臂。直至遇难前,厨川白村还坚持称自己是一个英国文学研究者。在他整个文艺批评生涯中,几乎没有对日本文学作品或思潮流派作过专门的批评。厨川白村苦学多年,读书无数,然而纯文学的著作何以仅留下三部?笔者认为其主要原因不外乎,厨川白村以他的老师小泉八云为榜样,写文章时,不惜再三修改,以期臻于至善之境。同时由于阅读欧美名著太多,眼界过高,写作态度也就变得过分矜重,所以留世的纯文学著作也就少了。这也是厨川白村未能成为主流批评家和思想家的主要原因。

综上所述,厨川白村在文艺领域的成就主要可以分为英美文学研究、基于文艺批评的社会·文明批评以及对文艺理论和美学思想的探索。"尽管他在学识的深度、趣味的广博和品位的高雅上不及上田敏,在见识和独创性上又比不过夏目漱石,但是,他在社会感召力和渗透力上却以其通俗的特点远远超过了他的两个老师。"①厨川白村是一个很有见地、很有信仰的文艺思想家和批评家。他既关心"为人生"又不忘"为艺术",用极具特色的文艺批评和社会·文明批评在"以文艺浸润社会",以文艺启发民智、改造社会方面做出了历史

---

① 矢野峰人:《厨川白村》,载辰野隆编:《近代日本的教养人》,(京都)实业之日本社,1950 年 6 月(笔者译)。

性的贡献,也为日本现代文艺批评和理论建设的繁荣尽了自己的努力。由于复杂的社会思想背景的限制,他的文艺理论和美学思想在日本现代文艺批评和理论的逻辑进程中未能发挥主流的作用和影响,长期备受冷遇,扮演了悲剧的角色。不过,在文艺理论和美学思想的探索上,厨川白村善于吸纳外来文化资源,勇于探索的精神是必须肯定的。其价值,特别是他的《苦闷的象征》也必将随着接受者的当代解读而被重新认识。

参考文献

日文书目：

高木大幹:『小泉八云——その日本学』(東京)リブロポート 1986 年 11 月

福田陸太郎:『西洋の影の中で——比較文学論考』(東京) ELEC 出版部 1972 年 10 月

須藤信雄 繁尾久:『教養としての英米文学』(東京)南雲堂 1960 年 4 月

福田光冶 剣持武彦 小玉晃一:『欧米作家と日本近代文学——英米篇Ⅰ』(東京)教育出版センター 1974 年 12 月

福田光冶 剣持武彦 小玉晃一:『欧米作家と日本近代文学——英米篇Ⅱ』(東京)教育出版センター 1975 年 6 月

保田與重郎:『日本浪曼派の時代』(東京)至文堂 1969 年 12 月

吉田精一:『近代文芸評論史 明治篇』(東京)至文堂 1975 年 2 月

吉田精一:『近代文芸評論史 大正篇』(東京)至文堂 1980 年 12 月

吉田精一:『文学概論』(東京)桜楓社 1980 年 2 月

吉田精一:『自然主義の研究』上 (東京)東京堂 1955 年 11 月

吉田精一:『自然主義の研究』下 (東京)東京堂 1958

年1月

　岩佐壮四郎:『世紀末の自然主義—明治四十年代文学考』(東京)有精堂　1986年8月

　高田瑞穂:『反自然主義文学』(東京)明治書院　1963年6月

　小堀桂一郎:『自然主義と反自然主義』(『講座比較文学』第2巻)(東京)東京大学出版会　1973年7月

　菅野聡美:『消費される恋愛論　大正知識人と性』(東京)青弓社　2001年8月

　竹島清治:『大正文学史』(東京)学林社　1949年4月

　吉武好孝:『明治・大正の翻訳史』(東京)研究社　1959年11月

　唐木順三:『近代日本文学史論』(東京)弘文堂　1952年8月

　谷沢永一:『明治期の文芸評論』(東京)八木書店　1971年5月

　谷沢永一:『大正期の文芸評論』(東京)八木書店　1971年5月

　柳田泉・勝本清一郎・猪野謙二編:『座談会大正文学史』(東京)岩波書店　1965年4月

　柳田泉・勝本清一郎・猪野謙二編:『座談会明治・大正文学史』(全6巻)(東京)岩波書店　2000年7月

　芳賀徹・平川祐弘・亀井俊介・小堀桂一郎編:『近代日本の思想と芸術Ⅱ』講座比較文学4(東京)東京大学出版会　1974年6月

　ドナルド・キーン著、吉田健一訳:『日本の文学』(東京)筑摩書房　1963年2月

島田謹二:『近代比較文学』(東京)光文社　1956年6月

島田謹二:『日本における外国文学―比較文学研究』上巻(東京)朝日新聞社　1975年12月

島田謹二:『日本における外国文学―比較文学研究』下巻(東京)朝日新聞社　1976年2月

木村毅:『比較文学新視界』(東京)八木書房　1975年10月

矢野峰人:『日本英文学の学統』(東京)研究社　1961年10月

矢野峰人:『比較文学―考察と資料―』(東京)南雲社　1978年3月

矢野峰人:『英文学の特性』(東京)松柏社　1956年9月

佐渡谷重信:『日本近代文学の成立 上 ―アメリカ文学受容の比較文学的研究―』(東京)明治書院　1977年4月

佐渡谷重信:『日本近代文学の成立 下 ―アメリカ文学受容の比較文学的研究―』(東京)明治書院　1977年8月

河野仁昭:『京都の文人―近代』(京都)京都新聞社　1988年2月

岡崎義恵:『日本文芸と世界文芸 新修版』(東京)宝文館出版　1971年2月

矢本貞幹:『現代イギリス批評の先駆』(東京)研究社　1955年4月

矢本貞幹:『イギリス批評 十七・八世紀』(東京)研究社　1961年4月

鏡味国彦:『十九世紀後半の英文学と近代日本』(東京)

文化書房博文社　1987年5月

［英］R. V. Johnson 著、中沼了訳：『唯美主義』（東京）研究社　1971年11月

春原千秋、梶谷哲男：『精神医学からみた作家と作品〈新装版〉』（東京）牧野出版　1998年9月

高乗勲：『京都文学地理』（東京）桜楓社　1973年12月重版出版

ヰチエスター（C. T. Winchester）著、植松安訳：『文芸批評論』（東京）大成堂　1915年9月

斎藤清衛：『日本的性格の文学』（東京）子文書店　1929年11月

津田左右吉：『文学に現はれたる国民思想の研究　第四巻』（東京）岩波書房　1955年1月

安田保雄：『比較文学論考』（東京）学友社　1969年10月

安田保雄：『比較文学論考　続篇』（東京）学友社　1974年4月

安田保雄：『比較文学論考　第三篇』（東京）学友社　1981年10月

西尾実、近藤忠義共編：『現代文学総説Ⅲ：現代思想研究編』（東京）学灯社　1952年4月

富田仁：『日本近代比較文学史』（東京）桜楓社　1978年4月

小泉八雲著、町野静雄訳：『文学入門』（東京）金星堂　1936年6月

小泉八雲著、十一谷義三郎二人訳：『東西文学評論』（東京）岩波書店　1931年11月

篠田一士:『伝統と文学』(東京)筑摩書房　1986 年 12 月

江藤淳:『漱石とその時代第二部』(東京)新潮社　1970 年 8 月

生田長江ら四人著:『近代文芸十二講』(東京)新潮社　1921 年 8 月

小田切秀雄:『現代文学史上巻』(東京)集英社　1975 年 12 月

加藤周一:『加藤周一著作集 6:近代日本の文学的伝統』(東京)平凡社　1978 年 12 月

加藤周一:『加藤周一著作集 1:文学の擁護』(東京)平凡社　1979 年 2 月

加藤周一:『加藤周一著作集 4:日本文学史序説上』(東京)平凡社　1979 年 6 月

加藤周一:『加藤周一著作集 4:日本文学史序説下』(東京)平凡社　1980 年 5 月

河出孝雄編:『新文学論全集第五巻:文芸思潮』(東京)河出書房　1941 年 5 月

塩田良平:『現代日本文芸史』(東京)三笠書房　1942 年 6 月

市古貞次:『日本文学史概説改定版』(東京)秀英出版　1959 年 4 月

市古貞次責任編集、三好行雄編集:『日本文学全集 5:近代』(東京)学燈社　1978 年 6 月

前田愛、長谷川泉編:『日本文学新史—近代』(東京)至文堂　1990 年 12 月

瀬沼茂樹:『近代日本の文学』(東京)社会思想研究会出

版部　1959 年 10 月

　　岡崎義恵:『日本文芸学』(東京)岩波書店　1930 年 9 月

　　長谷川誠也:『文芸と心理分析』(東京)春陽堂　1966 年 4 月

　　長谷川泉:『近代日本文学評論史』(改訂版)(東京)有精堂　1966 年 4 月

　　長谷川泉:『近代日本文学思潮史』(東京)至文堂　1961 年 5 月

　　土方定一:『近代日本文学評論史』(東京)西東書林　1937 年 4 月

　　『近代評論集Ⅰ』(日本近代文学大系 57)(東京)角川書店　1972 年 9 月

　　『近代評論集Ⅱ』(日本近代文学大系 58)(東京)角川書店　1972 年 1 月

　　柳田国男:『明治大正史—世相編』(東京)平凡社　1967 年 12 月

　　鈴木貞美編:『大正生命主義と現代』(東京)河出書房新社　1995 年 3 月

　　鈴木貞美:『「生命」で読む日本近代』,日本放送出版協会,1996 年 2 月

　　鈴木貞美:『日本の「文学」を考える』(東京)角川書店　1999 年 11 月

　　鈴木貞美:『生命観の探究』(東京)作品社　2007 年 5 月

　　久保田淳編:『日本文学史』(東京)おうふう　1997 年 5 月

紅野敏郎ら四人編:『明治の文学』(東京)有斐閣　1972年6月

紅野敏郎ら四人編:『大正の文学』(東京)有斐閣　1972年9月

中村光夫:『明治文学史』(東京)筑摩書房　1963年8月

臼井吉見:『大正文学史』(東京)筑摩書房　1963年7月

上田博:『大正文学史』(東京)晃洋書房　2001年11月

瀬沼茂樹:『大正文学史』(東京)講談社　1985年9月20日

木股知史編:『近代日本の象徴主義』(東京)おうふう　2004年3月

杉山平助:『文芸五十年史』(東京)鱒書房　1942年11月

唐澤富太郎:『近代日本教育史』(東京)誠文堂新光社　1968年3月

張競:『近代中国と「恋愛」の発見』(東京)岩波書店　1995年6月

菅野聡美:『消費される恋愛論―大正知識人と性』(東京)青弓社　2001年8月

柄谷行人編:『近代日本の批評Ⅲ』明治大正篇(東京)講談社　2001年6月

大槻憲二、宮田成子共著:『近代日本文学の分析』(東京)霞ケ関書房　1941年11月

中島国彦編:『編年体　大正文学全集』第一巻(大正元年1912)(東京)ゆまに書房　2000年5月

竹盛天雄編:『編年体 大正文学全集』第二巻（大正二年1913）（東京）ゆまに書房　2000年7月

池内輝雄編:『編年体 大正文学全集』第三巻（大正三年1914）（東京）ゆまに書房　2000年9月

十川信介編:『編年体 大正文学全集』第四巻（大正四年1915）（東京）ゆまに書房　2001年1月

海老井英次編:『編年体 大正文学全集』第五巻（大正五年1916）（東京）ゆまに書房　2000年11月

藤井淑禎編:『編年体 大正文学全集』第六巻（大正六年1917）（東京）ゆまに書房　2001年3月

紅野敏郎編:『編年体 大正文学全集』第七巻（大正七年1918）（東京）ゆまに書房　2001年5月

紅野謙介編:『編年体 大正文学全集』第八巻（大正八年1919）（東京）ゆまに書房　2001年8月

松村友視編:『編年体 大正文学全集』第九巻（大正九年1920）（東京）ゆまに書房　2001年12月

東郷克美編:『編年体 大正文学全集』第十巻（大正十年1921）（東京）ゆまに書房　2002年3月

日高昭二編:『編年体 大正文学全集』第十一巻（大正十一年1922）（東京）ゆまに書房　2002年7月

曽根博義編:『編年体 大正文学全集』第十二巻（大正十二年1923）（東京）ゆまに書房　2002年10月

亀井秀雄編:『編年体 大正文学全集』第十三巻（大正十三年1924）（東京）ゆまに書房　2003年1月

安藤宏編:『編年体 大正文学全集』第十四巻（大正十四年1925）（東京）ゆまに書房　2003年3月

鈴木貞美編:『編年体 大正文学全集』第十五巻（大正十

五年 1926)（東京）ゆまに書房　2003 年 5 月

　　宗像和重 山本芳明編：『編年体 大正文学全集』別巻（1912－1926)（東京）ゆまに書房　2003 年 8 月

　　『近代作家追悼文集成 9』（厨川白村. 山村暮鳥. 木下利玄集)（東京）ゆまに書房　1987 年 1 月

　　『文芸評論集』（現代日本文学大系 96）（東京）筑摩書房　1973 年 7 月

　　『厨川白村全集』第 1 卷（東京）改造社　1929 年 6 月
　　『厨川白村全集』第 2 卷（東京）改造社　1929 年 5 月
　　『厨川白村全集』第 3 卷（東京）改造社　1929 年 2 月
　　『厨川白村全集』第 4 卷（東京）改造社　1929 年 7 月
　　『厨川白村全集』第 5 卷（東京）改造社　1929 年 4 月
　　『厨川白村全集』第 6 卷（東京）改造社　1929 年 8 月
　　『近代文学研究叢書』22（東京）昭和女子大学　1964 年 12 月 1 日

　　厨川白村：『狂犬』（東京）大日本図書株式会社　1915 年 12 月 23 日

中文书目：

　　严绍璗著：《中日古代文学关系史稿》，湖南文艺出版社，1987 年 12 月

　　严绍璗、中西进主编：《中日文化交流史大系 6》（文学卷），浙江人民出版社，1996 年 11 月

　　王晓平著：《近代中日文学交流史稿》，湖南文艺出版社，1987 年 12 月

　　朱光潜著：《文艺心理学》，安徽教育出版社，1996 年 9 月

　　金开诚著：《文艺心理学概论》，北京大学出版社，1982 年

4月

蒋承勇著:《西方文学"两希"传统的文化阐释》,中国社会科学出版社,2003年9月

蒋承勇等著:《欧美自然主义文学的现代阐释》,复旦大学出版社,2002年6月

朱雯等选编:《文学中的自然主义》,上海文艺出版社,1992年6月

程麻著:《沟通与更新——鲁迅与日本文学关系发微》,中国社会科学出版社,1990年

王文宏著:《厨川白村文艺思想研究》,吉林人民出版社,2002年12月

肖霞著:《浪漫主义——日本之桥与「五四」文学》,山东大学出版社,2003年7月

张福贵、靳丛林著:《中日近现代文学关系比较研究》,吉林大学出版社,1999年12月

温儒敏著:《新文学现实主义的流变》,北京大学出版社,1988年6月

温儒敏著:《中国现代文学批评史》,北京大学出版社,1993年10月

温儒敏 赵祖谟主编:《中国现当代文学专题研究》,北京大学出版社,2002年1月

王向远著:《中日现代文学比较论》,湖南教育出版社,1998年12月

刘再复著:《鲁迅美学思想论稿》,中国社会科学出版社,1981年6月

钱理群著:《心灵的探寻》,北京大学出版社,1999年11月

赵宪章编:《二十世纪外国美学文艺学名著精义》,江苏文艺出版社,1987年9月

卢铁彭著:《文学思潮论》,青岛出版社,2000年4月

周小仪著:《唯美主义与消费文化》,北京大学出版社,2002年11月

叶渭渠、唐月梅著:《日本文学史 近代卷》,经济日报出版社,2000年1月

叶渭渠、唐月梅著:《日本文学史 现代卷》,经济日报出版社,2000年1月

叶渭渠著:《日本文学思潮史》,经济日报出版社,1997年3月

陈惇主编:《西方文学史》(全三卷),四川人民出版社,2003年8月

吕同六主编:《20世纪世界小说理论经典 上下卷》,华夏出版社,1995年4月

张秉真等三人著:《西方文艺理论史》,中国人民大学出版社,1994年5月

周作人著:《艺术与生命活》,上海文艺出版社,1999年1月

谢六逸著:《日本文学》,商务印书馆,1929年1月

[美]乔治·H·米德著 赵月瑟译:《心灵、自我与社会》,上海译文出版社,1992年2月

[美]亨利·詹姆斯著 朱雯等三人译:《小说的艺术》,上海译文出版社,2001年5月

[奥]西格蒙德·弗洛伊德著、常宏等译:《论文学与艺术》,国际文化出版社,2001年5月

[日]柄谷行人著 赵京华译:《日本现代文学的起源》,生

活·读书·新知三联书店,2003年1月

[日]本间久雄著 章锡琛译:《文学概论》,开明书店,1930年3月

[日]本间久雄著 汪馥泉译:《新文学概论》,上海亚东图书馆,1930年4月

[日]厨川白村著 鲁迅译:《苦闷的象征》,百花文艺出版社,2000年1月

[日]伊藤虎丸著、孙猛等译:《鲁迅、创造社与日本文学》,北京大学出版社,1995年2月

[日]北冈正子著、何乃英译:《〈摩罗诗力说〉材源考》,北京师范大学出版社,1983年5月

[日]相浦杲著、胡金定等译:《考证·比较·鉴赏——二十世纪中国文学研究论集》,北京大学出版社,1996年8月

日文论文:

矢野峰人:「英米文学の移入とその影響」『英語青年』第15卷第10号　1967年1月

吉武好孝:「明治の翻訳文学」『英語青年』第15卷第10号　1967年1月

高梨健吉:「明治文化に貢献した外人」『英語青年』第15卷第10号　1967年1月

大村喜吉:「明治期の官立学校」『英語青年』第15卷第10号　1967年1月

池田哲郎:「蘭学より英学へ」『英語青年』第15卷第10号　1967年1月

安藤美登里:「明治の英学者名簿一覧」『英語青年』第15卷第10号　1967年1月

吉田正俊：「「近代文学十講」そのほか」『英語青年』第15巻第11号　1967年2月

吉田正俊：「「表象派の文学運動」そのほか」『英語青年』第15巻第11号　1967年2月

斎藤勇：「大正期の英文学研究」『英語青年』第15巻第11号　1967年2月

荒正人：「大正期の文人・文壇」『英語青年』第15巻第11号　1967年2月

福田陸太郎：「大正の翻訳文学」『英語青年』第15巻第11号　1967年2月

高梨健吉：「大正期の英語雑誌」『英語青年』第15巻第11号　1967年2月

吉田正俊：「象牙の塔の内と外」『英語青年』第15巻第11号　1967年2月

河盛好蔵：「白村と柳村」『私の随想選』第五巻（私の日本文学Ⅱ）新潮社　1991年6月

片上伸：「厨川白村氏の『近代文学十講』」『文章世界』第7巻第8号　1910年6月

鵬心生：「近代文学十講を読む」1912年4月20日『読売新聞』

広瀬哲士：「厨川氏の『文芸思潮論』を難ず」『人生と表現』第6巻第8号　1914年8月1日

山川菊栄：「厨川白村著『象牙の塔を出て』」『著作評論』第1巻第5号　1920年8月1日

武藤直治：「宗教と無産階級文化、柳、山野、石原、厨川諸氏の所論に就いて」『新潮』1923年4月号

衣笠梅二郎：「厨川白村博士の横顔」『主流』第16号（復

刊6号）　1953年9月20日

　　　野口美枝子：「厨川白村」『学苑』第14巻第1号　1952年1月1日

　　　厨川蝶子：「悲しき追憶」『女性』第4巻第5号（十一月）1923年11月1日

　　　小玉晃一：「厨川白村覚え書」『英文学思潮』第35巻　1962年12月15日

　　　曽根博義：「フロイトの紹介と影響」『昭和文学の諸問題——昭和文学研究叢書1』（東京）笠間書院　1979年5月25日

　　　曽根博義：「フロイト受容の地層」『遡河』（東京）遡河誌社　1986年3月1日

　　　瀬沼茂樹：『厨川白村の「狂犬」』『日本近代文学館』第77号（東京）日本文学館　1984年1月15日

　　　矢野峰人：『「苦悶の象徴」を読んで感あり』1924年4月7日『読売新聞』

　　　片上伸：『厨川白村氏の「近代文学十講」』『文章世界』6月号　明治45年6月1日

　　　厨川白村：「近代の短編小説」『帝国文学』第15巻第4（第173号）　明42年4月1日

　　　厨川白村：「思想生活の立場から見た普通選挙」永井柳太郎編：『識者の見たる普通選挙』（東京）自由活字所　1921年

　　　厨川白村：「苦悶の象徴」『改造』1921年1月号　1921年1月1日

　　　厨川白村：「文芸の心境」『改造』1923年4月特大号　1923年4月1日

厨川白村:「文学の起源」『改造』1924年1月号　1924年1月1日

厨川白村:「詩人バイロンの百年祭を前にして」『朝日講演集』第7輯(大阪)朝日新聞合資会社　1923年12月

厨川白村:「文芸の起源」『現代文化と教育』(東京)民友社　1924年3月

厨川白村:「新生活の意味」『婦人問題講演集』第4輯(東京)民友社　1921年6月

厨川白村:「文学者と預言者」『婦人問題講演集』第4輯(東京)民友社　1921年1月1日

永井太郎:「新ロマン主義と潜在意識」『国語国文』第69巻第3号　2000年5月25日

成瀬正勝:「大正期の文学思想」『明治大正文学研究』第11号(東京)東京堂　1953年10月25日

長谷川泉:「大正教養派と文学」『国文学』4月号(第7巻第5号)　1962年4月1日

鈴木貞美:『1910年代の思潮と「生命」の氾濫』『文芸』1992年秋季号(東京)河出書房新社　1992年8月1日

中文论文:

诵虞:《读文艺思潮论》,载《小说月报》15卷2号(1924年2月10日)

景尼:《松原宽评厨川氏〈苦闷的象征〉之难点》,载《晨报附刊》1925年2月4日、2月6日、2月10日

工藤贵正:《厨川白村著〈近代的恋爱观〉在民国文坛中的影响》,载《鲁迅:跨文化对话》(纪念鲁迅逝世七十周年国际学术讨论会论文集),大象出版社,2006年10月

王铁钧:《从审美取向看厨川白村文艺观的价值认同》,载《山西大学学报》(哲社科版),2005年第5期

梁敏儿:《〈苦闷的象征〉与弗洛伊德学说的传入——厨川白村研究之一》,载《中国现代文学研究丛刊》1994年第10期

温儒敏:《鲁迅前期美学思想与厨川白村》,载《北京大学学报》1981年第5期

曾镇南:《读厨川白村〈苦闷的象征〉》,载1982年第9期《读书》

鲁枢元:《一部文艺心理学的早期译著》,载《郑州大学学报》(哲社版)1985年第1期

许怀中:《鲁迅与厨川白村》,载许怀中:《鲁迅与文艺思潮流派》,湖南人民出版社,1985年6月

郭太安:《生命·个性·自我表现——厨川白村与郭沫若的早期文艺思想》,载《聊城师范学院学报》(哲社版)1988年(增刊)

程麻:《日本随笔和鲁迅杂感》,载《聊城师范学院学报》(哲学社会科学版)1987年第4期

姚春树:《鲁迅与厨川白村——关于鲁迅杂文理论主要渊源的探讨》,载《杂文界》1988年第1期

支克坚:《厨川白村与"为生命":于我心有戚戚焉》,载支克坚:《胡风论》,广西教育出版社,2000年6月

赵宪章:《厨川白村:文艺社会学和文艺心理学的汇流》,载赵宪章:《文艺美学方法论问题》,暨南大学出版社,2002年9月

王烨:《论〈苦闷的象征〉对钱杏邨30年代文学批评的影响》,载《中国现代文学研究丛刊》2001年第4期

周涛:《聚焦生命:鲁迅与厨川白村》,载《绍兴文理学院

学报》2006年第1期

黎杨全：《论厨川白村对周作人文学观的影响》，载《海南大学学报》（人文社会科学版）2005年第2期

方长安：《五四文学发展与厨川白村的〈苦闷的象征〉》，载方长安：《选择·接受·转化》，武汉大学出版社，2003年6月

叶渭渠：《厨川白村的建设性理论及一个时代文学的结束》，载《日本文学史》近代卷，经济日报出版社，2000年1月

马兴国：《论厨川白村的〈苦闷的象征〉》，载《日本文化教育研究文集》，辽宁教育出版社，1992年12月

程麻：《〈苦闷的象征〉和鲁迅的文艺心理学思想－论文学创作的心理动力问题》，载《福建论坛》（文史哲版）1986年第5期

附录

附录一　厨川白村年谱[①]

1880 年(明治 13 年)

  11 月 19 日 生于京都市中京区一小职员家庭。原名辰夫,号血城、泊村,因读大学时曾居住在东京小石川白山,故又号白村。幼年是在美国人夫妇办的幼儿园里度过的。

1886 年(明治 19 年)6 岁

  4 月,入(京都市)泷川小学读书。8 岁起课外随班主任老师读赖山阳的《日本外史》。

1889 年(明治 22 年)9 岁

  3 月,泷川小学毕业。4 月,入大阪市盈进高等小学。

1892 年(明治 25 年)12 岁

  4 月,入大阪府立第一中学。

1897 年(明治 30 年)17 岁

  4 月,随父亲工作调动转入京都府立第一中学。17 岁作《爱伦·坡的诗》一文,开始关注英美文学。

1898 年(明治 31 年)18 岁

[①] 本年谱主要参考厨川白村集刊行会编《略年谱》(载《厨川白村集》第 6 卷)、M.S. 生(左右田实)《厨川白村博士略年谱》(载《英语青年》第 50 卷第 3 号)、野口美枝子《厨川白村》(载《学苑》第 14 卷第 1 号)、昭和女子大学近代文学研究室编《厨川白村》(载《近代文学研究丛书》第 22 卷,昭和女子大学,1964 年 12 月)以及厨川白村的回忆文章等编制。另外鉴于厨川白村的部分著作是在他去世后出版的,故将其 1923 年 9 月去世后的遗作和全集出版的情况缀于谱后。

4月,京都府立第一中学毕业。9月,入第三高等学校。期间,对文学的兴趣越发浓厚,不仅涉猎英美文学,还广泛阅读日本古典作品。

1901年(明治34年)21岁

7月,第三高等学校大学预科第一部毕业。9月,入东京帝国大学文科大学英国文学科,师从小泉八云等学习英国文学。大学期间曾享受特殊生待遇。因家道中落,为弥补学资不足,经常利用节假日教外国人学日语,或给《英语中学》、《帝国文学》、《明星》等杂志投稿。

1904年(明治37年)24岁

7月,东京帝国大学毕业,被选为优秀毕业生,受到明治天皇的接见,并得到天皇恩赐的银表。大学毕业后随即入本校研究生院,师从夏目漱石,专攻《诗文中的恋爱研究》。9月,因家庭经济原因终止学业,被任命为第五高等学校英语教授。

1906年(明治39年)26岁

经人介绍与远房亲戚长崎市陆军军医福地达雄的次女19岁的蝶子结婚。婚后生有五个男孩。

1907年(明治40年)27岁

9月,调任第三高等学校英语教授。利用课余时间给学生讲授西方近代文学。

1912年(明治45年 大正元年)32岁

3月,处女作《近代文学十讲》由大日本图书株式会社出版,得到出版界和知识界的好评,被誉为大正元年的金字塔。

1913年(大正2年)33岁

9月,经上田敏推荐兼任京都帝国大学文科大学讲师,讲授维多利亚女王时代及世纪末的英国文学。

1914年(大正3年)34岁

　　4月,《文艺思潮论》由大日本图书株式会社出版。

1915年(大正4年)35岁

　　2月17日,获文部省官费留学资格,原定4月2日赴美国留学一年半,因左脚烫伤感染实施截肢,未能如期成行。养病期间作小说《狂犬》,12月由大日本图书株式会社出版。

1916年(大正5年)36岁

　　1月8日,乘"春洋丸"从横滨出发赴美留学。1月17日在夏威夷拜访美国作家杰克·伦敦。12月,警醒社出版译著《新门罗主义》。

1917年(大正6年)37岁

　　5月,晋升为京都帝国大学助教授。7月,结束留学回国。9月下旬至11月上旬在神户、横滨、大阪等报刊上以"北美印象记"为题连载留美见闻。

1918年(大正7年)38岁

　　5月,集结"北美印象记"的留美见闻和留美前后(1916年4月至1918年1月)发表的9篇与留学有关的文章,以《印象记》为题由积善馆出版。

1919年(大正8年)39岁

　　2月,集结已发表的《小泉先生》等19篇文章,以《小泉先生及其他》为题由积善馆出版。6月,晋升为京都帝国大学教授。7月,经京都帝国大学总长荒木的推荐被授予文学博士学位。

1920年(大正9年)40岁

　　3月5日至23日在东京《朝日新闻》上连载《出了象牙

之塔》。6月22日,福永书店集结出版《出了象牙之塔》。9月,积善馆出版单行本《北美印象记》。

1921年(大正10年)41岁

1月,在《改造》杂志上发表长篇论文《苦闷的象征》。9月18日至10月3日在《大阪朝日新闻》上分15次连载《近代的恋爱观》。9月30日至10月29日在《东京朝日新闻》上分20次连载《近代的恋爱观》。

1922年(大正11年)42岁

3月,ARS社出版《英诗选释》第一卷。10月,《近代的恋爱观》由改造社集结出版。

1923年(大正12年)43岁

9月1日,关东大地震时在鎌仓遭遇海啸,被救后于次日(9月2日)下午2点38分去世,终年43岁。

1923年(大正12年)

12月,遗作《走向十字街头》由福永书店出版。

1924年(大正13年)

2月,遗作《苦闷的象征》由改造社出版。3月,《英诗选释》第二卷由ARS社出版。12月,由厨川白村集刊行会出版《厨川白村集》第1卷。

1925年(大正14年)

1月-10月,厨川白村集刊行会陆续出版《厨川白村集》第2、3、4、5、6及补遗和索引卷。

1929年(昭和4年)

2月-8月,改造社陆续出版《厨川白村全集》,全6卷。

附录二　厨川白村著作初版一览表[①]

（日文）

『近代文学十講』	（東京）大日本図書株式会社	1912 年 3 月出版
『文芸思潮論』	（東京）大日本図書株式会社	1914 年 4 月出版
『狂犬』	（東京）大日本図書株式会社	1915 年 12 月出版
『新モンロオ主義』	（東京）警醒社	1916 年 12 月出版
『印象記』	（大阪）積善館	1918 年 5 月出版
『小泉先生そのほか』	（大阪）積善館	1919 年 2 月出版
『象牙の塔を出て』	（東京）福永書店	1920 年 6 月出版
『北美印象記』	（大阪）積善館	1920 年 9 月出版
『英詩選釈』第一巻	（東京）アルス社	1922 年 3 月出版
『近代の恋愛観』	（東京）改造社	1922 年 10 月出版
『十字街頭を往く』*	（東京）福永書店	1923 年 12 月出版
『苦悶の象徴』*	（東京）改造社	1924 年 2 月出版
『英詩選釈』第二巻*	（東京）アルス社	1924 年 3 月出版
『最近英詩概論』*	（東京）福永書店	1926 年 7 月出版

（参考中文翻译）

《近代文学十讲》	（东京）大日本图书株式会社	1912 年 3 月出版
《文艺思潮论》	（东京）大日本图书株式会社	1914 年 4 月出版

---

① 带 * 者为遗著。

《狂犬》	（东京）大日本图书株式会社	1915年12月出版
《新门罗主义》	（东京）警醒社	1916年12月出版
《印象记》	（大阪）积善馆	1918年5月出版
《小泉先生及其他》	（大阪）积善馆	1919年2月出版
《出了象牙之塔》	（东京）福永书店	1920年6月出版
《北美印象记》	（大阪）积善馆	1920年9月出版
《英诗选释》第一卷	（东京）ARS社	1922年3月出版
《近代的恋爱观》	（东京）改造社	1922年10月出版
《走向十字街头》*	（东京）福永书店	1923年12月出版
《苦闷的象征》*	（东京）改造社	1924年2月出版
《英诗选释》第二卷*	（东京）ARS社	1924年3月出版
《最近英诗概论》*	（东京）福永书店	1926年7月出版

附录三 厨川白村两种全集的编辑比较[①]

	福永书店版《厨川白村集》			改造社版《厨川白村全集》	
第一卷	**文学论 上** 1924年12月15日出版		第一卷	**文学论 上** 1929年6月10日出版	
	近代文学十讲	(1)		近代文学十讲	(一)
第二卷	**文学论 下** 1925年1月31日出版		第二卷	**文学论 下** 1929年5月8日出版	
	文艺思潮论	(2)		文艺思潮论	(二)
	苦闷的象征	(2)		苦闷的象征	(二)
	(文学杂考)			最近英诗概论	(七)
	病的性欲与文学	(4)			
	文艺与性欲	(3)			
	艺术的表现	(3)			
	游戏论	(3)			
	东西的自然诗观	(3)			
	文学者与政治家	(3)			
	宣传与创作	(5)			
第三卷	**文艺评论** 1925年8月10日出版		第三卷	**文学评论** 1929年2月28日出版	
	年轻艺术家的群体	(4)		出了象牙之塔(内收16篇)	(四)
	杰克·伦敦的小说	(4)		观照享乐的生活	(四)

---

① 说明：福永书店版《厨川白村集》各卷著作和文章名后附的(1)、(2)、(3)、(4)、(5)分别表示该著作和文章在改造社版《厨川白村全集》中的卷次。改造社版《厨川白村全集》各卷著作和文章名后附的(一)、(二)、(三)、(四)、(五)、(六)分别表示该著作和文章在福永书店版《厨川白村集》中的卷次。

续表

福永书店版《厨川白村集》		改造社版《厨川白村全集》	
文艺通信	(4)	从灵到肉、从肉到灵	(四)
欧洲战乱与海外文学	(4)	艺术的表现	(二)
英国思想界的今昔	(4)	游戏论	(二)
现代英国文坛的奇才	(4)	描写劳动问题的文学	(三)
神秘思想家	(4)	文学者与政治家	(二)
童话故事	(4)	作为艺术的漫画	(三)
1. 戴盆姑娘		现代文学的主潮	(三)
2. 世界传说		从艺术到社会改造	(三)
3. 灰姑娘		关于英语的研究(英文)	(六)
4. 比较研究		(走向十字街头)	
西洋的蛇性之淫	(3)	恶魔的宗教	(五)
凯尔特文艺复兴概观	(4)	僧正 Inge 及其他	(五)
爱尔兰文学的新星	(4)	文艺上的现实主义	(六)
丹塞尼的日译与新作	(3)	文艺与性欲	(二)
现代文学的主潮	(3)	重归民众之手	(四)
描写劳动问题的文学	(3)	演剧与观客	(三)
阿纳托尔·法郎士	(4)	西洋的"蛇性之淫"	(三)
诗人克洛岱尔	(3)	强加的文明	(四)
诗人望·莱培格	(4)	有岛先生的结局	(五)
西班牙剧坛的将星	(3)	恋爱与结婚	(五)
无言剧的复兴	(4)	Open Forum	(四)
老女优萨拉·伯拿尔	(4)	为什么的侮辱	(四)
瓦劳顿的版画	(4)	东西的自然诗观	(二)
卢维尔的漫画	(4)	作为艺术的漫画	(三)
作为艺术的漫画	(3)	裸体美术的问题	(三)

续表

福永书店版《厨川白村集》		改造社版《厨川白村全集》	
	裸体美术的问题 (3)	西班牙剧坛的将星 (三)	
	演剧与观众 (3)	高尔斯华绥的戏剧(序) (六)	
	从艺术到社会改造 (3)	丹塞尼的日译与新作 (三)	
		作家的外游 (四)	
		宗教与迷信 (五)	
		冷嘲热骂 (四)	
		妇女与读书 (四)	
		服装的堕落 (四)	
		访小泉先生的旧居 (四)	
		诗人克洛岱尔 (三)	
		(附录)	
		人间赞美 (四)	
第四卷	**散文与文明批评** 1925年6月28日出版	第四卷	**文学评论及印象记** 1929年7月10日出版
	出了象牙之塔（内收16篇） (3)		(小泉先生及其他)
	观照享乐的生活 (3)		小泉先生（内收7篇） (四)
	小泉先生 (4)		果真是虚荣的罪过？ （内收6篇） (四)
	访小泉先生的旧居 (3)		病的性欲与文学 (二)
	冷嘲热骂 (3)		卢维尔的漫画 (三)
	果真是虚荣的罪过？ (4)		童话故事 (三)
	女人的表情美 (4)		1. 戴盆姑娘
	服装的堕落 (3)		2. 世界传说
	妇女与读书 (3)		3. 灰姑娘
	和平的胜利 (4)		4. 比较研究
	从灵到肉、从肉到灵 (3)		年轻艺术家的群体 (三)

续表

福永书店版《厨川白村集》		改造社版《厨川白村全集》	
强加的文明	(3)	诗人望·莱培格	(三)
重归民众之手	(3)	现代英国文坛的奇才	(三)
Open Forum	(3)	奇文一篇(切斯特顿)	(六)
为什么的侮辱	(3)	瓦劳顿的版画	(三)
OBITER SCRIPTA	(5)	神秘思想家	(三)
作家的外游	(3)	老女优萨拉·伯拿尔	(三)
人间赞美	(3)	女人的表情美	(四)
		戏剧《亡灵》序	(六)
		英国思想界的今昔	(三)
		凯尔特文艺复兴概观(内收5篇)	(三)
		阿纳托尔·法郎士	(三)
		芦笛(马塞尔·施沃布)	(六)
		(附录)	
		和平的胜利	(四)
		(印象记)	
		北美印象记(内收24篇)	(六)
		左脚截肢	(六)
		自太平洋上	(六)
		杰克·伦敦的小说	(三)
		文艺通信	(三)
		尼亚加拉瀑布观光记	(六)
		无言剧的复兴	(三)
		爱尔兰文学的新星	(三)
		欧洲战乱与海外文学	(三)
		美国的新剧团	(六)
		美国的大学	(六)

续表

福永书店版《厨川白村集》		改造社版《厨川白村全集》	
恋爱观 1925年5月1日出版		**恋爱观及杂纂** 1929年4月3日出版	
近代的恋爱观	(5)	近代的恋爱观	(五)
再谈恋爱	(5)	再谈恋爱	(五)
三谈恋爱	(5)	三谈恋爱	(五)
评结婚仪式	(5)	评结婚仪式	(五)
恋爱与结婚	(3)	OBITER SCRIPTA	(四)
有岛先生的结局	(5)	一瞬间	(五)
一瞬间	(5)	宣传与创作	(二)
黎明期的第一声	(5)	黎明期的第一声	(五)
(宗教观)		(翻译)	
恶魔的宗教	(3)	(短篇小说)	
僧正 Inge 及其他	(3)	蛮子大妈(法国:莫泊桑)	(六)
宗教与迷信	(3)	女囚(法国:都德)	(六)
		毛猿(英国:吉卜林)	(六)
		母亲(英国:里德)	(六)
		复仇(俄国:契诃夫)	(六)
		真是梦吗?(法国:莫泊桑)	(六)
		寂灭(美国:爱伦·坡)	
		(以上收入《狂犬》)	(六)
		晚晴的天空(瑞典:瑟德尔贝里)	(六)
		(散文诗)	
		静寂(美国:爱伦·坡)	(六)
		(詩)	
		致海伦(美国:爱伦·坡)	(六)
		致F-(美国:爱伦·坡)	(六)

第五卷 / 第五卷

续表

福永书店版《厨川白村集》		改造社版《厨川白村全集》	
		窃语(英国:赖伐尔)	(六)
		晚秋(英国:奥斯丁)	(六)
		我的烦恼(英国:西蒙斯)	(六)
		恋歌(法国:都得)	(六)
		夜歌(法国:戈蒂耶、雨果)	(六)
		月下(法国:魏尔兰)	(六)
		暮春悲歌(奥地利:莱瑙)	(六)
		精舍(德国:席勒)	(六)
		新门罗主义	(未收)
		(序、跋)	
		矶千岛著《趣味的文章》序	(六)
		西川百子著《歌集无产者》恋爱篇跋	(六)
		根岸橘三郎著《新岛囊》序	(六)
		今泉浦治郎译《织工马南》序	(六)
		(演讲)	
		英文学与民族性	(六)
第六卷	**印象记 翻译及杂纂** 　　1925年10月10日出版	第六卷	**英诗选释** 　　1929年8月20日出版
	(印象记)		英诗选释 (未收)
	北美印象记(内收24篇) (4)		现代抒情诗选 (未收)
	左脚截肢 (4)		
	自太平洋上 (4)		
	尼亚加拉瀑布观光记 (4)		
	美国的新剧团 (4)		

续表

福永书店版《厨川白村集》	改造社版《厨川白村全集》
美国的大学　　　　　　　　(4)	
(翻译)	
晚晴的天空(瑞典:瑟德尔贝里)　(5)	
蛮子大妈(法国:莫泊桑)　(5)	
女囚(法国:都德)　(5)	
毛猿(英国:吉卜林)　(5)	
母亲(英国:里德)　(5)	
复仇(俄国:契诃夫)　(5)	
真是梦吗?(法国:莫泊桑)　(5)	
寂灭(美国:爱伦·坡)　(5)	
奇文一篇(切斯特顿)　(4)	
芦笛(马塞尔·施沃布)　(4)	
静寂(美国:爱伦·坡)　(5)	
致海伦(美国:爱伦·坡)　(5)	
致F-(美国:爱伦·坡)　(5)	
窃语(英国:赖伐尔)　(5)	
晚秋(英国:奥斯丁)　(5)	
我的烦恼(英国:西蒙斯)　(5)	
恋歌(法国:都得)　(5)	
夜歌(法国:戈蒂耶、雨果)　(5)	
月下(法国:魏尔兰)　(5)	
暮春悲歌(奥地利:莱瑙)　(5)	
精舍(德国:席勒)　(5)	
(杂纂)	
序跋	

续表

福永书店版《厨川白村集》	改造社版《厨川白村全集》
《亡灵》序(高桥泰译) (4)	
《趣味的文章》序(矶千岛著) (5)	
《小泉先生及其他》序 (4)	
《歌集无产者》恋爱篇跋(西川百子著) (5)	
《出了象牙之塔》序 (3)	
《法律之辙》序(菊池宽译) (3)	
《新岛襄》序(根岸橘三郎著) (5)	
《织工马南》序(今泉浦治郎译)(5)	
《走向十字街头》序 (3)	
演讲	
关于英语的研究(英文) (3)	
英国文学与民族性 (5)	
文艺上的现实主义 (3)	
＊附录:简历 （未收）	
第七卷 **补遗** 1926年4月18日出版 最近英诗概论 (2) 追补(143页遗漏) ＊编辑后记 ＊索引 （未收）	
第八卷 **索引** 1926年4月18日出版 文学论索引 （未收）	

附录四　厨川白村身后著作出版一览表

书名或文章名	所收全集名	出版社	出版年月
十字街頭を往く		（東京）福永書店	1923.12
苦悶の象徴		（東京）改造社	1924.2
文芸の起源	現代文化と教育	（東京）民友社	1924.3
『英詩選釈』第2巻		（東京）アルス	1924.3
文学論（上）	厨川白村集：第1巻	（東京）厨川白村集刊行会	1924.12
文学論（下）	厨川白村集：第2巻	（東京）厨川白村集刊行会	1925.1
最近英詩概論	厨川白村集：補遺	（東京）厨川白村集刊行会	1925.4
文学論索引	厨川白村集：索引	（東京）厨川白村集刊行会	1925.4
恋愛観と宗教観	厨川白村集：第5巻	（東京）厨川白村集刊行会	1925.5
エッセイと文明批評	厨川白村集：第4巻	（東京）厨川白村集刊行会	1925.6
文芸評論	厨川白村集：第3巻	（東京）厨川白村集刊行会	1925.8
印象記　翻訳及雑纂	厨川白村集：第6巻	（東京）厨川白村集刊行会	1925.10
近代文学十講		（東京）大日本図書	1926
象牙の塔を出て		（東京）福永書店	1926
最近英詩概論		（東京）福永書店	1926.7
白村随筆集	明治大正随筆選集：第12編	（東京）人文会出版部	1926.9
小泉先生の思い出	小泉八雲先生：逝去満二十五年を記念す	（東京）第一書房	1928

续表

书名或文章名	所收全集名	出版社	出版年月
文学評論	厨川白村全集：第3卷	（東京）改造社	1929.2
恋愛観及雑纂	厨川白村全集：第5卷	（東京）改造社	1929.4
文学論（下）	厨川白村全集：第2卷	（東京）改造社	1929.5
文学論（上）	厨川白村全集：第1卷	（東京）改造社	1929.6
文学評論及印象記	厨川白村全集：第4卷	（東京）改造社	1929.7
英詩選釈	厨川白村全集：第6卷	（東京）改造社	1929.8
「文学思潮論」等14篇	現代日本文学全集・第20編 上田敏・厨川白村・阿部次郎編	（東京）改造社	1929.12
英詩選釈	改造文庫：第1部第94篇	（東京）改造社	1933
近代文学十講	改造文庫：第1部第93篇	（東京）改造社	1933
近代の恋愛観	改造文庫：第1部第90篇	（東京）改造社	1933
十字街頭を行く	改造文庫：第1部第92篇	（東京）改造社	1933.5
象牙の塔を出て・苦悶の象徴	改造文庫：第1部第91篇	（東京）改造社	1933.12
近代文学十講		（東京）苦楽社	1948.1
苦悶の象徴		（東京）山根書店	1949.6
近代の恋愛観	角川文庫：第21	（東京）角川書店	1950.4

续表

书名或文章名	所收全集名	出版社	出版年月
近代文学十講	角川文庫:第115	(東京)角川書店	1952
創作論	現代日本文学全集・94 現代文芸評論(一)	(東京)筑摩書房	1958.3
近代の恋愛観	鑑賞と研究現代日本文学講座/評論・随筆2	(東京)三省堂	1962.7
近代の恋愛観	現代日本思想大系・第17	(東京)筑摩書房	1964.3
小泉先生	日本現代文学全集・第107	(東京)講談社	1969
小泉先生の旧居を訪ふ	現代日本紀行文学全集・補巻1	(東京)ほるぷ出版	1976.8
近代の恋愛観	近代日本思想大系・34	(東京)筑摩書房	1977.2
デモクラシーの力北米印象記	アメリカ古典文庫・23	(東京)研究社出版	1977.8
寂滅詩人ポーとその名歌	明治翻訳文学全集:新聞雑誌編・19	(東京)大空社	1996.6
オスカア・ワイルド警句	明治翻訳文学全集:新聞雑誌編・10	(東京)大空社	1996.10
猩々物語	明治翻訳文学全集:新聞雑誌編・12	(東京)大空社	1998.5
精舎	明治翻訳文学全集:新聞雑誌編・35	(東京)大空社	1999.12
夢なりしか	明治翻訳文学全集:新聞雑誌編・32	(東京)大空社	1999.12
新生活の意味	婦人問題講演集・第2巻	(東京)日本図書センター	2003.10

续表

书名或文章名	所收全集名	出版社	出版年月
『近代文学十講』第二講「近代の生活」三、四節	《編年体大正文学全集》第1卷	(東京)ゆまに書房	2000.5
戦争と海外文学	《編年体大正文学全集》第6卷	(東京)ゆまに書房	2001.3
近代の恋愛観	《編年体大正文学全集》第10卷	(東京)ゆまに書房	2002.3

附录五　日本厨川白村研究（文章）论文一览表

篇　名	作者	揭载刊物及刊号或书名	发表时间	出版社
厨川白村氏の『近代文学十講』	片上伸	『文章世界』第7巻第8号	1912.6.1	（東京）博文館
近代文学十講を読む	鵬心生	読売新聞	1912.4.20	
厨川氏の『文芸思潮論』を難ず	広瀬哲士	『人生と表現』第6巻第8号	1914.8.1	
厨川白村著『象牙の塔を出て』	山川菊栄	『著作評論』第1巻第5号	1920.8.1	（東京）雄松堂
宗教と無産階級文化、山野、石原、厨川諸氏の所論に就いて	武藤直治	『新潮』1923年4月号	1923.4.1	
厨川辰夫博士評		『芸文』第14年第10号	1923.10	京都文学会
白村の宗教観	谷本富	『宗教と芸術』第4巻第10号	1923.10.25	白村追悼号
一段の文字縁	山内晋卿	『宗教と芸術』第4巻第10号	1923.10.25	白村追悼号
その遺言	梅原真隆	『宗教と芸術』第4巻第10号	1923.10.25	白村追悼号

续表

篇　名	作者	揭載刊物及刊号或书名	发表时间	出版社
法螺白村と元禄女	迷岡眞人	『宗教と芸術』第4巻第10号	1923.10.25	白村追悼号
先生の片影	矢野峰人	『宗教と芸術』第4巻第10号	1923.10.25	白村追悼号
告別式感慨	望月華山	『宗教と芸術』第4巻第10号	1923.10.25	白村追悼号
厨川先生の著作	森川智徳	『宗教と芸術』第4巻第10号	1923.10.25	白村追悼号
畏友白村を憶ふ	山本修二	『宗教と芸術』第4巻第10号	1923.10.25	白村追悼号
厨川先生の断面	日夏耿之介	『宗教と芸術』第4巻第10号	1923.10.25	白村追悼号
厨川先生の面影を偲んで	德永徹照	『宗教と芸術』第4巻第10号	1923.10.25	白村追悼号
厨川先生を哀ふ	長澤信寿	『宗教と芸術』第4巻第10号	1923.10.25	白村追悼号
厨川先生のおもひで	大島馬太郎	『宗教と芸術』第4巻第10号	1923.10.25	白村追悼号
厨川博士を悼む	黒田正利	『宗教と芸術』第4巻第10号	1923.10.25	白村追悼号
追憶	下間空教	『宗教と芸術』第4巻第10号	1923.10.25	白村追悼号
白村よりの葉書	クラアク	『宗教と芸術』第4巻第10号	1923.10.25	白村追悼号
学窓の友をいたみて	有川武彦	『宗教と芸術』第4巻第10号	1923.10.25	白村追悼号
五高時代の思出と厨川先生	山本修二	『英語青年』第50巻第2号	1923.10.29	臨時増刊追悼号

续表

篇　名	作者	揭载刊物及刊号或书名	发表时间	出版社
厨川博士の共訳書	坂倉篤太郎	『英語青年』第50巻第2号	1923.10.29	臨時増刊追悼号
嗚呼白村君	本田増次郎	『英語青年』第50巻第2号	1923.10.29	臨時増刊追悼号
初対面に続く永別	厨川蝶子	『英語青年』第50巻第2号	1923.10.29	臨時増刊追悼号
震災当時のおもひで	平田禿木	『英語青年』第50巻第2号	1923.10.29	臨時増刊追悼号
厨川さんの計に接して	岡倉由三郎	『英語青年』第50巻第2号	1923.10.29	臨時増刊追悼号
厨川氏のおもひで	矢野峰人	『英語青年』第50巻第2号	1923.10.29	臨時増刊追悼号
厨川先生の追憶	益田道三	『英語青年』第50巻第2号	1923.10.29	臨時増刊追悼号
厨川先生の学風	R. F. 生	『英語青年』第50巻第2号	1923.10.29	臨時増刊追悼号
鳩の巣その外		『英語青年』第50巻第2号	1923.10.29	臨時増刊追悼号
諸家の信書より	滝川生	『英語青年』第50巻第2号	1923.10.29	臨時増刊追悼号
思ひ出すことども	今泉浦次郎	『英語青年』第50巻第2号	1923.10.29	臨時増刊追悼号
厨川先生のこと	新庄清	『英語青年』第50巻第2号	1923.10.29	臨時増刊追悼号
厨川先生に就て	新村出	『英語青年』第50巻第3号	1923.11.1	
厨川君を悼む	市河三喜	『英語青年』第50巻第3号	1923.11.1	
厨川教授を悼む				

续表

篇 名	作者	掲載刊物及刊号或书名	发表时间	出版社
厨川先生の書簡	鈴木三郎	『英語青年』第 50 巻第 3 号	1923.11.1	
To the Spirit of my Chum	クラーク	『英語青年』第 50 巻第 3 号	1923.11.1	
厨川先生	竹友藻風	『英語青年』第 50 巻第 3 号	1923.11.1	
見たり聞いたり	長澤生	『英語青年』第 50 巻第 3 号	1923.11.1	
厨川先生を憶ふ	石田憲次	『英語青年』第 50 巻第 3 号	1923.11.1	
最後に会った厨川先生	内多精一	『英語青年』第 50 巻第 3 号	1923.11.1	
厨川先生を回顧して	藤沢孝夫	『英語青年』第 50 巻第 3 号	1923.11.1	
厨川白村博士略年譜	M.S.生	『英語青年』第 50 巻第 3 号	1923.11.1	
厨川博士を憶ふ	光井武八郎	『英語青年』第 50 巻第 3 号	1923.11.1	
追憶より懐古へ	新村出	『芸文』第 14 年第 11 号	1923.11.1	白村追悼号
憶竹馬の友辰夫君	坂倉篤太郎	『芸文』第 14 年第 11 号	1923.11.1	白村追悼号
厨川先生最後の御手紙に	黒田正利	『芸文』第 14 年第 11 号	1923.11.1	白村追悼号
厨川白村氏のおもひで	菊池寛	『女性改造』	1923.11.1	
哀しみの追憶より	厨川蝶子	『女性改造』	1923.11.1	
悲しみを追憶	厨川蝶子	『女性』第 4 巻第 5 号	1923.11.1	(大阪)プラトン社

续表

篇　名	作者	掲載刊物及刊号或书名	発表时间	出版社
教室の厨川先生	須貝清一	『英語青年』第50巻第4号	1923.11.15	
厨川博士の京大講義課目	M.S.生	『英語青年』第50巻第4号	1923.11.15	
厨川先生と私	大内覚太郎	『英語青年』第50巻第4号	1923.11.15	
厨川先生と鎌倉	山本修二	『芸文』第14年第12号	1923.12.1	
厨川先生を憶ふ	矢野禾積	『芸文』第14年第12号	1923.12.1	
辰夫君と私	吉岡善蔵	『英語青年』第50巻第5号	1923.12.1	
厨川先生と「現代抒情詩選」	矢野峰人	『英語青年』第50巻第6号	1923.12.15	
厨川博士を憶ふ	坂口昂	『英語青年』第50巻第7号	1924.1.1	
厨川白村博士と「中学英語」	笹岡生	『英語青年』第50巻第8号	1924.1.15	
厨川白村遺稿出版会に於て	谷本梨庵	『芸文』第15年第2号	1924.2.1	
英国流の紳士厨川白村	小島徳彌	小島徳彌『文壇百話』	1924.3.15	(東京)新秋出版社
最近恋愛観を論ず	土田杏村	『女性公論』	1924.4.1	
プロムナード——(その三)厨川白村『牙の塔を出て』『十字街頭を往く』	井汲清治	『三田文学』第15巻第4号	1924.4.1	
厨川博士の遺稿『苦悶の象徴』を読んで感あり	矢野峰人	読売新聞	1924.4.7	

续表

篇　名	作者	揭载刊物及刊号或书名	发表时间	出版社
白村を憶ふ	谷本富	朝日新聞	1924.10.26	
「白村集」のこと	山本修二	「文芸春秋」3-4	1925.4.1	
「恋愛の諸問題」	土田杏村	土田杏村「恋愛の諸問題」	1925.9.15	(東京)第一書房
東京帝国大学生	中野重治	「驢馬」六月号	1926.6.1	
上田敏と厨川白村	加藤武雄	「明治大正文学の輪郭」	1926.9.13	(東京)新潮社
跋に代へて	坂倉篤太郎	「厨川白村全集」第三巻	1929.2.28	(東京)改造社
白村舎の追憶	厨川蝶子	改造」1929年3月号	1929.3.1	
白村追憶	坂倉篤太郎	改造社文学月報35	1929.11	(東京)改造社
厨川先生の生活と思想(序)	山本修二	現代日本文学全集20	1929.12.13	(東京)改造社
厨川先生を語る	山本修二	「文芸春秋」第11年第5号	1933.5.1	
苦悶の新装	高見順	「新潮」1937年5月号	1937.5	
厨川白村	矢野峰人	矢野峰人「半面像」	1943.9.6	(台北)大木書房
「近代の恋愛観」あとがき	厨川文夫	「近代の恋愛観」	1947.2.25	(東京)苦楽社
厨川白村先生の生涯	矢野峰人	矢野峰人「思旧貼」	1948.1.1	(京都)関書院
「近代の恋愛観」解説	厨川文夫	「近代の恋愛観」	1950.4	(東京)角川書店

续表

篇 名	作者	揭载刊物及刊号或书名	发表时间	出版社
池田藤四郎先生厨川白村氏「科学的管理法」論争	坂本重閲	『日本能率』9(4)	1950.5	
厨川白村	矢野峰人	辰野隆編『近代日本の教養人』	1950.6.1	実業之日本社
厨川白村	野口美枝子	『学苑』第十四巻第一号	1952.1.1	産業経済新聞社
厨川白村－近親者が語る文化人列伝1	厨川文夫	『随筆』1(3)	1952.3	
厨川白村	岩上順一	西尾実、近藤忠義共編『現代文学総説』Ⅲ	1952.4.10	(東京)学灯社
厨川白村博士の横顔－三十年忌を記念して－	衣笠梅二郎	『主流』第十六号(復刊六号)	1953.9.20	(京都)同志社英文学会
厨川白村	矢野峰人	矢野峰人『去年の雪』	1955.4.5	大雅書房
厨川白村	深瀬基寛	『近代文芸の研究：矢野禾積博士還暦記念論文集』	1956.3	(東京)北星堂書店
大正デモクラシーの女性論	瀬沼茂樹	『婦人公論』41(8)	1956.8	
魯迅と厨川白村	丸山昇	『魯迅研究』21号	1958.12	
厨川白村	長谷川泉	『現代文学講座：人と作品』	1960.	(東京)明治書院

续表

篇　名	作者	揭载刊物及刊号或书名	发表时间	出版社
若き日の厨川白村とポー	重久篤太郎	『英文学手帳』(第5号)1961年秋季号	1961.9.20	アポロン同好会編（京都）あぽろん社
厨川白村（『近代の恋愛観』解説）	川口朗	伊藤整五人編『鑑賞と研究・現代日本文学講座・評論・随筆2』大正期I	1962.7.25	（東京）三省堂
厨川白村覚え書	小玉晃一	『英文学思潮』第35巻	1962.12.15	青山学院大学英文学会
厨川白村	安藤美登里等	『近代文学研究叢書』22	1964.12.1	昭和女子大学近代文学研究室
日本英文学の京都学派	小玉晃一	『研究報告』第21号	1965.9.4	日本英学史研究会
厨川白村の業績	安藤美登里	『研究報告』第21号	1965.9.4	日本英学史研究会
厨川白村－著作はベストセラー	吉川幸次郎	朝日新聞3版	1967.9.12	
原詩の背景－敏と白村のブラウニング訳詩について－	中野正順	『研究紀要』第6集	1969.1.15	（京都）光華女子大学光華女子短期大学編集
魯迅と厨川白村	楠原俊代	『中国文学報』第26冊	1976.4	

续表

篇 名	作者	掲載刊物及刊号或书名	发表时间	出版社
フロイトの紹介と影響－新心理主義成立の背景－	曽根博義	昭和文学研究会編『昭和文学の諸問題』	1979.5.25	(東京)笠間書院
近代の恋愛観(解説)	渡辺澄子	『明治大正昭和の名著総解説』	1979.7.20	自由国民社
厨川白村の文学観－「象牙の塔を出て」－	浅野春江	『解釈』二月号	1980.2.1	
厨川白村と1924年における魯迅	中井政喜	『野草』第27号	1981.4.20	
魯迅と厨川白村(中国・張華)	鶴田義郎	『海外事情研究』第10巻第1号	1983.2.25	
魯迅と厨川白村	相浦杲	『中国語学・文学論集－伊地智善継・辻本春彦両教授退官記念』	1983.12	(東京)東方書店
魯迅の散文詩集『野草』について－比較文学の角度から－	相浦杲	『国際関係論の総合的研究』1982年度	1983.12	大阪外国語大学
厨川白村の『狂犬』	瀬沼茂樹	『日本近代文学館』第77号	1984.1.15	
フロイト受容の地層－大正期の『無意識』－	曽根博義	『遡河』19 1986春	1986.3.1	

续表

篇　名	作者	揭载刊物及刊号或书名	发表时间	出版社
近代的生命観からの出発－厨川白村と魯迅－	横松宗	横松宗『魯迅－民族の教師』	1986.3.15	（東京）河出書房新社
郁達夫と大正文学	伊藤虎丸	伊藤虎丸三人編『近代文学における中国と日本』	1986.10	（東京）汲古書店
厨川白村		『近代作家追悼文集成』9	1987.1	（東京）ゆまに書房
魯迅と徐懋庸（三）厨川白村をめぐって	新島淳良	『墳』3号	1987.8	
象牙の塔を出て	有光隆司	『日本文芸鑑賞事典』3	1987.12.17	ぎょうせい
魯迅と厨川白村	厨川文夫	有島行光他『父の書斎』	1989.6.10	（東京）筑摩書房
魯迅と厨川白村	藤田昌志	『中国学志』需号（第5号）	1990.12.15	
白村と柳村	河盛好蔵	『私の随想選』第五巻私の日本文学Ⅱ	1991.6.5	（東京）新潮社
ウェルレーヌ詩の翻訳－上田敏と厨川白村の翻訳をめぐって	薄井歳和	『千葉大学人文研究』21	1992	
『悪魔詩人』と『漂泊詩人』－田漢の象徴詩人像と日本文壇の影響－	趙怡	『比較文学研究』73号	1992.2	（東京）東大比較文学会

续表

篇　名	作者	掲載刊物及刊号或书名	发表时间	出版社
早期曹禺論－厨川白村文芸観の受容を中心に－	牧陽一	『野草』第50号	1992.8.1	
「神国」流転－八雲と白村－	阿部正大	『日本文学の伝統と創造』	1993.6	
一九二〇年代中国における恋愛観の受容と日本－『婦人雑誌』を中心に	西槇偉	『比較文学研究』64号	1993.12.30	(東京)東大比較文学会
魯迅と白村、漱石	林叢	『比較文学』第37巻(1994年度)	1995.3	日本比較文学会
大衆文化での『恋愛』受容－厨川白村の『恋愛』の発見」	張競	張競『近代中国と「恋愛」の発見』	1995.6.27	(東京)岩波書店
厨川白村與中国現代作家	梁敏児	『中国文学報』第53冊	1996.10	
厨川白村博士について	小川環樹	小川環樹『小川環樹著作集』	1997.5	(東京)筑摩書房
厨川白村與中国現代文学裏的神秘主義	梁敏児	『中国文学報』第56冊	1998.4	
胡風と厨川白村の文芸観について	後藤岩奈	『新潟大学言語文化研究』第4号	1998.12	

续表

篇　名	作　者	掲載刊物及刊号或书名	发表时间	出版社
『苦悶の象徴』と魯迅の文芸心理学思想－文学創作の心理原動力の問題を論ず(1)(中国・程麻)	俊藤若奈	『県立新潟女子短期大学研究紀要』第36集	1999.3	
厨川白村「苦悶の象徴」が魯迅へ与えた影響	裴怡然	『かほよとり』8	2000.11.20	
新ロマン主義と潜在意識－厨川白村を中心として－	永井太郎	『国語国文』第69巻第3号(787号)	2000.11.20	
民国文壇と厨川白村－「近代の恋愛観」の受容を中心に－	工藤貴正	『現代中国』第75号	2001.1	
厨川白村著作の普及と受容－日本における評価の考察を中心に－	工藤貴正	大阪教育大学『学大国文』第44号	2001.1.31	
民国期におけるビョルンソンとジュニーツラーの翻訳作品－「近代の恋愛観」での紹介状況を副次的資料として	工藤貴正	大阪教育大学『日本アジア言語文化研究』18号	2001.3	
『苦悶の象徴』と魯迅の文芸心理学思想－文学創作の心理原動力の問題を論ず」(2)(中国・程麻)	俊藤若奈	『県立新潟女子短期大学研究紀要』第38集	2001.3	

续表

篇 名	作者	揭载刊物及刊号或书名	发表时间	出版社
厨川白村はなぜ売れたのか	菅野聡美	菅野聡美『消費される恋愛論-大正知識人と性』	2001.8.17	(東京)青弓社
任白涛「恋愛論」と夏丏尊「近代的恋愛観」について	工藤貴正	大阪教育大学紀要第1部門 人文科学第50巻第1号	2001.8.31	
路翎与厨川白村	山田芳明	『文化女子大学紀要』(人文社会科学研究)10	2002.1	
ある中学教師の『文学概論』(上)-民国期における西洋の近代文芸概説書の波及と受容-	工藤貴正	大阪教育大学紀要第1部門 人文科学第51巻第2号	2002.9.10	
ある中学教師の『文学概論』(下)-本間久雄・厨川白村・小泉八雲の文芸論の受容-	工藤貴正	大阪教育大学紀要第1部門 人文科学第51巻第2号	2003.2.28	
豊子愷と厨川白村	楊暁文	『日本中国学会報』57集	2005	
厨川白村「近代の恋愛観」	鈴木貞美	鈴木貞美『生命観の探究』	2007.5	(東京)作品社

附录六 厨川白村著作汉译本初版一览表

中译名	原著名	译者	丛书名	出版社	出版时间
近代文学十讲（上）	近代文学十講	罗迪先	学术研究会丛书第二册	上海学术研究会丛书部	1921.8
近代文学十讲（下）	近代文学十講	罗迪先	学术研究会丛书第四册	上海学术研究会丛书部	1922.10
恋爱论（辑译）	近代の恋愛觀	任白涛	学术研究会丛书第六册	上海学术研究会丛书部	1923.7
文艺思潮论	文芸思潮論	樊从予	文学研究会丛书	（上海）商务印书馆	1924.12
苦闷的象征	苦悶の象徴	鲁迅	未名丛刊	（北平）未名社	1924.12
苦闷的象征	苦悶の象徴	丰子恺	文学研究会丛书	（上海）商务印书馆	1925.3
出了象牙之塔	象牙の塔を出て	鲁迅	未名丛刊	（北平）未名社	1925.12
走向十字街头	十字街頭を往く	绿蕉大杰	表现社丛书	（上海）启智书局	1928.8

续表

中译名	原著名	译者	丛书名	出版社	出版时间
恋爱论（订译）	近代の恋愛観	任白涛		（上海）启智书局	1928.8
近代的恋爱观	近代の恋愛観	夏丏尊	妇女问题研究会丛书	（上海）开明书局	1928.9
北美印象记	北米印象記	沈先端（夏衍）		（上海）金屋书店	1929.4
小泉八云及其他①	小泉先生そのほか	绿蕉（校）一碧		（上海）启智书局	1930.4
欧美文学评论②	印象記	夏绿蕉		（上海）大东书局	1931.1

① 《小泉八云及其他》中未译的文章有《果真是虚荣的罪过?》《病的性欲与文学》《卢维尔的漫画》《诗人室》《奇文一篇》(切斯特顿)》《阿纳托尔·法郎士》《芦笛(马塞尔·施沃布)》《和平的胜利》等七篇文章。
② 《欧美文学评论》译自《印象记》(内收24篇)，未译文章的有《北美印象记》《自太平洋上》《文艺通信》《杜伯日记》《尼亚加拉瀑布观光记》。另外在《欧美文学评论》中增译了《出了象牙之塔》一书中的《文学者与政治家》《游戏论》两篇文章。

附录七 厨川白村著作(文章)汉译初版一览表

篇 名	原文出处	译者	揭载刊物/书名	刊号/出版社	发表时间
平民诗人惠特曼的百年祭	文芸思潮論 第五章第一节	田汉	《少年中国》	第1卷第1期	1919.7.15
文艺思潮漫谈－浪漫主义的自然主义同比较观	近代文学十講 第五讲第二节	谢六逸	晨报副刊	连载5次	1919.7.30~8.3
文艺的进化	近代文学十講 第九讲第二节	朱希祖	《新青年》	第6卷第6号	1919.11.1
诗人与劳动问题	近代文学十講 第五讲第一节	田汉	《少年中国》	第1卷第8期	1920.2.15

续表

篇 名	原文出处	译者	揭载刊物/书名	刊号/出版社	发表时间
诗人与劳动问题（续）（译成图表）	近代文学十讲 第五讲	田汉	《少年中国》	第1卷第9期	1920.3.15
文学上的表象主义是什麽？	近代文学十讲第十讲第三节	谢六逸	《小说月报》	第11卷第5号	1920.5.25
新罗曼主义及其他－复黄日葵兄的一封信	近代文学十讲第八讲第一节	田汉	《少年中国》	第1卷第12期	1920.6.15
文学上的表象主义是什麽？（续）	近代文学十讲第十讲第三节	谢六逸	《小说月报》	第11卷第6号	1920.6.25
现代文学上底新浪漫主义	近代文学十讲第九讲第一节	昔尘	《东方杂志》	第17卷第12号	1920.6.25
最近文艺之趋势十讲	近代文学十讲	罗迪先	《民铎》	第2卷第2号	1920.9.15
苦闷之象征	苦闷の象徴（改造杂志版）	明权	时事新报副刊《学灯》	连载7次	1921.1.16～1.22
近代文艺思潮底变迁与人底一生	近代文学十讲第八讲第一节	白鸥	（上海）民国日报副刊《觉悟》		1921.7.25
美的宗教	文艺思潮論第五章第四节	汪馥泉	（上海）民国日报副刊《觉悟》		1921.8.25

续表

篇 名	原文出处	译 者	揭载刊物/书名	刊号/出版社	发表时间
基督教思潮和异教思潮	文艺思潮论第一章（部分）	汪馥泉	（上海）民国日报副刊《觉悟》		1921.9.20
灵肉合一观	文艺思潮论第五章第一节	汪馥泉	（上海）民国日报副刊《觉悟》		1921.10.4
象征底分析（后半部分）	近代文学十讲第十讲第三节部分	春 华	（上海）民国日报副刊《觉悟》		1921.10.23
近代的恋爱观（缩译）	近代の恋愛観（前半部分）	Y. D.（吴觉农）	《妇女杂志》	8卷2号1922年2月号	1922.2.1
西洋小说发达史	近代文学十讲小说发达之经过	谢六逸	《小说月报》	第13卷第2号	1922.2.10
文艺思潮论	文艺思潮论	汪馥泉	（上海）民国日报副刊《觉悟》	连载26次	1922.2.21.~3.28
西洋文艺思潮之变迁（译述）	近代文学十讲第五、六、七讲	谢六逸	《学林》	第1卷第6期	1922.3.25
文艺上的新罗曼派	近代文学十讲第九讲第一节	汪馥泉	（上海）民国日报副刊《觉悟》	连载2次	1922.7.9~10

续表

篇　名	原文出处	译　者	揭载刊物/书名	刊号/出版社	发表时间
勃朗宁的三篇恋爱诗	象牙の塔を出て	李宗武	《妇女杂志》	8卷8号1922年8月号	1922.8.1
从希腊思潮到文艺复兴		汪馥泉	（上海）民国日报副刊《觉悟》	连载3次	1922.12.14, 15,17
忆伏尔斯顿克拉夫脱女士	黎明期の第一声	施存统（方国昌）		9卷1号1923年1月号	1923.1.1
恋爱与自由	近代の恋愛観	Y.D.（吴觉农）	《妇女杂志》	9卷2号1923年2月号	1923.2.1
评结婚式	近代の恋愛観	任白涛	新民意报副刊《星火》	第四册	1923.4.29
爱与食之关系	近代の恋愛観	任白涛	《妇女杂志》	9卷6号1923年6月号	1923.6.1
论恋爱与生殖（谈话）	近代の恋愛観	任白涛	（上海）民国日报副刊《妇女评论》	第99期	1923.7.11
文艺思潮论	文芸思潮論	樊仲云	文学周报	第102～115,119～120期连载16次	1923.12.24～1924.5.5
文艺创作论	苦悶の象徴第一章前三节	樊仲云	文学周报	第128,129,138期连载3次	1924.6.30,7.7,9.8

续表

篇 名	原文出处	译 者	揭载刊物/书名	刊号/出版社	发表时间
苦闷的象征	苦悶の象徴	丰子恺	上海时报	开始连载	1924.9～
苦闷的象征（创造论与鉴赏论）	苦悶の象徴	鲁 迅	晨报副镌	第233～259号连载20次	1924.10.1～31
宣传与创作	近代の恋愛観	任白涛	《小说月报》	第15卷第10号	1924.10.10
文艺上几个根本问题的考察	苦悶の象徴 第三章	樊仲云	《东方杂志》	第21卷第20号	1924.10.25
恋爱贞操与一夫一妇论	近代の恋愛観	Y.D.（吴觉农）	（上海）民国日报副刊《妇女周刊》	第61期	1924.10.29
观照享乐的生活	象牙の塔を出て	鲁 迅	京报副刊	连载5次	1924.12.9～13
描写劳动问题的文学	象牙の塔を出て	鲁 迅	《民众文艺》周刊	第4期、第5期	1925.1.6 1925.1.13
从灵向肉和从肉向灵	象牙の塔を出て	鲁 迅	京报副刊	连载5次	1925.1.9～10、12～14、
西班牙剧坛的将星	十字街頭を往く	鲁 迅	《小说月报》	第16卷第1号	1925.1.10
现代文学之主潮	象牙の塔を出て	鲁 迅	《民众文艺》周刊	第6期	1925.1.20
作家之外游	十字街頭を往く	任白涛	《民铎》	第6卷第2号	1925.2.1

续表

篇　名	原文出处	译者	揭载刊物/书名	刊号/出版社	发表时间
出了象牙之塔	象牙の塔を出て	鲁　迅	京报副刊	连载16次	1925.2.14~3.11
病的性欲与文学	小泉先生そのほか	樊仲云	《小说月报》	第16卷第5号	1925.5.10
论劳动问题		樊仲云	《小说月报》	第16卷第6号	1925.6.10
文艺与性欲	十字街头を往く	樊仲云	《小说月报》	第16卷第7号	1925.7.10
东西之自然诗观	十字街头を往く	鲁　迅	《莽原》半月刊	第2期	1926.1.25
《苦闷的象征》的缩译	苦闷の象征	任白涛	《民铎》	第8卷第4号	1927.3.1
文艺与性欲	十字街头を往く	绿　蕉	《长夜》半月刊	第1期	1928.4.1
东西的自然诗观	十字街头を往く	刘大杰	《长夜》半月刊	第3期	1928.5.1
妇女与读书	十字街头を往く	绿　蕉	辉群编《女性与文学》	（上海）启智书局	1928.5.14
文艺与性欲	十字街头を往く	绿　蕉	辉群编《女性与文学》	（上海）启智书局	1928.5.14
蛇性之淫	十字街头を往く	张水淇	《狮吼》半月刊	复活号第1期	1928.7.1
女人的天国	北美印象记	沈瑞先（夏衍）	《狮吼》半月刊	复活号第5期	1928.9.1

续表

篇 名	原文出处	译 者	掲载刊物/书名	刊号/出版社	发表时间
恶魔的宗教	悪魔の宗教	刘大杰	刘大杰著《寒鸦集》	(上海)启智书局	1928.10
恶魔的宗教	悪魔の宗教	张水淇	《狮吼》半月刊	复活号第10期 复活号第11期	1928.11.16 1928.12.1
东西之自然诗观	十字街頭を往く	韩侍桁	韩侍桁辑译《近代日本文艺论集》	(上海)北新书局	1929.2
文学与性欲	十字街頭を往く	韩侍桁	韩侍桁辑译《近代日本文艺论集》	(上海)北新书局	1929.2
演剧与观客	十字街頭を往く	韩侍桁	韩侍桁辑译《近代日本文艺论集》	(上海)北新书局	1929.2
病的性欲与文学	小泉先生そのほか	韩侍桁	韩侍桁辑译《近代日本文艺论集》	(上海)北新书局	1929.2
东西洋的自然诗观	十字街頭を往く	芝 君	《开明》	第2卷第4号	1929.10.10
杰克伦敦的小说	印象記	刘大杰	《北新》	第4卷第1,2期合刊	1930.1.1

续表

篇　名	原文出处	译　者	揭载刊物/书名	刊号/出版社	发表时间
平和之胜利	小泉先生その ほか	任白涛	永朝十郎《从康德和平主义到思想问题》	(上海)启智书局	1930.4
文学者与政治家	象牙の塔を出て	夏绿蕉	夏绿蕉译《欧美文学评论》	(上海)大东书局	1931.1
游戏论	象牙の塔を出て	夏绿蕉	夏绿蕉译《欧美文学评论》	(上海)大东书局	1931.1
英国的厌世诗派	最近英詩概論 第四章	东　声 (韩侍桁)	《文艺月刊》	第 4 卷第 6 期 1933 年 12 月号	1933.12.1
文学家与政治家	象牙の塔を出て	蒋　翼	《绍兴鲁迅研究专刊》	1984 年第 2 期	1984
论英语之研究	象牙の塔を出て	黄乔生	《鲁迅研究月刊》	2006 年第 4 期	2006

附录八 中国厨川白村研究论文(文章·专著)一览表

篇名(书名)	作者	刊载刊物(书名)	刊号或出版社	发表时间
平民诗人惠特曼的百年祭	田汉	《少年中国》	第1卷第1期	1919.7.15
新罗曼主义及其他－复黄日葵兄的一封信	田汉	《少年中国》	第1卷第12期	1920.6.15
白梅之园的内外	田汉	《少年中国》	第2卷第12期	1921.6.15
《恋爱论》卷头语	任白涛	任白涛辑译《恋爱论》	(上海)启智书局	1923.7.20
读文艺思潮论	涌虞	《小说月报》	第15卷第2号	1924.2.10
艺术的创作与鉴赏	丰子恺	《春晖中学校刊》	第32期	1924.9.16
译《苦闷的象征》后三日序	鲁迅	晨报附镌		1924.10.1
《自己发现的欢喜》译者附记	鲁迅	晨报附镌		1924.10.26
《有限中的无限》译者附记	鲁迅	晨报附镌		1924.10.28
《文艺鉴赏的四阶段》译者附记	鲁迅	晨报附镌		1924.10.30

续表

篇名（书名）	作者	刊载刊物（书名）	刊号或出版社	发表时间
《苦闷的象征》（译者）引言	鲁迅	鲁迅译《苦闷的象征》	（北平）未名社	1924.12
《观照享乐的生活》译者附记	鲁迅	京报副刊		1924.12.13
从灵向肉和从肉向灵》译者附记	鲁迅	京报副刊		1925.1.9
《西班牙剧坛的将星》译者附记	鲁迅	《小说月报》	第16卷第1号	1925.1.10
《现代文学之主潮》译者附记	鲁迅	《民众文艺周刊》	第6期	1925.1.20
松原宽评厨川氏《苦闷的象征》之难点	景尼	晨报附刊	连载3次	1925.2.4, 2.6, 2.10
《出了象牙之塔》（译者）	鲁迅	《语丝》	第57期	1925.12.14
《东西之自然诗观》译者附记	鲁迅	《茅原》半月刊	第2期	1926.1.25
《文艺与性欲》大杰跋（译后感）	刘大杰	《长夜》	第一期	1928.4.1
书评两种——《小青之分析》	梁实秋	梁实秋著《文学的纪律》	新月书店	1928.5
艺术与经济	钱杏邨	《太阳月刊》	1928年6月号	1928.6
关于《恋爱论》的修正	任白涛	任白涛译订《恋爱论》	（上海）启智书局	1928.8
《近代的恋爱观》译者序	夏丏尊	夏丏尊译《近代的恋爱观》	（上海）开明书店	1928.9
为预言者的艺术家	张若谷	张若谷著《文学生活》	上海金屋书店	1928.10

续表

篇名（书名）	作　者	刊载刊物（书名）	刊号或出版社	发表时间
出了象牙之塔	张若谷	张若谷著《文学生活》	上海金屋书店	1928.10
《恶魔的宗教》译后感想	张水淇	《狮吼》半月刊	复活号第11期	1928.12.1
《近代的恋爱观》（短评）	孙大悲	《开明》月刊	第1卷第11号	1929.5.10
《近代的恋爱观》（短评）	林雪香	《开明》月刊	第1卷第11号	1929.5.10
《小泉八云及其他》（译言）	绿蕉	《小泉八云及其他》	上海启智书局	1930.4
《近代的恋爱观》（短评）	陈九皋	《开明》月刊	第2卷第13号	1930.8.1
厨川白村的出了象牙之塔	张若谷	张若谷著《从器俄到鲁迅》	上海新时代书局	1931
读厨川白村《东西之自然诗观》	梁漱溟	梁漱溟著《中国民族自救运动之最后觉悟》	村治月刊社	1932.9
唯物派的文学起源论	新玖	《文艺战线》	第2卷第35期	1933.11.20
文艺思潮史讲话－两种力	徐懋庸	《读书生活》	第1卷第10期	1935.3.25
没有苦闷没有文艺	去病	《清华周刊》	第43卷第12期	1935.7.31
生命的开花	欧阳凡海	欧阳凡海《鲁迅的书》第四章第八节	（桂林）文献出版社	1942.5
论苦闷的象征	范泉	范泉著《战争与文学》	上海永祥印书馆	1945.5

续表

篇名(书名)	作者	刊载刊物(书名)	刊号或出版社	发表时间
再论苦闷的象征	范 泉	范泉著《战争与文学》	上海永祥印书馆	1945.5
鲁迅先生译苦闷的象征	许钦文	《新青年》	新3卷第1号	1947.3.1
鲁迅译者校读题记(《苦闷的象征》、《出了象牙之塔》)孙用编录	孙 用	《新港》	1963年7月号	1963.7.1
鲁迅与厨川白村的文艺论著	黎宗科	《厦门大学学报》哲社版	1978年2、3期合刊	1978.9.22
鲁迅前期美学思想与厨川白村	温儒敏	《北京大学学报》	1981年第5期	1981
鲁迅和厨川白村	张 华	张华著《鲁迅和外国作家》	陕西人民出版社	1981.4
绪篇 鲁迅美学思想概说之四	刘再复	刘再复著《鲁迅美学思想论稿》	中国社会科学出版社	1981.6
读厨川白村《苦闷的象征》	曾镇南	《读书》	1982年第9期	1982
《苦闷的象征》两种中译本的轶闻	邓啸林	《艺谭》	1983年第2期	1983
鲁迅与厨川白村	刘柏青	《日本文学》	1984年第1期	1984
关于鲁迅的散文诗集《野草》(上)(日本:相浦杲)	宿玉堂 能势良子	《辽宁大学学报》	1984年第1期	1984
关于鲁迅的散文诗集《野草》(下)(日本:相浦杲)	宿玉堂 能势良子	《辽宁大学学报》	1984年第2期	1984

续表

篇名（书名）	作　者	刊载刊物（书名）	刊号或出版社	发表时间
一篇鲁迅没有译出的厨川白村的短文	张颂南	《绍兴鲁迅研究专刊》	1984年第2期	1984
鲁迅与《苦闷的象征》	顾　农	《鲁迅研究资料》13	天津人民出版社	1984.7
厨川白村的《苦闷的象征》及其它	许怀中	《鲁迅研究》	1984年第4期	1984.8.15
一部文艺心理学的早期译著	鲁枢元	《郑州大学学报》（哲社版）	1985年第1期	1985
鲁迅与厨川白村	许怀中	许怀中著《鲁迅文艺思潮流派》	湖南人民出版社	1985.6
厨川白村与1924年的鲁迅（日本：中井喜政）	高　鹏	《国外中国文学研究论丛》（中国现代文学专辑）	中国文联出版公司	1985.7
鲁迅与厨川白村	刘柏青	刘柏青著《鲁迅与日本文学》	吉林大学出版社	1985.12
《野草》与厨川白村	王吉鹏	《广西师院学报》（哲社版）	1986年第1期	1986.3
《苦闷的象征》和鲁迅的文艺心理思想－论文学创作的心理动力问题	程　麻	《福建论坛》（文史哲版）	1986年第5期	1986.10.20
田汉早期文艺思想初探	谭桂林	《山东师大学报》（社科版）	1987年第1期	1987
厨川白村与克罗齐鉴赏理论比较	尉天骄	《美育》	1987年第4期	1987
文艺社会学和文艺心理学的合流与厨川白村	赵宪章	《南京大学学报》（哲学·人文·社科版）	1987年第4期	1987

续表

篇名（书名）	作 者	刊载刊物（书名）	刊号或出版社	发表时间
《苦闷的象征》的两种译本	朱金顺	《中国现代文学研究丛刊》	1987年第2期	1987
鲁迅与厨川白村及鹤见祐辅－关于鲁迅杂文理论主要渊源的探讨	姚春树	《鲁迅与中外文化》	厦门大学出版社	1987.7
苦闷的象征	沈国芳	赵凭章编《二十世纪外国美学文艺学名著精义》	江苏文艺出版社	1987.9
鲁迅与厨川白村－关于鲁迅杂文理论主要渊源的探讨	姚春树	《杂文界》	1988年第1期	1988.1.30
生命·个性·自我表现－厨川白村与郭沫若的早期文艺思想	郭太安	《聊城师范学院学报》（哲社版）	1988年（增刊）	1988
苦闷的象征与觉醒的意识（香港:吴茂生）	万 晓	《鲁迅研究动态》	1988年第9期	1988
中国普罗米修斯的精神历程－《摩罗诗力说》·《苦闷的象征》·《艺术论》	伍晓明	《鲁迅研究动态》	1988年第3期	1988
《苦闷的象征》和鲁迅的文艺心理学思想－论文学创作的早期的心理动力问题	程 麻	程麻著《沟通与更新－鲁迅与日本文学关系发微》	中国社会科学出版社	1990
厨川白村与田汉的早期创作（日本:小谷一郎）	刘 平	《社会科学辑刊》	1990年第4期	1990
《苦闷的象征》与中国现代作家	史玉宝	《贵州大学学报》（社科版）	1990年第4期	1990

续表

篇名(书名)	作 者	刊载刊物(书名)	刊号或出版社	发表时间
鲁迅与厨川白村	王永生	智量主编《比较文学三百篇》	上海文艺出版社	1990.5
厨川白村的文艺心理学及其对社会的关注	赵凭章	赵凭章《文艺学方法通论》	江苏文艺出版社	1990.12
曹禺与厨川白村(日本:牧阳一)	牧阳一	田本相、刘家鸣主编《中外学者论曹禺》	南开大学出版社	1992.10
论厨川白村的《苦闷的象征》	马兴国	《日本文化教育研究文集》	辽宁教育出版社	1992.12
《苦闷的象征》与弗洛伊德学说的传人－厨川白村研究之一(香港:梁敏儿)	梁敏儿	《中国现代文学研究丛刊》	1994年第10期	1994
鲁迅译介厨川白村著作的思想动因	袁荻涌	《庆阳师专学报》(社科版)	1994年第2期	1994.5.1
独到的见地 深切的会心－厨川白村为何会得到鲁迅的赞赏和肯定	袁荻涌	《日本学刊》	1995年第3期	1995.3
厨川白村	秦弓	秦弓著《觉醒与挣扎》	中国铁道出版社	1995.2
《苦闷的象征》与中国文坛	邹振环	邹振环著《影响中国近代社会的一百种译作》	中国对外翻译出版公司	1996.1
鲁迅与厨川白村(日本:相浦杲)	胡金定	《考证·比较·鉴赏－二十世纪中国文学研究论集》	北京大学出版社	1996.8

续表

篇名（书名）	作 者	刊载刊物（书名）	刊号或出版社	发表时间
从比较文学的角度考察鲁迅的散文集《野草》（日本：相浦杲）	宿玉堂 能势良子	《考证·比较·鉴赏——二十世纪中国文学研究论集》	北京大学出版社	1996.8
厨川白村与中国现代文艺理论	王向远	《文艺理论研究》	1998年第2期	1998
中国现代文艺理论和日本文艺理论	王向远	《北京师范大学学报》（社科版）	1998年第4期	1998
关于厨川白村的象征主义理论	尹康庄	尹康庄《象征主义与中国现代文学》	暨南大学出版社	1998.8
"苦闷的象征"	倪浓水	《电大教学》	1999年第1期	1999
胡风与厨川白村	王向远	《文艺理论研究》	1999年第2期	1999
厨川白村·鲁迅·《野草》	于秀娟	《聊城师范学院学报》（哲社版）	1999年第3期	1999
老舍文学思想与外国文学理论	石兴泽	宋益乔等著《立体多元的比较文学》	中国文联出版社	1999.9
厨川白村与鲁迅文艺思想比较论	于秀娟	宋益乔等著《立体多元的比较文学》	中国文联出版社	1999.9

续表

篇名（书名）	作 者	刊载刊物（书名）	刊号或出版社	发表时间
论《铸剑》"哈哈爱兮歌"的象征性（日本：工藤贵正）	张梦平	《上海鲁迅研究》10	百家出版社	1999.10
鲁迅与厨川白村	刘柏青	张福贵等著《中日近现代文学关系比较研究》	吉林大学出版社	1999.12
《苦闷的象征》与西方文化思潮	任现品	《日本研究》	1999年第4期	1999
厨川白村的建设性理论及一个时代文学的结束	叶谓渠	《日本文学史》近代卷第九章第五节	经济日报出版社	2000.1
《苦闷的象征》：西方文化思潮的创造性整合	任现品	《烟台大学学报》（哲社版）	2000年第2期	2000
厨川白村与中国新文学	黄德志	《文艺理论研究》	2000年第2期	2000.3
完全性的追求－鲁迅、《苦闷的象征》与浪漫主义（香港：梁敏儿）	梁敏儿	《鲁迅研究月刊》	2000年第3期	2000
厨川白村与"为生命"：于我心有戚戚焉	支克坚	支克坚著《胡风论》	广西教育出版社	2000.6
鲁迅与厨川白村	黄德志 沈 玲	《鲁迅研究月刊》	2000年第10期	2000
"诗可以怨"与"苦闷的象征"－论中日文学创作心理动力差异	任现品	《理论学刊》	2001年第1期	2001.1

附录·厨川白村文艺思想研究

333

续表

篇名（书名）	作者	刊载刊物（书名）	刊号或出版社	发表时间
《苦闷的象征》的传播及其意义－兼论鲁迅对中国现代文学理论建设的贡献	任现品	《齐鲁学刊》	2001年第3期	2001
论《苦闷的象征》对我阿30年代文学批评的影响	王烨	《中国现代文学研究丛刊》	2001年第4期	2001
厨川白村与中国现代文学	陈忠彩	李岫等主编《二十一世纪中外文学交流史》（上）	河北教育出版社	2001.11
内在契合与外在机运－中国现代文坛接受《苦闷的象征》探因	任现品	《烟台大学学报》（哲社版）	第15卷第1期	2002.1
五四文学发展与厨川白村的文明批评	方长安	《江汉论坛》	2002年第9期	2002
厨川白村与社会文明批评	王文宏	《外国文学研究》	2002年第4期	2002
《苦闷的象征》在中国的翻译及传播	王成	《日语学习与研究》	2002年第1期	2002.3
深广的文化性格（上）：关于《苦闷的象征》和《中国小说史略》	杨义、陈圣生	杨义、陈圣生主著《中国比较文学批评史纲》	福建教育出版社	2002.9
厨川白村与鲁迅的文艺根源观	程帆	程帆主编《我听鲁迅讲文学》	中国致公出版社	2002.9

续表

篇名（书名）	作者	刊载刊物（书名）	刊号或出版社	发表时间
厨川白村：文艺社会学和文艺心理学的汇流	赵凭章	赵凭章《文艺美学方法论问题》	暨南大学出版社	2002.9
厨川白村文艺思想研究	王文宏	王文宏著	吉林人民出版社	2002.12
情绪主观：文艺进化的主流	王文宏	《东疆学刊》	第19卷第4期	2002.12
"情绪主观是文艺的始终"——厨川白村文艺思想研究	王文宏	《北京邮电大学学报》（社科版）	2002年第4期	2002
厨川白村与《近代文学十讲》	王文宏	《外国文学研究》	2003年第5期	2003
五四文学发展与厨川白村的《苦闷的象征》	方长安	方长安著《选择·接受·转化》	武汉大学出版社	2003.6
厨川白村的文艺理论对郭沫若的影响	肖霞	肖霞著《浪漫主义-日本之桥与五四文学》	山东大学出版社	2003.7
成仿吾浪漫主义文学理论的形成	肖霞	肖霞著《浪漫主义-日本之桥与五四文学》	山东大学出版社	2003.7
厨川白村与田汉	肖霞	肖霞著《浪漫主义-日本之桥与五四文学》	山东大学出版社	2003.7

续表

篇名（书名）	作 者	刊载刊物（书名）	刊号或出版社	发表时间
鲁迅与厨川白村	王文宏	《北京邮电大学学报》（社科版）	2003 年第 3 期	2003
厨川白村与弗洛伊德	王文宏	《东疆学刊》	第 20 卷第 4 期	2003.10
厨川白村与鲁迅的文艺思想	周 怡	《黄海学术论坛》（第二辑）		2003.11
苦闷的象征	黄乔生	黄乔生著《鲁迅与胡风》	河北人民出版社	2003.12
苦闷的话语空间——《苦闷的象征》在中国的翻译及传播	王 成	《日本文学翻译论集》	人民文学出版社	2004.2
论日本戏剧对田汉的影响	靳明全	《西南师范大学学报》（人文社会科学版）	第 30 卷第 2 期	2004.3
柏格森,厨川白村与胡风	史宝宝	临沂师范学院学报	2004 年第 2 期	2004
"枭鸣"：鲁迅随笔的异端思维与言说方式	黄科安	《杭州师范学院学报》社会科学版	2004 年第 3 期	2004
厨川白村的主观文艺进化论	王文宏	《北京电子科技学院学报》	2004 年第 3 期	2004
追问艺术之神——鲁迅译介厨川白村著作的思想动因	李健东	《泉州学林》		2004.5.20

续表

篇名（书名）	作 者	刊载刊物（书名）	刊号或出版社	发表时间
鲁迅的文学概论教材：厨川白村的《苦闷的象征》	程正民 程 凯	程正民、程凯著《中国现代文学理论知识体系的建构》	北京大学出版社	2005
中国和日本的厨川白村研究	李 强	《东方研究2004－中日文学比较研究专辑》	经济日报出版社	2005.2
鲁迅杂考二则	张 杰	《新文学史料》	2005年第4期	2005
鲁迅·丰子恺·《苦闷的象征》	余连祥	《鲁迅研究月刊》	2005年第4期	2005.4.15
论厨川白村对周作人文学观的影响	黎杨全	《海南大学学报》（人文社会科学版）	第23卷第2期	2005.6
试论《苦闷的象征》对老舍小说创作的影响	张 敏	《滁州学院学报》	2005年第3期	2005
一个具有悖论情结的文艺思想家	王文宏	《东疆学刊》	第22卷第3期	2005.7
《苦闷的象征》与中国新文学作家的创作	罗伟文	《南京航空航天大学学报》哲社科版	2005年第4期	2005
从审美取向看厨川白村文艺观的价值认同	王铁钧	《山西大学学报》哲社科版	2005年第5期	2005.9
鲁迅散文"释愤抒情"的理论探源	肖剑南	《嘉应学院学报》（哲社版）	2005年第4期	2005

续表

篇名（书名）	作者	刊载刊物（书名）	刊号或出版社	发表时间
"日本桥"与中国现代艺术思潮史	卢铁澎	王邦维主编《比较视野中的东方文学》	集刊2	2005.12
聚焦生命：鲁迅与厨川白村	周涛	《绍兴文理学院学报》	2006年第1期	2006
关于《鲁迅译文集》中一篇未译的英语演讲	黄乔生	《鲁迅研究月刊》	2006年第4期	2006
鲁迅的"战士真我"及其译作《出了象牙之塔》	彭小燕	《汕头大学学报》（人文社会科学版）	2006年第5期	2006
厨川白村著《近代的恋爱观》在民国文坛中的影响	工藤贵正	《鲁迅：跨文化对话》（纪念鲁迅逝世七十周年国际学术讨论会论文集）	大象出版社	2006.10
中国厨川白村研究简述	李强	《日本语言文化研究》	第6辑	2006.10
厨川白村与周作人文学史建构比较	熊晓艳	淄博师范高等专科学校学报	2007年第1期	2007
郁达夫与厨川白村文艺思想之比较探析	何卫	北京航空航天大学学报（社会科学版）	2007年第1期	2007.3
互文性：鲁迅的《野草》与《苦闷的象征》的译介	赵小琪	《社会科学辑刊》	2007年第4期	2007
厨川白村与《近代的恋爱观》	李强	《日本语言文化研究》	第7辑	2007.8
中国厨川白村研究评述	李强	《国外文学》	2007年第4期	2007.11

附录九 《近代文学十讲》目录①

第一讲 序论

一 绪言

○最近约五十年来的文学 ○近代的文艺思潮是各国共通的 ○原因之一：交通工具 ○原因之二：共同的思想问题 ○本讲座的目的 ○仅作介绍和说明 ○病态倾向与松茸的比喻 ○近代思潮批评的难点 ○依据的参考书

二 时代概观

○时代精神 ○孔德的实证论 ○达尔文的进化论 ○其影响 ○科学万能的时代 ○自然科学与精神科学 ○物质文明 ○激烈的生存竞争 ○物质欲望的增大 ○生活难带来的苦闷 ○贫富悬殊 ○个人与社会 ○阿纳托尔·法郎士的短篇小说《克兰克比尔》○没有情趣的生活状态 ○维尔哈伦的诗作《渔夫》

第二讲 近代生活

一 世纪末

○时代的情调 ○所谓"世纪末" ○过去和现在 ○时代的变化与文学 ○起因于自然科学

---

① 罗迪先翻译《近代文学十讲》时只翻译了目录中的一级和二级标题。现将目录中的三级标题全部译出，供读者和研究者参考。

二　道德方面

○伦理学说种种　○自然生活与社会生活　○两种生活的矛盾　○生存竞争和习惯道德　○两种极端的道德学说　○尼采主张的强者、主人的道德与弱者、奴隶的道德　○其超人说　○托尔斯泰的和平观　○近代人的道德意识　○利己主义及限制其办法　○君子道德家与英雄及罪人　○凡人与伪善者

三　疲劳及精神上的病态

○因为身心过度疲劳的病态　○维尔哈伦的诗作《触手般扩展的城市》○都市的膨胀○都市生活　○对神经的刺激　○近代文学是都市人的文学　○精神病患者　○诺道的主张　○变质与歇斯底里症患者　○精神残疾人

四　刺激

○刺激物兴奋剂的需求剧增　○寻求刺激之心理　○狱中囚犯与近代人的生活　○强烈的肉感刺激　○A. H. 福雷尔教授的主张　○沉溺于官能的生活　○麻痹　○新奇和不正常的刺激　○病态仅为通俗的说法

第三讲　近代的思潮（之一）

一　"世纪的痼疾"

○近代人的内心生活　○怀疑和不安　○十九世纪的前半和后半　○法国革命及其后的风潮　○当时诗文中的厌世倾向　○叔本华的厌世哲学　○科学勃兴的影响

二　哲学与宗教

○黑格尔之前的哲学　○哲学上的浪漫主义　○科学带来的新倾向　○纯机械和物质的人生观　○宗教信仰与科学的冲突　○施特劳斯、费尔巴哈等的学说　○当时宗教界的动摇

○现实的倾向与宗教心 ○信仰的动摇与诗文 ○托尔斯泰的《安娜·卡列尼娜》

三 怀疑与个人主义
○丧失标准和权威的思想界 ○怀疑时代 ○批评和反抗的态度 ○无尽的动摇和烦闷 ○社会生活和个人生活 ○自我中心的个人主义 ○由来之一：利己主义 ○由来之二：近世的自由思想即自我解放、民主精神和偶像破坏 ○由来之三：智力开发带来的自我觉醒 ○其他原因 ○个人主义的思想家尼采 ○施蒂纳、克尔恺郭尔等 ○个人主义和北欧的文艺 ○易卜生的诗剧《布兰得》○易卜生主义 ○个人主义和妇女问题 ○比昂松的作品 ○俄国的屠格涅夫 ○放浪生活的赞美者高尔基 ○爱尔兰文学

四 物质的机械的人生观
○近代苦闷的原因之一 ○机械式的法则的压迫与自由意志的否定 ○宿命论（determinism 与 fatalism）○物质的生物学的世界观 ○没有英雄没有天才没有神秘 ○唯物史观 ○其要点 ○机械的人文发达史解释

第四讲 近代的思潮（之二）

一 近代的悲哀
○近代文艺和悲哀 ○第一、幻影消失的悲哀 ○机械的决定论的影响 ○自然观的变化 ○四种失望 ○青年时代和中年时代 ○莫泊桑的《一生》和福楼拜的《包法利夫人》○第二、怀疑带来的悲哀 ○尼采的话 ○显克维奇的《无信仰》○英国诗人 A. H. 克拉夫的《旅途之恋》○北欧文学与悲哀 ○斯特林堡的《父亲》○疑惑的苦闷死 ○第三、源自个人主义的悲哀 ○无法驾御自我和个性的人的痛苦 ○霍普特

曼的《孤独的人》《沉钟》〇现实的压迫与个人主义的冲突 〇第四、消极的个人主义的悲哀 〇颓废派 〇逃避现实的态度 〇近代文艺中表现的悲哀 〇两种厌世观 〇近代英国文学中厌世思想 〇汤姆逊.J、托马斯·哈代等 〇新思潮与英国文学 〇俄国人的特性与厌世悲哀的文艺

二 思想界的暗潮
〇自然派文学的背景 〇无路可走的黑暗的思想界 〇引自邓南遮的诗集 〇福楼拜的话 〇无尽的不安与动摇 〇切斯特顿氏的讥讽

三 近代思潮与文艺
〇内心生活的痛苦与肉欲 〇颓废的倾向 〇暂时忘却悲哀的肉体欢乐 〇象征派诗人 〇颓废派的名称 〇人为的刺激 〇由刺激看到的两种类别 〇冷静的旁观者态度 〇挖苦的冷笑 〇以福楼拜为例 〇其冷酷的纯粹的艺术态度 〇最近思潮的变化 〇新理想主义 〇斯蒂文森的文章

四 文艺上的南欧、北欧以及英国
〇两种流派的比较 〇拉斯金的文章 〇南欧民族与北欧民族 〇引自易卜生的《幽灵》〇地中海沿岸与北欧的自然 〇南方风格与北方风格的比较 〇北欧人种的原始野性 〇近代北欧文学比重加大的原因 〇尼采所说的艺术家的两大类别 〇思想本位和艺术本位 〇斯拉夫人种和拉丁民族的文学 〇形成差别的物质原因 〇思想上的两大派别 〇英国的特性 〇北方民族和南方民族的调和 〇凯尔特民族 〇岛国人的特色 〇南方拉丁的趣味与北方思想的交融 〇英国文学与南欧文学的关系 〇中庸调和的特色 〇近代英国与中庸主义 〇与欧洲大陆的近代思想根本不相容 〇其例证:拜伦 〇拉斐尔前派的诸诗人 〇丁尼生其人

○近代文学的厌世思想 ○中庸的激烈的思想 ○变态时代 ○英国文学的近况与变态凋零期 ○凯尔特人种带来的新趋势 ○爱尔兰的新派文学 ○英国文学的将来

第五讲　自然主义（之一）

一　过去一瞥
——从拟古典主义到浪漫主义——
○最近约两个世纪来的文艺思潮 ○拟古典主义和浪漫主义 ○浪漫主义成为近代艺术门户的原因之一：打破因袭的思想 ○自由的艺术 ○原因之二：民主化的艺术 ○浪漫派文艺的特色 ○"惊人的复活"与美的憧憬 ○怀念中世 ○异国情调 ○ 其弊病

二　从浪漫主义到自然主义
○十九世纪前半的浪漫派文学 ○科学的勃兴与思潮的转机 ○文艺思潮的变迁 ○新旧文艺的比较 ○A. 理想与现实 ○B. 如实描写 ○C. 主情与主知 ○D. 经验与观察 ○E. 精神与物质 ○F. 对美而言的真 ○G. 技巧与非技巧 ○H. "为人生的艺术"与"为艺术的艺术" ○没有余裕没有游戏分子的艺术 ○问题剧、问题小说等 ○易卜生剧中反映的"问题"○各国近代的"问题"文艺 ○文艺与社会 ○I. 不打折扣的真实 ○近代文学中散文小说比重加大的原因 ○诗与散文 ○J. 现代的事实描写 ○K. 惊讶与平凡单调 ○读者对平凡事实描写的兴趣 ○以梅瑞狄斯为例 ○科学的观察将一切平常化○体验人生反省现在的自己的文学 ○讴歌英雄的叙事诗的灭绝 ○托尔斯泰的《战争与和平》○被描写人物的平凡是近代戏剧的一大特色 ○不足以引起人们注意的普通题目○思潮变迁的年代

第六讲　自然主义（之二）
一　其名称
○名称意义限定的必要　○文艺之外的自然主义　○自然的语义　○文艺史上使用该名称的实例　○第一、卢梭讴歌的自然主义　○第二、左拉的主张　○自然主义与写实主义　○实验小说论　○人生的科学研究　○反对左拉主张的意见

二　自然主义的由来
○文艺史上自然派勃兴的事实　○评论界的两大家　○近代的文艺批评　○圣佩韦的批评　○泰纳与其生物学式的批评　○一、人种　二、环境　三、时代　泰纳与自然派文学　○印象批评　○自然派在创作上的先驱巴尔扎克　○小说丛书《人间喜剧》○其作品的浪漫色彩　○类型化人物的描写　○福楼拜

第七讲　自然派作品的特色
一　科学的制作法
○客观描写　○无解决　○伯吕纳吉埃尔的主张　○作者不在作品表面露面　○援引托尔斯泰的莫泊桑论　○主观因素的多寡　○作者欺骗读者的狡猾手段　○病态现象的描写　○以病态遗传为主题的作品　○专事遗传研究的作家左拉　○鲁贡玛卡家族丛书　○其内容　○丛书中杰作的解说　○事实的记录　○采用模特　○二、三个实例　○极其精密的描写　○细致的研究　○左拉的《小酒店》○左拉的创作意图　○《卢尔德》○亨利·詹姆斯的评价　○福楼拜的《萨朗宝》○霍普特曼的《织工》○演绎的方法与归纳的方法

二　丑陋的兽性描写

○肉欲的动物性的生活 ○"世纪的丑化" ○作家对作品中人物事件的三种态度 ○丑恶与悲哀 ○哈代的作品 ○近代人的生活状态 ○"野兽喜剧" ○美与丑、快与不快 ○兽性描写的理由 ○补充的理由 ○暴露自由的自然的本能生活 ○对此的非难之一:不自然 ○非理想主义 ○非难之二:社会教化问题 ○文艺对道德 ○作者对肉欲描写的严肃态度 ○读者的罪过

三 "人生片断"

○"人生片断"一词 ○故事本位与描写本位 ○平凡的日常生活、如实的描写 ○没有完整的情节和结构 ○詹姆斯的屠格涅夫论 ○以戏剧为例 ○其实例:易卜生、霍普特曼 ○高尔基的《冬之宿》 ○小说中的实例 ○莎翁剧的布置结构 ○前后不统一的印象片段 ○人的传记 ○抛弃因袭形式 ○自然派小说"没意思"的原因 ○对此种作品的兴趣 ○夸张的描写 ○与现实完全一样的生活 ○萨尔都与易卜生

四 精细的"环境"描写

○精密的描写 ○小说的三要素:第一、人物;第二、情节;第三、环境 ○绘画的背景描写之比较 ○其发达的途径 ○三个时期 ○来自自然派生物学见解的必然结论 ○小说发达的四个时期 ○性格描写及其他

五 个性的描写

○类型与个体 ○每一个体所特有的外形即个性 ○由科学观察形成的个性描写 ○普遍与特殊 ○特别描写与地方色彩 ○其实例:莫泊桑、比昂松等 ○方言与乡音 ○个性描写之必须的表现法 ○自然派的新文体、新技巧 ○朴实真挚 ○福楼拜的文体论 ○龚古尔兄弟的文章 ○莫泊桑、左拉的文体 ○俄国文学的例子

六 印象主义

○绘画中的印象派 ○拟古派的绘画 ○浪漫派的绘画 ○枫丹白露派的风景画家 ○与形状和线条相比注重色彩和氛围 ○米勒的作品 ○其近代的画风 ○库尔贝的近代写实主义 ○印象派的鼻祖马奈 ○"印象"一词的由来 ○该派的特色,第一:描绘瞬间的印象 ○研究色彩和光线 ○日本画的影响 ○第二:不注重形状和布置结构 ○第三:不折不扣地描绘自然 ○无技巧 ○第四:省略法(雕刻上的印象派) ○绘画与文学的印象派之比较 ○无法做到纯客观描写 ○主观因素 ○心情 ○从思潮变迁上看印象主义 ○省略法即特性的选拔 ○照相与漫画 ○自然主义与写实主义

七 短篇小说及近代剧

○短篇流行的外在原因 ○其内在原因 ○短篇的意义 ○短篇小说的特征即印象描写 ○一、瞬间现象的捕捉 ○二、缺少情节 ○三、无技巧、客观的描写 ○四、省略法 ○暗示 ○描写的焦点 ○易卜生的戏剧 ○演剧界的新气象 ○新剧上场的困难 ○法国的自由剧场 ○革新的要点 ○德国的自由剧场 ○英国的独立剧场 ○社会剧

第八讲 最近思潮的变迁

一 新的努力时代

○思潮的变迁与人的一生 ○从怀疑到努力 ○一生的顶点与老成时代 ○欧洲现代的总体趋势 ○思想界的新陈代谢 ○弥尔顿的文章 ○自然主义与新时代

二 最近的思想和哲学科学

○人格上的唯心论 ○詹姆斯的学说 ○柏格森的哲学 ○倭铿教授 ○科学教授 ○科学万能风潮的衰弱 ○雷蒙德的话

○"科学万能的破产" ○自然科学形而上学的倾向 ○科学与哲学宗教的一致 ○其实例 ○研究不可思议的精神现象 ○近来神秘的直觉倾向 ○(参考)

第九讲 非物质主义的文艺(其一)
一 新浪漫派
○新文艺与浪漫倾向 ○新浪漫派 ○(文艺上的流派) ○"灵的觉醒"与神秘梦幻 ○从旧浪漫主义经由自然主义到新浪漫主义的过程 ○以易卜生为例 ○比"事实"潜藏得更深的东西 ○经过了自然主义之后的浪漫主义 ○自然派与新浪漫派之比较 ○思考的文学与感觉的文学 ○不自然 ○被描写的题材 ○无法做到的事实描写 ○浪漫的莎翁剧 ○扩大和夸张 ○美丑问题与诗美的新境地

二 文艺的进化
○文艺思潮的主流——情绪主观 ○外在影响带来的思潮变迁 ○真正的大文学 ○倾斜的文学 ○自然派之后的情绪主观的文学

三 最近文艺史上的事实
○最近文艺的变迁 ○脱离作品的文学论 ○最近欧洲文坛的实例 ○易卜生 ○以德国文学为例 ○左拉的变迁 ○罗德、罗斯丹等 ○法国的反自然派运动 ○于斯曼 ○西蒙斯的批评 ○法国的新诗 ○俄国、意大利、英国的文学 ○比利时文学及两大明星 ○诗人哲学家梅特林克 ○初期的厌世宿命论 ○死与恋爱 ○心灵的直觉 ○其思想的变迁 ○努力进取 ○其道德观 ○蜜蜂的研究 ○其戏剧,尤其是《莫娜·娃娜》 ○维尔哈伦 ○初期的忧郁时代 ○新的人生观 ○《圣·乔治》 ○《船夫》 ○《织网》 ○最近的绘画 ○法国

的绘画 ○德国的绘画 ○后期印象派 ○最近文艺的流派 ○阿道夫·巴特尔斯的学说

第十讲　非物质主义的文艺（其二）

一　心理解剖

○人心内部的解剖 ○自然派与心理派 ○心理的科学研究 ○俄国、英国、法国、意大利等的名家 ○其缺点 ○更深意义上的心理挖掘 ○神秘的作品

二　最近文艺的神秘倾向

○自然人生的神秘 ○何谓神秘说 ○诸道之言 ○黑尔之说 ○本杰明·乔伊特之说 ○近代神秘 ○科学与神秘 ○现实的神秘 ○最近文艺的实例 ○奈瓦尔之说 ○梅特林克的神秘说○其戏剧论及创作 ○神秘的直觉 ○霍普特曼及其他 ○罗马旧教的复活 ○英国的牛津运动 ○庇护九世教王的宣言 ○旧教与最近的思潮 ○于斯曼与寺院生活 ○其他的实例 ○灵的信仰与肉欲 ○诗人魏尔兰与旧教 ○灵与肉的矛盾

三　象征主义

○象征与文艺 ○联想与象征 ○A.本来的象征 ○B.讽喻 ○C.高级象征 ○D.情调象征 ○神秘与象征 ○瞬间的情调 ○基于神经作用的诗歌 ○内容即外形 ○象征诗与音乐的关系 ○魏尔兰的《诗歌作法》○官能交错和音、色的混淆 ○艺术各门类的混同 ○例子 ○马拉梅的暗示说 ○神经作用与暗示 ○象征诗的新技巧 ○语言的新作用 ○象征诗难解的原因 ○马拉梅作诗的顺序 ○短诗形 ○象征诗的实例：维尔哈伦、叶芝、德默尔、魏尔兰等的诗篇引用

四　唯美派与近代诗人

○近代的潮流与诗人　○诗人对普通人的态度　○享乐主义　○唯美派　○王尔德　○邓南遮　○恶魔派诗人　○其诗境　○诗集《恶之花》○美国诗人爱伦·坡的影响　○诗风的系统　○近代诗的变迁（由浪漫派经高蹈派到象征主义）○自由诗　○美国诗人惠特曼　○近来的反动　○（参考）

附录十 《苦闷的象征》杂志版与单行本的比较[①]

	1921年1月《改造》杂志版	1924年2月 改造社单行本
1	一 两种力 　　有如铁和石相击的地方就迸出火花,奔流给磐石挡住了的地方那飞沫就现出虹采一样,两种的力一冲突,于是美丽的绚烂的人生的万花镜,就展开来了。"No struggle, no drama"者,固然是勃廉谛尔(F. Brunetière)为解释戏曲而说的话,然而其实也不但是戏曲。倘没有两种力相触相击的纠葛,则我们的生活,我们的存在,在根本上就失掉意义了。正因为有生的苦闷,也因为有战的苦痛,所以人生才有生的功效。凡是服从于权威,束缚于因袭,羊一样听话的醉生梦死之徒,以及忙杀在	第一　创作论　一 两种力 　　有如铁和石相击的地方就迸出火花,奔流给磐石挡住了的地方那飞沫就现出虹采一样,两种的力一冲突,于是美丽的绚烂的人生的万花镜,**生活的种种相**就展开来了。"No struggle, no drama"者,固然是勃廉谛尔(F. Brunetière)为解释戏曲而说的话,然而其实也不但是戏曲。倘没有两种力相触相击的纠葛,则我们的生活,我们的存在,在根本上就失掉意义了。正因为有生的苦闷,也因为有战的苦痛,所以人生才有生的功效。凡是服从于权威,束缚于因袭,羊一样听话的醉生梦死之徒,以及忙杀在

---

① 该比较对照表为笔者用自制语料库分析比较后编辑而成。改造社单行本《苦闷的象征》采用的是鲁迅的译文。为便于比较,《改造》杂志版《苦闷的象征》也采用了鲁迅的译文。改造社单行本《苦闷的象征》中的黑体字部分(包括标题)为后来修改增加部分;《改造》杂志版《苦闷的象征》中的黑体字部分为改造社单行本《苦闷的象征》中没有的部分。序号145-148段 为厨川白村:《文艺的心境》全文,载《改造》1923年4月特大号。序号154-162段为厨川白村:《文艺的起源》全文,载《改造》1924年1月号。

续表

1921年1月《改造》杂志版	1924年2月 改造社单行本
利害的打算上,专受物欲的指使,而忘却了自己之为人的全底存在的那些庸流所不会觉得,不会尝到的心境——人生的深的兴趣,要而言之,无非是因为强大的两种力的冲突而生的苦闷懊恼的所产罢了。我就想将文艺的基础放在这一点上,解释起来看。所谓两种的力的冲突者——	利害的打算上,专受物欲的指使,而忘却了自己之为人的全底存在的那些庸流所不会觉得,不会尝到的心境——人生的深的兴趣,要而言之,无非是因为强大的两种力的冲突而生的苦闷懊恼的所产罢了。我就想将文艺的基础放在这一点上,解释起来看。所谓两种的力的冲突者——
二 创造生活的欲求 　　将那闪电似的,奔流似的,蓦地,而且几乎是胡乱地突进不息的生命的力,看为人间生活的根本者,是许多近代的思想家所一致的。那以为变化流动即是现实,而说"创造的进化"的伯格森(H. Bergson)的哲学不待言,就在勖本华尔(A. Schopenhauer)的意志说里,尼采(F. Nietzsche)的本能论超人说里,表现在培那特萧(Bernard Shaw)的戏曲《人与超人》(Man and Superman)里的"生力"里,在近来,则如罗素(B. Russell)在《社会改造的根本义》(Principles of Social Reconstruction)上所说的冲动说里,岂不是统可以窥见"生命的力"的意义么?	二 创造生活的欲求 　　将那闪电似的,奔流似的,蓦地,而且几乎是胡乱地突进不息的生命的力,看为人间生活的根本者,是许多近代的思想家所一致的。那以为变化流动即是现实,而说"创造的进化"的伯格森(H. Bergson)的哲学不待言,就在勖本华尔(A. Schopenhauer)的意志说里,尼采(F. Nietzsche)的本能论超人说里,表现在培那特萧(Bernard Shaw)的戏曲《人与超人》(Man and Superman)里的"生力"里,**嘉本特(E. Carpenter)的承认了人间生命的永远不灭的创造性的"宇宙底自我"说里**,在近来,则如罗素(B. Russell)在《社会改造的根本义》(Principles of Social Reconstruction)上所说的冲动说里,岂不是统可以窥见"生命的力"的意义么?

(序号 2)

	1921年1月《改造》杂志版	1924年2月改造社单行本
3	永是不愿意凝固和停滞,避去妥协和降伏,只寻求着自由和解放的生命的力,是无论有意识地或无意识地,总是不住地从里面热着我们人类的心胸,就在那深奥处,烈火似的焚烧着,将这炎炎的火焰,从外面八九层地遮蔽起来,巧妙地使全体运转着的一副安排,便是我们的外底生活,经济生活,也是在称为"社会"这一个有机体里,作为一分子的机制(mechanism)的生活。用比喻来说:生命的力者,就像在机关车上的锅炉里,有着猛烈的爆发性,危险性,破坏性,突进性的蒸汽力似的东西。机械的各部分从外面将这力压制束缚着,而同时又靠这力使一切车轮运行。于是机关车就以所需的速度,在一定的轨道上前进了。这蒸汽力的本质,就不外乎是全然绝去了利害的关系,离开了道德和法则的轨道,几乎胡乱地只是突进,只想跳跃的生命力。换句话说,就是这时从内部发出来的蒸汽力的本质底要求,和机械的别部分的本质底要求,是分明取着正反对的方向的。机关车的内部生命的蒸汽力有着要爆发,要突进,要自由和解放的	永是不愿意凝固和停滞,避去妥协和降伏,只寻求着自由和解放的生命的力,是无论有意识地或无意识地,总是不住地从里面热着我们人类的心胸,就在那深奥处,烈火似的焚烧着,将这炎炎的火焰,从外面八九层地遮蔽起来,巧妙地使全体运转着的一副安排,便是我们的外底生活,经济生活,也是在称为"社会"这一个有机体里,作为一分子的机制(mechanism)的生活。用比喻来说:生命的力者,就像在机关车上的锅炉里,有着猛烈的爆发性,危险性,破坏性,突进性的蒸汽力似的东西。机械的各部分从外面将这力压制束缚着,而同时又靠这力使一切车轮运行。于是机关车就以所需的速度,在一定的轨道上前进了。这蒸汽力的本质,就不外乎是全然绝去了利害的关系,离开了道德和法则的轨道,几乎胡乱地只是突进,只想跳跃的生命力。换句话说,就是这时从内部发出来的蒸汽力的本质底要求,和机械的别部分的本质底要求,是分明取着正反对的方向的。机关车的内部生命的蒸汽力有着要爆发,要突进,要自由和解放的

续表

	1921年1月《改造》杂志版	1924年2月改造社单行本
4	不断的倾向,而反之,机械的外底的部分却巧妙地利用了这力量,靠着将他压制,拘束的事,反使那本来因为重力而要停止的车轮,也因了这力,而在轨道上走动了。 　　我们的生命,本是在天地万象间的普遍的生命。但如这生命的力含在或一个人中,经了其"人"而显现的时候,这就成为个性而活跃了。在里面烧着的生命的力成为个性而发挥出来的时候,就是人们为内底要求所催促,想要表现自己的个性的时候,其间就有着真的创造创作的生活。所以也就可以说,自己生命的表现,也就是个性的表现,个性的表现,便是创造的生活了罢。人类的在真的意义上的所谓"活着"的事,换一句话,即所谓"生的欢喜"(joy of life)的事,就在这个性的表现,创造创作的生活里可以寻到。假使个人都全然否定了各各的个性,将这放弃了,压抑了,那就像排列着造成一式的泥人似的,一模一样的东西,是没有使他活着这许多的必要的。从社会全体看,也是个人若不各自十分地发挥他自己的个性,真的文化生活便不成立,这已经是许多人们说旧了的话了。	不断的倾向,而反之,机械的外底的部分却巧妙地利用了这力量,靠着将他压制,拘束的事,反使那本来因为重力而要停止的车轮,也因了这力,而在轨道上走动了。 　　我们的生命,本是在天地万象间的普遍的生命。但如这生命的力含在或一个人中,经了其"人"而显现的时候,这就成为个性而活跃了。在里面烧着的生命的力成为个性而发挥出来的时候,就是人们为内底要求所催促,想要表现自己的个性的时候,其间就有着真的创造创作的生活。所以也就可以说,自己生命的表现,也就是个性的表现,个性的表现,便是创造的生活了罢。人类的在真的意义上的所谓"活着"的事,换一句话,即所谓"生的欢喜"(joy of life)的事,就在这个性的表现,创造创作的生活里可以寻到。假使个人都全然否定了各各的个性,将这放弃了,压抑了,那就像排列着造成一式的泥人似的,一模一样的东西,是没有使他活着这许多的必要的。从社会全体看,也是个人若不各自十分地发挥他自己的个性,真的文化生活便不成立,这已经是许多人们说旧了的话了。

续表

	1921年1月《改造》杂志版	1924年2月改造社单行本
5	在这样意义上的生命力的发动，即个性表现的内底欲求，在我们的灵和肉的两方面，就显现为各种各样的生活现象。就是有时为本能生活，有时为游戏冲动，或为强烈的信念，或为高远的理想，为学子的知识欲，也为英雄的征服欲望。这如果成为哲人的思想活动，诗人的情热，感激，企慕而出现的时候，便最强最深地感动人。而这样的生命力的显现，是超绝了利害的念头，离了善恶邪正的估价，脱却道德的批评和因袭的束缚而带着一意只要飞跃和突进的倾向：这些地方就是特征。	在这样意义上的生命力的发动，即个性表现的内底欲求，在我们的灵和肉的两方面，就显现为各种各样的生活现象。就是有时为本能生活，有时为游戏冲动，或为强烈的信念，或为高远的理想，为学子的知识欲，也为英雄的征服欲望。这如果成为哲人的思想活动，诗人的情热，感激，企慕而出现的时候，便最强最深地感动人。而这样的生命力的显现，是超绝了利害的念头，离了善恶邪正的估价，脱却道德的批评和因袭的束缚而带着一意只要飞跃和突进的倾向：这些地方就是特征。
6	三　强制压抑之力 然而我们人类的生活，又不能只是单纯的一条路的。要使那想要自由不羁的生命力尽量地飞跃，以及如心如意地使个性发挥出来，则我们的社会生活太复杂，而人就在本性上，内部也含着太多的矛盾了。	三　强制压抑之力 然而我们人类的生活，又不能只是单纯的一条路的。要使那想要自由不羁的生命力尽量地飞跃，以及如心如意地使个性发挥出来，则我们的社会生活太复杂，而人就在本性上，内部也含着太多的矛盾了。
7	我们为要在称为"社会"的这一个大的有机体中，作为一分子而生活着，便只好必然地服从那强大的机制。使我们在从自己的内面迫来的个性的要求，即创造创作的欲望之上，	我们为要在称为"社会"的这一个大的有机体中，作为一分子而生活着，便只好必然地服从那强大的机制。使我们在从自己的内面迫来的个性的要求，即创造创作的欲望之上，

续表

	1921年1月《改造》杂志版	1924年2月改造社单行本
	总不能不甘受一些什么迫压和强制。尤其是近代社会似的,制度法律军备警察之类的压制机关都完备了,别一面,又有着所谓"生活难"的恐吓,我们就有意识地或无意识地,总难以脱离这压抑。在减削个人自由的国家至上主义面前低头,在抹杀创造创作生活的资本万能主义膝下下跪,倘不将这些看作寻常茶饭的事,就实情而论,是一天也活不下去的。	总不能不甘受一些什么迫压和强制。尤其是近代社会似的,制度法律军备警察之类的压制机关都完备了,别一面,又有着所谓"生活难"的恐吓,我们就有意识地或无意识地,总难以脱离这压抑。在减削个人自由的国家至上主义面前低头,在抹杀创造创作生活的资本万能主义膝下下跪,倘不将这些看作寻常茶饭的事,就实情而论,是一天也活不下去的。
8	在内有想要动弹的个性表现的欲望,而和这正相对,在外却有社会生活的束缚和强制不绝地迫压着。在两种的力之间,苦恼挣扎着的状态,就是人类生活。这只要就今日的劳动——不但是筋肉劳动,连口舌劳动,精神劳动,无论什么,一切劳动的状态一想就了然。说劳动是快乐,那已经是一直从前的话了。可以不为规则和法规所縶缚,也不被"生活难"所催促,也不受资本主义和机械万能主义的压迫,而各人可以各做自由的发挥个性的创造生活的劳动,那若不是过去的上世,就是一部分的社会主义论者所梦想的乌托邦的话。要知道无论做一个花瓶,造一把短刀,也	在内有想要动弹的个性表现的欲望,而和这正相对,在外却有社会生活的束缚和强制不绝地迫压着。在两种的力之间,苦恼挣扎着的状态,就是人类生活。这只要就今日的劳动——不但是筋肉劳动,连口舌劳动,精神劳动,无论什么,一切劳动的状态一想就了然。说劳动是快乐,那已经是一直从前的话了。可以不为规则和法规所縶缚,也不被"生活难"所催促,也不受资本主义和机械万能主义的压迫,而各人可以各做自由的发挥个性的创造生活的劳动,那若不是过去的上世,就是一部分的社会主义论者所梦想的乌托邦的话。要知道无论做一个花瓶,造一把短刀,也

续表

	1921年1月《改造》杂志版	1924年2月改造社单行本
8	可以注上自己的心血,献出自己的生命的力,用了伺候神明似的虔敬的心意来工作的社会状态,在今日的实际上,是绝对地不可能的事了。	可以注上自己的心血,献出自己的生命的力,用了伺候神明似的虔敬的心意来工作的社会状态,在今日的实际上,是绝对地不可能的事了。
9	从今日的实际生活来说,则劳动就是苦患。从个人夺去了自由的创造创作的欲望,使他在压迫强制之下,过那不能转动的生活的就是劳动。现在已经成了人们若不在那用了生活难的威胁当作武器的机械和法则和因袭的强力之前,先舍掉了像人样的个性生活,多少总变一些法则和机械的奴隶,甚而至于自己若不变成机械的妖精,便即栖息不成的状态了。既有留着八字须的所谓教育家之流的教育机器,在银行和公司里,风采装得颇为时髦的计算机器也不少。放眼一看,以劳动为享乐的人们几乎全没有,就是今日的情形。这模样,又怎能寻出"生的欢喜"来?	从今日的实际生活来说,则劳动就是苦患。从个人夺去了自由的创造创作的欲望,使他在压迫强制之下,过那不能转动的生活的就是劳动。现在已经成了人们若不在那用了生活难的威胁当作武器的机械和法则和因袭的强力之前,先舍掉了像人样的个性生活,多少总变一些法则和机械的奴隶,甚而至于自己若不变成机械的妖精,便即栖息不成的状态了。既有留着八字须的所谓教育家之流的教育机器,在银行和公司里,风采装得颇为时髦的计算机器也不少。放眼一看,以劳动为享乐的人们几乎全没有,就是今日的情形。这模样,又怎能寻出"生的欢喜"来?
·10	人们若成了单为从外面逼来的力所动的机器的妖精,就是为人的最大苦痛了;反之,倘若因了自己的个性的内底要求所催促的劳动,那可常常是快乐,是愉悦。一样是搬石头种树木之类的造花园的劳动,在受着雇	人们若成了单为从外面逼来的力所动的机器的妖精,就是为人的最大苦痛了;反之,倘若因了自己的个性的内底要求所催促的劳动,那可常常是快乐,是愉悦。一样是搬石头种树木之类的造花园的劳动,在受着雇

续表

	1921年1月《改造》杂志版	1924年2月改造社单行本
	主的命令，或者迫于生活难的威胁，为了工钱而做事的花儿匠，是苦痛的。然而同是这件事，倘使有钱的封翁为了自己内心的要求，自己去做的时候，那就明明是快乐，是消遣了。这样子，在劳动和快乐之间，本没有工作的本质底差异。换了话说，就是并非劳动这一件事有苦患，给与苦患的毕竟不外乎从外面逼来的要求，即强制和压抑。	主的命令，或者迫于生活难的威胁，为了工钱而做事的花儿匠，是苦痛的。然而同是这件事，倘使有钱的封翁为了自己内心的要求，自己去做的时候，那就明明是快乐，是消遣了。这样子，在劳动和快乐之间，本没有工作的本质底差异。换了话说，就是并非劳动这一件事有苦患，给与苦患的毕竟不外乎从外面逼来的要求，即强制和压抑。
11	生活在现代的人们的生活，和在街头拉着货车走的马匹是一样的。从外面想，那确乎是马拉着车罢。马这一面，也许有自以为自己拉着车走的意思。但其实是不然的。那并非马拉着车，却是车推着马使它走。因为倘没有车和辄的压制，马就没有那么地流着大汗，气喘吁吁地奔走的必要的。在现世上，从早到晚飞着人力车，自以为出色的活动家的那些能手之流，其实是度着和那可怜的马匹相差一步的生活，只有自己不觉得，得意着罢了。	生活在现代的人们的生活，和在街头拉着货车走的马匹是一样的。从外面想，那确乎是马拉着车罢。马这一面，也许有自以为自己拉着车走的意思。但其实是不然的。那并非马拉着车，却是车推着马使它走。因为倘没有车和辄的压制，马就没有那么地流着大汗，气喘吁吁地奔走的必要的。在现世上，从早到晚飞着人力车，自以为出色的活动家的那些能手之流，其实是度着和那可怜的马匹相差一步的生活，只有自己不觉得，得意着罢了。
12	据希勒垒尔（Fr. von Schiller）在那有名的《美底教育论》（Briefe ueber	据希勒垒尔（Fr. von Schiller）在那有名的《美底教育论》（Briefe ueber

续表

	1921年1月《改造》杂志版	1924年2月改造社单行本
	die Aesthetische Erziehung des Menschen)上所讲的话,则游戏者,是劳作者的意向(Neigung)和义务(Pflicht)适宜地一致调和了的时候的活动。我说"人惟在游玩的时候才是完全的人"的意思,就是将人们专由自己内心的要求而动,不受着外底强制的自由的创造生活,指为游戏而言。世俗的那些贵劳动而贱游戏的话,若不是被永远甘受着强制的奴隶生活所麻痹了的人们的谬见,便是专制主义者和资本家的专为自己设想的任意的胡言。想一想罢,在人间,能有比自己表现的创造生活还要高贵的生活么?	die Aesthetische Erziehung des Menschen)上所讲的话,则游戏者,是劳作者的意向(Neigung)和义务(Pflicht)适宜地一致调和了的时候的活动。我说"人惟在游玩的时候才是完全的人"的意思,就是将人们专由自己内心的要求而动,不受着外底强制的自由的创造生活,指为游戏而言。世俗的那些贵劳动而贱游戏的话,若不是被永远甘受着强制的奴隶生活所麻痹了的人们的谬见,便是专制主义者和资本家的专为自己设想的任意的胡言。想一想罢,在人间,能有比自己表现的创造生活还要高贵的生活么?
13	没有创造的地方就没有进化。凡是只被动于外底要求,反复着妥协和降伏的生活,而忘却了个性表现的高贵的,便是几千年几万年之间,虽在现在,也还反复着往古的生活的禽兽之属。所以那些全不想发挥自己本身的生命力,单给因袭束缚着,给传统拘囚着,模拟些先人做过的事,而坦然生活着的人们,在这一个意义上,就和畜生同列,即使将这样的东西聚集了几千万,文化生活也不会成立的。	没有创造的地方就没有进化。凡是只被动于外底要求,反复着妥协和降伏的生活,而忘却了个性表现的高贵的,便是几千年几万年之间,虽在现在,也还反复着往古的生活的禽兽之属。所以那些全不想发挥自己本身的生命力,单给因袭束缚着,给传统拘囚着,模拟些先人做过的事,而坦然生活着的人们,在这一个意义上,就和畜生同列,即使将这样的东西聚集了几千万,文化生活也不会成立的。

续表

	1921年1月《改造》杂志版	1924年2月改造社单行本
14	然而以上的话,也不过单就我们和外界的关系说。但这两种的力的冲突,也不能说仅在自己的生命力和从外部而至的强制和压抑之间才能起来。人类是在自己这本身中,就已经有着两个矛盾的要求的。譬如我们一面有着要彻底地以个人而生活的欲望,而同时又有着人类既然是社会底存在物(social being)了,那就也就和什么家族呀,社会呀,国家呀等等调和一些的欲望。一面既有自由地使自己的本能得到满足这一种欲求,而人类的本性既然是道德底存在物(moral being),则别一面就该又有一种欲求,要将这样的本能压抑下去。即使不被法则和因袭所束缚,然而却想用自己的道德,来抑制管束自己的要求的是人类。我们有兽性和恶魔性,但一起也有着神性;有利己主义的欲求,但一起也有着爱他主义的欲求。如果称那一种为生命力,则这一种也确乎是生命力的发现。这样子,精神和物质,灵和肉,理想和现实之间,有着不绝的不调和,不断的冲突和纠葛。所以生命力愈旺盛,这冲突这纠葛就该愈激烈。一面要积	然而以上的话,也不过单就我们和外界的关系说。但这两种的力的冲突,也不能说仅在自己的生命力和从外部而至的强制和压抑之间才能起来。人类是在自己这本身中,就已经有着两个矛盾的要求的。譬如我们一面有着要彻底地以个人而生活的欲望,而同时又有着人类既然是社会底存在物(social being)了,那就也就和什么家族呀,社会呀,国家呀等等调和一些的欲望。一面既有自由地使自己的本能得到满足这一种欲求,而人类的本性既然是道德底存在物(moral being),则别一面就该又有一种欲求,要将这样的本能压抑下去。即使不被**外来的**法则和因袭所束缚,然而却想用自己的道德,来抑制管束自己的要求的是人类。我们有兽性和恶魔性,但一起也有着神性;有利己主义的欲求,但一起也有着爱他主义的欲求。如果称那一种为生命力,则这一种也确乎是生命力的发现。这样子,精神和物质,灵和肉,理想和现实之间,有着不绝的不调和,不断的冲突和纠葛。所以生命力愈旺盛,这冲突这纠葛就该愈激

续表

	1921年1月《改造》杂志版	1924年2月改造社单行本
	极底地前进,别一面又消极底地要将这阻住,压下。并且要知道,这想要前进的力,和想要阻止的力,就是同一的东西。	烈。一面要积极底地前进,别一面又消极底地要将这阻住,压下。并且要知道,这想要前进的力,和想要阻止的力,就是同一的东西。**尤其是倘若压抑强,则爆发性突进性即与强度为比例,也更加强烈,加添了炽热的度数。将两者作几乎成正比例看,也可以的。稍为极端地说起来,也就不妨说,无压抑,即无生命的飞跃。**
15	这样的两种力的冲突和纠葛,无论在内底生活上,在外底生活上,是古往今来所有的人们都曾经验的苦痛。纵使因了时代的大势,社会的组织,以及个人的性情,境遇的差异等,要有些大小强弱之差,然而从原始时代以至现在,几乎没有一个不为这苦痛所恼的人们。古人曾将这称为"人生不如意"而叹息了,也说"不从心的是人间世"。用现在的话来说,这便是人间苦,是社会苦,是劳动苦。德国的厌世诗人来瑙(N. Lenau)虽曾经将这称为世界苦恼(Weltschmerz),但都是名目虽异,而包含意义的内容,总不外是想要飞跃突进的生命力,因为被和这正反对的力压抑了而生的苦闷和懊恼。	这样的两种力的冲突和纠葛,无论在内底生活上,在外底生活上,是古往今来所有的人们都曾经验的苦痛。纵使因了时代的大势,社会的组织,以及个人的性情,境遇的差异等,要有些大小强弱之差,然而从原始时代以至现在,几乎没有一个不为这苦痛所恼的人们。古人曾将这称为"人生不如意"而叹息了,也说"不从心的是人间世"。用现在的话来说,这便是人间苦,是社会苦,是劳动苦。德国的厌世诗人来瑙(N. Lenau)虽曾经将这称为世界苦恼(Weltschmerz),但都是名目虽异,而包含意义的内容,总不外是想要飞跃突进的生命力,因为被和这正反对的力压抑了而生的苦闷和懊恼。

续表

	1921年1月《改造》杂志版	1924年2月改造社单行本
16	除了不耐这苦闷,或者绝望之极,否定了人生,至于自杀之外,人们总无不想设些什么法,脱离这苦境,通过这障碍而突进的。于是我们的生命力,便宛如给磐石挡着的奔流一般,不得不成渊,成溪,取一种迂回曲折的行路。或则不能不尝那立马阵头,一面杀退几百几千的敌手,一面勇往猛进的战士一样的酸辛。在这里,即有着要活的努力,而一起也就生出人生的兴味来。要创造较好,较高,较自由的生活的人,是继续着不断的努力的。	除了不耐这苦闷,或者绝望之极,否定了人生,至于自杀之外,人们总无不想设些什么法,脱离这苦境,通过这障碍而突进的。于是我们的生命力,便宛如给磐石挡着的奔流一般,不得不成渊,成溪,取一种迂回曲折的行路。或则不能不尝那立马阵头,一面杀退几百几千的敌手,一面勇往猛进的战士一样的酸辛。在这里,即有着要活的努力,而一起也就生出人生的兴味来。要创造较好,较高,较自由的生活的人,是继续着不断的努力的。
17	所以单是"活着"这事,也就是在或一意义上的创造,创作。无论在工厂里做工,在帐房里算帐,在田里耕种,在市里买卖,既然无非是自己的生活力的发现,说这是或一程度的创造生活,那自然是不能否定的。然而要将这些作为纯粹的创造生活,却还受着太多的压抑和制驭。因为为利害关系所烦扰,为法则所左右,有时竟看见显出不能挣扎的惨状来。但是,在人类的种种生活活动之中,这里却独有一个绝对无条件地专营纯一不杂的创造生活的世界。这就是文艺的创作。	所以单是"活着"这事,也就是在或一意义上的创造,创作。无论在工厂里做工,在帐房里算帐,在田里耕种,在市里买卖,既然无非是自己的生活力的发现,说这是或一程度的创造生活,那自然是不能否定的。然而要将这些作为纯粹的创造生活,却还受着太多的压抑和制驭。因为为利害关系所烦扰,为法则所左右,有时看见显出不能挣扎的惨状来。但是,在人类的种种生活活动之中,这里却独有一个绝对无条件地专营纯一不杂的创造生活的世界。这就是文艺的创作。

续表

	1921年1月《改造》杂志版	1924年2月改造社单行本
18	文艺是纯然的生命的表现；是能够全然离了外界的压抑和强制，站在绝对自由的心境上，表现出个性来的唯一的世界。忘却名利，除去奴隶根性，从一切羁绊束缚解放下来，这才能成文艺上的创作。必须进到那与留心着报章上的批评，算计着稿费之类的全然两样的心境，这才能成真的文艺作品，因为能做到仅被在自己的心里烧着的感激和情热所动，像天地创造的曙神所做的一样程度的自己表现的世界，是只有文艺而已。我们在政治生活，劳动生活，社会生活之类里所到底寻不见的生命力的无条件的发现，只有在这里，却完全存在。换句话说，就是人类得以抛弃了一切虚伪和敷衍，认真地诚实地活下去的唯一的生活。文艺的所以能占人类的文化生活的最高位，那缘故也就在此。和这一比较，便也不妨说，此外的一切人类活动，全是将我们的个性表现的作为加以减削，破坏，蹂躏的了。	文艺是纯然的生命的表现；是能够全然离了外界的压抑和强制，站在绝对自由的心境上，表现出个性来的唯一的世界。忘却名利，除去奴隶根性，从一切羁绊束缚解放下来，这才能成文艺上的创作。必须进到那与留心着报章上的批评，算计着稿费之类的全然两样的心境，这才能成真的文艺作品，因为能做到仅被在自己的心里烧着的感激和情热所动，像天地创造的曙神所做的一样程度的自己表现的世界，是只有文艺而已。我们在政治生活，劳动生活，社会生活之类里所到底寻不见的生命力的无条件的发现，只有在这里，却完全存在。换句话说，就是人类得以抛弃了一切虚伪和敷衍，认真地诚实地活下去的唯一的生活。文艺的所以能占人类的文化生活的最高位，那缘故也就在此。和这一比较，便也不妨说，此外的一切人类活动，全是将我们的个性表现的作为加以减削，破坏，蹂躏的了。
19	那么，我在先前所说过那样的从压抑而来的苦闷和懊恼，和这绝对创造的文艺，究竟有着怎样的关系呢？	那么，我在先前所说过那样的从压抑而来的苦闷和懊恼，和这绝对创造的文艺，究竟有着怎样的关系呢？

续表

	1921年1月《改造》杂志版	1924年2月改造社单行本
20	并且不但从创作家那一面，还从鉴赏那些作品的读者这一面说起来，人间苦和文艺，应该怎样看法呢？我对于这些问题，当陈述自己的管见之前，想要作为准备，先在这里引用的，是在最近的思想界上得了很大的势力的一个心理学说。 　　四　精神分析学 　　在觉察了单靠试验管和显微镜的研究并不一定是达到真理的唯一的路，从实验科学万能的梦中，将要醒来的近来学界上，那些带着神秘底，思索底(speculative)，以及罗曼底(romantic)的色彩的种种的学说，就很得了势力了。即如我在这里将要引用的精神分析学(Psychoanalysis)，以科学家的所说而论，也是非常异样的东西。	并且不但从创作家那一面，还从鉴赏那些作品的读者这一面说起来，人间苦和文艺，应该怎样看法呢？我对于这些问题，当陈述自己的管见之前，想要作为准备，先在这里引用的，是在最近的思想界上得了很大的势力的一个心理学说。 　　四　精神分析学 　　在觉察了单靠试验管和显微镜的研究并不一定是达到真理的唯一的路，从实验科学万能的梦中，将要醒来的近来学界上，那些带着神秘底，思索底(speculative)，以及罗曼底(romantic)的色彩的种种的学说，就很得了势力了。即如我在这里将要引用的精神分析学(Psychoanalysis)，以科学家的所说而论，也是非常异样的东西。
21	奥地利的维也纳大学的精神病学教授弗罗特(S. Freud)，和一个医生叫作勃洛耶尔(J. Breuer)的，在一千八百九十五年发表了一本《歇斯迭里的研究》(Studien über Hysterie)，一千九百年又出了有名的《梦的解释》(Die Traumdeutung)，从此这精神分析的学说，就日见其多地提起学术界	奥地利的维也纳大学的精神病学教授弗罗特(S. Freud)，和一个医生叫作勃洛耶尔(J. Breuer)的，在一千八百九十五年发表了一本《歇斯迭里的研究》(Studien über Hysterie)，一千九百年又出了有名的《梦的解释》(Die Traumdeutung)，从此这精神分析的学说，就日见其多地提起学术界

续表

	1921年1月《改造》杂志版	1924年2月改造社单行本
	思想界的注意来。甚至于还有人说,这一派的学说在新的心理学上,其地位等于达尔文(Ch. Darwin)的进化论之在生物学。——弗罗特自己夸这学说似乎是歌白尼(N. Copernicus)地动说以来的大发见,这可是使人有些惶恐。——但姑且不论这些,这精神分析论着想之极为奇拔的地方,以及有着丰富的暗示的地方,对于变态心理,儿童心理,性欲学等的研究,却实在开拓了一个新境界。尤其是最近几年来,这学说不但在精神病学上,即在教育学和社会问题的研究者,也发生了影响;又因为弗罗特对于机智,梦,传说,文艺创作的心理之类,都加了一种的解释,所以在今日,便是文艺批评家之间,也很有应用这种学说的人们了。而且连Freudian Romanticism这样的奇拔的新名词,也听到了。	思想界的注意来。甚至于还有人说,这一派的学说在新的心理学上,其地位等于达尔文(Ch. Darwin)的进化论之在生物学。——弗罗特自己夸这学说似乎是歌白尼(N. Copernicus)地动说以来的大发见,这可是使人有些惶恐。——但姑且不论这些,这精神分析论着想之极为奇拔的地方,以及有着丰富的暗示的地方,对于变态心理,儿童心理,性欲学等的研究,却实在开拓了一个新境界。尤其是最近几年来,这学说不但在精神病学上,即在教育学和社会问题的研究者,也发生了影响;又因为弗罗特对于机智,梦,传说,文艺创作的心理之类,都加了一种的解释,所以在今日,便是文艺批评家之间,也很有应用这种学说的人们了。而且连Freudian Romanticism这样的奇拔的新名词,也听到了。
22	新的学说也难于无条件地就接受。精神分析学要成为学界的定说,大约总得经过许多的修正,此后还须不少的年月罢。就实际而言,便是从我这样的门外汉的眼睛看来,这学说也还有许多不备和缺陷,有难于立刻	新的学说也难于无条件地就接受。精神分析学要成为学界的定说,大约总得经过许多的修正,此后还须不少的年月罢。就实际而言,便是从我这样的门外汉的眼睛看来,这学说也还有许多不备和缺陷,有难于立刻

续表

1921年1月《改造》杂志版	1924年2月改造社单行本
首肯的地方。尤其是应用在文艺作品的说明解释的时候,更显出最甚的牵强附会的痕迹来。	首肯的地方。尤其是应用在文艺作品的说明解释的时候,更显出最甚的牵强附会的痕迹来。
弗罗特的所说,是从歇斯迭里病人的治疗法出发的。他发见了从希腊的息波克拉第斯(Hippokrates)以来直到现在,使医家束手的这莫名其妙的疾病歇斯迭里的病源,是在病人的阅历中的精神底伤害(Psychische trauma)里。就是,具有强烈的兴奋性的欲望,即性欲——他称这为libido——,曾经因了病人自己的道德性,或者周围的事情,受过压抑和阻止,因此病人的内底生活上,便受了酷烈的创伤。然而病人自己,却无论在过去,在现在,都丝毫没有觉到。这样的过去的苦闷和重伤,现在是已经逸出了他的意识的圈外,自己也毫不觉得这样的苦痛了。虽然如此,而病人的"无意识"或"潜在意识"中,却仍有从压抑得来的酷烈的伤害正在内攻,宛如液体里的沉滓似的剩着。这沉滓现在来打动病人的意识状态,使他成为病底,还很搅乱他的时候,便是歇斯迭里的症状,这是弗罗特所觉察出来的。	弗罗特的所说,是从歇斯迭里病人的治疗法出发的。他发见了从希腊的息波克拉第斯(Hippokrates)以来直到现在,使医家束手的这莫名其妙的疾病歇斯迭里的病源,是在病人的阅历中的精神底伤害(Psychische trauma)里。就是,具有强烈的兴奋性的欲望,即性欲——他称这为libido——,曾经因了病人自己的道德性,或者周围的事情,受过压抑和阻止,因此病人的内底生活上,便受了酷烈的创伤。然而病人自己,却无论在过去,在现在,都丝毫没有觉到。这样的过去的苦闷和重伤,现在是已经逸出了他的意识的圈外,自己也毫不觉得这样的苦痛了。虽然如此,而病人的"无意识"或"潜在意识"中,却仍有从压抑得来的酷烈的伤害正在内攻,宛如液体里的沉滓似的剩着。这沉滓现在来打动病人的意识状态,使他成为病底,还很搅乱他的时候,便是歇斯迭里的症状,这是弗罗特所觉察出来的。

(序号:23)

续表

	1921年1月《改造》杂志版	1924年2月改造社单行本
24	对于这病的治疗的方法,就是应该根据了精神分析法,寻出那是病源也是祸根的伤害究在病人的过去阅历中的那一边,然后将他除去,绝灭。也就是使他将被压抑的欲望极自由地发露表现出来,即由此取去他剩在无意识界的底里的沉滓。这或者用催眠术,使病人说出在过去的阅历经验中的自以为就是这一件的事实来;或者用了巧妙的问答法,使他极自由极开放地说完苦闷的原因,总之是因为直到现在还加着压抑的便是病源,所以要去掉这压抑,使他将欲望搬到现在的意识的世界来。这样的除去了压抑的时候,那病也就一起医好了。	对于这病的治疗的方法,就是应该根据了精神分析法,寻出那是病源也是祸根的伤害究在病人的过去阅历中的那一边,然后将他除去,绝灭。也就是使他将被压抑的欲望极自由地发露表现出来,即由此取去他剩在无意识界的底里的沉滓。这或者用催眠术,使病人说出在过去的阅历经验中的自以为就是这一件的事实来;或者用了巧妙的问答法,使他极自由极开放地说完苦闷的原因,总之是因为直到现在还加着压抑的便是病源,所以要去掉这压抑,使他将欲望搬到现在的意识的世界来。这样的除去了压抑的时候,那病也就一起医好了。
25	我在这里要引用一条弗罗特教授所发表的事例:有一个生着很重的歇斯迭里的年轻的女人。探查这女人的过去的阅历,就有过下面所说的事。她和非常爱她的父亲死别之后不多久,她的姊姊就结了婚。但不知怎样,她对于她的姊夫却怀着莫名其妙的好意,互相亲近起来,然而说这就是恋爱之类,那自然原是毫不觉到的。这其间,她的姊姊得病死去了。	我在这里要引用一条弗罗特教授所发表的事例:有一个生着很重的歇斯迭里的年轻的女人。探查这女人的过去的阅历,就有过下面所说的事。她和非常爱她的父亲死别之后不多久,她的姊姊就结了婚。但不知怎样,她对于她的姊夫却怀着莫名其妙的好意,互相亲近起来,然而说这就是恋爱之类,那自然原是毫不觉到的。这其间,她的姊姊得病死去了。

续表

1921年1月《改造》杂志版	1924年2月改造社单行本
正和母亲一同旅行着,没有知道这事的她,待到回了家,刚站在亡姊的枕边的时候,忽而这样想:姊姊既然已经死掉,我就可以和他结婚了。	正和母亲一同旅行着,没有知道这事的她,待到回了家,刚站在亡姊的枕边的时候,忽而这样想:姊姊既然已经死掉,我就可以和他结婚了。
弟妹和嫂嫂姊夫结婚,在日本不算希罕,然而在西洋,是看作不伦的事的。弗罗特教授的国度里不知怎样;若在英吉利,则近来还用法律禁止着的事,在戏曲小说上就有。对于姊夫怀着亲密的意思的这女人,当"结婚"这一个观念突然浮上心头的时候,便跪在社会底因袭的面前,将这欲望自己压抑阻止了。会浮上"结婚"这一个观念,她对于姊夫也许本非无意的罢。——这一派的学者并将亲子之爱也看作性的欲望的变形,所以这女人许是失了异性的父亲的爱之后,便将这移到姊夫那边去。——然而这分明是恋爱,却连自己也没有想到过。而且和时光的经过一同,那女人已将这事完全忘掉;后来成了剧烈的歇斯迭里病人,来受弗罗特教授的诊察的时候,连曾经有过这样的欲望的事情也想不起来了。在受着教授的精神分析治疗之间,这才被叫回到显在意识上来,用了非常	弟妹和嫂嫂姊夫结婚,在日本不算希罕,然而在西洋,是看作不伦的事的。弗罗特教授的国度里不知怎样;若在英吉利,则近来还用法律禁止着的事,在戏曲小说上就有。对于姊夫怀着亲密的意思的这女人,当"结婚"这一个观念突然浮上心头的时候,便跪在社会底因袭的面前,将这欲望自己压抑阻止了。会浮上"结婚"这一个观念,她对于姊夫也许本非无意的罢。——这一派的学者并将亲子之爱也看作性的欲望的变形,所以这女人许是失了异性的父亲的爱之后,便将这移到姊夫那边去。——然而这分明是恋爱,却连自己也没有想到过。而且和时光的经过一同,那女人已将这事完全忘掉;后来成了剧烈的歇斯迭里病人,来受弗罗特教授的诊察的时候,连曾经有过这样的欲望的事情也想不起来了。在受着教授的精神分析治疗之间,这才被叫回到显在意识上来,用了非常

续表

	1921年1月《改造》杂志版	1924年2月改造社单行本
	的情热和兴奋来表现之后,这病人的病,据说即刻也全愈了。这一派的学说,是将"忘却"也归在压抑作用里的。	的情热和兴奋来表现之后,这病人的病,据说即刻也全愈了。这一派的学说,是将"忘却"也归在压抑作用里的。
27	弗罗特教授的研究发表了以来,这学说不但在欧洲,而在美洲尤其引起许多学子的注目。法兰西泊尔陀大学的精神病学教授莱琪(Régis)氏有《精神分析论》之作,瑞士图列息大学的永格(C. J. Jung)教授则出了《无意识的心理。性欲的变形和象征的研究,对于思想发达史的贡献》。前加拿大托隆德大学的教授琼斯(A. Jones)氏又将关于梦和临床医学和教育心理之类的研究汇聚在精神分析论集里。而且由了以青年心理学的研究在我国很出名的美国克拉克大学总长荷耳(G. Stanley Hall)教授,或是也如弗罗特一样的维也纳的医士亚特赉(A. Adler)氏这些人之手,这学说又经了不少的补足和修正。	弗罗特教授的研究发表了以来,这学说不但在欧洲,而在美洲尤其引起许多学子的注目。法兰西泊尔陀大学的精神病学教授莱琪(Régis)氏有《精神分析论》之作,瑞士图列息大学的永格(C. J. Jung)教授则出了《无意识的心理。性欲的变形和象征的研究,对于思想发达史的贡献》。前加拿大托隆德大学的教授琼斯(A. Jones)氏又将关于梦和临床医学和教育心理之类的研究汇聚在精神分析论集里。而且由了以青年心理学的研究在我国很出名的美国克拉克大学总长荷耳(G. Stanley Hall)教授,或是也如弗罗特一样的维也纳的医士亚特赉(A. Adler)氏这些人之手,这学说又经了不少的补足和修正。
28	但是,从精神病学以及心理学看来,这学说的当否如何,是我这样layman所不知道的。至于精细的研	但是,从精神病学以及心理学看来,这学说的当否如何,是我这样layman所不知道的。至于精细的研

续表

1921年1月《改造》杂志版	1924年2月改造社单行本
究，则我国也已有了久保博士的《精神分析法》和九州大学的榊教授的《性欲和精神分析学》这些好书，所以我在这里不想多说话。惟有作为文艺的研究者，看了最近出版的摩兑勒氏的新著《在文学里的色情的动机》以及哈佛氏从这学说的见地，来批评美国近代文学上写实派的翘楚，而现在已经成了故人的荷惠勒士的书；又在去年，给学生讲沙士比亚（W. Shakespeare）的戏曲《玛克培斯》（Macbeth）时，则读珂略德的新论；此外，又读些用了同样的方法，来研究斯忒林培克（A. Strindberg），威尔士（H. G. Wells）等近代文豪的诸家的论文。我就对于那些书的多属非常偏僻之谈，或则还没有丝毫触着文艺上的根本问题等，很以为可惜了。我想试将平日所想的文艺观——即生命力受了压抑而生的苦闷懊恼乃是文艺的根柢，而其表现法乃是广义的象征主义这一节，现在就借了这新的学说，发表出来。这心理学说和普通的文艺家的所论不同，具有照例的科学者一流的组织底体制这一点，就是我所看中的。	究，则我国也已有了久保博士的《精神分析法》和九州大学的榊教授的《性欲和精神分析学》这些好书，所以我在这里不想多说话。惟有作为文艺的研究者，看了最近出版的摩兑勒氏的新著《在文学里的色情的动机》以及哈佛氏从这学说的见地，来批评美国近代文学上写实派的翘楚，而现在已经成了故人的荷惠勒士的书；又在去年，给学生讲沙士比亚（W. Shakespeare）的戏曲《玛克培斯》（Macbeth）时，则读珂略德的新论；此外，又读些用了同样的方法，来研究斯忒林培克（A. Strindberg），威尔士（H. G. Wells）等近代文豪的诸家的论文。我就对于那些书的多属非常偏僻之谈，或则还没有丝毫触着文艺上的根本问题等，很以为可惜了。我想试将平日所想的文艺观——即生命力受了压抑而生的苦闷懊恼乃是文艺的根柢，而其表现法乃是广义的象征主义这一节，现在就借了这新的学说，发表出来。这心理学说和普通的文艺家的所论不同，具有照例的科学者一流的组织底体制这一点，就是我所看中的。

续表

1921年1月《改造》杂志版	1924年2月改造社单行本
五　人间苦与文艺	五　人间苦与文艺
从这一学派的学说,则在向来心理学家所说的意识和无意识(即潜在意识)之外,别有位于两者的中间的"前意识"(Preconscious, Vorbewusste)。即使这人现在不记得,也并不意识到,但既然曾在自己的体验之内,那就随时可以自发底地想到,或者由联想法之类,能够很容易地拿到意识界来:这就是前意识。将意识比作戏台,则无意识就恰如里面的后台。有如原在后台的戏子,走出戏台来做戏一样,无意识里面的内容,是支使着意识作用的,只是我们没有觉察着罢了。其所以没有觉察者,即因中间有着称为"前意识"的隔扇,将两者截然区分了的缘故。不使"无意识"的内容到"意识"的世界去,是有执掌监视作用的监督(censur, Zensur)俨然地站在境界线上,看守着的。从那些道德,因袭,利害之类所生的压抑作用,须有了这监督才会有;由两种的力的冲突纠葛而来的苦闷和懊恼,就成了精神底伤害,很深地被埋葬在无意识界里的尽里面。在我们的体验的世界,生活内容之中,隐藏着许多精神底伤害或至可惨,但意识却并不觉着的。	从这一学派的学说,则在向来心理学家所说的意识和无意识(即潜在意识)之外,别有位于两者的中间的"前意识"(Preconscious, Vorbewusste)。即使这人现在不记得,也并不意识到,但既然曾在自己的体验之内,那就随时可以自发底地想到,或者由联想法之类,能够很容易地拿到意识界来:这就是前意识。将意识比作戏台,则无意识就恰如里面的后台。有如原在后台的戏子,走出戏台来做戏一样,无意识里面的内容,是支使着意识作用的,只是我们没有觉察着罢了。其所以没有觉察者,即因中间有着称为"前意识"的隔扇,将两者截然区分了的缘故。不使"无意识"的内容到"意识"的世界去,是有执掌监视作用的监督(censur, Zensur)俨然地站在境界线上,看守着的。从那些道德,因袭,利害之类所生的压抑作用,须有了这监督才会有;由两种的力的冲突纠葛而来的苦闷和懊恼,就成了精神底伤害,很深地被埋葬在无意识界里的尽里面。在我们的体验的世界,生活内容之中,隐藏着许多精神底伤害或至可惨,但意识却并不觉着的。

续表

	1921年1月《改造》杂志版	1924年2月改造社单行本
30	然而出于意外的是无意识心理却以可骇的力量支使着我们。为个人，则幼年时代的心理，直到成了大人的时候也还在有无意之间作用着；为民族，则原始底神话时代的心理，到现在也还于这民族有影响。——思想和文艺这一面的传统主义，也可以从这心理来研究的罢。据弗罗特说，则性欲决不是到春机发动期才显现，婴儿的钉着母亲的乳房，女孩的缠住异性的父亲，都已经有性欲在那里作用着，这一受压抑，并不记得的那精神底伤害，在成了大人之后，便变化为各样的形式而出现。弗罗特引来作例的是莱阿那陀达文希。他的大作，被看作艺术界中千古之谜的《穆那里沙》(Mona Lisa)的女人的微笑，经了考证，已指为就是这画家莱阿那陀五岁时候就死别了的母亲的记忆了。在俄国梅垒什珂夫斯奇(D. S. Merezhkovski)的小说《先驱者》(英译 The Forerunner)中，所描写的这文艺复兴期的大天才莱阿那陀的人格，现经精神病学者解剖的结果，也归在这无意识心理上，他那后年的科学研究热，飞机制造，同	然而出于意外的是无意识心理却以可骇的力量支使着我们。为个人，则幼年时代的心理，直到成了大人的时候也还在有意无意之间作用着；为民族，则原始底神话时代的心理，到现在也还于这民族有影响。——思想和文艺这一面的传统主义，也可以从这心理来研究的罢，**永格教授的所谓"集合底无意识"(the collective unconscious) 以及荷耳教授的称为"民族心"(folksoul)者，皆即此。** 据弗罗特说，则性欲决不是到春机发动期才显现，婴儿的钉着母亲的乳房，女孩的缠住异性的父亲，都已经有性欲在那里作用着，这一受压抑，并不记得的那精神底伤害，在成了大人之后，便变化为各样的形式而出现。弗罗特引来作例的是莱阿那陀达文希。他的大作，被看作艺术界中千古之谜的《穆那里沙》(Mona Lisa) 的女人的微笑，经了考证，已指为就是这画家莱阿那陀五岁时候就死别了的母亲的记忆了。在俄国梅垒什珂夫斯奇(D. S. Merezhkovski) 的小说《先驱者》(英译 The Forerunner) 中，所描写的这文艺复兴

续表

	1921年1月《改造》杂志版	1924年2月改造社单行本
	性爱,艺术创作等,全都归结到由幼年的性欲的压抑而来的"无意识"的潜势底作用里去了。	期的大天才莱阿那陀的人格,现经精神病学者解剖的结果,也归在这无意识心理上,他那后年的科学研究热,飞机制造,同性爱,艺术创作等,全都归结到由幼年的性欲的压抑而来的"无意识"的潜势底作用里去了。
31	不但将莱阿那陀,这派的学者也用了这研究法,试来解释过沙士比亚的《哈谟列德》(Hamlet)剧,跋格纳尔(R. Wagner)的歌剧,以及托尔斯泰(L. N. Tolstoi)和来瑙。听说弗罗特又立了计划,并将瞿提(W. von Goethe)也要动手加以精神解剖了。如我在前面说过的乌普伐勒氏在克拉克大学所提出的学位论文《斯忒林培克研究》,也就是最近的一例。	不但将莱阿那陀,这派的学者也用了这研究法,试来解释过沙士比亚的《哈谟列德》(Hamlet)剧,跋格纳尔(R. Wagner)的歌剧,以及托尔斯泰(L. N. Tolstoi)和来瑙。听说弗罗特又立了计划,并将瞿提(W. von Goethe)也要动手加以精神解剖了。如我在前面说过的乌普伐勒氏在克拉克大学所提出的学位论文《斯忒林培克研究》,也就是最近的一例。
32	说是因了尽要满足欲望的力和正相反的压抑力的纠葛冲突而生的精神底伤害,伏藏在无意识界里这一点,我即使单从文艺上的见地看来,对于弗罗特说也以为并无可加异议的余地。但我所最觉得不满意的是他那将一切都归在"性底渴望"里的偏见,部分底地单从一面来看事物的科学家癖。自然,对于这一点,即在同派的许多学子之间,似乎也有了各	说是因了尽要满足欲望的力和正相反的压抑力的纠葛冲突而生的精神底伤害,伏藏在无意识界里这一点,我即使单从文艺上的见地看来,对于弗罗特说也以为并无可加异议的余地。但我所最觉得不满意的是他那将一切都归在"性底渴望"里的偏见,部分底地单从一面来看事物的科学家癖。自然,对于这一点,即在同派的许多学子之间,似乎也有了各

续表

	1921年1月《改造》杂志版	1924年2月改造社单行本
	样的异论了。或者以为不如用"兴味"(interest)这字来代"性底渴望";亚特贵则主张是"自我冲动"(Ichtrieb),英吉利派的学者又想用哈弥耳敦(W. Hamilton)仿了康德(I. Kant)所造的"意欲"(conation)这字来替换他。但在我自己,则有如这文章的冒头上就说过一般,以为将这看作在最广的意义上的生命力的突进跳跃,是妥当的。	样的异论了。或者以为不如用"兴味"(interest)这字来代"性底渴望";亚特贵则主张是"自我冲动"(Ichtrieb),英吉利派的学者又想用哈弥耳敦(W. Hamilton)仿了康德(I. Kant)所造的"意欲"(conation)这字来替换他。但在我自己,则有如这文章的冒头上就说过一般,以为将这看作在最广的意义上的生命力的突进跳跃,是妥当的。
33	着重于永是求自由解放而不息的生命力,个性表现的欲望,人类的创造性,这倾向,是最近思想界的大势,在先也已说过了。人认为这是对于前世纪以来的唯物观决定论的反动。以为人类为自然的大法所左右,但支使于机械底法则,不能动弹的,那是自然科学万能时代的思想。到了二十世纪,这就很失了势力,一面又有反抗因袭和权威,贵重自我和个性的近代底精神步步的占了优势,于是人的自由创造的力就被承认了。	着重于永是求自由解放而不息的生命力,个性表现的欲望,人类的创造性,这倾向,是最近思想界的大势,在先也已说过了。人认为这是对于前世纪以来的唯物观决定论的反动。以为人类为自然的大法所左右,但支使于机械底法则,不能动弹的,那是自然科学万能时代的思想。到了二十世纪,这就很失了势力,一面又有反抗因袭和权威,贵重自我和个性的近代底精神步步的占了优势,于是人的自由创造的力就被承认了。
34	既然肯定了这生命力,这创造性,则我们即不能不将这力和方向正相反的机械底法则,因袭道德,法律	既然肯定了这生命力,这创造性,则我们即不能不将这力和方向正相反的机械底法则,因袭道德,法律

续表

1921年1月《改造》杂志版	1924年2月改造社单行本
底拘束,社会底生活难,此外各样的力之间所生的冲突,看为人间苦的根柢。	底拘束,社会底生活难,此外各样的力之间所生的冲突,看为人间苦的根柢。
于是就成了这样的事,即倘不是恭喜之至的人们,或脉搏减少了的老人,我们就不得不朝朝暮暮,经验这由两种力的冲突而生的苦闷和懊恼。换句话说,即无非说是"活着"这事,就是反复着这战斗的苦恼。我们的生活愈不肤浅,愈深,便比照着这深,生命力愈盛,便比照着这盛,这苦恼也不得不愈加其烈。在伏在心的深处的内底生活,即无意识心理的底里,是蓄积着极痛烈而且深刻的许多伤害的。一面经验着这样的苦闷,一面参与着悲惨的战斗,向人生的道路进行的时候,我们就或呻,或叫,或怨嗟,或号泣,而同时也常有自己陶醉在奏凯的欢乐和赞美里的事。这发出来的声音,就是文艺。对于人生,有着极强的爱慕和执著,至于虽然负了重伤,流着血,苦闷着,悲哀着,然而放不下,忘不掉的时候,在这时候,人类所发出来的诅咒,愤激,赞叹,企慕,欢呼的声音,不就是文艺么?在这样的意义上,文艺就是朝着真善美	于是就成了这样的事,即倘不是恭喜之至的人们,或脉搏减少了的老人,我们就不得不朝朝暮暮,经验这由两种力的冲突而生的苦闷和懊恼。换句话说,即无非说是"活着"这事,就是反复着这战斗的苦恼。我们的生活愈不肤浅,愈深,便比照着这深,生命力愈盛,便比照着这盛,这苦恼也不得不愈加其烈。在伏在心的深处的内底生活,即无意识心理的底里,是蓄积着极痛烈而且深刻的许多伤害的。一面经验着这样的苦闷,一面参与着悲惨的战斗,向人生的道路进行的时候,我们就或呻,或叫,或怨嗟,或号泣,而同时也常有自己陶醉在奏凯的欢乐和赞美里的事。这发出来的声音,就是文艺。对于人生,有着极强的爱慕和执著,至于虽然负了重伤,流着血,苦闷着,悲哀着,然而放不下,忘不掉的时候,在这时候,人类所发出来的诅咒,愤激,赞叹,企慕,欢呼的声音,不就是文艺么?在这样的意义上,文艺就是朝着真善美

续表

	1921年1月《改造》杂志版	1924年2月改造社单行本
	的理想,追赶向上的一路的生命的进行曲,也是进军的喇叭。响亮的闳远的那声音,有着贯天地动百世的伟力的所以就在此。	的理想,追赶向上的一路的生命的进行曲,也是进军的喇叭。响亮的闳远的那声音,有着贯天地动百世的伟力的所以就在此。
36		生是战斗。在地上受生的第一日,——不,从那最先的第一瞬,我们已经经验着战斗的苦恼了。婴儿的肉体生活本身,不就是和饥饿霉菌冷热的不断的战斗么?能够安稳平和地睡在母亲的胎内的十个月姑且不论,然而一离母胎,作为一个"个体底存在物"(individual being)的"生"才要开始,这战斗的苦痛就已成为难免的事了。和出世同时呱的啼泣的那声音,不正是人间苦的叫唤的第一声么?出了母胎这安稳的床,才遇到外界的刺激的那瞬时发出的啼声,是才始立马在"生"的阵头者的雄声呢,是苦闷的第一声呢,或者还是恭喜地在地上享受人生者的欢呼之声呢?这些姑且不论,总之那呱呱之声,在这样的意义上,是和文艺可以看作那本质全然一样的。于是为要免掉饥饿,婴儿便寻母亲的乳房,烦躁着,哺乳之后,则天使似的睡着的脸上,竟可以看出美的微笑来。

续表

1921年1月《改造》杂志版	1924年2月改造社单行本
	这烦躁和这微笑,这就是人类的诗歌,人类的艺术。生力旺盛的婴儿,呱呱之声也闳大。在没有这声音,没有这艺术的,惟有"死"。
用了什么美的快感呀,趣味呀等类非常消极底的宽缓的想头可以解释文艺,已经是过去的事了。文艺倘不过是文酒之宴,或者是花鸟风月之乐,或者是给小姐们散闷的韵事,那就不知道,如果是站在文化生活的最高位的人间活动,那么,我以为除了还将那根柢放在生命力的跃进上来作解释之外,没有别的路。读但丁(A. Dante),弥耳敦(J. Milton),裴伦(G. G. Byron),或者对勃朗宁(R. Browning),托尔斯泰,伊孛生(H. Ibsen),左拉(E. Zola),波特来尔(C. Baudelaire),陀思妥夫斯奇(F. M. Dostojevski)等的作品的时候,谁还有能容那样呆风流的迂缓万分的消闲心的余地呢?我对于说什么文艺上只有美呀,有趣呀之类的快乐主义底艺术观,要竭力地排斥他。而于在人生的苦恼正甚的近代所出现的文学,尤其深切地感到这件事。情话式的游荡记录,不良少年的胡闹日记,文	用了什么美的快感呀,趣味呀等类非常消极底的宽缓的想头可以解释文艺,已经是过去的事了。文艺倘不过是文酒之宴,或者是花鸟风月之乐,或者是给小姐们散闷的韵事,那就不知道,如果是站在文化生活的最高位的人间活动,那么,我以为除了还将那根柢放在生命力的跃进上来作解释之外,没有别的路。读但丁(A. Dante),弥耳敦(J. Milton),裴伦(G. G. Byron),或者对勃朗宁(R. Browning),托尔斯泰,伊孛生(H. Ibsen),左拉(E. Zola),波特来尔(C. Baudelaire),陀思妥夫斯奇(F. M. Dostojevski)等的作品的时候,谁还有能容那样呆风流的迂缓万分的消闲心的余地呢?我对于说什么文艺上只有美呀,有趣呀之类的快乐主义底艺术观,要竭力地排斥他。而于在人生的苦恼正甚的近代所出现的文学,尤其深切地感到这件事。情话式的游荡记录,不良少年的胡闹日记,文

续表

	1921年1月《改造》杂志版	1924年2月改造社单行本
	士生活的票友化,如果全是那样的东西在我们文坛上横行,那毫不容疑,是我们的文化生活的灾祸。因为文艺决不是俗众的玩弄物,乃是该严肃而且沉痛的人间苦的象征。	士生活的票友化,如果全是那样的东西在我们文坛上横行,那毫不容疑,是我们的文化生活的灾祸。因为文艺决不是俗众的玩弄物,乃是该严肃而且沉痛的人间苦的象征。
38	六 苦闷的象征 据和伯格森一样,确认了精神生活的创造性的意大利的克洛契(B. Croce)的艺术论说,则表现乃是艺术的一切。就是表现云者,并非我们单将从外界来的感觉和印象他动底地收纳,乃是将收纳在内底生活里的那些印象和经验作为材料,来做新的创造创作。在这样的意义上,我就要说,上文所说似的绝对创造的生活即艺术者,就是苦闷的表现。	六 苦闷的象征 据和伯格森一样,确认了精神生活的创造性的意大利的克洛契(B. Croce)的艺术论说,则表现乃是艺术的一切。就是表现云者,并非我们单将从外界来的感觉和印象他动底地收纳,乃是将收纳在内底生活里的那些印象和经验作为材料,来做新的创造创作。在这样的意义上,我就要说,上文所说似的绝对创造的生活即艺术者,就是苦闷的表现。
39	到这里,我在方便上,要回到弗罗特一派的学说去,并且引用他。这就是他的梦的说。	到这里,我在方便上,要回到弗罗特一派的学说去,并且引用他。这就是他的梦的说。
40	说到梦,我的心头就浮出一句勃朗宁咏画圣安特来亚的诗来:	说到梦,我的心头就浮出一句勃朗宁咏画圣安特来亚的诗来:
41	——Dream? strive to do, and agonize to do, and fail in doing. ——*Andrea del Sarto*.	——Dream? strive to do, and agonize to do, and fail in doing. ——*Andrea del Sarto*.

	1921年1月《改造》杂志版	1924年2月改造社单行本
42	"梦么？抢着去做，拼着去做，而做不成。"这句子正合于弗罗特的欲望说。	"梦么？抢着去做，拼着去做，而做不成。"这句子正合于弗罗特的欲望说。
43	据弗罗特说，则性底渴望在平生觉醒状态时，因为受着那监督的压抑作用，所以并不自由地现到意识的表面。然而这监督的看守松放时，即压抑作用减少时，那就是睡眠的时候。性底渴望便趁着这睡眠的时候，跑到意识的世界来。但还因为要瞒过监督的眼睛，又不得不做出各样的胡乱的改装。梦的真的内容——即常是躲在无意识的底里的欲望，便将就近的顺便的人物事件用作改装的家伙，以不称身的服饰的打扮而出来了。这改装便是梦的显在内容(manifeste Trauminhalt)，而潜伏着的无意识心理的那欲望，则是梦的潜在内容(latente Trauminhalt)，也即是梦的思想(Traumgedanken)。改装是象征化。	据弗罗特说，则性底渴望在平生觉醒状态时，因为受着那监督的压抑作用，所以并不自由地现到意识的表面。然而这监督的看守松放时，即压抑作用减少时，那就是睡眠的时候。性底渴望便趁着这睡眠的时候，跑到意识的世界来。但还因为要瞒过监督的眼睛，又不得不做出各样的胡乱的改装。梦的真的内容——即常是躲在无意识的底里的欲望，便将就近的顺便的人物事件用作改装的家伙，以不称身的服饰的打扮而出来了。这改装便是梦的显在内容(manifeste Trauminhalt)，而潜伏着的无意识心理的那欲望，则是梦的潜在内容(latente Trauminhalt)，也即是梦的思想(Traumgedanken)。改装是象征化。
44	听说出去探查南极的人们，缺少了食物的时候，那些人们的多数所梦见的东西是山海的珍味；又听说旅行亚非利加的荒远的沙漠的人夜夜走过的梦境，是美丽的故国的山河。不	听说出去探查南极的人们，缺少了食物的时候，那些人们的多数所梦见的东西是山海的珍味；又听说旅行亚非利加的荒远的沙漠的人夜夜走过的梦境，是美丽的故国的山河。不

续表

	1921年1月《改造》杂志版	1924年2月改造社单行本
	得满足的性欲冲动在梦中得了满足,成为或一种病底状态,这是不待性欲学者的所说,世人大抵知道的罢。这些都是最适合于用弗罗特说的事,以梦而论,却是甚为单纯的。柏拉图的《共和国》(Platon's Republica)摩耳的《乌托邦》(Th. More's Utopia),以至现代所做的关于社会问题的各种乌托邦文学之类,都与将思想家的欲求,借了梦幻故事,照样表现出来的东西没有什么不同。这就是潜在内容的那思想,用了极简极明显的显在内容——即外形——而出现的时候。	得满足的性欲冲动在梦中得了满足,成为或一种病底状态,这是不待性欲学者的所说,世人大抵知道的罢。这些都是最适合于用弗罗特说的事,以梦而论,却是甚为单纯的。柏拉图的《共和国》(Platon's Republica)摩耳的《乌托邦》(Th. More's Utopia),以至现代所做的关于社会问题的各种乌托邦文学之类,都与将思想家的欲求,借了梦幻故事,照样表现出来的东西没有什么不同。这就是潜在内容的那思想,用了极简极明显的显在内容——即外形——而出现的时候。
45	抢着去做,拼着去做,而做不成的那企慕,那欲求,若正是我们伟大的生命力的显现的那精神底欲求时,那便是以绝对的自由而表现出来的梦。这还不能看作艺术么?伯格森也有梦的论,以为精神底活力(Energie spirituel)具了感觉底的各样形状而出现的就是梦。这一点,虽然和欲望说全然异趣,但两者之间,我以为也有着相通的处所的。	抢着去做,拼着去做,而做不成的那企慕,那欲求,若正是我们伟大的生命力的显现的那精神底欲求时,那便是以绝对的自由而表现出来的梦。这还不能看作艺术么?伯格森也有梦的论,以为精神底活力(Energie spirituel)具了感觉底的各样形状而出现的就是梦。这一点,虽然和欲望说全然异趣,但两者之间,我以为也有着相通的处所的。

续表

	1921年1月《改造》杂志版	1924年2月改造社单行本
46	然而文艺怎么成为人类的苦闷的象征呢？为要使我对于这一端的见解更为分明，还有稍为借用精神分析学家的梦的解说的必要。	然而文艺怎么成为人类的苦闷的象征呢？为要使我对于这一端的见解更为分明，还有稍为借用精神分析学家的梦的解说的必要。
47	作为梦的根源的那思想即潜在内容，是很复杂而多方面的，从未识人情世故的幼年时代以来的经验，成为许多精神底伤害，积蓄埋藏在"无意识"的圈里。其中的几个，即成了梦而出现，但显在内容这一面，却被缩小为比这简单得多的东西了。倘将现于一场的梦的戏台上的背景，人物，事件分析起来，再将各个头绪作为线索，向潜在内容那一面寻进去，在那里便能够看见非常复杂的根本。据说梦中之所以有万料不到的人物和事件的配搭，出奇的 anachronism（时代错误）的凑合者，就因为有这压缩作用（Verdichtungsarbeit）的缘故。	作为梦的根源的那思想即潜在内容，是很复杂而多方面的，从未识人情世故的幼年时代以来的经验，成为许多精神底伤害，积蓄埋藏在"无意识"的圈里。其中的几个，即成了梦而出现，但显在内容这一面，却被缩小为比这简单得多的东西了。倘将现于一场的梦的戏台上的背景，人物，事件分析起来，再将各个头绪作为线索，向潜在内容那一面寻进去，在那里便能够看见非常复杂的根本。据说梦中之所以有万料不到的人物和事件的配搭，出奇的 anachronism（时代错误）的凑合者，就因为有这压缩作用（Verdichtungsarbeit）的缘故。**就像在演戏，将绵延三四十年的事象，仅用三四时间的扮演便已表现了的一般；又如罗舍谛（D. G. Rossetti）的诗《白船》（White Ship）中所说，人在将要淹死的一刹那，就于瞬间梦见自己的久远的过去经验，也就是这作用。花山院的御制有云：**

	1921年1月《改造》杂志版	1924年2月改造社单行本
		在未辨长夜的起讫之间，梦里已见过几世的事了。 （《后拾遗集》十八） 即合于这梦的表现法的。
48	梦的世界又如艺术的境地一样，是尼采之所谓价值颠倒的世界。在那里有着转移作用（Verschiebungsarbeit），即使在梦的外形即显在内容上，出现的事件不过一点无聊的情由，但那根本，却由于非常重大的大思想。正如虽然是只使报纸的社会栏热闹些的市井的琐事，邻近的夫妇的拌嘴，但经沙士比亚和伊孛生的笔一描写，在戏台上开演的时候，就暗示出那根柢中的人生一大事实一大思想来。梦又如艺术一样，是一个超越了利害，道德等一切的估价的世界。寻常茶饭的小事件，在梦中就如天下国家的大事似的办，或者正相反，便是惊天动地的大事件，也可以当作平平常常的小事办。	梦的世界又如艺术的境地一样，是尼采之所谓价值颠倒的世界。在那里有着转移作用（Verschiebungsarbeit），即使在梦的外形即显在内容上，出现的事件不过一点无聊的情由，但那根本，却由于非常重大的大思想。正如虽然是只使报纸的社会栏热闹些的市井的琐事，邻近的夫妇的拌嘴，但经沙士比亚和伊孛生的笔一描写，在戏台上开演的时候，就暗示出那根柢中的人生一大事实一大思想来。梦又如艺术一样，是一个超越了利害，道德等一切的估价的世界。寻常茶饭的小事件，在梦中就如天下国家的大事似的办，或者正相反，便是惊天动地的大事件，也可以当作平平常常的小事办。
49	这样子，在梦里，也有和戏曲小说一样的表现的技巧。事件展开，人物的性格显现。或写境地，或描动作。弗罗特称这作用为描写（Darstellung）。	这样子，在梦里，也有和戏曲小说一样的表现的技巧。事件展开，人物的性格显现。或写境地，或描动作。弗罗特称这作用为描写（Darstellung）。

续表

	1921年1月《改造》杂志版	1924年2月改造社单行本
50	所以梦的思想和外形的关系,用了弗罗特自己的话来说,则为"有如将同一的内容,用了两种各别的国语来说出一样。换了话说,就是梦的显在内容者,即不外乎将梦的思想,移到别的表现法去的东西。那记号和联络,则我们可由原文和译文的比较而知道。"这岂非明明是一般文艺的表现法的那象征主义(symbolism)么?	所以梦的思想和外形的关系,用了弗罗特自己的话来说,则为"有如将同一的内容,用了两种各别的国语来说出一样。换了话说,就是梦的显在内容者,即不外乎将梦的思想,移到别的表现法去的东西。那记号和联络,则我们可由原文和译文的比较而知道。"这岂非明明是一般文艺的表现法的那象征主义(symbolism)么?
51	或一抽象底的思想和观念,决不成为艺术。艺术的最大要件,是在具象性。即或一思想内容,经了具象底的人物,事件,风景之类的活的东西而被表现的时候;换了话说,就是和梦的潜在内容改装打扮了而出现时,走着同一的径路的东西,才是艺术。而赋与这具象性者,就称为象征(sym-bol)。所谓象征主义者,决非单是前世纪末法兰西诗坛的一派所曾经标榜的主义,凡有一切文艺,古往今来,是无不在这样的意义上,用着象征主义的表现法的。	或一抽象底的思想和观念,决不成为艺术。艺术的最大要件,是在具象性。即或一思想内容,经了具象底的人物,事件,风景之类的活的东西而被表现的时候;换了话说,就是和梦的潜在内容改装打扮了而出现时,走着同一的径路的东西,才是艺术。而赋与这具象性者,就称为象征(sym-bol)。所谓象征主义者,决非单是前世纪末法兰西诗坛的一派所曾经标榜的主义,凡有一切文艺,古往今来,是无不在这样的意义上,用着象征主义的表现法的。
52	在象征,内容和外形之间,总常有价值之差。即象征本身和仗了象征而表现的内容之间,有轻重之差,这是和上文说过的梦的转移作用完	在象征,内容和外形之间,总常有价值之差。即象征本身和仗了象征而表现的内容之间,有轻重之差,这是和上文说过的梦的转移作用完

续表

1921年1月《改造》杂志版	1924年2月改造社单行本
全同一的。用色采来说,就和白表纯洁清净,黑表死和悲哀,黄金色表权力和荣耀似的;又如在宗教上最多的象征,十字架,莲花,火焰之类所取义的内容等,各各含有大神秘的潜在内容正一样。就近世的文学而言,也有将伊孛生的《建筑师》(英译 The Master Builder)的主人公所要揭在高塔上的旗子解释作象征化了的理想,他那《游魂》(英译 Ghosts)里的太阳则是表象那个人主义的自由和美的。即全是借了简单的具象底的外形(显在内容),而在中心,却表显着复杂的精神底的东西,理想底的东西,或思想,感情等。这思想,感情,就和梦的时候的潜在内容相当。	全同一的。用色采来说,就和白表纯洁清净,黑表死和悲哀,黄金色表权力和荣耀似的;又如在宗教上最多的象征,十字架,莲花,火焰之类所取义的内容等,各各含有大神秘的潜在内容正一样。就近世的文学而言,也有将伊孛生的《建筑师》(英译 The Master Builder)的主人公所要揭在高塔上的旗子解释作象征化了的理想,他那《游魂》(英译 Ghosts)里的太阳则是表象那个人主义的自由和美的。即全是借了简单的具象底的外形(显在内容),而在中心,却表显着复杂的精神底的东西,理想底的东西,或思想,感情等。这思想,感情,就和梦的时候的潜在内容相当。
象征的外形稍为复杂的东西,便是讽喻(allegory),寓言(fable),比喻(parable)之类,这些都是将真理或教训,照样极浅显地嵌在动物谭或人物故事上而表现的。但是,如果那外形成为更加复杂的事象,而备了强的情绪底效果,带着刺激底性质的时候,那便成为很出色的文艺上的作品。但丁的《神曲》(Divina Commedia)表示中世的宗教思想,弥耳敦的《失掉	象征的外形稍为复杂的东西,便是讽喻(allegory),寓言(fable),比喻(parable)之类,这些都是将真理或教训,照样极浅显地嵌在动物谭或人物故事上而表现的。但是,如果那外形成为更加复杂的事象,而备了强的情绪底效果,带着刺激底性质的时候,那便成为很出色的文艺上的作品。但丁的《神曲》(Divina Commedia)表示中世的宗教思想,弥耳敦的《失掉

续表

1921年1月《改造》杂志版	1924年2月改造社单行本
的乐园》(Paradise Lost)以文艺复兴以后的新教思想为内容,待到沙士比亚的《哈谟列德》来暗示而且表象了怀疑的烦闷,而真的艺术品于是成功。照这样子,弗罗特教授一派的学者又来解释希腊梭乎克里斯(Sophokles)的大作,悲剧《阿迭普斯》,立了有名的OEDIPUSCOMPLEX(阿迭普斯错综)说;又从民族心理这方面看,使古代神话传说的一切,都归到民族的美的梦这一个结论了。	的乐园》(Paradise Lost)以文艺复兴以后的新教思想为内容,待到沙士比亚的《哈谟列德》来暗示而且表象了怀疑的烦闷,而真的艺术品于是成功。照这样子,弗罗特教授一派的学者又来解释希腊梭乎克里斯(Sophokles)的大作,悲剧《阿迭普斯》,立了有名的OEDIPUSCOMPLEX(阿迭普斯错综)说;又从民族心理这方面看,使古代神话传说的一切,都归到民族的美的梦这一个结论了。
在内心燃烧着似的欲望,被压抑作用这一个监督所阻止,由此发生的冲突和纠葛,就成为人间苦。但是,如果说这欲望的力免去了监督的压抑,以绝对的自由而表现的唯一的时候就是梦,则在我们的生活的一切别的活动上,即社会生活,政治生活,经济生活,家庭生活上,我们能从常常受着的内底和外底的强制压抑解放,以绝对的自由,作纯粹创造的唯一的生活就是艺术。使从生命的根柢里发动出来的个性的力,能如间歇泉(geyser)的喷出一般地发挥者,在人生惟有艺术活动而已。正如新春一到,草木萌动似的,禽鸟嘤鸣似的,被	在内心燃烧着似的欲望,被压抑作用这一个监督所阻止,由此发生的冲突和纠葛,就成为人间苦。但是,如果说这欲望的力免去了监督的压抑,以绝对的自由而表现的唯一的时候就是梦,则在我们的生活的一切别的活动上,即社会生活,政治生活,经济生活,家庭生活上,我们能从常常受着的内底和外底的强制压抑解放,以绝对的自由,作纯粹创造的唯一的生活就是艺术。使从生命的根柢里发动出来的个性的力,能如间歇泉(geyser)的喷出一般地发挥者,在人生惟有艺术活动而已。正如新春一到,草木萌动似的,禽鸟嘤鸣似的,被

续表

	1921年1月《改造》杂志版	1924年2月改造社单行本
	不可抑止的内底生命(inner life)的力所逼迫,作自由的自己表现者,是艺术家的创作。在惯于单是科学底地来看事物的心理学家的眼里,至于看成"无意识"的那么大而且深的这有意识的苦闷和懊恼,其实是潜伏在心灵的深奥的圣殿里。只有在自由的绝对创造的生活里,这受了象征化,而文艺作品才成就。	不可抑止的内底生命(inner life)的力所逼迫,作自由的自己表现者,是艺术家的创作。在惯于单是科学底地来看事物的心理学家的眼里,至于看成"无意识"的那么大而且深的这有意识的苦闷和懊恼,其实是潜伏在心灵的深奥的圣殿里。只有在自由的绝对创造的生活里,这受了象征化,而文艺作品才成就。
55	人生的大苦患大苦恼,正如在梦中,欲望便打扮改装着出来似的,在文艺作品上,则身上裹了自然和人生的各种事象而出现。以为这不过是外底事象的忠实的描写和再现,那是谬误的皮相之谈。所以极端的写实主义和平面描写论,如作为空理空论则弗论,在实际的文艺作品上,乃是无意义的事。便是左拉那样主张极端的唯物主义的描写论的人,在他的著作《工作》(Travail)《蕃茂》(La Fecondite)之类里所显示的理想主义,不就内溃了他自己的议论么?他不是将自己的欲望的归着点这一个理想,就在那作品里暗示着么?	人生的大苦患大苦恼,正如在梦中,欲望便打扮改装出来似的,在文艺作品上,则身上裹了自然和人生的各种事象而出现。以为这不过是外底事象的忠实的描写和再现,那是谬误的皮相之谈。所以极端的写实主义和平面描写论,如作为空理空论则弗论,在实际的文艺作品上,乃是无意义的事。便是左拉那样主张极端的唯物主义的描写论的人,在他的著作《工作》(Travail)《蕃茂》(La Fecondite)之类里所显示的理想主义,不就内溃了他自己的议论么?他不是将自己的欲望的归着点这一个理想,就在那作品里暗示着么?**如近时在德国所唱道的称为表现主义(Expressionismus)的那主义,要之就在以文艺作品为不仅是从外界受**

续表

1921年1月《改造》杂志版	1924年2月改造社单行本
	来的印象的再现,乃是将蓄在作家的内心的东西,向外面表现出去。他那反抗从来的客观底态度的印象主义(Impressionismus)而置重于作家主观的表现(Expression)的事,和晚近思想界的确认了生命的创造性的大势,该可以看作一致的罢。艺术到底是表现,是创造,不是自然的再现,也不是模写。
倘不是将伏藏在潜在意识的海的底里的苦闷即精神底伤害,象征化了的东西,即非大艺术。浅薄的浮面的描写,纵使巧妙的技俩怎样秀出,也不能如真的生命的艺术似的动人。所谓深入的描写者,并非将败坏风俗的事象之类,详细地,单是外面底地细细写出之谓;乃是作家将自己的心底的深处,深深地而且更深深地穿掘下去,到了自己的内容的底的底里,从那里生出艺术来的意思。探检自己愈深,便比照着这深,那作品也愈高,愈大,愈强。人觉得深入了所描写的客观底事象的底里者,岂知这其实是作家就将这自己的心底极深地抉剔着,探检着呢。克洛契之所以承认了精神活动的创造性者,我以为也就是出于这样的意思。	倘不是将伏藏在潜在意识的海的底里的苦闷即精神底伤害,象征化了的东西,即非大艺术。浅薄的浮面的描写,纵使巧妙的技俩怎样秀出,也不能如真的生命的艺术似的动人。所谓深入的描写者,并非将败坏风俗的事象之类,详细地,单是外面底地细细写出之谓;乃是作家将自己的心底的深处,深深地而且更深深地穿掘下去,到了自己的内容的底的底里,从那里生出艺术来的意思。探检自己愈深,便比照着这深,那作品也愈高,愈大,愈强。人觉得深入了所描写的客观底事象的底里者,岂知这其实是作家就将这自己的心底极深地抉剔着,探检着呢。克洛契之所以承认了精神活动的创造性者,我以为也就是出于这样的意思。

续表

	1921年1月《改造》杂志版	1924年2月改造社单行本
57		不要误解。所谓显现于作品上的个性者,决不是作家的小我,也不是小主观。也不得是执笔之初,意识地想要表现的观念或概念。倘是这样做成的东西,那作品便成了浅薄的做作物,里面就有牵强,有不自然,因此即不带着真的生命力的普遍性,于是也就欠缺足以打动读者的生命的伟力。在日常生活上,放肆和自由该有区别,在艺术也一样,小主观和个性也不可不有截然的区别。惟其创作家有了竭力忠实地将客观的事象照样地再现出来的态度,这才从作家的无意识心理的底里,毫不勉强地,浑然地,不失本来地表现出他那自我和个性来。换句话,就是惟独如此,这才发生了生的苦闷,而自然而然地象征化了的"心",乃成为"形"而出现。所描写的客观的事象这东西中,就包藏着作家的真生命。到这里,客观主义的极致,即与主观主义一致,理想主义的极致,也与现实主义合一,而真的生命的表现的创作于是成功。严厉地区别着什么主观,客观,理想,现实之间,就是还没有达于透彻到和神的创造一样程度的创造的缘故。大自然大生命的真髓,我以为用了那样的态度是捉不到的。

续表

	1921年1月《改造》杂志版	1924年2月改造社单行本
58		即使是怎样地空想底的不可捉摸的梦,然而那一定是那人的经验的内容中的事物,各式各样地凑合了而再现的。那幻想,那梦幻,总而言之,就是描写着藏在自己的胸中的心象。并非单是模写,也不是模仿。创造创作的根本义,即在这一点。
59	在文艺上设立起什么乐观,厌生观,或什么现实主义,理想主义等类的分别者,要之就是还没有触到生命的艺术的根柢的,表面底皮相底的议论。岂不是正因为有现实的苦恼,所以我们做乐的梦,而一起也做苦的梦么?岂不是正因为有不满于现在的那不断的欲求,所以既能为梦见天国那样具足圆满的境地的理想家,也能梦想地狱那样大苦患大懊恼的世界的么?	在文艺上设立起什么乐观,厌生观,或什么现实主义,理想主义等类的分别者,要之就是还没有触到生命的艺术的根柢的,表面底皮相底的议论。岂不是正因为有现实的苦恼,所以我们做乐的梦,而一起也做苦的梦么?岂不是正因为有不满于现在的那不断的欲求,所以既能为梦见天国那样具足圆满的境地的理想家,也能梦想地狱那样大苦患大懊恼的世界的么?才子无所往而不可,在政治科学、文艺一切上都发挥出超凡的才能,在别人的眼里,见得是十分幸福的生涯的瞿提的阅历中,苦闷也没有歇。他自己说,"世人说我是幸福的人,但我却送了苦恼的一生。我的生涯,都献给一块一块迭起永久的基础来这件事了。"从这苦闷,他的大作《孚司德》(Faust),《威绥的烦恼》

续表

	1921年1月《改造》杂志版	1924年2月改造社单行本
		（Werthers Leiden），《威廉玛思台尔》（Wilhelm Meister），便都成为梦而出现。投身于政争的混乱里，别妻者几回，自己又苦闷于盲目的悲运的弥耳敦，做了《失掉的乐园》，也做了《复得的乐园》（Paradise Regained）。失了和毕阿德里契（Beatrice）的恋，又为流放之身的但丁，则在《神曲》中，梦见地狱界，净罪界和天堂界的幻想。谁能说失恋丧妻的勃朗宁的刚健的乐天诗观，并不是他那苦闷的变形转换呢？若在大陆近代文学中，则如左拉和陀思妥夫斯奇的小说，斯忒林培克和伊孛生的戏曲，不就可以听作被世界苦恼的恶梦所魇的人的呻吟声么？不是梦魇使他叫唤出来的可怕的诅咒声么？
60		法兰西的拉玛尔丁（A. M. L. de Lamartine）说明弥耳敦的大著作，以为《失掉的乐园》是清教徒睡在《圣书》（Bible）上面时候所做的梦，这实在不应该单作形容的话看。《失掉的乐园》这篇大叙事诗虽然以《圣书》开头的天地创造的传说为梦的显在内容，但在根柢里，作为潜在内容者，则是苦闷的人弥耳敦的清教思想（Puritanism）。并不是撒但和神

续表

	1921年1月《改造》杂志版	1924年2月改造社单行本
		的战争以及伊甸的乐园的叙述之类,动了我们的心;打动我们的是经了这样的外形,传到读者的心胸里来的诗人的痛烈的苦闷。
61		在这一点上,无论是《万叶集》,是《古今集》,是芜村,芭蕉的俳句,是西洋的近代文学,在发生的根本上是没有本质底的差异的。只有在古时候的和歌俳句的诗人——戴着樱花,今天又过去了的词臣,那无意识心理的苦闷没有像在现代似的痛烈,因而精神底伤害也就较浅之差罢了。即经生而为人,那就无论在词臣,在北欧的思想家,或者在漫游的俳人,人间苦便一样地在无意识界里潜伏着,而由此生出文艺的创作来。
62		我们的生活力,和侵进体内来的细菌战。这战争成为病而发现的时候,体温就异常之升腾而发热。正像这一样,动弹不止的生命力受了压抑和强制的状态,是苦闷,而于此也生热。热是对于压抑的反应作用;是对于 action 的 reaction。所以生命力愈强,便比照着那强,愈盛,便比照着那盛,这热度也愈高。从古以来,许多人都曾给文艺的根本加上各种的名色了。沛得(Walter Pater)称这为"有情热的

续表

	1921年1月《改造》杂志版	1924年2月改造社单行本
63		观照"(impassioned contemplation),梅垒什珂夫斯奇叫他"情想"(passionate thought),也有借了雪莱(P. B. Shelley)《云雀歌》(Skylark)的末节的句子,名之曰"谐和的疯狂"(harmonious madness)的批评家。古代罗马人用以说出这事的是"诗底奋激"(furor poeticus)。只有话是不同的,那含义的内容,总之不外乎是指这热。沙士比亚却更进一步,有如下面那样地作歌。这是当作将创作心理的过程最是诗底地说了出来的句子,向来脍炙人口的: The poet's eye, in a fine frenzy rolling, Doth glance from heaven to earth, 　　from earth to heaven; And, as imagination bodies forth The forms of things unknown, the 　　poet's pen Thrns them to shapes, and gives to 　　airy nothing A local habitation and a name. 　　——Midsummer Night's Dream, 　　Act v. Sc. i. 诗人的眼,在微妙的发狂的回旋,瞥闪着,从天到地,从地到天; 而且提出未知的事物的形象来,作为想象的物体, 诗人的笔即赋与这些以定形, 并且对于空中的乌有, 则给以居处与名。 　　——《夏夜的梦》,第五场,第一段。

续表

	1921年1月《改造》杂志版	1924年2月改造社单行本
64		在这节的第一行的 fine frenzy,就是指我所说的那样意思的"热"。
65		然而热这东西,是藏在无意识心理的底里的潜热。这要成为艺术晶,还得受了象征化,取或一种具象底的表现。上面的沙士比亚的诗的第三行以下:即可以当作指这象征化具象化看的。详细地说,就是这经了目能见耳能闻的感觉的事象即自然人生的现象,而放射到客观界去。对于常人的眼睛所没有看见的人生的或一状态"提出未知的事物的形象来,作为想象的物体";抓住了空漠不可捉摸的自然人生的真实,给与"居处与名"的是创作家。于是便成就了有极强的确凿的实在性的梦。现在的 poet 这字,语源是从希腊语的 poiein = to make 来的。所谓"造"即创作者,也就不外乎沙士比亚之所谓"提出未知的事物的形象来,作为想象的物体,即赋与以定形"的事。
66		最初,是这经了具象化的心象(image),存在作家的胸中。正如怀孕一样,最初,是胎儿似的心象;不过为 conceived image。是西洋美学家之所谓"不成形的胎生物"(alortive-conception)。既已孕了的东西,就不

续表

	1921年1月《改造》杂志版	1924年2月改造社单行本
		能不产出于外。于是作家遂被自己表现（self-expression or self-externalization）这一个不得已的内底要求所逼迫，生出一切母亲都曾经验过一般的"生育的苦痛"来。作家的生育的苦痛，就是为了怎样将存在自己胸里的东西，炼成自然人生的感觉底事象，而放射到外界去；或者怎样造成理趣情景兼备的一个新的完全的统一的小天地，人物事象，而表现出去的苦痛。这又如母亲们所做的一样，是作家分给自己的血，割了灵和肉，作为一个新的创造物而产生。
67		又如经了"生育的苦痛"之后，产毕的母亲就有欢喜一样，在成全了自己生命的自由表现的创作家，也离了压抑作用而得到创造底胜利的欢喜。从什么稿费名声那些实际底外底的满足所得的不过是快感（pleasure），但别有在更大更高的地位的欢喜（joy），是一定和创造创作在一处的。
68	七　鉴赏论 　　以上为止，我已经从创作家这一面，论过文艺了。那么，倘从鉴赏者即读者看客这一面看，又怎样说明那很深地伏在无意识心理的深处的苦闷的梦或象征，乃是文艺呢？	第二　鉴赏论　一　生命的共感 　　以上为止，我已经从创作家这一面，论过文艺了。那么，倘从鉴赏者即读者看客这一面看，又怎样说明那很深地伏在无意识心理的深处的苦闷的梦或象征，乃是文艺呢？

续表

	1921年1月《改造》杂志版	1924年2月改造社单行本
69	我为要解释这一点,须得先说明艺术的鉴赏者也是一种创作家,以明创作和鉴赏的关系。	我为要解释这一点,须得先说明艺术的鉴赏者也是一种创作家,以明创作和鉴赏的关系。
70	凡文艺的创作,在那根本上,是和上文说过那样的"梦"同一的东西,但那或一种,却不可不有比梦更多的现实性和合理性,不像梦一般支离灭裂而散漫,而是俨然统一了的事象,也是现实的再现。正如梦是本于潜伏在无意识心理的底里的精神底伤害一般,文艺作品则是本于潜伏在作家的生活内容的深处的人间苦。所以经了描写在作品上的感觉底具象底的事实而表现出来的东西,即更是本在内面的作家的个性生命,心,思想,情调,心气。换了话说,就是那些茫然不可捕捉的无形无色无臭无声的东西,用了有形有色有臭有声的具象底的人物事件风景以及此外各样的事物,作为材料,而被表出。那具象底感觉底的东西,即被称为象征。	凡文艺的创作,在那根本上,是和上文说过那样的"梦"同一的东西,但那或一种,却不可不有比梦更多的现实性和合理性,不像梦一般支离灭裂而散漫,而是俨然统一了的事象,也是现实的再现。正如梦是本于潜伏在无意识心理的底里的精神底伤害一般,文艺作品则是本于潜伏在作家的生活内容的深处的人间苦。所以经了描写在作品上的感觉底具象底的事实而表现出来的东西,即更是本在内面的作家的个性生命,心,思想,情调,心气。换了话说,就是那些茫然不可捕捉的无形无色无臭无声的东西,用了有形有色有臭有声的具象底的人物事件风景以及此外各样的事物,作为材料,而被表出。那具象底感觉底的东西,即被称为象征。
71	所以象征云者,是暗示,是刺激;也无非是将沉在作家的内部生命的底里的或种东西,传给鉴赏者的媒介物。	所以象征云者,是暗示,是刺激;也无非是将沉在作家的内部生命的底里的或种东西,传给鉴赏者的媒介物。

续表

	1921年1月《改造》杂志版	1924年2月改造社单行本
72	生命者,是遍于宇宙人生的大生命。因为这是经由个人,成为艺术的个性而被表现的,所以那个性的别半面,也总得有大的普遍性。就是既为横目竖鼻的人,则不问时的古今,地的东西,无论谁那里都有着共通的人性;或者既生在同时代,同过着苦恼的现代的生活,即无论为西洋人,为日本人,便都被焦劳于社会政治上的同样的问题;或者既然以同国度同时代同民族而生活着,即无论谁的心中,便都有共通的思想。在那样的生命的内容之中,即有人的普遍性共通性。换句话说,就是人和人之间,是具有足以呼起生命中共感的共通内容存在的。那心理学家所称为"无意识""前意识""意识"那些东西的总量,用我的话来说,便是生命的内容。因为作家和读者的生命内容有共通性共感性,所以这就因了称为象征这一种具有刺激性暗示性的媒介物的作用而起共鸣作用。于是艺术的鉴赏就成立了。	生命者,是遍于宇宙人生的大生命。因为这是经由个人,成为艺术的个性而被表现的,所以那个性的别半面,也总得有大的普遍性。就是既为横目竖鼻的人,则不问时的古今,地的东西,无论谁那里都有着共通的人性;或者既生在同时代,同过着苦恼的现代的生活,即无论为西洋人,为日本人,便都被焦劳于社会政治上的同样的问题;或者既然以同国度同时代同民族而生活着,即无论谁的心中,便都有共通的思想。在那样的生命的内容之中,即有人的普遍性共通性。换句话说,就是人和人之间,是具有足以呼起生命中共感的共通内容存在的。那心理学家所称为"无意识""前意识""意识"那些东西的总量,用我的话来说,便是生命的内容。因为作家和读者的生命内容有共通性共感性,所以这就因了称为象征这一种具有刺激性暗示性的媒介物的作用而起共鸣作用。于是艺术的鉴赏就成立了。
73	将生命的内容用别的话来说,就是体验的世界。这里所谓体验(Erlebnis),是指这人所曾经深切的感到	将生命的内容用别的话来说,就是体验的世界。这里所谓体验(Erlebnis),是指这人所曾经深切的感到

1921年1月《改造》杂志版	1924年2月改造社单行本
过,想过,或者见过,听过,做过的事的一切;就是连同外底和内底,这人的曾经经验的事的总量。所以所谓艺术的鉴赏,是以作家和读者间的体验的共通性共感性,作为基础而成立的。即在作家和读者的"无意识","前意识","意识"中,两边都有能够共通共感者存在。作家只要用了称为象征这一种媒介物的强的刺激力,将暗示给与读者,便立刻应之而共鸣,在读者的胸中,也炎起一样的生命的火。只要单受了那刺激,读者也就自行燃烧起来。这就因为很深的沉在作家心中的深处的苦闷,也即是读者心中本已有了的经验的缘故。用比喻说,就如因为木材有可燃性,所以只要一用那等于象征的火柴,便可以从别的东西在这里点火。也如在毫无可燃性的石头上,不能放火一样,对于和作家并无可以共通共感的生命的那些俗恶无趣味无理解的低级读者,则纵有怎样的大著杰作,也不能给与什么铭感,纵使怎样的大天才大作家,对于这样的俗汉也就无法可施。要而言之,从艺术上说,这种俗汉乃是无缘的众生,难于超度之辈。这样的时候,鉴赏即全不成立。	过,想过,或者见过,听过,做过的事的一切;就是连同外底和内底,这人的曾经经验的事的总量。所以所谓艺术的鉴赏,是以作家和读者间的体验的共通性共感性,作为基础而成立的。即在作家和读者的"无意识","前意识","意识"中,两边都有能够共通共感者存在。作家只要用了称为象征这一种媒介物的强的刺激力,将暗示给与读者,便立刻应之而共鸣,在读者的胸中,也炎起一样的生命的火。只要单受了那刺激,读者也就自行燃烧起来。这就因为很深的沉在作家心中的深处的苦闷,也即是读者心中本已有了的经验的缘故。用比喻说,就如因为木材有可燃性,所以只要一用那等于象征的火柴,便可以从别的东西在这里点火。也如在毫无可燃性的石头上,不能放火一样,对于和作家并无可以共通共感的生命的那些俗恶无趣味无理解的低级读者,则纵有怎样的大著杰作,也不能给与什么铭感,纵使怎样的大天才大作家,对于这样的俗汉也就无法可施。要而言之,从艺术上说,这种俗汉乃是无缘的众生,难于超度之辈。这样的时候,鉴赏即全不成立。

续表

	1921年1月《改造》杂志版	1924年2月改造社单行本
74	这是很在以前的旧话了:曾有一个身当文教的要路的人儿,头脑很旧,脉搏减少了的罢,他看了风靡那时文坛的新文艺的作品之后,说的话可是很胡涂。"冗长地写出那样没有什么有趣的话来,到了结末的地方,是仿佛骗人似的无聊的东西而已。"听说他还怪青年们有什么有趣,竟来读那样的小说哩。这样的老人——即使年纪轻,这样的老人世上多得很——和青年,即使生在同时代同社会中,但因为体验的内容全两样,其间就毫无可以共通共感的生活内容。这是欠缺着鉴赏的所以得能成立的根本的。	这是很在以前的旧话了:曾有一个身当文教的要路的人儿,头脑很旧,脉搏减少了的罢,他看了风靡那时文坛的新文艺的作品之后,说的话可是很胡涂。"冗长地写出那样没有什么有趣的话来,到了结末的地方,是仿佛骗人似的无聊的东西而已。"听说他还怪青年们有什么有趣,竟来读那样的小说哩。这样的老人——即使年纪轻,这样的老人世上多得很——和青年,即使生在同时代同社会中,但因为体验的内容全两样,其间就毫无可以共通共感的生活内容。这是欠缺着鉴赏的所以得能成立的根本的。
75	这不消说,体验的世界是因人而异的。所以文艺的鉴赏,其成立,以读者和作家两边的体验相近似,又在深,广,大,高,两边都相类似为唯一最大的要件。换了话说,说是两者的生活内容,在质底和量底都愈近似,那作品便完全被领会,在相反的时候,鉴赏即全不成立。	这不消说,体验的世界是因人而异的。所以文艺的鉴赏,其成立,以读者和作家两边的体验相近似,又在深,广,大,高,两边都相类似为唯一最大的要件。换了话说,说是两者的生活内容,在质底和量底都愈近似,那作品便完全被领会,在相反的时候,鉴赏即全不成立。

1921年1月《改造》杂志版	1924年2月改造社单行本
大艺术家所有的生活内容，包含着的东西非常大，也非常广泛。科尔律支(S. T. Coleridge)的评沙士比亚，说是"our myriad-minded Shakespeare"的缘故就在此。以时代言，是三百年前的伊利沙伯朝的作家，以地方言，是辽远的英吉利这一个外国人的著作，然而他的作品里，却包含着超越了时间处所的区别，风动百世之人声闻千里之外的东西。譬如即以他所描写的女性而论，如籍里德(Juliet)，如乌斐理亚(Ophelia)，如波尔谛亚(Portia)，如罗赛林特(Rosalind)，如克来阿派忒拉(Cleopatra)这些女人，比起冒里檀(R. B. Sheridan)所写的十八世纪式的女人，或者见于迭更斯(Ch. Dickens)，萨凯来(W. M. Thackeray)的小说里的女人来，远是近代式的"新派"。般琼生(Ben Jonson)赞美他说，"He was not of an age but for all time."真的，如果能如沙士比亚似的营那自由的大的创造创作的生活，那可以说，这竟已到了和天地自然之创造者的神相近的境地了。这一句话，在或一程度上，瞿提和但丁那里也安得上。	大艺术家所有的生活内容，包含着的东西非常大，也非常广泛。科尔律支(S. T. Coleridge)的评沙士比亚，说是"our myriad-minded Shakespeare"的缘故就在此。以时代言，是三百年前的伊利沙伯朝的作家，以地方言，是辽远的英吉利这一个外国人的著作，然而他的作品里，却包含着超越了时间处所的区别，风动百世之人声闻千里之外的东西。譬如即以他所描写的女性而论，如籍里德(Juliet)，如乌斐理亚(Ophelia)，如波尔谛亚(Portia)，如罗赛林特(Rosalind)，如克来阿派忒拉(Cleopatra)这些女人，比起冒里檀(R. B. Sheridan)所写的十八世纪式的女人，或者见于迭更斯(Ch. Dickens)，萨凯来(W. M. Thackeray)的小说里的女人来，远是近代式的"新派"。般琼生(Ben Jonson)赞美他说，"He was not of an age but for all time."真的，如果能如沙士比亚似的营那自由的大的创造创作的生活，那可以说，这竟已到了和天地自然之创造者的神相近的境地了。这一句话，在或一程度上，瞿提和但丁那里也安得上。

续表

	1921年1月《改造》杂志版	1924年2月改造社单行本
77	但在非常超轶的特异的天才,则其人的生活内容,往往竟和同时代的人们全然离绝,进向遥远的前面去。生在十八世纪的勃来克(W. Blake)的神秘思想,从那诗集出来以后,几乎隔了一世纪,待到前世纪末欧洲的思想界出现了神秘象征主义的潮流,这才在人心上唤起反响。初期的勃朗宁或斯温班(A. ch. Swinburne)绝不为世闻所知,当时的声望且不及众小诗人者,就因为已经进步到和那同时代的人们的生活内容,早没有可以共通共感的什么了的缘故。就因为超过那所谓时代意识者已至十年,二十年;不,如勃来克似的,且至一百年模样而前进了的缘故。就因为早被那当时的人们还未在内底生活上感到的"生的苦痛"所烦恼,早已做着来世的梦了的缘故。	但在非常超轶的特异的天才,则其人的生活内容,往往竟和同时代的人们全然离绝,进向遥远的前面去。生在十八世纪的勃来克(W. Blake)的神秘思想,从那诗集出来以后,几乎隔了一世纪,待到前世纪末欧洲的思想界出现了神秘象征主义的潮流,这才在人心上唤起反响。初期的勃朗宁或斯温班(A. ch. Swinburne)绝不为世闻所知,当时的声望且不及众小诗人者,就因为已经进步到和那同时代的人们的生活内容,早没有可以共通共感的什么了的缘故。就因为超过那所谓时代意识者已至十年,二十年;不,如勃来克似的,且至一百年模样而前进了的缘故。就因为早被那当时的人们还未在内底生活上感到的"生的苦痛"所烦恼,早已做着来世的梦了的缘故。
78	只要有共同的体验,则虽是很远的瑙威国的伊孛生的著作,因为同是从近代生活的经验而来的出产,所以在我们的心底里也有反响。几千年前的希腊人荷马(Homeros)所写的托罗亚的战争和海伦(Hellen),亚契来	只要有共同的体验,则虽是很远的瑙威国的伊孛生的著作,因为同是从近代生活的经验而来的出产,所以在我们的心底里也有反响。几千年前的希腊人荷马(Homeros)所写的托罗亚的战争和海伦(Hellen),亚契来

续表

1921年1月《改造》杂志版	1924年2月改造社单行本
斯(Achilles)的故事,因为其中有着共通的人情,所以虽是二十世纪的日本人读了,也仍然为他所动。但倘要鉴赏那时代和处所太不同了的艺术品,则须有若干准备,如靠着旅行和学问等类的力,调查作者的环境阅历,那时代的风俗习惯等,以补读者自己的体验的不足的部分;或者仗着自己的努力,即使只有几分,也须能够生在那一时代的氛围气中才好。所以并不这样特别努力,例如向来不做研究这类的事的人们,较之读荷马,但丁,即使比那些更不如,也还是近代作家的作品有趣;而且,即在近代,较之读外国的,也还是本国作家的作品有兴味者,那理由就在此。又在比较多数的人们,凡描写些共通的肤浅平凡的经验的作家,却比能够表出高远复杂的冥想底的深的经验来的作家,更能打动多数的读者,也即原于这理由。朗斐罗(H. W. Longfellow)和朋士(R. Burns)的诗歌,比起勃朗宁和勃来克的来,读的人更其多,被称为浅俗的白乐天的作品,较之气韵高迈的高青丘等的尤为appeal于多数者的原因,也在这一点。	斯(Achilles)的故事,因为其中有着共通的人情,所以虽是二十世纪的日本人读了,也仍然为他所动。但倘要鉴赏那时代和处所太不同了的艺术品,则须有若干准备,如靠着旅行和学问等类的力,调查作者的环境阅历,那时代的风俗习惯等,以补读者自己的体验的不足的部分;或者仗着自己的努力,即使只有几分,也须能够生在那一时代的氛围气中才好。所以并不这样特别努力,例如向来不做研究这类的事的人们,较之读荷马,但丁,即使比那些更不如,也还是近代作家的作品有趣;而且,即在近代,较之读外国的,也还是本国作家的作品有兴味者,那理由就在此。又在比较多数的人们,凡描写些共通的肤浅平凡的经验的作家,却比能够表出高远复杂的冥想底的深的经验来的作家,更能打动多数的读者,也即原于这理由。朗斐罗(H. W. Longfellow)和朋士(R. Burns)的诗歌,比起勃朗宁和勃来克的来,读的人更其多,被称为浅俗的白乐天的作品,较之气韵高迈的高青丘等的尤为appeal于多数者的原因,也在这一点。

续表

	1921年1月《改造》杂志版	1924年2月改造社单行本
79	所谓弥耳敦为男性所读,但丁为女性所好;所谓青年而读裴伦,中年而读渥特渥思(W. Wordsworth);又所谓童话,武勇谭,冒险小说之类,多只为幼年少年所爱好,不惹大人的感兴等,这就全都由于内生活的体验之差。这也因年龄,因性而异;也因国土,因人种而异。在毫没有见过日本的樱花的经验的西洋人,即使读了咏樱花的日本诗人的名歌,较之我们从歌咏上得来的诗兴,怕连十分之一也得不到罢。在未尝见雪的热带国的人,雪歌怕不过是感兴很少的索然的文字罢。体验的内容既然不同,在那里所写的或樱或雪这一种象征,即全失了足以唤起那潜伏在鉴赏者的内生命圈的深处的感情和思想和情调的刺激底暗示性,或则成了甚为微弱的东西。	所谓弥耳敦为男性所读,但丁为女性所好;所谓青年而读裴伦,中年而读渥特渥思(W. Wordsworth);又所谓童话,武勇谭,冒险小说之类,多只为幼年少年所爱好,不惹大人的感兴等,这就全都由于内生活的体验之差。这也因年龄,因性而异;也因国土,因人种而异。在毫没有见过日本的樱花的经验的西洋人,即使读了咏樱花的日本诗人的名歌,较之我们从歌咏上得来的诗兴,怕连十分之一也得不到罢。在未尝见雪的热带国的人,雪歌怕不过是感兴很少的索然的文字罢。体验的内容既然不同,在那里所写的或樱或雪这一种象征,即全失了足以唤起那潜伏在鉴赏者的内生命圈的深处的感情和思想和情调的刺激底暗示性,或则成了甚为微弱的东西。**沙士比亚确是一个大作家。然而并无沙士比亚似的罗曼底的生活内容的十八世纪以前的英国批评家,却绝不顾及他的作品。即在近代也一样,托尔斯泰和萧因为毫无罗曼底的体验的世界,所以攻击沙士比亚;而正相反,如罗曼底的默退林克(M. Maeterlinck),则虽然时代和国土都远不相同,却很动心于沙士比亚的戏曲。**

续表

1921年1月《改造》杂志版	1924年2月改造社单行本
	二　自己发见的欢喜
到这里,我还得稍稍补订自己的用语。我在先使用了"体验""生活内容""经验"这些名词,但在生命既然有普遍性,则广义上的生命这东西,当然能够立地构成读者和作者之间的共通共感性。譬如生命的最显著的特征之一的律动(rhythm),无论怎样,总有从一人传到别人的性质。一面弹钢琴,只要不是聋子,听的人们也就在不知不识之间,听了那音而手舞足蹈起来。即使不现于动作,也在心里舞蹈。即因为叩击钢琴的键盘的音,有着刺激底暗示性,能打动听者的生命的中心,在那里唤起新的振动舶缘故。就是生命这东西的共鸣,的共感。	到这里,我还得稍稍补订自己的用语。我在先使用了"体验""生活内容""经验"这些名词,但在生命既然有普遍性,则广义上的生命这东西,当然能够立地构成读者和作者之间的共通共感性。譬如生命的最显著的特征之一的律动(rhythm),无论怎样,总有从一人传到别人的性质。一面弹钢琴,只要不是聋子,听的人们也就在不知不识之间,听了那音而手舞足蹈起来。即使不现于动作,也在心里舞蹈。即因为叩击钢琴的键盘的音,有着刺激底暗示性,能打动听者的生命的中心,在那里唤起新的振动舶缘故。就是生命这东西的共鸣,的共感。
这样子,读者和作家的心境帖然无间的地方,有着生命的共鸣共感的时候,于是艺术的鉴赏即成立。所以读者看客听众从作家所得的东西,和对于别的科学以及历史家哲学家等的所说之处不同,乃是并非得到知识。是由了象征,即现于作品上的事象的刺激力,发见他自己的生活内容。艺术鉴赏的三昧境和法悦,即不	这样子,读者和作家的心境帖然无间的地方,有着生命的共鸣共感的时候,于是艺术的鉴赏即成立。所以读者看客听众从作家所得的东西,和对于别的科学以及历史家哲学家等的所说之处不同,乃是并非得到知识。是由了象征,即现于作品上的事象的刺激力,发见他自己的生活内容。艺术鉴赏的三昧境和法悦,即不

续表

	1921年1月《改造》杂志版	1924年2月改造社单行本
	外乎这自己发见的欢喜。就是读者也在自己的心的深处,发见于和作者借了称为象征这一种刺激性暗示性的媒介物所表现出来的自己的内生活相共鸣的东西了的欢喜。正如睡魔袭来的时候,我用我这手拧自己的膝,发见自己是活着一般,人和文艺作品相接,而感到自己是在活着。详细地说,就是读者自己发现了自己的无意识心理——在精神分析学派的人们所说的意义上——的蕴藏;是在诗人和艺术家所挂的镜中,看见了自己的魂灵的姿态。因为有这镜,人们才能够看见自己的生活内容的各式各样;同时也得了最好的机会,使自己的生活内容更深,更大,更丰。	外乎这自己发见的欢喜。就是读者也在自己的心的深处,发见于和作者借了称为象征这一种刺激性暗示性的媒介物所表现出来的自己的内生活相共鸣的东西了的欢喜。正如睡魔袭来的时候,我用我这手拧自己的膝,发见自己是活着一般,人和文艺作品相接,而感到自己是在活着。详细地说,就是读者自己发现了自己的无意识心理——在精神分析学派的人们所说的意义上——的蕴藏;是在诗人和艺术家所挂的镜中,看见了自己的魂灵的姿态。因为有这镜,人们才能够看见自己的生活内容的各式各样;同时也得了最好的机会,使自己的生活内容更深,更大,更丰。
82	所描写的事象,不过是象征,是梦的外形。因了这象征的刺激,读者和作家两边的无意识心理的内容——即梦的潜在内容——这才相共鸣相共感。从文艺作品里渗出来的实感味就在这里。梦的潜在内容,不是上文也曾说过,即是人生的苦闷,即是世界苦恼么?	所描写的事象,不过是象征,是梦的外形。因了这象征的刺激,读者和作家两边的无意识心理的内容——即梦的潜在内容——这才相共鸣相共感。从文艺作品里渗出来的实感味就在这里。梦的潜在内容,不是上文也曾说过,即是人生的苦闷,即是世界苦恼么?
83	所以文艺作品所给与者,不是知识(information)而是唤起作用(evocation)。刺激了读者,使他自己唤起自	所以文艺作品所给与者,不是知识(information)而是唤起作用(evocation)。刺激了读者,使他自己唤起自

续表

1921年1月《改造》杂志版	1924年2月改造社单行本
己体验的内容来,读者的受了这刺激而自行燃烧,即无非也是一种创作。倘说作家用象征来表现了自己的生命,则读者就凭了这象征,也在自己的胸中创作着。倘说作家这一面做着产出底创作(productive creation),则读者就将这收纳,而自己又做共鸣底创作(responsivecreation)。有了这二重的创作,才成文艺的鉴赏。	己体验的内容来,读者的受了这刺激而自行燃烧,即无非也是一种创作。倘说作家用象征来表现了自己的生命,则读者就凭了这象征,也在自己的胸中创作着。倘说作家这一面做着产出底创作(productive creation),则读者就将这收纳,而自己又做共鸣底创作(responsivecreation)。有了这二重的创作,才成文艺的鉴赏。
因为这样,所以能够享受那免去压抑的绝对自由的创造生活者,不但是作家。单是为"人"而活着的别的几千万几亿万的常人,也可以由作品的鉴赏,完全地尝到和作家一样的创造生活的境地。从这一点上说,则作家和读者之差,不过是自行将这象征化而表现出来和并不如是这一个分别。换了话说,就是文艺家做那凭着表现的创作,而读者则做凭着唤起的创作。我们读者正在鉴赏大诗篇大戏曲时候的心状,和旁观着别人的舞蹈唱歌时候,我们自己虽然不歌舞,但心中却也舞着,也唱着,是全然一样的。这时候,已经不是别人的舞和歌,是我们自己的舞和歌了。赏味诗歌的时候,我们自己也就已经是诗	因为这样,所以能够享受那免去压抑的绝对自由的创造生活者,不但是作家。单是为"人"而活着的别的几千万几亿万的常人,也可以由作品的鉴赏,完全地尝到和作家一样的创造生活的境地。从这一点上说,则作家和读者之差,不过是自行将这象征化而表现出来和并不如是这一个分别。换了话说,就是文艺家做那凭着表现的创作,而读者则做凭着唤起的创作。我们读者正在鉴赏大诗篇大戏曲时候的心状,和旁观着别人的舞蹈唱歌时候,我们自己虽然不歌舞,但心中却也舞着,也唱着,是全然一样的。这时候,已经不是别人的舞和歌,是我们自己的舞和歌了。赏味诗歌的时候,我们自己也就已经是诗

续表

1921年1月《改造》杂志版	1924年2月改造社单行本
人,是歌人了。因为是度着和作家一样的创造创作的生活,而被拉进入脱却了压抑作用的那梦幻幻觉的境地里。做了拉进这一点暗示作用的东西就是象征。	人,是歌人了。因为是度着和作家一样的创造创作的生活,而被拉进入脱却了压抑作用的那梦幻幻觉的境地里。做了拉进这一点暗示作用的东西就是象征。
就鉴赏也是一种创作而言,则其中又以个性的作用为根柢的事,那自然是不消说。就是从同一的作品得来的铭感和印象,又因各人而不同。换了话说,也就是经了一个象征,从这所得的思想感情心气等,都因鉴赏者自己的个性和体验和生活内容,而在各人之间,有着差别。将批评当作一种创作,当作创造底解释(creative interpretation)的印象批评,就站在这见地上。对于这一点,法国的勃廉谛尔的客观批评说和法兰斯(A. France)的印象批评说之间所生的争论,是在近代的艺术批评史上划出一个新时期的。勃廉谛尔原是同泰纳(H. A. Taine)和圣蒲孚(Ch. A. Sainte-Beuve)一样,站在科学底批评的见地上,抱着传统主义的思想的人,所以就将批评的标准放在客观底法则上,毫不顾及个性的尊严。法兰斯却正相反,和卢美忒尔(M. J. Le-	就鉴赏也是一种创作而言,则其中又以个性的作用为根柢的事,那自然是不消说。就是从同一的作品得来的铭感和印象,又因各人而不同。换了话说,也就是经了一个象征,从这所得的思想感情心气等,都因鉴赏者自己的个性和体验和生活内容,而在各人之间,有着差别。将批评当作一种创作,当作创造底解释(creative interpretation)的印象批评,就站在这见地上。对于这一点,法国的勃廉谛尔的客观批评说和法兰斯(A. France)的印象批评说之间所生的争论,是在近代的艺术批评史上划出一个新时期的。勃廉谛尔原是同泰纳(H. A. Taine)和圣蒲孚(Ch. A. Sainte-Beuve)一样,站在科学底批评的见地上,抱着传统主义的思想的人,所以就将批评的标准放在客观底法则上,毫不顾及个性的尊严。法兰斯却正相反,和卢美忒尔(M. J. Le-

1921年1月《改造》杂志版	1924年2月改造社单行本
maitre)以及沛得等,都说批评是经了作品而看见自己的事,偏着重于批评家的主观的印象。尽量地承认了鉴赏者的个性和创造性,还至于说出批评是"在杰作中的自己的精神的冒险"的话来。至于卢美忒尔,则更其极端地排斥批评的客观底标准,单置重于鉴赏的主观,将自我(Moi)作为批评的根柢;沛得也在他的论集《文艺复兴》(Renaissance)的序文上,说批评是自己从作品得来的印象的解剖。勃廉谛尔一派的客观批评说,在今日已是科学万能思想时代的遗物,陈旧了。从无论什么都着重于个性和创造性的现在的思想倾向而言,我们至少在文艺上,也不得不和法兰斯,卢美忒尔等的主观说一致。我以为淮尔特(Oscar Wilde)说"最高的批评比创作更其创作底"(The highest criticism is more creative than creation)的意思,也就在这里。	maitre)以及沛得等,都说批评是经了作品而看见自己的事,偏着重于批评家的主观的印象。尽量地承认了鉴赏者的个性和创造性,还至于说出批评是"在杰作中的自己的精神的冒险"的话来。至于卢美忒尔,则更其极端地排斥批评的客观底标准,单置重于鉴赏的主观,将自我(Moi)作为批评的根柢;沛得也在他的论集《文艺复兴》(Renaissance)的序文上,说批评是自己从作品得来的印象的解剖。勃廉谛尔一派的客观批评说,在今日已是科学万能思想时代的遗物,陈旧了。从无论什么都着重于个性和创造性的现在的思想倾向而言,我们至少在文艺上,也不得不和法兰斯,卢美忒尔等的主观说一致。我以为淮尔特(Oscar Wilde)说"最高的批评比创作更其创作底"(The highest criticism is more creative than creation)的意思,也就在这里。
说话不觉进了歧路了;要之因为作家所描写的事像是象征,所以凭了从这象征所得的铭感,读者就点火在自己的内底生命上,自行燃烧起来。	说话不觉进了歧路了;要之因为作家所描写的事像是象征,所以凭了从这象征所得的铭感,读者就点火在自己的内底生命上,自行燃烧起来。

续表

	1921年1月《改造》杂志版	1924年2月改造社单行本
87	换句话,就是借此发见了自己的体验的内容,得以深味到和创作家一样的心境。至于作这体验的内容者,则也必和作家相同,是人间苦,是社会苦。因为这苦闷,这精神底伤害,在鉴赏者的无意识心理中,也作为沉淬而伏藏着,所以完全的鉴赏即生命的共鸣共感即于是成立。 到这里,我就想起我曾经读过的波特末尔的《散文诗》(Petites Poémes en Prose)里,有着将我所要说的事,譬喻得很巧的题作《窗户》(Les fenêtres)的一篇来:	换句话,就是借此发见了自己的体验的内容,得以深味到和创作家一样的心境。至于作这体验的内容者,则也必和作家相同,是人间苦,是社会苦。因为这苦闷,这精神底伤害,在鉴赏者的无意识心理中,也作为沉淬而伏藏着,所以完全的鉴赏即生命的共鸣共感即于是成立。 到这里,我就想起我曾经读过的波特末尔的《散文诗》(Petites Poémes en Prose)里,有着将我所要说的事,譬喻得很巧的题作《窗户》(Les fenêtres)的一篇来:
88	从一个开着的窗户外面看进去的人,决不如那看一个关着的窗户的见得事情多。再没有东西更深邃,更神秘,更丰富,更阴晦,更眩惑,胜于一支蜡烛所照的窗户了。日光底下所能看见的总是比玻璃窗户后面所映出的趣味少。在这黑暗或光明的隙孔里,生命活着,生命梦着,生命苦着。 　　在波浪似的房顶那边,我望见一个已有皱纹的,穷苦的,中年的妇人,常常低头做些什么,	从一个开着的窗户外面看进去的人,决不如那看一个关着的窗户的见得事情多。再没有东西更深邃,更神秘,更丰富,更阴晦,更眩惑,胜于一支蜡烛所照的窗户了。日光底下所能看见的总是比玻璃窗户后面所映出的趣味少。在这黑暗或光明的隙孔里,生命活着,生命梦着,生命苦着。 　　在波浪似的房顶那边,我望见一个已有皱纹的,穷苦的,中年的妇人,常常低头做些什么,

续表

	1921年1月《改造》杂志版	1924年2月改造社单行本
	并且永不出门。从她的面貌,从她的服装,从她的动作,从几乎无一,我纂出这个妇人的历史,或者说是她的故事,还有时我哭着给我自己述说它。 倘若这是个穷苦的老头子,我也能一样容易地纂出他的故事来。 于是我躺下,满足于我自己已经在旁人的生命里活过了,苦过了。 恐怕你要对我说:"你确信这故事是真的么?"在我以外的事实,无论如何又有什么关系呢,只要它帮助了我生活,感到我存在和我是怎样?	并且永不出门。从她的面貌,从她的服装,从她的动作,从几乎无一,我纂出这个妇人的历史,或者说是她的故事,还有时我哭着给我自己述说它。 倘若这是个穷苦的老头子,我也能一样容易地纂出他的故事来。 于是我躺下,满足于我自己已经在旁人的生命里活过了,苦过了。 恐怕你要对我说:"你确信这故事是真的么?"在我以外的事实,无论如何又有什么关系呢,只要它帮助了我生活,感到我存在和我是怎样?
89	烛光照着的关闭的窗是作品。瞥见了在那里面的女人的模样,读者就在自己的心里做出创作来。其实是由了那窗,那女人而发见了自己;在自己以外的别人里,自己生活着,烦恼着;并且对于自己的存在和生活,得以感得,深味。所谓鉴赏者,就是在他之中发见我,我之中看见他。	烛光照着的关闭的窗是作品。瞥见了在那里面的女人的模样,读者就在自己的心里做出创作来。其实是由了那窗,那女人而发见了自己;在自己以外的别人里,自己生活着,烦恼着;并且对于自己的存在和生活,得以感得,深味。所谓鉴赏者,就是在他之中发见我,我之中看见他。
90	我讲一讲悲剧的快感,作为以上	三　悲剧的净化作用 我讲一讲悲剧的快感,作为以上

续表

1921年1月《改造》杂志版	1924年2月改造社单行本
诸说的最适切的例证罢。人们的哭,是苦痛。但是特意出了钱,去看悲哀的戏剧,流些眼泪,何以又得到快感呢?关于这问题,古来就有不少的学说,我相信将亚里士多德(Aristoteles)在《诗学》(Peri Poietikes)里所说的那有名的净化作用(katharsis)之说,下文似的来解释,是最为妥当的。	诸说的最适切的例证罢。人们的哭,是苦痛。但是特意出了钱,去看悲哀的戏剧,流些眼泪,何以又得到快感呢?关于这问题,古来就有不少的学说,我相信将亚里士多德(Aristoteles)在《诗学》(Peri Poietikes)里所说的那有名的净化作用(katharsis)之说,下文似的来解释,是最为妥当的。
据亚里士多德的《诗学》上的话,则所谓悲剧者,乃是催起"怜"(pity)和"怕"(fear)这两种感情的东西,看客凭了戏剧这一个媒介物而哭泣,因此洗净他郁积纠结在自己心里的悲痛的感情,这就是悲剧所给与的快感的基础。先前紧张着的精神的状态,因流泪而和缓下来的时候,就生出悲剧的快感来。使潜伏在自己的内生活的深处的那精神底伤害即生的苦闷,凭着戏台上的悲剧这一个媒介物,发露到意识的表面去。正与上文所说,医治歇斯迭里病人的时候,寻出那沉在无意识心理的底里的精神底伤害来,使他尽量地表现,讲说,将在无意识界的东西,移到意识界去的这一个疗法,是全然一样的。精神分析学者称这为谈话治疗法,但由我看	据亚里士多德的《诗学》上的话,则所谓悲剧者,乃是催起"怜"(pity)和"怕"(fear)这两种感情的东西,看客凭了戏剧这一个媒介物而哭泣,因此洗净他郁积纠结在自己心里的悲痛的感情,这就是悲剧所给与的快感的基础。先前紧张着的精神的状态,因流泪而和缓下来的时候,就生出悲剧的快感来。使潜伏在自己的内生活的深处的那精神底伤害即生的苦闷,凭着戏台上的悲剧这一个媒介物,发露到意识的表面去。正与上文所说,医治歇斯迭里病人的时候,寻出那沉在无意识心理的底里的精神底伤害来,使他尽量地表现,讲说,将在无意识界的东西,移到意识界去的这一个疗法,是全然一样的。精神分析学者称这为谈话治疗法,但由我看

续表

1921年1月《改造》杂志版	1924年2月改造社单行本
来,毕竟就是净化作用,和悲剧的快感的时候完全相同。平日受着压抑作用,纠结在心里的苦闷的感情,到了能度绝对自由的创造生活的瞬间,即艺术鉴赏的瞬间,便被解放而出于意识的表面。	来,毕竟就是净化作用,和悲剧的快感的时候完全相同。平日受着压抑作用,纠结在心里的苦闷的感情,到了能度绝对自由的创造生活的瞬间,即艺术鉴赏的瞬间,便被解放而出于意识的表面。**古来就说,艺术给人生以慰安,固然不过是一种俗说,但要而言之,即可以当作就指这从压抑得了解放的心境看的。**
假如一个冷酷无情的重利盘剥的老人一流的东西,在剧场看见母子生离的一段,暗暗地淌下眼泪来。我们在旁边见了就纳罕,以为搜寻了那冷血东西的腔子里的什么所在,会有了那样的眼泪了?然而那是,平日算计着利息,成为财迷的时候,那感情是始终受着压抑作用的,待到因了戏剧这一个象征的刺激性,这才被从无意识心理的底里唤出;那淌下的就无非是这感情的一滴泪。虽说是重利盘剥者,然而也是人。既然是人,就有人类的普遍的生活内容,不过平日为那贪心,受着压抑罢了。他流下泪来得了快感的刹那的心境,就是入了艺术鉴赏的三昧境,而在戏台中看见自己,在自己中看见戏台的欢喜。	假如一个冷酷无情的重利盘剥的老人一流的东西,在剧场看见母子生离的一段,暗暗地淌下眼泪来。我们在旁边见了就纳罕,以为搜寻了那冷血东西的腔子里的什么所在,会有了那样的眼泪了?然而那是,平日算计着利息,成为财迷的时候,那感情是始终受着压抑作用的,待到因了戏剧这一个象征的刺激性,这才被从无意识心理的底里唤出;那淌下的就无非是这感情的一滴泪。虽说是重利盘剥者,然而也是人。既然是人,就有人类的普遍的生活内容,不过平日为那贪心,受着压抑罢了。他流下泪来得了快感的刹那的心境,就是入了艺术鉴赏的三昧境,而在戏台中看见自己,在自己中看见戏台的欢喜。

续表

	1921年1月《改造》杂志版	1924年2月改造社单行本
93	文艺又因了象征的暗示性刺激性,将读者巧妙地引到一种催眠状态,使进幻想幻觉的境地;诱到梦的世界,纯粹创造的绝对境里,由此使读者看客自己意识到自己的生活内容。倘读者的心的底里并无苦闷,这梦,这幻觉即不成立。	文艺又因了象征的暗示性刺激性,将读者巧妙地引到一种催眠状态,使进幻想幻觉的境地;诱到梦的世界,纯粹创造的绝对境里,由此使读者看客自己意识到自己的生活内容。倘读者的心的底里并无苦闷,这梦,这幻觉即不成立。
94	倘说,既说苦闷,则说苦闷潜藏在无意识中即不合理,那可不过是讼师或是论理底游戏者的口吻罢了。永格等之所谓无意识者,其实却是绝大的意识,也是宇宙人生的大生命。譬如我们拘守着小我的时候,才有"我"这一个意识,但如达了和宇宙天地浑融冥合的大我之域,也即入了无我的境地。无意识和这正相同。我们真是生活在大生命的洪流中时,即不意识到这生命,也正如我们在空气中而并不意识到空气一样。又像因了给空气以一些什么刺激动摇,我们才感到空气一般,我们也须受了艺术作品的象征的刺激,这才深深地意识到自己的内生命。由此使自己的生命感更其强,生活内容更丰富。这也就触着无限的大生命,达于自然和人类的真实。	倘说,既说苦闷,则说苦闷潜藏在无意识中即不合理,那可不过是讼师或是论理底游戏者的口吻罢了。永格等之所谓无意识者,其实却是绝大的意识,也是宇宙人生的大生命。譬如我们拘守着小我的时候,才有"我"这一个意识,但如达了和宇宙天地浑融冥合的大我之域,也即入了无我的境界。无意识和这正相同。我们真是生活在大生命的洪流中时,即不意识到这生命,也正如我们在空气中而并不意识到空气一样。又像因了给空气以一些什么刺激动摇,我们才感到空气一般,我们也须受了艺术作品的象征的刺激,这才深深地意识到自己的内生命。由此使自己的生命感更其强,生活内容更丰富。这也就触着无限的大生命,达于自然和人类的真实,**而接触其核仁**。

续表

1921年1月《改造》杂志版	1924年2月改造社单行本
八　余论 　　学事怱忙の際に急遽筆を走らして、以上我ながらに意に満たざるふしぶしが甚だ多い。説いて未だ精しかざる点は他日更に稿を改むる事として、わたくしは今思ひついた三つの所見を追加してこの稿を了らう。	四　有限中的无限 　　如上文也曾说过，作为个性的根柢的那生命，即是遍在于全实在全宇宙的永远的大生命的洪流。所以在个性的别一半面，总该有普遍性，有共通性。用譬喻说，则正如一株树的花和实和叶等，每一朵每一粒每一片，都各各尽量地保有个性，带着存在的意义。每朵花每片叶，各各经过独自的存在，这一完，就雕落了。但因为这都是根本的那一株树的生命，成为个性而出现的东西，所以在每一片叶，或每一朵花，每一粒实，无不各有共通普遍的生命。一切的艺术底鉴赏即共鸣共感，就以这普遍性共通性永久性作为基础而成立的。比利时的诗人望莱培格（Charles Van Lerberghe）的诗歌中，曾有下面似的咏叹这事的句子： 　　　　Ne Suis-Je Vous…… Ne Suis-Je Vous，n'êtes-vous moi， O choses que de mes deigts Je touché，et de la lumière De mes yeux éblouis？ Fleurs ou je respire soleil ou je luis， Ame qui penses

续表

1921年1月《改造》杂志版	1924年2月改造社单行本
	Qui peut me dire ou je finis, Ou je commence? Ah! Que mon Coeur infiniment Partout se retrouve! Que votre sève C'est mon sang! Comme un beau fleuve, En toutes choses la même vie coule, Et nous revons le même rêve. （La Chanson d Éve.） 　　我不是你们么…… 阿,我的晶莹的眼的光辉 和我的指尖所触的东西呵, 我不是你们么? 你们不是我么? 我所嗅的花呵,照我的太阳呵, 沉思的灵魂呵, 谁能告诉我,我在那里完, 我从那里起呢? 唉! 我的心觉出到处 是怎样的无尽呵! 觉得你们的浆液就是我的血! 同一的生命在所有一切里, 像一条美的河流似的流着; 我们都是做着一样的梦。 （《夏娃之歌》。）

续表

	1921年1月《改造》杂志版	1924年2月改造社单行本
96		因为在个性的半面里,又有生命的普遍性,所以能"我们都是做着一样的梦"。圣弗兰希斯(St. Francis)的对动物说教,佛家以为狗子有佛性,都就因为认得了生命的普遍性的缘故罢。所以不但是在读者和作品之间的生命的共感,即对于一切万象,也处以这样的享乐底鉴赏底态度的事,就是我们的艺术生活。待到进了从日常生活上的道理,法则,利害,道德等等的压抑完全解放出来了的"梦"的境地,以自由的纯粹创造的生活态度,和一切万象相对的时候,我们这才能够真切地深味到自己的生命,而同时又倾耳于宇宙的大生命的鼓动。这并非如湖上的溜冰似的,毫不触着内部的深的水,却只在表面外面滑过去的俗物生活。待到在自我的根柢中的真生命和宇宙的大生命相交感,真的艺术鉴赏乃于是成立。这就是不单是认识事象,乃是将一切收纳在自己的体验中而深味之。这时所得的东西,则非 knowledge 而是 wisdom,非 fact 而是 truth,而又在有限(finite)中见无限(in-finite),在"物"中见"心"。这就是自己活在对象之中,也就是在对象中发见自己。

续表

	1921年1月《改造》杂志版	1924年2月改造社单行本
97		列普斯（**Th. Lipps**）一派的美学者们以为美感的根柢的那感情移入（**Einfuehlung**）的学说，也无非即指这心境。这就是读者和作家都一样地所度的创造生活的境地。我曾经将这事广泛地当作人类生活的问题，在别一小著里说过了。 　　五　文艺鉴赏的四阶段 　　现在约略地立了秩序，将文艺鉴赏者的心理过程分解起来，我以为可以分作下面那样的四阶段：
98		第一　理知的作用 　　有如懂得文句的意义，或者追随内容的事迹，有着兴会之类，都是第一阶段。这时候为作用之主的，是理知（**intellect**）的作用。然而单是这一点，还不成为真为艺术的这文艺。此外历史和科学底的叙述，无论甚么，凡是一切用言语来表见的东西，先得用理知的力来索解，是不消说得的。但是在称为文学作品的之中，专以，或者概以仅诉于理知的兴味为事的种类的东西也很多。许多的通俗的浅薄的，而且总不能触着我们内生命这一类的低级文学，大抵仅诉于读者的理知的作用。例如单以追随事迹的兴味为目的而作的侦探小说，冒险

续表

	1921年1月《改造》杂志版	1924年2月改造社单行本
		谭,讲谈,下等的电影剧,报纸上的通俗小说之类,大概只要给满足了理知底好奇心(intellectualcuriosity)就算完事。用了所谓"不知后事如何且听下回分解"这好奇心,将读者绊住。还有以对于所描写的事象的兴味为主的东西,也属于这一类。德国的学子称为"材料兴味"(Stoffinteresse)者,就是这个。或者描写读者所见所闻的人物案件,或者揭穿黑幕;还有例如中村吉藏氏的剧本《井伊大老之死》,因为水户浪士的事件,报纸的社会栏上很热闹,于是许多人从这事的兴味,便去读这书,看这戏:这就是感看和著作中的事象有关系的兴味的。
99		对于真是艺术品的文学作品,低级的读者也动辄不再向这第一阶段以上前进。无论读了什么小说,看了什么戏,单在事迹上有兴味,或者专注于穿凿文句的意义的人们非常多。《井伊大老之死》的作者,自然是作为艺术品而写了这戏曲的,但世间一般的俗众,却单在内容的事件上牵了注意去了。所以即使是怎样出色的作品,也常常因读者的种类如何,而被抹杀其艺术底价值。

续表

	1921年1月《改造》杂志版	1924年2月改造社单行本
100		第二 感觉的作用 在五感之中，文学上尤其多的是诉于音乐色采之类的听觉和视觉。也有像那称为英诗中最是官能底（sensuous）的吉兹（John Keats）的作品一样，想要刺激味觉和嗅觉的。又如神经的感性异常锐敏了的近代的颓唐（decadence）的诗人，即和波特来尔等属于同一系的诸诗人，则尚以单是视觉听觉——色和音——为不足，至有想要诉于不快的嗅觉的作品。然而这不如说是异常的例。在古今东西的文学中，最主要的感觉底要素，那不待言，是诉于耳的音乐底要素。
101		在诗歌上的律脚（meter），平仄，押韵之类，固然是最为重要的东西，然而诗人的声调，大抵占着作为艺术品的非常紧要的地位。大约凡抒情诗，即多置重于这音乐底要素，例如亚伦坡（Edgar Allan Poe）的《钟》（Bells），科尔律支说是梦中成咏，自己且不知道什么时候写出的《忽必烈可汗》（Kubla Khan）等，都是诗句的意义——即上文所说的诉于理知的分子——几乎全没有，而以纯一的言语的音乐，为作品的生命。又如法兰西近代的象征派诗人，则于

续表

	1921年1月《改造》杂志版	1924年2月改造社单行本
		此更加意,其中竟有单将美人的名字列举至五十多行,即以此做成诗的音乐的。
102		也如日本的三弦和琴,极为简单一样,因为日本人的对于乐声的耳的感觉,没有发达的缘故罢,日本的诗歌,是欠缺着在严密的意义上的押韵的,——即使也有若干的例外。然而无论是韵文,是散文,如果这是艺术品,即无不以声调之美为要素。例如: ほととぎす東雲どきの乱声に 湖水は白き波たつらしも （与謝野夫人） 杜鹃黎明时候的乱声里, 湖水是生了素波似的呀。
103		的一首,耳中所受的感得,已经有着得了音乐底调和的声调之美,这就是作为叙景诗而成功了的原因。
104		第三　感觉的心象 这并非立即诉于感觉本身,乃是诉于想象底作用,或者唤起感觉底的心象来。就是经过了第一的理知,第二的感觉等作用,到这里才使姿态,景况,音响等,都在心中活跃,在眼前仿佛。现在为便宜起见,即以俳句为例,

续表

	1921年1月《改造》杂志版	1924年2月改造社单行本
105		则如： 　　鱼鳞满地的鱼市之后呵，夏天时候。 　　　　　　　　　　子规 　　白天的鱼市散了之后，市场完全静寂。而在来往的人影也显得萧闲的路上，处处散着银似的白色的鳞片，留下白昼的余痕。当这银鳞闪烁地被日光映着的夏天向晚，缓缓地散策时候的情景，都浮在读者的眼前了。单是这一点，这十七字诗之为艺术品，就俨然地成功着。又如： 　　五月雨里，遮不住的呀，濑田的桥。 　　　　　　　　　　芭蕉
106		近江八景之一，濑田的唐桥，当梅雨时节，在烟雾模胡中，漆黑地分明看见。是暗示着墨画山水似的趣致的。尤其使第一第二两句的调子都恍忽，到第三句"濑田的桥"才见斤两的这一句的声调，就巧妙地帮衬着这暗示力。就是第二的感觉的作用，对于这俳句的鉴赏有着重大的帮助，心象和声调完全和谐，是常为必要条件之一的。
107		然而以上的理知作用、感觉作用和感觉底心象，大概从作品的技巧底表面的方面得来，但是这些，不过能动意识的世界的比较底表面底的部

	1921年1月《改造》杂志版	1924年2月改造社单行本
		分。换了话说,就是以上还属于象征的外形,只能造成在读者心中所架起的幻想梦幻的显在内容即梦的外形;并没有超出道理和物质和感觉的世界去。必须超出了那些,更加深邃地肉薄突进到读者心中深处的无意识心理,那刺激底暗示力触着了生命的内容的时候,在那里唤起共鸣共感来,而文艺的鉴赏这才成立。这就是说打动读者的情绪,思想,精神,心气的意思,这是作品鉴赏的最后的过程。
108		第四 情绪,思想,精神,心气 到这里,作者的无意识心理的内容,这才传到读者那边,在心的深处的琴弦上唤起反响来,于是暗示遂达了最后的目的。经作品而显现的作家的人生观,社会观,自然观,或者宗教信念,进了这第四阶段,乃触着读者的体验的世界。
109		因为这第四者的内容,包含着在人类有意义的一切东西,所以正如人类生命的内容的复杂似的也复杂而且各样。要并无余蕴地来说完他,是我们所不能企及的。那美学家所说的美底感情——即视鉴赏者心中的琴弦上所被唤起的震动的强弱大小之差,将这分为崇高(sublime)和优

续表

	1921年1月《改造》杂志版	1924年2月改造社单行本
		美（beautiful），或者从质的变化上着眼，将这分为悲壮（tragic）和诙谐（humour），并加以议论，就不过是想将这第四的阶段分解而说明之的一种尝试。
110		凡在为艺术的文学作品的鉴赏，我相信必有以上似的四阶段。但这四阶段，也因作品的性质，而生轻重之差。例如在散文小说，尤其是客观底描写的自然派小说，或者纯粹的叙景诗——即如上面引过的和歌俳句似的——等，则第三为止的阶段很着重。在抒情诗，尤其是在近代象征派的作品，则第一和第三很轻，而第二的感觉底作用立即唤起第四的情绪主观的震动（vibration）。在伊孛生一流的社会剧问题剧思想剧之类，则第二的作用却轻。英吉利的萧，法兰西的勃里欧（E. Briux）的戏曲，则并不十足地在读者看客的心里，唤起第三的感觉底心象来，而就想极刻露极直截地单将第四的思想传达，所以以纯艺术品而论，有时竟成了不很完全的一种宣传（propaganda）。又如罗曼派的作品，诉于第一的理知作用者最少；反之，如古典派，如自然派，则打动读者理知的事最大。

续表

	1921年1月《改造》杂志版	1924年2月改造社单行本
111		便是对于同一的作品,也因了各个读者,这四阶段间生出轻重之差。既有如上文说过那样的低级的读者和看客对于戏曲小说似的,专注于第一的理知作用,单想看些事迹者;也有只使第二第三来作用,竟不很留意于藏在作品背后的思想和人生观的。凡这些人,都不能说是完全地鉴赏了作品。
112		六　共鸣底创作 我到这里,有将先前说过的创作家的心理过程和读者的来比较一回的必要。就是诗人和作家的产出底表现底创作,和读者那边的共鸣底创作——鉴赏,那心理状态的经过,是取着正相反的次序的,从作家心里的无意识心理的底里涌出来的东西,再凭了想象作用,成为或一个心象,这又经感觉和理知的构成作用,具了象征的外形而表现出来的,就是文艺作品。但在鉴赏者这一面,却先凭了理知和感觉的作用,将作品中的人物事象等,收纳在读者的心中,作为一个心象。这心象的刺激底暗示性又深邃地钻入读者的无意识心理的底里,就在上文说过的第四的思想情绪心气等无意识心理的底里所藏的生命

续表

	1921年1月《改造》杂志版	1924年2月改造社单行本
113		之火上,点起火来。所以前者是发源于根本即生命的核仁,而成了花成了实的东西;后者这一面,则从为花为实的作品,以理知感觉的作用,先在自己的脑里浮出一个心象来,又由这达到在根本处的无意识心理即自己生命的内容去。将这用图来显示则如下: 作品 ↑ 被象征化了的作品 ↙　　↘ 理智感觉　　理智感受 ↓　　　　　↖ 心象　　　　心象 ―――――――――― 读者的无　　　作者的无 意识心理　　　意识心理
114		作家的心底径路,所以是综合底,也是能动底,读者的是分解底,也是受动底。将上面所说的鉴赏心理的四阶段颠倒转来,看作从第四起,向着第一那方面进行,这就成了创作家的心理过程。换一话说,就是从生命的内容突出,向意识心理的表面出去的是作家的产出底创作;从意识心

续表

	1921年1月《改造》杂志版	1924年2月改造社单行本
		理的表面进去,向生命的内容突入的是共鸣底创作即鉴赏。所以作家和读者两方面,只要帖然无间地反复了这一点同一的心底过程,作品的全鉴赏就成立。
115		托尔斯泰在《艺术论》(英译 What is Art?)里,排斥那单以美和快感之类来说明艺术本质的古来的诸说,定下这样的断案:
116		一个人先在他自身里,唤起曾经经验过的感情来,在他自身里既经唤起,便用诸动作,诸线,诸色,诸声音,或诸以言语表出的形象,这样的来传这感情,使别人可以经验这同一的感情——这是艺术的活动。 艺术是人类活动,其中所包括的是一个人用了或一种外底记号,将他曾经体验过的种种感情,意识底地传给别人,而且别人被这些感情所动,也来经验他们。
117		托尔斯泰的这一说,固然是就艺术全体立言。但倘若单就文学着想,而且更深更细地分析起来,则在结论上,和我上来所说的大概一致。

续表

	1921年1月《改造》杂志版	1924年2月改造社单行本
118		到这里,上文说过的印象批评的意义,也就自然明白了罢。即文艺既然到底是个性的表现,则单用客观底的理知底法则来批判,是没有意味的。批评的根柢,也如创作的一样,在读者的无意识心理的内容,已不消说。即须经过了理知和感觉的作用,更其深邃地到达了自己的无意识心理,将在这无意识界里的东西唤起,到了意识界,而作品的批评这才成立。即作家那一面,因为原从无意识心理那边出来,所以对于自己的心底径路,并不分明地意识着。而批评家这一面却相反,是因了作品,将自己的无意识界里所有的东西——例如看悲剧时的泪——重新唤起,移到意识界的,所以能将那意识——即印象——尽量地分解,解剖。亚诺德(Matthew Arnold)曾经说,以文艺为"人生的批评"(a criticism of life)。但是文艺批评者,总须是批评家由了或一种作品,又说出批评家自己的"人生的批评"的东西。
119		第三 关于文艺的根本问题的考察 一 为豫言者的诗人 我相信将以上的所论作为基础,实际地应用起来,便可以解决一般文

1921年1月《改造》杂志版	1924年2月改造社单行本
	艺上的根本问题。现在要避去在这里一一列举许多问题之烦,单取了文学研究者至今还以为疑问的几个问题。来显示我那所说的应用的实例,其余的便任凭读者自己的考察和批判去。本章所说的事,可以当作全是从以上说过的我那《创作论》和《批评论》当然引申出来的系论(corollary)看,也可以当作注疏看的。
	文艺者,是生命力以绝对的自由而被表现的唯一的时候。因为要跳进更高更大更深的生活去的那创造的欲求,不受什么压抑拘束地而被表现着,所以总暗示着伟大的未来。因为自过去以至现在继续不断的生命之流,惟独在文艺作品上,能施展在别处所得不到的自由的飞跃,所以能够比人类的别样活动——这都从周围受着各种的压抑——更其突出向前,至十步,至二十步,而行所谓"精神底冒险"(spiritual adventure)。超越了常识和物质,法则,因袭,形式的拘束,在这里常有新的世界被发见,被创造。在政治上经济上社会上还未出现的事,文艺上的作品里却早经暗示着,启示着的缘由,即全在于此。

续表

	1921年1月《改造》杂志版	1924年2月改造社单行本
121		嘉勒尔（Th. Carlyle）在那《英雄崇拜论》（On Heroes, Hero-Worship and the Heroicin History）和《朋士论》（An Essy on Burns）中，曾指出腊丁语的 Vates 这字，最初是豫言者的意思，后来转变，也用到诗人这一个意义上去了。诗人云者，是先接了灵感，豫言者似的唱歌的人；也就是传达神托，将常人所还未感得的事，先行感得，而宣示于一代的民众的人。是和将神意传给以色列百姓的古代的豫言者是一样人物的意思。罗马人又将这字转用，也当作教师的意义用了的例子，则尤有很深的兴味。诗人——豫言者——教师，这三样人物，都用 Vates 这一字说出来，于此就可以看见文艺家的伟大的使命了。
122		文艺上的天才，是飞跃突进的"精神底冒险者"。然而正如一个英雄的事业的后面，有着许多无名的英雄的努力一样，在大艺术家的背后，也不能否认其有"时代"，有"社会"，有"思潮"。既然文艺是尽量地个性的表现，而其个性的别的半面，又有带着普遍性的普遍的生命，这生命即遍在于同时代或同社会或同民族的

续表

	1921年1月《改造》杂志版	1924年2月改造社单行本
123		一切的人们,则诗人自己来作为先驱者而表现出来的东西,可以见一代民心的归趋,暗示时代精神的所在,也正是当然的结果。在这暗示着更高更大的生活的可能这一点上,则文艺家就该如沛得所说似的,是"文化的先驱者"。
		凡在一个时代一个社会,总有这一时代的生命,这一社会的生命,继续着不断的流动和变化。这也就是思潮的流,是时代精神的变迁。这是为时运的大势所促,随处发动出来的力。当初几乎并没有甚么整然的形,也不具体系,只是茫漠地不可捉摸的生命力。艺术家之所表现者,就是这生命力,决不是固定了凝结了的思想,也不是概念;自然更不是可称为什么主义之类的性质的东西。即使怎样地加上压抑作用,也禁压抑制不住,不到那要到的处所,便不中止的生命力的具象底表现,是文艺作品。虽然潜伏在一代民众的心胸的深处,隐藏在那无意识心理的阴影里,尚只为不安焦躁之心所催促,而谁也不能将这捕捉住,表现出,艺术家却仗了特异的天才的力,给以表现,加以象征化而为"梦"的形状。赶早地将这把握得,表现出,反映出来的东西,是

	1921年1月《改造》杂志版	1924年2月改造社单行本
		文艺作品。如果这已经编成一个有体系的思想或观念,便成为哲学,为学说;又如这思想和学说被实现于实行的世界上的时候,则为政治运动,为社会运动,轶出艺术的圈外去了。这样的想象,是过去的文艺史屡次证明的事实,在法兰西革命前,卢梭(J. J. Rousseau)这些人们的罗曼主义的文学是其先驱;更近的事,则在维多利亚朝的保守底贵族底英国转化为现在的民主底社会主义底英国之前,自前世纪末,已有萧和威尔士的打破因袭的文学起来,比这更早,法兰西颓唐派的文学也已输入顽固的英国,近代英国的激变,早经明明白白地现于诗文上面了。看日本的例也如此,赖山阳的纯文艺作品《日本外史》这叙事诗,是明治维新的先驱,日俄战后所兴起的自然主义文学的运动,早就是最近的民治运动和因袭打破社会改造运动的先驱,都是一无可疑的文明史底事实。又就文艺作品而论,则最为原始底而且简单地童谣和流行呗之类,是民众的自然流露的声音,其能洞达时势,暗示大势的潜移默化的事,实不但外国的古代为然,即在日本的历史上,也是屡见

续表

	1921年1月《改造》杂志版	1924年2月改造社单行本
		的现象。古时,则见于《日本纪》的谣歌《Wazauta》,就是纯粹的民谣,豫言国民的吉凶祸福的就不少。到了一直近代,则从德川末年至明治初年之间民族生活动摇时代的流行呗(Hayariuta)之类,是怎样地痛切的时代生活的批评,豫言,警告,便是现在,不也还在我们的记忆上么?
124		美国的一个诗人的句子有云: First from the people's heart must spring The passions which he learns to sing, They are the wind, the harp is he, To voice their fitful melody. ——B. Taylor, Amran's wooing. 先得从民众的心里 跳出他要来唱歌的情热; 那(情热)是风,箜篌是他, 响出他们(情热)的繁变的好音。 ——泰洛尔,《安兰的求婚》。
125		情热,这先萌发于民众的心的深处;给以表现者,是文艺家。有如将不知所从来的风捕在弦索上,以经线发出殊胜的妙音的 Aeolian lyre(风籁琴)一样,诗人也捉住了一代民心的动作的机微,而给以艺术底表现。

续表

	1921年1月《改造》杂志版	1924年2月改造社单行本
		是天才的锐敏的感性（sensibility）；赶早地抓住了没有"在眼里分明看见"的民众的无意识心理的内容，将这表现出来。在这样的意义上，则在十九世纪初期的罗曼底时代，见于雪莱和裴伦的革命思想，乃是一切的近代史的豫言；自此更以后的嘉勒尔，托尔斯泰，伊孛生，默退林克，勃朗宁，也都是新时代的豫言者。
126		从因袭道德，法则，常识之类的立脚地看来，所以文艺作品也就有见得很横暴不合宜的时候罢。但正在这超越了一切的纯一不杂的创造生活的所产这一点上，有着文艺的本质。是从天马（Pegasus）似的天才的飞跃处，被看出伟大的意义来。
127		也如豫言者每不为故国所容一样，因为诗人大概是那时代的先驱者，所以被迫害，被冷遇的例非常多。勃来克直到百年以后，才为世间所识的例，是最显著的一个；但如雪莱，如斯温班，如勃朗宁，又如伊孛生，那些革命底反抗底态度的诗人底豫言者，大抵在他们的前半生，或则将全身世，都送在撼轲不遇之中的例，可更其是不遑枚举了。如便是孚罗培尔（G. Flaubert），生前也全然不被欢

431

续表

	1921年1月《改造》杂志版	1924年2月改造社单行本
128		迎的事实,或如乐跋格纳尔,到得了巴伦王路特惠锡(Ludwig)的知遇为止,早经过很久的飘零落魄的生涯之类,在今日想起来,几乎是莫名其妙的事。 古人曾说,"民声,神声也。"(Vox populi, vox Dei.)传神声音,代神叫喊者,这是豫言者,是诗人。然而所谓神,所谓 inspiration(灵应)这些东西,人类以外是不存在的。其实,这无非就是民众的内部生命的欲求;是潜伏在无意识心理的阴影里的"生"的要求。是当在经济生活,劳动生活,社会生活,政治生活等的时候,受着物质主义,利害关系,常识主义,道德主义,因袭法则等类的压抑束缚的那内部生命的要求——换句话,就是那无意识心理的欲望,发挥出绝对自由的创造性,成为取了美的梦之形的"诗",的艺术,而被表现。
129		因为称道无神论而逐出大学,因为矫激的革命论而失了恋爱,终于淹在司沛企亚的海里,完结了可怜的三十年短生涯的抒情诗人雪莱,曾有托了怒吹垂歇的西风,披陈遐想的有名的大作,现在试看他那激调罢: **Drive my dead thought over the universe**

续表

	1921年1月《改造》杂志版	1924年2月改造社单行本
		Like withered leaves to quicken a new birth! And, by the incantation of this verse, Scatter as from an unextinguished hearth Ashes and sparks, my words among mankind! Be through my lips to unawakened earth The trumpet of a prophecy! O Wind, If winter comes, can spring be far behind? ——Shelley, *Ode to the West Wind*. 在宇宙上驰出我的死的思想去, 如干枯的树叶,来鼓舞新的诞生! 而且,仗这诗的咒文, 从不灭的火炉中,(撒出)灰和火星似的, 向人间撒出我的许多言语! 经过了我的口唇,向不醒的世界 去作豫言的喇叭罢!阿,风呵, 如果冬天到了,春天还会远么? ——雪莱,《寄西风之歌》。
130		在自从革命诗人雪莱叫着"向不醒的世界去作豫言的喇叭罢"的这歌出来之后,经了约一百余年的今日,波尔雪维主义已使世界战栗,叫改造求自由的音声,连地球的两隅也

续表

	1921年1月《改造》杂志版	1924年2月改造社单行本
131		遍及了。是世界的最大的抒情诗人的他,同时也是大的豫言者的一个。 二 理想主义与现实主义 或人说,文艺的社会底使命有两方面。其一是那时代和社会的诚实的反映,别一面是对于那未来的豫言底使命。前者大抵是现实主义(realism)的作品,后者是理想主义(idealism)或罗曼主义(romanticism)的作品。但是从我的《创作论》的立脚地说,则这样的区别几乎不足以成问题。文艺只要能够对于那时代那社会尽量地极深地穿掘进去,描写出来,连潜伏在时代意识社会意识的底的底里的无意识心理都把握住,则这里自然会暗示着对于未来的要求和欲望。离了现在,未来是不存在的。如果能够描写现在,深深的彻到核仁,达了常人凡俗的目所不及的深处,这同时也就是对于未来的大的启示,的豫言。从弗罗特一派的学子为梦的解释而设的欲望说象征说说起来,那想从梦以知未来的梦占(详梦),也不能以为一定不过是痴人的迷妄。正一样,经了过去现在而梦未来的是文艺。倘真是突进了现在的

续表

	1921年1月《改造》杂志版	1924年2月改造社单行本
		生命的中心,在生命本身既有着永久性普遍性,则就该经了过去现在而未来即被暗示出。用譬喻来说,就如名医诊察了人体,真确地看破了病源,知道了病苦的所在,则对于病的疗法和病人的要求,也就自然明白了。说是不知道为病人的未来计的疗法者,毕竟也还是对于病人现在的病状,错了诊断的庸医的缘故。这是从我的在先论那创作,提起左拉的著作那一段,也就明了的罢。我想,倘说单写现实,然而不尽他对于未来的豫言底使命的作品,毕竟是证明这作为艺术品是并不伟大的,也未必是过分的话。
132	摩泊桑(Guy de Maupassant)的短篇,而且有了杰作之一的定评的东西之中,有一篇《项链》(La Parure)。事情是极简单的——	三 短篇《项链》 摩泊桑(Guy de Maupassant)的短篇,而且有了杰作之一的定评的东西之中,有一篇《项链》(La Parure)。事情是极简单的——
133	一个小官的夫人,为着要赴夜会,从熟人借了钻石的项链,出去了。当夜,在回家的途中,却将这东西失去。于是不得已,和丈夫商议,借了几千金,买一个照样的项链去赔偿。从此至于十年之久,为了还债,拼命	一个小官的夫人,为着要赴夜会,从熟人借了钻石的项链,出去了。当夜,在回家的途中,却将这东西失去。于是不得已,和丈夫商议,借了几千金,买一个照样的项链去赔偿。从此至于十年之久,为了还债,拼命

续表

1921年1月《改造》杂志版	1924年2月改造社单行本
地节俭,劳作着,所过的全是没有生趣的长久的时光。待到旧债渐得还清了的时候,详细查考起来,才知道先前所借的是假钻石,不过值得百数元钱罢了。	地节俭,劳作着,所过的全是没有生趣的长久的时光。待到旧债渐得还清了的时候,详细查考起来,才知道先前所借的是假钻石,不过值得百数元钱罢了。
假使单看梦的外形的这事象,像这小说,实在不过是极无聊的一篇闲话罢。统诗歌戏曲小说一切,所以有着艺术底创作的价值的东西,并不在乎所描写的事象是怎样。无论这是虚造,是事实,是作家的直接经验,或间接经验,是复杂,是简单,是现实底,是梦幻底,从文艺的本质说,都不是问题。可以成为问题的,是在这作为象征,有着多少刺激底暗示力这一点。作者取这事象做材料,怎样使用,以创造了那梦。作者的无意识心理的底里,究竟潜藏着怎样的东西?这几点,才正是我们应当首先着眼的处所。这项链的故事,摩泊桑是从别人听来,或由想象造出,或采了直接经验,这些都且作为第二的问题;这作家的给与这描写以可惊的现实性,巧妙地将读者引进幻觉的境地,暗示出那刹那生命现象之"真"的这伎俩,就先使我们敬服。将人生的极冷嘲	假使单看梦的外形的这事象,像这小说,实在不过是极无聊的一篇闲话罢。统诗歌戏曲小说一切,所以有着艺术底创作的价值的东西,并不在乎所描写的事象是怎样。无论这是虚造,是事实,是作家的直接经验,或间接经验,是复杂,是简单,是现实底,是梦幻底,从文艺的本质说,都不是问题。可以成为问题的,是在这作为象征,有着多少刺激底暗示力这一点。作者取这事象做材料,怎样使用,以创造了那梦。作者的无意识心理的底里,究竟潜藏着怎样的东西?这几点,才正是我们应当首先着眼的处所。这项链的故事,摩泊桑是从别人听来,或由想象造出,或采了直接经验,这些都且作为第二的问题;这作家的给与这描写以可惊的现实性,巧妙地将读者引进幻觉的境地,暗示出那刹那生命现象之"真"的这伎俩,就先使我们敬服。将人生的极冷嘲

续表

	1921年1月《改造》杂志版	1924年2月改造社单行本
	底(ironical)的悲剧底的状态,毫不堕入概念底哲理,暗示我们,使我们直感底地,正是地,活现地受纳进去,和生命现象之"真"相触,给我们写得可以达到上文说过的鉴赏的第四阶段的那出色的本领,就足以惊人了。这个闲话,毕竟不过是当作暗示的家伙用的象征。沙士比亚在那三十七篇戏曲里,是将胡说八道的历史谈,古话,妇女子的胡诌,报纸上社会栏的记事似的丛谈作为材料,而纵横无尽地营了他的创造创作的生活的。	底(ironical)的悲剧底的状态,毫不堕入概念底哲理,暗示我们,使我们直感底地,正是地,活现地受纳进去,和生命现象之"真"相触,给我们写得可以达到上文说过的鉴赏的第四阶段的那出色的本领,就足以惊人了。这个闲话,毕竟不过是当作暗示的家伙用的象征。沙士比亚在那三十七篇戏曲里,是将胡说八道的历史谈,古话,妇女子的胡诌,报纸上社会栏的记事似的丛谈作为材料,而纵横无尽地营了他的创造创作的生活的。
135	象徴は、有限 finite を描いて無限 infinite を、また色相界を写して超感覚界を、暗示し啓示する媒介物である。境によって心を描き、存在によって意義を示し、禅家の所謂『弄假像真』ものである。事象は即ち芸術たる夢外形であって、その潜在内容ではない。	
136	但摩泊桑倘若在最先,就想将那可以称为"人生的冷嘲(irony)"这一个抽象底概念,意识地表现出,于是写了这《项链》,则以艺术品而论,这便简单得多,而且堕入低级的讽喻	但摩泊桑倘若在最先,就想将那可以称为"人生的冷嘲(irony)"这一个抽象底概念,意识地表现出,于是写了这《项链》,则以艺术品而论,这便简单得多,而且堕入低级的讽喻

续表

1921年1月《改造》杂志版	1924年2月改造社单行本
(allegory)式一类里,更不能显出那么强有力的实现性,宴感味来,因此在作为"生命的表现"这一点上,一定是失败的了。怕未必能够使那可怜的官吏的夫妇两个,活现地,各式各样地在我们的眼前活跃了罢。正因为在摩泊桑无意识心理中的苦闷;梦似的受了象征化;这一篇《项链》才能成为出色的活的艺术品,而将生命的震动,传到读者的心中,并且引诱读者,使他也做一样的悲痛的梦。	(allegory)式一类里,更不能显出那么强有力的实现性,宴感味来,因此在作为"生命的表现"这一点上,一定是失败的了。怕未必能够使那可怜的官吏的夫妇两个,活现地,各式各样地在我们的眼前活跃了罢。正因为在摩泊桑无意识心理中的苦闷;梦似的受了象征化;这一篇《项链》才能成为出色的活的艺术品,而将生命的震动,传到读者的心中,并且引诱读者,使他也做一样的悲痛的梦。
有些小说家,似乎竟以为倘不是自己的直接经验,便不能作为艺术品的材料。胡涂之至的谬见而已。设使如此,倘为要描写窃贼,作家便该自己去做贼,为要描写害命,作家便该亲手去杀人了。像沙士比亚那样,从王侯到细民,从弑逆,从恋爱,从见鬼,从战争,从重利盘剥者,从什么到什么,都曾描写了的人,如果一一都用自己的直接经验来做去,则人生五十年不消说,即使活到一百年一千年,也不是做得到的事。倘有描写了奸情的作家,能说那小说家是一定自己犯了奸的么?只要描出的事象,便	有些小说家,似乎竟以为倘不是自己的直接经验,便不能作为艺术品的材料。胡涂之至的谬见而已。设使如此,倘为要描写窃贼,作家便该自己去做贼,为要描写害命,作家便该亲手去杀人了。像沙士比亚那样,从王侯到细民,从弑逆,从恋爱,从见鬼,从战争,从重利盘剥者,从什么到什么,都曾描写了的人,如果一一都用自己的直接经验来做去,则人生五十年不消说,即使活到一百年一千年,也不是做得到的事。倘有描写了奸情的作家,能说那小说家是一定自己犯了奸的么?只要描出的事象,便

续表

	1921年1月《改造》杂志版	1924年2月改造社单行本
	然成功了一个象征,只要虽是间接经验,却也如直接经验一般描写着,只要虽是向壁虚造的杜撰,却也并不像向壁虚造的杜撰一般描写看,则这作品就有伟大的艺术底价值。因为文艺者,和梦一样,是取象征底表现法的。	然成功了一个象征,只要虽是间接经验,却也如直接经验一般描写着,只要虽是向壁虚造的杜撰,却也并不像向壁虚造的杜撰一般描写看,则这作品就有伟大的艺术底价值。因为文艺者,和梦一样,是取象征底表现法的。
138	关于直接经验的事,想起一些话来了。一向道心坚固地修行下来,度着极端的禁欲生活的一个和尚,却咏着俨然的恋的歌。见了这个,疑心于这和尚的私行的人们很不少。虽然和尚,也是人的儿。即使直接经验上没有恋爱过,但在他的体验的世界里,也会有美人,有恋爱;尤其是在性欲上加了压抑作用的精神底伤害,自然有着的罢。我想;我们将这看作托于称为"歌"的一个梦之形而出现,是并非无理的。	关于直接经验的事,想起一些话来了。一向道心坚固地修行下来,度着极端的禁欲生活的一个和尚,却咏着俨然的恋的歌。见了这个,疑心于这和尚的私行的人们很不少。虽然和尚,也是人的儿。即使直接经验上没有恋爱过,但在他的体验的世界里,也会有美人,有恋爱;尤其是在性欲上加了压抑作用的精神底伤害,自然有着的罢。我想;我们将这看作托于称为"歌"的一个梦之形而出现,是并非无理的。
139	再一想和尚的恋歌的事,就带起心理学者所说的二重人格(double personality)和人格分裂这些话来了。就如那司提芬生(R. L. Stevenson)的杰作,有名的小说"Dr. Jekyll and Mr. Hyde"里面似的,同一人格,而可以看见善人的Jekyll和恶人的Hyde这两	再一想和尚的恋歌的事,就带起心理学者所说的二重人格(double personality)和人格分裂这些话来了。就如那司提芬生(R. L. Stevenson)的杰作,有名的小说"Dr. Jekyll and Mr. Hyde"里面似的,同一人格,而可以看见善人的Jekyll和恶人的Hyde这两

续表

1921年1月《改造》杂志版	1924年2月改造社单行本
个精神状态。这就可以看作我首先说过的两种力的冲突，受了具象化的。我以为所谓人的性格上有矛盾，究竟就可以用这人格的分裂、二重人格的方法来解释。就是一面虽然有着罪恶性，而平日总被压抑作用禁在无意识中，不现于意识的表面。然而一旦入了催眠状态，或者吟咏诗歌这些自由创造的境地的时候，这罪恶性和性底渴望便突然跳到意识的表面，做出和那善人那高僧平日的意识状态不类的事，或吟出不类的歌来。如佛教上所谓"降魔"，如孚罗培尔的小说《圣安敦的诱惑》(La Tentation de Saint Antoine)那样的时候，大约也就是精神底伤害的苦闷，从无意识跳上意识来的精神状态的具象化。还有，平素极为沉闷的憎人底(misanthropic)的人们里，滑稽作家却多，例如夏目漱石氏那样正经的阴郁的人，却是做《哥儿》(坊ちゃん)和《咱们是猫》(吾辈八猫デアル)的 humorist，如斯惠夫德(J. Swift)那样的人，却做《桶的故事》(Tale of a Tub)，又如据最近的研究，谐谈作者十返舍一九，是一个极其沉闷的人物。凡这些，我相信	个精神状态。这就可以看作我首先说过的两种力的冲突，受了具象化的。我以为所谓人的性格上有矛盾，究竟就可以用这人格的分裂、二重人格的方法来解释。就是一面虽然有着罪恶性，而平日总被压抑作用禁在无意识中，不现于意识的表面。然而一旦入了催眠状态，或者吟咏诗歌这些自由创造的境地的时候，这罪恶性和性底渴望便突然跳到意识的表面，做出和那善人那高僧平日的意识状态不类的事，或吟出不类的歌来。如佛教上所谓"降魔"，如孚罗培尔的小说《圣安敦的诱惑》(La Tentation de Saint Antoine)那样的时候，大约也就是精神底伤害的苦闷，从无意识跳上意识来的精神状态的具象化。还有，平素极为沉闷的憎人底(misanthropic)的人们里，滑稽作家却多，例如夏目漱石氏那样正经的阴郁的人，却是做《哥儿》(坊ちゃん)和《咱们是猫》(吾辈八猫デアル)的 humorist，如斯惠夫德(J. Swift)那样的人，却做《桶的故事》(Tale of a Tub)，又如据最近的研究，谐谈作者十返舍一九，是一个极其沉闷的人物。凡这些，我相信

续表

1921年1月《改造》杂志版	1924年2月改造社单行本
也都可以用这人格分裂说来解释。这岂不是因为平素受着压仰,潜伏在无意识的圈内的东西,只在纯粹创造那文艺创作的时候,跳到表面,和自己意识联结了的缘故么?精神分析学派的人们中间,也有并用这来解释cynicism(嘲弄)之类的学者。	也都可以用这人格分裂说来解释。这岂不是因为平素受着压仰,潜伏在无意识的圈内的东西,只在纯粹创造那文艺创作的时候,跳到表面,和自己意识联结了的缘故么?精神分析学派的人们中间,也有并用这来解释cynicism(嘲弄)之类的学者。
将艺术创作的时候,用比喻来说,就和酒醉时相同。血气方刚的店员在公司或银行的办公室里,对着买办和分行长总是低头。这是因为连那利害攸关的年底的花红也会有影响,所以自己加着压抑作用的。然而在宴席上,往往向老买办或课长有所放肆者,是酩酊的结果,利害关系和善恶批判的压抑作用都已除去,所以现出那真生命猛然跃出的状态来。至于到了明天,去到买办那里,从边门向太太告罪,拜托成全的时候,那是压抑作用又来加了盖子,塞了塞子,所以变成和前夜似像非像的别一人了。罗马人曾说,"酒中有真(In vino veritas)。"正如酩酊时候一样,艺术家当创作之际,则表现着纯真,最不虚假的自我。和供奉政府的报馆主笔做着论说时候的心理状态,是正相反对的。	将艺术创作的时候,用比喻来说,就和酒醉时相同。血气方刚的店员在公司或银行的办公室里,对着买办和分行长总是低头。这是因为连那利害攸关的年底的花红也会有影响,所以自己加着压抑作用的。然而在宴席上,往往向老买办或课长有所放肆者,是酩酊的结果,利害关系和善恶批判的压抑作用都已除去,所以现出那真生命猛然跃出的状态来。至于到了明天,去到买办那里,从边门向太太告罪,拜托成全的时候,那是压抑作用又来加了盖子,塞了塞子,所以变成和前夜似像非像的别一人了。罗马人曾说,"酒中有真(In vino veritas)。"正如酩酊时候一样,艺术家当创作之际,则表现着纯真,最不虚假的自我。和供奉政府的报馆主笔做着论说时候的心理状态,是正相反对的。

续表

	1921年1月《改造》杂志版	1924年2月改造社单行本
141	自古以来,屡屡说过诗人和艺术家等的 inspiration 的事。译起来,可以说是"神来的灵兴"罢,并非这样的东西会从天外飞下,这毕竟还是对于从作家自身的无意识心理的底里涌出来的生命的跳跃,所加的一个别名。是真的自我,真的个性。只因为这是无意识心理的所产,所以独为可贵。倘是从显在意识那样上层的表面的精神作用而来的东西,则那作品便成为虚物,虚事,更不能真将强有力的振动,传到读者那边的中心生命去。	**四 白日的梦** 自古以来,屡屡说过诗人和艺术家等的 inspiration 的事。译起来,可以说是"神来的灵兴"罢,并非这样的东西会从天外飞下,这毕竟还是对于从作家自身的无意识心理的底里涌出来的生命的跳跃,所加的一个别名。是真的自我,真的个性。只因为这是无意识心理的所产,所以独为可贵。倘是从显在意识那样上层的表面的精神作用而来的东西,则那作品便成为虚物,虚事,更不能真将强有力的振动,传到读者那边的中心生命去。**我相信那所谓制作感兴(Schaffensstimmung),也就是从深的无意识心理的底里出来的东西。**
142	作品倘真是作家的创造生活的所产,则作为对象而描写在作品里的事象,毕竟就是作家这人的生活内容。描写了"我"以外的人物事件,其实却正是描出"我"来。——鉴赏者也因了深味这作品,而发见鉴赏者自己的"我"。所以为研究或一种作品计,即有知道那作家的阅历和体验的必要,而凭了作品,也能够知道作家的人。哈里斯(Frank Harris)曾经试	作品倘真是作家的创造生活的所产,则作为对象而描写在作品里的事象,毕竟就是作家这人的生活内容。描写了"我"以外的人物事件,其实却正是描出"我"来。——鉴赏者也因了深味这作品,而发见鉴赏者自己的"我"。所以为研究或一种作品计,即有知道那作家的阅历和体验的必要,而凭了作品,也能够知道作家的人。哈里斯(Frank Harris)曾经试

	1921年1月《改造》杂志版	1924年2月改造社单行本
	过,不据古书旧日记之类,但凭沙士比亚的戏曲,来论断为"人"的沙士比亚。这虽然是足以惊倒历来专主考据的学究们的大胆的态度,但我相信这样的研究法也有着十分的意义。和瞿提的《威绥的烦恼》一起,并繙那可以当作他的自传的《诗与真》(Dichtung und Wahrheit),和卢梭的《新爱罗斯》(Julie, ou La Nouvelle Héloise)这恋爱谭一起,并读他的《自白》(Confessions)第九卷的时候,在实际生活上败于恋爱的这些天才的心底的苦闷,怎样地作为"梦"而象征化于那些作品里,大概就能够明白地知道了。	过,不据古书旧日记之类,但凭沙士比亚的戏曲,来论断为"人"的沙士比亚。这虽然是足以惊倒历来专主考据的学究们的大胆的态度,但我相信这样的研究法也有着十分的意义。和瞿提的《威绥的烦恼》一起,并繙那可以当作他的自传的《诗与真》(Dichtung und Wahrheit),和卢梭的《新爱罗斯》(Julie, ou La Nouvelle Héloise)这恋爱谭一起,并读他的《自白》(Confessions)第九卷的时候,在实际生活上败于恋爱的这些天才的心底的苦闷,怎样地作为"梦"而象征化于那些作品里,大概就能够明白地知道了。
143		见了我以上所说,将文艺创作的心境,解释作一种的梦之后,读者试去一查古来许多诗人和作家对于梦的经验如何着想,大概就有"思过半矣"的东西了。我从最近读过的与谢野夫人随笔集《爱和理性及勇气》这一本里,引用了下面的一节,以供参考之便罢:
144		古人似的在梦中感得好的诗歌那样的经验虽然并没有,然而将小说和童话的构想在梦里捉住的事,却是常有的。这些里面,自然也有空想底

续表

	1921年1月《改造》杂志版	1924年2月改造社单行本
		的东西,但大约因为在梦里,意识便集中在一处,辉煌起来了的缘故罢,不但是微妙的心理和复杂的生活状态,比醒着时可以更其写实底地观察,有时竟会适当地配好了明暗度,分明地构成了一个艺术品,立体底地浮了出来。我想,在这样的时候,和所谓人在做梦,并不是睡着,乃是正做着为艺术家的最纯粹的活动这些话,是相合的。还有,平生惘然地想着的事,或者不知这怎么解释才好,没法对付的问题之类,有时也在梦中明明白白地有了判断。在这样的时候,似乎觉得梦和现实之间,并没有什么界线。虽这样说,我是丝毫也不相信梦的,但以为小野小町爱梦的心绪,在我仿佛也能够想象罢了。
145	(145-148段 为《文艺的心境》全文,载《改造》1923年4月特大号) 向来说,文艺的快感中,无关心(dis-interestedness)是要素,也就是指这一点。即惟其离了实际生活的利害,这才能对于现实来凝视,静观,观照,并且批评,味识。譬如见了动物园里狮子的雄姿,直想到咆哮山野时的生活	不独创作,即鉴赏也须被引进了和我们日常的实际生活离开的"梦"的境地,这才始成为可能。 向来说,文艺的快感中,无关心(dis-interestedness)是要素,也就是指这一点。即惟其离了实际生活的利害,这才能对于现实来凝视,静观,观照,并且批评,味识。譬如见了动物园里狮子的雄姿,直想到咆哮山野时的生活

续表

1921年1月《改造》杂志版	1924年2月改造社单行本
的时候,假使没有铁栅这一个间隔,我们便为了猛兽的危险就要临头这一种恐怖之故,想凝视静观狮子的真相,也到底不可能了。因为这里有着铁栅,隔开彼我,置我们于无关心的状态,所以这艺术底观照遂成立。假如一个穿着时髦的惹厌的服饰的男人,绊在石头上跌倒了,这确乎是一场滑稽的场面。然而,倘使那人是自己的亲弟兄或是什么,和自己之间有着利害关系或有实际上的interst,则我们岂不是不能将这当作一场痛快的滑稽味么?惟其和自己的实际生活之间,存着或一余裕和距离,才能够对于作为现实的这场面,深深地感受,赏味。用了引用在前的与谢野夫人的话来说,就是在"梦"中,即更能够写实底地观察,更能够做出为艺术家的活动来。有人说过,五感之中,为艺术的根本的,只有视觉和听觉。就是这两种感觉,不像别的味觉嗅觉触觉那样,为直接底实际底,而其间却有距离存在;也就是视觉和听觉,是隔着距离而触的。纵使是怎样滑软的天鹅绒,可口的肴馔,决不是完全的诗,也决不是什么艺术品。厨子未必能称为艺术家罢。在触觉味觉	的时候,假使没有铁栅这一个间隔,我们便为了猛兽的危险就要临头这一种恐怖之故,想凝视静观狮子的真相,也到底不可能了。因为这里有着铁栅,隔开彼我,置我们于无关心的状态,所以这艺术底观照遂成立。假如一个穿着时髦的惹厌的服饰的男人,绊在石头上跌倒了,这确乎是一场滑稽的场面。然而,倘使那人是自己的亲弟兄或是什么,和自己之间有着利害关系或有实际上的interst,则我们岂不是不能将这当作一场痛快的滑稽味么?惟其和自己的实际生活之间,存着或一余裕和距离,才能够对于作为现实的这场面,深深地感受,赏味。用了引用在前的与谢野夫人的话来说,就是在"梦"中,即更能够写实底地观察,更能够做出为艺术家的活动来。有人说过,五感之中,为艺术的根本的,只有视觉和听觉。就是这两种感觉,不像别的味觉嗅觉触觉那样,为直接底实际底,而其间却有距离存在;也就是视觉和听觉,是隔着距离而触的。纵使是怎样滑软的天鹅绒,可口的肴馔,决不是完全的诗,也决不是什么艺术品。厨子未必能称为艺术家罢。在触觉味觉

续表

1921年1月《改造》杂志版	1924年2月改造社单行本
之间,没有这"间隔",所以是不能自己走进文艺的领地的感觉。因为这要作为艺术底,则还过于肉感底,过于实际底的缘故;因为和狮子的槛上没有铁栅时候一样的缘故。——以上的所谓"梦",是说离开着"实际底"(pracucal)的生活的意思。更加适当的说,即无非是"已觉者的白日的梦",诗人之所谓"waking dream"。	之间,没有这"间隔",所以是不能自己走进文艺的领地的感觉。因为这要作为艺术底,则还过于肉感底,过于实际底的缘故;因为和狮子的槛上没有铁栅时候一样的缘故。——以上的所谓"梦",是说离开着"实际底"(pracucal)的生活的意思。更加适当的说,即无非是"已觉者的白日的梦",诗人之所谓"waking dream"。
这"非实际底"的事,能使我们脱离利己底情欲及其他各样杂念之烦,因而营那绝对自由不被拘因的创造生活。即凡有一切除去压抑而受了净化的艺术生活,批评生活,思想生活等,必以这"非实际底""非实利底"为最大条件之一而成立。见美人欲取为妻,见黄金想自己富,那是吾人的实际生活上的心境,假使仅以此终始,则是动物生活,不是有着灵底精神底方面的真的人类生活了。我们的生活,是从"实利""实际"经了净化,经了醇化,进到能够"离开着看"的"梦"的境地,而我们的生活这才被增高,被加深,被增强,被扩大的。将浑沌地无秩序无统一似的这世界,能被观照为整然的有秩序有统	这"非实际底"的事,能使我们脱离利己底情欲及其他各样杂念之烦,因而营那绝对自由不被拘因的创造生活。即凡有一切除去压抑而受了净化的艺术生活,批评生活,思想生活等,必以这"非实际底""非实利底"为最大条件之一而成立。见美人欲取为妻,见黄金想自己富,那是吾人的实际生活上的心境,假使仅以此终始,则是动物生活,不是有着灵底精神底方面的真的人类生活了。我们的生活,是从"实利""实际"经了净化,经了醇化,进到能够"离开着看"的"梦"的境地,而我们的生活这才被增高,被加深,被增强,被扩大的。将浑沌地无秩序无统一似的这世界,能被观照为整然的有秩序有统

续表

	1921年1月《改造》杂志版	1924年2月改造社单行本
	一的世界者,只有在"梦的生活"中。拂去了从"实际底"所生的杂念的尘昏,进了那清朗一碧,宛如明镜止水的心境的时候,于是乃达于艺术底观照生活的极致。	一的世界者,只有在"梦的生活"中。拂去了从"实际底"所生的杂念的尘昏,进了那清朗一碧,宛如明镜止水的心境的时候,于是乃达于艺术底观照生活的极致。
147	这样子,在"白日的梦"里,我们的肉眼合,而心眼开。这就是入了静思观照的三昧境的时候。离开实行,脱却欲念,遁出外围的纷扰,而所至的自由的美乡,则有睿智的灵光,宛然悬在天心的朗月似的,普照着一切。这幻象,这情景,除了凭象征来表现之外,是别无他道的。	这样子,在"白日的梦"里,我们的肉眼合,而心眼开。这就是入了静思观照的三昧境的时候。离开实行,脱却欲念,遁出外围的纷扰,而所至的自由的美乡,则有睿智的灵光,宛然悬在天心的朗月似的,普照着一切。这幻象,这情景,除了凭象征来表现之外,是别无他道的。
148	不但文学,凡有一切的艺术创作,都是在看去似乎浑沌的不统一的日常生活的事象上,认得统一,看出秩序来。就是仗着无意识心理的作用,作家和鉴赏者,都使自己的选择作用动作。凭了人们各各的选择用,从各样的地位,用各样的态度,那有着统一的创造创作,就从这浑沌的事象里就绪了。用浅近的例来说,就譬如我的书斋里,原稿,纸张,文具,书籍,杂志,报章等等,纷然杂然地放得很混乱。从别人的眼睛看去,这状态确乎是浑沌的。但是我,却觉得别	不但文学,凡有一切的艺术创作,都是在看去似乎浑沌的不统一的日常生活的事象上,认得统一,看出秩序来。就是仗着无意识心理的作用,作家和鉴赏者,都使自己的选择作用动作。凭了人们各各的选择用,从各样的地位,用各样的态度,那有着统一的创造创作,就从这浑沌的事象里就绪了。用浅近的例来说,就譬如我的书斋里,原稿,纸张,文具,书籍,杂志,报章等等,纷然杂然地放得很混乱。从别人的眼睛看去,这状态确乎是浑沌的。但是我,却觉得别

续表

1921年1月《改造》杂志版	1924年2月改造社单行本
人进了这屋子里,即单用一个指头来一动就不愿意。在这里,用我自己的眼睛看去,是有着俨然的秩序和统一的。倘若由女工的手一整理,则因为经了从别人的地位看来的选择作用之故,紧要的原稿误作废纸,书籍的排列改了次序,该在手头的却在远处了,于我就要感到非常之不便。一到换了地位和态度来看事物,则因各人而有差异不待言,即在同一人,也能看出不同的统一。文艺的创作之所以竭力以个性为根基的原因就在此。譬如对于同一的景物,A看来和B看来,所看取的东西就很两样。还有从东看的和从西看的,或者从左右上下,各因了地位之差,各行其不同的选择作用。这和虽是同一人看同一对象,从胯下倒看的风景,和普通直立着所见的风景全然异趣,是一样的。——顺便说,不知道"艺术底"地来看自然人生的形式法则万能主义者或道学先生之流,比方起来,就如整理我的书斋的女工。什么也不懂,单靠着书籍的长短、颜色,或者单是用了因袭底的想法,来定砚匣和烟草盒的位置,于是我这个人的书斋的真味,因此破坏了。	人进了这屋子里,即单用一个指头来一动就不愿意。在这里,用我自己的眼睛看去,是有着俨然的秩序和统一的。倘若由女工的手一整理,则因为经了从别人的地位看来的选择作用之故,紧要的原稿误作废纸,书籍的排列改了次序,该在手头的却在远处了,于我就要感到非常之不便。一到换了地位和态度来看事物,则因各人而有差异不待言,即在同一人,也能看出不同的统一。文艺的创作之所以竭力以个性为根基的原因就在此。譬如对于同一的景物,A看来和B看来,所看取的东西就很两样。还有从东看的和从西看的,或者从左右上下,各因了地位之差,各行其不同的选择作用。这和虽是同一人看同一对象,从胯下倒看的风景,和普通直立着所见的风景全然异趣,是一样的。——顺便说,不知道"艺术底"地来看自然人生的形式法则万能主义者或道学先生之流,比方起来,就如整理我的书斋的女工。什么也不懂,单靠着书籍的长短、颜色,或者单是用了因袭底的想法,来定砚匣和烟草盒的位置,于是我这个人的书斋的真味,因此破坏了。

	1921年1月《改造》杂志版	1924年2月改造社单行本
149		**五　文艺与道德** 　　到最后,我对于文艺和通常的道德的关系,还讲几句话罢。"文艺描写罪恶,鼓吹不健全的思想,是不对的。""倘不是写些崇高的道念,健全的思想的东西,岂不是不能称为大著作么?"凡这些,都是没有彻底地想过文艺和人生的关系的人们所常说的话。但只要看我以上的所述,这问题也该可以明白了。就是文艺者,乃是生命这东西的绝对自由的表现;是离开了我们在社会生活,经济生活,劳动生活,政治生活等时候所见的善恶利害的一切估价,毫不受什么压抑作用的纯真的生命表现。所以是道德底或罪恶底,是美或是丑,是利益或不利益,在文艺的世界里都所不问。人类这东西,具有神性,一起也具有兽性和恶魔性,因此就不能否定在我们的生活上,有美的一面,而一起也有丑的一面的存在。在文艺的世界里,也如对于丑特使美增重,对于恶特将善高呼的作家之贵重一样,近代的文学上特见其多的恶魔主义的诗人——例如波特尔那样的"恶之华"的赞美者,自然派者流那样的兽欲描写的作家,也各有其十足

续表

	1921年1月《改造》杂志版	1924年2月改造社单行本
150		的存在的意义。只是文学也如不以 **moral** 为必要条件一样，也原不以 **immoral** 为必要。这就如上文所说，卧为是站在全然离开了通用于"实际底"的世界的一切估价的地位上的 **nonmnoral** 的东西。 　　问者也许说：那么，在历来的文学里，将杀人，淫猥，贪欲之类作为材料的罪恶底的东西特别多，是什么缘故呢？从作家这一边说来，这就因为平时受着最多的压抑作用的生命的危险性，罪恶性，爆发性的一面，有着单在文艺的世界里自由地表现出来的倾向的缘故。又从读者鉴赏者这一边说，则是因为惟有与文艺作品相对的时候，存在于人性中的恶魔性罪恶性乃离了压抑，于是和作品之间，起了共鸣共感，因而做着一种生命表现的缘故。人类的生命尚存，而且要求解放的欲望还有，则对于突破了压抑作用的那所谓罪恶，人类的兴味是永远不能灭的。便是文艺以外的东西，例如见于电影，报章的社会栏里的强盗杀人通奸等类的事件，不就是永远惹起人们的兴味的么？法兰西的古尔蒙（**Remyde Gourmont**）曾

续表

	1921年1月《改造》杂志版	1924年2月改造社单行本
151		说,"有许多人都喜欢丑闻(scandal)。就因为在别人的丑行的败露上,各式各样地给看那隐蔽着的自己的丑的缘故。"这就是我已经说过的那自己发见的欢喜的共鸣共感。
		这样子,在文艺的内容中,有着人类生命的一切。不独善和恶,美和丑而已。和欢喜一起,也看见悲哀;和爱欲一起,也看见憎恶。和心灵的叫喊一起,也可以听到不可遏抑的欲情的叫喊。换句话,就是因为和人类生命的飞跃相接触,所以这里有道德和法律所不能拘的流动无碍的新天地存在。深的自己省察,真的实在观照,岂非都须进了这毫不为什么所囚的"离开着看"的境地,这才成为可能的事么——在这一点上,科学和文学都一样的。就是科学也还是和"实际底""实用底"的事离开着看的东西。两点之间的最短距离是直线,恶货币驱逐良货币,科学的理论这样说。然而这是道德底不是,是善还是恶,在科学都不问。为理论(theory)这字的语源的希腊语的 Theoria,是静观凝视观照的意思,而又和戏场(Theatron)出于同一语源,从这样的点看来,也是颇有兴味的事。

续表

	1921年1月《改造》杂志版	1924年2月改造社单行本
152		六　酒与女人与歌 在以上似的意义上，"为艺术的艺术"（L'art pour l'art）这一个主张，是正当的。惟在艺术为艺术而存在，能营自由的个人的创造这一点上，艺术真是"为人生的艺术"的意义也存在。假如要使艺术隶属于人生的别的什么目的，则这一刹那间，即使不过一部分，而艺术的绝对自由的创造性也已经被否定，被毁损。那么，即不是"为艺术的艺术"，同时也就不成其为"为人生的艺术"了。
153		希腊古代的亚那克伦（Anakreon）的抒情诗，波斯古诗人阿玛凯扬（Omar Khayyám）的四行诗（Rubáiyát），所歌的都是从酒和女人得来的刹那的欢乐。中世的欧洲大学的青年的学生，则说是"酒，女人，和歌"（Wein, Weib, und Gesang）。将这三种的享乐，合为一而赞美之。诚然，在这三者，确有着古往今来，始终使道学先生们颦蹙的共通性。即酒和女人是肉感底地，歌即文学是精神底地，都是在得了生命的自由解放和昂奋跳跃的时候，给与愉悦和欢乐的东西。寻起那根柢来，也就是出于离了日常生活的压抑作用

续表

	1921年1月《改造》杂志版	1924年2月改造社单行本
		的时候,意识地或无意识地,即使暂时,也想借此脱离人间苦的一种痛切的欲求。也无非是酒精陶醉和性欲满足,都与文艺的创作鉴赏相同,能使人离了压抑,因而尝得畅然的"生的欢喜",经验着"梦"的心底状态的缘故。但这些都太偏于生活的肉感底感觉底方面,又不过是瞬息的无聊的浅薄的昂奋,这一点,和歌即文艺,那性质是完全两样的。
154	(154-162段为《文学的起源》全文,载《改造》1924年1月号) 　　一切东西的发达,是从单纯进向复杂的。所以要明白或一事物的本质;便该先去追溯本源,回顾这在最真纯而且简单的原始时代的状态。	第四　文艺的起源 一　祈祷与劳动 　　一切东西的发达,是从单纯进向复杂的。所以要明白或一事物的本质;便该先去追溯本源,回顾这在最真纯而且简单的原始时代的状态。
155	所谓生活着,即是寻求着。在人类的生活上,是一定有些什么缺陷和不满的。因此凡那力谋方法,想来弥补这缺陷和不满的欲求,也就可以看作生命的创造性。有如进了僧院,专度着禁欲生活的那修道之士,乍一看去,似乎是断绝了一切的欲求和欲望的了,但其实并不如此。他们是为更大的欲望所动,想借脱离了现世底的	所谓生活着,即是寻求着。在人类的生活上,是一定有些什么缺陷和不满的。因此凡那力谋方法,想来弥补这缺陷和不满的欲求,也就可以看作生命的创造性。有如进了僧院,专度着禁欲生活的那修道之士,乍一看去,似乎是断绝了一切的欲求和欲望的了,但其实并不如此。他们是为更大的欲望所动,想借脱离了现世底的

续表

	1921年1月《改造》杂志版	1924年2月改造社单行本
156	肉欲和物欲之类,以寻求真的自由和解放,而灵底地进到具足圆满的超然的新生活境里去。凡极端和极端,往往是相似的,生的欲求至于极度地强烈者,岂不是竟有将绝了生命本身的自杀行为,来使这欲求得以满足的时候么? 缺陷和不满者,就是生命的力在内底和外底两面都被压抑阻止着的状态,这也就是人类的懊恼,的苦闷。个人的生活,是欲望和满足的无限的连续,得一满足,便再生出其次的新的欲望来,于是从其次又到其次,无穷无尽地接下去。人类的历史也一样,从原始时代以至今日,不,更向着未来永劫,这状态也还是永久地反复着的。	肉欲和物欲之类,以寻求真的自由和解放,而灵底地进到具足圆满的超然的新生活境里去。凡极端和极端,往往是相似的,生的欲求至于极度地强烈者,岂不是竟有将绝了生命本身的自杀行为,来使这欲求得以满足的时候么? 缺陷和不满者,就是生命的力在内底和外底两面都被压抑阻止着的状态,这也就是人类的懊恼,的苦闷。个人的生活,是欲望和满足的无限的连续,得一满足,便再生出其次的新的欲望来,于是从其次又到其次,无穷无尽地接下去。人类的历史也一样,从原始时代以至今日,不,更向着未来永劫,这状态也还是永久地反复着的。
157	为想解脱那压抑所生的苦闷,寻求畅然地自由的生命的表现,而得到"生的欢喜"起见,原始时代的人类怎么做了呢? 和文明的进步一同,我们的生活,也就在精神底和物质底两方面都增起复杂的度数来,所以在现代,以至在未来,和变化的增加一同,也越发加多复杂性。但人类生命的本来的要求既没有变,换了话说,就	为想解脱那压抑所生的苦闷,寻求畅然地自由的生命的表现,而得到"生的欢喜"起见,原始时代的人类怎么做了呢? 和文明的进步一同,我们的生活,也就在精神底和物质底两方面都增起复杂的度数来,所以在现代,以至在未来,和变化的增加一同,也越发加多复杂性。但人类生命的本来的要求既没有变,换了话说,就

续表

1921年1月《改造》杂志版	1924年2月改造社单行本
是在根本上并不变化的人间性既然俨然存在,则见于原始人类的单纯生活的现象,便是在现在,在未来,也还是永久地反复着的。	是在根本上并不变化的人间性既然俨然存在,则见于原始人类的单纯生活的现象,便是在现在,在未来,也还是永久地反复着的。
表示欧洲中吐培内狄克(Benedikt)派道院的生活的话里,有一句是"祈祷和劳动"(orare et laborare)。这所指的生活,和在日本的禅院里,托钵的和尚将衣食住一切事,也和坐禅以及勤行一同,作为宗教底的修养,以虔敬的心,自行处理的事,是一样的。和这相仿的事,也可以想到作为人类而过了极简单的生活的那原始人类去。就是原始时代的人们,为要满足那切近的日常生活上的衣食住之类的物底欲求,去做打猎耕田的劳动,而一面又跪在古怪的异教的神们的座下,向木石所做的偶像面前叩头。在这时代,作为生命宇宙的发现,最显著地牵惹他们的眼睛的有两样。换句话,就是他们将这两者作为对象,而描写其"梦"。这两者就是日月星辰和作为性欲的表象的那生殖器。在露天底下起卧,无昼无夜地,他们仰看天体,于是梦着主宰宇宙的	表示欧洲中吐培内狄克(Benedikt)派道院的生活的话里,有一句是"祈祷和劳动"(orare et laborare)。这所指的生活,和在日本的禅院里,托钵的和尚将衣食住一切事,也和坐禅以及勤行一同,作为宗教底的修养,以虔敬的心,自行处理的事,是一样的。和这相仿的事,也可以想到作为人类而过了极简单的生活的那原始人类去。就是原始时代的人们,为要满足那切近的日常生活上的衣食住之类的物底欲求,去做打猎耕田的劳动,而一面又跪在古怪的异教的神们的座下,向木石所做的偶像面前叩头。在这时代,作为生命宇宙的发现,最显著地牵惹他们的眼睛的有两样。换句话,就是他们将这两者作为对象,而描写其"梦"。这两者就是日月星辰和作为性欲的表象的那生殖器。在露天底下起卧,无昼无夜地,他们仰看天体,于是梦着主宰宇宙的

续表

1921年1月《改造》杂志版	1924年2月改造社单行本
不变的法则，和无始无终的悠久的世界；也认知了人类所无可如何的绝大的无限力。又转眼一看自己，则想到身内燃烧着的烈火似的欲望，以性欲为中心，达于白热点。在为人类的生活意志的最强烈的表现的那食欲和性欲之中，他们又知道前者即使不完全，也还借劳动可以得到，后者的欲求却尤为强有力的东西了。因为在两性相交而创造一个新的生命，借此保存种族这一个事实之前，他们是不禁生了最大的惊叹的。	不变的法则，和无始无终的悠久的世界；也认知了人类所无可如何的绝大的无限力。又转眼一看自己，则想到身内燃烧着的烈火似的欲望，以性欲为中心，达于白热点。在为人类的生活意志的最强烈的表现的那食欲和性欲之中，他们又知道前者即使不完全，也还借劳动可以得到，后者的欲求却尤为强有力的东西了。因为在两性相交而创造一个新的生命，借此保存种族这一个事实之前，他们是不禁生了最大的惊叹的。
他们将这两个现象放在两极端，而在那中间，梦见森罗万象，对之赞颂、礼拜，唱赞美歌，诵咒文，做祈祷。将自己生命的要求欲望，向这些客观界的具象底的事物放射出去，以行那极其幼稚简单的表现。生的跃动，使他们在有限界而神往于无限界，使他们希求绝大的欲望的充足的时候，这就生出原始宗教的最普通的形式的那天然神教和生殖器崇拜教来。倘将那因为欲求受了制限压抑而生的人间苦，和原始宗教，更和梦和象征，加了联络，思索起来，则聪明的读者，	二　原人的梦 　　他们将这两个现象放在两极端，而在那中间，梦见森罗万象，对之赞颂、礼拜，唱赞美歌，诵咒文，做祈祷。将自己生命的要求欲望，向这些客观界的具象底的事物放射出去，以行那极其幼稚简单的表现。生的跃动，使他们在有限界而神往于无限界，使他们希求绝大的欲望的充足的时候，这就生出原始宗教的最普通的形式的那天然神教和生殖器崇拜教来。倘将那因为欲求受了制限压抑而生的人间苦，和原始宗教，更和梦和象征，加了联络，思索起来，则聪明的读者，

续表

1921年1月《改造》杂志版	1924年2月改造社单行本
就该明白文艺起源,究在那里的罢。在原始时代的宗教的祭仪和文艺的关系,诚然是姊妹,是兄弟。所谓"一切艺术生于宗教的祭坛"这句话的意思,也就可以明白了。无论在日本,在支那,在埃及,希腊,在印度,巴勒斯丁,或者在今日还是原始状态的蛮民的国土里,这种现象,都是可以指点出来的事实。	就该明白文艺起源,究在那里的罢。在原始时代的宗教的祭仪和文艺的关系,诚然是姊妹,是兄弟。所谓"一切艺术生于宗教的祭坛"这句话的意思,也就可以明白了。无论在日本,在支那,在埃及,希腊,在印度,巴勒斯丁,或者在今日还是原始状态的蛮民的国土里,这种现象,都是可以指点出来的事实。
在原始状态的人类的欲求,是极其简单,而那表现也极其单纯。先从日常生活上的实利底的欲求发端,于是成立简单的梦。譬如苦于亢旱,求雨心切的时候,偶然望见云霓,则他们便祈天;祈天而雨下,则他们又奉献感谢和赞美。谷物、牲畜为水害风灾所夺的时候,则他们诅咒这自然现象,但同时也必至于非常恐怖,畏惧的罢。因为他们对于自然力,抵抗的力量很微弱,所以无论对于地水火风,对于日月星辰,只是用了感谢,赞叹,或者诅咒,恐怖的感情去相向,于是乎星辰,太空,风,雨,便都成了被诗化,被象征化的梦而被表现。尤其是,在原始人类的幼稚的头脑里,自己和外界自然物的差别是很不分明	在原始状态的人类的欲求,是极其简单,而那表现也极其单纯。先从日常生活上的实利底的欲求发端,于是成立简单的梦。譬如苦于亢旱,求雨心切的时候,偶然望见云霓,则他们便祈天;祈天而雨下,则他们又奉献感谢和赞美。谷物、牲畜为水害风灾所夺的时候,则他们诅咒这自然现象,但同时也必至于非常恐怖,畏惧的罢。因为他们对于自然力,抵抗的力量很微弱,所以无论对于地水火风,对于日月星辰,只是用了感谢,赞叹,或者诅咒,恐怖的感情去相向,于是乎星辰,太空,风,雨,便都成了被诗化,被象征化的梦而被表现。尤其是,在原始人类的幼稚的头脑里,自己和外界自然物的差别是很不分明

续表

	1921年1月《改造》杂志版	1924年2月改造社单行本
	的,因此就以为森罗万象都像自己一般的活着,而且还要看出万物的喜怒哀乐之情来。殷殷的雷鸣,当作神的怒声,瞻望着鸟啼花放,便以为是春的女神的消息。是将这样的感情,这样的想象,作为一个摇篮,而诗和宗教这双生子,就在这里生长了。	的,因此就以为森罗万象都像自己一般的活着,而且还要看出万物的喜怒哀乐之情来。殷殷的雷鸣,当作神的怒声,瞻望着鸟啼花放,便以为是春的女神的消息。是将这样的感情,这样的想象,作为一个摇篮,而诗和宗教这双生子,就在这里生长了。
161	比这原始状态更进一步去,则加上智力的作用,起了好奇心,也发生模仿欲。而且先前的畏敬和恐怖,一转而为无限的信仰,也成为信赖。无论看见火,看见生殖器,看见猴子臀部的通红的地方,都想考究那些的由来,加上理由去,而终于向之赞颂,渴仰、崇拜。寻起根本来,也就是生命的自由的飞跃因为受了阻止和压抑而生苦闷,即精神底伤害,这无非就从那伤害发生出来的象征的梦。是不得满足的欲求,不能照样地移到实行的世界去的生的要求,变了形态而被表现的东西。诗是个人的梦,神话是民族的梦。	比这原始状态更进一步去,则加上智力的作用,起了好奇心,也发生模仿欲。而且先前的畏敬和恐怖,一转而为无限的信仰,也成为信赖。无论看见火,看见生殖器,看见猴子臀部的通红的地方,都想考究那些的由来,加上理由去,而终于向之赞颂,渴仰、崇拜。寻起根本来,也就是生命的自由的飞跃因为受了阻止和压抑而生苦闷,即精神底伤害,这无非就从那伤害发生出来的象征的梦。是不得满足的欲求,不能照样地移到实行的世界去的生的要求,变了形态而被表现的东西。诗是个人的梦,神话是民族的梦。
162	从最为单纯的原始状态看起来,祈祷礼拜时候的心绪,和在文艺的创作鉴赏时候的心境,是这样明白地有着一致,而且能够看见共通性的。	从最为单纯的原始状态看起来,祈祷礼拜时候的心绪,和在文艺的创作鉴赏时候的心境,是这样明白地有着一致,而且能够看见共通性的。

后 记

  本书原为我的博士论文。在修改完最后一行字的时候，除了"如释重负"外，还有一种"走出阴影""找回自己"的感觉。

  1999年9月，在一个幸运数字串联的年份，我由北京大学外语学院日语系考入本校中文系比较文学与世界文学专业，有幸成为严绍璗先生的弟子。因为是在职攻读博士学位，原定用五年的时间完成学业。两年后当我结束课程学习，顺利通过综合考试和论文选题报告审核，准备开始论文写作时，却因患高血压和眩晕症，有近两年的时间根本无法看书和写作。期间情绪低落，一度曾产生放弃论文写作的念头。今天，我能顺利地完成博士学位论文，应完全归功于吾师严绍璗先生的宽容、理解与支持。

  在论文写作的整个过程中，从选题到开题，从预答辩到论文的最终定稿，我始终得到吾师严绍璗先生的悉心指点。也正是得益于先生缓急适度的指导，才使我战胜"疾患"完成了论文写作。师恩似海，令弟子永志难忘。感谢潘金生先生、严安生先生、刘建辉先生、邱鸣先生、王志松先生和吴晓东先生，他们分别拨冗参加了我的论文选题报告审核和预答辩，就论文的结构、章节和内容等提出了中肯、具体的建议和修改意见。正是这些中肯、具体的建议和修改意见，拓宽了我的思考空间，对最终完成论文起到了重要作用。衷心感谢我的博士论文的评审委员和答辩委员（他们是高文汉先生、李爱文先生、潘金生先生、谭晶华先生、邱鸣先生、王中忱先生、王志松先生、吴晓东先生），他们给予论文的评价远远超出了我的预期，这将激励我今后更加努力地潜心治学。

我要特别感谢我的大学老师潘金生先生，自我攻读博士学位以来，先生一直在关心我的论文写作，只要发现有用的资料总会在第一时间里告诉我，甚至亲自将复印件送到我的手里。在我情绪低落的时候又及时打电话鼓励我排除干扰完成学业。如此的师生之情，令后进者感激莫名。

最后还要感谢我的妻子滕慧珠女士。多年来，她除了认真努力地完成大学的教学和科研工作外，还用病弱的身躯担起所有的家务，相夫教子，辛勤操劳。她的理解与支持，对我是一种莫大的精神鼓励。本书中无疑也凝集了她的一份心血。

人生幸事，莫过于以诚相待。我感谢所有关心过、帮助过我的师长和朋友。我会在心里永远永远地记住您们的名字！

2008 年 2 月 24 日于北京西二旗寓所

《东方文化集成》已出版丛书目录

季羡林主编

书 名	作 者
《文化交流的轨迹——中华蔗糖史》	季羡林
《东西文化议论集》（上、下）	季羡林、张光璘
《新诗格律与语言的诗化》	林 庚
《古犹太文化史》	朱维之、韩可胜
《现代伊斯兰主义》	陈嘉厚等
《阿拉伯史纲》	郭应德
《中阿关系史》	江淳、郭应德
《当代中国伦理与道德》	魏英敏
《阿拉伯伊斯兰文化史纲》	孙承熙
《中国评书艺术论》	汪景寿、曾惠杰等
《当代中国经济学》	宋光华
《世界四大文化与东南亚文学》	梁立基、李谋
《战后东南亚华人社会变化研究》	梁英明
《日本文学思潮史》	叶渭渠
《伊朗通史》（上、下）	叶奕良（译）
《印度古代史纲》	林承节
《蒙古国现代文学》	史习成
《佛法与宇宙》	池田大作（日本）
《诸神流窜——论日本古事记》	梅原猛（日本）

书名	作者
《日本文化论》	加藤周一(日本)
《汉代丝绸之路的咽喉——河西路》	王宗维
《中国—朝鲜·韩国关系史》(上、下)	杨昭全、何肜梅
《东方文学交流史》	孟昭毅
《东方戏剧美学》	孟昭毅
《同根生的民族——壮傣各族渊源与文化》	范宏贵
《中缅关系史》	余定邦
《敦煌文化》	颜廷亮
《亚洲汉文学》	王晓平
《日本天皇制及其精神结构》	王金林
《古代波斯医学与中国》	宋岘
《印度神话》	孙士海、王镛(译)
《布哈里圣训实录全集》①②	康有玺(译)
《现代日本政治》	王新生
《中亚五国概论》	赵常庆等
《简明伊斯兰史》	马明良
《新兴宗教与日本近现代社会》	张大柘
《印度苏非派及其历史作用》	唐孟生
《满汉全席源流考述》	赵荣光
《印度独立后的政治经济社会发展史》	林承节
《中印文学比较研究》	薛克翘
《唐代前期军事史略论稿》	王永兴
《儒释道背景下的唐代诗歌》	陈炎、李红春
《日本文学史》(近代卷、现代卷)	叶渭渠、唐月梅
《印度尼西亚文学史》(上、下)	梁立基

《五四文学思想主流与基督教文化》	喻天舒
《波斯文学史》	张鸿年
《泰戈尔文学作品研究》	唐仁虎等
《中国—朝鲜·韩国文化交流史》(1—4卷)	杨昭全
《日本文学史》(古代卷上、下)	叶渭渠、唐月梅
《日本文学史》(近古卷上、下)	叶渭渠、唐月梅
《道安评传》	方广锠
《朝鲜—韩国当代文学史》	金柄珉等
《文史探真》	汪春泓
《日本起源考》	沈仁安
《阿拉伯现代文学史》	仲跻昆
《中亚五国与中国西部大开发》	赵常庆等
《易学哲学史》(1—4卷)	朱伯崑
《近代中国与日本——互动与影响》	王晓秋
《吐火罗人起源研究》	徐文堪
《东南亚近现代史》(上、下)	梁英明、梁志明等
《印度的罗摩故事与东南亚文学》	张玉安、裴晓睿
《斯里兰卡的民族宗教与文化》	王 兰
《早期道教史》	汤一介
《蒙元驿站交通研究》	党宝海
《佛教与中国文化》	薛克翘
《印象:东方戏剧叙事》	孟昭毅等
《从唐音到宋调——以北宋前期诗歌为中心》	曾祥波
《唐五代北宋前期词之研究——以诗词互动为中心》	董希平
《汉魏两晋南北朝佛教史》(增订本)	汤用彤

《佛经文学与古代小说母题比较研究》	王　立
《日本近现代经济简史》	周启乾
《赫梯条约研究》	李　政
"升起来吧！像太阳一样"——解析苏美尔史诗《恩美卡与阿尔塔之王》	拱玉书
《希伯来语圣经——来自考古和文本资料的信息（至公元前586年)》	陈贻绎
《尼泊尔—人民和文化》	王宏纬
《中国印度诗学比较》	郁龙余等
《阿富汗文化和社会》	张　敏
《波斯拉施特〈史集·中国史〉研究与文本翻译》	王一丹
《新时代的日本经济》	张舒英
《古代东南亚历史与文化研究》	梁志明、李谋等
《中国知识分子的形与神》	乐黛云
《东方民间文学概论》(1—4卷)	张玉安 等著 陈岗龙
《中国楹联学概论》	谷向阳
《中国印度文化交流史》	薛克翘
《陶渊明集译注及研究》	孟二冬
《日本戏剧史》	唐月梅
《梵语诗学论著汇编》(上、下)	黄宝生
《现代汉语话语情态研究》	徐晶凝
《缅甸语与汉藏语系比较研究》	汪大年

《东方文化集成》拟出版丛书目录

日本汉文学史	严绍璗 著
东南亚宗教与社会	姜永仁等著
越南文学史	卢蔚秋 著
蒙汉目连救母故事比较研究	陈岗龙 著
占婆古代史	杨保筠 著
日本近代哲学史	卞崇道 著
泰国文学史	裴晓睿 著
〈聊斋志异〉——中印文学溯源比较研究	王立 著
日本历史(古代卷)	王金林 著
日本历史(近现代卷)	汤重南 著
韩国语发展史	安炳浩等著
中世纪印度宗教文学 薛克翘	唐孟生等著
日本近现代佛教史	杨曾文等著
中日宗教交流史	杨曾文等著
东盟的发展进程——东盟四十年回顾与展望	梁志明等著
伊朗民族史	张鸿年 译

中国城市文化	吴良镛 著
中国新诗格律问题	丁鲁 著
中国哲学史纲	张岱年 著
西域佛教史	季羡林等著
印度近现代文学史	唐仁虎、唐孟生、姜景奎、薛克翘 等著
阿拉伯古代文学史	仲跻昆 著
日本外交史	金熙德 著
华夷译语研究	黄宗鉴 著
对伊利汗国钱币中波斯文、阿拉伯文及蒙古文的研究	程彤、吴冰冰、陈岗龙等著
赫梯文明研究	李政 著
古代近东教谕文学研究	李政、拱玉书、金寿福、陈贻 译 等著
马来古典文学史	廖裕芳著、张玉安等译
壮泰族群渊源与文化	范宏贵 著
东方外交的历史与现实	陈奉林等著

作者简介

李强　男，1953年生，上海市人。文学博士。现任北京大学东方文学研究中心研究员、文艺理论研究室主任；北京大学外国语学院日语系文学教研室主任。长期从事日本近现代文学、中日比较文学、日汉互译的研究与教学。近年来的主要著作有：《大学日语》上下册（合著，2004）、《东方研究2004－中日文学比较研究专辑》（主编，2005）、《日本语言文化研究》第7辑（主编，2007）等；主要译著有：《百言百话》（1994）、《妊娠日历》（合译，2001）、《日语惯用句辞典》（合译，2003）等10余部；主要论文有：《〈雪国〉与川端康成的"回归传统"情结》（《国外文学》1999年第4期）、《中国厨川白村研究评述》，（《国外文学》2007年第4期）等10余篇。

作者简介

李强 男,1953年生,上海市人。文学博士。现任北京大学东方文学研究中心研究员、文艺理论研究室主任;北京大学外国语学院日语系文学教研室主任。长期从事日本近现代文学、中日比较文学、日汉互译的研究与教学。近年来的主要著作有:《大学日语》上下册(合著,2004)、《东方研究2004-中日文学比较研究专辑》(主编,2005)、《日本语言文化研究》第7辑(主编,2007)等;主要译著有:《百言百话》(1994)、《妊娠日历》(合译,2001)、《日语惯用句辞典》(合译,2003)等10余部;主要论文有:《〈雪国〉与川端康成的"回归传统"情结》(《国外文学》1999年第4期)、《中国厨川白村研究评述》,(《国外文学》2007年第4期)等10余篇。

About the author

Dr. Li Qiang, male, born in Shanghai in 1953. Doctor of literature. Research fellow of Peking University Researching Center of Oriental Literatures; Director, Research Laboratory for Literary Theory; Director, Teaching and Research Section for Literature in Japanese Department, School of Foreign Languages of Peking University; Editor of Oriental Cultures Collection, Peking University. Education and Research Areas: Japanese Contemporary Literature, Sino Japanese Comparative Literature, Translation between Chinese and Japanese. Major publications in recent years: College Japanese (two volumes, coauthorship, 2004); Oriental Studies 2004 Feature of Sino Japanese Literature Comparative Research (2005); Studies on Japanese Language and Culture, Vol. 7 (2007) etc. More than 10 translated works: the Analects (1994); Pregnancy Diary (cotranslation, 2001); Japanese Idiomatic Phrase Dictionary (cotranslation, 2003) etc. More than 10 theses: Snow Country and Tradition return Complex of Yasunari Kawabata (Foreign Literatures 4, 1999); A Review on Studies of Kuriyagawa Hakuson in China (Foreign Literatures 4, 2007) etc.

《厨川白村文艺思想研究》内容简介

厨川白村是日本大正时期的文艺思想家、理论家和批评家在中国被译介被言说最多,而且是影响最大的一个。虽然中日学界对厨川白村都做过一定的研究,但关注点大多集中在厨川白村与中国现代文学的"比较研究"上,厨川白村研究中的一个难题,即厨川白村文艺思想的系统研究至今仍是一个空白。《厨川白村文艺思想研究》以细读厨川白村的重要原著为基础,围绕着厨川白村文艺批评中凸现出的具有时代特色的"文学发展论"、"文学功用论"和"文学本体论",对其整个文艺思想进行了全面、深入和系统的论述。

Abstract

Kuriyagawa Hakuson is one of the most frequently introduced and defined Taisho Period literary thinker, theorist and critic in China, and he also made the most tremendous impact. Although Sino Japanese academic circles have done certain research on Kuriyagawa Hakuson, they mostly focus on comparative study of Kuriyagawa Hakuson and contemporary Chinese literature. One of the problems in studies on Kuriyagawa Hakuson is that the systematic studies of his literary thoughts still remain a blank. Based on perusing the important works of Kuriyagawa Hakuson, and encircling "the theory of literary development", "the theory of literary function" and "the theory of literary ontology" in the literary criticism of Kuriyagawa Hakuson, Kuriyagawa Hakuson Reconsidered: A Study of His Literary Theory analyses Kuriyagawa Hakuson's thoughts of literature thoroughly, deeply and systemically.